WILLIAM LASHNER

Die Kanzlei

Buch

Victor Carl ist ein junger, ehrgeiziger Anwalt und kaum mehr in der Lage, für die Unkosten der Kanzlei aufzukommen, die er zusammen mit seinem Partner betreibt. Der Traum vom glanzvollen Aufstieg in die bessere Gesellschaft Philadelphias ist ausgeträumt, geblieben sind beschämende Aufträge als Wechseleintreiber.
Als Carl gerade alle Hoffnung auf Besserung des finanziellen Notstands aufgegeben hat, bekommt er die Chance seines Lebens: William Prescott III bietet ihm an, einen Auftrag für seine renommierte Kanzlei zu übernehmen. Die Nobelkanzlei ist mit der Verteidigung des berüchtigten Lokalpolitikers Jimmy Moore betraut, der der Erpressung angeklagt ist. Victor Carl soll nun die rechte Hand des Hauptangeklagten verteidigen. Da der Fall größtes Medieninteresse findet, werden Carl Berühmtheit und der Zugang zu betuchten Klienten als Lohn seiner Mühen in Aussicht gestellt.
Carl merkt schon bald, daß er in ein Haifischbecken geraten ist. Schnell erhärtet sich sein Verdacht, daß Prescotts ganze Strategie darauf hinausläuft, seinen Mandanten auf Kosten des von Carl verteidigten Mitangeklagten reinzuwaschen. Carl selbst ist nur ein kleines Rädchen in diesem Plan. Doch Carl ist aus anderem Holz geschnitzt, als seine Auftraggeber auch nur zu träumen wagen, und er ist keinesfalls gewillt, sich von den Haien verspeisen zu lassen. Allen Warnungen zum Trotz, nimmt er den Kampf auf.

Autor

William Lashner (39) wollte sich beruflich nicht festlegen, deshalb absolvierte er parallel zu seinem Juraexamen ein intensives Studium in Sachen Literatur. Er war einige Jahre Staatsanwalt und lebt heute mit seiner Frau und seinen zwei Kindern in Philadelphia, wo er als Anwalt in einer kleinen Kanzlei arbeitet. Nach dem überwältigenden Erfolg seines Debütromans arbeitet er zur Zeit an einem neuen Buch mit dem Helden Victor Carl.

Von William Lashner ist außerdem lieferbar:

Kopf und Kragen. Roman (54084)

William Lashner

Die Kanzlei

Roman

Aus dem Amerikanischen
von Elke vom Scheidt

GOLDMANN

Die Originalausgabe erschien unter dem Titel
»Hostile Witness«
bei Regan Books / Harper Collins, New York

Umwelthinweis:
Alle bedruckten Materialien dieses Taschenbuches
sind chlorfrei und umweltschonend.

Neuveröffentlichung 9/99

Umschlaggestaltung: Design Team München
Umschlagfoto: Superstock
Druck: Elsnerdruck, Berlin
Titelnummer: 44481
AB · Herstellung: sc
Made in Germany
ISBN 3-442-44481-0

1 3 5 7 9 10 8 6 4 2

Für Pam Ellen, deren Liebe
alles möglich macht

Vielleicht ist die einzig wirkliche Würde
des Menschen seine Fähigkeit,
sich selbst zu verachten.

George Santayana

TEIL I

Anklage

1

Eines habe ich in meiner verhängnisvollen und noch kurzen juristischen Karriere gelernt: Im Gesetz wie im Leben ist es das einzig Vernünftige, mit dem Schlimmsten zu rechnen. Nehmen Sie meinen ersten Fall als Anwalt.

Am Anfang waren wir zu dritt, frischgebackene Juristen, und hängten unsere Namensschilder gemeinsam auf, weil keine der großen und erfolgreichen Firmen in Philadelphia uns haben wollte. Damals waren wir noch jung, voll wildem Optimismus, entschlossen, es auf eigene Faust zu schaffen. Guthrie, Derringer und Carl. Ich bin Carl. Wir nahmen an, wir bräuchten nur einen einzigen Fall, eine unfallbedingte Querschnittslähmung, eine empörende sexuelle Belästigung, ein ausgerutschtes Chirurgenmesser, einen einzigen richtig knalligen Fall, um unseren Ruf zu begründen, von unserem Reichtum ganz zu schweigen. Nur diesen einen Fall waren wir davon entfernt, bekannte Figuren in der juristischen Gemeinde zu werden, die uns bisher im Regen hatte stehenlassen. Doch bevor dieser großartige und lukrative Fall durch unsere Tür kam, saßen wir da, die Füße auf dem Tisch, lasen Zeitungen und warteten.

»Da hab ich was für dich, Victor«, sagte Samuel R. Sussman und ließ ein Dokument auf meinen Tisch fallen. Er war ein kampflustiger kleiner Mann, der sich vorbeugte, wenn er redete, und ärgerliche Angewohnheiten hatte, etwa mir mit dem Finger in die Brust zu pieken, um seinen Worten Nachdruck zu verleihen. Aber er gehörte zur Familie.

Das Dokument war ein Sichtwechsel, persönlich verbürgt von einem gewissen Winston Osbourne, und lautete auf eine Million

Dollar. Eine siebenstellige Zahl – das waren zwei Stellen mehr als alles, was ich jemals zuvor gesehen hatte.

»Das Baby habe ich im Ausverkauf günstig bekommen«, sagte mein Onkel Sammy.

»Und was genau soll ich damit machen?«

»Ihn einziehen«, sagte er und stieß mit dem Finger. »Osbourne sagt, er ist pleite und wird mir keinen Cent bezahlen. Schau, daß du von diesem Gesellschaftsschmock kriegst, was du kannst, und wieviel immer das ist, ein Viertel davon gehört dir. Du willst doch im Frühling heiraten, nicht?«

»So ist es geplant«, sagte ich.

Er zwinkerte. »Du kannst das als mein Hochzeitsgeschenk betrachten.«

So kam es, daß mein erster Fall nach der Ausbildung ein Inkassomandat war. Ich hatte nicht vorgehabt, meinen akademischen Titel zum Eintreiben von Schulden zu verwenden, ich hatte nicht studiert, um möglichst effizient Hypothekenforderungen gegen die Häuser der Armen geltend zu machen, aber am Anfang hatte ich verzweifelt irgend etwas nötig. Und außerdem war Winston Osbourne kein gewöhnlicher Bankrotteur.

Er war der Sproß einer alten protestantischen Familie, reich und in die beste Gesellschaft hineingeboren. Er hatte alle Privilegien gehabt, die mir vorenthalten gewesen waren, und durch Talent, Glück und schiere Ausdauer war es ihm gelungen, Bankrott zu machen. Er war groß, fein manikürt, hatte ein rundes Gesicht, das Wohlstand ausstrahlte, und schmale Lippen. Er gehörte zu den Bryn Mawr Osbournes, einer alten und angesehenen Familie, blaublütig und durch eine Reihe von Vettern sozusagen direkt von der Mayflower abstammend; er wurde zusammen mit den Biddles und den Ambers und den Peppers im Social Register aufgeführt. Osbournes Herkunft trat in jedem Ausdruck und jeder Geste zutage. Er sah aus wie ein Jemand, man wußte nicht genau, was für einer, aber ein Jemand, der etwas war, und ich schätze, daß er es damit schaffte, auf seine persönliche Garantie hin eine solche Menge Geld zu leihen, Geld, das er in ein riesiges Stück unentwickeltes Land in Whitpain Township investierte und dabei hoffte, von den Wundern der Parzellierung zu profitieren. »Immobilien sind das einzig Sichere«, pflegte er mit zusammengebissenen Zähnen und erhobenem Kinn zu sagen, »weil die einfach nicht zu vermehren sind.« Als er in Whitpain Township über seine glorreichen Ländereien schritt, muß ihm wohl die seltsame, faulige Flüssigkeit entgangen sein, hell und schweflig wie die Galle der Erde selbst, die jeden seiner Fußstapfen sofort auffüllte. Binnen sechs Monaten nach dem Erwerb des Besitzes stand Winston Osbourne vor einer Umweltkatastrophe, und nach einem Jahr war er mit all seinen Verpflichtungen im Verzug.

»Sie sind also der schäbige kleine Rechtsverdreher, der hinter meinem Geld her ist«, sagte Winston Osbourne zu mir, als ich ihn auf der Suche nach seinen Vermögenswerten das erste Mal in mein Büro bestellte. Er trug einen perfekten grauen Anzug, Gucci-Slipper, sein sandfarbenes Haar war sauber gestutzt, eine goldene Rolex blitzte unter seiner Manschette hervor, und er sagte im Grunde das. Na ja, nicht gerade mit genau diesen Worten vielleicht, aber das war es, was er meinte. Das war so unübersehbar wie die Kerbe in seinem Kinn. Was er wirklich sagte, war: »Ich habe fast alles verloren, was ich jemals hatte, Victor, und das wenige, was mir geblieben ist, ist unpfändbar. Aber ich bin bereit, Ihnen zehntausend Dollar zu zahlen, um diese Sache zu beenden. Glauben Sie mir, Victor, mehr werden Sie von mir niemals bekommen.«

Ich wies sein Angebot zurück, und obwohl ich noch ein As im Ärmel hatte, um ihn höher zu treiben, hielt ich es für klüger, das einstweilen für mich zu behalten und auf andere Weise zu versuchen, an die ganze Million heranzukommen. Ich hatte nicht die Absicht, ihn von dem Haken zu lassen, der fest zwischen seinen Kinnbacken saß. Winston Osbourne repräsentierte etwas, von dem ich wußte, daß ich es niemals erreichen, andererseits aber auch nie ganz akzeptieren konnte, daß es mir für immer vorenthalten bliebe. Sein alter Familienname, die grandiosen Aussichten, mit denen er zur Welt gekommen war, sein natürlicher Charme, selbst sein unauffälliges gutes Aussehen, ich war einfach sauer auf alles, und für all das würde er bezahlen. Das war der Grund, warum genau an diesem Tag der Gerichtszusteller eine Vorladung in Osbournes Haus im exklusiven Gladwyne trug, in der seiner Frau befohlen wurde, zur Aussage in meinem Büro zu erscheinen. Ich hatte meine Pläne mit Mrs. Osbourne.

Sie war eine gutaussehende Frau in elegantem Tweedkostüm, die Haut chirurgisch straff um die blauen Augen, Perlen, frisiertes Haar, ich meine *wirklich* frisiert, für hundertvierzig Dollar frisiert, und ich hatte sie genau da, wo ich sie haben wollte, in unserem Konferenzzimmer, mir gegenüber am Tisch. Sie mußte alle meine Fragen beantworten und unter Eid die Wahrheit sagen. Sie hatte sich entschieden, ohne Rechtsberater zu erscheinen, was mir nur recht war.

»Wie viele Autos besitzen Sie und Ihr Gatte, Mrs. Osbourne?« fragte ich.

»Drei«, sagte sie mit schnarrender, männlicher Stimme. »Da ist der Kombi.«

»Das ist ein Volvo, richtig?«

»Richtig«, sagte sie. »Es ist ein Volvo. Dann ist da die blaue Limousine.«

»Ein BMW?«

»Bei Ihrem Ton hört sich das wie ein Verbrechen an, Mr. Carl.«

»Und das dritte?«

»Ein Oldtimer, den mein Mann instand hält. Eigentlich ein Spielzeug, aber ziemlich wertvoll. Er hat seinem Vater gehört.«

»Ein Duesenberg?«

»Ja, das ist richtig. Wir haben einen alten Lincoln, um unsere Hunde zu den Ausstellungen zu transportieren, aber der ist kaum noch etwas wert. Er ist fast vier Jahre alt.«

»Das sind also insgesamt vier Autos.«

»Ja, so ist es wohl«, sagte Mrs. Osbourne.

»Und auf wen sind diese Autos zugelassen?«

»Auf mich und meinen Mann.«

»Der Duesenberg auch?«

»Ja, Mr. Carl«, sagte sie und strich selbstsicher über ihre Perlen. »Alles ist auf uns beide eingetragen, und wie Sie wissen, habe ich nichts unterschrieben.«

Ja, das wußte ich allerdings. In Pennsylvania sind Vermögenswerte, die Ehemann und Ehefrau gemeinsam gehören, nicht pfändbar, um die individuellen Schulden eines jeden zu bezahlen, solange die beiden verheiratet bleiben. Soweit ich wußte, schuldete Mrs. Osbourne niemandem etwas, nicht einmal American Express. Sie hatte nicht für den Kredit gebürgt, und deshalb war alles Vermögen, das sie gemeinsam mit ihrem Ehemann besaß, meinem Zugriff entzogen, solange sie verheiratet blieben. Und alles, was Winston Osbourne besaß, sein Haus, seine Autos, seine Bankkonten, sogar seine verdammte Rolex, besaß er gemeinsam mit seiner Frau. Na ja, also fast alles.

»Sie besitzen ein Haus in Gladwyne, Mrs. Osbourne, ist das richtig?«

»Ja. Es ist auf uns beide eingetragen.«

»Ist dieses Haus geschätzt worden?«

»Zu Versicherungszwecken, ja. Es wurde auf zweieinhalb Millionen Dollar geschätzt. Aber das ist unser Haus, wir wohnen dort, wir haben dort unsere Kinder großgezogen, und wir würden niemals daran denken, es zu verkaufen.«

»Mrs. Osbourne, Ihnen ist doch bekannt, daß Ihr Gatte Mr. Sussman eine Million Dollar schuldet, oder?«

»Ich weiß, daß Mr. Sussman ein Spekulant ist, der diesen Wechsel für einen absurd geringen Betrag gekauft hat und jetzt sein Pfund Fleisch haben will. Mein Mann ist ein wunderbarer Mann, Mr. Carl, ich liebe ihn sehr. Aber er ist nicht gerade der klügste Geschäftsmann, nicht halb so gerissen, da bin ich sicher, wie Ihr Mr. Sussman. Jeder, der meinem Mann Geld leiht, tut das auf eigenes Risiko.«

Ich bewunderte Mrs. Osbourne tatsächlich, wie sie in unserem schäbigen kleinen Konferenzraum saß und so tapfer den Lebensstandard ihres Mannes verteidigte. Wenn ich die fünfundzwanzig Prozent von Winston Osbournes Bargeld nicht so dringend gebraucht hätte, hätte ich mir das, was ich plante, vielleicht noch mal überlegt. Aber selbst nach nochmaliger Überlegung hätte ich weitergemacht. Meine Untersuchungen hatten Informationen zutage gebracht, von denen Mrs. Osbourne möglicherweise nichts wußte. Ich hielt es für meine Pflicht, sie davon in Kenntnis zu setzen.

»Sie haben einen Besitz in Aspen, ist das richtig, Mrs. Osbourne?«

»Eine Eigentumswohnung, ja. Die Kinder fahren gerne Ski.«

»Und sie lautet auf Ihrer beider Namen?«

»Natürlich.«

»Und da ist der Besitz in Palm Beach.«

»Ja, aber der gehört uns nicht. Der gehört Winstons Mutter. Winstons Großvater hat das Haus gebaut, es ist wirklich wundervoll. Waren Sie schon einmal in Palm Beach, Mr. Carl?«

»Nein.«

»Wo überwintern Sie denn?«

»Vor dem Fernseher.«

»Aha, ich verstehe. Nun ja, das Haus in Palm Beach gehört uns nicht. Wir dürfen es benutzen, aber wenn wir da sind, sind wir Gäste. Soviel ich weiß, will Winstons Mutter es seinem Bruder Richard vermachen.«

»Geduld würde mir also nichts einbringen.«

»Ich fürchte, nein. Die ganze Familie weiß von Winstons gegenwärtigen Schwierigkeiten. Was immer hinterlassen wird, wird den Kindern hinterlassen. Winston hat Ihnen doch ein Angebot gemacht, oder?«

»Und da ist das Boot«, fuhr ich fort, ohne auf ihre Bemerkung über das Angebot einzugehen. »Sie besitzen ein Boot.«

»Ja.« Sie seufzte. »Er hat es nach mir benannt. Wir lassen es in Florida.«

»Wie groß ist das Boot?«

»Irgendwie so um die vierzehn Meter, ich bin nicht sicher. Der Segler bei uns ist Winston. Die weißen Hosen und der blaue Blazer stehen ihm großartig.«

»Auf wessen Namen ist das Boot eingetragen?«

»Wiederholen wir uns nicht allmählich, Mr. Carl? Auf unser beider Namen. Alles läuft auf unser beider Namen.«

»Auch die Wohnung in Atlantic City?«

»Wir besitzen keine Wohnung in Atlantic City.«

»Sind Sie sicher?« sagte ich. »Da gibt es eine Wohnung direkt am Boardwalk, die auf Winston Osbourne eingetragen ist. Lassen Sie mich Ihnen eine Kopie der Urkunde zeigen. Ich werde dieses Dokument als P. 12 kennzeichnen.«

»Da muß ein Irrtum vorliegen, Sie müssen einen anderen Mann im Sinn haben. Wir besitzen keine Wohnung in Atlantic City.«

»Die Person, die darin wohnt, hat Ihren Mann als den Eigentümer identifiziert.«

»Ich weiß nichts von einer Eigentumswohnung in Atlantic City.«

»Nun, also die Person, die da gegenwärtig wohnt, sagt, daß sie keine Miete an Mr. Osbourne bezahlt, und ich habe mich gefragt, ob sie sie vielleicht an Sie bezahlt. Jede derartige Miete wäre für Mr. Sussman pfändbar.«

»Nein, natürlich bekomme ich die Miete nicht.«

»Vielleicht kennen Sie die Person, die in der Wohnung Ihres Mannes wohnt, eine Miss LeGrand?«

»Nein.«

»Lassen Sie mich Ihnen ein Bild zeigen. Ich werde es als P. 13 kennzeichnen.«

»Was ist das? Irgendeine Art Prospekt?«

»Ja, für einen Herrenclub namens Pussy Willow. Warum schauen Sie ihn sich nicht an? Ich beziehe mich auf den Teil mit den exotischen Tänzerinnen. Lassen Sie mich es Ihnen zeigen. Die Frau da.«

»Tiffany LeGrand?«

»Ach, also kennen Sie sie doch«, sagte ich, obwohl ihr Kopfschütteln, ihre verblüfften Augen, die unnatürlich weit aufgerissen waren, der tödliche Griff, mit dem sie sich jetzt an ihre Perlen klammerte, sämtlich mit völliger Klarheit verrieten, daß, nein, nein, sie kannte sie nicht, hatte niemals von ihr gehört, nein.

Ich traf Winston Osbourne wieder in jenem grauen und frostigen Herbst, von dem ich jetzt spreche, volle sechs Jahre, nachdem ich mein erbarmungsloses Streben nach seinem letzten Dollar begonnen hatte. Auf halbem Weg die Einundzwanzigste Straße von der Chestnut hinauf, unmittelbar vor meinem kleinen, altersschwachen Bürogebäude, gab es eine Seitengasse. Dort stank es immer, weil man da den Müll der Gebäude auf der anderen Seite stapelte; es roch nach Gräten aus dem Fischrestaurant in der Zweiundzwanzigsten Straße und nach verfaultem Gemüse aus dem koreanischen Lebensmittelgeschäft unter meinem Büro. Zwei obdachlose Männer waren in der Gasse so sicher anzutreffen, als hätten sie sie gepachtet. Sie pißten in die Hauseingänge aller umliegenden Gebäude wie Wölfe, die ihr Revier markieren. Sie bettelten, tranken aus braunen Papiertüten, schrien Obszönitäten, wenn ihnen danach zumute war, und manchmal arbeiteten sie tatsächlich, indem sie als Sandwichmänner für CONDOM NATION, einen Präservativladen, im Viertel herumliefen. Jedesmal, wenn ich die Einundzwanzigste Straße entlangging, beschleunigte ich meine Schritte, wenn ich mich der Gasse näherte, hielt die Augen geradeaus und die Schultern zusammengezogen und versuchte, jeden Kontakt mit meinen Nachbarn zu vermeiden. An einem Abend in diesem Herbst war ich gerade an der Gasse vorbeigekommen, als ich hörte, wie jemand meinen Namen rief, und spürte, daß man mich am Arm faßte.

Ich schüttelte die Berührung heftig ab und erwartete, einen der obdachlosen Männer zu sehen, doch statt dessen erblickte ich Winston Osbourne. Sein Regenmantel war schmutzig, sein Haar lang und strähnig, sein einst blühendes Gesicht jetzt eingesunken und fahl. Seine Fingernägel fielen mir besonders auf. Früher waren sie manikürt und glänzend gewesen, jetzt waren sie lang, gelb, undurchsichtig und hatten Rillen. Es waren die Fingernägel einer Leiche.

»Victor«, sagte er, und seine Stimme troff noch immer vor Herablassung. »Wir haben über Sie gesprochen, Victor.«

»Sie sollten veranlassen, daß Ihr Anwalt sich mit mir in Verbindung setzt, Mr. Osbourne«, sagte ich und starrte auf seine Nägel. »Ich kann nur mit Ihrem Anwalt reden.«

Er tat einen schwankenden Schritt auf mich zu. Da war ein Hinken, das es früher nicht gegeben hatte. »Ja. Aber verstehen Sie, ich kann es mir nicht leisten, ihn zu bezahlen.« Er trat noch einen Schritt vor. »Seit der Scheidung habe ich eine schwere Zeit durchgemacht, Victor. Viel Plackerei, viele Probleme. Aber ich bin sicher, daß ich da jetzt herauskomme.«

»Das ist gut, Mr. Osbourne.«

»Aber ich muß ein Bankkonto eröffnen, Victor, ein lokales Konto für Geschäftszwecke, und jedesmal, wenn ich das versuche, pfänden Sie mir das Geld. Das ist allmählich sehr lästig für mich.«

»Mit Zinsen, Mr. Osbourne, schulden Sie Mr. Sussman noch immer fast neunhunderttausend Dollar.« Mein Schachzug mit seiner Frau hatte nicht so gut funktioniert, wie ich geplant hatte. Osbourne, bei den Scheidungsvereinbarungen gerupft, hatte es geschafft, den größten Teil des wenigen, das der Anwalt seiner Frau ihm gelassen hatte, auf die Seite zu schaffen, ehe ich meine Forderungen geltend machen konnte. Ausländische Konten, Firmen, die Strohmännern gehörten. Er war viel besser darin, Geld zu verstekken, als welches zu machen.

»Ich weiß genau, was ich Sussman schulde«, sagte Winston Osbourne. »Und ich wünschte, ich könnte ihm alles zurückzahlen. Ihnen auch, Victor. Tatsächlich werden in diesem Augenblick Pläne gemacht, Sie zu bezahlen. Aber ich muß ein Bankkonto eröffnen. Ohne Bankkonto kann ich gar nichts zur Wiederbelebung meiner Aussichten tun, nicht wahr, Victor?«

»Haben Sie mit einem Anwalt über einen Offenbarungseid gesprochen?«

»Ja, natürlich. Aber ich bin ein Osbourne, Victor, etwas, das Sie auch nicht entfernt begreifen können.« Unbehaglich trat er von einem Fuß auf den anderen. »Und wie man mir sagte, sind nicht alle meine Schulden erlaßfähig.«

»Was wollen Sie, Mr. Osbourne?«

»Ich will, daß Sie mich in Ruhe lassen. Ich verlange ja nur, daß Sie sich vernünftig benehmen. Das ist Ihre letzte Chance. Ich bin bereit, Sie dafür zu bezahlen, daß Sie mich in Ruhe lassen.«

»Wieviel?«

»Zehntausend Dollar, wie damals. Aber leider frühestens in einem Jahr.«

»Mr. Osbourne, irgendwo haben Sie noch immer einen alten Duesenberg versteckt. Ich glaube, daß Sie Geld auf den Kaiman-Inseln und bei gewissen Schweizer Banken haben. Wie ich hörte, waren Sie kürzlich in Florida, außerhalb der Saison zwar, aber immerhin in Florida. Ehrlich gesagt, ich denke, daß Sie mehr bieten können, Mr. Osbourne, als das dürftige Versprechen von zehntausend Dollar, zahlbar in einem Jahr.«

»Sie können nicht wissen, wie schwer es seit der Scheidung für mich war.«

»Florida. Der Sunshine State.«

Er senkte leicht den Kopf. »Meine Tochter bestand darauf, daß ich mit ihr gehe.«

»Wo ist Ihr Duesenberg, Mr. Osbourne?«

»Der ist nichts mehr wert. Er ist zu alt, ich konnte ihn nicht mehr instand halten. Zu Ihrem eigenen Besten, Victor, nehmen Sie mein Angebot an.«

»Übergeben Sie Ihren Wagen dem Sheriff, Mr. Osbourne, und wir sind im Gespräch.«

Ich ließ ihn stehen und ging auf die Tür des Gebäudes zu, als ich ihn rufen hörte: »Bei Gott, Mann, ich will doch bloß ein verdammtes Bankkonto eröffnen können wie ein normaler Mensch.«

Den ganzen Herbst wurde ich das Bild von Winston Osbourne und seinen Fingernägeln nicht mehr los. Es gab eine Zeit in seinem Leben, da war der reiche, gutaussehende, gesellschaftlich prominente, geachtete und überall gern gesehene Winston Osbourne alles, was ich jemals sein wollte. Jetzt, als ich mit den Frustrationen in meinem Leben kämpfte, war er alles, was ich zu werden fürchtete. Der Fall, auf den wir gewartet hatten, der große Knaller, war nie gekommen, und auch wir hatten jetzt Rechnungen, die wir nicht begleichen konnten. Wir konnten unsere Sekretärin nicht jede Woche bezahlen, von der Büromiete ganz zu schweigen. Einer meiner Partner hatte seinen Anteil bereits verkauft, und ich konnte ihm eigentlich keinen Vorwurf daraus machen, obwohl ich es doch tat. Sechs Jahre seit dem Studium, und ich war einfach pleite, eine Stufe über der ungepflegten, gebrochenen Gestalt, die ich vor meinem Büro gesehen hatte. Einst hatte ich Winston Osbourne insgeheim all das verübelt, wozu er geboren worden war, aber jetzt hatte ich Angst, auf seine Stufe abzusinken, und das verübelte ich ihm noch mehr. Wenn er ein Bankkonto eröffnen wollte, bedeutete das, daß Geld da war, und wenn Geld da war, bei Gott, dann würde ich es in die Hand bekommen. Jeden einzelnen Dollar, du Mistkerl, jeden einzelnen Dollar, bis du stirbst.

Heute sehe ich, daß ich in jenem Herbst an einer tiefen Müdigkeit litt. Die Enttäuschungen meines Lebens hatten mich erschöpft, ganz zu schweigen davon, daß ich allein und einsam war, und beides schon seit viel zu langer Zeit. Aller Optimismus, den ich früher vielleicht gehegt hatte, war durch einen tiefen und nagenden Groll auf jeden und alles ersetzt worden. Doch dann kam in diesem traurigen, grauen Herbst endlich die Chance, auf die ich gewartet hatte. Es war eine Chance, die in Mord wurzelte, auf Betrug beruhte, eine Chance, die den Verzicht auf alles forderte, was mir einmal heilig gewesen war, aber sie war da. Und die einzige Frage lautete, ob ich Manns genug war, den Preis dafür zu bezahlen.

Wenn ich an jene Jahreszeit zurückdenke, sehe ich ihren Beginn in der gespensterhaften Erscheinung des ruinierten Winston Osbourne, doch von da aus geriet sie wild außer Kontrolle. Es war die Jahreszeit meiner Chance, ja, aber auch die der Korruption und des Verrats, eine unglückselige Jahreszeit der Selbsttäuschung und Verleugnung. Doch vor allem war es eine Jahreszeit der Liebe, einer von solcher Süße durchtränkten Liebe, daß mir noch immer der Atem stockt, wenn ich mitten in der Nacht plötzlich aufwache und mich erinnere. Es war eine Jahreszeit, die meine verwegensten Träume wahrzumachen versprach und meine tiefsten Ängste berührte.

Es war ein Herbst in Philadelphia.

2

Liberty Place Eins war eine riesige Rakete aus Granit und Glas, die sich über die gelassene, kantige Skyline Philadelphias erhob, bis sie sich im rauchigen Herbsthimmel verlor, das höchste, großartigste, prestigeträchtigste Gebäude in der wiedererstehenden City of Brotherly Love. Was erklärt, warum die Anwaltskanzlei Talbott, Kittredge und Chase für ihre Büros das dreiundfünfzigste, vierundfünfzigste und fünfundfünfzigste Stockwerk angemietet hatte, noch ehe der Bau fertig war. Talbott, Kittredge und Chase waren die etablierteste Anwaltskanzlei der Stadt. Sie stellten Kongreßmitglieder und Bürgermeister; sechs Richter des Third Circuit Court of Appeals und einer am Supreme Court waren aus ihr hervorgegangen. Sie waren der Traum jedes Jurastudenten, der den leuchtendsten der goldenen Ringe suchte, die das Gesetz zu bieten hatte. Nur das Beste war gut genug für Talbott, Kittredge und Chase.

Ich bewarb mich im zweiten Jahr meines Studiums um eine Stellung bei Talbott, Kittredge und Chase. Ich schrieb einen piekfeinen Brief und übertrieb meine Qualifikation, bis ich mich selbst auf dem knisternden, elfenbeinfarbenen Papier nicht mehr wiedererkannte. Ich gehörte nicht der juristischen Fakultät an, und mein Notendurchschnitt war bloß mittelmäßig, aber ich schickte meine Bewerbung trotzdem mit sonderbarer Zuversicht ab, sicher, daß meine wirkliche Qualität durch die flache, schwarze Maschinenschrift durchscheinen würde, und meines Wissens tat sie das auch. Doch für Talbott, Kittredge und Chase war nur das Beste gut genug. Ich bekam nicht einmal ein Bewerbungsgespräch.

Ich dachte nicht bewußt an diese Zurückweisung, als ich sieben Jahre nach dem Abschicken des Briefes durch die große, steinerne Halle von Liberty Place Eins ging und in den marmorverkleideten Aufzug trat, doch als ich in den dreiundfünfzigsten Stock hinauffuhr, wuchs mein Groll, und nicht nur der auf Talbott, Kittredge und Chase. Da gab es Dechert, Price & Rhoads, da gab es Morgan, Lewis & Bockius, da gab es Rawle & Henderson, White & Williams, da gab es Drinker, Biddle und Reath. Und sogar Wolf, Block, Schorr & Solis-Cohen. Nach dem Studium hatte ich mich bei den fünfundzwanzig Spitzenfirmen der Stadt beworben, und sie alle lehnten mein Angebot ab, in ihren Bibliotheken Sklavenarbeit zu tun und unglaubliche Arbeitszeiten abzuleisten, damit ihre Partner unanständig reich werden konnten. Dem Schicksal preisgegeben, war ich gezwungen, mich tiefer zu erniedrigen, als ich mir jemals hätte träumen lassen, und selbständig zu arbeiten.

Im Herbst meines Besuches bei Talbott, Kittredge und Chase waren wir in unserer traurigen kleinen Firma nur noch zu zweit und hießen jetzt schlicht Derringer und Carl. Unser dritter Partner, Guthrie, war geflohen. Er hatte die Unvermeidlichkeit unseres Mißerfolgs vorhergesehen, sich ein reiches Mädchen mit familiären Beziehungen geangelt und mit Hilfe ihres Namens einen Job bei Blaine, Cox, Amber & Cox ergattert, einer der feinen alten Firmen, die uns ursprünglich alle abgelehnt hatten. Seine junge, reiche Frau, nun Lauren Amber Guthrie, hatte er ausgerechnet in meinem Schlafzimmer gefunden, was seinen Fortgang zu Geld, Prestige und den holzgetäfelten Büros seines neuen Arbeitgebers besonders bitter machte. Der Mistkerl ging ohne einen Blick zurück und nahm unsere besten Fälle mit. So blieben nur Derringer und ich und die

Rechnungen, die wir nicht bezahlen konnten, sowie die Akten, die Guthrie nicht für stehlenswert gehalten hatte. Eine dieser Akten war *Saltz vs. Metropolitan Investors*, und in ihren Diensten schossen mein Groll und ich wie ein Knallfrosch zum dreiundfünfzigsten Stock von Liberty Place Eins hinauf.

Der Aufzug öffnete sich auf eine weite, offene Halle mit geschmackvollem Parkettboden und antiken Sofas. Die glänzenden Messingbuchstaben über dem Schreibtisch der Empfangssekretärin lauteten TALBOTT, KITTREDGE & CHASE. Zwei der Wände waren aus Glas und boten einen atemberaubenden Ausblick auf den Süden und Osten der Stadt in Richtung New Jersey und den blauen Bogen der Benjamin-Franklin-Brücke, die die Breite des Delaware überspannte. Die anderen Wände waren mit Kirschholz getäfelt, gewachst und zu geradezu militärischem Glanz poliert. Aber es waren nicht diese Wände, die mich am meisten beeindruckten, und auch nicht die riesigen Orientteppiche, die Couches, die feinen hölzernen Beistelltische und auch nicht die hinreißende blonde Empfangssekretärin, die herzlich lächelte, als ich aus dem Aufzug trat. Am eindrucksvollsten war die ungeheure Größe des Raumes selbst, eine atemberaubende Halle, größer als ein Basketballfeld, die keinen anderen Zweck hatte, als ein Image von Eleganz und Reichtum und Macht zu fünfzig Dollar pro Quadratfuß auszustrahlen. Unwillkürlich stellte ich diese Rechnung an. Mit dem, was sie jedes Jahr allein für die Lobby ausgaben, konnten sie mich fünfmal kaufen.

»Victor Carl für William Prescott«, sagte ich zu der Empfangssekretärin.

»Gern, Mr. Carl. Bitte, nehmen Sie Platz, ich sage ihm, daß Sie hier sind.«

Ich ging auf eines der Sofas zu und drehte mich dann nach der Empfangsdame um, die bereits telefonierte. Sie war eine auffallend schöne Frau, diese Empfangsdame. Die Art von Frau, die nur auf Parfumreklamen oder bei der Präsentation von Autos vorkommen sollte. Ihr Haar war hell und windzerzaust, als würde sie sich an Deck einer Hochseejacht aalen, während ich in der ungeheuren Stille dieser Halle stand.

»Kenne ich Sie?« fragte ich. Das war damals meine Masche,

obwohl ich sie inzwischen wie alle anderen aufgrund fortgesetzten und vollständigen Mißerfolgs aufgegeben habe.

Sie musterte mich aufmerksam und berührte dann leicht ihr ozeanisches Haar. »Nein, ich glaube nicht«, sagte sie.

»Es war einen Versuch wert.«

»Nicht in diesem Leben, Mr. Carl«, sagte sie mit einem Blick, der mich zu den Sofas am anderen Ende der Halle verbannte.

Aber sie hatte natürlich recht. Frauen wie sie existierten nicht für Burschen wie mich, sie existierten für die Reichen, die Gewitzten, die prickelnd Geistreichen, für Ballspieler und Filmstars und Gehilfen des Präsidenten. Und sie waren dazu da, die Büros jener brillanten Firmen wie Talbott, Kittredge und Chase zu schmücken, die sich weigerten, mich in ihre Reihen aufzunehmen. Oh, Mann, ich haßte diesen Ort so sehr, daß ich es schmecken konnte.

»Mr. Carl«, sagte eine hübsche Frau in einem Schneiderkostüm, die durch die Halle zu der Couch gekommen war, wo ich saß. Ich hatte eine halbe Stunde gewartet und so getan, als interessiere ich mich für das Wall Street Journal, das ich von einem der Couchtische genommen hatte in der jämmerlichen Hoffnung, die Empfangssekretärin würde mich für einen Firmenkunden halten, der den Wert seiner Aktien prüfte. »Bitte, kommen Sie mit«, sagte die Frau in dem Kostüm. »Ich bringe Sie zu Mr. Prescotts Büro.«

Ich folgte ihr über eine Treppe und durch breite Gänge. Ich kam an Schreibtischen mit grimmigen Sekretärinnen vorbei, die tüchtig die Tastaturen ihrer Computer bearbeiteten, und erhaschte Blicke in schön dekorierte Räume, in denen sorgenvolle Partner hin und her eilten. Es summte vor Aktivität in diesen Büros, eine Geräuschmischung, die von den fluoreszierenden Lichtern, den Ventilatoren der Computer, den Laserdruckern ausging, die Seite um Seite ausspuckten, sowie vom unablässigen leisen Läuten der Telefone und gedämpften Stimmen, die erklärten, Mr. Wilson oder Miss Antonelli oder Mr. Schwarz telefonierten auf einer anderen Leitung, würden sich aber gleich melden. Für einen Anwalt waren diese Laute mehr als einfach die übliche Büroaktivität. Sie waren das Geräusch anrechenbarer Stunden, das Geräusch des Geldes. Kein Geräusch, das ich allzuoft hörte. In unserem Flur hörte ich stattdessen das Huschen finanzieller Verzweiflung.

Sie führte mich in ein großes Eckbüro, das geräumiger war als mein ganzes Apartment. Der Blick ging nach Süden und Westen. Gleich vor mir führte die Broad Street wie ein mächtiger Strom zum Veterans Stadium in der Ferne, und rechts konnte ich das alte Franklin Field und das Gelände der University of Pennsylvania sehen, deren juristische Fakultät ebenso wie die von Harvard und Yale und Stanford und NYU und die übrigen Top Ten meine Bewerbung abgelehnt hatte. Prescotts Büro war holzgetäfelt wie ein Richterzimmer und mit einer eleganten Sitzgruppe an einem Ende, einem langen Eichentisch mit Akten und Nippsachen in der Mitte sowie einem großen, vergoldeten Schreibtisch in der Fensterecke mit zwei Gobelinsesseln davor und einer niedrigen hölzernen Kredenz dahinter möbliert. An einer der Wände hing eine Fülle von gerahmten Fotos von Bürgermeistern und Kongreßmitgliedern, Senatoren und Präsidenten, die lächelnd neben einem hochgewachsenen Patrizier mit strengem Gesicht standen; unten trugen die Bilder Unterschriften. An der gegenüberliegenden Wand, über der Sitzgruppe, hing ein großes, neorealistisches Gemälde von zwei Boxern, die sich vor einem wütend gelben Hintergrund umkreisten. Die Körper der Boxer boten sowenig Angriffsfläche wie möglich, sie spähten über ihre Handschuhe und warteten auf den Moment, die Fäuste fliegen lassen zu können. Das Gemälde strahlte die Spannung einer zusammengedrückten Feder aus, und die Augen der Boxer waren voller Haß. Es war ein kämpferisches Bild.

»Mr. Prescott wird gleich hier sein«, sagte meine Führerin. »Machen Sie es sich bequem.« Sie wies auf einen der Stühle vor dem Schreibtisch, und ich setzte mich wie ein wohlerzogener junger Hund.

Auf der Anrichte stand das Bild einer perfekten Familie, drei lächelnde, wohlgenährte Kinder, eine hübsche Frau, wieder der hochgewachsene Patrizier. Auf einem anderen waren die Kinder älter, die Frau dicker, und sie standen vor einem schönen Landhaus mit breiter Veranda, umgeben von dicht belaubten Bäumen, der Patrizier diesmal in einem Korbsessel mit einer Zeitung und einer Pfeife. In diesem traurigen Herbst meines Lebens schien ein so strotzendes Familienglück ungefähr die entlegenste aller Ambitionen, die ich bisher nicht hatte verwirklichen können.

Ich hatte William Prescott III. nie kennengelernt, aber wie jedermann hatte ich von ihm gehört. Er war ein großer Mann, dieser William Prescott, der Stolz seiner alten und verehrungswürdigen Familie. Studienbeginn in Yale, Abschluß in Harvard, früherer Stellvertretender Generalstaatsanwalt, früherer Botschafter in irgendeinem obskuren Land in Südamerika, früherer Kanzler der Anwaltsvereinigung von Philadelphia. Er war eine Säule der Republikanischen Partei und saß im Aufsichtsrat des Art Museum, der Free Library und des Philadelphia Orchestra. Und jetzt war er der Staranwalt für Prozesse, der oberste Regenmacher, der geschäftsführende Partner von Talbott, Kittredge und Chase. Man mußte sich fragen, welchen Preis er für solchen Erfolg bezahlt hatte. Er hatte alles, was ein Anwalt sich nur wünschen konnte, aber war er glücklich? Nun, nach den Bildern zu urteilen, war er ekstatisch glücklich. Ich hatte diesen William Prescott nie kennengelernt, aber ich verachtete ihn schon jetzt.

»Victor, danke, daß Sie vorbeigekommen sind«, sagte eine grauere Version des Mannes auf all den Fotos.

Ich stand rasch auf wie ein auf frischer Tat ertappter Dieb, als William Prescott ins Zimmer rauschte. Er trat ein wie der Abgesandte irgendeiner großen Nation. Sehr groß, sehr dünn, mit schmalen Lippen und hohen, vorstehenden Wangenknochen, schaute er mit verblüffend klaren blauen Augen unter buschigen schwarzen Augenbrauen hervor. Er war kein schöner Mann im klassischen Sinne, dazu war seine Nase zu lang, waren seine Lippen zu schmal, aber er war eine eindrucksvolle Persönlichkeit, ein Inbegriff der Integrität. Er trug einen marineblauen Nadelstreifenanzug von Brooks Brothers, einen Bankiersanzug, den er förmlich zugeknöpft ließ, als er seine Hand zur Begrüßung ausstreckte. Meine Hand verschwand in seiner. Trotz seiner Schlankheit hatte ich das unangenehme Gefühl, er wäre in der Lage gewesen, meine Hand zu drücken, bis die Knochen brachen, wenn er gewollt hätte.

»Ich bin sicher, Sie kennen Madeline Burroughs, Victor«, sagte er, während er mich zu der Sitzgruppe unter dem Boxergemälde führte.

Ich hatte sie gar nicht bemerkt, so sehr war meine Aufmerksamkeit von Prescott und seiner Präsenz gefesselt gewesen. »Ja, natürlich.«

»Hallo, Victor«, sagte Madeline. Sie war eine rundgesichtige, unelegante Frau, die sich anzog und benahm wie eine alte Jungfer, obwohl sie noch keine dreißig war. Sie lächelte einen Augenblick verlegen; es war wie eine Faust, die sich öffnete und schloß.

»Bitte, nehmen Sie beide Platz«, sagte Prescott. Seine Stimme war präzise und altersrauh, aber auf eine charmante Weise formell wie eine ungepflasterte Allee, die nach Versailles führt. Er kam aus der gleichen Welt wie Winston Osbourne, und auch das lag in seiner Stimme, aber wo Osbournes Stimme all seine angeborene Falschheit verriet, war sie bei Prescott gut verborgen, wenn überhaupt vorhanden. Ich saß in einem der Sessel, er mir gegenüber auf der Couch. Er lehnte sich zurück und schlug auf eine Art die Beine übereinander, bei der ich mich sofort wohl fühlte. Madeline hockte angespannt auf der Ecke der Couch.

»Ich darf Sie doch Victor nennen?« fragte er.

»Ja, Sir.«

»Normalerweise liebe ich den Herbst, Sie auch? Aber in diesem Jahr nimmt einem der graue Himmel jede Freude daran. Vielleicht wäre es an der Zeit, unser Büro in Miami zu besuchen.« Seine blauen Augen lächelten mich an und wurden dann kalt. »*Saltz vs. Metropolitan Investors*, Victor. Deswegen sind wir heute hier. Wie lange schlagen wir uns schon mit diesem Fall herum?«

»Drei Jahre, Sir«, sagte ich. Das »Sir« kam automatisch, hervorgerufen durch sein Verhalten und seine Erscheinung. Er schien meine Ehrerbietung als etwas zu akzeptieren, das ihm zustand.

»Sie haben sich die ganze Zeit an diesen Fall geklammert wie eine Bulldogge. Drei Jahre für eine Klage, die die Einreichungsgebühr nicht wert ist. Wie eine Bulldogge. Gut für Sie, Victor. Nun hat Madeline hier, eine unserer zähesten Prozeßanwältinnen, viermal die Abweisung beantragt, aber der Richter hält die Sache gnadenhalber am Leben.«

»Richter Tifaro ist zu ängstlich, um eine Entscheidung zu treffen«, mischte Madeline sich in die Diskussion ein.

»Sie versuchen also beide zu sagen«, sagte ich, »daß all Ihre Versuche, unseren Fall abzuschmettern, gescheitert sind.«

»Ja«, sagte Prescott und warf mir einen abschätzenden Blick zu. »Genauso ist es.«

Saltz war der schwächste der Fälle, die mein Ex-Partner Guthrie zurückgelassen hatte, als er auf dem Weg zum Erfolg aus unserer Firma floh. Eine Immobiliengesellschaft war den Bach runtergegangen, und Guthrie hatte die Investoren überzeugt, diejenigen zu verklagen, die das Konsortium gebildet und den Deal durchgezogen hatten. Es gab eine ausführliche Klage mit wilden Anschuldigungen von Betrug und Verschwörung. Wir hatten den Fall auf der Basis eines Erfolgshonorars von einem Drittel. Ich hatte viel Geld für Ermittlungen verschwendet, nur um herauszufinden, daß es keine wirklichen Beweise für etwas anderes als Dummheit aller Beteiligten gab. Meine Nachforschungen wurden dadurch erschwert, daß ein entscheidender Zeuge, der Buchhalter, der den Prospekt vorbereitet hatte, ein Wiesel namens Stocker, verschwunden war und dabei einige Treuhandgelder seiner Kunden mitgenommen hatte. Ohne ihn hatten wir nichts als eine gewisse Hoffnung, durch Bluff zu einem Vergleich zu kommen. Deshalb war ich hier, um einen letzten Blick auf mein Blatt zu werfen, die Lippen zusammenzupressen, erneut in meine Karten zu schauen und dann auf die schwache Chance zu hoffen, daß die Mistkerle passen würden. Unwahrscheinlich. Ich hatte eine halbe Million verlangt in der Hoffnung, sie würden mir ein Gegenangebot um die fünfzig machen, und darauf hatte ich sofort anspringen wollen.

»Hätten Sie gern einen Kaffee oder sonst etwas zu trinken, Victor?« fragte Prescott. Er griff nach einem Telefon, das auf dem Couchtisch zwischen uns stand, und drückte auf einen Knopf. Sofort erschien die hübsche Frau, die mich ins Büro geführt hatte. »Janice, einen Kaffee für mich, bitte. Und für Sie, Victor?«

»Kaffee, schwarz.« Janice ging, ohne eine Bestellung von Madeline aufzunehmen.

»Wir sind nicht hier, um uns zu streiten«, sagte Prescott, was eine Lüge war, denn genau dazu waren wir da. »Die Konsortiumsmitglieder haben mich gebeten, mich persönlich um den Fall zu kümmern, da wir uns nun dem Prozeß nähern. Als ich die Akte durchsah, fiel mir auf, daß Ihr Name nicht auf der Klage steht. Sie wurde von einem Samuel Guthrie eingereicht.«

»Er war mein Partner, aber er verließ die Firma.«

»Ja. Ging zu Blaine, Cox, Amber und Cox, nicht?«

»Sie machten ihm ein sehr ansehnliches Angebot.«

»Hat eine Amber geheiratet, wie ich höre. Die Jüngste, die Hübsche. Ich war zur Hochzeit eingeladen, war aber seinerzeit in Übersee.«

»Ich konnte auch nicht hingehen«, sagte ich, obwohl ich die Hochzeit nicht verpaßt hatte, weil ich in Übersee war. Ich glaube, ich mußte an dem Abend etwas im Fernsehen sehen, vielleicht *Disneyworld on Ice* oder so was.

»Ich vermute, die Heirat hatte vielleicht etwas mit dem Angebot zu tun.«

»Etwas.«

»Sie sind also jetzt zu zwei Anwälten, richtig?«

»Ja, Sir.« Prescott hatte mehr getan, als die Akte flüchtig durchzusehen.

»Ich nehme an, Mr. Guthrie hat eine Reihe seiner Mandanten mitgenommen«, fuhr er fort. »Aber diesen Fall hat er nicht mitgenommen. Sagen Sie uns, warum, Victor.«

»Weil er nichts bringt«, sagte Madeline.

Ich warf ihr einen Seitenblick zu und knurrte fast unhörbar.

»Wissen Sie, was der Schlüssel zu jeder erfolgreichen Anwaltspraxis ist, Victor?« fragte Prescott.

Ich konnte ein bitteres Lächeln nicht unterdrücken. »Offenbar nicht, Sir.«

»Objektivität«, sagte er mit der Gewißheit eines reichen Mannes. »Es ist in diesem Geschäft nur zu einfach, Positionen einzunehmen, die unsere Emotionen befriedigen, aber letztendlich schadet das unseren Mandanten. Es ist nur zu leicht, unseren Leidenschaften freien Lauf zu lassen.«

Ich versuchte, mir vorzustellen, wie der förmliche, aufrechte Mann vor mir seinen Leidenschaften freien Lauf ließ, doch es gelang mir nicht.

»Jetzt haben wir Ihnen all unsere Akten gegeben, und Sie haben nichts gefunden«, fuhr er fort. Seine rauhe Stimme, noch immer präzise und förmlich, gewann jetzt eine Spur von Zorn, nur einen Hauch, doch dieser Hauch reichte, um mich in meinen Sessel zurücksinken zu lassen. »Ein paar geringfügige Diskrepanzen zwischen den Informationen, die wir erhielten, und denen, die in den Prospekt kamen, ja, aber nicht genug, um ein Muster zu zeigen. Und Sie werden ohnehin nicht beweisen können, daß der Prospekt als verläßlich angesehen wurde. Keiner liest solche Sachen. Sie können sicher sein, die Jury wird von den vielen mildtätigen Organisationen erfahren, die unsere Mandanten unterstützen, und von den vielen gemeinnützigen Aufsichtsräten, in denen sie sitzen. Und am Ende werden die Geschworenen Ihre Mandanten als Idioten mit so viel Geld ansehen, daß sie bereit waren, es für irgendein dubioses Steuersparprojekt hinauszuwerfen, das ihnen in Aussicht stellte, sie müßten ihren angemessenen Anteil nicht zahlen. Offen gesagt, Victor, wenn wir in den Prozeß gehen, machen wir Sie fertig, und das wissen Sie.«

Er hielt inne, als die Tür sich öffnete. »Ah, Janice.«

Sie kam mit einem großen Silbertablett herein und stellte es auf den niedrigen Tisch. Da gab es eine silberne Kaffeekanne und zwei weiße Porzellantassen, ein silbernes Sahnekännchen und eine kristallene Zuckerdose mit einem feinen Silberlöffel. Auf einem Deckchen auf einem Porzellanteller war eine Auswahl von feinem Gebäck angerichtet. Es sah aus, als werde die Queen sich uns gleich anschließen. Ich war dankbar für den Aufschub, da meine Augen zu tränen begonnen hatten. Meine Augen tränen immer, wenn ich angegriffen werde, ein Zustand, der in der Grundschule die Hölle war. Und im Augenblick wurde ich angegriffen. In weniger als einer Minute hatte Prescott alle Schwächen meines Falles dargelegt. Während Janice mir einschenkte, versuchte ich, die Tränen zurückzuhalten.

»Das Projekt hat nie einen Heller eingebracht«, sagte ich, ehe ich einen Schluck Kaffee nahm. Er war so hervorragend, daß er mich für einen Augenblick verblüffte, stark und frisch und bitter. Ich nahm noch einen Schluck. »Sobald Sie unser Geld genommen hatten, ging alles den Bach runter. Das werde ich der Jury klarmachen.«

»Der Immobilienmarkt brach über uns zusammen«, sagte Prescott. »Jeder der Geschworenen wird das wissen. Die können ihre Häuser auch nicht verkaufen.«

»Ihre Schätzungen lagen völlig daneben.«

»Es waren ja auch nur Schätzungen. Wir haben nie behauptet, die Zukunft vorhersagen zu können.« Er legte ein Achselzucken in seine Stimme. »Es war ein Geschäft zwischen Geschäftsleuten, das schiefging. Jeden Tag gehen Geschäfte schief, ohne daß das etwas mit Betrug zu tun hat. Wir können den ganzen Tag so weitermachen, Victor, vor und zurück, aber so finden wir keinen gemeinsamen Boden. Unsere Mandanten wollen den Kampf bis aufs Messer.« Dann ließ er das Lächeln eines Diplomaten aufblitzen, der einen unwürdigen Gegner grüßt, dem zu schmeicheln das Protokoll ihm befahl, und sagte die Worte, auf die ich gewartet hatte. »Aber ich habe sie davon überzeugt, daß es ökonomischer ist, wenn wir uns einigen.«

Ich spürte, wie ein Prickeln mich durchlief, das Prickeln einer Einigung am Horizont, von Geld auf meiner Bank. Ohne eine Karte zu tauschen, war mein Pokerblatt stärker geworden.

Er sah mir fest in die Augen und sagte: »Madeline, was waren die letzten Zahlen, über die diskutiert wurde?«

»Die Kläger verlangten eine halbe Million Dollar«, sagte sie grinsend. »Wir boten fünftausend.«

»Das wäre die Klage nicht wert gewesen«, sagte ich.

»Also gut, versuchen wir's, Victor«, sagte Prescott. »Selbst wenn Sie alles gewinnen würden, was käme für Sie dabei heraus? Eine Million Dollar?«

»Wir haben Schadensersatz verlangt.«

»Ja, und wir haben Sanktionen für die Einreichung einer leichtfertigen Klage gefordert. Reden wir von einer Million. Sie hatten Steuervorteile auf die Verluste von ungefähr dreißig Prozent, also setzen wir die wirklich auszugleichenden Schäden auf siebenhunderttausend an. Und nun sagen Sie mir ehrlich, Victor, ganz unter uns, wie hoch setzen Sie Ihre Chancen an, tatsächlich zu gewinnen? Fünf Prozent? Zehn Prozent?«

»Fifty-fifty?« Ich hatte das nicht vorgehabt, aber meine Antwort kam als Frage heraus.

»Das ist doch wohl ein Witz, oder?« sagte Madeline.

»Seien Sie vernünftig, Victor«, sagte Prescott. »Wir versuchen zusammenzuarbeiten. Sagen wir zehn Prozent.«

»Das ist keine siebzigtausend Dollar wert«, sagte Madeline.

»Zehn Prozent, Victor? Siebzigtausend Dollar. Was sagen Sie?«

Ein Drittel von siebzigtausend Dollar lief auf ungefähr dreiundzwanzig Riesen hinaus, genug, um unsere Firmenrechnungen und die Gehälter und die Miete für den nächsten Monat zu bezahlen. Ich mußte mich zurückhalten, um nicht zu schreien: Ja, ja, ja, ja. »Das ist nicht genug«, sagte ich. »Sie könnten diesen Fall nicht für weniger als hunderttausend verhandeln, und Sie könnten trotzdem verlieren. Ich würde mit einem Angebot von zweihundertfünfzigtausend zu meinen Mandanten zurückgehen.«

»Natürlich würden Sie das«, sagte Prescott.

»Ich sagte doch, die Diskussion lohnt sich nicht«, sagte Madeline. »Mit Guthrie hätten wir reden können, aber Victor benimmt sich, als sei er auf irgendeinem Kreuzzug.«

»Sie benutzen meinen Stundensatz gegen uns, Victor«, sagte Prescott. »Das scheint mir nicht ganz fair. Neunzigtausend.«

»Ich setze Ihr Honorar nicht fest, Mr. Prescott«, sagte ich, während ich noch rechnete. Wenn wir an diesem Fall dreißigtausend verdienen könnten, dachte ich, dann könnte ich mir sogar Luft verschaffen und anfangen, meine Kreditkartenrechnungen zu bezahlen. Ich stellte die Kaffeetasse ab, damit sie nicht klapperte, als meine Nerven zu beben begannen. »Für zweihunderttausend könnten wir die Sache heute regeln.«

»Einhunderttausend, Victor. Und höher werden wir nicht gehen.«

Madeline sagte: »Das ist viel zu hoch für diese leichtfertige...«

»Hundertneunzig«, sagte ich und schnitt ihr das Wort ab.

Prescott lachte. Es war ein tiefes, aufrichtiges Lachen, auf seine Art warmherzig. Es war ein so gebieterisches Lachen, daß ich mir Mühe geben mußte, nicht einzufallen, obwohl er über mich lachte. »Nein, wir teilen die Differenz nicht, Victor. Einhunderttausend Dollar, höher gehen wir nicht.«

»Das wird nicht reichen«, sagte ich. Doch vor meinem inneren Auge begannen Dreien wie Bauchtänzerinnen zu wackeln. Dreiunddreißig, dreihundert, dreiunddreißig. Dreiunddreißig, dreihundert, dreiunddreißig. Das hatte einen goldenen Klang, wie Armreifen, die bei einem langsamen, verführerischen Tanz aneinanderschlagen. Dreiunddreißig, dreihundert, dreiunddreißig. Und dreiunddreißig Cents.

»Hundertachtzigtausend«, konterte ich.

»Sie enttäuschen mich, Victor«, sagte Prescott. »Ich dachte, wir könnten zu einer Beilegung gelangen.« Er lehnte sich wieder zurück und sah nicht mehr mich an, sondern das Fenster und die Aussicht. »Ich habe Madeline angewiesen, morgen mit den Prozeßvorbereitungen zu beginnen. Wenn wir einmal anfangen, Geld in den Prozeß zu investieren, Experten zu bezahlen, Material zusammenzustellen, die Dokumente zu organisieren, wenn wir damit erst anfangen, kann ich nicht mehr den gleichen Betrag anbieten. Dieses Angebot gilt also nur, bis Sie dieses Büro verlassen.«

»Ich sage Ihnen etwas, Mr. Prescott. Für einhundertachtzigtausend Dollar werden wir verschwinden. Wir werden der Presse nichts sagen, wir werden den tadellosen Ruf Ihrer Mandanten nicht beschmutzen. Kein häßlicher Prozeß. Nichts. Ende.«

Er zuckte mit den Schultern. »Das ist ohnehin eine notwendige Vorbedingung in jedem Falle. Einhunderttausend Dollar.«

Ich stand auf. »Das reicht nicht.«

»Ich werde Sie vor Gericht öffentlich auspeitschen, junger Mann.«

»Von mir aus, Sir.«

Prescott starrte mich nieder. Eigentlich hätte ich mich umdrehen und gehen sollen, so lief das, aber das Klingeln dieser Dreier in meinem Kopf ließ meine Füße erstarren, und ich erwiderte seinen Blick und wartete darauf, daß er mich rettete.

»Ich werde Ihnen sagen, wozu ich bereit bin«, sagte Prescott. »Ich tue das höchst ungern, ich denke, ich gehe zu weit, aber Sie sind eine Bulldogge, Victor, und Sie lassen mir keine große Wahl. Ich bin bereit, Ihnen noch eine Zahl zu nennen. Sonderkonditionen, verstehen Sie? Ich will ein schnelles Ja oder Nein hören. Bei Ja machen wir den Deal. Bei Nein tragen wir es vor Gericht aus. Sind Sie bereit für die Zahl, Victor?«

»Ja, Sir«, sagte ich.

»Einhundertzwanzigtausend Dollar.«

Die Zahl war so leicht zu dividieren, daß das kein Zufall sein konnte. Vierzigtausend Dollar klingelten in meinem Kopf so klar wie eine Glocke. Im Nu überschlug ich meine Aufwendungen. Zwanzigtausend direkt ans Büro, fällige Gehälter für unsere Sekretärin und Empfangsdame, geschuldete Miete, geschuldete Wohn- und Benutzungssteuer, überfällige Beiträge an die Anwaltskammer. Blue Cross war uns auf den Fersen, ebenso wie West Publishing und Xerox, die sich geweigert hatten, die Maschine zu warten, weil wir mit unseren Instandhaltungszahlungen im Verzug waren. Alle unsere Kopien kamen mit dicken Streifen und gräulich aus dem Apparat, als seien sie Kopien von Kopien von Kopien. Es fehlte uns an Briefpapier, Umschlägen, gelben Notizblöcken; unsere Frankiermaschine war seit Monaten nicht nachgestellt worden. Zwanzigtausend Dollar, die wie treibendes Papier im Abgrund unserer scheiternden Anwaltskanzlei verschwanden. Wir würden fünf auf die Bank legen, um noch einen Monat durchzuhalten, für alle Fälle, womit fünfzehntausend blieben, um sie zwischen Derringer und mir aufzuteilen; nach fälligen Steuervorauszahlungen würden mir viertausend Dollar bleiben. Eine meiner Kreditkarten war bis zum Maximum belastet, also würde ich auch dafür bezahlen, und meine Stipendienrückzahlungen waren schlimm im Rückstand; vielleicht würde man bei ein oder zwei Zahlungen wieder Geduld mit mir haben, und meinem Vater schuldete ich noch immer fünftausend, die er mir letztes Jahr geliehen hatte, als es sehr eng wurde.

»Wir haben einen Deal, Mr. Prescott«, sagte ich.

Er schlug sich mit den Handflächen auf die Schenkel, stand mit herzlichem Lächeln auf und schüttelte meine Hand, als sei ich ein frischgebackener Vater. »Prachtvoll. Ganz prachtvoll. Madeline«, sagte er, ohne sie anzusehen, »warum stellen Sie nicht gleich die Papiere aus.« Er sagte nichts mehr, bis sie aufstand und ohne Gruß das Büro verließ.

»Ich sollte auch gehen«, sagte ich. »Meinen Mandanten die Neuigkeit überbringen.«

»Noch nicht sofort, Victor. Sie sind zäh, das muß ich Ihnen zugestehen. Eine Bulldogge. Bleiben wir noch einen Moment zusammen. Ich habe vielleicht einen Vorschlag für Sie, junger Mann.«

Er legte einen Arm um meine Schulter. Die Geste kam so unerwartet, daß ich erstarrte, als habe er mich angegriffen.

»Vielleicht«, sagte er, »habe ich die Chance Ihres Lebens für Sie.«

3

Connie Mack, altersloser Baseballmagnat aus Philadelphia, der zufällig William Prescott III. sehr ähnlich sah, hat einmal gesagt: »Die Chance klopft bei jedem einmal an die Tür.« Ich allerdings habe das nicht eine Sekunde lang geglaubt. Es gab Männer und Frauen, die sich ihr ganzes Leben lang jeden Tag abrackerten, ohne eine einzige Chance zu bekommen. Ich kannte sie, ich war verwandt mit ihnen, ich war selbst so ein Mensch. Mein ganzes Leben lang hatte ich darauf gewartet, und dennoch war sie für mich nie gekommen, hatte nie an meine Tür geklopft, war nie durch meinen Briefschlitz geschlüpft. Vielleicht hatte das Postamt sie auch einfach falsch zugestellt, zusammen mit diesem Brief, den ich von Ed McMahon erwartete. Nein, daß Amerika das Land der unbegrenzten Möglichkeiten sei, war ein großer Mythos. Für Burschen wie mich, das hatte ich schmerzvoll gelernt, gab es so etwas wie eine Chance nicht, nur Plackerei, die einem Tag für Tag den Mut nahm und das Herz stahl. Also war ich von Natur aus skeptisch. Wenn jemand wie Prescott mir das Wort Chance ins Ohr flüsterte, bedeutete das im allgemeinen eine Chance für ihn, mich zu übervorteilen.

»Ein brillanter Mann«, sagte Prescott und wies auf ein Bild, auf dem er neben einem vornüberhängenden Präsidenten Nixon stand. »Es war eine Ehre, für ihn zu arbeiten.«

»Ja, bestimmt«, sagte ich. Es gab Dinge, die ich ihm über Nixon hätte sagen können, den Meineidigen, den Mann, der über seinen Geheimplan schwieg, den Krieg zu beenden, und dann Hanoi mit seinen Bomben eindeckte, der unehrenhaft zurücktrat und einer Anklage nur durch den Pardon des Präsidenten entging, aber dies war jetzt nicht der Moment.

»Oh, er hat natürlich Fehler gemacht«, sagte Prescott. »Aber in meinen Augen verleiht ihm das nur um so mehr Status. Er ist ein tragischer Held, der Mann, der durch seinen brillanten, leicht paranoiden Willen zu Macht und Ruhm kam und durch dieselbe Eigenschaft ruiniert wurde. Doch zu seinen besten Zeiten war er ein verdammt guter Präsident.«

»Ich bin ein Bewunderer von Kennedy.«

»Oh, ja.« Er ging hinüber zu einem anderen Bild eines sehr

jugendlichen William Prescott III., der dem lächelnden Jack Kennedy die Hand schüttelte. Wir standen vor seiner Fotowand, die eigentlich ein Altar für ihn selbst war, und Prescott führte mir die Großen und beinahe Großen vor, die ihn gekannt hatten. Ich hörte höflich zu und bemühte mich die ganze Zeit, die kichernde Freude zu unterdrücken, die ich über unsere Vereinbarung im Fall *Saltz* empfand.

»Durch und durch Charme und gutes Aussehen, Kennedy«, fuhr Prescott fort. »Aber im Grunde ein Wichtigtuer. Er stolperte in die Sache mit der Schweinebucht hinein, riß uns wegen Kuba fast in einen Atomkrieg und brachte uns dann nach Vietnam. Der 22. November 1963 war ein schrecklicher Tag, aber ehrlich gesagt glaube ich, daß es dem Land danach besserging.«

»Kennedy hatte eine Vision«, sagte ich.

»Nein, nicht wirklich. Was kümmerten ihn Bürgerrechte, bevor King anfing, in die Schlagzeilen zu kommen? Reagan hatte eine Vision.« Da war ein großes Bild von Ronald Reagan, der einen Arm um Prescott gelegt hatte. »Und er war wirklich ein netter Mann. Er war nicht der Hellste, aber das brauchte er auch nicht zu sein. In der Bundesregierung gibt es eine Million intelligenter Bürokraten, an der Spitze brauchen wir das nicht. Aber Reagans Vision war unrealistisch. Deshalb bewundere ich von allen Präsidenten, die ich gekannt habe, Bush am meisten.«

Er führte mich zu einem Bild seiner selbst mit George und Barbara Bush. Die Bushs lächelten Prescott herzlich an, während dieser mit königlicher Steifheit dastand und direkt in die Kamera starrte.

»Ein feiner Mann«, sagte Prescott. »Ein großer Führer. Ein wirklicher Pragmatiker in einer Welt von Ideologen. Er wurde von seinen eigenen Leuten verraten. So konnte der Clown ans Ruder kommen, den wir jetzt haben.«

Ich hatte für den Clown gestimmt, aber jetzt war auch nicht der Moment, das aufzubringen. Allerdings sagte ich: »Ich bin nicht sicher, ob reiner Pragmatismus bei einem Politiker bewundernswert ist.«

»Alles andere ist Schwindel, Victor. Wenn Sie sich nicht auf die praktischen Konsequenzen Ihrer Handlungen konzentrieren, worauf denn dann, was meinen Sie? Gute Absichten waren nicht das

Problem bei unserer Präsenz in Vietnam, das Problem war nur, daß ein Sieg dort praktisch unmöglich war. Eine Viertelmillion Franzosen waren von den Vietnamesen geschlagen worden; wie konnten wir denken, wir könnten gewinnen? Die einzige Art, effizient zu regieren, besteht darin, über die Ideologie, über die oberflächliche Moral hinweg genau in den Kern dessen zu schauen, was man tut.«

»Aber welche Ziele streben Sie an, wenn Sie keinen ideologischen Rahmen haben?«

»Frieden, Wohlstand, Gerechtigkeit, Gleichheit. Leben, Freiheit und das Streben nach Glück. Die Ziele sind einfach, alle wünschen sich dasselbe, aber ein Pragmatiker läßt sich nicht von einer falschen Ideologie irreführen und sich durch eine enge Beschränkung seiner Mittel behindern. Anwälte sind von Natur aus Pragmatiker. Ob wir ideologisch mit unseren Mandanten übereinstimmen oder nicht, unser Job besteht darin, innerhalb der Regeln für sie zu gewinnen, ganz gleich, wie. Alles andere ist ein Verstoß gegen unsere Pflicht.«

»Ich bilde mir gern ein, daß wir mehr sind als angeheuerte Söldner.«

»Damit erweisen Sie sich als Romantiker, Victor. Sehr gut.«

»Ich frage mich gerade«, sagte ich in dem Versuch, das Gespräch auf ein ungefährlicheres Thema zu lenken, »wie bald wir Ihrer Meinung nach den *Saltz*-Vergleich unter Dach und Fach haben können.«

Prescott lachte. »Vielleicht bekomme ich einen Rüffel. Ich werde Madeline über Nacht daran arbeiten lassen. Wir können die Sache abschließen, sobald Ihre Mandanten die Verzichtsurkunden unterschreiben.«

»Prima«, sagte ich und versuchte ein Lächeln zu unterdrücken. »Je eher, desto besser.«

»Wir werden alles tun, was in unserer Macht steht, um Ihnen entgegenzukommen. Alles.«

Normalerweise haßte ich Republikaner, sie hatten etwas Öliges und Unaufrichtiges an sich. Mir lag auch nicht viel an weinerlichen Demokraten, aber es waren Republikaner, die mich wirklich aufbrachten. Vielleicht lag es daran, daß ihre Partei die des großes Geldes war und ich keines hatte. Vielleicht lag es daran, daß ihr

Heilmittel für jedes Übel eine Senkung der Kapitalertragssteuer war, während ich nie in meinem Leben einen Kapitalertrag hatte. Vielleicht war es auch bloß, daß, wenn ein Republikaner einen beiseite nahm, um zu erklären, Angriffswaffen seien so uramerikanisch wie DDT oder Ketchup sei in Wirklichkeit ein Gemüse, dieser Unsinn mit einem derart selbstzufriedenen Grinsen herauskam, daß man auf dem Schulhof in der fünften Klasse zugeschlagen hätte. Normalerweise haßte ich Republikaner, aber Prescott hatte etwas an sich, das mir unwillkürlich gefiel: seine Förmlichkeit, seine Aufrichtigkeit, die Integrität, die er ausstrahlte. Er selbst und seine Portraitgalerie hatten etwas von *noblesse oblige*, das ich bewunderte. Höchstwahrscheinlich leitete sich meine neu entdeckte Zuneigung von der Tatsache her, daß er mir soeben vierzig Riesen verschafft hatte, aber aus unerfindlichen Gründen spürte ich in seinem Büro die Wärme guter Kameradschaft, selbst wenn wir in politischen Tagesfragen nicht übereinstimmten.

»Kommen Sie hier herüber«, sagte er und führte mich zu seinem Schreibtisch. »Setzen Sie sich eine Minute, Victor.« Er ließ sich in dem tiefen braunen Schreibtischsessel nieder und beugte sich mit verschränkten Händen vor. Ich saß steif auf einem der Polsterstühle.

»Da Ihr Kalender für den nächsten Monat jetzt plötzlich Freiräume aufweist«, sagte er, »habe ich vielleicht eine Chance für Sie.« Wieder das ominöse Wort. »Ich war beeindruckt, wie Sie den *Saltz*-Fall gehandhabt haben. Von Ihrer Zähigkeit. Ich habe Ihre Informationen für das Gericht gelesen. Sehr solide. Wir sind hier stolz darauf, unseren Mitarbeitern beizubringen, wie man prozessiert, aber das geht nur bis zu einem gewissen Grad. Wir können ihnen nicht beibringen, wie man Stroh zu Gold spinnt; das ist entweder angeboren, oder man lernt es nie.«

»Unser Fall ist nicht bloß Stroh.«

Er tat meinen Kommentar mit einer Handbewegung ab. »Wir haben uns geeinigt.« Er ballte eine Faust und hob sie anerkennend. »Zähigkeit. Victor, ich glaube, Sie sind ein fabelhafter Anwalt. Ja, das glaube ich.« Er sah mich an, als treffe er eine Entscheidung über mein Gesicht. »Haben Sie je Strafsachen bearbeitet?«

»Ein paar. Alkohol am Steuer, ein paar Drogenfälle, bei denen nichts herauskam. Und eine Verhandlung wegen schwerer Körperverletzung bis zum Urteilsspruch.«

»Und wie lief es?«

»Fein, bis die Geschworenen zurückkamen.«

»Geschworene können so sein. Die einzigen Anwälte, die nie einen Fall verlieren, sind die, die sich an die schweren gar nicht erst herantrauen. Viel Arbeit auf Bundesebene?«

»Ja, Sir. Das ist die einzige Art, zu einer Jury zu kommen, bevor der Mandant an Altersschwäche stirbt.«

»Hatten Sie je mit Richter Gimbel zu tun?«

»Nein, aber ich habe gehört, daß er ein zäher alter Vogel ist.«

»Ja, allerdings«, sagte Prescott. »Für meinen Geschmack ein bißchen zu gut durch.«

Ich rieb mir das Kinn, um abzuwischen, worauf immer er starren mochte. Er beugte sich noch weiter vor. Seine Stimme wurde verschwörerisch leise. »Jimmy Moore, der Stadtrat.«

»Ja, ich weiß von ihm.«

»Er und seine rechte Hand, Chester Concannon, stehen wegen Nötigung und Erpressung unter Anklage.«

»Ja, das weiß ich auch.«

»Moore wird vorgeworfen, seinen Posten im Stadtrat zu dem Versuch benutzt zu haben, von dem Besitzer des Nachtclubs Bissonette's eineinhalb Millionen Dollar zu erpressen.«

»Das ist 'ne Menge Dollars«, sagte ich.

»Ja, das ist es. Er wird beschuldigt, tatsächlich fünfhunderttausend bekommen zu haben. Er wird außerdem beschuldigt, Zack Bissonette, den früheren Baseballspieler, der Teilhaber des Clubs ist, brutal zusammengeschlagen zu haben, weil Bissonette versucht hatte, den Erpressungsplan zu durchkreuzen. Und schließlich wird er noch beschuldigt, Bissonette's niedergebrannt zu haben, weil die Zahlungen aufhörten. Alles sehr ernste Vorwürfe, und wenn sie zuträfen, würden sie Jimmy Moore zu einem Ungeheuer machen. Ich vertrete ihn.«

»Viel Glück«, sagte ich, ohne es wirklich zu meinen. Nach allem, was ich im *Philadelphia Inquirer* über den Fall gelesen hatte, war Moore so schuldig wie nur was und würde viele, viele Jahre in einem Bundesgefängnis zubringen. Und die ganze Stadt wußte, daß

Bissonette, ein zweiter Baseman, der der Liebling des Publikums im Veterans Stadium gewesen war, nach dem Überfall noch immer im Koma lag.

»Offen gesagt, Moores Politik steht in krassem Gegensatz zu meiner«, sagte Prescott. »Aber vor Gericht spielt das keine Rolle. Chester Concannon, der Adjutant, wurde von meinem alten Freund Pete McCrae vertreten.«

»Es ist ein Jammer, was ihm zugestoßen ist«, sagte ich. McCrae war ein feister republikanischer Politiker, der kürzlich in einem Restaurant in Chinatown gestorben war. Man hatte es für einen Herzinfarkt gehalten, bis sie bei der Autopsie seinen Hals aufschnitten und ein großes, fettes Stück Ente fanden, das dort feststeckte. Vermutlich aß Dr. Heimlich an diesem Abend woanders.

»Eine Tragödie«, stimmte Prescott zu. »Aber jetzt braucht Chester Concannon einen neuen Rechtsbeistand. Ich war beeindruckt, wie Sie den *Saltz*-Fall gehandhabt haben, und dachte, die Chance würde Ihnen vielleicht gefallen.«

»Ich bin geschmeichelt«, sagte ich.

»Das sollten Sie auch sein. Der Prozeß ist in zwei Wochen.«

»Warten Sie eine Sekunde«, sagte ich. »Wenn der Prozeß in zwei Wochen ist, habe ich keine Zeit, mich vorzubereiten.«

»Alles, was Sie brauchen werden, haben wir hier für Sie, die Dokumente, Kopien von den Regierungsbändern.« Er wies auf die Stapel auf seinem Konferenztisch. »Wir haben bereits Akteneinsicht beantragt, und McCraes Akten stehen zur Verfügung.«

»Ich würde es schrecklich gern machen, Mr. Prescott. Aber ich würde mehr Zeit brauchen. Wie stehen die Chancen, eine Vertagung zu erreichen?«

»Wir wollen keine Vertagung. Aus politischen Gründen hat die Regierung zu schnell angeklagt in der Hoffnung, Einfluß auf die Wahlen in diesem Herbst zu nehmen. Und jetzt sitzen sie fest und müssen mit unzulänglichen Ermittlungen in den Prozeß gehen. Und Bissonette ist noch immer im Krankenhaus und kann nicht als Zeuge aussagen. Sie hoffen, daß er wieder zu sich kommt. Wir denken, daß es aufgrund der Schwäche ihres Falles für uns von Vorteil ist, den Prozeß durchzuziehen, ehe er zu sich kommt. Wir haben uns allen Bemühungen um eine Vertagung widersetzt und unsere Rechte nach dem Speedy Trial Act geltend gemacht. Die Regierung möchte einen Aufschub, aber der Richter hält an dem Prozeßtermin fest, solange die Verteidigung damit einverstanden ist. Wir brauchen jemanden, der sich schnell einarbeiten kann und in zwei Wochen bereit ist.«

»Ich kann mich nicht binnen zwei Wochen in eine große Strafsache einarbeiten.«

»In Wirklichkeit brauchen Sie das auch nicht. Vor seinem Besuch in Ying's Peking Duck House erklärte sich McCrae damit einverstanden, daß ich eine gemeinsame Verteidigung beider Angeklagter präsentiere. Er fand, und ich bin sicher, das werden Sie auch finden, wenn wir uns zusammentäten, könnten wir den Fall der Regierung in Fetzen reißen. Ich glaube, wir könnten ein sehr effizientes Team sein, Victor. Und wenn Sie fähig sind, diesen Fall zu übernehmen, könnte man eine weitere Zusammenarbeit arrangieren. Ich habe McCrae oft als außenstehenden Berater benutzt und ihm Fälle überlassen, die wir wegen eines Interessenkonflikts nicht übernehmen konnten. So hat er eine ziemlich lukrative Praxis aufgebaut. Das könnten Sie auch.«

»Ich bin an der anderen Arbeit sehr interessiert, Mr. Prescott, sehr, aber ich glaube einfach nicht, daß ich diesen Fall übernehmen kann. Die Standesregeln lassen es nicht zu, daß ich einen Fall übernehme, auf den ich mich nicht adäquat vorbereiten kann.«

Er preßte die Lippen zusammen und begann, auf einen Block zu schreiben. Ohne zu mir aufzublicken, sagte er: »Gut, Victor. Wir sind nicht immer bereit, unsere Chancen zu ergreifen, so vergänglich die auch sein mögen. Ich verstehe vollkommen. Janice wird Sie hinausbegleiten.«

Ich wartete einen Moment, wartete darauf, daß er aufblickte und lächelte, wartete darauf, daß er mir noch einmal sagte, ein wie guter Anwalt ich sei und was wir alles zusammen machen könnten, aber er sagte kein Wort mehr, sondern konzentrierte sich nur auf den Block, auf den er schrieb. Nach etwas mehr als wenigen Augenblikken des Wartens stand ich auf und ging auf die Tür zu.

»Habe ich den Anwaltsvorschuß erwähnt?« fragte er, als ich den Türknopf drehte.

»Nein, das haben Sie nicht.«

»Fünfzehntausend im voraus, wenn Sie sich entschließen, den Fall zu übernehmen.«

»Das wirft ein neues Licht auf das Angebot«, sagte ich und ließ den Türknopf los.

»Das hatte ich mir fast gedacht.«

»Hauptsächlich, Sir, wäre es die Ehre, mit Ihnen zusammenzuarbeiten.«

»Ja, ich verstehe. Sie sind also an Bord?«

Ich zögerte einen Augenblick, aber nicht zu lange. »Ja, Sir.«

»Großartig«, sagte er fröhlich und lächelte sein charismatisches Lächeln, das mir das Herz erwärmte. »Das Prozeßteam trifft sich am Montag abend um sechs Uhr hier. Dann können Sie Ihren Mandanten kennenlernen. Vor dem Treffen am Montag können Sie sich alles Beweismaterial ansehen, das wir haben. Ich lasse ein Zimmer für Sie herrichten, sagen wir, ab zehn Uhr.«

»Gut.«

»Am Dienstag morgen haben wir eine Anhörung zum Stand der Sache vor Richter Gimbel. Ich werde dafür sorgen, daß Ihr Anwaltsvorschuß bis dahin bereit ist. Übrigens, Victor, was berechnen Sie pro Stunde?«

»Einhundertfünfzig«, sagte ich.

»Im Vergleich dazu stehen wir wie Gauner da. Für diesen Fall beträgt Ihr Honorar zweihundertfünfzig. Ist das akzeptabel?«

»Vollkommen.«

»Fein, Sie im Team zu haben, Victor. Das ist eine ungeheure Chance für Sie, junger Mann«, sagte er, und ich wußte, daß das stimmte. Prescott bot mir mehr als nur einen Fall von großer Publizität, bei dem mein Bild in den Zeitungen stehen und mein Name bekannt werden würde. Er bot mir an, mein Mentor zu sein, meine Karriere zu fördern, mich aus der Zweitklassigkeit zu befreien. Was ich von seiner weisen Führung und seiner rührenden Besorgnis profitieren konnte, war gar nicht zu ermessen.

»Ich verstehe«, sagte ich, »und ich bin sehr dankbar für die Chance.«

»Ja«, antwortete er, ohne den geringsten Anschein zu erwecken, daß er mir glaubte. »Das glaube ich Ihnen. Und ich habe keinen Zweifel, daß Sie sich für uns als Gewinn erweisen werden.«

So hatte ich mich schließlich vielleicht doch geirrt. Vielleicht war dieses glorreiche Land, in das mein Urgroßvater seine Familie aus Rußland gebracht hatte, tatsächlich das Land der unbegrenzten Möglichkeiten, das er suchte, und vielleicht war dieser William Prescott III. das Instrument dafür, zusammen mit welchem Schicksal auch immer, das dieses Stück gebratener Ente in der Kehle des fetten Pete McCrae hatte steckenbleiben lassen. Natürlich hatte ich noch immer meine Zweifel, aber fünfzehn Riesen im voraus und zweifünfzig pro Stunde milderten sie erheblich.

4

Neben einer verschrammten Tür in einem Flur über einem koreanischen Lebensmittelladen in der 21. Straße südlich der Chestnut hing eine Reihe von Namen in kleinen, verchromten Buchstaben. Da gab es VIMHOFF & COMPANY, BUCHHALTUNG, und darunter PARALLEL DESIGN INC., darunter JOHN STEVENSON, ARCHITEKT, und darunter, merkwürdig unzentriert, DERRINGER UND CARL, RECHTSANWÄLTE. Der Name unserer Firma war deshalb unzentriert, weil die erste Buchstabenserie von der Wand gerissen worden war, und das auch noch in Eile, als sei die Anwesenheit von Plastiknoppen, die noch in der verputzten Wand steckten, irgendein Hinweis. Eine sorgfältige Untersuchung der Staubschatten um das fehlende Wort herum enthüllte den Namen Guthrie. Ich will nicht leugnen, daß ich die Buchstaben abriß, und das fühlte sich verdammt gut an, auch noch, als die scharfen Ränder des Namens von diesem Mistkerl mir ins Fleisch schnitten. Wann ist Verrat kein Verrat? Wenn es nur ums Geschäft geht.

Alle Firmen teilten sich eine Empfangsdame, eine ältere Frau namens Rita mit einer weißen Strähne in ihrem schwarzblauen Haar und einem traurigen Unterton in der Stimme. »Irgendwelche Nachrichten?« fragte ich sie, als ich von meinem Treffen mit Prescott zurückkam.

»Nichts von Bedeutung, Mr. Carl. Wie üblich.« Ihre Stimme war reines New Jersey, wie eine lästige Sirene. »Außer, daß dieser Mann von der Kopiererfirma wieder angerufen hat. Er fing an, sich bei mir zu beklagen, als sei ich diejenige, die ihm Geld schuldet. Ich sagte, er solle ein Xerox von der Rechnung machen und es herschicken.«

Ich nahm die rosa Zettel aus meinem Fach im Nachrichtenregal und blätterte sie durch. »Die wollen nicht, daß Sie eine Kopie als Xerox bezeichnen«, sagte ich beiläufig. »Das ist nämlich ein Markenname.«

»Ja, ich weiß. Aber es gefällt mir, wenn sie anfangen, das am Telefon zu erklären. Er schickt Ihnen einen Mahnbrief und ein Xerox von ihrer Firmenpolitik. Vimhoff sucht Sie«, sagte sie.

»Ist er hier?«

»Nein, aber er hat gesagt, daß er Sie am Montag morgen sprechen will. Wieviel Miete sind Sie schuldig?«

»Montag morgen werde ich nicht da sein.«

»So viel?«

»Ein neuer Fall. Wirklich.«

Sie lachte nicht, sondern gab eher ein Schnauben von sich.

Ich nahm meine Nachrichten und ging durch den vinyltapezierten Flur an Vimhoffs Büro vorbei, so sauber und ordentlich wie eine Zahlenreihe, an dem Designbüro, in dem man Macintosh-Computer summen hörte, am Büro des Architekten, dessen Tür wie immer geschlossen war, bis ich die Rückseite erreichte, wo Ellie, unsere Sekretärin, still an ihrem Schreibtisch saß, Kaugummi kaute, eine Zeitschrift las und unsere drei traurigen kleinen Büros bewachte. Sie war unglaublich jung, Ellie, sehr hübsch in der Art einer Klosterschülerin, rotes Haar, Sommersprossen, niedliche Stupsnase, und kleidete sich immer unangemessen hell und adrett, als sei sie jeden Morgen zu einer Taufe unterwegs. Guthrie hatte sie direkt nach der High School eingestellt, nachdem er ihren Namen von einer Nonne bekommen hatte. Als er uns verließ, nahm er allerdings Carolyn mit, unsere andere Sekretärin, diejenige, die tippen konnte. Aber Ellie war weiter erschienen, auch als ihre Gehaltsschecks ausblieben, und das war besser, als wenn sie hätte tippen können.

»Wo ist Derringer?« fragte ich. »Ich habe Neuigkeiten.«

»Auf dem Rückweg von der Sozialversicherung.«

»Wie ist es gelaufen?«

»Es war der Cooperman-Fall«, sagte Ellie in einem Ton, der zu erkennen gab, mehr sei dazu nicht zu sagen. »Übrigens, Mr. Vimhoff sucht Sie.«

»Ich weiß. Ich habe *Saltz* endlich abgeschlossen.«

»Diese mickrige Sache?«

»Seien Sie höflich.«

»Bedeutet das, daß ich diesen Monat bezahlt werde?«

»Sobald der Scheck gutgeschrieben ist. Ach übrigens, Ellie, tun Sie mir einen Gefallen. Ich habe neulich Winston Osbourne getroffen, und da ist mir etwas eingefallen. Finden Sie heraus, wer Osbournes Tochter ist, ihren Namen, ich glaube, sie ist verheiratet, und ihre Adresse. Rufen Sie Mrs. Osbourne zu Hause an. Sie wird das wissen. Tun Sie so, als wären Sie eine alte Freundin.«

»Klar.«

»Ich habe so eine Ahnung, als würden wir einen Duesenberg finden.«

Mein eigentliches Büro war ein kleiner, düsterer Raum. Früher hatte ich Pläne damit. Ich wollte die Wände in zartem Eierschalenblau streichen, einen Orientteppich hineinlegen, einen großen Mahagonischreibtisch aufstellen und das blasse Metall der Aktenschränke mit einem Holzfurnier verkleiden. In den Galerien in der Walnut Street wollte ich ein großes Landschaftsbild kaufen, frühamerikanisch, episch und grün, und es schräg gegenüber dem Fenster aufhängen. Es sollte auch Pflanzen geben, hohe Blattpflanzen, und tiefe Ledersessel für meine Mandanten, in denen sie sitzen konnten, während ich für sie den weisen rechtlichen Rat ersann, für den ich berühmt werden würde. Aber die Pläne für mein Büro hatten sich wie die Pläne für mein Leben angesichts des gnadenlosen Fortschreitens meiner Realität aufgelöst. Mein Büro war nun ein kleiner, dunkler Raum, übersät mit dem Gerümpel einer fehlgeschlagenen Karriere – unordentliche Stapel bedeutungsloser Papiere, staubige Reihen längst erledigter Akten. Auf dem Fensterbrett stand das dünne braune Gerippe eines Ampelkrauts, das sich zum Sterben niedergelegt hatte. Mein Büro strahlte eine Trostlosigkeit aus, die vierzigtausend Dollar nicht beseitigen, sondern nur verlängern würden.

»Abington, Kardiologie.«

»Dr. Saltz, bitte«, sagte ich in den Hörer.

»Wer spricht dort?« fragte die Telefonistin.

»Victor Carl. Er wird wissen, worum es sich handelt.«

»Einen Augenblick, bitte.«

Erst ertönte ein leises Klicken, dann die weichen Töne von Henri Mancini, die sanft aus tausend Saiten vibrierten, aus tausend und einer, und dann Saltz' verwaschene Gangsterstimme.

»Hallo, Vic, bleiben Sie eine Minute dran, ja? Ich spreche auf der anderen Leitung.«

»Klar.«

Und wieder das Streichen der Violinen. Ich hasse es, warten zu müssen. Nicht so sehr wegen der Zeitverschwendung, sondern deshalb, weil jemand anderer meine Zeit verschwendet. Das ist so unwürdig, eine nicht sehr subtile Botschaft, daß ich nicht annähernd so wichtig bin wie derjenige auf der anderen Leitung. Ich wette, den Präsidenten läßt man nie warten, genausowenig wie Footballstars, Milliardäre oder Frauen mit geschmeidigen Körpern und tiefblauen Augen. Aber zweifelhafte Anwälte in fallierenden Firmen, die ihre Kreditlinie überschritten haben, die schaltet man auf Warten. Und warum berieseln sie die Warteleitung mit Musik? Sie sind nicht wichtig genug, um sofort an die Reihe zu kommen, aber so ist Ihre Zeit nicht ganz verschwendet... Ich hätte auf der Stelle aufgelegt, aber ich mußte mit Saltz sprechen, und sonst lag nichts Dringendes an, und Saltz, na ja, sprach wahrscheinlich mit jemandem, der wichtiger war als ich, einem mächtigen und verzweifelten Patienten mitten in einem Herzanfall, der die entscheidende Information erhielt, die er brauchte, um am Leben zu bleiben.

»Victor«, sagte er endlich. »Danke, daß Sie gewartet haben. Ich habe mit meinem Klempner geredet. Mein Gott, diese Burschen verlangen ein Geld... Was gibt's?«

»Gute Nachrichten«, sagte ich. »Wir haben ein Abfindungsangebot.«

»Wieviel?«

»Ich habe mich mit einem Mann namens Prescott getroffen, dem großen Tier bei Talbott und Kittredge, der anscheinend die Kontrolle über den Fall übernommen hat. Wir haben eine Stunde geredet und uns angeschrien, aber ich habe ihn auf eine hohe Summe getrieben.«

»Wieviel?«

»Ich habe ihn dazu gebracht, uns hundertzwanzigtausend zu geben.«

»Und wieviel davon würde ich kriegen?«

»Sie sind zu acht mit gleichen Anteilen, also wären das nach Abzug der Kosten zehntausend für jeden.«

Es folgte eine Pause, in der ich darauf wartete, Glückwünsche aus dem Telefonhörer strömen zu hören.

»Ist das alles?« fragte er mit seiner rauhen, undeutlichen Stimme. »Was ist das, verdammte Scheiße? Das ist nichts! Ich hab hundertfünfundzwanzig Riesen in dieses Scheißbauprojekt gesteckt, und alles, was ich rauskriege, sind mickrige zehntausend? Die haben mich übel reingelegt. Ich müßte mehr als zehn Riesen kriegen, Victor. Ich müßte deren Eier auf einem Tablett serviert kriegen.«

»Lou«, sagte ich leise, »wenn die auf stur schalten und es auf einen Prozeß ankommen lassen würden, würden wir verlieren.«

»Hundertfünfundzwanzig Riesen hab ich verloren. Haben Sie jemals diesen Buchhalter gefunden, der die Zahlen in diesem Scheißprospekt geschrieben hat? Wie heißt er noch?«

»Stocker«, sagte ich. »Wird noch immer vermißt. Das FBI sucht ihn auch.«

»Ich wette, er könnte einiges erzählen.«

»Nicht rechtzeitig genug, um uns zu helfen. Wahrscheinlich ist er irgendwo in Brasilien am Strand, tanzt mit dunkelhäutigen Frauen Samba und lacht uns aus.«

»Ich hasse den Gedanken, daß ich hier wieder übers Ohr gehauen werde, Victor. Vielleicht sollten wir einfach in den Ring steigen und abwarten, was diese Mistkerle machen, sehen, was den Geschworenen dazu einfällt. Haben Sie mit den anderen geredet?«

»Ich wollte zuerst mit Ihnen sprechen.«

»Vereinbaren Sie ein Treffen für nächste Woche«, sagte er. »Wir reden gemeinsam darüber. Vielleicht kommt es mir dann besser vor. Ich muß aufhören, der Elektriker ist am Apparat, und ich will ihn nicht warten lassen.«

»Was hat das zu bedeuten, Renovierungswochen für das traute Heim?«

»Wir haben ein Haus in Radnor gekauft. Zweieinhalb Millionen, und trotzdem muß das Ding von Grund auf renoviert werden. Stellen Sie sich das vor. Aber Sie wissen ja, wie das ist, was erzähl ich Ihnen da.«

»Richtig.«

»Ich spreche Sie bei dem Treffen nächste Woche.«

»Klar.«

Was ich an den Reichen am meisten haßte, war nicht ihr Geld. Ich beneidete sie um ihr Geld, ich war scharf auf ihr Geld, aber ich haßte ihr Geld nicht. Was ich haßte, war die Art, wie sie es als unwichtig abtaten.

Ich machte mich daran, auf die hinterlassenen Nachrichten zu antworten, fremd klingende Namen und Zahlen auf kleinen rosa Zetteln. Bei allen handelte es sich um Rechnungen. Da war ein Anruf von einem Computerspezialisten, der unsere Textverarbeitungsanlage repariert hatte, einer von Little, Brown & Co. wegen der Bezahlung eines Buches, das Guthrie vor seinem Weggang bestellt hatte, einer wegen einer Protokollausfertigung im *Saltz*-Fall, die ich bestellt hatte, aber wohl nicht mehr brauchen würde. Ich sagte allen, ich würde in unseren Akten nachsehen und mich wieder bei ihnen melden, und dann warf ich die rosa Zettel in den überquellenden Papierkorb. Vimhoff sollte unsere Büros eigentlich zweimal pro Woche putzen lassen. Blitzartig kam mir die anwaltliche Einsicht, daß der überquellende Papierkorb meine Verteidigung dafür war, mit der Miete im Rückstand zu sein. Präsumptive Zwangsräumung. »Säubern Sie die verdammten Büros, und wir werden unsere Miete bezahlen«, würde ich mit empörtem Unterton sagen. Das könnte funktionieren, zumindest, bis ich die *Saltz*-Regelung unter Dach hatte. Ellie streckte den Kopf in mein Büro und sagte, sie gehe jetzt. Ich spielte mit meinen Stundenabrechnungen herum, und dann wartete ich darauf, Derringer von unserem neuen Fall zu erzählen. Ich brauchte nicht lange zu warten.

»Wie lief es bei den Snobs von Talbott?« sagte sie, als sie ohne anzuklopfen in mein Büro kam und sich auf den hölzernen Sprossenstuhl vor meinem Schreibtisch setzte.

»Sie haben mit Geld nach mir geworfen«, sagte ich.

»Nein, wirklich?«

Elizabeth Derringer war klein und schmächtig mit glänzendem schwarzem Haar, das glatt am Kopf lag und wie ein Helm geschnitten war. Sie trug eine Brille mit runden Gläsern, die sie sehr ernst aussehen ließ, selbst wenn sie lächelte, aber wenn man durch die Gläser und ihre scharfen Gesichtszüge hindurchsehen konnte, erkannte man das Glitzern eines boshaften Humors. Ich hatte sie auf der juristischen Fachschule kennengelernt, wo sie Abendkurse besuchte, während sie Sozialarbeit für die Stadt leistete. Im letzten Studienjahr gab sie ihren Job auf, um so gute Noten zu erzielen, daß sie ihr Examen ein Semester früher als die anderen ablegen konnte, und da traf ich sie. Sie war klüger als ich, sie war teuflisch klug und zäher als Schuhleder, aber am Ende hatte sie ihren Abschluß von der Abendschule der Fakultät, und die Firmen, die mich ablehnten, nahmen niemanden, der von einer Abendschule kam. Wahrscheinlich dachten sie, wenn eine Jurastudentin intelligent genug war, um in ihre Firma einzutreten, müsse sie auch so intelligent sein, sich Eltern zu suchen, die es sich leisten konnten, ihre Studiengebühren zu bezahlen. Aber mit Elizabeth ließen sie sich etwas entgehen.

»Sie geben uns hundertzwanzigtausend, um *Saltz* zu vergleichen«, sagte ich.

»Mann, da sind wir ja reich. Und das auch noch durch diesen aussichtslosen Fall.«

»Wenn es durchgeht. Saltz meint, es sei nicht genug.«

»Sag ihm, daß wir Rechnungen zu bezahlen haben«, sagte sie.

»Ich vereinbare ein Treffen für nächste Woche, um die Sache perfekt zu machen. Was war mit Cooperman?«

»Frag nicht.«

»Sie können ihn doch unmöglich wegen einem bißchen Klingeln in den Ohren für invalide erklären«, sagte ich.

»Bitte, Victor, hab ein bißchen Respekt vor Kranken. Tinnitus. Und wenn ihn das verrückt macht, kann er nicht arbeiten.«

»Er ist bei einer Abrißfirma.«

»Ich werde mit meiner Beschwerde durchkommen«, sagte sie. »Ich habe diese Bürokraten vom SSI genau da, wo ich sie haben will.«

Beth wurde einmal überfallen, am hellichten Tag, von einem Drogensüchtigen, einem Crackhead, der sich mit einem Schuß für fünf Dollar Mut gemacht hatte. Er ging auf sie zu, lächelte, packte mit einer schnellen Bewegung den Riemen ihrer Tasche und wollte weglaufen. Beth hielt die Tasche fest. Selbst als der Crackhead sie über den Bürgersteig zerrte, hielt sie fest. Sie ist in Manayunk geboren, bevor das Viertel von den besseren Leuten entdeckt wurde und in Mode kam. Manayunk ist eine hügelige Gegend mit unebenen Straßen und abgebrühten Kindern. Beth stürzte bei dem Überfall, brach sich das Handgelenk und zerschrammte sich das Gesicht auf dem Pflaster des Bürgersteigs, aber noch immer hielt sie die Tasche fest. Schließlich war er derjenige, der losließ und vor der verrückten kleinen Frau davonlief, die er einen halben Block weit über den Bürgersteig gezerrt hatte. Er rannte geradewegs in einen beigefarbenen Impala mit Jesus-Scheinwerfern hinein. Die Polizei kratzte ihn von der Straße. Bei der gerichtlichen Voruntersuchung stierte er sie aus seinen Verbänden heraus an und versuchte sie einzuschüchtern, damit sie nicht als Zeugin aussagte. Sie lächelte liebenswürdig und machte ihn fertig.

»Ich vermute, ich kann dich nicht überreden, die Sache fallenzulassen«, sagte ich.

»Nee.«

»Wie wär's, wenn wir das bei einem Bier und einem Hamburger im Irish Pub besprechen?«

»Ich kann nicht. Ich gehe heute abend aus.«

»An einem Freitagabend?« fragte ich. »Du hast eine Verabredung?«

»Eigentlich ist es keine richtige Verabredung. Es ist ein blindes Rendezvous. Ein blindes Rendezvous ist eher ein Interview mit einem potentiellen Verehrer, ein Austausch von Resümees, albernes Geschwätz, mit dem man gegenseitig seine sozialen Fähigkeiten testet, weiter nichts.«

»Ich wollte dir von dem neuen Fall erzählen, den ich heute übernommen habe«, sagte ich, ein bißchen eifersüchtig, weil sie an diesem Abend einen Ort hatte, irgendeinen Ort, wo sie hingehen konnte.

Sie stand auf. »Erzähl's mir morgen, sonst komme ich zu spät.«

Und dann war sie fort.

Ich machte mich fertig, um zu gehen, schaltete die Lichter im Büro aus und setzte mich dann wieder auf meinen Stuhl, um zuzusehen, wie das wechselnde Licht der Stadt auf die Mülltonnen in der Gasse fiel. Ich konnte es rings um mich herum spüren. Es war unentrinnbar, fiel kalt und hart von den Sternen am Himmel, tropfte von den blattlosen Bäumen am Rand der verschmutzten Straßen der Stadt, kam in Wellen herunter, umspülte mich wie der Ozean. Die Luft schmolz in dicken, schweren Tropfen, die Flecken an den Wänden tanzten wie verrückt, und die Ordnung aller Dinge war Sinnlosigkeit und Verzweiflung und schließlich Tod. Sein Geruch lag stinkend in der Luft, verfault, moschusartig, überwältigend verführerisch wie der Saft einer fremden Frau. Es spielte über dem fahlen Gesicht von Winston Osbourne in seinem Elend, es wuchs trotz der Röntgenstrahlen, die durch die Lungen meines Vaters gejagt wurden, es lag zusammengekauert und still in meinem Herzen und steckte alles an, was ich berührte, meine Praxis, meine Träume, meine Beziehungen. Ich wollte so dringend raus, raus aus diesem Leben und seiner offensichtlichen Sinnlosigkeit. Ich würde alles tun, um da rauszukommen, alles und jedes, wirklich alles. Ich war todkrank vor Verlangen danach.

Als ich noch auf die Junior High School ging, wurde ich ausgewählt, um ein genetisches Experiment mit verschiedenen Arten von Fruchtfliegen der Familie Drosophilae durchzuführen. Hinten im Klassenzimmer kreuzte ich die rotäugige Sorte mit der weißäugigen Sorte und bestimmte dann die Merkmale der Nachkommenschaft. Drosophilae eigneten sich perfekt für das Experiment, weil ihr Leben so kurz und ihr Fortpflanzungszyklus so schnell ist, daß ich binnen weniger Tage ihre genetischen Abenteuer durch eine ganze Reihe von Generationen verfolgen konnte. Für die Dauer meines Experiments waren sie wie Haustiere, und als man mich aufforderte, die letzte Gruppe von Nachkommen unter Äther zu setzen, um eine genaue Zählung der rotäugigen und der weißäugigen Abkömmlinge vorzunehmen, beschloß ich, sie statt dessen freizulassen. »Geht, meine Freunde«, sagte ich, als ich die kleinen Phiolen öffnete, in denen sie geschlüpft waren. »Seid frei.« Und ich sah zu, wie meine Klassenkameraden reihenweise zerstreut mit den Händen in der Luft herumwedelten. Ich dachte über meine Freunde, die Fruchtfliegen, in den Momenten nach, in denen ich mich überwältigt fühlte von den Ausgeburten der Verzweiflung, die mich umschwirrten, und beneidete sie um ihr kurzes, empfindungsloses Leben. Sie flogen, sie saugten an Früchten, sie paarten sich und pflanzten sich fort, und all das ohne jegliches Bewußtsein ihrer Existenz.

Also tat ich an diesem Abend, nachdem Beth mich verlassen hatte, das, was ich an den meisten Abenden tat. Ich hielt vor einem Grillimbiß, bestellte ein Käsesteak mit Ketchup und Zwiebeln, nahm es mit nach Hause und aß es vor dem Fernseher, eine halbe Sechserpackung Bier neben mir. Welcher Abend es auch war, es gab immer eine Sendung, die fast sehenswert war, und ich war fähig, eine ganze Nacht der Geistlosigkeit um diese eine Sendung herum auszudehnen, von *Jeopardy!* über die Hauptnachrichten und die Spätnachrichten und Talk Shows und schließlich den späten Spätfilm in UHF, bis ich auf der Couch eingeschlafen war, betäubt von allem, was ich gesehen hatte. Diese Freitagnacht war wie jede andere Nacht dessen, was aus meinem Leben geworden war. Für ein paar gesegnete Augenblicke war ich wie ein Science-Fiction-Held so gefangen in der Macht des Elektronenstrahls, daß ich jedes Empfinden verlor und mit dem Jetzt meines Lebens ebenso verbunden war wie die schlichte, aber edle Drosophila.

5

Obwohl ich Jimmy Moore nie begegnet war, kannte ich seinen Namen. Ich kannte Tausende von Namen, Schauspieler und Verbrecher, Sporthelden und Politiker, Autoren, Rockstars, den albernen kleinen Kerl, der in der South Street Anzüge verkaufte. Es sind die Namen, die die Welt regieren, die Tina Browns, die Jerry Browns, die Jim Browns. Sie sind die Aristokratie Amerikas, und was immer ihr Rang sein mag – denn einen Rang gibt es –, vom nationalen zum lokalen bis zum fast obskuren, es sind die Namen, die die besten Parties besuchen, die hübschesten Leute vögeln, den feinsten Champagner schlürfen, am lautesten und längsten lachen. Jimmy Moore war ein lokaler Name, ein Geschäftsmann, der zum Politiker avanciert war, ein Stadtrat mit einem populistischen Anti-Drogen-Programm, das die unteren und mittleren Klassen ansprach. Er war ein Name mit Ehrgeiz und einer loyalen Gefolgschaft. Ein Name, der Bürgermeister werden wollte.

Den größten Teil des Montags verbrachte ich in den Büros von Talbott, Kittredge und Chase damit, mir Jimmy Moore am Telefon anzuhören. Natürlich telefonierte er nicht mit mir, ich war kein Name und folglich nicht wert, daß man mit mir sprach. Statt dessen hörte ich am Telefon Michael Ruffing, einen Gastwirt, dessen schicke Etablissements in der Stadt ihn zu einem lokalen Namen unter den besseren Leuten gemacht hatten. Das Telefon in seinem Nachtclub Bissonette's, benannt nach seinem Partner Zack Bissonette, dem gegenwärtig im Koma liegenden früheren Baseballspieler, war zufällig vom FBI angezapft worden. Ich saß allein am Ende eines langen Marmortisches in einem riesigen Konferenzraum. Feine antike Drucke des alten Philadelphia hingen an den Wänden: Independence Hall, Carpenters Hall, Christ Church, Second Bank of the United States. Der Teppich war dick und blau. Ein Tablett mit alkoholfreien Getränken stand auf einer Anrichte hinter mir, und ich brauchte keinen Cent zu bezahlen, um eine Flasche zu öffnen, sie waren einfach da, für mich. Ich muß zugeben, in diesem Raum zu sitzen wie ein eingeladener Gast, wie ein Kollege, war prickelnd. Ich befand mich genau im Herzen des Erfolgs, des Erfolgs von jemand anderem vielleicht, aber näher war ich ihm noch nie gewesen. Und während der ganzen Zeit dort hatte ich eine dunkle Freude im Herzen, weil ich wußte, wenn ich meine Sache gut machte, konnte dies auch mein Erfolg sein. Also lächelte ich unwillkürlich ab und zu, während ich in diesem Konferenzraum saß, mit Kopfhörern auf den Ohren und einem gelben Schreibblock vor mir, und mir eine Reihe von Kassetten anhörte, auf denen Jimmy Moores abgehörte Unterhaltungen mit Michael Ruffing aufgezeichnet waren.

Moore: Dein Plan für das Flußufer ist glänzend. Vorausblickend. Aber ich sehe Probleme im Stadtrat.

Ruffing: Eh, was denn für ...

Moore: Herrgott, Mikey, du hast Probleme.

Ruffing: Ich brauche nicht noch mehr Probleme.

Moore: Jedes verdammte Ratsmitglied verdient daran, daß das Wasser in eine bestimmte Richtung fließt. Deswegen sieht es da unten immer noch aus wie in der Bronx. Was du brauchst, ist ein Champion. Was du brauchst, ist ein Joe Frazier.

Ruffing: Okay. Das verstehe ich. So einen brauch ich also, danach muß ich suchen.

Moore: Nimm Fontelli. Ein Teil des Ufers ist sein Gebiet, also bildet er sich ein, der ganze verdammte Fluß wäre sein Pißpott.

Ruffing: Fontelli möchte ich nicht, weißt du. Ich habe da Sachen gehört ...

Moore: Sie stimmen alle. Was hast du gehört?

Ruffing: Er ist, du weißt schon. Er hat Verbindung zur ...

Moore: Natürlich hat er das, Mikey. Du weißt, mit wem er verheiratet ist.

Ruffing: Solche Leute will ich nicht.

Moore: Natürlich nicht. Natürlich nicht. Gib ihnen den kleinen Finger, und sie vögeln deine Schwester. Also, ich mag dein Lokal, das weißt du. Ich bin fast jede Woche da, das weißt du.

Ruffing: Und du knauserst auch nicht mit dem Dom.

[Gelächter]

Moore: Scheiße, nein, entweder du bist Klasse, oder du bist Scheiße. Also, ich könnte bei dieser Sache helfen. Wir könnten uns gegenseitig helfen, Mikey.

Ruffing: Okay, ja.

Moore: Aber die Art von Einfluß, über die du da redest, na ja, weißt du ...

Ruffing: Natürlich. Das, eh, versteht sich.

Moore: Aber ich werde dein Joe Frazier sein.

Ruffing: Worüber genau reden wir hier eigentlich?

Moore: Ich werde dir meinen Mann Concannon vorbeischicken, um über die Arrangements zu reden.

Ruffing: Gib mir doch einen Hinweis.

Moore: Er wird dich anrufen. Du wirst mit ihm über alles verhandeln.
Ruffing: Also, klar.
Moore: Das wird für alle ein Erfolg, Mikey. Für alle. Vertrau mir. Das Projekt wird abgehen wie eine Rakete.

Es waren diese Bänder und einige darauffolgende Ereignisse, die die Grundlage für die Anklage der Regierung gegen Moore und Concannon bildeten. Ruffings Bebauungsplan für das Ufer hatte ein Budget von 140 Millionen Dollar, und Moore wollte ein volles Prozent dafür, das Projekt im Stadtrat durchzubringen. Die Theorie der Regierung lautete, daß Moore und Concannon die 1,4 Millionen von Ruffing erpreßten, und als Ruffing nach der ersten halben Million aufhörte zu zahlen, wurden sie gewalttätig. Zuerst schlugen sie Bissonette zusammen, den Besitzer des kleineren Anteils am Club, der Ruffing überredet hatte, die Zahlungen einzustellen, und dann brannten sie den Club nieder. Moore und Concannon waren wegen Verstoßes gegen den Hobbs Act, RICO und die Bundesgesetze gegen die Verabredung zur Begehung einer Straftat angeklagt, und es gab eine Menge Beweise, um all das zu stützen. Ruffing würde beim Prozeß bezeugen, daß es eine Vereinbarung gegeben hatte, die absolut in die Hose gegangen war, und es gab Unmengen von Aufzeichnungen, die ich noch nicht hatte prüfen können und von denen es hieß, sie zeichneten den Fluß des Geldes von Ruffing an Concannon und an Moores politisches Aktionskomitee nach, das den Namen »Citizens for a United Philadelphia«, CUP, trug. Außerdem lagen physische Beweise bezüglich des tätlichen Angriffs vor. Am bedeutsamsten von allem aber waren Moores eigene Worte, die mit verblüffender Klarheit auf dem Eisenoxyd der Bänder festgehalten waren.

Moore: Ich verstehe das Problem nicht.
Ruffing: Unsere Wege trennen sich, das ist alles.
Moore: Aber wir hatten einen Deal. Einen Deal, Mikey.
Ruffing: Ich bin nicht glücklich darüber, aber verdammt, ich habe keine Wahl. Bissonette ist dahintergekommen.
Moore: Als ob mich das kümmern würde, Mikey. Er hat 'nen

jämmerlichen Schnitt von 22 Prozent getroffen, Mikey, 22 Prozent. Wir können ihn ohne weiteres plattmachen.

Ruffing: Da sind Sachen im Zusammenhang mit ihm, die ich nicht ... Ich hab einen neuen Investor mit einem neuen Plan.

Moore: Mach das nicht, Mikey. Wenn du jetzt einen Rückzieher machst, ist dein Projekt tot. Tot.

Ruffing: Mein neuer Investor denkt das nicht.

Moore: Es ist dieser Plätzchenbäcker, nicht?

Ruffing: Sei still. Du hast sowieso zuviel genommen, weißt du. Du warst zu gierig.

Moore: Also das ist es, Mikey, ja? Ich schicke Concannon vorbei.

Ruffing: Ich will Concannon nicht.

Moore: Hör zu, du Stück Scheiße. Du redest mit Concannon, verstanden? Ich bin nicht irgendein Idiot vom Land, wir hatten einen Deal. Einen Deal. Das ist nicht bloß Politik. Wir haben hier eine Mission, Mikey, und ich lasse nicht zu, daß du dich vor deiner Verantwortung drückst. Kapierst du, was ich sage? Kapierst du's, Mikey?

Ich arbeitete über Mittag durch und aß ein Sandwich mit Thunfischsalat, während ich zuhörte. Die sechs Kartons mit Dokumenten hatte ich noch nicht einmal angerührt, als ich eine Hand auf meiner Schulter spürte. Ich fuhr herum und sah Prescott hinter mir stehen, groß, mit ernstem Gesicht, gekleidet in seine strengen blauen Nadelstreifen. Ich sprang beinahe auf, als ich ihn sah. Er wirkte wie ein Leichenbestatter. Ich nahm die Kopfhörer ab und war einen Moment verwirrt über die Dolby-Stille der Realität.

»Was halten Sie davon?« fragte Prescott.

»Ich habe mir noch nicht alles ansehen können«, sagte ich.

»Aber nach dem, was Sie gesehen haben. Seien Sie ehrlich, Victor.«

»Nun, Sir, um ehrlich zu sein, die Bänder lassen Jimmy Moore wie den Inbegriff des habgierigen Politikers aussehen.«

»Ich wußte, daß Sie kapieren würden«, sagte er, und seine strengen Züge wurden auf einmal heiter. »Das genau ist unsere Verteidigung. Kommen Sie, Chester Concannon erwartet uns, und Jimmy ist unterwegs. Vor allem Chester ist begierig, Sie kennenzulernen.«

»Gut«, sagte ich, nahm meinen Notizblock und folgte Prescott aus der Tür. Er führte mich durch ein Gewirr von Gängen und eine Treppe hinauf.

»Es ist sehr wichtig«, sagte er, während ich ihm folgte, »daß Chester mit seiner Vertretung durch Sie und mit der Beibehaltung unserer gegenwärtigen Strategie einverstanden ist.«

»Ich werde tun, was ich kann«, sagte ich und verbarg meine Befürchtungen. Ich wußte, dies war der erste entscheidende Moment für meine Chance. Ich hatte Chester Concannon nie getroffen, hatte keine Ahnung, wie er aussah, wie er sich benahm, aber irgendwie mußte ich diesen Fremden, dessen Leben auf dem Spiel stand, überreden, mich als seinen Anwalt zu engagieren und mir zu gestatten, Prescott blind zu folgen.

Prescott führte mich durch einen weiteren Gang in ein anderes Konferenzzimmer, ebenso elegant und beeindruckend wie das, in dem ich den Tag verbracht hatte. Darin befanden sich etliche Leute, die wie Anwälte aussahen. In der Mitte saß ein ziemlich häßlicher Mann in einer abgetragenen Cordjacke, der nicht dazu paßte. Das braune Haar fiel ihm zottig auf die Schultern, und er spielte mit Daumen und Zeigefinger an seinen dicken Fischlippen herum, während er beobachtete, wie ich den Raum betrat. Ich nahm an, daß es sich um Chester Concannon handelte. Man kann den Mandanten immer von seinen Anwälten unterscheiden, weil er wie derjenige aussieht, den man gezwungen hatte, für die feinen Kammgarnanzüge aller anderen zu bezahlen.

»Ich möchte Ihnen Victor Carl vorstellen«, sagte Prescott, als wir zusammen vor dem Tisch standen. Prescotts Arm lag väterlich auf meiner Schulter. »Victor ist ein fabelhafter Prozeßanwalt und wird uns allen eine große Hilfe sein.«

Ich lächelte das Lächeln, das von mir erwartet wurde.

»Sie sind also die Schaufensterpuppe«, sagte der häßliche Mann in Cord mit einer Stimme, die so laut und scharf war wie das Bellen eines Spitzes.

»Wie bitte?« sagte ich.

»Sie sagten, sie bräuchten eine Schaufensterpuppe mit einem Puls und einer sauberen Krawatte, um McCrae zu ersetzen«, sagte er. »Ich nehme also an, daß Sie das sind, Vic. Abgesehen davon, daß Sie keine saubere Krawatte haben. Haben Sie wenigstens einen Puls, Vic?«

Ich kämpfte dagegen an, nach meiner Krawatte zu tasten, und drehte den Kopf so weit zur Seite, daß ich ihn aus dem Augenwinkel sehen konnte, ohne daß er die Tränen bemerkte, die mir unwillkürlich in die Augen schossen. Wenn dies tatsächlich mein angehender Mandant war, dann war ich in großen Schwierigkeiten. »Als ich zuletzt nachgefühlt habe, ja«, sagte ich.

»Gut für Sie«, sagte er. »Nehmen Sie in Ihrem bügelfreien Anzug eine Dusche, damit Sie präsentabel sind, wenn Sie vor dem Richter erscheinen.«

»Victor«, sagte Prescott, »ich möchte Sie mit Chester Concannon bekannt machen.«

Zögernd streckte ich die Hand nach dem Mann im Cordjackett aus, aber er blieb sitzen, die dicken Lippen zwischen Zeigefinger und Daumen gepreßt. Neben ihm stand ein Afroamerikaner in einem engsitzenden, teuren Anzug auf und ergriff meine Hand.

»Erfreut, Sie kennenzulernen, Mr. Carl«, sagte er mit lauter Stimme. Chester Concannon war knabenhaft hübsch und hatte schmale Schultern und starke Hände. Sein Lächeln war strahlend, sein Anzug dagegen von gedeckter Farbe, sein Schlips schlicht gestreift. »Ich weiß es zu schätzen, daß Sie sich unserem Team anschließen.«

»Und dies«, sagte Prescott und wies auf den Mann in Cord, der mich als Schaufensterpuppe bezeichnet hatte, »ist Chuckie Lamb, Pressesprecher von Stadtrat Moore.«

Chuckie Lamb gewährte mir eine Art schnaubendes Nicken und lehnte sich dann so weit auf seinem Stuhl zurück, daß dessen vordere Beine sich vom Teppich hoben.

»Ich habe sowohl Chet als auch Jimmy alles über Sie und Ihre zähe Arbeit im Fall *Saltz* erzählt«, sagte Prescott. »Sie waren beide begeistert, daß Sie zu uns an Bord kommen. Dies ist unser restliches Team«, sagte er und machte mich mit dem Kontingent von Talbott und Kittredge bekannt, das um den Tisch herum saß und dessen Namen ich vergaß, sobald Prescott sie ausgesprochen hatte. Sie waren elegant gekleidete und perfekt gepflegte Männer und Frauen und auffallend multikulturell, als habe ein politisch korrekter Produzent sie für eine Fernsehserie über Prozeßanwälte ausgewählt. Es gab einen Amerikaner asiatischer Abstammung und eine Afroamerikanerin und außerdem noch einen blonden Burschen, der ständig grinste. Und am Ende des Tisches saß Madeline Burroughs, die mich mißtrauisch beäugte, die Arme verschränkt, die Faust ihres Gesichts geschlossen. Sie waren genau das Bild des scharfen Anwaltsteams, dem anzugehören ich mir immer erträumt und von dem ich in meinem tiefsten Inneren geargwöhnt hatte, ich gehörte nicht dazu.

»Victor hat den Tag damit verbracht, Pete McCraes Akten und das Material durchzusehen, das das Büro des Staatsanwalts uns überlassen hat«, sagte Prescott, »und er versichert mir, daß er in zwei Wochen für den Prozeß bereit sein kann.«

»Tolle Überraschung«, bellte Chuckie Lamb. »Die Schaufensterpuppe ist bereit, sich ausstellen zu lassen.«

»Das reicht«, sagte Concannon leise, und Chuckie Lamb verstummte sofort.

»Victors Bereitschaft«, sagte Prescott, »bedeutet, daß wir die Vertagung nicht brauchen, die die Regierung so verzweifelt verlangt.«

»Ich habe mir noch nicht alles angesehen«, sagte ich und schaute einen Augenblick Chuckie Lamb an. »Aber ich brauche wohl nicht allzulange, um richtig in Gang zu kommen.«

All die klugen jungen Erfolgreichen lächelten, und ich lächelte zurück. Ich war ein Schauspieler, der die Rolle des kompetenten und erfahrenen Anwalts spielte, und ich machte das ganz gut, dachte ich. Und wenn die anderen alle nicht an das glaubten, was ich vortrug, dann spielten sie ebenfalls alle recht gut Theater, alle, bis auf Chuckie.

»Großartig«, sagte Prescott. »Aber bevor wir weitermachen, sollte Victor vielleicht ein paar Minuten mit Chester allein sein.« Er zog die Augenbrauen hoch, was ein Zeichen für mich war.

»Ich denke, wir sollten feststellen, ob Sie mich wirklich engagieren wollen«, sagte ich und bedachte Concannon mit meinem einschmeichelndsten Lächeln. Chuckie Lamb lachte mir ins Gesicht.

Concannon und ich wurden in ein offenes Büro geführt. Auf dem Weg dorthin überprüfte ich unbemerkt meine Krawatte. Chuckie hatte nicht gelogen, ein bißchen Thunfisch klebte an einer Seite. Ich rieb daran, und ein dunkler Fettfleck blieb zurück, den mein Daumen nur vergrößerte.

Ich schloß die Tür hinter uns und bat Concannon, auf einem der Stühle Platz zu nehmen, die erwartungsvoll vor dem Schreibtisch irgendeines von Talbotts Partnern standen. Ich setzte mich auf die Tischplatte. Hinter dem Schreibtisch hing eine Sammlung von Schwertern und Säbeln und Kriegsbeilen, deren Schneiden metallisch glänzten. Das Büro eines weiteren Prozeßanwalts.

»Mr. Concannon«, begann ich, »ich denke, wir sollten ein bißchen reden, ehe Sie sich bereit erklären, mich zu engagieren, oder ich mich bereit erkläre, Sie zu vertreten.«

»Ja, gut, Mr. Carl.«

»Nennen Sie mich Victor«, sagte ich.

»Victor oder Vic?«

»Victor. Vic hat mir nie gefallen. Das hört sich zu verfügbar an, wie ein Wegwerffeuerzeug oder ein Kugelschreiber.«

Er lachte über meinen alten Witz, was gut war. Er schien ein ziemlich netter Mann zu sein, dieser Chet Concannon, ruhig und sehr höflich. Ich sagte ihm, mir täte es leid, was Pete McCrae passiert sei. Ich erzählte ihm ein bißchen von mir, meiner Erfahrung, den Glanzlichtern meiner Karriere, nur ein bißchen, denn mehr gab es da nicht zu erzählen. Dann war es Zeit für den Vortrag des Verteidigers, also machte ich eine Pause, holte tief Luft und fing an. Ich hielt ihm den Vortrag über die Vertraulichkeit zwischen Anwalt und Mandant, darüber, daß mein Job nicht darin bestand, die Wahrheit herauszufinden, sondern ihn zu verteidigen, und auch darüber, daß ich, sollte ich die Wahrheit erfahren, verpflichtet war, ihn daran zu hindern, im Zeugenstand etwas anderes als die Wahrheit zu sagen.

»Sie meinen, Sie müssen mich daran hindern zu lügen«, sagte er, offensichtlich amüsiert.

»Ich weiß, daß Sie vielleicht würden gestehen wollen, der Drang ist verständlich«, sagte ich. »Was immer Sie sagen, bleibt unter uns, aber Sie müssen sich darüber klar sein, daß jedes derartige Geständnis Folgen für unsere Verteidigung hätte.«

Da gab es natürlich noch mehr. Ich hätte noch zehn Minuten

weiterreden können, doch nachdem ich von seinem verständlichen Bedürfnis zu gestehen gesprochen und ihn dort hatte sitzen sehen, ruhig, gefaßt, ohne das geringste Anzeichen dafür, daß er den Drang verspürte, mir irgend etwas zu sagen, hörte ich auf.

»Wahrscheinlich haben Sie das alles schon mal gehört«, sagte ich.

»Wahrscheinlich«, antwortete er.

»Gut«, sagte ich, obwohl ich ein bißchen zu schwitzen begann. Seine Fassung hatte etwas Entnervendes. »Jetzt nur ein paar Fragen. Sind Sie vorher schon einmal verhaftet worden?«

»Ja«, sagte er, ohne mit der Wimper zu zucken. »Bevor ich Jimmy kennenlernte, hatte ich mit Drogen und Drogenhändlern zu tun. Ich bin oft verhaftet worden.«

»Sind Sie wegen irgendwas verurteilt worden?«

»Einmal wegen Besitzes einer verbotenen Substanz mit der Absicht, diese weiterzugeben, nämlich Kokain, und zweimal wegen Urkundenfälschung. Ich habe meine Sucht mit Schecks finanziert«, sagte er mit einem Lächeln. »Allerdings gehörten die Schecks nicht immer mir. Nichts davon ist ein Geheimnis. Ich bin eine von Jimmys Erfolgsgeschichten, eine seiner geretteten Seelen. Er hat es gern, wenn er auf uns zeigen und vorführen kann, was mit Drogenrehabilitation möglich ist.«

»Trotzdem werden Sie vermutlich nicht als Zeuge aussagen«, sagte ich. »Eine Vorstrafe wegen Urkundenfälschung ist genau das, was ein Staatsanwalt benutzen würde, um Ihren Mangel an Ehrlichkeit und Vertrauenswürdigkeit vorzuführen.«

»Das hat Mr. McCrae auch gesagt.«

»Kannten Sie Zack Bissonette?«

»Sicher«, sagte er. »Netter Kerl, lausiger Spieler.«

»Angenommen, Sie haben es nicht getan, haben Sie eine Ahnung, wer diesen netten Kerl so zusammengeschlagen haben könnte, daß er im Koma liegt?«

»Ich habe gehört, es wäre die Mafia gewesen.«

»Das haben Sie gehört?«

»Das habe ich gehört.«

»Wird er das aussagen, wenn er aufwacht?«

»Was ich auch gehört habe, Victor«, sagte er, und seine Hände lagen dabei still übereinander in seinem Schoß, »ist, daß er kurz davor ist, nie wieder aufzuwachen.«

»Dann wären Sie nur wegen Mordes dran.«

In diesem Augenblick kam es zu einem Riß in der ruhigen Fassade, einem Nachlassen der Wachsamkeit, und was ich sah, war nicht der zuversichtliche Insider, sondern ein Kind, verängstigt und einsam, das Kind am Rand des Spielplatzes, das Kind, dem beim Basketball niemand zuspielte und das nur zwei Valentinsgrüße erhielt, während seine Klassenkameraden ganze Säcke voll heimtrugen. Doch der Blick in sein Inneres dauerte nicht lange, so schnell wie die Lüge eines Politikers war die Fassade wieder da; aber ich hatte eine Ahnung davon, was er fühlte und wieviel er verbarg, und all das berührte mich auf eine seltsam persönliche Weise. Plötzlich kam es mir gar nicht mehr so schlau vor, die Rolle des ausgekochten Strafverteidigers zu spielen.

»Sind Sie sicher, daß Sie nicht jemanden mit mehr Erfahrung wollen?« fragte ich.

»Sie werden das schon machen«, sagte er. »Jimmy hat gesagt, Sie würden es gut machen.«

Darüber dachte ich einen Augenblick nach. »Wenn wir uns darüber einig sind, daß ich Sie vertreten soll«, sagte ich, »dann müssen wir uns auch auf eine Strategie einigen. Welche Richtung wollte Mr. McCrae mit seiner Verteidigung einschlagen?«

»Er wollte Prescott in allem folgen«, sagte er.

Ich versuchte, beruhigend zu lächeln. »Nach dem, was ich gesehen habe, dürfte das Ihre beste Chance sein«, sagte ich. »Aber die Entscheidung liegt bei Ihnen.«

»Ich weiß«, sagte er. »Jimmy will, daß es weiter so gemacht wird.«

»Wissen Sie, Chester«, sagte ich sehr langsam und sehr sorgfältig, weil ich das, was ich sagen mußte, genau richtig formulieren wollte, »bei einer gemeinsamen Verteidigung besteht immer die Möglichkeit eines Interessenkonflikts. Der eine Beklagte könnte immer mit dem Finger auf den anderen zeigen und sagen, ich war es nicht, er war es.«

»Hier gibt es keinen Konflikt«, sagte er schnell und ohne Zögern.

»Würden Sie dem Stadtrat Ihr Leben anvertrauen?«

»Absolut.«

»Da der Prozeß so bald sein wird, kann ich Ihnen vielleicht nicht helfen, wenn etwas schiefläuft.«

»Ich weiß es zu schätzen, daß Sie mir helfen möchten, Victor«, sagte er ohne die geringste Spur von Herablassung in der Stimme, was ziemlich eindrucksvoll war. »Wirklich, das tue ich. Aber es war immer jemand da, der mir helfen wollte, jemand von der Stadt, der Staats- oder der Bundesregierung, der ein Klemmbrett bei sich hatte, und sie haben nur geschafft, mich nur noch tiefer reinzureiten. Nur ein Mensch hat mir jemals die Hand gereicht und mir wirklich geholfen.«

»Und wer war das?«

»Jimmy Moore«, sagte er. »Eine Menge Leute haben Jimmy mit einer Menge Namen belegt, und er ist alles das, was sie sagen. Aber er ist der beste Freund, den ich je hatte. Er hat gesagt, ich solle Sie engagieren, also sind Sie engagiert. Er hat gesagt, wir sollten Mr. Prescotts Anweisungen folgen, also werden wir das tun.«

»Ihre ausdrückliche Anweisung lautet also, Prescott nicht in die Quere zu kommen.«

»Genau.«

Ich betrachtete ihn aufmerksam. Er war ein intelligenter Mann, das konnte ich sehen, und er vertraute Jimmy Moore vollkommen. Wer war ich, mich dem entgegenzustellen? Es war einfacher gewesen, als ich jemals erwartet hatte. Ich schlug auf mein Knie und stand auf. »Gut«, sagte ich, »dann ist das geregelt.«

»Sie werden mich also vertreten?« fragte er.

»Ja, wenn Sie das wollen.«

»Ich will es«, sagte er.

»Ich habe nicht die Beziehungen, die der alte Pete McCrae hatte.«

»Sie werden es schon machen«, sagte er. »Keine Sorge, Victor, Sie werden es prima machen.«

Und dabei beließen wir es. Chet Concannon tätschelte meinen Arm, um mir vor der kommenden Zerreißprobe Mut zu machen, als wäre ich der Beschuldigte und er der Anwalt, statt umgekehrt. Er öffnete die Tür und winkte mir, vor ihm den Raum zu verlassen. Gerade trat ich aus dem Zimmer, als ich eine laute Stimme durch die stillen Gänge von Talbott und Kittredge hallen hörte.

»Teufel, ich hab Hunger. Hunger.« Es war eine scharfe, nachdrückliche Stimme, die Stimme eines übereifrigen Oberstleutnants oder des Basketballtrainers an einem College. »Ich bin zu hungrig, um jetzt gleich zu arbeiten. Wir haben die ganze Nacht.« Es war eine autoritäre Stimme, eine überschwengliche, fordernde Stimme. »Verschwinden wir aus diesem Laden und suchen uns was zu essen.«

Ich erkannte die Stimme auf der Stelle. Ich hatte sie den ganzen Tag gehört. Es war die Stimme von Jimmy Moore.

6

»Ich will Ihnen was sagen«, sagte Jimmy Moore mit seiner aufdringlichen Stimme und zeigte mit seiner Zigarette auf mich. »Diese fetten Idioten im Büro des Bürgermeisters haben keine Ahnung, was läuft. Keine Ahnung. Sie können es nicht verstehen. Sie sehen die Zahlen, genau wie ich. Wenn die Vorwahl jetzt gleich wäre, trotz der Anklage, würde ich den Mistkerl um hunderttausend Stimmen schlagen, leicht. Leicht. Und er weiß das, er weiß das, aber er weiß nicht, warum. Er kennt mein Geheimnis nicht. Er weiß nicht, wo meine Macht liegt. Aber Ihnen werde ich sagen, wo sie liegt.«

Er nahm einen Zug aus seiner Zigarette, die er zwischen den Spitzen von Daumen und drei Fingern hielt.

»Sie liegt in meiner Leidenschaft«, sagte er und stieß dabei eine heftige Rauchwolke aus. »Genau wie Samsons Stärke in seinem Haar lag. Wenn ich jemals die Leidenschaft verliere, dann können Sie mich vergessen, dann bin ich fertig. Dann kann ich mich genausogut nach Palm Springs zurückziehen und jeden Tag Golf spielen. Zu schade für den Bürgermeister, daß ich mir nie was aus dem Spiel gemacht habe, richtig, Chet?«

»Das ist richtig, Stadtrat«, sagte Chester Concannon.

Wir saßen im DiLullo Centro, einem glanzvollen, bekannten Bistro gegenüber der Musikakademie, wo schicke Leute einander herzlich begrüßten, während sie von Tisch zu Tisch schwirrten. Jeder schien hier zumindest einen zu kennen, und der, den anscheinend alle kannten, war Jimmy Moore.

Moore war ein breitschultriger Mann von etwa fünfzig Jahren mit kurzem grauem Haar, das geschnitten war wie das Caesars, sauber rasiert, mit rundem, zornigem Gesicht. Er trug einen auffallenden italienischen Anzug, der für schlankere und größere Männer entworfen war. Bei ihm saß er zu eng, und er sah ganz und gar nicht aus wie die modischen, statuenähnlichen Fotomodelle in den Zeitschriftenanzeigen. Er hatte einen eleganten Anzug in eine Rüstung verwandelt. In die weiße Manschette seines Hemdes waren die Initialen JDM eingestickt. Er hatte die intensiven Augen eines Athleten und saugte die Aufmerksamkeit an sich, wenn er sprach, packte sie mit diesen Augen und der boshaften Selbstgewißheit in seiner Stimme. Er bewegte sich schnell und aggressiv und wandte den Kopf so ruckartig wie ein riesiger Vogel. Als er mich ansah, war es, als schaue er in mich hinein, und wir hatten einen plötzlichen und intensiven Kontakt. Für diesen Augenblick gab es im Raum niemanden außer ihm und mir. Und dann schaute er weg, zu jemand anderem, und der Kontakt war unterbrochen. Trotzdem hielt seine animalische Macht an wie ein in die Netzhaut eingebranntes Nachbild und ließ keinen Zweifel daran, daß er ein gefährlicher Mann war.

Wir saßen zu siebt an einem großen, runden Tisch bei DiLullo's und hatten gerade eine üppige Mahlzeit beendet. Neben Jimmy saß seine Frau Leslie, die sich an den Stiel ihres Champagnerglases klammerte; die gepolsterten Schultern ihres leuchtend roten Kleides glänzten wie riesige Äpfel. Sie war noch immer eine hübsche Frau, deren kastanienbraunes Haar raffiniert gelegt war; die glatte, durchscheinende Haut spannte sich über scharf hervortretenden Wangenknochen, der Hals war ausdrucksvoll, doch die Jahre mit Jimmy Moores Leidenschaft waren eindeutig nicht leicht gewesen, was an ihrem Gesicht abzulesen war. Neben Leslie Moore saß ihre Schwester, Renee, eine schwerere, bitterere Version von Mrs. Moore, deren Aufgabe im Leben anscheinend darin bestand, Leslies Champagnerglas gefüllt zu halten. Daneben saßen Chuckie Lamb, Concannon, ich selbst und Prescott, der mich ermutigt hatte, von dem Champagner zu trinken, ihn selbst aber nicht anrührte. Hier hielt Jimmy Moore Hof, seine Stimme war laut und volltönend, und seine starke, große Hand schüttelte herzlich die seiner Bewunderer, wenn sie an den Tisch kamen, um ihm Respekt zu erweisen.

»Der Bürgermeister bildet sich ein, er könnte mit seiner Anklage meinen Ruf zerstören, aber das träumt er nur. Träumt er nur. Seine Handlanger in diesem sogenannten Justizministerium können versuchen, meinen Namen schlechtzumachen, sie können mich durch den Dreck ziehen – sollen sie doch. Sollen sie doch! Ich habe genug, um sie so in den Hintern zu treten, daß sie halb bis nach Jersey fliegen, und ich werde trotzdem Bürgermeister. Sie glauben alle, daß ich mit Spiegeln arbeite, daß meine Zahlen ansteigen wie eine Rakete und ich haufenweise Geld einsammle. Über zwei Millionen im letzten Jahr für CUP, meine Gruppe, ganz zu schweigen von dem fetten Strom von Schenkungen, die für meine Jugendbehandlungszentren eingehen. Und ich will Ihnen was sagen, ich bekomme zwar Geld von ein paar dicken Fischen, klar, aber häufiger sind es Spenden von zehn Dollar, zwanzig Dollar, fünfzig Dollar, davon bekomme ich mehr als alle anderen. Keiner versteht das. Keiner. Ich war bloß ein normaler politischer Karrengaul wie alle anderen Typen im Rathaus auch, als Nadine starb, bloß ein verlotterter Stadtrat mehr, der sein Stück vom Kuchen haben wollte. Aber als sie starb, als sie sie mit ihren Giften umbrachten, ermordeten – Scheiße. Scheiße.«

Er rammte seine Zigarette in einen Aschenbecher und zündete sich mit seinem goldenen Feuerzeug eine neue an. Leslie Moore leerte ihr Champagnerglas und griff selbst nach der Flasche. Ein langes Schweigen folgte. Die Tochter der Moores, Nadine, war an einer Überdosis von Barbituraten gestorben, das stand vor fünf oder sechs Jahren in allen Zeitungen. Sie war noch ein Teenager, als sie anfing, sich mit gefährlichen Leuten einzulassen und mit allem zu experimentieren, was verfügbar war. Eines Nachts nach einer Party, nach zuviel Kokain und zuviel von den falschen Pillen, brach sie zusammen und starb. Moore war in den Abendnachrichten; zuerst weinte er, und dann schrie er Rache und fluchte auf die Drogendealer, die die Jugend der Stadt zerstörten. Ein paar Wochen später begann er seine Kampagne, um sie zu beseitigen, Viertel für Viertel, Crackhouse für Crackhouse. Es gab Demonstrationen, es gab Razzien, es gab mysteriöse Brände und ungeklärte Todesfälle. Er hatte einen Krieg begonnen.

Nach einem Zug an seiner Zigarette fuhr Moore fort: »Ich baue Tag für Tag an meiner neuen Koalition. Ich spreche in den Stadtvierteln, ich leiste Wohltätigkeitsarbeit, ich eröffne die Sportzentren, die Zufluchtsstätten, meine Jugendbehandlungszentren, aber es sind nicht die Reden, es sind nicht die Bauten, es sind nicht die Programme, die mir Unterstützung einbringen. Die Leute sehen mir in die Augen, und wissen Sie, was sie sehen?«

»Daß ihre Steuern erhöht werden«, sagte Prescott.

Jimmy Moore lachte, ein echtes Lachen mit zurückgeworfenem Kopf. »Mein republikanischer Anwalt würde unter Garantie nicht für mich stimmen, das weiß ich.«

»Ich kann nicht für Sie stimmen«, sagte Prescott. »Ich wohne in Merion.«

»Natürlich tun Sie das. Aber ich habe Sie nicht wegen Ihrer Wählerstimme angeheuert. Ich habe Sie angeheuert, weil Sie der Regierung in den Arsch treten werden.«

»Wir werden tun, was wir können.«

»Nein, Sie werden tun, was Sie tun müssen. Aber lassen Sie sich was sagen, Bill. Was die Leute in meinen Augen sehen, ist echt. Das kann man nicht heucheln. Sie werden im ganzen Land keinen weißen Politiker finden, der in der schwarzen Gemeinde so viele Anhänger hat wie ich, und das liegt daran, daß sie den Schmerz kennen, den ich gefühlt habe, den Haß kennen, den ich empfinde; sie wissen, ich werde sie von ihrer größten Bedrohung befreien oder es doch bis zum Umfallen versuchen. Was sie sehen, ist meine Leidenschaft.«

Er beugte sich zur Seite und drapierte einen seiner dicken, in engen Ärmeln steckenden Arme über die Schultern seiner Frau.

»Das ist nichts anderes, als was ich empfand, als ich Leslie das erste Mal sah, die in dieser Menge vor dem Schulhof stand mit ihrem kleinen katholischen Schulröckchen und ihren zweifarbigen Schuhen. Sie war so schüchtern, so schüchtern, versteckte sich im Hintergrund der Gruppe und konnte meinen Blick von der anderen

Seite des Zauns nicht erwidern. Ich trug meinen Footballdreß, als ich sie das erste Mal sah, auf dem Übungsplatz, und meine Leidenschaft sprach, und da wußte ich es. Nichts würde mich davon abbringen können. Nicht ihre Mutter, nicht ihr kleiner Schulfreund mit den schicken Pullovern. Nichts.«

»Und das hat es auch nicht«, sagte Leslie Moore ohne die geringste Andeutung eines Lächelns.

»Stimmt«, sagte Moore. »Erinnerst du dich an die Blumen und den Schmuck und die Gedichte, diese wunderbar reichen Gedichte?«

»Geklaut«, sagte Mrs. Moores Schwester Renee. »Du konntest Leslie nicht mal eigene Liebesgedichte schreiben.«

»In meiner Jugend war ich nicht so wortgewandt, wie ich inzwischen geworden bin«, sagte Jimmy. »Und John Donne drückte das, was ich fühlte, viel besser aus, als ich es damals hätte tun können.« Er sah seiner Frau in die Augen und rezitierte: »›Zwei- oder dreimal hab ich dich geliebt, bevor ich noch dein Antlitz oder deinen Namen kannte.‹«

Mrs. Moore nahm einen weiteren Schluck aus ihrem Glas.

»Was ist aus dem Jungen mit den Pullovern geworden?« fragte ich. Chuckie Lamb, der gerade von seinem Champagner trank, verschluckte sich, sprühte Blasen aus der Nase und fummelte nach einer Serviette.

»Richard Simpson«, sagte Mrs. Moore. »Süßer Richard Simpson. Er war so ein netter Junge. So kultiviert.«

»Er kam nicht mehr vorbei, nachdem wir miteinander angefangen hatten«, sagte Moore und wandte sich um, um einen gebeugten, ergrauten Mann zu begrüßen, der an unserem Tisch vorbeikam. »Richter«, sagte er laut zu dem Mann.

»Du hast ihm den Kiefer gebrochen«, sagte Renee.

»Richter Westcock«, sagte Moore und reichte dem alten Mann die Hand. »Sie sehen besser aus denn je, Sie alter Fuchs.« Die Handfläche des Richters drückte den Rücken einer hübschen jungen Frau, während er herzlich mit Moore sprach. Die Unterhaltung an unserem Tisch brach ab, bis Moore wieder frei war. Alle paar Minuten blieb jemand Wichtiges stehen, um dem Stadtrat die Hand zu schütteln und ihm etwas ins Ohr zu flüstern, und während dieser

Intermezzi warteten wir, bis Moore seine Aufmerksamkeit wieder dem Tisch zuwenden konnte. Ich kannte die Namen vieler, die kamen, Basketballspieler und Politiker und lokale Namen aus allen Bereichen. Es war, als sei dieser Tisch bei DiLullo's nach Feierabend das Büro des Stadtrats, wo man ihn immer erreichen und immer Deals abschließen konnte.

»Komisch«, sagte Chuckie, als der Richter gegangen war. »Die sah nicht wie Mrs. Westcock aus.«

»Sie ist ungefähr fünfzig Pfund leichter und fünfzig Jahre jünger als Mrs. Westcock«, sagte Jimmy Moore lachend.

»Ich bin müde«, sagte Mrs. Moore.

Moore nahm die Champagnerflasche aus dem silbernen Kübel und goß den verbliebenen Rest in Mrs. Moores Glas. »Das wird dich aufmuntern, wie immer. Chuckie, bestell eine neue Flasche.«

Chuckie Lamb preßte die Lippen aufeinander und sagte: »Ja, Stadtrat.« Dann verschwand er vom Tisch und machte sich auf die Suche nach einem Kellner. Das würde die vierte Flasche sein. Wir hatten vorgehabt, nur rasch etwas zu essen, ehe wir wieder zur Arbeit mit dem Team bei Talbott und Kittredge zurückkehrten, doch der Champagner hatte unser Verlangen, uns mit den in Prescotts Büro wartenden Aktenstapeln zu befassen, erfolgreich betäubt.

»Was ist Carl für ein Name?« fragte Moore und wandte seine Aufmerksamkeit mir zu.

»Meine Familie ist jüdisch«, sagte ich.

»Sie sind also ein Jude«, sagte er mit so lauter Stimme, daß ich mich duckte. Ebensogut hätte er ein Drogist sein können, der vor allen Kunden fragte, ob ich die Kondome lieber mit Rippen oder mit Gleitmittel haben wollte.

»Ich bin eigentlich gar nichts, aber meine Familie ist jüdisch.«

»Wie gut, daß wir jetzt ein etwas größeres Spektrum haben. Prescott ist ein glänzender Anwalt, aber WASPs haben so dünnes Blut. Das ist das nördliche Erbe, all die Jahrtausende, die sie auf skandinavischen Gletschern gefroren haben. In ihren Adern kocht keine Leidenschaft, nur kühle Berechnung. Aber die Juden sind ein semitisches Volk, euer Blut ist in der Hitze der ägyptischen Wüste und in den jahrhundertealten Siedlungen am Mittelmeer dicker geworden.«

»Mein Großvater kam aus Rußland«, sagte ich.

»Sie werden den Funken Leidenschaft in unserer Verteidigung liefern«, sagte Moore.

Chuckie Lamb glitt wieder auf seinen Stuhl und sagte: »Aber verströmen Sie diese ganze Leidenschaft erst nach dem Prozeß.«

»Victor wird seine Sache gut machen«, sagte Chet Concannon.

»Zweifellos«, sagte Prescott.

»Ich bin müde«, sagte Mrs. Moore und trank ihren Champagner aus. »Renee und ich würden gern nach Hause gehen.«

»Warum gehen wir so früh?« fragte Renee.

In diesem Augenblick brachte der Kellner eine weitere Flasche Champagner und öffnete sie am Tisch. Der Korken sprang mit fröhlichem Knall in die bereitgehaltene Serviette, und Schaum strömte über die Seiten der Flasche.

»Henry wird euch nach Hause bringen«, sagte Moore. Concannon stand auf, als die Frauen sich zum Gehen anschickten. Prescott und ich erhoben uns ebenfalls.

Der Kellner hatte ein wenig Champagner in Moores Glas gegossen und wartete auf dessen Zeichen, allgemein einzuschenken. Renee nahm ihm die Flasche aus der Hand, goß sich selbst ein und nahm einen raschen Schluck.

»Es war nett, Sie kennenzulernen, Victor«, sagte Leslie Moore.

»Danke, Mrs. Moore«, sagte ich. »Aber das Vergnügen war ganz auf meiner Seite.«

»Ich begleite euch nach draußen«, sagte Moore.

»Nicht nötig«, sagte Leslie.

»Ich bestehe darauf«, sagte Jimmy.

»Mit dieser Flasche stimmt was nicht«, sagte Renee und schenkte sich noch ein Glas ein.

»Laß mal sehen«, sagte Jimmy. Er nahm ihr die Flasche aus der Hand und untersuchte das Etikett. »Wer hat diesen Dreck bestellt?«

»Es war unsere vierte Flasche«, sagte Chuckie. »Ich dachte…«

»Denk nicht zuviel, okay, Chuckie? Dafür bezahle ich dich nicht. Wenn du zuviel denkst, landest du wieder in diesem Rattenloch, aus dem ich dich ausgegraben habe. Es ist mir egal, wieviel es kostet, bestell immer das Beste. Das hab ich dir doch schon gesagt.«

»Aber ich habe bloß...«

»Halt den Mund. Ich will es nicht hören. Wenn du noch mal eine Flasche miesen Champagner bestellst, setz ich deinen Arsch vor die Tür, kapiert?«

»Ja«, sagte Chuckie.

»So, und jetzt gib diese kalifornische Pisse irgendeinem obdachlosen Wähler und bestell uns noch eine Flasche vom richtigen Stoff.«

»Ja, Stadtrat«, sagte Chuckie mit gesenktem Kopf. Seine bellende Stimme klang jetzt kleinlaut und ausdruckslos.

Während Jimmy und seine Frau zum Ausgang des Restaurants gingen, nahm Renee rasch noch einen Schluck, ehe sie ihnen folgte.

»Offenbar bevorzugt Jimmy die Importe«, sagte Prescott.

»Der Stadtrat schmeckt nach einer Flasche keinen Unterschied mehr«, sagte Concannon, »aber Renee hat eine Vorliebe für das Beste, was er kaufen kann. Setzen Sie sich hin, Charles. Ich kümmere mich darum.« Er rief einen Kellner herbei. »Dom Perignon, Jahrgang achtundsiebzig. Und nehmen Sie bitte diese Flasche fort.«

Der Kellner beugte sich ein wenig tiefer und machte ein bekümmertes Gesicht. »Ist etwas nicht zu Ihrer Zufriedenheit, Sir?« sagte er.

»Außer Ihrem Atem, meinen Sie?« sagte Chuckie, lässig auf seinem Stuhl hängend.

»Der Champagner war ein bißchen zu fruchtig«, sagte Concannon ruhig. »Der Sommelier kennt unseren Geschmack. Sagen Sie ihm, daß wir enttäuscht waren.«

»Selbstverständlich, Sir«, sagte der Kellner und nahm die anstößige Flasche vom Tisch.

Concannon zerzauste Chuckies Haar. »Es ist bloß der Prozeß«, sagte er. »Jimmys Nerven schleifen am Boden.«

»Schade, daß er nicht drauftritt«, sagte Chuckie.

»Leslie sah heute abend gut aus«, sagte Prescott, um das Thema zu wechseln.

»Viermal die Woche Therapie«, sagte Concannon.

»Sie wirkte fast heiter.«

»Bei dem Geld, das der Doktor kostet«, sagte Chuckie Lamb, »sollte sie verdammt fröhlich sein. Sie sollte so fröhlich sein wie der Scheißweihnachtsmann.«

»Nun, es scheint ja zu wirken«, sagte Prescott.

»Tja, ich weiß nicht, wie Sie das sehen«, sagte ich, »aber das war die traurigste Frau, der ich je begegnet bin.«

»Trotzdem«, sagte Prescott, »die Besserung ist verblüffend.« Er stemmte seine lange Gestalt von seinem Stuhl. »Ich sehe da drüben Senator Specter. Chester, warum gehen wir ihn nicht begrüßen, bevor ich mich auf den Heimweg mache? Wenn Jimmy zurückkommt«, befahl er mir, »sagen Sie ihm, daß ich morgen früh mit ihm spreche.« Und zusammen mit Concannon verschwand er zum anderen Ende des Speisesaals.

»Ich vermute, daß Mrs. Moore bestürzt ist wegen der Anklage«, sagte ich zu Chuckie.

»Scheiße. Schauen Sie zur Bar«, sagte er. »Sobald der Stadtrat damit fertig ist, seine Gattin aus dem Restaurant zu geleiten, wird seine Freundin aufstehen und sich zu uns setzen.«

Ich musterte die Bar, die überfüllt war mit Paaren, die auf Tische warteten, und Singles, gekleidet wie für New York, die auf etwas anderes warteten. Auf einem der Hocker am Ende der Bar saß eine Frau mit aggressiven Kurven allein an der Theke und trank. Aus dem Winkel konnten wir die Breite ihrer Wangenknochen und ihren schwellenden Busen sehen. Sie wandte den Kopf und schaute einen Moment zu uns herüber.

»Ist sie schon die ganze Zeit hier?« fragte ich.

»Hat bloß gewartet, daß Leslie Leine zieht.«

»Weiß Mrs. Moore Bescheid?«

»Ja«, sagte Chuckie Lamb. »Sie weiß einfach alles, das ist ihr Problem.« Er stand auf. »Bin gleich wieder da«, sagte er, »muß mal pinkeln.«

Chuckie Lamb ging zur Toilette, und ich blieb mutterseelenallein an diesem riesigen, jetzt leeren Tisch zurück und konnte mich auf die Frau an der Bar konzentrieren, Moores Geliebte. So, wie sie dasaß, sah ich gerade genug. Woher kommen diese Frauen, fragte ich mich und dachte an Moores Geliebte, dachte an die Empfangssekretärin bei Talbott, Kittredge und Chase, dachte an die neue

Miss Jersey Tomato, deren Bild heute morgen in den *Daily News* erschienen war und die meine Bewunderung erregt hatte. Wie wachsen ihre Brüste so? Nehmen sie eine Wachstumssalbe? Wer frisiert ihr Haar, und wie schaffen sie es, daß es so perfekt bleibt, als seien sie gerade für ein Foto zurechtgemacht worden? Nehmen sie alle Haarspray? Gibt es eine Art Schule, die diesen Frauen den letzten Schliff gibt, oder haben sie einen eigenen Berufsverband? Und wenn es so verdammt viele von ihnen gibt, im ganzen Land verteilt wie überreife Pfirsiche an einem Baum, warum landen sie dann nachts immer in den Betten anderer Männer? Vielleicht sollte ich nach Georgia ziehen, um meine Chancen zu verbessern.

Während ich auf die Kurve ihres Rückens starrte und meine Frustration wuchs, bemerkte ich eine andere Frau, die durch den Gang kam, der an unserem Tisch vorbeiführte. Neben der Marilyn Monroe an der Bar war sie Audrey Hepburn. Auch sie war schön, aber auf ganz andere Art. Groß, schulterlanges, glattes braunes Haar. Ihre schmalen Hüften wiegten sich beim Gehen. Ihre Schultern waren soldatisch straff, aber sie ließ den Kopf hängen. Sie hatte blaßblaue Augen, groß und leicht verschleiert, zarte Wangenknochen, eine weiche, gerundete Nase. Sie trug ein kurzes schwarzes Kleid mit dünnen Schulterträgern und sah mich an, als sie auf mich zukam. Ich fragte mich, ob auch alle anderen die Schönheit bemerkten, die sich da bewegte, hoffte, das sei nicht der Fall, hoffte, sie habe eine Mutter, die ihr immer gesagt hatte, wie reizlos sie sei, hoffte, sie sei unsicher wegen ihrer kleinen Brüste, hoffte, sie sei in der High School eine Außenseiterin gewesen. Typen wie ich wissen, daß solche Sachen helfen können. Sie sah, daß ich sie anschaute, erkannte möglicherweise die Hoffnung in meinen Augen und lächelte mir zu. Ihr Lächeln war strahlend.

Ich lächelte zurück und erwartete, sie werde nicken und weitergehen, mir für alle Zeit verloren, weil es mit Mädchen, denen ich auf der Straße begegnete und in die ich mich auf der Stelle verliebte, immer so ging. Aber da tat sie etwas Seltsames. Sie kam an den Tisch und setzte sich neben mich.

»Hi«, sagte sie.

»Kenne ich Sie?« fragte ich hoffnungsvoll.

»Veronica«, sagte sie und streckte eine schlanke Hand aus.

»Victor Carl.«

»Erklären Sie mir etwas, Victor Carl«, sagte sie. »Männer mit Toupets.«

»Was ist da zu erklären?«

»Erklären Sie mir den Grund. Schauen Sie, dort an der Bar, der Mann mit dem toten Biber auf dem Kopf. Warum trägt ein Mann eine so offensichtliche Perücke? Sie sind in die dunklen Geheimnisse der Männlichkeit eingeweiht. Erklären Sie mir die Toupets.«

»Das ist Berechnung«, sagte ich. »Champagner?«

Sie lächelte und stieß ein leises Kichern aus, das nicht albern war, sondern sexy. »Ja, bitte.«

Ich griff über den Tisch nach der neuen Flasche, die der Kellner in den Sektkübel gestellt hatte, und nahm Prescotts unbenutzten Kelch auf. Ich füllte ihr Glas und dann meines. Sie kostete den Champagner, sah mich an und zeigte mir wieder dieses Lächeln.

»Der schmeckt aber gut«, sagte sie.

»Ja, nicht? Die Franzosen.« Ich konnte nicht verstehen, warum ich nie zuvor versucht hatte, mit Dom Perignon eine Frau aufzureißen.

»Ich kann mich nicht erinnern, Sie hier schon einmal gesehen zu haben«, sagte sie.

»Ich bin mit dem Stadtrat James Moore hier.«

»Ach, ja? Was halten Sie von ihm?«

Ich zuckte mit den Schultern. »Er ist ein Politiker.«

»Ja. Also erzählen Sie mir von den Toupets.«

»Ich«, sagte ich, »vertrete infolge meiner fehlgeschlagenen College-Karriere als Wirtschaftsfachmann die Theorie, daß jede Entscheidung im Leben eine Berechnung ist. Alles, was wir tun, ist das Produkt einer Kosten-Nutzen-Analyse dessen, was am besten für uns ist.«

»Alles?«

»Alles. Dieser Bursche an der Bar hat sich ausgerechnet, daß er mit Haaren besser aussieht, selbst wenn dieses Haar auf seinem Kopf liegt wie ein totes Nagetier. Und wer kann sagen, daß er unrecht hat?«

»Ich.«

»Sie haben ihn nie kahlköpfig gesehen. Ich bin sicher, er fühlt sich viel forscher, wenn er mit dem Haarteil wie fünfzig aussieht, als wenn er ohne wie fünfundsechzig aussehen würde.«

»Aber könnte er sich nicht eines besorgen, das besser aussieht?« fragte sie.

»Hier wird die Berechnung zur Fehlkalkulation. Er hält es für todschick.«

»Na, also gut, todschick. Ich glaube nicht, daß alles Berechnung ist, Victor Carl«, sagte sie.

»Weil Sie es nicht glauben wollen.«

»Was ist mit der Liebe?«

»Die größte Berechnung von allen. Wir alle haben Listen mit Eigenschaften, nach denen wir suchen, und die Liebe kommt, wenn genügend dieser Kästchen angekreuzt sind oder wir zumindest so viele angekreuzt haben, wie wir kriegen zu können glauben.«

»Wie romantisch.«

»Der Mann, der das herausgefunden hat, hat den Nobelpreis bekommen.«

»Er muß ein Charmeur sein.«

»Ich bin sicher, seine Frau weiß ihn zu schätzen.«

»Nun, ich werde Ihnen etwas sagen, Victor Carl. Ich glaube nicht daran, und Sie glauben auch nicht daran.«

»Nein?«

»Ich kann Augen lesen wie andere Leute Handlinien, und ich sage Ihnen, was Ihre Augen sagen.«

Sie hielt ihr Gesicht dicht an meines und legte ihre weichen Finger auf meine Wangen und meine Stirn; sie starrte mir in die Augen, als lese sie etwas, das mit winzigen Buchstaben auf meine Netzhaut geschrieben war. Ihr Atem roch süß und trocken von dem Champagner, und während sie mir in die Augen schaute, fühlte ich mich, als würde ich in blaßblauem Wasser ertrinken. Dann zog sie sich plötzlich zurück.

»Sehen Sie, ich hatte recht«, sagte sie.

»Was haben Sie gesehen?«

»Genug, um es zu wissen.«

»Sagen Sie mir, was Sie gesehen haben«, sagte ich nur halb im Scherz.

Ich hörte das Rücken eines Stuhls und sah, daß Jimmy Moore

sich neben Veronica setzte, und ganz plötzlich war ich verlegen, als sollte die Frau, die gerade in meine Augen geschaut hatte, von Leuten wie Jimmy Moore ferngehalten werden. Trotzdem war ich gerade im Begriff, sie miteinander bekannt zu machen, als Jimmy sagte: »Ich dachte, sie würden überhaupt nie gehen.« Veronica reckte ihren langen, wunderschönen Hals und wandte sich von mir ab. Sie stützte das Kinn auf ihren Handrücken und sah Jimmy an. Ich blickte zur Bar und sah die Frau mit den aggressiven Kurven mit einem Mann lachen, der den Arm um ihren Hals gelegt hatte. Mit einer Enttäuschung, die übelkeiterregend war, erkannte ich, daß neben mir nicht eine Frau saß, die sich geheimnisvollerweise von meinem Lächeln und meinem Witz angezogen fühlte, sondern Jimmy Moores Geliebte. Das reichte, um mir das Herz zu brechen.

7

Selbst in meinen besten Zeiten gehöre ich nicht zu den Leuten, die morgens aus dem Bett springen, bereit, jeder Herausforderung zu begegnen, die der neue Tag vielleicht bringen könnte. Ich wache auf, wie ich in ein Schwimmbecken eintauche, langsam, zögernd, mit einem Schritt nach dem anderen, während mein Körper sich nach und nach an die Kälte gewöhnt. Am Morgen nach dem vorhergehenden Abend, mit wehem Kopf vom Champagner des Stadtrats und Muskelkater in den Beinen von ich weiß nicht was, wäre ich vielleicht gemütlich bis Mittag liegengeblieben, wenn sich nicht ein schriller Schmerz in meiner Blase fordernd bemerkbar gemacht hätte, der um jeden Preis Aufmerksamkeit FORDERTE. Und das war auch gut so, denn als ich um 9:05 Uhr erleichtert pinkeln ging, wurde mir klar, daß ich um 10:00 Uhr zu dem Fall *United States vs. Moore und Concannon* in Richter Gimbels Gerichtssaal zu sein hatte.

Ich erinnerte mich nicht an alles, was am Vorabend nach der vierten Flasche Champagner passiert war. Ich erinnerte mich an Veronica, die mit jedem Drink schöner geworden war, bis ich geschworen hätte, niemals zuvor eine so vollkommene Frau gesehen zu haben, und Jimmy Moore, der immer größer, lauter, mächtiger und leidenschaftlicher geworden war, an Chuckie Lamb, dessen Bitterkeit sich von Stunde zu Stunde steigerte, sowie an Chester Concannon, der uns die Übergänge erleichterte, als wir im Rudel von einem Club zum anderen zogen. Da gab es Henry, den Fahrer des Stadtrats, einen hübschen, stillen Jamaikaner mit purpurschwarzer Haut und hoher Stirn, der fast einsneunzig groß war und trotz der Dunkelheit eine Sonnenbrille trug. Und dann war da natürlich die Limousine, ein Auto, groß und schwarz wie eine Wildkatze. Über dem Kofferraum hing ein Bumerang, hinten gab es eine Bar und einen Fernseher, und der Wagen war nicht gemietet, er gehörte dem Stadtrat und wurde von Henry gepflegt. Er war so sauber wie ein Stück Seife und glänzte im Licht der City und glitt so glatt und räuberisch dahin wie ein Panther durch die Nacht. An den Wagen erinnerte ich mich. Meine erste Fahrt in einer solchen Limousine, bei der ich aus den verdunkelten Fenstern auf jene blickte, die sich nur fragen konnten, wer wir waren, um solche Pracht zu verdienen. Ich hatte derartige Limousinen immer gehaßt, ihre Protzerei, die eindrucksvolle Größe, die Art, wie sie in engen Straßen den Verkehr aufhielten, vor Restaurants parkten, die für mich zu teuer waren, die Art, wie sie verkündeten, daß die Insassen jemand waren, Namen, und die Leute draußen niemand, Namenlose. Ich hatte solche Limousinen immer gehaßt, aber ich mußte zugeben, daß sie von innen gesehen sehr viel annehmbarer waren.

»Willst du eine Rose, Ronnie?« sagte Jimmy, ließ sein Fenster herunter und schnippte mit den Fingern nach einem asiatischen Mädchen, das einen Korb mit in Zellophan gehüllten Rosen über die Straße trug. Wir waren von DiLullo's aus zu einem offenen Art-déco-Club mit Schwärmen von Männern auf Frauenjagd gegangen, wo wir uns wieder eine Flasche geteilt hatten, und nun waren wir in der Limousine unterwegs zu einem weiteren Jagdgrund des Stadtrats.

»Ich brauche nichts«, sagte Veronica.

»Kauf eine Rose für Veronica«, sagte Jimmy zu Chuckie Lamb, der sofort in seiner Tasche nach Dollarnoten suchte.

»Sind das nicht Moonies?« fragte Veronica.

»Auch Moonies haben ein Recht zu essen«, sagte Concannon.

»Und wir brauchen eine Anstecknadel dazu«, sagte Jimmy.

»Zwei Dollar«, sprach das Mädchen durch das Fenster. Sie war für diese Nachtstunde viel zu munter.

»Helfen Sie ihr, Victor«, sagte Jimmy.

Ich nahm die Blume und schob die Finger unter Veronicas Träger, um ihr nicht ins Schlüsselbein zu stechen, befestigte die Nadel des Stengels am dicken Baumwollstoff des Trägers. Ich spürte die Weichheit ihrer Haut an den Rückseiten meiner Finger. Sie schaute auf meine Hände nieder, während ich mich abmühte, und ich wünschte mir, ich hätte mich ein einziges Mal im Leben maniküren lassen. Veronica hatte etwas so Zartes und Schönes an sich, daß es weh tat. Ihr Gesicht war traurig, die fohlenartigen Bewegungen waren traurig, und es sah traurig aus, wie sie den Kopf hängenließ. Doch hin und wieder, wie ein Geschenk, kam dieses Lächeln, strahlend, verheißungsvoll. Obwohl sie genau zusah, wie ich die Blume an ihrem Träger befestigte, und obwohl mir meine gesprungenen Nägel und die nicht abgeschnittene Nagelhaut peinlich waren, beeilte ich mich nicht.

Ich befand mich in Gesellschaft, und allein der Gedanke war prickelnd. An irgendeinem Punkt des Abends kamen ein paar andere dazu, ein Staatssenator, ein Discjockey, der nachmittags arbeitete, ein berühmter Jazzmusiker, und wir fuhren zusammen in diesem Auto herum, suchten ein Lokal nach dem anderen auf, zuerst am Flußufer, dann in South Philly, dann einen Freizeitclub über einer Geschäftspassage beim Market. Jeder Club war anders eingerichtet, aber alle hatten die gleiche Atmosphäre praktizierter Dekadenz. Ich war müde, und ich wußte, daß ich am nächsten Morgen vor Gericht zu erscheinen hatte, aber da war etwas, es hatte etwas, in Gesellschaft zu sein, selbst in der Gesellschaft eines solchen Schmalspur-Himmelskörpers wie Jimmy Moore. Wo immer Jimmy Moore auftauchte, seine Gruppe im Gefolge, öffneten sich die Türen, wurde er herzlich willkommen geheißen, knallten die Korken wie Feuerwerkskörper von perfekt gekühlten Flaschen. Er hätte Eddie Murphie sein können, Leon Spinks, zum Teufel, er hätte Elvis sein können. Und ich war bei ihm, ein Teil seiner Größe färbte auf mich ab. Es schien überhaupt keine Rolle zu spielen, was ich wirklich von dem Mann hielt. Die ganze Nacht hindurch versuchte ich, mich davonzumachen, ins Bett zu kommen, aber immer nannte Jimmy noch ein Lokal, und Veronica versprühte dieses Lächeln, und so stieg ich mit den anderen wieder in die Limousine.

»Club Purgatory«, sagte Jimmy.

»Ja, Boß«, sagte Henry durch die Trennscheibe, und schon waren wir unterwegs.

»Prescott sagt, Sie sind Spezialist für Immobilienrecht«, sagte Moore.

»Da ist nur dieser Betrugsfall, den wir geregelt haben«, sagte ich.

»Vielleicht brauchen wir einen Anwalt, der auf Immobilien spezialisiert ist«, sagte Moore.

»Ich mache wirklich nicht zuviel.«

»Ronnie hat Ärger mit ihrem Vermieter«, sagte Moore.

»Er läßt einfach nicht mit sich reden«, sagte Veronica.

»Geben Sie mir Ihre Karte, Victor«, sagte Moore.

Nervös tastete ich in meiner Jackentasche. Ich fand eine Karte mit zerknautschten Ecken, auf der der alte, noch optimistische Name unserer Firma stand, doch mein Name war in soliden schwarzen Druckbuchstaben verzeichnet. Ich reichte sie ihm.

»Guthrie, Derringer und Carl«, las Moore.

»Guthrie hat uns verlassen«, sagte ich.

»Hier, Ronnie«, sagte Moore. »Wenn dieser griechische Mistkerl dir noch einmal Schwierigkeiten macht, rufst du Victor an.«

»Ja«, sagte sie mit diesem Lächeln, das mich unverzüglich hoffen ließ, der griechische Mistkerl werde ihr in aller Kürze eine Menge Schwierigkeiten bereiten.

»Sie werden das wunderbar machen, Victor«, sagte Jimmy Moore. »Ich weiß es. Ich würde Chester niemandem als dem Besten anvertrauen.«

»Ich weiß Ihr Vertrauen zu schätzen«, sagte ich. Während wir sprachen, schaute Concannon aus dem Fenster.

»Aber klar tun Sie das«, sagte Jimmy. »Ich habe so ein Gefühl, als ob Sie noch weit kommen würden, Victor. Und ich werde Ihnen dabei helfen. Sie müssen nur dafür sorgen, daß Sie dahin kommen, wohin Sie wollen.«

»Das verstehe ich nicht.«

»Nach oben oder nach unten, Junge«, sagte Jimmy. »Das ist Ihre Wahl. Entscheiden Sie sich für oben.«

»Er möchte sich vergewissern, daß Sie sich an den Plan halten«, sagte Chuckie.

»Nach oben oder nach unten, Junge?«

»Victor wird schon keine Schwierigkeiten machen«, sagte Chester leise.

»Den behalte im Auge, Ronnie«, sagte Jimmy mit einem lauten und gefährlichen Lachen und zeigte mit dem Finger auf mich. »Er wird es weit bringen.«

Daran erinnerte ich mich, als ich mich für den Gerichtssaal ankleidete, aus der Dusche eilte und mir das Hemd anzog, während meine Haut noch naß war, so daß die Baumwolle mir am Rücken klebte; meinen Schlips band ich hastig und nachlässig. Und ich erinnerte mich auch, daß die Limousine mich vor meinem Haus abgesetzt hatte und dann in der Nacht verschwunden war, mich allein auf der verlassenen Straße zurückließ, wo ich nichts vor mir hatte als die Leere meiner Wohnung und die Einsamkeit in meinem Bett. Mit der beginnenden Übelkeit in meiner vom Champagner mitgenommenen Magengrube konnte ich nichts tun als lange und laut lachen, ein Lachen, das wie das Heulen einer Hyäne in der dunklen, leeren Straße widerhallte und der ganzen Welt verkündete, daß ich, verdammt noch mal, endlich meinen Weg machte.

8

Richter Gimbels Gerichtssaal war wie alle Gerichtssäle im Federal Courthouse zwei Stockwerke hoch, holzgetäfelt, dunkel und mit einem gerillten Verputz, der schon überholt war, als die Bauarbeiter ihn auf die Stahlträger des Neubaus klatschten. Auf den Bänken verteilt hockten fünfundzwanzig Rechtsanwälte, die auf Richter Gimbels Aufruf warteten; zu vielleicht insgesamt 5000 Dollar die Stunde harrten sie Seiner Ehren, der schon eine halbe Stunde verspätet war. Vermutlich hatte er bei ACME angehalten, um einen

Sack Kartoffeln zum Sonderpreis mitzunehmen, was ihm vielleicht neunundvierzig Cents ersparte, die versammelte Anwaltschaft aber 2500 Dollar kostete. Soviel zur Effizienz der Justiz. Neben den Anwälten, die ihre anrechenbaren Stunden sammelten, saßen Reporter von Zeitungen und Fernsehen, die über den Fall Jimmy Moore berichteten. Einige scharten sich um Chuckie Lamb, der die Tagesparole des Stadtrats zum besten gab. Moore, Concannon und Prescott standen zusammen in einer Ecke. Ich saß allein und ließ meine Uhr fröhlich meine neue und aufgeblasene Honorarforderung von 250 Dollar pro Stunde herunterticken. Sicher in meiner Jackentasche steckte ein Scheck über fünfzehntausend Dollar, ausgestellt auf das Konto der Citizens for a United Philadelphia oder CUP, Moores politisches Aktionskomitee. Als ich sah, daß CUP meinen Anwaltsvorschuß für Concannons Verteidigung bezahlte, murrte ich ein wenig, aber nicht zuviel.

»Ich hätte lieber, daß es aus einer anderen Quelle käme«, sagte ich zu Prescott, nachdem er mir außerhalb des Gerichtssaals den Scheck ausgehändigt hatte. »Beispielsweise von Concannon selbst.«

»Ich glaube nicht, daß Chester zweihundertfünfzig Dollar pro Stunde bezahlen könnte«, erklärte Prescott. »Übrigens, heute abend findet eine Benefizveranstaltung für das neue Jugendzentrum des Stadtrats im Art Museum statt. Sie sollten kommen. Unbedingt. Ich setze Sie auf die Liste. Sie haben doch einen Smoking, oder?« fragte er mit plötzlich so schneidender Stimme wie Winston Osbourne in seinen besten Zeiten.

»Ja«, sagte ich und war mir der Beleidigung bewußt.

»Es werden ein paar Leute dasein, die Sie kennenlernen sollten«, sagte er, und wieder war sein Ton herablassend. »Man kann gar nicht früh genug damit anfangen, die richtigen Leute zu kennen.«

»Tja, also, was diesen Scheck betrifft...«

»Keine Sorge, Victor. Concannon sitzt im Aufsichtsrat von CUP, und seine Schadloshaltung ist von der Geschäftsordnung des Komitees gedeckt. Ich versichere Ihnen, das ist alles völlig legal. Nehmen Sie den Scheck.«

Also nahm ich ihn, stopfte ihn in meine Tasche, saß damit im Gerichtssaal und dachte an die vornehme Veranstaltung, zu der ich gerade eingeladen worden war; ich fragte mich, wer all die wichtigen Leute sein mochten, mit denen Prescott mich bekannt machen würde. Ich stellte mir die Szene vor, in reinem Schwarzweiß funkelnd wie ein Film mit Fred Astaire und Ginger Rogers, als mir plötzlich ein großer, blasser Mann auf die Schulter klopfte.

»Sind Sie Carl?« fragte er.

Ich nickte.

»Wir müssen reden«, sagte er und nickte in Richtung Flur.

Er trug einen blauen Anzug, eine rote Krawatte, schwarze, schwere Polizeischuhe, die Standardkleidung eines Staatsanwalts. In seinen Augen lag eine gewisse Müdigkeit, als habe er alles schon einmal gesehen. Staatsanwälte stellen vor allem zwei Mienen zur Schau, einmal müden Zynismus, wenn sie denken, daß sie belogen werden, was oft der Fall ist, und dann eine Art ebenso müder Selbstgerechtigkeit, wenn sie sich selbst für die letzte Bastion von Wahrheit und Gerechtigkeit auf der Welt halten, was immer der Fall ist. Diese Mienen sind ebenso ein Teil der Uniform wie der rote Schlips. Wenn sie in den Dienst der Regierung treten, werden sie mit Sicherheit nach Washington geschickt, um dort mit einer Armee von Schauspielern im Keller des Justizministeriums zu üben, diese müden Mienen aufzusetzen.

Als wir im Flur angekommen waren, hielt er mir beiläufig die Hand hin und sagte: »Ich bin Marshall Eggert. Ich bin der Ankläger im Fall Moore. Wie ich hörte, werden Sie Concannon vertreten.«

»Das stimmt.«

»Wir sind verdammt froh, daß McCrae aus dem Fall raus ist«, sagte er. »Wenn wir vorher gewußt hätten, wie das läuft, hätten wir ihn schon vor Monaten zu einer Peking-Ente eingeladen.«

»Ihr Mitgefühl ist herzerwärmend«, sagte ich.

»Wir konnten McCrae nicht dazu bringen, einen Deal für Concannon zu akzeptieren. Er wollte nichts davon wissen.«

»Was für einen Deal?« fragte ich mißtrauisch.

»Wir lassen alles bis auf eine einzige Straftat fallen und empfehlen eine Mindeststrafe. Und wir wehren uns nicht, wenn das Bureau of Prisons Milde walten läßt und ihn in ein Sommerlager wie Allenwood steckt.«

»Und was tut er dafür?«

»Als Zeuge aussagen.«

»Gegen seinen Boß.«

»Genau.«

»Und dafür kommt er ins Gefängnis? Das wird nicht passieren, Marshall. Darf ich Sie Marshall nennen? Chet Concannon ist ein zäher Bursche. Er wird nicht einknicken.«

Eggert sah mich an und schnaubte. »Und was würde er wollen?«

Gute Frage. Ehrlich gesagt, ich hatte keine Ahnung, was Chester Concannon vielleicht gegen seinen Boß aussagen wollte, aber ich wußte genau, was ich wollte. »Völlige Straffreiheit«, sagte ich.

»Sie wissen, daß das nicht geht, Carl. Immunität in so einem Fall ist bei uns nicht drin.«

Ich zuckte mit den Schultern.

»Ihr Knabe sitzt ganz schön in der Klemme«, sagte Eggert. Er hatte eine Hand in die Tasche seiner marineblauen Hose gesteckt und spielte jetzt klimpernd mit seinem Kleingeld. »Mit seinen Vorstrafen sieht er schweren Zeiten entgegen. Und er wird wahrscheinlich beim Kreuzfeuer zwischen der Regierung und Moore unter die Räder kommen. Wenn ich Sie wäre, würde ich mir alle Finger danach lecken, einen Deal abzuschließen. Sehen Sie sich alles noch mal an, reden Sie mit Concannon. Unser Angebot steht für eine Woche, aber nicht länger. Wieviel Zeit brauchen Sie, um sich auf den Prozeß vorzubereiten? Wir sind bereit, uns flexibel zu zeigen.«

»Der Prozeß ist in eineinhalb Wochen«, sagte ich. »Das sollte reichen.«

Das Klimpern hörte plötzlich auf, und Eggerts Miene verriet müde Ungläubigkeit. Er schnaubte zweimal, lächelte erschöpft, und das Klimpern begann von neuem.

»Hatten Sie schon mal einen Fall von organisierter Erpressung, Carl?«

»Nein.«

»Das ist keine Ihrer normalen Pipisachen. Es gibt Bänder, es gibt Kartons voller Dokumente, es gibt massenhaft Belege von finanziellen Transaktionen, es gibt über tausend Seiten Jencks-Act-Material von der Grand Jury. Und eine halbe Million Dollar, die von den Guten zu den Bösen geflossen ist, eine halbe Million, die nicht zu belegen ist. Das ist kompliziertes Zeug. Sie können unmöglich in anderthalb Wochen bereit sein.«

»Ich werde Überstunden machen«, sagte ich.

»Hören Sie, Freund, wenn Sie nicht mehr Zeit verlangen, werde ich es tun, und ich werde Sie im Prozeß als Trottel hinstellen. Ich lasse mir mein Urteil nicht umwerfen, weil Sie inkompetent sind.«

Meine Augen tränten, also drehte ich mich weg und schaute den Gang entlang. »Sie haben die Uhr in Gang gesetzt, als Sie Anklage erhoben haben, Marshall. Also müssen Sie antreten, ob Sie bereit sind oder nicht.«

»Oh, wir werden bereit sein«, sagte er, und das Klimpern der Münzen hörte sich plötzlich aggressiv an. »Die Regierung ist immer bereit. Aber Sie wären gut beraten, hier vorsichtig zu sein, Carl. Diese Leute, mit denen Sie sich gemein machen, sind keine Pfadfinder. Bissonette würde Ihnen das auch sagen, wenn er mit 'nem Kopf, der weicher ist als 'ne reife Papaya, überhaupt sprechen könnte. Und der fette Pete McCrae, an dessen Stelle Sie getreten sind, hat vielleicht Glück gehabt, an einem Stück Ente zu ersticken. Er war nur noch zwei Wochen davon entfernt, selbst angeklagt zu werden.«

»Ich kann schon selbst auf mich aufpassen«, sagte ich.

»Ich weiß ja nicht, wie Sie an diesen Fall gekommen sind, Carl«, sagte er, »aber verlassen Sie sich darauf, das wird kein Zuckerlekken.«

Und dann wandte sich Marshall Eggert, der Ritter in billiger marineblauer Wolle und klobigen schwarzen Schuhen, der müde Ankläger, niedergedrückt von all seiner gravitätischen und gräßlichen Selbstgerechtigkeit, von mir ab und stapfte in den Gerichtssaal zurück. Nun, ich konnte jedenfalls nicht sagen, daß man mich nicht gewarnt hätte.

Richter Gimbel war ein Mann wie eine dicke Pflaume; sein Schädel war von faltiger Haut ohne die geringste Spur von Haar, bis auf ein paar drahtige Sprossen an Brauen und Ohren. Sein Mund war vertrocknet und nach unten gezogen. Eine Lesebrille saß aggressiv auf der Spitze seiner scharfen Nase, und er blickte durch die Gläser verächtlich auf jeden, der die Kühnheit besaß, vor ihm zu erscheinen. Er war schon länger Bundesrichter, als sich irgend jemand erinnern konnte, und benahm sich, als sei er in diese Stellung hineingeboren. Seine Stimme, durch Alter und Krankheit entstellt, war wie eine Kettensäge, die sich durch einen Baumstamm frißt.

»Hat Mr. Concannon neuen anwaltlichen Beistand?« fragte der Richter. Im Gerichtssaal gab es ein leichtes Echo, das der Prozedur etwas Ernsthaftes und Wichtiges verlieh.

»Ja, Euer Ehren«, sagte ich. »Victor Carl für Chester Concannon. Ich habe mich heute morgen als sein Anwalt eintragen lassen.«

Wir saßen zu viert am Tisch der Verteidigung. Prescott war neben mir, aufrecht wie ein Laternenpfahl in seinem gedeckten blauen Anzug, die Lesebrille auf der Nase, die ihm das Aussehen eines Gelehrten verlieh. Moore und Concannon saßen rechts und links von uns. Hinter unserem Tisch saß in einer Reihe das Team von Talbott und Kittredge und hielt alle Dokumente bereit, sobald Prescott nur mit den Fingern schnippte. Am Tisch der Staatsanwaltschaft befand sich nur Eggert.

»Sind Sie mit der Vertretung durch Mr. Carl einverstanden, Mr. Concannon?«

Concannon stand auf und sagte: »Ja, Sir.«

»Ich kann bezeugen«, sagte Prescott, »daß Mr. Carl ein hochqualifizierter Anwalt ist.«

»Das werden wir ja sehen, nicht wahr«, sagte der Richter. »Wann ist unser Prozeßtermin?«

»Am sechsten Oktober«, sagte der Gerichtsdiener, in diesem Falle eine junge Frau, die vor der Richterbank saß und sich beim Sprechen durch Berge von Papier arbeitete.

»Das ist in zwölf Tagen«, sagte der Richter. »Werden wir bis dahin bereit sein?«

»Ja, Euer Ehren«, sagte Prescott.

»Die Regierung wird bereit sein, Euer Ehren«, sagte Eggert, »aber angesichts der Tatsache, daß Mr. Carl sich erst heute morgen hat eintragen lassen, halten wir eine Vertagung für angebracht.«

»Ich habe den Fall mit Mr. Carl diskutiert«, sagte Prescott. »Er hatte Zugang zu all unseren Unterlagen und zu Mr. McCraes Akten, und er hat mir mitgeteilt, daß keine Verschiebung des Prozeßdatums nötig sein wird.«

»Euer Ehren«, sagte Eggert, »Mr. Prescott spricht nicht für Mr. Concannon, und bei allem Respekt vor Mr. Carl«, er sah mich an, und sein Gesicht zeigte genau, wie wenig das war, »wir möchten keinen kostspieligen Prozeß führen, um dann schließlich mit einem anfechtbaren Urteil dazustehen, weil einer der Anwälte nicht angemessen vorbereitet war.«

»Das ist genug Krittelei von beiden Seiten«, sagte Richter Gimbel. »Mr. Carl, können Sie in zwölf Tagen bereit sein?«

»Ich denke schon«, sagte ich.

»Sie denken das nur?« sagte der Richter. »Mr. Concannon.« Concannon erhob sich erneut. »Ihr Rechtsbeistand hat mir gerade gesagt, er denke nur, daß er für den Prozeß in zwölf Tagen bereit sein wird, möchte aber trotzdem fortfahren. Was ist Ihre Meinung dazu?«

»Wir werden bereit sein, Euer Ehren«, sagte Concannon.

»Warum unterhalten Sie sich nicht mit Ihrem Anwalt, ehe Sie sich entscheiden?« Der Richter winkte uns in den Hintergrund des Gerichtssaals. Wir setzten uns in die letzte Reihe und sprachen leise miteinander, während alle anderen warteten.

»Der Richter möchte, daß ich Ihnen erkläre, was vorgeht«, sagte ich.

»Ich verstehe, was vorgeht«, sagte er. »Sie denken, weil ich schwarz bin, müßten sie es zweimal sagen, als sei Englisch nicht meine Muttersprache. Tun Sie einfach, was Prescott sagt.«

»Die Wahrheit ist, Chet«, sagte ich, »daß Eggert recht hat. Es besteht keine Chance, daß ich vor dem Prozeß alles durchgehe. Das Material ist einfach zu umfangreich.«

»Tun Sie, was Prescott sagt.«

Ich sah, daß sich seitlich von uns etwas bewegte, und wandte rasch den Kopf um. Eine Reporterin hatte sich angeschlichen und versuchte, unsere Unterhaltung zu belauschen. »Sie wünschen?« sagte ich so laut, daß es der ganze Gerichtssaal hören konnte. Der Richter starrte sie an, und sie lächelte verlegen und zog sich zurück.

»Geier«, sagte Concannon mit gesenktem Kopf. In diesem Augenblick sah er nicht so selbstsicher aus, sondern eher jung und verängstigt und von alldem angewidert.

Ich wandte den Blick ab, musterte den Gerichtssaal, sah die unbefangen schnatternden Anwälte von Talbott und Kittredge. Ich schluckte einmal und sagte: »Die Regierung hat mir für Sie einen Deal angeboten.«

»Lassen Sie mich raten«, sagte er. »Sie wollen, daß ich als Zeuge aussage.«

»Richtig. Sie bekämen die Mindeststrafe. Vermutlich könnte ich Haftverschonung für Sie erreichen, wenn ich mich anstrenge.«

»Sie wollen, daß ich gegen den Stadtrat als Zeuge aussage?«

»Ja.«

»Und was passiert dann mit mir?«

»Vielleicht zwei Jahre auf Bewährung.«

»Und dann?«

»Und dann nichts. Sie sind vom Haken.«

»Und dann was?« sagte er. »Verstehen Sie nicht, Victor? Ich habe da keine Wahl. Bevor ich für den Stadtrat gearbeitet habe, habe ich im Unterhemd auf der Vordertreppe gesessen und von der Sozialhilfe meiner Mutter Schnaps gekauft. Für die Typen, mit denen ich aufgewachsen bin, war das das Äußerste an Karriere. Gelegentlich, für ein bißchen Extrageld für Bier, habe ich in dem Laden, der meinem Onkel gehört, diese Käsesteaks gebraten und in das gehackte Rindfleisch geschwitzt, wenn ich es mit den Zwiebeln und dem Käse verrührt habe. Zwei Jahre Temple University, aber eine bessere Arbeit konnte ich nicht finden. Ich habe ein Vorstrafenregister, nicht schlimmer als das aller Kumpel, mit denen ich aufgewachsen bin, aber ausreichend, um meine Zukunft zu zerstören. Und dann kommt der Stadtrat, sucht Jungs mit Vorstrafen, die sich reinwaschen wollen, Rollenmodelle für seinen Kreuzzug. Da war ich, auf der Suche nach etwas, und da war er, auf der Suche nach mir. Er hat mich gerettet, absolut. Jetzt fahre ich in seiner Limousine herum und trinke jeden zweiten Abend Champagner und mache gutes Geld und gute Arbeit. Und wenn er Bürgermeister wird, werde ich der Chef seines Stabs. Und was passiert, wenn ich als Zeuge gegen ihn aussage?«

»Chet, wollen Sie ins Gefängnis?«

»Da war ich schon, und ich kann Ihnen sagen, ich würde lieber im Gefängnis sitzen als auf dieser Vordertreppe. Sie tun, was immer Prescott Ihnen sagt. Ich verlasse mich auf den Stadtrat.«

Ein anderer Rechtsanwalt hätte vielleicht beschlossen, sich zurückzuziehen, hätte vielleicht dem Richter gesagt, entgegen dem Wunsch seines Mandanten könne er nicht bereit sein, und hätte eine Vertagung erzwungen, so daß der neue Rechtsbeistand Zeit genug gehabt hätte, sich vorzubereiten. Ein anderer Rechtsanwalt wäre vielleicht gegangen und hätte dabei gewußt, daß er zum Wohl seines Mandanten handelte. Ein anderer Rechtsanwalt hätte das vielleicht getan. Aber es war kein anderer Rechtsanwalt, der vor dem pflaumengesichtigen Richter Gimbel stand, es war ich, mit einem Scheck über 15000 Dollar Vorschuß in meiner Jackentasche und meinem Namen auf einer Gästeliste zu einer Benefizveranstaltung, wo ich die wichtigen Leute kennenlernen würde, die zu treffen für mich so wichtig war. Und irgendwo in der ungewissen Zukunft gab es Zeitungen mit meinem Foto auf der Titelseite, das Artikel über diesen Fall schmückte, und Prescott hatte versprochen, mich hinzuzuziehen, er hatte versprochen, mir Fälle zu überlassen, und er hatte mir beinahe garantiert, daß ich Unmengen Geld verdienen würde. Und ja, irgendwo draußen in dieser grauen und häßlichen Stadt gab es die geheimnisvolle Veronica. Am Träger ihres Kleides hatte ich eine einzelne Rose festgemacht, und jetzt hatte sie auf einer zerknitterten, eselsohrigen Karte meine Telefonnummer.

»Wir werden bereit sein«, sagte ich dem Richter, als Concannon und ich aus dem Hintergrund des Gerichtssaals zurückkamen.

»Nun, Mr. Concannon«, sagte der Richter. »Ich bin bereit, Ihnen eine Vertagung zu gewähren, wenn Sie darum bitten, aber Ihr Rechtsbeistand sagt mir, daß Sie keine wünschen. Ist das korrekt?«

Concannon antwortete stehend. »Das ist korrekt, Euer Ehren.«

»Dann möchte ich von Ihnen nicht hören, Ihr Rechtsbeistand hätte nicht genug Zeit gehabt, falls der Urteilsspruch gegen Sie ergeht«, sagte der Richter. »Sie verzichten auf Ihr Recht, diese Behauptung im weiteren Verlauf des Verfahrens aufzustellen, sowie auf Ihr Recht, auf ungenügenden Rechtsbeistand zu plädieren. Haben Sie verstanden, was das bedeutet?«

»Jawohl, Sir«, sagte Concannon.

»Erklären Sie es ihm trotzdem, Mr. Carl«, sagte der Richter.

Ich beugte mich vor und erklärte es ihm, als sei Englisch in der Tat seine zweite Sprache.

»Ich bin damit einverstanden«, sagte Concannon.

»Sind Sie damit zufrieden, Mr. Eggert?«

»Jawohl, Euer Ehren«, sagte Eggert.

»Tun Sie uns allen einen Gefallen, Mr. Carl«, sagte Richter Gimbel, »und halten Sie sich von Chinatown fern, bis dieser Fall beendet ist. Sechster Oktober, zehn Uhr. Kommen Sie so vorbereitet, daß wir eine Jury auswählen können.«

9

Das Philadelphia Museum of Art liegt aristokratisch und braun auf einer Erhebung in einer Biegung des Schuykill River und breitet seine Seitenflügel so aus, als wolle es die ganze vor ihm liegende Stadt umarmen. Lange Treppen führen von einer großen Statue von George Washington zu Pferde zu einem Brunnenhof, umgeben von Säulen, die bunte griechische Ziergiebel tragen. Der Eingang ist imposant, durch Filme berühmt, und der Hof bietet einen spektakulären Blick auf Philadelphia. Nachts, wenn der Vollmond scheint und die Lichter der Stadt funkeln, kann man sich einbilden, an einem exquisiten Ort voller Hoffnung zu sein, irgendwo, wo es elegant und magisch ist. Für mich hatte das immer bedeutet, anderswo zu sein, bis zu diesem Abend. An diesem Abend schien die Stadt wirklich zu funkeln wie ein verheißungsvolles Juwel, bereit, gepflückt zu werden.

Ich hatte keine Einladung, und so mußte ich, während fröhliche, formell gekleidete Männer und Frauen, gut frisiert und mit schimmernden Zähnen, ihre Einladungen zückten und lachend an mir vorbeigingen, warten, bis der Wächter in der hinteren Halle meinen Namen auf einer Liste gefunden hatte.

»Ach, ja, da sind Sie ja, Mr. Carl«, sagte der Wachmann. »Aber hier steht nur eine Person.«

»Da muß ein Irrtum vorliegen«, sagte ich, Winston Osbourne nach Kräften nachahmend.

»Wahrscheinlich, Mr. Carl. Bitte, treten Sie ein und amüsieren Sie sich. Sie auch, Ma'am.«

»Ich nehme an, Männer im Smoking werden mehr respektiert«, sagte ich, als wir drinnen waren.

»Es sei denn, man hält sie irrtümlich für Kellnerlehrlinge«, sagte Beth.

Ich hatte Beth mitgenommen, weil ich Gesellschaft brauchte, während ich mich Schulter an Schulter mit Leuten bewegte, die zwei oder drei Klassen über mir standen. Sie hätte den Abend lieber in Chaucer's Pub verbracht, wo es Rolling-Rock-Bier gibt und T-Shirts akzeptiert werden, aber mir zu Gefallen hatte sie ihr rotes Kleid angezogen, das enge, bei dem sie sich pausenlos Sorgen machte, ob es ihr noch paßte oder nicht. Heute abend paßte es. Seine weichen Kurven glätteten die übliche Schärfe ihres Gesichts, und sie sah beinahe schön aus. Ich war immer ein kleines bißchen in Beth verliebt gewesen. Es war in Wirklichkeit nie eine sexuelle Anziehung, aber Beth strahlte eine Kraft aus, die ich spüren konnte, eine strenge Integrität. Auf irgendeine seltsame Art brauchte ich sie und den Gedanken, daß ich ihrer würdig war, und zu meinem Erstaunen hatte sie das immer geschluckt. Beth war meine beste Freundin, so einfach war das. Und an diesem Abend fand ich, daß meine beste Freundin verdammt gut aussah.

Und ich selbst sah auch verdammt gut aus. Es war das erste Mal, daß ich meinen Smoking jemals trug. Ich hatte ihn gekauft, als ich noch voller Optimismus und Wohlgefallen gewesen war, sechs Jahre zuvor, in Erwartung meiner Hochzeit. Das ist eine lange Geschichte, aber hier will ich nur sagen, daß meine angehende Braut am Abend vor der Heirat einen scharfen Blick auf mich warf und entschied, sie sei zu jung, um sich zu verehelichen. Der Smoking paßte nicht mehr so, wie er gepaßt hatte, als ich ihn kaufte, aber ich nehme an, deswegen hat man den Kummerbund erfunden.

Wir gaben unsere Mäntel an der Garderobe ab und gingen die Treppe neben dem riesigen Wandgemälde von Chagall empor, das eine Sonne und ein Weizenfeld und einen Mann darstellt, der allein in einem Boot sitzt. Wir gingen an Statuen von nackten, fetten

Frauen vorbei, aufgedunsenen, nach vorn gereckten Bronzebrüsten, und traten in die große Halle, wo eine riesige, förmliche Treppe sich zu einer Bronze der nackten Evelyn Nesbitt als Venus erhob. Unter einem hoch aufgehängten Mobile von Calder schnappten wir uns von einem vorbeigetragenen Silbertablett Champagnergläser. Es wimmelte nur so von Smokings und Abendkleidern; sie lehnten an den Wänden, gluckten cliquenweise zusammen und glitten wie Geister in die offenen Galerien und aus ihnen hinaus. Eine kleine Jazzband spielte am Fuß der Treppe.

»Wozu ist diese Benefizveranstaltung noch gleich gut?« fragte Beth, während sie ihren Champagner schlürfte und sich umsah.

»Drogen, glaube ich, oder vielleicht Aids«, sagte ich. »Ich bin nicht sicher.«

»Elend ist ein schlauer Vorwand für eine Party.«

»Ich war noch nie auf so einer Veranstaltung«, sagte ich. »Sind das da drüben kleine Shish Kebabs?«

»Es ist erstaunlich, wie weit du in ein paar Tagen gekommen bist, Victor. Unsere Finanzen befinden sich am Rand der Zahlungsfähigkeit, dein Gesicht war heute abend im Fernsehen, wie du hinter Moore standest, der auf den Stufen zum Gerichtssaal seine Rede hielt, und wenn du nicht aufpaßt, wird dein Name fettgedruckt in der Gesellschaftskolumne erscheinen. ›Wer war das, der letzte Nacht bis in den frühen Morgen zugunsten von Aids feierte? Nun, das war unser Victor Carl, der mit seiner schwarzen Schleife sehr schick aussah.‹«

»Ich hatte mich schon gefragt, ob ich dieses Ding jemals tragen würde.«

»Es steht dir gut.«

»Ja, tut es«, sagte ich. Es stand mir gut, und ich fühlte mich auch gut darin. Einen Moment lang, während ich in dieser Menschenmenge aus Reichen und Raffinierten, inmitten der Elite stand, derer, die alles in ihrer Macht Stehende getan hatten, um mich draußen zu halten, während ich da stand und die Szene beobachtete, begann etwas Hartes und Kaltes in meinen Eingeweiden zu verschwinden, und die Bitterkeit schien zu schmelzen. Endlich war ich da, wo ich immer hatte sein sollen. Ich sah mich um, schlürfte Champagner und beschloß, daß ich bleiben würde.

»Ich sollte meinen Smoking öfter tragen«, sagte ich.

»Julie weiß nicht, was ihr entgangen ist.«

»Laß uns Prescott suchen«, sagte ich, und meine Augen glitten plötzlich aufmerksam über die Menge. »Du solltest ihn kennenlernen.«

»Gott, was machst du für ein Gesicht. Tut mir leid, Victor.«

»Da ist er ja«, sagte ich und führte sie zu einem streng aussehenden Prescott und zwei Männern mit nüchternen Gesichtern in einer Ecke. Zu dritt sahen sie aus wie Trauernde bei einer Nachtwache. Sie standen vor einem Wandgemälde von Diego Rivera, drei Soldaten mit Patronengurten, die einen gepeitschten und gefesselten Mann losschnitten und in Decken wickelten. Als wir uns Prescott näherten, verzögerte ich meinen Schritt, gewarnt von dem Verhalten der Männer und der Düsternis des Wandgemäldes, doch dann sah Prescott mich, und sein Gesicht verzog sich zu einem strahlenden Lächeln, das mich zu ihm zog.

»Ach, Victor«, sagte er über die Musik hinweg und schüttelte mir die Hand. »Wie schön, daß Sie kommen konnten.«

»Danke für die Einladung, Mr. Prescott. Das ist Elizabeth Derringer, meine Partnerin.«

»Erfreut, Sie kennenzulernen, Elizabeth. Es ist ein Jammer, daß meine Partner in ihrer Abendgarderobe nicht halb so gut aussehen.«

»Richard DeLasko ist einer Ihrer Partner, nicht?« fragte Elizabeth. DeLasko war der gegenwärtige Kanzler der Anwaltsvereinigung von Philadelphia.

»Ja, das ist er«, sagte Prescott stolz.

»Tja, wissen Sie«, sagte Elizabeth mit einem vertraulichen Flüstern, »ich habe gehört, daß der Kanzler in seinen schwarzen Pumps und seinem roten Kleid mit den Ziermünzen einfach toll aussieht.«

Prescott war einen Augenblick bestürzt, dann lächelte er gequält und sagte: »Ach ja?« Dann wandte er sich mir zu. »Victor, das sind zwei Herren, mit denen ich Sie gerne bekannt machen würde, Jack und Simon Bishop.« Ich kannte sie, das waren wirkliche Namen, die erfolgreichsten Baulöwen der Gegend. Jeden Monat wurde in den entfernten Vorstädten irgendein neues Projekt der Bishop-Brüder eröffnet.

»Nett, Sie zu sehen, Victor«, sagte einer von den Brüdern, ich wußte nicht welcher, Jack oder Simon, noch konnte ich sie nicht auseinanderhalten. Sein Akzent war britisch, seine Stimme glatt und melodiös. »Bill hat uns alles von Ihnen erzählt. Er sagte, Sie würden vielleicht gern mit uns an einem neuen Projekt arbeiten, das wir entwickeln. Er spricht in den höchsten Tönen von Ihnen.«

»Valley Hunt Estates«, sagte der andere Bruder mit gröberer Stimme und gröberem Akzent. »Wir haben uns ein altes Anwesen nicht zu weit vom Schuykill entfernt gekauft. Mit der Idee im Hinterkopf, drumherum Herrenhäuser zu bauen. Große Rasenflächen davor, sechs Schlafzimmer und was nicht alles. Für Leute mit Aufsteigerambitionen, wenn Sie verstehen, was wir vorschlagen.«

»Luxus überall«, sagte der erste Bruder.

»Aber auch sehr traditionell, wissen Sie«, sagte der zweite. »Und die Optionen sind grandios. Pferdestall, wenn Sie wollen. Kutscherhaus, wenn Sie wollen. Wenn Sie wollen, auch Buntglasfenster bis in den zweiten Stock, so daß Sie denken, Sie wohnten in Westminster Abbey. Valley Hunt Estates. Dieser geniale Name ist Simon eingefallen.«

»Ja, er hat doch einen gewissen Klang, nicht?« sagte Simon Bishop.

»Ich spiele bei dieser Kommanditgesellschaft eine etwas aktivere Rolle als sonst«, sagte Prescott. »Vor kurzem habe ich angefangen, mich für die geschäftliche Seite der Sache zu interessieren, und deshalb reden wir gerade über die Notwendigkeit eines Rechtsbeistands von außen. Für Gutachten und dergleichen. Dabei wurde Ihr Name genannt.«

»Nehmen Sie meine Karte, Victor«, sagte Simon und griff in seine Jackentasche. »Rufen Sie uns morgen an.«

»Wird gemacht«, sagte ich.

»Haben Sie die Dokumente erhalten?« fragte Prescott.

»Ja, Sir«, sagte ich. Er hatte mir sechs Kartons voller Akten geschickt, die die Regierung herausgegeben und Talbott, Kittredge und Chase für mich kopiert hatten, sechs Kartons zu fünfundzwanzig Cents die Seite, alle auf Rechnung von CUP. Ich war von der schieren Menge überwältigt. »Danke.«

»Wenn Sie noch etwas brauchen, lassen Sie es mich wissen.«

»Das werde ich tun, Sir.«

»Also so macht man das«, sagte Beth, als wir das Trio verlassen hatten. Die Jazzband spielte *Begin the Beguine*, ein älteres Paar begann auf der freien Fläche vor der Treppe zu tanzen. Es mußten Namen gewesen sein, denn wie auf Kommando schlossen sich ihnen andere Paare an. Ein Tablett mit kleinen Eierhäppchen wurde vorbeigetragen, doch als ich danach griff, versperrte mir ein breiter Smokingrücken den Weg, und dann war das Tablett fort.

»Wie macht man was?« fragte ich.

»Beziehungen. Ich hatte davon gehört, es aber noch nie miterlebt, bis heute abend. Du bist überraschend gut darin.«

»Ich versuche bloß, die Praxis aufzubauen. Siehst du irgendwo noch welche von diesen Eierhäppchen?«

»Ja, Sir, nein Sir, alles, was Sie wünschen, Sir. Aber du solltest Prescott nicht zu sehr in den Hintern kriechen, Victor. Sonst kriegst du schmutzige Ohren.«

»Es ist nicht gerade hilfreich«, sagte ich, »wenn du anfängst, seinen Partnern vorzuwerfen, sie trügen Frauenkleider.«

»Dein Freund Prescott ist eine Schlange. Ich würde ihm keine Sekunde lang trauen. Ich habe ihn im *Martindale-Hubell* nachgeschlagen. Hast du gewußt, daß er für Nixon gearbeitet hat?«

»Eine Menge guter Leute haben für Nixon gearbeitet.«

»Ehrlichman«, sagte sie. »Haldeman, Mitchell, Dean, Kissinger.«

»Kissinger ist nie ins Gefängnis gekommen. Ach, Nixon war gar nicht so übel. Nimm Watergate und Vietnam weg, und er war ein ganz ordentlicher Präsident. Verdammt ordentlich.«

»Victor!« rief sie laut genug, um einige Umstehende aufmerksam zu machen.

Ich versuchte, sie zum Schweigen zu bringen.

»Hör dich doch selbst an«, sagte sie. »Werde doch keine Hure, Victor, bloß weil dir irgendein Republikaner einen Fall gegeben hat.«

»Für fünfzig Dollar die Stunde ist man eine Hure«, sagte ich. »Für zweihundertfünfzig ist man ein Erfolg.«

Aus einer der Galerien tönten zuerst Lärm und Rufe in die Halle, und dann erschien eine Gruppe in Smokings und Abendkleidern und mit gespraytem Haar. Vorneweg, hoch aufgereckt und mit erhobenem Kopf, marschierte Jimmy Moore. Hinter ihm, dem festlichen Anlaß entsprechend noch vergrößert, seine Gefolgschaft, die ihm offenbar freudig folgte. Jimmys Smoking saß eng um seine massige Brust und seine breiten Schultern. Er lachte mit glänzenden Augen, schüttelte hier und da Hände, sprach ein bißchen hier, ein bißchen da und strahlte die Vitalität eines Politikers im Wahlkampf aus, und genau das war er vermutlich auch.

»Victor Carl, Victor Carl«, sagte er, als er mich erreichte, packte meine Hand und schüttelte sie mit der Begeisterung eines Kennedy. »Toll, daß Sie gekommen sind. Toll.«

»Das hätte ich mir nicht entgehen lassen, Sir.«

Die Menge hinter ihm schien um uns herumzufließen, bis wir das Zentrum einer sehr großen Gruppe bildeten.

»Ganz schöne Versammlung, finden Sie nicht, Victor? Die Mittel für unser Jugendhaus in der Lehigh Avenue haben wir schon fast zusammen. Wir werden mit dem Bau beginnen können wie geplant, dank diesen netten Leuten hier. Sie werden großzügig sein, da bin ich sicher, Victor. Anwälte sind immer so großzügig, wenn es um die Bedürftigen geht«, sagte er mit einem Zwinkern.

»Es ist schön, Sie wiederzusehen, Mrs. Moore«, sagte ich.

Leslie Moore war an der Seite ihres Mannes. Mit einer Hand umklammerte sie eine kleine Tasche, mit der anderen ein Champagnerglas. Die Sehnen ihres langen Halses waren angespannt wie Drahtseile. Ihre Schwester Renee hatte sie fest untergehakt, als ob sie sonst umfiele. »Danke, Victor«, sagte Leslie mit ihrer leisen Stimme, die im Geschnatter der Menge kaum hörbar war. »Wir sind beide so dankbar, daß Sie kommen konnten.«

»Das ist meine Partnerin, Elizabeth Derringer«, sagte ich.

»Schön, Sie zu sehen, junge Dame«, sagte der Stadtrat. »Ja. Immer schön, noch einen Anwalt zu sehen, der sich für die gute Sache einsetzt.«

»Und welche Sache ist das?« fragte Beth.

»Nun, wir geben Jugendlichen eine zweite Chance«, sagte Jimmy breit lächelnd. »Wir helfen den Benachteiligten, heilen die Kranken. Gerechtigkeit.«

»Wann hätte sich der Rat der Stadt je um Gerechtigkeit gekümmert«, sagte Beth und nahm einen Schluck von ihrem Drink. »Ich dachte, der interessierte sich bloß für Parkplätze.«

Während Jimmy und Beth sich unterhielten, sah ich Chester Concannon an der Gruppe vorbeikommen. Im Abendanzug sah er ungewohnt elegant aus. Am Arm führte er eine große junge Frau, die ich erst erkannte, als sie den Kopf drehte und mich ansah. Es war Veronica. Ich hob grüßend einen Finger, aber sie verhielt sich, als würde sie sich nicht an mich erinnern. Sie waren ein hübsches Paar, Chester und Veronica. Als sie vorbeigegangen waren, schaute ich wieder Jimmy und Leslie an. Jimmy konzentrierte sich auf Beth und wandte nicht den Blick von ihr, aber Leslie beobachtete das hübsche Paar, während sie durch die große Halle gingen. Ihr Gesicht hatte etwas Hektisches und Angestrengtes, während sie schaute, etwas Schlangenhaftes.

»Bitte, entschuldigen Sie mich jetzt«, sagte Jimmy und unterbrach meine Beobachtung. »Zeit für die obligatorische Rede. Es war mir ein Vergnügen, Miss Derringer.«

»Viel Glück, Stadtrat«, sagte Beth.

»Wo wäre ich, wenn ich von Glück abhängig wäre?« sagte er. »Bleiben Sie am Ball, Victor.«

Und dann strömte die Menge an uns vorbei. Die Band hörte zu spielen auf. Jimmy ging vier Stufen hoch, sprang auf einen der großen Granitblöcke, die sich zu beiden Seiten der Treppe erhoben, und wandte sich um. Wie durch Zauberei wurde es still in der Halle. Jimmy hielt seine Rede.

Das hatte ich alles schon mal gehört.

Ich war an der Bar und wartete auf eine Sea Breeze für mich und ein Bier für Beth, als ich hinter mir eine vertraute Stimme hörte: »Sie verpassen die Rede, Vic.« Ich drehte mich um. Chuckie Lamb grinste mich mit seinen Fischlippen an, und sein strähniges Haar fiel auf die Schultern eines ziemlich abgetragenen Smokings.

»Immer dieselbe alte Leier«, sagte ich.

»Ja, ich weiß«, sagte Chuckie. »Habe ich geschrieben. Bourbon«, knurrte er den Barkeeper an und wandte sich dann wieder an mich. »Das haben Sie fein hingekriegt, daß Sie Chester vertreten. Dickes Geld, Einladung zu den feinsten Parties, Gelegenheit, einen geliehenen Smoking zu tragen.«

»Ja, es ist schön«, sagte ich.

»Und wem müssen Sie dafür in den Hintern kriechen? Prescott?«

»Chuckie, sind wir zusammen zur Schule gegangen?« fragte ich ihn. »Habe ich Sie in der Pause verprügelt, und Sie nehmen mir das immer noch übel? Ist es das? Weil ich nicht verstehe, warum Sie mich sonst so verachten.«

»Erzählen Sie mir doch nicht, Sie wären einer von diesen Typen, die immer nur gemocht werden wollen.«

»Will das nicht jeder?«

»Nicht jeder. Aber Sie wollen den Grund wissen, Victor? Also gut. Weil mein Instinkt mir sagt, daß Sie für hundert Mäuse Ihre Mutter verkaufen würden. Hat mein Instinkt recht?«

»Ja, in der Tat«, sagte ich und wandte mich wieder der Bar zu, um meine Drinks in Empfang zu nehmen. »Aber Sie kennen meine Mutter nicht. Und außerdem, was haben Sie mit alldem zu tun? Ich sehe Ihren Namen auf keiner Anklageschrift.«

»Tja, ich hab Glück gehabt.« Er griff über meine Schulter hinweg nach seinem Drink. »Und Sie auch. Aber ich habe von Natur aus Glück. Haben Sie von Natur aus Glück, Vic?« Er hob den Bourbon, als wolle er mir zutrinken, und leerte dann mit einem Schluck das halbe Glas. »Sie täten gut daran, darauf zu hoffen.«

Ich blinzelte zweimal, während ich ihn fortgehen sah.

Ich gab Beth ihr Bier, und zusammen wanderten wir durch die offenen Galerien. Es war schön, das Museum für uns zu haben, denn trotz der vielen Leute gab uns die Tatsache, daß es sich um eine private Party handelte, genau dieses Gefühl. Wir schlenderten durch die Impressionistenabteilung, Bilder von Renoir, Degas und Bilder von Mary Cassatt, die in Pennsylvania geboren, aber klug genug gewesen war, um fortzugehen. Dann kamen wir vom neunzehnten zum zwanzigsten Jahrhundert. Schattenhafte Gestalten von Jasper Jones, eine flammende Collage von Rauschenberg. Ich blieb vor dem eindrucksvollen Gemälde eines großen, leeren Hofes mit Schlagschatten stehen, auf dem eine kahle Statue und eine Reihe von Bögen zu sehen waren. Im Hintergrund erkannte man den oberen Teil einer Rauch in die leere Luft stoßenden Lok. Das Bild strahlte eine erschreckende Leere aus, ein fast greifbares Verlustgefühl.

»Giorgio de Chirico«, las Beth von einer kleinen Plakette an der Wand.

»Das sollte ›Mein Leben‹ heißen«, sagte ich.

»Was weißt du von de Chiricos Leben?« fragte Beth.

»Wer redet denn von de Chirico?«

»Ach, schau mal, wer da drüben ist«, sagte Beth.

Ich wandte mich um und sah eine große, dünne Frau in Seidenhosen, die sich mit vorgestreckten Hüften zurücklehnte wie ein Fotomodell. Sie war auffallend schön, blaue Augen, gerade, schmale Nase. Ihr schwarzes Haar war so unnatürlich frisiert wie das einer Fernsehmoderatorin. Sie war mit einem großen, grauhaarigen Mann zusammen, der in seinem teuren Smoking vollkommen ungezwungen wirkte und nicht ihr Ehemann war. Ich wußte das, weil ich ihren Ehemann kannte und von ganzem Herzen haßte. Den grauhaarigen Mann, der nun den Arm um ihre Schultern legte und mit den Lippen ihren Scheitel streifte, hatte ich nie zuvor gesehen.

»Verschwinden wir von hier«, sagte ich leise.

»Meinst du nicht, daß wir hallo sagen sollten?«

»Laß uns gehen. Bitte.«

»Oh, Lauren«, sagte Beth mit erhobener Stimme, laut genug, um von der Frau gehört zu werden. Sie drehte sich um, und ihr Gesicht verzog sich zu einem Lächeln. Mit ihrem ehebrecherischen Freund im Schlepptau kam sie zu uns, Hüften vorgeschoben, und schritt durch den Raum, als sei er ein Laufsteg. Sie streckte mir mit abgeknicktem Handgelenk den Arm entgegen. Zwei dicke Goldarmbänder mit eingeprägtem Runenmuster und Diamanten baumelten daran. »Oh, Victor«, sagte Lauren Amber Guthrie, Frau meines Ex-Partners Guthrie. »Ich bin überrascht, dich hier zu sehen. Du gehst doch sonst nicht auf solche Veranstaltungen.«

»Hallo, Lauren«, sagte ich.

»Beth, Liebes«, sagte Lauren mit ihrer weichen, hauchenden Stimme. »Was für ein entzückendes Kleidchen.«

»Weißt du, Lauren«, sagte Beth, »ich habe geguckt und geguckt, aber ich habe Guthrie hier heute abend nicht gesehen.«

»Ich glaube nicht, daß er kommt«, sagte Lauren. »Ich bin mit Rodolpho hier. Rodolpho, Lieber, ich möchte dich mit zwei guten Freunden bekannt machen, Victor und Elizabeth.«

»Sehr erfreut«, sagte der grauhaarige Mann mit starkem italienischem Akzent. »Isch liebe alle diese ...« Er gestikulierte in Richtung auf die zahlreichen Gemälde und suchte nach dem richtigen Wort. Dann zuckte er mit den Achseln. »Diese«, sagte er.

»Machen Sie nur tapfer weiter«, sagte Beth. »Diese Sprachkurse brauchen ihre Zeit.«

»Rodolpho handelt mit Seidenstoffen«, sagte Lauren. »Er kommt aus Como.«

»Como in Texas?« sagte Beth.

»Italia. Isch bin aus Italia.«

»Sie weiß das, Lieber«, sagte Lauren. »Sie ist nur witzig.«

»Ah, jetzt isch verstehen.« Er lachte tief und falsch.

»Wo ist Guthrie heute abend, Lauren?« fragte ich.

»Ich weiß es wirklich nicht.«

»Findest du nicht, daß du wissen solltest, wo dein Mann ist?«

»Unbeobachtete Ehemänner streunen manchmal«, sagte Beth.

»Woher weißt du das denn, Schätzchen?« sagte Lauren.

»Ehemann?« sagte Rodolpho.

»Er wird nur gewalttätig, wenn er eifersüchtig ist«, sagte ich.

»Ehemann? Wieso weiß isch nichts von diese Ehemann?«

»Ich könnte noch einen Champagner vertragen, Rodolpho«, sagte Lauren. »Bist du ein Schatz?«

»Natürlisch. Aber wir müssen von diese Ehemann reden, ja?«

»Später, ja. Und nun beeil dich«, sagte sie plötzlich atemlos. »Ich bin so sehr durstig.«

Wir sahen Rodolpho nach, wie er mit affektiertem europäischem Schritt durch die Galerie zur Bar ging.

»Ich habe ihn bei einem Empfang im italienischen Konsulat kennengelernt«, sagte Lauren. »Ihr würdet überrascht sein, wie viele Italiener in Philadelphia sind, es ist wie eine herrliche, raffinierte Subkultur mitten unter den Philistern.«

»Und du hast dir vorgenommen, sie zu unterhalten«, sagte Beth.

»Sei nett, Liebes, dann mache ich dich mit ihr bekannt.«

»Findest du nicht, daß du deine Untreue diskreter abwickeln solltest?« fragte ich.

»Das habe ich, Victor. Ich war die Diskretion in Person. Aber die Dinge haben sich verändert.«

»Machst du mich damit bekannt?« fragte Beth.

Lauren musterte Beth von oben bis unten aufmerksam. Beinahe hätte ich erwartet, sie würde ihr einen Finger in den Mund stecken, um ihre Zähne zu prüfen. »Da gibt es einen ernsthaften jungen Mann, Alberto«, sagte sie und rollte das »r« in Alberto. »Einen Architekten, der mit Venturi arbeitet. Bettelarm, aber sehr hübsch. Gib mir deine Nummer, Schätzchen, und ich gebe sie weiter.«

»Wie haben sich die Dinge verändert?« fragte ich.

»Wir sind getrennt, Victor. Ich bin ausgezogen. Na ja, eigentlich ist Sam ausgezogen, aber wenn mein Vater nicht das Haus für uns gekauft hätte, wäre ich gegangen.«

»Das tut mir leid«, log ich. »Wie kommt Guthrie zurecht?«

»Nicht gut, fürchte ich.«

»Zu schade«, sagte ich und unterdrückte ein Lächeln.

Beth kramte in ihrer kleinen roten Handtasche.

»Victor«, sagte Lauren, »mit diesem Scherz über den eifersüchtigen Ehemann lagst du gar nicht so weit daneben.«

»Guthrie?«

»Er kann brutal sein. Gewalttätig. Die reine Bestie. Das hätte ich gleich merken sollen. Bei jemandem, der so viel schwitzt wie er.«

»Du hast ihn geheiratet«, sagte ich anklagend.

»Am Anfang fand ich sie wunderbar männlich, diese kleinen Schweißtröpfchen. Er ist sehr sportlich, weißt du. Aber er schwitzte immer weiter. Wie die Niagara-Fälle. Schließlich habe ich ihn deswegen zum Arzt geschickt, aber da war nichts zu machen.«

»Daher also Rodolpho«, sagte ich.

»Zumindest für heute abend. Hast du ihn gerochen? Er trägt einen wundervollen Duft.«

»Dreh dich mal um, Victor«, sagte Beth. Ich tat wie geheißen, und sie benutzte meinen Rücken als Unterlage, um etwas auf eine Geschäftskarte zu kritzeln. »Meine Privatnummer steht auf der Rückseite«, sagte Beth, als sie Lauren die Karte reichte.

»Du solltest zwei verschiedene Karten haben, Liebes«, sagte Lauren. »Eine geschäftliche und eine private. So mache ich das.«

»Aber du arbeitest nicht, Lauren«, sagte ich.

»Jetzt, wo ich auf einmal Single bin, bin ich in die Modebranche gegangen.«

»Ach ja«, sagte ich. »Die mittellose geschiedene Frau, von ihrem Mann verlassen, gezwungen, allein ihren knappen Lebensunterhalt zu verdienen.«

»So ziemlich«, sagte Lauren. »Ach, da kommt Rodolpho. Wenn ihr uns bitte entschuldigen würdet. Ihr habt ihn so beunruhigt. Ich muß ihn trösten.«

»Vergiß mich nicht«, sagte Beth.

»Alberto«, sagte Lauren und rollte dabei wieder das »r«. Ihre Augen waren geweitet, so aufregend war das alles. »Victor, jetzt, da sich die Dinge geändert haben, ruf mich doch an. Ich habe dich vermißt.«

»Das glaube ich nicht«, sagte ich.

»Ach, tu's doch, Victor. Wir hatten solchen Spaß. *Ciao*.« Und sie spazierte davon, Hüften vorgeschoben, die goldenen Armbänder am Handgelenk klimpernd, um den besorgten Rodolpho abzufangen und in eine andere Galerie zu führen.

»Alberto«, sagte Beth und rollte das »r«.

»Der arme alte Guthrie«, sagte ich.

»Ja, Guthrie die Bestie. Das ganze Geld«, murmelte Beth. »Und der wunderbare alte Name. Alles futsch.«

»Aber zumindest für eine Zeitlang hatte er alles.«

»Und was ist mit dir? Du warst ihr erster. Was ist passiert?«

Ich zuckte mit den Achseln. »Als sie mich kennenlernte, trieb sie sich herum und war auf der Suche nach Spaß. Sie sagte, sie fände mich zu ernst. Was sie bei Guthrie zuerst anzog, war seine grundlegende Unaufrichtigkeit. Und ihr gefiel es, wie er an sie dachte, während sie noch mit mir schlief.«

»Wozu sind Partner denn sonst da?«

»Na ja, am Ende ist es schließlich doch richtig gekommen.«

Wir durchstreiften den restlichen Flügel, der dem zwanzigsten Jahrhundert gewidmet war, und landeten schließlich in einem Raum, den die Arbeiten Marcel Duchamps dominierten. Es gab winzige, surrealistische Skulpturen, eine Wand mit kubistischen Gemälden, visuelle Witze auf Papier, eine Glasphiole mit 50 Kubikzentimetern Pariser Luft in einem Kasten vor einem Fenster, das auf den vorderen Hof hinausging. Auf der Rückseite des Raumes befand sich in einem eigenen Alkoven eine Holztür mit einem Guckloch. Ich schaute hindurch. Durch ein Loch in einer Ziegelwand sah ich eine gesichtslose Frau, die nackt auf dem Rücken im Stroh lag, die Vagina gespreizt wie eine Wunde. Die Frau hielt eine Laterne, die die Szene hell beleuchtete. Es war ein absolut verwirrender Anblick durch dieses kleine Loch, und ich war ein bißchen aus dem Gleichgewicht, als ich den Alkoven verließ und gegen Veronica prallte. Chester Concannon war bei ihr und spielte noch immer den männlichen Beschützer.

Veronica trug ein kurzes Seidenkleid, hielt absichtlich den Kopf abgewandt, während sie die Wände betrachtete, und zeigte uns ihren langen Hals und ihr sanftes, edles Profil, während ich das Bekanntmachen übernahm. Als ich ihren Namen nannte, drehte sie langsam den Kopf, bis sie mir direkt in die Augen starrte.

»Hallo, Mr. Carl.«

»Erfreut, Sie kennenzulernen, Veronica«, sagte Beth mit amüsierter Stimme, was Veronica ignorierte.

»Was macht Ihr Vermieter?« fragte ich.

»Noch immer ein Problem«, sagte sie. »Sagen Sie, Mr. Carl, was halten Sie von diesem Gemälde?«

Sie wies auf eine große Leinwand an der Wand. Sie war in verschiedenen Schattierungen von Rot und Braun bemalt, ein Gewirr abstrakter Formen. Ich ging hin und beugte mich nieder, um die Beschriftung zu lesen. »Duchamp: *Akt, eine Treppe hinuntergehend,* Nr. 2, 1912.« Ich trat zurück und konnte gerade eine Gestalt auf der Treppe ausmachen, die sich abwärts und nach rechts zu bewegen schien.

»Interessant«, sagte ich.

»Ich hatte mal einen Freund, der mir sagte, ich würde so aussehen«, sagte Veronica.

Ich starrte einen Augenblick in ihre Augen und dann wieder auf das Gemälde. »Es ist ziemlich abstrakt«, sagte ich. »Und daher schwer zu sagen.«

»Es ist einfacher, wenn Sie mich ohne Kleider sehen.«

Sie lächelte mir zu, das merkte ich, obwohl ich ihr den Rücken wandte. Als ich mich wieder umdrehte, lächelte ich zurück, und wir lächelten einander an.

»Möchten Sie nach der Benefizveranstaltung noch mit uns kommen, Victor?« fragte Chester und unterbrach unser Lächeln. »Sie auch, Elizabeth. Wir treffen uns im Marabella's.«

»Danke, Chester«, sagte ich, »aber ich sollte diese Woche ein bißchen Schlaf bekommen, meinen Sie nicht? Kann ich Sie nur eben auf ein Wort sprechen?« Ich winkte ihn von den beiden Frauen fort, damit wir unter vier Augen reden konnten. »Erzählen Sie mir ein bißchen von Ihrem Freund Chuckie Lamb«, sagte ich leise.

»Ach, Charles ist in Ordnung«, sagte er. »Er ist teuflich intelligent, aber auch eigenartig. Sehr loyal dem Stadtrat gegenüber, sehr loyal zu seinen Freunden, hängt sehr an seiner Mutter. Aber wenn man ihn auf dem falschen Fuß erwischt, kann er schwierig im Umgang sein.«

»Ich muß ihn auf dem falschen Fuß erwischt haben.«

»Da befinden Sie sich in ziemlich guter Gesellschaft.«

»Warum wurde er nicht mit Ihnen und Jimmy angeklagt?« fragte ich. Das war es, was mich wirklich interessierte. Chuckie hatte gesagt, er habe einfach Glück gehabt, aber die Bundesgefängnisse sind voll mit Burschen, die gedacht hatten, mit Glück würden sie nicht hineinkommen.

»Sie hatten seinerzeit keine direkten Beweise gegen ihn.«

»Das verstehe ich nicht.«

»Nun, sehen Sie, er hat sich nie mit Ruffing getroffen oder mit ihm telefoniert. Es stellte sich heraus, daß Charles nur ein Treffen hatte.«

»Jetzt lassen Sie mich raten«, sagte ich. »Das Treffen war mit Bissonette.«

»Richtig. Und da Bissonette nicht aussagen kann, hatten sie nichts gegen Charles in der Hand, was sie vor die Grand Jury bringen konnten.«

»Wie praktisch das kleine Koma für Chuckie ist«, sagte ich.

»So könnte man sagen«, antwortete Chester langsam, als beginne sich in ihm eine Idee zu formen. Er sah mich einen Moment an. »Bringen Sie sich nicht in Schwierigkeiten, Victor.«

Ich zuckte mit den Schultern.

Dann rief er Veronica zu: »Komm, Ronnie, wir müssen gehen. Er will, daß wir vor ihm dort sind.«

»Auf Wiedersehen, Mr. Carl«, sagte Veronica, während sie sich umwandte und Chet folgte.

»War nett, Sie kennengelernt zu haben«, sagte Beth zu ihrem Rücken.

Ich sah ihnen nach, nein, eigentlich sah ich ihr nach, sah, wie sie sich in ihrem Kleid bewegte, sah dann noch einmal das Gemälde von Duchamp an. Ich studierte seine Linien und Kanten genauer und fand sie auf einmal sehr sinnlich.

»Was für ein süßes Mädchen«, sagte Beth.

»Sie ist die Geliebte des Stadtrats.«

»Aha«, sagte sie. »Und gefährlich außerdem. Wann ist dieser Prozeß von dir angesetzt?«

»Montag in einer Woche.«

»Und wie bereitest du dich vor?«

»Ich habe ein paar Dokumente, die ich mir ansehe, aber sonst tue ich weiter nichts, und genau das wünscht mein Mandant von mir.«

»Aber damit überläßt du den gesamten Prozeß Prescott.«

»Findest du, daß sie so aussieht?« fragte ich, noch immer die Leinwand betrachtend, und merkte, wie sich eine Erektion regte. »Ich fange an, die Ähnlichkeit zu sehen.«

»Hast du je daran gedacht, Victor«, sagte Beth mit einem hörbaren Seufzer, »daß der Grund, warum Prescott dir die Hundertzwanzigtausend-Dollar-Regelung im Fall *Saltz* zugestanden hat, der war, daß du diesen Fall übernehmen und ihm dann freie Hand lassen würdest, wenn er deinen Mandanten über die Klinge springen läßt?«

Das lenkte mich von dem Gemälde ab. »Willst du damit sagen, daß er mich gekauft hat?«

»Ich habe nur die Möglichkeit erwähnt. Ich meine, warum hat er von allen Anwälten in allen Firmen in dieser mit Anwälten gepflasterten Stadt ausgerechnet dich ausgewählt, um Concannon zu vertreten?«

»Er hat mich angeheuert, weil er mich für einen guten Anwalt und für intelligent genug hält, ihm nicht in den Weg zu kommen, und er hat recht. Sie haben mir einen Vorschuß von fünfzehntausend Dollar gegeben, sie zahlen mir zweihundertfünfzig die Stunde, und es hat das Versprechen weiterer Wohltaten gegeben. Was immer er von mir will, werde ich tun.«

»Du kapierst einfach nicht, Victor«, sagte Beth. »Sie werden dich nie in ihren kleinen Club aufnehmen.«

Ich hatte keine Gelegenheit, darauf zu antworten, denn in diesem Augenblick schoß ein roter Lichtstrahl durch das Fenster auf die Wand, dann ein blauer, dann wieder ein roter. Draußen im vorderen Hof stand jetzt ein Polizeiwagen, dann zwei weitere, und alle hatten ihre Lichter eingeschaltet. Fünf Polizisten und ein Mann in braunem Regemantel stiegen aus den Autos und gingen die Treppe zum Museumseingang hinauf.

10

Bis ich in die große Halle kam, waren die fünf uniformierten Beamten und der Mann im Regenmantel schon da, umgeben von einer Schar Smokings und Abendkleider. Der Mann im Regenmantel war ein Afroamerikaner. Er trug eine dicke Brille mit runden Gläsern, einen marineblauen Anzug, einen roten Schlips und schwarze, klobige Schuhe. Ich erkannte die Uniform, wenn auch nicht den Mann. Er bahnte sich einen Weg durch die Menge, bis er in ihrer Mitte Jimmy Moore erreichte.

»Was hat das zu bedeuten?« brüllte Moore.

Zwei Polizisten nahmen sofort zu seinen Seiten Aufstellung. Der Mann im Regenmantel schwenkte ein Dokument und sagte mit müder, aber präziser Stimme: »James Douglas Moore und Chester Concannon, ich bin im Namen des Bundesstaates Pennsylvania mit Haftbefehlen für Sie hier.«

Das entlockte der Menge kleine, schockierte Laute.

Eine Polizistin, eine breitschultrige Frau, sagte zu Moore: »Legen Sie bitte die Hände auf den Rücken, Sir.« Sie sprach wie eine Sportlehrerin, die ihre Mädchen die Seile hinaufscheucht.

»Das ist ja wohl ein Witz«, schrie Moore. »Man will mir etwas anhängen.«

»Hände bitte auf den Rücken, Sir«, sagte die Frau.

Concannon, der mit Veronica weiter hinten in der Menge stand, versuchte sich zurückzuziehen, aber ein junger blonder Polizist packte seinen Arm, und ein anderer, älterer, legte ihm mit ernster Miene eine Hand auf die Schulter. »Hände bitte auf den Rücken, Mr. Concannon«, sagte der ältere Beamte. Sein ernstes Gesicht verzog sich verlegen, als er die Handschellen herausnahm. »Es tut mir leid, Sir, aber ich muß Ihnen Handschellen anlegen. Ich habe meine Anweisungen.«

»Ich bin Mr. Concannons Anwalt«, sagte ich, nachdem ich mir durch die Menge den Weg zu meinem Mandanten gebahnt hatte. »Auf wessen Anweisung hin werden ihm Handschellen angelegt?«

Der Beamte nickte in Richtung des afroamerikanischen Mannes mit dem Regenmantel. »Stellvertretender Bezirksstaatsanwalt K. Lawrence Slocum.«

Prescott schritt durch die Menge und faßte Slocum am Arm. »Was hat das zu bedeuten, Larry?« sagte er, und seine Stimme klang schneidend.

Slocum schaute auf seinen Arm nieder, bis Prescott ihn losließ. »Wir nehmen eine Verhaftung vor.«

»Ich bin der Rechtsbeistand des Stadtrats. Sie sagen mir jetzt sofort, was los ist, oder ich erhebe Zivilklage gegen den Staat und die Stadt, ehe Sie auch nur den Parkway verlassen.«

»Gehen Sie uns aus dem Weg, Bill«, sagte Slocum ruhig, »bis die Verdächtigen in Gewahrsam genommen sind.«

»Hände auf den Rücken«, sagte die Polizistin, faßte Moores Arm, drehte ihn herum und ließ ihn sich vorbeugen.

»James Moore und Chester Concannon«, sagte Slocum, sobald die beiden Männer Handschellen trugen. »Sie stehen beide unter Arrest wegen Mordes an Zachariah Bissonette.«

Ich schaute Concannon an, der den Kopf gesenkt hatte und dessen Hände hinter seinem Rücken gefesselt waren. Seine Augen schossen Blicke in alle Richtungen, während der junge blonde Beamte ihn abtastete.

»Bissonette?« sagte ich zu Concannon. »Ich dachte, der liegt im Koma.«

»Nicht mehr, Sir«, sagte der Beamte mit dem ernsten, verlegenen Gesicht. »Er starb heute abend um acht Uhr zwei im Pennsylvania Hospital. Zu schade. Er schien ein ganz netter Kerl zu sein.«

»Aber auf dem Spielfeld ein Metzger«, sagte der junge Beamte.

»Ich habe nichts getan«, sagte Concannon zornig. »Ich habe überhaupt nichts getan.«

»Seien Sie still, Chester«, sagte ich scharf. »Sagen Sie zu niemandem ein Wort. Geben Sie Ihren Namen, Ihre Adresse und Ihre Sozialversicherungsnummer an und sonst nichts. Wir holen Sie aus dem Gefängnis und klären die Sache auf, aber Sie halten den Mund.«

Seine Lippen zuckten, aber es gelang ihm, sich zu beruhigen. »Was werden Sie tun?«

»Haben Sie verstanden, was ich Ihnen gesagt habe?«

»Ja.«

»Halten Sie durch«, sagte ich. »Wir holen Sie raus.«

Blitzlichter flammten auf, als die Gesellschaftsfotografen loslegten, begeistert, daß sie etwas Aufregenderes als ein verschüttetes Glas Pinot Chardonnay auf ihre Filme bannen konnten. »Schauen Sie hierher, Stadtrat«, rief einer, als Moore und Concannon zu den Türen des Museums geführt wurden, »und zeigen Sie uns Ihr schönstes Lächeln.« Alte Gewohnheiten sind wohl schwer abzulegen.

»Amüsieren Sie sich, meine Herrschaften«, rief Moore der gaffenden Menge zu. »Feiern Sie weiter. Mein Anwalt wird dieses kleine Mißverständnis aufklären.« Er wollte noch etwas sagen, aber ehe er dazu kam, wurden er und Concannon durch die Türen ins Freie und zu den wartenden Polizeiwagen geschoben. Kaum waren sie draußen, begann die Band wieder zu spielen, und die allgemeine Unterhaltung setzte wieder ein. Kein Grund, sich von einer kleinen Albernheit wie einer Verhaftung wegen Mordes eine Party verderben zu lassen.

Ich folgte Slocum aus den Türen hinaus, um zu erfahren, was genau mit meinem Mandanten passieren würde. Der Stellvertretende Bezirksstaatsanwalt K. Lawrence Slocum blieb zwischen zwei Säulen direkt vor dem Eingang stehen und beobachtete mit Prescott, wie die Verdächtigen die Stufen hinunter und um den Brunnen herum zu den Wagen geführt wurden. Er wippte auf den Fußballen auf und ab.

»Sie überraschen mich, Larry«, sagte Prescott, als wir zusahen, wie die Beamtin die Hand auf Moores Kopf legte und ihn herunterdrückte, damit er nicht am Dach des Wagens anstieß, als er auf dem Rücksitz Platz nahm. »Ich hätte gedacht, Sie würden für die Verhaftung einen Ort mit noch mehr Zuschauern finden.«

»Sie wissen, wie das ist, Bill. Die Eagles hatten diese Woche kein Heimspiel.«

»Ich bin Victor Carl«, sagte ich. »Ich vertrete Chester Concannon.«

»Was kann ich für Sie tun, Mr. Carl?«

»Sagen Sie uns, wann wir unsere Mandanten auf Kaution freibekommen können.«

»Wir vernehmen sie gleich zur Anklage im Roundhouse.«

»Wer ist dort heute abend der Richter?« fragte Prescott.

»Spielt das eine Rolle?« sagte Slocum. »Wir werden beantragen, daß sie ohne die Möglichkeit einer Kautionsstellung inhaftiert bleiben, aber welchen Richter wir auch bekommen, er verdankt sein Amt vermutlich Moore und wird eine halbe Million zu zehn Prozent festsetzen. Für Concannon auch.«

»Und was glauben Sie, worauf es hinausläuft?« fragte Prescott.

»Es handelt sich um Mord«, sagte Slocum mit all seiner müden Rechtschaffenheit, und die Kinnmuskeln unter seiner glatten dunklen Haut arbeiteten. »Ein Fall für die Todesstrafe. Sie sollten nicht gegen Hinterlegung von fünfzigtausend rausspazieren.«

»Haben Sie mehr gegen sie in der Hand als die Bundesstaatsanwaltschaft?« fragte ich.

»Die haben doch alles außer den Bändern erst von uns bekommen«, sagte Slocum. Er drehte den Kopf und spuckte auf die Stufe unter Prescott. »Aber Eggert ist nicht der Mann, der wartet, bis er an die Reihe kommt.«

»Ich nehme an, Sie haben die Presse zum Roundhouse bestellt«, sagte Prescott.

»Die werden schon warten.«

»Sie sind immer ein Jagdhund gewesen, Larry«, sagte Prescott.

»Ein Stadtrat, der vor einem Nachtgericht zur Anklage vernommen wird. Titelseite der *Daily News*, meinen Sie nicht?« sagte Slocum. »Deswegen hab ich ihnen Handschellen anlegen lassen. Macht sich besser auf Seite eins.«

»Sie haben Ihren Beruf verfehlt«, sagte Prescott.

»Vielleicht«, sagte Slocum und nahm seine dicke Brille ab, um die Gläser mit seiner Krawatte zu putzen. »Aber ich mache lieber Nachrichten, als daß ich darüber berichte.«

Der Polizist mit dem ernsten Gesicht kam zu Slocum die Stufen hinauf. »Alles bereit.«

»Haben Sie ihnen ihre Rechte vorgelesen?«

»Wort für Wort.«

»Nun, meine Herren, es war mir ein Vergnügen«, sagte Slocum. »Sollen wir Sie zum Roundhouse mitnehmen?«

»Wir fahren mit der Limousine«, sagte Prescott. »Besserer Scotch auf dem Rücksitz.«

»Oh, Mann«, sagte Slocum und schüttelte den Kopf, als er langsam die Treppe zu den wartenden Polizeiautos mit laufendem Motor und flackernden Lichtern hinunterging. »Ich kann es gar nicht erwarten, eine private Praxis zu haben.«

»Ist er gut?« fragte ich Prescott, als Slocum in einen der Wagen stieg und alle drei um das Museum herum davonfuhren.

»Er ist der Beste, den sie haben«, sagte er. »Holen wir unsere Mandanten heraus. Chuckie wird ein Statement für die Presse vorbereiten.«

»Concannon war ein bißchen aufgelöst«, sagte ich.

»Er wird es überwinden. Ich sage Ihnen, was sich wirklich in seine Bestandteile auflöst. Der Fall des Bundesstaatsanwalts. Eggert hat immer gehofft, Bissonette würde wieder zu sich kommen und Jimmy hinhängen. Das ist einer der Gründe, warum er alles vertagen wollte. Jetzt brauchen wir uns um einen Zeugen weniger Sorgen zu machen.«

»Und was glauben Sie, wer Bissonette wirklich umgebracht hat?« fragte ich spontan.

Er sah mich einen Augenblick mit zusammengekniffenen, kalten blauen Augen an und verzog das Gesicht dann zu einem väterlichen Lächeln. »Das spielt doch eigentlich keine Rolle, nicht?« sagte er.

TEIL II

Emotionen vor dem Prozeß

11

Das Büro des Bezirksstaatsanwalts befand sich in einem engen, schmutzigen Gebäude, das eingeklemmt zwischen zwei gläsernen Wolkenkratzern stand. Anwälte mit Büros in diesen Wolkenkratzern kamen und gingen durch die Drehtüren, die Bommel an ihren Slippern wehten, und ihre Rolex-Uhren blitzten, wenn sie die Taxis riefen, die auf der Straße aufgereiht standen; alle Fahrer hofften auf die zweifelhafte Fuhre zum Flughafen. Die Anwälte aus den Büros der Staatsanwaltschaft verließen ihre schmutzigen Flure in müden marineblauen Wellen, schoben Einkaufswagen mit ihren Tagesakten vor sich her und wappneten sich für die Schlacht in den verrußten, unterbesetzten Gerichtssälen der Stadt. Sie hatten etwas von einer Armee an sich, die bald geschlagen sein wird und nur deshalb weitermacht, weil es keinen Rückzugsweg mehr gibt.

»Stellvertretender Bezirksstaatsanwalt Slocum«, sagte ich zu der Empfangsdame in der Halle, einer Frau mit schlaffem Gesicht, Falten um die Augen und den hellbraunen Nikotinflecken der Raucherin an Zeige- und Mittelfinger der rechten Hand. Sie hockte hinter einer dicken Wand aus Plexiglas, in die zum Sprechen nur ein Kreis von Luftlöchern eingelassen war. »Er erwartet mich. Victor Carl.«

»Nehmen Sie Platz«, sagte sie und zeigte auf eine schmutzige Reihe kaputter Plastikstühle aus irgendeinem High-School-Hörsaal. Ich blieb lieber stehen. Im dämmrigen Licht und der allgemeinen Schmuddeligkeit dieses Vorraums fühlte ich mich wie in einer Station der Untergrundbahn. Die Empfangsdame, dieser Vorraum, all das war ein ziemlicher Abstieg im Vergleich zu Talbott, Kittredge und Chase.

Ein paar Minuten später öffnete sich der Aufzug, und eine dünne junge Frau trat heraus, hielt die Tür aber noch fest.

»Mr. Carl?« sagte sie.

Wir stoppten im vierten Stock. Auf dem Weg zu Slocums Büro führte die Frau mich an einer Unmenge Sekretärinnenschreibtische und Kämmerchen vorbei, und ich hörte die hektischen Laute völlig überarbeiteter stellvertretender Bezirksstaatsanwälte. Ich fragte mich, was sie wohl bewogen haben konnte, einen solchen Job anzunehmen. Sie fingen mit weniger als dreißigtausend an, sie arbeiteten zu unmöglichen Zeiten und mußten noch spätabends mit Polizisten verhandeln und am Telefon Zeugen anschreien, Vorladungen rausschicken, die ignoriert wurden, und am Vorabend vor Prozessen Berge von Akten durchsehen. Und wenn es Zeit war, das Büro der Staatsanwaltschaft zu verlassen und eine private Praxis zu eröffnen, dann war es schwer, andere Aufgaben zu finden als in den Kriminalgerichten der Stadt nach Fällen zu jagen. Da ich mich nun durch die großartigen Möglichkeiten erhoben fühlte, die Prescott mir versprach, konnte ich nur Mitleid empfinden.

Slocum war in Hemdsärmeln, saß zurückgelehnt auf seinem Stuhl und hatte die Füße auf seinen Schreibtisch gelegt, während er telefonierte. Seine Ärmel waren aufgekrempelt und enthüllten dunkle, kräftige Unterarme. Hinter seinem Schreibtisch standen zwei Flaggenmasten, der eine mit den Sternen und Streifen der Nationalflagge, der andere mit dem Himmelblau und Senf und den goldenen Zeichen der Stadtflagge. Slocums Büro war vollgestopft mit Kartons und Aktenschränken und großen Pinnbrettern, die an den Wänden lehnten, eines mit dem Plan eines der Stadtparks, eines mit dem Grundriß einer Wohnung und dem Umriß eines liegenden Körpers im Wohnzimmer, ergänzt durch das Foto einer Frau mit Verletzungen im Gesicht. Die Wände waren mit billigen, abgenutzten Paneelen bedeckt. Einer von Slocums Schuhen hatte ein Loch in der Sohle. Slocum sprach offenbar mit seinem Automechaniker und stritt mit ihm herum, was nötig sei, damit der Wagen die Inspektion überstand.

»Das ist allerschlimmste Erpressung«, sagte Slocum, nachdem er aufgelegt hatte. »Ich bringe mein Auto zu einer Dreißig-Dollar-Inspektion und bezahle am Ende fünfhundert Dollar für ein neues

Auspuffsystem, damit der Wagen durchkommt. Gibt es kein Gesetz?«

»Das müssen Sie mir sagen«, sagte ich. »Sie sind der Experte.«

»Einmal habe ich meinem Mechaniker gesagt, ich würde ihm ein Team von verdeckten Ermittlern auf den Hals hetzen. Er hat mich ausgelacht. Sagte, es spiele keine Rolle, wie viele Polizisten in Zivil in seine Werkstatt kämen, die Bremsreparatur koste trotzdem dreihundertfünfzig. Er sagte, was ich wirklich bräuchte, sei ein neues Auto. Das war vor vier Jahren.«

»Vielleicht hat Ihr Mechaniker recht«, sagte ich. »Nach Ihrer Schuhsohle zu urteilen, gehen Sie zuviel zu Fuß.«

Er lachte. »Der wirkliche Trick besteht darin, so am Anwaltstisch zu sitzen, daß die Jury meine Schuhsohlen sehen kann. Geschworene mögen es, wenn ihre Staatsanwälte ein bißchen abgerissen aussehen. Das trägt zu unserer Glaubwürdigkeit bei. Und sie denken nicht gern, sie bezahlten uns zuviel. Wenn ich die Schuhsohle nicht auf natürlichem Wege durchgelaufen hätte, hätte ich inzwischen ein Loch hineingebohrt. Also, was brauchen Sie, Carl?«

»Sie wissen, daß ich Chester Concannon vertrete.«

»Klar«, sagte er und verschränkte die Hände hinter dem Kopf. »Sie sind an die Stelle von Pete McCrae getreten. Zu schade, das mit ihm, nicht?« Ein breites Lächeln verbarg seine offensichtliche Trauer.

»Wegen Concannon«, sagte ich, »möchte ich mir den Mord an Bissonette ein bißchen genauer ansehen.« Prescott hatte gesagt, es spiele eigentlich keine Rolle, wer Zack Bissonette ermordet habe, aber dem konnte ich nicht zustimmen. Mein Mandant war angeschuldigt worden, diesen Mord begangen zu haben, und mein Job bestand darin, ihn so gut ich konnte zu verteidigen. Die Untersuchung des Mordes an Bissonette war vielleicht nicht genau das, was mein Mandant von mir wollte, aber ich nahm an, daß ich nicht viel riskierte, wenn ich herumschnüffelte. Wenn sich nichts ergab, brauchte es niemals jemand zu erfahren, und wenn etwas auftauchte, nun, dann wäre ich vielleicht ein Held. Also hatte ich am Vorabend, als ich in meinem Smoking im Gerichtssaal des Roundhouse stand, Slocum für einen Moment auf die Seite genommen, während die Angeklagten in der Zelle waren und Prescott sich um die Kaution kümmerte, und dieses Treffen vereinbart.

»Ihr Bundesprozeß beginnt in eineinhalb Wochen«, sagte Slocum. »Wollen Sie einen Rat von mir, Carl? Gehen Sie in Ihr Büro zurück und bringen Sie Ihre Vorbereitung auf diesen Prozeß zu Ende. Damit haben Sie genug zu tun.«

»Mein Team bearbeitet den Bundesfall«, sagte ich.

»Wie viele Leute sind in Ihrem Büro?«

»Zwei.«

»Das dachte ich mir«, sagte er mit höhnischem Lachen. »Beantragen Sie Akteneinsicht, und ich werde ihn zu gegebener Zeit berücksichtigen.«

»Es gibt keine gegebene Zeit. Ich hatte gehofft, ich könnte jetzt gleich etwas bekommen.«

Er nahm die Füße vom Schreibtisch und beugte sich vor, die Hände engelhaft vor dem Körper gefaltet. Er lächelte ein breites Lächeln, und seine Augen hinter den dicken Brillengläsern glitzerten. »Es ist eine traurige Sache, wie oft im Leben unsere Hoffnungen nicht erfüllt werden.«

Meine Augen begannen zu tränen, während er weiter dieses breite, ungestüme Lächeln zur Schau stellte, und einen Augenblick lang wußte ich nicht, was ich tun sollte. Also tat ich das, was ich in solchen Fällen manchmal mache, ich lachte nämlich. Er fiel ein, und wir lachten beide zusammen, laut und lange, lachten hysterisch darüber, daß er bei dieser Zusammenkunft die ganze Macht über mich hatte und mich mit leeren Händen nach Hause schicken konnte, wenn er das wollte, und genau danach sah es aus. Wir lachten so sehr, daß er seine Brille abnehmen mußte, um sich die Tränen aus den Augen zu wischen, und ich mußte mir die Handflächen auf die Augen drücken, als könnte ich das Wasser zurückpressen. Wir lachten noch etwas mehr darüber, wie sehr wir lachten. Dann ließen wir das Lachen in Gewieher und Kichern verklingen, bis wir schließlich erstaunt die Köpfe schüttelten, weil wir vorher so sehr gelacht hatten. Ich hörte sogar zu kichern auf, als ich merkte, daß daran überhaupt nichts komisch war.

»Also«, sagte ich, »was ist? Bekomme ich ein bißchen Hilfe?«

»Reichen Sie Ihre Anträge ein«, sagte er. »Der Ermittlungsrichter wird sie dann vielleicht irgendwann nächsten Monat bekommen.« Er begann erneut zu lachen, doch diesmal fiel ich nicht ein. Höfliche Bitten wirkten offenbar nicht. Mir fiel nur ein einziger Schachzug ein, der zwar nicht sehr stark war, aber vielleicht wirken würde.

»Wenn ich die Anträge einreichen muß«, sagte ich, »werde ich das tun, aber das wird viel Zeit kosten.«

»Die Sie nicht haben. Sie haben dem Prozeßdatum zugestimmt, nicht?«

»Ich habe zugestimmt, aber ich werde dem Richter sagen, daß ich nicht die Kooperation bekomme, die ich erwartet hatte, und mehr Zeit brauche. Er wird mich unglaublich zusammenstauchen.«

»Das wird er zweifellos.«

»Aber dann wird er sie mir geben.«

»Das wird Prescott gefallen«, sagte Slocum.

»Nein, Prescott wird nicht glücklich sein«, sagte ich achselzukkend. »Aber wissen Sie, wer begeistert sein wird?«

»Wer?«

»Ihr Kumpel Marshall Eggert, der unbedingt einen Aufschub will, weil er mehr Zeit braucht, um sich auf den größten Prozeß seiner Karriere als Bundesankläger vorzubereiten, und schreckliche Angst hat, den zu vermasseln.«

Kaum hatte ich Eggerts Namen genannt, verschwand jeder Rest des Lächelns von Slocums Gesicht. »Dieser hagere kleine Mistkerl«, sagte Slocum. »Ich war in vollem Gange mit der Anklage wegen versuchten Mordes, als er die Generalstaatsanwältin höchstpersönlich dazu brachte, den Distriktsstaatsanwalt zu überzeugen, daß die Bundesbehörden Moore erst wegen der Erpressungsscheiße den Prozeß machen sollten. Abgesehen davon, daß Ihre Mandanten Abschaum sind, würde ich nichts lieber sehen, als daß sein Schuß in den Ofen geht.« Er hielt einen Augenblick inne und warf mir einen seltsamen Blick zu. Seltsam deshalb, weil er von ihm kam und ich fast so etwas wie Respekt spürte. »Aber das wußten Sie, oder?«

»Ich habe es geahnt«, sagte ich. »Er scheint besorgt, weil da ein Haufen Geld ist, das er nicht belegen kann, Geld, das anscheinend verschwunden ist.«

»Nur eine Viertelmillion«, sagte Slocum. »Aber Eggert macht sich noch mehr Sorgen. Die Beweise für den Mord sind ziemlich lückenlos, aber es gibt andere Löcher, die er noch nicht gestopft hat, und das weiß er. Die haben sich mit ihrer Anklageschrift übernommen.« Er rieb sich einen Augenblick den Mund und sagte dann: »Ich nehme an, daß Sie jetzt einen förmlichen Antrag auf Akteneinsicht einreichen werden, Carl.«

»Richtig«, sagte ich.

»Und im Hinblick auf mildernde Umstände versuchen Sie, die Information sofort zu bekommen, oder die Verfolgung eines großen Erpressungsfalles wird vertagt, und das wird dem Gericht und allen Parteien unangenehm sein, den Stellvertretenden Bundesstaatsanwalt eingeschlossen, weil es die glatte und sichere Ausübung von Gerechtigkeit verzögert.«

»Genau«, sagte ich.

»Und diese mildernden Umstände werden detailliert in einem Brief mitgeteilt, der morgen früh zusammen mit einer förmlichen Petition durch Boten in dieses Büro geliefert wird.«

»Meine Sekretärin tippt ihn gerade«, sagte ich.

»Ich werde das oben abklären und Sie morgen früh wissen lassen, ob ich einen Detective abstellen kann, der Ihnen das Beweismaterial aushändigt.« Wieder rieb er sich mit der Handfläche den Mund. »Wissen Sie, Carl, ich habe das Gefühl, Sie stecken da bis über beide Ohren drin.«

»Höchstwahrscheinlich«, sagte ich.

»Wir hier in diesem Büro sind keine Leibwächter«, sagte er. »In welche Schwierigkeiten Sie sich auch bringen mögen, erwarten Sie von uns keine Hilfe. Mein einziges Ziel in dieser Sache ist, dafür zu sorgen, daß Jimmy Moore und Chet Concannon den höchstmöglichen Preis dafür bezahlen, daß sie diesen Mann umgebracht haben.«

»Ich verstehe«, sagte ich.

»Das ist gut, Carl. Sehen Sie, wenn ich Sie als Trittstein benutzen muß, während Sie im Wasser herumstochern, dann sollten Sie nicht denken, daß Sie von mir etwas anderes bekommen als eine Schuhsohle ins Gesicht.«

12

Ich war in meinem Büro und telefonierte mit Dr. Louis Saltz, als sie anrief. Es war schon nach der Bürozeit, und Ellie arbeitete nur pünktlich von neun bis fünf. Daher mußte ich Saltz warten lassen, um den anderen Anruf entgegenzunehmen. Als ich merkte, wer die Anruferin war, verspürte ich eine Sekunde lang Panik. »Warten Sie bitte einen Moment«, sagte ich zu ihr und schaltete dann zu Saltz zurück.

»Hören Sie, Lou, es hat sich etwas ergeben. Ich muß mich beeilen.«

»Wir sind für morgen verabredet, ja?«

»Halb fünf in meinem Büro«, sagte ich.

»Ich habe die anderen erreicht, und die meisten werden kommen. Ich habe noch immer meine Zweifel. Sie müssen schon sehr überzeugend sein, damit ich einwillige, aber ich werde abwarten, wie sich die anderen verhalten.«

»Lou«, sagte ich, »glauben Sie mir, wenn ich Ihnen sage, daß dieses Angebot ein Geschenk ist. Wir sollten es annehmen und uns freuen.«

»Machen Sie's gut, Kumpel«, sagte er, und dann hatte er aufgelegt.

Ich saß einen Augenblick an meinem Schreibtisch. Das Telefon blinkte, weil noch jemand in der Leitung war. Ich dachte daran, welche Schwierigkeiten dieser Anruf bedeuten konnte, als wie verheerend er sich erweisen konnte, wenn ich ihn annahm, doch dann, trotz aller vernünftigen Überlegungen, drückte ich auf den Knopf. »Hallo«, sagte ich, »da bin ich wieder.«

»Mr. Carl? Jimmy hat mir gesagt, ich solle Sie anrufen, wenn ich wieder Schwierigkeiten mit meinem Vermieter habe«, sagte Veronica Ashland.

»Ich arbeite eigentlich kaum auf dem Immobiliensektor, Miss Ashland«, sagte ich. »Vielleicht sollten Sie sich jemand anderen suchen, der sich besser auskennt. Ich könnte Ihnen jemand empfehlen.«

»Ich bin sicher, das ist nicht zu kompliziert für Sie«, sagte sie. »Es ist einfach so, daß mein Vermieter mich loswerden will.«

»Bezahlen Sie Ihre Miete?«

»Gewissermaßen.«

»Na, vielleicht ist das gewissermaßen das Problem, vermute ich«, sagte ich. »Im allgemeinen wollen Vermieter, daß ihnen die Miete pünktlich bezahlt wird.«

»Das habe ich bemerkt. Sie werden sehr unangenehm, wenn man eine Zahlung versäumt.«

»Das lernen sie in der Schule für Vermieter«, sagte ich.

»Dann müssen sie da auch lernen, im Sommer die Heizung aufzudrehen.«

»Und daß im Winter achtzehn Grad völlig ausreichend ist«, sagte ich. »Und auch, wieviel Geld sie sparen, wenn sie wegen mysteriöser Reparaturen periodisch das Wasser abstellen.«

»Vielleicht sollten Sie vorbeikommen und sehen, was Sie tun können«, sagte sie.

»Jetzt?«

»Ich sagte Ihnen doch«, sagte sie, »mein Vermieter versucht, mich zu vertreiben.«

»Hat er Ihnen einen Räumungsbefehl an die Tür geheftet?«

»Nein, das hat er nicht. Er ist ein alter Grieche und versteht nichts von Räumungsbefehlen.«

»Was hat er dann hinterlassen?« fragte ich.

»Eine tote Katze«, sagte sie.

13

Olde City in Philadelphia ist einer dieser seltsamen, hybriden Orte, den sich nur die Fieberphantasie irgendeines Senats-Unterkomitees ausdenken kann, das damit beauftragt ist, Steuerschlupflöcher für Leute mit finanziellen Problemen zu finden. Es begann vor zweihundert Jahren als Wohnbezirk, in dem unsere Gründerväter in der Christ Church beteten, während sie über die Verfassung nachdachten, kam aber rasch zu einem Industrieviertel herunter, wo der Zucker, der aus der Karibik nach Philadelphia verschifft wurde, raffiniert wurde, wo das Eisen geschmolzen wurde, das den Delaware River herunterkam, und wo das Holz aus dem Süden auf Drehbänken zu feinen und weniger feinen Möbeln verarbeitet wurde. Vor fünfzehn Jahren war es ein ordentliches kleines Viertel mit kleinen Fabriken und Großhändlern und Fachgeschäften für Restaurantbedarf, die den gesamten vorstädtischen Restaurantmarkt mit Barhockern und Resopaltischen und riesigen Kupfertöpfen versorgten. Doch dann schuf irgendein Senator ein Schlupfloch in den Steuergesetzen, indem er Steuernachlässe für die Renovierung historisch bedeutsamer Gebäude einführte, und ein ganz neuer Immobilienmarkt entstand.

Die cleveren Burschen kauften all die alten und verrottenden Industriegebäude in Olde City auf und schlossen sich zu einer Reihe von Personengesellschaften mit begrenzter Haftung zusammen, bei denen die Partner viel zuviel für die Chance bezahlten, sich einen Steuernachlaß zu verschaffen. Mit dem Geld dieser Partner in Händen und fremdfinanziert durch hochverzinste Hypotheken, bauten die cleveren Burschen all diese verfallenen Gebäude zu schicken Eigentumswohnungen aus, um diese so teuer zu verkaufen, daß die Partner einen anständigen Ertrag erzielen würden. Das alles hätte wunderbar geklappt, nur wollte niemand in einem Industrieviertel der Stadt ohne Restaurants, Läden oder Nachtclubs wohnen, und die cleveren Burschen konnten ihre teuren Eigentumswohnungen nicht zu ausreichend hohen Preisen losschlagen, um die Hypotheken zu bezahlen. Eine nach der anderen brachen die Gesellschaften zusammen und wurden insolvent, darunter auch die, die Dr. Saltz und seinen Mitinvestoren gehörte, und mit der Insolvenz kamen die rückwirkende Streichung der Steuervorteile sowie die Versteigerung der Gebäude durch die öffentliche Hand. Nachdem die cleveren Burschen sich mit ihren Kommissionen und Gebühren davongemacht hatten, blieben nur Rechtsstreitigkeiten und Hunderte von Luxuswohnungen übrig, verstreut zwischen schäbigen Industriebauten, täglich vom Lärm der Fabrikmaschinen umtost, der durch schmutzige Werkshallenfenster drang.

Ich fand einen Platz vor einem Schuhgeschäft mit dem handgemalten Schild NUR GROSSHANDEL im rußigen Schaufenster und parkte meinen kleinen Mazda zwischen einem Laster und einem

Lieferwagen. Wie alle Männer hielt ich mich für das größte Parkgenie der Welt und stieß nur einmal den Lieferwagen an, als ich mich in die Parklücke zwängte. Veronica hatte gesagt, sie wohne in einem der restaurierten Häuser von Olde City in der gleichen Straße wie die Christ Church, und so ging ich dem hohen weißen Kirchturm nach zur Church Street und dann in die enge, kopfsteingepflasterte Gasse zu ihrem Haus. In seinen authentischeren Zeiten war es eine Zuckerraffinerie gewesen, doch nun hatte man Fenster in die hohen Ziegelmauern geschlagen, und in einem großen Rohr aus Stahl und Plexiglas, das seitlich angebaut war, fuhr ein Aufzug auf und ab. Es gab einen Parkplatz und einen Vorhof, und im Erdgeschoß waren Geschäfte geplant gewesen, doch die Schaufenster waren mit Papier verklebt. Der leere Platz und die leerstehenden Läden strahlten Trostlosigkeit aus. Ich fand Veronicas Nummer auf dem Klingelschild, und sie ließ mich mit dem Summer ein.

Die Katze lag auf dem Teppich vor ihrer Tür; ihr Kopf war blutdurchweicht.

Ich kniete neben dem Kadaver nieder wie ein Ermittler der Mordkommission in einem schlechten Film und tauchte zwei Finger in die Blutlache um den Kopf der Katze. Ich weiß nicht, warum ich das tat, außer, daß die Leute von der Mordkommission, die sich in schlechten Filmen über Leichen beugen, es anscheinend immer tun, und ich bereute es sofort. Das Blut war noch nicht getrocknet. Ich wollte mir gerade am Fell der Katze die Finger abwischen, als Veronica die Tür öffnete.

»Vermutlich ist sie immer noch tot«, sagte sie.

Sie schaute aus der nur teilweise geöffneten Tür, den Kopf vorgestreckt, das schmale Becken an die Türkante gelehnt, so daß ich sie nur zur Hälfte sehen konnte. Ihr braunes Haar fiel leicht wie ein Schleier nach vorn und gab ihrem einfachen, hübschen Gesicht etwas Geheimnisvolles. Sie trug Blue Jeans und ein graugeripptes, ärmelloses T-Shirt. Sie war barfuß. In Jeans und mit dem lose herabfallenden Haar sah sie eher wie eine Künstlerin aus als wie eine Mätresse. Sie hatte etwas Herbes, Bohemienhaftes an sich, sehr verschieden von der fein gekleideten Gesellschaftsdame, als die ich sie an jenem Abend mit Jimmy Moore in der Limousine und im Museum erlebt hatte.

Ich schaute sie länger an als beabsichtigt, ehe ich mich wieder der Katze zuwandte.

»Sieht aus, als hätte man ihr die Kehle durchgeschnitten«, sagte ich. »Kennen Sie diese Katze?«

»Kann man eine Katze jemals kennen?« sagte sie, machte die Tür ganz auf und drehte sich um, um wieder in ihre Wohnung zu gehen.

Rasch wischte ich mir die noch nassen Finger an der toten Katze ab und stand auf, um ihr zu folgen. Ich schloß die Tür hinter mir.

Ihre Wohnung war ein riesiges, braunes, zweistöckiges Apartment mit schweren Holzbalken an der Decke und einem lackierten Fußboden aus dicken, unregelmäßig geformten Holzbohlen. Eine Wand bestand aus Ziegeln, die anderen waren weiß, und auf der gegenüberliegenden Seite befanden sich riesige Schiebetüren aus Glas. Der Hauptraum war mit einem Rundsofa und einem riesigen Fernseher möbliert; außerdem gab es einen langen Eßtisch, bedeckt mit Stapeln Papier und ungeöffneten Umschlägen. Die Küche war schmutzig, im Spülbecken stapelte sich wahllos ungewaschenes Geschirr, und die Möbel im Wohnzimmer waren mit verstreuten Kleidungsstücken bedeckt. Ein Sweatshirt hing über den Rand eines Stuhls. Seitlich vom Eingang führte eine Treppe in das zum Wohnraum hin offene Obergeschoß. Es war ein großer, männlicher Raum, dieses Apartment, selbst die Unordnung war männlich, und als Veronica sich auf das Sofa setzte und die Beine anzog, wirkte sie darin klein und fremd.

»Schöne Wohnung«, sagte ich und blickte mich um.

»Was ist mit der Katze?«

»Die Katze, die tote Katze«, sagte ich und versuchte mir klarzumachen, was genau ich eigentlich hier tat. »Haben Sie die Polizei angerufen?«

»Wegen einer Katze?« sagte sie. »Nein.«

»Das ist nicht einfach irgendeine tote Katze«, sagte ich. »Diese Katze wurde ermordet.«

»Ich werde doch nicht wegen einer Katze die Polizei anrufen«, sagte sie. »Ich denke, wir sollten sie loswerden und uns dann überlegen, wie ich mir meinen Vermieter vom Hals schaffe.«

»Woher wissen Sie, daß es Ihr Vermieter war?« fragte ich.

»Wer sollte es sonst gewesen sein?« sagte sie.

»Also gut«, sagte ich. »Schaffen wir erst die Katze weg.«

»Im Wandschrank sind ein paar Tüten«, sagte sie. »Und Papiertücher sind irgendwo in der Küche.«

»Wollen Sie mir nicht helfen?«

»Sehe ich aus wie ein Mädchen, das sich mit toten Katzen abgibt?«

Im Schrank gab es eine hellgelbe Tüte von Strawbridge & Clothier und in der Küche auf der vollgestellten Arbeitsfläche eine Rolle Kreppapier. Ich wickelte mir etwas davon um die Hand und hob die Katze dann am Schwanz an. Sie war überraschend leicht. Während ich sie in die Tüte steckte, hielt ich sie so weit wie möglich von meinem Körper entfernt, als könne das verdammte Tier plötzlich wieder zum Leben erwachen und mir seine Krallen ins Gesicht schlagen. Als die Katze in der Tüte war, putzte ich mit Papier so gut wie möglich das Blut vom Teppich. Der Teppich war blaßrot, weshalb man das Blut nicht so sehr sah, aber trotzdem hatte er immer noch einen ominösen Fleck, als ich fertig war. Seltsamerweise besaß dieser Fleck nicht die Form eines Katzenkopfes; er sah wie ein Fisch aus. Vielleicht dirigierte der letzte Wunsch einer sterbenden Katze den Blutstrom aus ihrer aufgeschnittenen Kehle. Vielleicht auch nicht. Als ich mit Wischen aufgehört hatte, warf ich die blutigen Papiertücher in die Strawbridge-Tüte, rollte diese fest zusammen und steckte sie in den Müllschlucker im Flur.

Dann nahm ich allen Groll zusammen, der sich in mir angesammelt hatte, während ich die tote Katze beseitigte, und ging in die Wohnung zurück. Was ist nur mit mir, fragte ich mich. Habe ich ein Schild mit der Aufschrift TRITT MICH auf der Stirn, das nur Frauen sehen können? Haben sie einen Club und reichen meinen Namen als den eines zuverlässigen Trottels weiter, der im Notfall tote Katzen beseitigt? Ich meine, es wäre eine andere Sache, wenn ich mit der Frau schlafen würde, dann wäre es sicher in Ordnung gewesen, mit Papiertüchern auf Knien zu liegen und das Blut einer toten Katze von ihrer Schwelle zu wischen, aber wo sie die Freundin eines anderen war, warum besorgte ich dann das Aufräumen? Wütend ging ich zurück in die Wohnung und wollte Veronica sagen, ich sei, verdammt noch mal, Anwalt und kein Hausmeister, und wenn sie das nächste Mal Probleme mit einer toten Katze habe, solle sie ihren Freund Jimmy Moore rufen.

Sie hatte sich nicht von der Couch gerührt, doch in der kurzen Zeit meiner Abwesenheit war sie schöner geworden. »Erledigt«, sagte ich. Der Zorn saß mir wie ein zusammengeknülltes feuchtes Papiertuch in der Kehle.

»Was haben Sie mit ihr gemacht?«

»Sie in den Müllschlucker geworfen.«

»Das ist kaltherzig.«

»Was hätte ich denn sonst tun sollen, sie im Flur begraben? Hören Sie, ich muß gehen.«

»Was ist mit meinem griechischen Vermieter?« fragte sie.

Ich zuckte mit den Schultern. »Bezahlen Sie Ihre Miete.«

»Er will mich trotzdem loswerden. Ich habe wegen Jimmy einen Sonderpreis, aber jetzt, wo Jimmy in Schwierigkeiten ist, denkt er wohl, er könne mich rauswerfen und die Wohnung für den doppelten Preis vermieten.«

»Wieviel bezahlen Sie dafür?« fragte ich.

»Hundert im Monat.«

»Großer Gott«, sagte ich. Das Apartment war zehnmal soviel wert. Ich fragte mich, was Jimmy für den alten Griechen getan hatte, um einen solchen Sonderpreis für seine Freundin zu bekommen.

»Was soll ich tun? Er will mich raushaben. Er hat eine verdammte Katze getötet, um mich loszuwerden.«

»Und Sie sind sicher, daß er es war?«

»Er ist verrückt. Er hat der Katze die Kehle durchgeschnitten.«

»Hören Sie, ich bin Anwalt und nicht der Tierschutzverein. Ich weiß nicht, was ich für Sie tun kann. Ich muß gehen. Ich habe morgen eine Menge Arbeit.«

Sie stand auf und kam mit in die Seiten gestützen Händen auf mich zu. »Können Sie sich wenigstens meinen Mietvertrag ansehen?«

»Warum ist Jimmy nicht hier?« fragte ich. »Ist diese Sache mit der Katze und dem Vermieter nicht sein Problem?«

»Jimmy will von meinen Problemen nichts wissen. Er hat eine Frau mit genug Problemen, um ihn bis zum Memorial Day auf Trab zu halten. Er ist heute abend mit ihr bei irgendeinem politischen Dinner, also bin ich allein.«

Ich starrte sie an, versuchte, meine Wut zu konservieren, aber sie lächelte nervös. Einen Moment lang sah sie sehr jung aus, und ich fragte mich, wie alt sie sein mochte. Sie sah aus wie eine College-Studentin, eine süße, hübsche College-Studentin, plötzlich sehr hilfsbedürftig und weich. Warum war sie nicht im College? Ich hob die Hände und sagte: »Wo kann ich mich waschen?« Sie zeigte mir das Badezimmer im oberen Stock.

Ich wusch mir im Waschbecken die Hände, schrubbte sie mit reichlich Seifenschaum, um die Katze von den Fingern zu kriegen, als ich zwischen Toilette und Badewanne eine Kiste mit Katzenstreu stehen sah, in der sich saubere kleine Kügelchen von Katzenkot befanden.

Ich willigte ein, mir ihren Mietvertrag anzusehen. Ich räumte eine Stelle auf dem Eßtisch frei und untersuchte, was sie mir gab, während sie für einen Augenblick nach oben ging. Es war nicht das Standardformular mit einem kleingedruckten Paragraphen nach dem anderen, der dem Vermieter alle gesetzlich erlaubten Rechte gibt, den Mieter zu schikanieren. Statt dessen hatte sie mir ein zweiseitiges Dokument mit doppeltem Zeilenabstand gegeben, unterschrieben von Veronica Ashland, Mieterin, und Spiros Giamoticos, Vermieter, das besagte, sie könne für $ 100 im Monat so lange bleiben, wie sie wolle, und der Vermieter könne weder ihre Miete erhöhen noch ihr kündigen. Die einzige Bedingung war, daß sie nicht ohne Giamoticos' Zustimmung untervermietete. Bemerkenswert war das Fehlen von Regelungen bei verspäteter Mietzahlung oder Räumung. Der Mietvertrag machte sonnenklar, daß Jimmy Moore Spiros Giamoticos einen Riesengefallen getan haben mußte, wofür Spiros seiner Freundin das Apartment so gut wie kostenlos überließ. Kein Wunder, daß er sie loswerden wollte.

Während ich am Eßtisch saß, bemerkte ich ihre Post, die unordentlich gestapelt dalag. Da sie noch oben war, nahm ich mir die Freiheit, sie durchzusehen. Da war eine letzte Mahnung von den Elektrizitätswerken, eine Zahlungsaufforderung von den Wasserwerken, ein Brief des American Record Club, der ihr mit Anzeige drohte, wenn sie die CDs nicht bezahlte, die sie bestellt hatte, eine Rechnung von Master Card über mehr als dreitausend Dollar. Ihre Post sah ungefähr so aus wie meine. Ich suchte in den anderen Stapeln, bis ich einen Brief von ihrer Bank fand. Er war bereits aufgerissen. Ich schaute mich um, um sicher zu sein, daß sie nicht leise wieder heruntergekommen war oder vom Balkon sah, und nahm dann den Inhalt heraus. Es war ein Kontoauszug auf ihren und Chester Concannons Namen mit einem Gesamtguthaben von $ 187,92 nach 1349,92 im Vormonat. Sie hatte einen Scheck über 62 Dollar an ihre Kreditkartenfirma geschickt, um für die Minimaldeckung zu sorgen. Die restlichen Einträge waren Barabhebungen bei verschiedenen Banken in der Stadt. Ich stopfte den Auszug wieder in den Umschlag.

»Ihr Vermieter kann sich anstrengen, soviel er will«, sagte ich zu ihr, als sie wieder herunterkam, »aber legal kann er nichts tun, um Sie loszuwerden, solange Sie Ihre Miete bezahlen.«

»Was ist mit der Katze?«

»Rufen Sie die Polizei oder beantragen Sie eine einstweilige Verfügung. Das könnte ich für Sie machen, aber ansonsten weiß ich nicht. Am besten wäre es, Sie würden Jimmy mit ihm sprechen lassen. Was hat Jimmy diesem Giamoticos eigentlich gegeben, um Ihnen einen solchen Mietvertrag zu verschaffen?«

»Eine Straße«, sagte sie. »Der Grieche wollte eine Straße zu einem Hof hinter einem Gebäude machen, das ihm gehörte, also hat Jimmy einen Gesetzentwurf eingebracht oder so was.«

»Eine Straße«, sagte ich kopfschüttelnd. »Er hat einfach so eine öffentliche Straße hergegeben?«

»Es war keine große Straße«, sagte sie mit einem Achselzucken. »Eher eine Gasse. Ich brauchte eine Wohnung.« Sie stand mit verschränkten Armen vor mir und verschob ihr Gewicht von einem Fuß auf den anderen. Sie wollte etwas, aber sie wußte nicht, wie sie darum bitten sollte.

»Hören Sie, Veronica«, sagte ich, »ich wollte nicht spionieren, aber ich konnte all Ihre überfälligen Rechnungen nicht übersehen. Werden Sie in der Lage sein, sie zu bezahlen?«

Sie lachte nervös, beugte sich über mich zum Tisch und drehte die Papiere um. Sie roch wunderbar und frisch wie ein Kirschbaum in voller Blüte. »Nein«, sagte sie. »Wer kann heutzutage schon alle seine Rechnungen bezahlen? Schlechte Zeiten überall, nicht?«

»Was werden Sie tun?«

»Ich werde tun, was ich immer tue. Wenn der Stapel groß genug ist, gebe ich sie Jimmy, der gibt sie Chet, und der kümmert sich darum.« Das war der Grund, warum Concannons Name auf ihrem Kontoauszug stand, nahm ich an; damit er es leichter hatte, sie mit dem Bargeld des Stadtrats zu versorgen, wenn sie knapp bei Kasse war.

»Arbeiten Sie nicht?«

»Ich habe Durst«, sagte sie und sah mich an, wie ich an ihrem Eßtisch saß. Ihr Atem roch nach Minze, als habe sie oben gerade gegurgelt. »Haben Sie auch Durst? Eine tote Katze im Flur zu finden macht mich immer durstig. Gehen wir etwas trinken.«

Ich war müde, ich hatte morgen zu arbeiten, und ich hatte noch eine Menge Dinge zu erledigen, aber der Minzduft ihres Atems, ihre langen, schlanken Arme, die Art, wie sie sich am Tisch über mich beugte, all das ließ meinen Magen flattern. Meine Kehle wurde eng, so daß ich krächzte, als ich »Gut« sagte.

Draußen vor ihrem Haus nahm sie meinen Arm und führte mich zu einer Bar in der Nähe der Independence Hall, die sie kannte. Ich drehte mich einmal um und schaute die Church Street entlang. Ich sah das Kopfsteinpflaster im Licht der Laterne glänzen, und dann, weiter hinten, erspähte ich einen glänzenden Bumerang über dem hinteren Ende einer schwarzen Limousine. Die Lichter des Wagens waren nicht eingeschaltet, und ich konnte auch nicht ins Innere sehen, aber beim Anblick dieses Autos vergingen mir sofort sämtliche sexuellen Regungen. Es war zu dunkel, um die Zulassungsnummer zu erkennen, doch ich hatte keinen Zweifel, wem der Wagen gehörte. Das war Jimmy Moores Limousine, und wer immer darin saß, beschattete die Freundin des Stadtrats. Und da war ich, Arm in Arm ging ich mit ihr in die Nacht hinaus. Es war ein milder Herbstabend, die Luft war drückend und feucht wie im Frühling, doch als wir von der Church Street in die Dritte Straße eingebogen waren, fror ich.

14

Von der anderen Seite der Tür her konnte ich die gedämpften Geräusche eines geschäftigen Büros hören; Schreibmaschinen klapperten, Telefone klingelten, Stimmen riefen von einem Schreibtisch zu anderen. In dem kleinen, schlachtschiffgrauen Raum war niemand außer Detective Griffin und mir.

Detective Griffin war ein rundlicher Mann mit teigigem Gesicht und tiefen, dunklen Ringen unter den Augen. Er knurrte, während er die *Daily News* durchblätterte, und las ab und zu Bröckchen von Klatschgeschichten vor, die er sehr zu genießen schien. »Also, ist das zu glauben?« sagte er etwa, ehe er etwas aus dem blutrünstigen Mittelteil des Revolverblattes zum besten gab. Dann stieß er einen langen, lauten Seufzer der Erschöpfung aus. Ich befand mich in diesem kleinen, engen Raum im Gebäude der Staatsanwaltschaft, um einen Stapel von Akten und zwei große Kartons mit Beweismitteln durchzusehen, die ganze Grundlage für Slocums Anklageschrift *Commonwealth vs. Moore und Concannon.* Das Material war von Detective Griffin persönlich aus Zimmer 800 im Dachgeschoß des Rathauses abgeholt worden, er hatte den Empfang quittiert, und nun war er da, um dafür zu sorgen, daß ich nichts davon mitnahm.

»Also, ist das zu glauben? Hören Sie«, sagte Detective Griffin. »Dieser Bobbitt, dem seine Frau den Pimmel abgeschnitten hat, nicht, macht jetzt in irgendeinem Schwulenclub Striptease. Seine neue Freundin, irgend so ein Flittchen, zieht ihm mit den Zähnen den Tanga aus, während die Burschen alle johlen. Er sagt, er bekäme sein Empfindungsvermögen im Tempo von einem Millimeter pro Monat zurück. Als sei er stolz darauf, daß das Ding abgeschnitten war. Können Sie diesen Typ begreifen?«

Ja, das konnte ich.

Der Detective räkelte sich mit ausgestreckten Armen und gähnte. »Mann, bin ich müde.«

Das Material, das ich durchsah, ergab folgendes. Am Abend von Bissonettes tödlicher Prügelei hatte ein junger, obdachloser Mann, nur leicht psychotisch, während er in einer Mülltonne nach einem Nachtimbiß suchte, eine schwarze Limousine auf der Rückseite von

Bissonette's vorfahren sehen. Er sah nicht, wer aus dem Wagen stieg, aber Michael Ruffing sah es. Ruffing und Bissonette waren allein und schlossen gerade den Club, als er durch ein Fenster die Limousine vorfahren und Concannon und Moore aussteigen sah. Das alles war an Henrys freiem Abend passiert, und Henrys Alibi hatte sich bestätigt, also war anscheinend Concannon gefahren. Ehe die beiden den Club betreten konnten, ging Ruffing durch die Vordertür hinaus in der Hoffnung, eine Konfrontation zu vermeiden. Drinnen hatte es eine Art Diskussion gegeben, ein paar Drinks waren eingeschenkt worden, und dann brach ein Streit aus. Bissonette war hinter die Bar gegangen, vermutlich, um sich eine Waffe zu holen, die mit Klebestreifen unter der Theke befestigt war. Sie trug seine Fingerabdrücke. Einer der beiden Besucher hatte einen von Mike Schmidt signierten Baseballschläger von der Wand genommen und Bissonette damit niedergeschlagen, ehe dieser die Waffe packen konnte. Er hatte Bissonette dann mit dem Schläger weiter verprügelt und am ganzen Körper getroffen; in beiden Armen waren Knochen zertrümmert, ein Wadenbein und eine Kniescheibe waren gebrochen sowie die Hüftbeine, fünf Rippen und sein Schädel; er hatte eine zwölf Zentimeter breite Delle seitlich am Kopf. Die medizinischen Berichte waren umfangreich und häßlich. Trotz des Fachjargons war die Brutalität der Prügelei offenkundig. Als die Sanitäter Bissonette fanden, war er voll von Blut und Erbrochenem. Sie legten ihm sofort einen Tubus und hängten ihn unmittelbar nach Ankunft in der Notaufnahme an ein Beatmungsgerät. Er erlangte das Bewußtsein nicht wieder.

Ein harter Abgang für so einen netten Burschen, dachte ich. Selbst wenn er auf dem Spielfeld nichts taugte.

Die Angreifer hatten es anscheinend nicht eilig gehabt, nach der Schlägerei zu verschwinden. Der Baseballschläger war von Fingerabdrücken gereinigt, die benutzten Gläser gespült worden. Alles war gesäubert worden, während Bissonette zweifellos stöhnend und nach Luft ringend auf dem Boden lag. Innerlich sah ich Chester Concannon vor mir, wie er lässig mit einem Lappen die Bar abwischte, während Bissonette hinter der Bar um sein Leben kämpfte. Das würde Chester ähnlich sehen, dachte ich, daß er keine Unordnung hinterlassen will, so ein höflicher junger Mann.

Die beiden Männer hatten keine Fingerabdrücke hinterlassen, nicht einmal auf den Türknöpfen, alles war sauber abgewischt, aber einer von ihnen war versehentlich in das Blut und Erbrochene getreten, und so trug der frisch gewischte Boden seine Spur von der Bar bis zur Hintertür. Die Spurensicherung hatte aus den unregelmäßigen Abdrücken keine Schuhgröße ermitteln können, aber die Schrittlänge entsprach der eines Mannes von der Größe Chester Concannons. Ein Sicherheitsmann in einem nahegelegenen Geschäft hatte eine lange, schwarze Limousine bemerkt, die von Bissonette's wegfuhr, und zwar ungefähr fünfundzwanzig Minuten nach der von Ruffing berichteten Ankunft Moores und Concannons. Es waren brutale fünfundzwanzig Minuten gewesen.

Neben dem Beweismaterial für den Mord gab es die gleichen Stapel von finanziellen Dokumenten, die die Bundesbeamten Prescott gegeben hatten und Prescott mir, Berichte, die angeblich das Fließen von Geld von Ruffing zu Concannon zu Moore und zum CUP zeigten, eine halbe Million Dollar, die herumgereicht wurde wie Gebäck. Und dann hörte der Geldfluß plötzlich auf. Das war der Beweis für das Motiv und sollte zeigen, warum Moore und Concannon sich dazu herabgelassen hatten, Bissonette bis zum tödlichen Koma zu prügeln, und das Muster war äußerst belastend. Da war Geld, dann hörte das Geld zu fließen auf, dann gab es einen Mord. Nur etwa die Hälfte der vermutlich übergebenen 500.000 Dollar war in den Dokumenten belegt, aber das schien eigentlich keine Rolle zu spielen. Vor allem angesichts dieser Telefongespräche zwischen Moore und Ruffing, alle auf Band, in High-fidelity-Qualität aufgezeichnet; von den belastendsten hatte das Büro der Staatsanwaltschaft sorgfältige Niederschriften angefertigt.

Moore: Hör zu, du Stück Scheiße. Du redest mit Concannon, verstanden? Ich bin nicht irgendein Idiot vom Land, wir hatten einen Deal. Einen Deal. Das ist nicht bloß Politik. Wir haben hier eine Mission, Mikey, und ich lasse nicht zu, daß du dich vor deiner Verantwortung drückst. Kapierst du, was ich sage? Kapierst du's, Mikey?

Die Kartons mit dem Beweismaterial waren für mich am interessantesten, denn sie waren nicht bei dem gewesen, was Prescott mir gegeben hatte. Der Baseballschläger mit der Signatur von Mike Schmidt, ein Adirondack Big Stick mit dem knallroten Band direkt über dem Griff, war sicher in einem großen Plastikbeutel geborgen. Ich packte ihn in seiner Hülle, stand auf und probierte einen Schlag. Detective Griffin wirkte, als döse er über seiner Zeitung langsam ein und beachte mich nicht, aber als ich ausholte, duckte er sich. Der Schläger war ein bißchen schwer, aber perfekt ausbalanciert: ein Schläger für die Ruhmeshalle.

»Was ist ein von Mike Schmidt signierter Schläger heute wert?« fragte ich Detective Griffin. »Drei-, vierhundert Dollar?«

»Vergessen Sie's«, sagte er, blätterte eine Seite seiner Zeitung um und gähnte.

Auf dem Schild, wo Schmidts Name in das Holz eingebrannt war, waren noch immer Blutflecken. Das Labor hatte bestätigt, daß das Blut Bissonette gehörte. Die ausgespülten Gläser waren ebenfalls da, ebenso das Tuch, das benutzt worden war, um die Bar zu säubern. Es wies braune Spuren von getrocknetem Blut auf. Bissonettes blutige Kleider, in Streifen geschnitten, als die Notärzte sie ihm auszogen, waren in einer Tüte; seine Gucci-Slipper, mit Blut und Erbrochenem verschmutzt, in einer anderen. Seine Brieftasche enthielt 230 Dollar in Scheinen zu zehn Dollar. Sein Schlüsselring war schwer von Schlüsseln jeder Form. In seiner Tasche hatte man vier leere Crack-Röhrchen gefunden.

Der ehemalige Baseballspieler war also doch kein Pfadfinder. Ich sah sofort in den medizinischen Berichten nach, stellte aber fest, daß er kein Kokain im Blut gehabt hatte, als er ins Krankenhaus kam.

Und dann waren da noch die Fotos. Das erste sah aus wie eine Pizza, auf der der Käse und die Sauce irgendwie zur Seite gerutscht sind. Mit einem lautlosen Schock erkannte ich, daß es sich keineswegs um eine Pizza handelte, sondern um Bissonettes Gesicht nach der Schlägerei. Die restlichen Bilder waren auch nicht erfreulicher.

Ich wollte gerade den zweiten Karton öffnen, als Slocum in den Raum kam. Er drehte einen Stuhl herum und setzte sich rittlings darauf, so daß seine kräftigen Unterarme auf der Rückenlehne lagen. »Zerbrechen Sie sich nicht den Kopf darüber, wer es getan hat, Carl«, sagte er. »Wir wissen es schon und und nageln sie fest.«

»He, Larry, ist das zu glauben?« sagte Detective Griffin. »Hören Sie zu. Diese Idioten haben auf einem Gleis der Untergrundbahn in New York gevögelt, und wie zu erwarten war, sind sie von einem Zug überfahren worden. Und jetzt verklagt ihr Anwalt die Verkehrsbehörde. Ist das zu glauben. Anwälte sind solche Schweine.«

»Wie geht's, Doug?« fragte Slocum den Detective. »Sie sehen müde aus.«

»Bin gerade erst zurückgekommen«, sagte Griffin. »Die ganze Nacht an einem Tatort. Nichts Neues. Die Frau des Täters hatte ihn wegen seines Drogenkonsums angemeckert, und er schießt sie nieder, bringt sie ins obere Stockwerk und schießt noch einmal, nur, um sicherzugehen. Verkauft die Kanone für hundert Eier, kauft mehr Crack, setzt sich ins untere Wohnzimmer, raucht, sieht fern und läßt sich chinesisches Essen ins Haus liefern, während seine Frau oben blutend liegt. Sie hat drei Tage gebraucht, um zu sterben.«

»Herrgott«, sagte ich. »Das ist brutal.«

Detective Griffin stand auf, zog seine Hose hoch und ächzte. »Solche Scheiße passiert jeden Tag. Also, ich muß mal aufs Klo.«

»Ich werde auf ihn aufpassen«, sagte Slocum.

»Was ist mit diesen Crack-Röhrchen, die sie bei Bissonette gefunden haben?« fragte ich, nachdem Griffin gegangen war.

»Ruffing sagt, sie würden sie jede Nacht in den Toiletten finden.«

»In einem hochklassigen Club wie Bissonette's?«

»Den Drogen ist es egal, wieviel Geld einer hat«, sagte er. »Aber Bissonette hat nicht konsumiert oder verkauft. Sein Blut war sauber, und die Röhrchen waren leer, doch es gab Spuren von Drogen darin. Die Verkäufer behalten die Röhrchen nicht, sie werden mit dem Zeug ausgehändigt.«

»Was ist in diesem zweiten Karton?« fragte ich.

»Sachen aus Bissonettes Apartment. Schauen Sie es sich an, es wird Ihnen gefallen.«

Ich öffnete den Karton und verstand plötzlich, warum Bissonette so ein Liebling der Fans war. Zumindest einiger Fans. Was ich aus diesem Karton herausholte, hätte gereicht, um Hugh Hefner erröten zu lassen. Da gab es alle möglichen Sex-Spielzeuge, ordentlich verpackt und numeriert. Es gab Fesseln und Seile und Dildos von verschiedener Länge, Dicke und Beschaffenheit, es gab Vibratoren, es gab Gürtel aus Leder und Unterwäsche aus Leder, es gab eigenartige Harnische und sadistische Metallinstrumente, die aussahen wie etwas aus der Praxis eines außerirdischen Zahnarztes. Nicht verpackt waren die Videos und Sexmagazine und Fotos einer Polaroid-Kamera.

»Unser Mr. Bissonette ist ganz schön rumgekommen«, sagte ich.

»Irgend jemand, den Sie erkennen?« fragte Slocum.

»Unwahrscheinlich«, sagte ich, sah mir die Fotos aber trotzdem eines nach dem anderen an. Sie waren verschwommen und teilweise verrutscht; die Kamera hatte über und vor dem Bett gehangen und war offensichtlich mit Fernbedienung ausgelöst worden. Alle Fotos zeigten einen gut gebauten Mann mit Pferdeschwanz und dem vertrauten Gesicht des Baseballspielers, der Sex mit Frauen hatte, manchmal nur mit einer, manchmal mit mehr als einer. Auf vielen waren die Köpfe der Frauen verdeckt, und man sah nur lange Beine, schlanke Arme, Bustiers, ein Gewirr praller Körperteile. Auf einigen waren auch andere Männer.

»Daß er links und rechts schlagen konnte, haben Sie nicht gewußt, was?« sagte Slocum.

»Auf seiner Baseballkarte stand es nicht«, sagte ich, während ich die Fotos betrachtete. Eines fiel mir auf, eine langgliedrige, blasse Frau mit dunklem Haar, deren Körper sich über seinem reckte, den Rücken nach hinten gebogen, das schmale Gesäß rittlings über Bissonette, der sie von unten bearbeitete. Sie hatte einen Arm nach hinten gestreckt und preßte seine Hoden zusammen. Die Frau hatte etwas Vertrautes und Attraktives.

»Vielleicht war es ein eifersüchtiger Ehemann, der ihn erledigt hat«, schlug ich vor.

»Geben Sie's auf, Carl«, sagte Slocum. »Da gab's keinen eifersüchtigen Ehemann. Der Mörder war zu umsichtig für ein Verbrechen aus Leidenschaft. Außerdem haben wir die Täterbeschreibung.«

Rasch schob ich die Fotos wieder zusammen, damit es nicht so aussah, als konzentriere ich mich zu lange auf eines. Dabei betrachtete ich noch einmal das Bild der großgewachsenen, blassen Frau. Diesmal sah ich deutlich, was mir vorher entgangen war. Ich schob die Fotos erneut zusammen und legte sie zurück.

»Wenn Sie Ruffings Zeugenaussage wegnehmen«, sagte ich, »dann haben Sie nur eine schwarze Limousine und das, was irgend jemand über Concannons Größe gesagt hat.«

»Und wenn Sie den Atlantik wegnehmen, können wir zu Fuß nach London gehen. Wir haben das Motiv, wir haben die Gelegenheit, wir haben die Aussagen von Augenzeugen, und wir haben zwei Verurteilungen.«

»Was ist das?« fragte ich, während ich den letzten Gegenstand aus dem Karton nahm, eine hölzerne Schachtel von der Größe eines Kopfes, schwarz lackiert und mit chinesischen Intarsien aus Perlmutt versehen.

»Das ist sein Liebeskästchen«, sagte Slocum. »Mit Vorsicht zu öffnen.«

Langsam hob ich den Deckel ab.

»Großer Gott«, sagte ich. »Er war vielleicht kein Pfadfinder, aber er war jedenfalls verdammt gut vorbereitet.«

In der Schachtel befanden sich Hunderte von losen Kondomen in verschiedenen Formen und Farben, mit Gleitmittel, ohne Gleitmittel, einige aus echtem Ziegenleder. Die kleinen Folienpäckchen glänzten, und sie zu betrachten war ein bißchen so, als schaue man sich das Schaufenster eines Bonbonladens an. Unter den Schichten von Kondomen lagen Stapel von Casino-Spielmarken, schwer, in schwarzen und goldenen Tönen. Es gab Hundert-Dollar-Chips von Bally's und Trump Plaza und Resorts im Wert von über tausend Dollar und eine Reihe von schweren goldgrünen Chips, auf die kein Name eines Casinos aufgedruckt war, sondern die nur in Gold eingraviert den Kopf eines wilden Ebers trugen. Es gab ein kleines Töpfchen mit Salbe, die süß und würzig duftete wie ein Einreibemittel, und auf dem außen Tiger abgebildet waren. Und es gab kleine Pfeifen mit Filtern und einer Glasröhre und, was am interessantesten war, einen gelblichen Papierstreifen mit den Worten »Empfangsquittung« und einem Datumsstempel darauf. Er war von Detective Griffin unterschrieben und besagte, daß er dem

Labor einen durchsichtigen Beutel mit einer krümeligen, weißlichen Substanz übergeben hatte.

Ich hob die Quittung in die Höhe. »Warum haben uns die Bundesbeamten davon nichts erzählt?«

»Es ist nicht von Bedeutung«, sagte Slocum.

»Und *Brady*?« sagte ich. *Brady vs. Maryland* war ein Fall des Supreme Court, bei dem die Anklage verpflichtet wurde, alle Beweismittel, die einen Angeklagten möglicherweise entlasteten, vorzulegen. »Mir scheint, wenn man weiß, daß das Opfer ein Drogenkonsument war, könnte das zeigen, daß das Verbrechen etwas mit Drogen zu tun hatte.«

»Sein Blut war sauber, und er hatte keine Vorstrafen wegen Drogen oder eine Drogengeschichte. Wissen Sie, was dieses kleine Tütchen war?« sagte Slocum und wies auf die Empfangsquittung. »Das war sein Aphrodisiakum für alle Fälle. Jeder in dieser Stadt, der Frauen aufreißen möchte, ist schlau genug, etwas Koks einzustecken, wenn er ernsthaft auf Pirsch geht. Wenn alles andere fehlschlägt, reißt man mit ein bißchen kostenlosem Stoff immer noch was auf.«

»Was ist mit diesen Casino-Spielmarken ohne Namen, nur mit dem Eber drauf?«

Slocum zuckte mit den Schultern. »Vielleicht irgendein auswärtiges Casino.«

»Mir kommt es so vor, als gäbe es bei diesem Burschen eine Menge Vielleichts.«

»Was kein Vielleicht ist«, sagte er, »ist, daß er tot ist.«

Detective Griffin kam wieder hereingewatschelt und fiel auf seinen Stuhl.

»Ich muß zu Gericht«, sagte Slocum. »Beeilen Sie sich ein bißchen, Carl, damit der Detective zu seinem Schlaf kommt.«

»Nur noch ein paar Minuten«, sagte ich.

Ich begann, die Dokumente durchzusehen, so schnell ich konnte, und nach allem Ausschau zu halten, was ich nicht schon hatte, als ich merkte, daß Griffin über seiner Zeitung eindöste. Sein Hals beugte sich nach vorn, sein Kopf sank tiefer und noch tiefer, bis er ihn auf einmal hochriß und mich überrascht ansah.

»Schwere Schicht gehabt?«

»Die ganze Nacht auf den Beinen, und dann teilt Slocum mich auch noch für das hier ein«, sagte der Detective.

»Möchten Sie, daß ich Ihnen etwas Kaffee hole?« fragte ich liebenswürdig.

»Nein, beeilen Sie sich bloß, okay?«

Ich ging weiter die Papiere durch, wobei ich dauernd ein Auge auf Detective Griffin hatte, der mich müde beobachtete. Er blinzelte ein paarmal und riß dann weit die Augen auf. Sein Hals neigte sich wieder, und langsam fiel sein Kopf zur Seite, bis seine Wange auf seiner Schulter lag.

Rasch griff ich aus dem Liebeskästchen einen der Chips mit dem Eberkopf darauf und, weil ich schon mal dabei war, eines der Kondome und stopfte beides in die Innentasche meiner Jacke. Dann nahm ich die Bilder und blätterte zurück bis zum Foto der langgliedrigen, blassen Frau. Es war nicht nur der Körper, den ich wiedererkannte. An ihrem Arm, dem Arm, der nach hinten griff und Zack Bissonettes Hoden fest in der Hand hatte, befanden sich zwei dicke goldene Armbänder mit einem Runenmuster, besetzt mit Diamanten. Ich dachte daran, auch dieses Bild mitzunehmen, um sie zu beschützen, doch dann überlegte ich es mir anders. Vielleicht würde es mir nützlich sein, daß es sich in Slocums Besitz befand, falls die Dinge die Wendung nahmen, die ich nun für möglich hielt.

Die Fotos waren wieder in der Schachtel, und ich sah einen der Aktenordner durch, als Detective Griffin mit einem Keuchen hochschreckte. Er blinzelte mich an, knurrte und wandte sich wieder seiner Zeitung zu.

»He«, sagte er nach ein paar Augenblicken. »Diese neue Sache über Roseanne ist ja nicht zu glauben. Herrgott. Hören Sie sich das an.«

Ich hörte es mir an. Ich glaubte, es ihm schuldig zu sein.

15

»Ich bin vielleicht kein Anwalt«, sagte Dr. Louis Saltz. »Aber mir scheint, bis wir diesen betrügerischen Buchhalter Stocker finden, können wir den wirklichen Wert unseres Falles nicht beurteilen.« Saltz war ein großer, dürrer Mann mit langem Gesicht und behaarten Armen, der den Eindruck machte, alles zu wissen; bei einem Arzt machte sich das vielleicht gut, aber mir ging es inzwischen auf die Nerven.

»Das stimmt bis zu einem gewissen Grad«, sagte ich. »Stocker trug die Zahlen zusammen und machte die Prospekte, von denen wir behaupten, sie seien betrügerisch gewesen. Wenn wir ihn in den Zeugenstand stellen könnten und er aussagen würde, daß die Beschuldigten ihn angewiesen haben, die Bücher zu frisieren, dann würden wir sicher gewinnen. Wir würden sogar einen Schadenersatz bekommen.«

»Genau«, sagte Saltz mit breitem Lächeln, das an alle Anwesenden gerichtet war. »Wir würden die Mistkerle vom Tisch fegen.«

Wir befanden uns in dem Konferenzraum, den sich alle Mieter von Vimhoff teilten, demselben schäbigen kleinen Zimmer, in dem ich mir die Aussage von Mrs. Osbourne angehört und Winston Osbournes Leben zerstört hatte. Darin stand ein schmaler Resopaltisch, und an den Wänden reihten sich billige Bücherregale aus Preßspanplatten, gefüllt mit Buchhaltungsjournalen und Steuervorschriften und veralteten Gesetzbüchern. Früher pflegte Ellie jede Woche Stunden damit zu verbringen, unsere Bände von West Publishing, von Collier, von BNA auf den neuesten Stand zu bringen, die nicht unterzeichneten Gesetzesvorlagen zu entfernen, neue Seiten einzuheften und die neuesten Bände zu sortieren, damit unsere *Shephard's Citations* immer absolut auf dem laufenden waren. Doch nachdem Guthrie fort war und unsere Rechnungen nicht mehr bezahlt wurden, wurden unsere Verträge einer nach dem anderen gekündigt, und die Ergänzungslieferungen kamen nicht mehr. Eine juristische Bibliothek veraltet mit verblüffender Geschwindigkeit. Aus Angst, unsere entscheidenden Argumente könnten von einem neuen Fall übertrumpft werden, der sich noch nicht in unseren nun überholten Büchern befand, suchten wir die

Bibliothek der Anwaltskammer auf, wo wir für fünf Dollar am Tag wie Geister zwischen den Büchern umherwandelten, zusammen mit den übrigen zweitklassigen Anwälten, die zu arm waren, um sich eigene Bücher zu kaufen. Wir hätten die, die wir besaßen, für einen geringen Betrag verkaufen können, aber wir behielten sie aus Eitelkeit – für das ungeübte Auge verliehen diese Bände dem Konferenzzimmer einen anwaltlichen Glanz. Wenn wir uns mit anderen Anwälten trafen, richteten wir es natürlich immer so ein, daß das in deren Büros geschah, weil für einen Anwaltskollegen, der mit den Bänden vertraut war, unsere unvollständigen Reihen keinen Zweifel mehr an unserer verzweifelten finanziellen Lage ließen. Doch an diesem Nachmittag traf ich mich nicht mit anderen Anwälten, sondern mit Saltz und fünf seiner Partner, die gekommen waren, um das Angebot einer Regelung zu besprechen, das uns William Prescott III. gnädigerweise gemacht hatte.

»Das Problem, Lou«, sagte ich, »ist, daß wir Stocker nicht vor dem Prozeß finden werden. Wir sind nicht die einzigen, die ihn suchen, da sind auch noch das FBI und die Steuerbehörde. Der Bursche hat die Stadt mit dem Geld anderer Leute verlassen, und sein einziges Lebensziel ist jetzt, daß man ihn nicht findet.«

Ich sah Saltz und dann die anderen Männer am Tisch an. Sie waren alle Weiße in mittleren Jahren mit so viel Geld, daß sie es nicht lassen konnten, es wegzuwerfen, hatten also genau den Status, den ich anstrebte. Neben Saltz gab es einen weiteren Arzt, den Inhaber einer Firma für Installateurbedarf, einen Juwelier namens Lefkowitz und zwei Partner in irgendeiner Import/Export-Firma, über die ich mir nie recht klar wurde. Es gab noch drei weitere Kläger, die nicht hatten kommen können, Saltz aber Vollmachten gegeben hatten. Ich versuchte sie alle dazu zu überreden, Prescotts Angebot anzunehmen. Prescott hatte mir gesagt, die Schecks seien bereits ausgestellt. Wenn meine Kläger heute nachmittag ja sagten, konnte ich die vierzig Riesen Dienstag auf meinem Konto haben.

»Und selbst wenn wir Stocker finden«, fuhr ich fort, um den Haken etwas tiefer zu treiben, »wissen wir nicht, was er sagen wird. Er könnte unser Tod sein.«

»Unmöglich«, sagte Saltz. »Der Bursche ist ein abgefeimter Gauner, wie er im Buch steht.«

»Können wir nicht einfach sagen, wie unehrlich ihr Buchhalter war?« fragte Benny Lefkowitz, der Juwelier. »Reicht das nicht aus, um zu belegen, daß sie in den Prospekten gelogen haben?«

»Was er in anderen Situationen getan hat, beweist nicht, daß er hier die Bücher frisiert hat«, sagte ich. »Das wird der Richter die Geschworenen niemals hören lassen.«

»Bringen wir den Mist doch zu Ende«, sagte Leon Costello, einer der Import/Export-Leute. Er war ein fetter, gut gekleideter Mann mit einer Art Drachenring am linken kleinen Finger. »Was denken Sie, Victor? Ich meine, bei Ihren Prozenten steht für Sie am meisten auf dem Spiel, nicht? Was meinen Sie, was wir tun sollen?«

»Mein Bauch sagt, daß wir zugreifen sollten«, sagte ich. »Wenn wir jetzt in den Prozeß gehen, verlieren wir wahrscheinlich. Wenn sie nur fünfzigtausend bieten würden, wäre ich bereit, das Risiko einzugehen. Aber jetzt haben sie richtiges Geld auf den Tisch gelegt.«

»Wenn ihre Position so stark ist, warum bieten sie dann überhaupt etwas?« fragte Lefkowitz.

»So arbeiten die großen Kanzleien eben«, sagte ich. »Sie holen alles aus einem Fall heraus, bis der Prozeß unmittelbar bevorsteht, und dann arrangieren sie sich. So saugen sie alles verfügbare Geld ab und riskieren niemals, daß sie verlieren.«

»Ich glaube nicht, daß wir diese Entscheidung treffen können, ehe wir Stocker finden«, sagte Saltz. »Wir sollten es zumindest noch mal versuchen. Was haben wir zu verlieren? Wenn wir ihn bis zum Prozeß nicht aufstöbern, nehmen wir einfach das Geld.«

»Wenn wir nicht schnell zustimmen, Lou«, sagte ich, »dann ziehen sie ihr Angebot zurück.«

»Was hat das zu bedeuten?« sagte der andere Arzt, ein Facharzt für Fußleiden.

»Sie bieten uns diese Summe, damit sie das Geld nicht ausgeben müssen, das die Prozeßvorbereitungen kosten«, erklärte ich. »Wenn sie es doch ausgeben müssen, beschließen sie möglicherweise, das Angebot zurückzuziehen und es drauf ankommen zu lassen. Und wenn das geschieht, werden sie uns schlagen, glaube ich.«

»Das ist nicht fair«, sagte der Fußspezialist mit bekümmerter

Miene. »Sie bieten uns hundertzwanzigtausend, und die sollten wir auch kriegen.«

»Das können wir nur sicherstellen, wenn wir der Regelung jetzt zustimmen.«

»Was glauben Sie, wieviel Zeit wir haben?« fragte Lefkowitz.

»Nicht viel, ein paar Tage, vielleicht eine Woche. Aber sie könnten das Angebot jederzeit zurückziehen.«

»Also gut«, sagte Costello. »Ich habe genug gehört.«

»Vielleicht sollten wir uns ein bißchen unter uns unterhalten, ohne Sie, Victor«, sagte Saltz. »Macht es Ihnen was aus?«

»Natürlich nicht«, sagte ich und stand auf. »Sie sind die Mandanten.«

Ich stand auf dem Gang außerhalb des Raumes und gab im Geist das Geld für die Regelung noch einmal aus. Mit dem Anwaltsvorschuß von fünfzehntausend Dollar für den Fall von Chester Concannon konnten wir fast unsere Rechnungen begleichen und Ellie bezahlen, was wir ihr schuldeten. Wir hatten sogar Vimhoff vom Hals, weil wir die Miete bezahlt hatten. Mein Anteil an den vierzigtausend würde ausreichen, mein finanzielles Leben allmählich in Ordnung zu bringen, meine Schulden für das Studiendarlehen abzutragen und sogar meinem Vater einen ersten Betrag zu erstatten. Später würde es von CUP weiteres Geld für meine Verteidigung Concannons geben, ganz zu schweigen von dem, was ich bei dem Geschäft mit den Valley Hunt Estates von den Bishop-Brüdern an Honoraren bekommen würde; erst heute hatte ich ihre Vertretung als Rechtsberater übernommen, und das versprach genug Arbeit, um Derringer und Carl für ein halbes Jahr zu beschäftigen. O Mann, ja, es sah alles ziemlich rosig aus.

Ich glaubte, die Zusammenkunft perfekt geleitet zu haben. Saltz war mein größtes Problem, da er an das dicke Geld wollte, aber ich dachte, jeder der anderen würde die zehntausend Dollar nehmen und rennen. Sobald ich ihnen von dem Angebot erzählt hatte, merkte ich, daß sie das Geld schon so gut wie in ihren Taschen glaubten. Dann, am Ende, erwähnte ich die Möglichkeit, das Angebot könne zurückgezogen werden, als wolle ein Taschendieb ihnen an die Brieftasche, um zehn Tausenddollarnoten herauszuziehen. Diese Leute hatten ihre Vermögen nicht angesammelt, indem sie hier und da zehntausend Dollar zurückgaben. Endlich fing ich an, die Geheimnisse der Reichen kennenzulernen: Wann immer du eine Chance hast, an Geld zu kommen, dann greif schnell zu und halt es fest wie das liebe Leben. So wurden die Reichen reich, und so würde ich auch reich werden. Ihre unterzeichneten Verzichtsurkunden waren mein erster Schritt. Ich hatte Ellie schon angewiesen, die Dokumente vorzubereiten, um so wenig Zeit wie möglich zu vergeuden, und jetzt waren sie im Konferenzzimmer, in einem braunen Ordner, und lagen wie ein prachtvoller Tafelaufsatz mitten auf der Tischplatte.

Es war Saltz, der herauskam, um mich zu holen.

»Wir sind zu einem Konsens gekommen«, sagte Saltz, als ich wieder am Tisch saß.

»Wir werden das Angebot annehmen«, sagte Costello.

»Großartig«, sagte ich und griff nach dem Ordner mit den Urkunden.

»Aber noch nicht gleich«, sagte Costello.

»Wir möchten, daß Sie noch mal versuchen, Stocker zu finden«, sagte Saltz.

»Es gibt da einen privaten Ermittler, den ich beschäftige«, sagte Lefkowitz. »Das Diamantengeschäft wimmelt von Schwindlern, und hin und wieder wird man betrogen, so vorsichtig man auch sein mag. Dieser Bursche hat in meinen Sachen immer Erfolg gehabt.«

»Wir werden dem Mann drei Wochen geben, um den verfluchten Buchhalter zu finden«, sagte Costello.

»Wir bezahlen die Kosten für ihn«, sagte Saltz. »Wir glauben, daß das Angebot in drei Wochen auch noch stehen wird.«

»Und wenn nicht, sollen sie zum Teufel gehen«, sagte Costello. »Wir lassen uns nicht gern unter Druck setzen.«

»Wenn er nichts erreicht«, sagte Saltz, »werden wir die hundertzwanzigtausend nehmen. Aber wenn er ihn findet, dann schlagen wir diese Mistkerle ans Kreuz.«

»Offen gesagt, Victor«, sagte Costello, »wir sind uns alle einig. Zehntausend Dollar mehr oder weniger werden unser Leben nicht verändern. Aber diese Burschen haben uns über den Tisch gezogen, und wenn wir sie jetzt drankriegen können, dann ist es das Risiko wert. Da geht es nicht nur um das Geld.«

»Es geht um das Prinzip«, sagte Saltz. »Und Sie wollen ja sicher auch, daß wir unseren Prinzipien treu bleiben.«

»Haben Sie ein Blatt Papier für mich?« sagte Lefkowitz. Ich griff in den Ordner und nahm eine der nicht unterzeichneten Urkunden heraus. Er drehte sie um und kritzelte etwas auf die Rückseite. »Das ist der Name des Mannes. Ich werde ihn heute abend anrufen und für morgen einen Termin machen. Morgen ist Freitag, also am besten ziemlich früh. Gegen zehn? Gut. Er wird um zehn hier sein.«

Er reichte mir die Urkunde zurück. Ich las den Namen laut vor. »Morris Kapustin? Welcher Privatdetektiv hat so einen Namen?«

»Er ist zäher, als er sich anhört«, sagte Lefkowitz. »Morris ist etwas Besonderes.«

»Geben Sie ihm die drei Wochen«, sagte Costello. »Wenn er versagt, dann nehmen Sie das Geld, schnell. Wir brauchen uns nicht noch mal zu treffen.«

»Geht das in Ordnung?« fragte Saltz.

»Ich habe wohl keine andere Wahl, oder?« sagte ich.

»Sie haben's erfaßt«, sagte Saltz.

»Ich bin ein umgänglicher Mensch«, sagte Costello. »Aber ich kann es nicht ausstehen, wenn man mich über's Ohr haut, und das haben diese Mistkerle getan.«

»Sie und Morris werden sie drankriegen«, sagte Lefkowitz.

»Richtig«, sagte Costello. »Treiben Sie ihnen einen Pfahl durch ihr beschissenes Herz.«

16

Ich führte Saltz durch unseren kleinen Empfangsraum und war fast verzweifelt, auf meinen Anteil an der Regelung warten zu müssen, als ich Veronica auf der Naugahyde-Couch an der Tür sitzen sah. Sie trug ihr kurzes schwarzes Kleid mit dunklen Strümpfen und schwarzen, hochhackigen Schuhen. Die Beine hatte sie in einer Weise übereinandergeschlagen, die schwer zu übersehen war. Als Saltz sie erblickte, blieb er stehen und starrte.

»Veronica«, sagte ich. »Das ist eine Überraschung.«

»Ihre Empfangsdame sagte mir, ich könne hier warten. Ist sie immer so unfreundlich?«

»Unfreundlichkeit ist Ritas besondere Begabung«, sagte ich. »Geben Sie mir eine Minute.«

Ich drängte Saltz aus dem Büro. Er schien nicht mehr über den Fall sprechen zu wollen. »Ist sie eine Freundin von Ihnen?«

»Eine Art Mandantin. Sie hat ein Problem mit ihrem Vermieter.«

»Wenn Sie einen Arzt braucht«, sagte Saltz, »nennen Sie ihr meinen Namen.«

»Für einen Kardiologen ist sie noch ein bißchen zu jung«, sagte ich.

»Ich bin vielseitig«, sagte Saltz. Er lehnte sich zurück, um durch die Glasscheibe in der Tür zu spähen. Von unserem Standort aus waren nur ihre langen, bestrumpften Beine zu sehen. »Außerdem«, sagte er und klopfte mir auf die Brust, »ist dieses Mädchen ein wandelnder Herzinfarkt.«

»So, Veronica«, sagte ich, als ich ins Büro zurückkam. »Wieder ein totes Tier auf der Türschwelle?«

Sie kramte in ihrer kleinen schwarzen Tasche herum. »Ich war bloß in Ihrer Gegend und dachte, wir könnten zusammen etwas trinken gehen.«

»Ich habe zuviel Arbeit.«

»Wann können Sie sich freimachen?« fragte sie.

»Im Dezember.«

Sie stellte beide Füße auf den Boden und erhob sich anmutig. »Ich soll Jimmy heute um acht zum Dinner treffen. Lassen Sie uns vorher etwas trinken.«

»Ich kann nicht«, sagte ich. »Ich habe zuviel Arbeit. Da ist dieser Prozeß, und ...«

Sie legte ihre Hand auf meinen Arm. »Ich habe zwei freie Stunden. Es ist so traurig, wenn ich gezwungen bin, allein zu trinken.«

»Dann trinken Sie nicht. Gehen Sie in eine Buchhandlung. Sehen Sie sich einen Film an.«

»Aber es ist *happy hour*, Victor.«

»Ich kann wirklich nicht.«

»Natürlich können Sie. Hat es Ihnen gestern abend keinen Spaß gemacht?«

»Doch«, sagte ich, und das stimmte.

Trotz der offenen Drohung dieser in der Church Street geparkten Limousine hatte ich mich von Veronica ins Society Hill Bar and Grill führen lassen, wo wir Cocktails tranken und dem bärtigen Klavierspieler zuhörten und über nichts Besonderes redeten und lachten und noch mehr redeten und uns beide unheimlich schlau fanden. Veronica hatte etwas an sich, vielleicht eine gewisse Sorglosigkeit, die bei mir einen lasterhaften Charme zutage förderte, von dem ich gar nicht gewußt hatte, daß ich ihn besaß. Das gefiel mir. Ich hatte mich immer als gesellschaftlich linkisch betrachtet, nicht schlagfertig, langsam, unsicher in der Konversation bei blinden Verabredungen oder Cocktailparties. Doch als ich mit Veronica an der Bar saß und von den Blicken der anderen Männer dort beharkt wurde, die sich alle fragten, was ein Typ wie ich mit einer Frau wie ihr machte, labte ich mich an ihrer köstlichen Perversität, und mein Selbstvertrauen blühte auf. Ich war besser, als ich je gewesen war. Ich erzählte Geschichten, und sie lachte. Ich machte geistsprühende Konversation. Ich war Henry James, ich war James Bond, ich war ein Geschichtenerzähler.

»Haben Sie heute abend noch etwas vor?« fragte sie. »Eine Verabredung?« Ihre hübschen Lippen verzogen sich zu einem Grinsen, als sie vor mir stand.

»Nein«, sagte ich. »Das ist es nicht.«

»Also, dann«, sagte sie. »Gehen wir. Carolina ist nur ein Stück die Straße hinauf.«

Ich zögerte einen Moment. Ich wurde schwach, und sie konnte es sehen. Sie trat einen Schritt näher und hob ihr Gesicht zu meinem. Da läutete das Telefon.

Ich trat zurück, drehte ihr den Rücken zu und hob den Hörer ab. »Derringer und Carl.«

»Was fällt Ihnen ein, Fragen über eine Leiche zu stellen?« sagte die hohe, bellende Stimme am anderen Ende. »Sie vergessen Ihre Rolle.«

»Rutschen Sie mir doch den Buckel runter«, sagte ich zu Chuckie Lamb, plötzlich in der Defensive wegen meines Besuchs bei Slocum und der Durchsicht des Beweismaterials in dem Mordfall, was gegen die eindeutigen Instruktionen meines Mandanten verstieß.

»Ihr Job besteht nicht darin, sich ins Büro der Staatsanwaltschaft zu schleichen und zu intrigieren. Ihr Job ist, still dazusitzen und die Klappe zu halten. Dafür werden Sie bezahlt.«

»Ich weiß, worin mein Job besteht«, sagte ich. »Was ich nicht weiß, ist, warum Sie so sauer darüber sind, daß ich ihn tue. Wenn ich auch so meinen Verdacht habe.«

»Ach, Sie sind ein ganz Schlauer, Vic«, sagte er. »Sie suchen weiter, und vielleicht finden Sie etwas, was Sie nicht finden möchten, etwas, das Ihnen schaden könnte.«

»So ist das also«, sagte ich. »Deshalb rufen Sie mich an.« Ich versuchte, hartgesotten zu klingen, aber ich konnte spüren, wie die Angst über mein Rückgrat kroch. Ich war nie zuvor bedroht worden, nicht so, nicht von jemandem wie Chuckie Lamb, der zweifellos einen Mord begehen konnte, wenn er wollte, der das vielleicht bereits getan hatte.

»Ich denke bloß, Sie sollten genau wissen, auf was Sie sich einlassen, Vic.«

»Sie erweisen mir also einen Dienst, ist es das?«

»Jetzt haben Sie's begriffen.«

»Nennen Sie mir einen Grund, warum ich auf Sie hören und mich fürchten sollte.«

»Ich kann Ihnen eine Viertelmillion Gründe nennen, Sie Schmalspurverlierer.«

Ich drehte mich unvermittelt um. Veronica stand an der gegenüberliegenden Wand und betrachtete einen Blumendruck; es war allerdings kein sehr interessanter Blumendruck. Vimhoff hatte ihn für fünfzehn Dollar gekauft, mit Rahmen, und ich bezweifelte, daß er Veronicas Aufmerksamkeit so sehr in Anspruch nahm. Wußte sie, mit wem ich sprach? Ich wollte nicht, daß sie es wußte, wollte nicht, daß sie irgend etwas mit meiner Rolle in diesem Fall zu tun hatte. Ich senkte die Stimme. Ich wußte, daß eine Diskrepanz von 250.000 Dollar zwischen den Summen bestand, die Ruffing Concannon gegeben zu haben behauptete, und den Summen, die anscheinend bei CUP eingegangen waren, obwohl ich mich bis zu diesem Augenblick nicht darauf konzentriert hatte. Aber Chuckie hatte sich etwas entschlüpfen lassen, hatte mich unabsichtlich merken lassen, daß es wichtig war.

»Wo sind sie denn?« fragte ich, noch immer die hübschen Kurven von Veronicas Rücken im Blick. »Alle diese Gründe.«

»Lassen Sie die Finger davon, dann leben Sie länger«, sagte Chuckie Lamb.

»Das ist also eine Drohung, oder?« Meine Hand hatte zu zittern begonnen, und ich konnte nichts dagegen tun. Ich faßte den Hörer auch mit der anderen Hand. Das half, aber nicht sehr. »Es war mir ein Vergnügen, aber ich muß jetzt Schluß machen«, sagte ich. »Ich habe jemanden hier.«

»Jemanden, den ich kenne?«

»Das geht Sie nichts an.«

»Jemanden, der in den Fall verwickelt ist?«

»Eigentlich nicht.«

»Lange Beine, schmale Hüften, Gesicht wie ein verwöhntes Kind?«

Genau in diesem Augenblick drehte Veronica sich um und sah mich an. »Ja, in der Tat«, sagte ich. »Genau das.«

»Dann sind Sie schon so gut wie hinüber«, sagte er.

»Irgendwas Interessantes?« fragte Veronica, nachdem Chuckie aufgelegt hatte. Noch immer hielt ich den Hörer mit zitternden Händen.

»Nein«, sagte ich und legte langsam auf. »Es war nichts. Nur noch jemand, der Schulden eintreiben wollte.«

»Ach, dieser schreckliche Streß«, sagte sie. »Ich sehe es Ihnen an. Sie müssen einfach mit mir kommen und etwas trinken. Um Ihre Nerven zu beruhigen.« Das war keine Frage, sondern die Feststellung einer Tatsache, und ehe ich mich selbst davon überzeugen konnte, daß ich wirklich ablehnen sollte, sagte sie: »Außerdem möchte Jimmy, daß Sie mit uns zum Dinner kommen, und er bestand darauf, daß ich ein Nein als Antwort nicht akzeptiere.«

Carolina's ist eines der Lokale, in denen sich nach den Bürostunden die schicken Anzüge versammeln, um vorzugeben, ihr Leben wäre eine Bierreklame wert. Es gibt ein Restaurant, in dem junges Geflügel und Engelsbarsch und Spargelbündel mit gelben Seidenschleifen serviert werden, aber die eigentliche Action läuft an der Seite ab, wo Frauen mit flachen Bäuchen sich ihre Drinks von Männern in italienischen Anzügen kaufen lassen, die drei Reihen tief an der Bar stehen. Guthrie und ich gingen früher zu Carolina's, als wir noch Partner und Freunde waren, und wir lachten über die Szene, wenn wir auch nach einem willigen Augenpaar Ausschau hielten. Guthrie ist ein gutaussehender Bursche, breit und dunkel, und am Ende beugte er sich gewöhnlich über irgendeine Schöne und verströmte seinen Sacharincharme, während ich mich an mein Bier klammerte, an die Wand gelehnt dastand und zuschaute. Wenn es eine Freundin gab, rief er mich dazu, aber das funktionierte nie, denn nachdem Guthrie seine Wahl getroffen hatte, war an der Freundin gewöhnlich nicht viel dran, oder wenn doch, hatte sie ein Auge auf Guthrie geworfen. Ich assoziierte Carolina's immer mit Mißerfolg, also haßte ich alles an dem Lokal, die überteuerten Drinks, die nackten weißen Wände, den gezwungenen Ausdruck von Selbstzufriedenheit, den man dort trug wie eine Uniform. Aber ich muß zugeben, es fühlte sich anders an, mit einer schönen Frau dort zu sein, die über meine Scherze lachte und sich dicht zu mir beugte, wenn sie mir vertrauliche Sätze zuflüsterte.

»Mein Kinn ist zu schwer«, sagte sie und rieb sich mit der Rückseite der Finger die Kinnbacken. »Es ist wie das Kinn eines Ringers.«

»Seien Sie nicht albern«, sagte ich. »Möchten Sie noch einen Drink?«

»Natürlich. Nein, es ist nicht albern. Ich habe ein Kinn wie dieser riesige Ringer, wie hieß er noch, Alex oder so ähnlich.«

Ich winkte dem Barkeeper. »André der Riese?«

»Ja. Ich habe so ein Kinn wie er.«

»Nein, haben Sie nicht. Ihr Kinn ist schön.«

»Nett, daß Sie meinetwegen lügen. Hier, fühlen Sie doch.« Sie nahm meine Hand und legte sie um ihr Kinn. Ihre Hand war kühl und trocken, ihre Wange glatt. Mein Daumen ruhte in der Vertiefung unter ihrem Kinn. Sie hielt meine Hand einen Moment dort fest. »Deshalb konnte ich als Model nichts werden. Deshalb und wegen meiner Beine.«

»Jetzt sind Sie aber sehr albern. Noch eine Sea Breeze und einen

Absolut Martini«, sagte ich zu dem Barmann, der mir zunickte, dabei aber Veronica anstarrte.

»Wir müssen bald gehen«, sagte sie. »Nach diesem Drink. Wir treffen die anderen in einem Lokal in der Zehnten Straße. In einem für uns reservierten Raum. Alles sehr ernsthaft.«

»Weswegen möchte Jimmy mich sehen?«

»Chet wird da sein«, sagte sie. »Chet ist immer da. Und Ihr Freund Prescott, glaube ich.«

»Und Chuckie ebenfalls, nehme ich an.«

»Nein, Chuckie nicht. Er ist weg, um seine Mutter zu besuchen.«

»Seine Mutter? Der Typ scheint er gar nicht zu sein.«

»Doch, er ist dauernd weg, seine Mutter besuchen. Aber ich glaube, sie wollen ohnehin über den Prozeß reden, und was den Prozeß betrifft, ist Chuckie aus dem Schneider.« Das war interessant. Also bedrohte mich Chuckie nicht wegen Chester oder Stadtrat Moore. Er war nicht autorisiert, mich anzurufen, er tat es aus eigenem Antrieb und bedrohte mich nur in Sachen Chuckie.

»Wie können Sie das trinken?« fragte sie und wies auf die leuchtend rote Sea Breeze in dem Highball-Glas, das der Barmann vor mich hinstellte.

»Es schmeckt nach Sommer. Außerdem, wenn ich anfangen würde, Martinis zu trinken, würde ich zusammenbrechen, bevor ich das Lokal verlassen könnte.«

»Prost«, sagte sie, hob ihr Glas mit klarem Martini und trank einen Schluck. »An manchen Abenden brauch ich was vor dem Champagner.«

»Victor Carl, Victor Carl«, sagte eine laute, nasale Stimme, die ich sofort erkannte. »Du siehst wirklich fabelhaft aus.« Ich fühlte etwas in der Magengrube, als ich diese Stimme hörte. Ihr Besitzer war ein großer, gutaussehender Mann mit kurzem schwarzem Haar, das eingefettet und glatt zurückgekämmt war. Athletische Schultern füllten den olivgrünen Anzug aus. Er hatte das Lächeln eines Klugscheißers und eine hellgelbe Krawatte und schlug mir hart auf den Rücken, als gehörten wir der gleichen Verbindung an.

»Guthrie, du Mistkerl«, sagte ich so ausdruckslos, wie ich konnte, zu meinem ehemaligen Partner.

»Siehst gut aus, Vic«, sagte er. Ich mochte es wirklich nicht, wenn man mich Vic nannte, und schon gar nicht, wenn er es tat. »Zuerst sehe ich dich in den Abendnachrichten auftauchen und jetzt mit der schönsten Frau Philadelphias im Carolina's.« Er wandte sein Klugscheißerlächeln Veronica zu. »Ich muß schon sagen, du kommst vorwärts in der Welt.«

»Ich arbeite jetzt mit höherklassigen Leuten zusammen«, sagte ich und betrachtete ihn genau, suchte nach der Gewalttätigkeit, die nach Laurens Worten in ihm steckte.

»Vic hat anscheinend seine Manieren vergessen«, sagte er zu Veronica. »Darf ich mich vielleicht selbst vorstellen? Ich heiße Guthrie. Samuel Guthrie.«

»Wie interessant«, sagte Veronica, seine ausgestreckte Hand ignorierend. »Aber ich bin nicht interessiert.«

»Oh, wie patzig.«

»Paß auf«, sagte ich.

»Nicht böse gemeint. Wie gehen die Geschäfte, Vic? Hast du zu tun?«

»Wahnsinnig«, sagte ich. Aus irgendeinem Grund fragen Anwälte sich gegenseitig immer, ob sie zu tun haben, und die Antwort lautet immer, sie hätten wahnsinnig zu tun, selbst wenn das nicht stimmt. »Komisch, es scheint aufwärtsgegangen zu sein, nachdem du weg warst.«

»Na, das ist ja fein«, sagte er. »Ich habe dir ja gesagt, mein Abschied war für uns alle das Beste. Wie geht es Lizzie? Tickt ihre biologische Uhr noch immer?«

»Beth geht's großartig, sie ist unschlagbar«, sagte ich, plötzlich wütend. »Übrigens, wir haben vorgestern abend im Art Museum deine Frau getroffen.«

Das Klugscheißerlächeln verschwand von seinem Gesicht wie eine Küchenschabe aus der Küche, wenn man das Licht einschaltet. Das freute mich. »Ich habe es einfach nicht geschafft«, sagte er. »Ich hatte bei Blaine und Cox irrsinnig viel zu tun. Und was so erstaunlich ist, Vic, ist nicht die Menge an Arbeit, es ist die Qualität.«

»Sie sagt, ihr hättet euch getrennt«, fuhr ich fort; ich folgte seinem Themenwechsel zu seiner neuen Firma nicht, sondern wollte lieber sehen, wie er sich wand.

»Was hat sie gemacht? Sich mit dir hingesetzt und dir all ihre

Probleme erzählt? Dafür mußt du ihr unbedingt zweihundert Dollar in Rechnung stellen. Jeder Psychoklempner in der Stadt hat das bereits getan.«

»Meinem ungeschulten Auge kam sie ziemlich glücklich vor«, sagte ich.

»Nur eine Maske. Erst neulich hat sie gesagt, sie habe Sehnsucht nach mir.«

»Dann kommt ihr also wieder zusammen?« fragte ich.

»Wenn es mir paßt. Ich denke, ich lasse sie noch ein bißchen zappeln. Es macht mir Spaß, wieder allein zu sein.« Er richtete ein patentiertes Guthrie-Lächeln auf Veronica, ganz Vertraulichkeit und Anzüglichkeit, doch heute abend schien es ein bißchen matt. »Hör zu, Vic, ich wollte mit dir reden. Können wir uns irgendwann treffen?«

»Für dich bin ich ausgebucht bis zur Jahrtausendwende.«

»Ich lasse Carolyn Ellie anrufen und etwas ausmachen.«

»Ach, diese Vorfreude«, sagte ich langsam.

»Es wird sich für dich lohnen.« Er wandte sich wieder an Veronica und griff in seine Innentasche. »Ich möchte Ihnen meine Karte geben. Wenn Sie etwas brauchen, ein Testament, einen Lunch, irgend etwas, dann rufen Sie mich an. Meine Privatnummer steht auf der Rückseite.«

»Tut mir leid, Mr....«, sie schaute auf die Karte. »Wie auch immer. Aber ich brauche keine weitere Versicherung.«

»Ich verkaufe keine Versicherungen.«

»Komisch, Sie kommen mir wie ein Versicherungsvertreter vor.« Sie riß seine Karte in zwei Hälften und ließ die Stücke zu Boden fallen.

»Mann, Victor«, sagte er und schüttelte den Kopf. »Wir müssen wirklich reden.«

»Ein Freund von Ihnen?« fragte Veronica, nachdem er gegangen war.

»Früher mal, bevor er uns wegen einer großen Firma verließ, die ihm eine Menge Geld bezahlt. Außerdem hat er unsere besten Akten gestohlen.«

»Ohne ihn sind Sie besser dran. Er ist ein hochnäsiger kleiner Mistkerl.«

»Früher fand ich ihn charmant.«

»Er findet sich noch immer charmant«, sagte sie. »Aber das mit seiner Frau setzt ihm schwer zu.«

»Es sah doch aus, als käme er ganz gut damit zurecht.«

»Es war in seinen Augen. Ich lese Augen, das wissen Sie doch.«

»Ja, das sagten Sie mir.«

»Seine Augen waren sehr traurig, sehr häßlich. Er ist ihretwegen verzweifelt.«

»Für einen Mann, der verzweifelt ist, hat er Sie ganz schön angemacht«, sagte ich.

»Seit ich vierzehn war, habe ich keinen Mann getroffen, der das nicht getan hätte.«

»Wer ist jetzt hochnäsig?«

»Das ist keine Arroganz, Victor. Jeder Mann in dieser Bar würde mit mir ausgehen, wenn er könnte. Sogar die Schwulen. Wenn ich allein käme, bräuchte ich keinen Drink zu bezahlen.«

»Sie haben keinen Drink bezahlt. Die habe alle ich bestellt.«

»Das stimmt. Ich zahle nie für Drinks.«

»Wie praktisch.«

»Für eine Alkoholikerin. Der einzige Unterschied zwischen den Männern ist, daß sie mich zwar alle wollen, daß aber einige denken, sie hätten einen Anspruch auf mich. Nehmen Sie Ihren Freund Prescott. Er glaubt, er hätte einen Anspruch auf mich. Jedesmal, wenn er eine Sekunde mit mir allein ist, hat er seine Hände überall auf meinem Körper.«

»Ich dachte, er wäre glücklich verheiratet.«

»Er sagt, er könne nicht anders.«

»Das ist Quatsch.«

»Oder vielleicht fordere ich es heraus.«

Sie lachte und beugte sich dicht zu mir, fuhr mir träge mit der Fingerspitze über den Mund und den Hals und rückte dann noch näher, so daß ich ihren süßen, scharfen Atem riechen konnte.

»Glauben Sie, daß ich es herausfordere?«

»Hören Sie auf.«

Sie tat so, als schmolle sie. »Wollen Sie mich nicht küssen, Victor? Wollen Sie nicht in meine Lippe beißen?«

»Sie sollten nicht so reden.«

Sie nahm meine Hand, legte sie auf ihren Oberschenkel, und ich ließ sie dort. Die kühle Glätte ihrer Handfläche, die seidige Beschaffenheit ihres Strumpfes. Mein Gesicht wurde heiß, und ich sah mich in der Bar um; die Menge war in nichtige Gespräche vertieft und beachtete uns nicht. Sie rieb mit meiner Hand auf ihrem Oberschenkel vor und zurück und legte ihren Mund dicht an mein Ohr.

»Wollen Sie nicht das Parfum an meinem Hals riechen«, flüsterte sie, »und mein Schlüsselbein küssen und in mein Kleid greifen und meine rechte Brustwarze zwischen Ihren Fingern rollen?«

Ich nahm meine Hand weg. »Hören Sie auf.« Der Anruf von Chuckie hatte mich nervös gemacht, zu nervös, um ihre Spiele mitzuspielen.

»Ganz wie Sie wollen, Victor.«

»Hören Sie auf, mich aufzuziehen.«

»Das tue ich nicht.« Sie lachte. »Nun, jedenfalls nicht ganz.«

»Was ist mit Jimmy? Glaubt der auch, daß er einen Anspruch auf Sie hat?«

»Nein«, sagte sie, wandte sich wieder der Bar zu und trank den Rest ihres Martinis. »Jimmy glaubt, daß ich ihm gehöre, und damit hat er recht. Trinken Sie aus, wir müssen gehen.«

Auf dem Weg aus der Bar, als wir uns durch die Menge drängten, griff ein olivgrün bekleideter Arm nach meiner Schulter. »Vergiß nicht«, sagte Guthrie. »Wir müssen uns treffen.«

Veronica wand sich um mich herum, bis sie Guthrie ins Gesicht sah, und sagte: »Bye-bye, Fred.«

Guthrie sagte: »Ich heiße nicht...« Erst dann merkte er, daß sie sich über ihn lustig machte.

Ich gab Veronica ein Zeichen, ich würde gleich nachkommen, und faßte dann Guthries Arm. »Ich möchte dich was fragen«, sagte ich. »Neulich abends trug Lauren zwei Goldarmbänder mit Runen und Diamanten. Ich dachte daran, für jemanden so etwas zu kaufen.«

»Die Kleine da draußen?«

»Klar. Wo hat sie sie gekauft?«

»Bei Sears kriegst du solche Sachen sicher nicht, Vic. Sie sind angefertigt worden, von einem Juwelier in der Schweiz.«

»Gibt es da einen Katalog oder so?«

»Vergiß es, es wurden nur zwei angefertigt, sie hat mitgeholfen, sie zu entwerfen, sie befaßt sich jetzt mit Design, weißt du. Außerdem, Vic, sie sind preislich für dich so unerschwinglich, daß du genausogut daran denken könntest, die Eagles zu kaufen.«

Außerhalb der Bar nahm Veronica meinen Arm, als wir die 20. Straße entlanggingen und nach einem Taxi suchten. Sie lehnte den Kopf an meine Schulter, und ich löste mich von ihr, als ich ein leeres Taxi auf uns zukommen sah. Ich trat auf die Fahrbahn und winkte. Das Taxi hielt mit einem hollywoodmäßigen Kreischen der Bremsen.

»Wollen Sie vielleicht zum Flughafen, Mister?« sagte der ostindische Fahrer mit dem aufgedunsenen Gesicht.

Ich öffnete die Tür, ehe er wegfahren konnte.

Hinten im Taxi rückte sie dicht an mich heran und lehnte sich an mich. »Ich glaube, ich bin noch einen Martini von dem Zustand entfernt, in dem ich sein sollte.«

»Ich denke, Sie hatten reichlich«, sagte ich und rückte von ihr ab, bis ich an der Tür lehnte. Ich nahm ihre Hand von meinem Knie.

»Ich habe Sie nicht aufgezogen.«

»Doch, das haben Sie.«

»Aber Sie wollen mich nicht küssen?«

»Nein.«

»Wirklich, nur einen Kuß?«

»Hören Sie auf.«

Sie schürzte die Lippen und hielt mir ihr Gesicht hin.

»Nur ein Kuß, dann höre ich auf.«

»Sie werden auch ohne Kuß aufhören.«

»Wenn Sie Prescott wären, dann hätten Sie mich jetzt schon auf dem Rücksitz hingelegt und sich meine Beine um den Hals geschlungen.«

Es gefiel mir nicht, so mit Prescott verglichen zu werden, als ob er in allem der bessere Mann wäre. Ich war auf dem Weg nach oben, ich stieg auf, aber ich konnte mich im Vergleich zu Leuten wie William Prescott III. noch immer nicht anders als zweitrangig fühlen. Ich spürte ein kurzes Aufflammen von Zorn, und ich umfaßte ihr Kinn, um ihr einen kleinen Kuß auf die Wange zu geben, als wäre sie ein Kind. Danach schob ich ihr Kinn von mir weg.

Sie lachte. »Sehen Sie, das war gar nicht so schrecklich.«

Sie beugte sich vor und küßte mich rasch und leicht auf die Lippen. Und dann noch einmal, diesmal länger, wobei sie ihren Körper an meinen preßte. Ihre Lippen teilten sich, und ihre Zunge leckte meine Lippen, ehe sie hindurchschlüpfte, meine Zähne rieb und dann schlangengleich nach meiner Zunge suchte. Als das Taxi hielt, kniete sie fast auf der Rückbank und preßte ihren Körper an meinen wie ein Ringer, der einen anderen auf die Schultern werfen will; meine Hände hatten ihr Kleid hochgeschoben und waren in ihrem Slip.

»Vielleicht könnten Sie jetzt hier fertig werden, Mister, wir sind da«, sagte der Fahrer. Wir standen vor einem Eckrestaurant mit braungekacheltem Eingang und einem gut erleuchteten Schild an der Wand, auf dem stand: DANTE'S & LUIGI'S.

Veronica löste sich von mir, noch immer auf der Bank kniend, und sagte mit einem katzenhaften Lächeln: »Sehen Sie, nur ein unschuldiger kleiner Kuß.«

Dann griff sie nach ihrer Tasche und sagte dem Fahrer, er solle einmal um den Block fahren, damit sie ihr Gesicht herrichten könne.

17

»Wie ist das Kalbskotelett, Victor?« fragte Jimmy Moore. »Sie machen hier das beste Kalbskotelett in ganz Südphiladelphia. Das beste.«

»Es ist gut.«

»Die Sauce ist nicht so gut wie bei Ralph's, aber Dante's und Luigi's Kalbskotelett ist das dickste in der Stadt. Und sie schmoren es mit Salbei. Das ist das Geheimnis. Salbei.«

»Es ist gut«, sagte ich.

Wir saßen zu fünft in einem kahlen, geräumigen separaten Speisezimmer mit weißgekalkten Wänden und hoher Metalldecke. Der Tisch war mit gestärktem Leinen bedeckt, und die Kellner, die rote

Jacken und Leinenschürzen trugen, hatten ihn mit Pasta, Kalbfleisch, in Knoblauch sautierten Brokkoliröschen und einer großen Schüssel grüner Salate in Öl und gewürztem Weinessig beladen. Prescott saß steif auf seinem Stuhl und ignorierte sein Essen, um mich anstarren zu können. Concannon arbeitete sorgfältig an seinen Scallopine, ohne die Ellbogen auf den Tisch zu stützen. Veronica saß neben Moore, der besitzergreifend einen Arm in ihren Schoß gelegt hatte.

»Wir freuen uns, daß Sie heute abend kommen konnten, Victor«, sagte Prescott. »Wir wollten genau klären, worauf wir unsere Verteidigung in dem bevorstehenden Prozeß stützen werden.«

»Politik in Amerika, Victor«, dröhnte Jimmy Moore. »Das ist unsere Verteidigung. Sie haben die Bänder gehört, wir können nicht leugnen, daß wir diese Schlange Ruffing um Beiträge gebeten haben, und ich würde es auch nicht tun, wenn ich könnte. Aber alles, was wir getan haben, folgte den Erfordernissen unseres ausgezeichneten politischen Systems. Den Erfordernissen. Verstehen Sie?«

»Nicht genau«, sagte ich.

»Worum dreht sich Politik in Amerika, Victor?« fragte er.

Ich dachte einen Augenblick nach. »Um den Willen der Wählerschaft?«

»Um Geld«, röhrte er. »In Amerika geht es nicht um Macht, die vom Volk verliehen wird, sondern um Macht, die man an sich reißt. Reißt! Dieses Land wurde mit einer Revolution aufgebaut, in einem Bürgerkrieg neu geschaffen; hier ist nichts einfach oder billig. Die amerikanische Politik ist die fairste der Welt, weil das einzige, was zählt, Geld ist. Heuern Sie Berater an, kaufen Sie Sendezeit im Fernsehen, kleben Sie einen Sticker auf jedes Auto, bezahlen Sie die Bezirkschefs, packen Sie die Wählerschaft mit all ihrem Geld am Kragen, und dann leisten Sie den Amtseid. Das ist das System, und es ist verdammt gut. Bewerben kann sich jeder, aber nur, wer etwas auf dem Kasten hat, kommt auch bis ins Amt. Und um da zu bleiben, muß man an jedem Tag seiner Amtszeit bemüht sein, Beiträge für die nächste Wahl zu bekommen, man darf nie nachlassen, nicht für eine Sekunde. Wenn mich jemand unterstützen will, dann genügt es nicht, daß er bei meinen Reden klatscht, er muß mir Geld geben, wenn ich Wahlkampf mache. Als ich von Ruffing Geld für mein politisches Aktionskomitee verlangt habe, für meine Sache, für meine Zukunft im Dienst der Öffentlichkeit, bin ich der großen Tradition der amerikanischen Politik gefolgt. Alle Politiker tun das, sie verschleiern es nur mit Cocktailparties oder schicken Dinners. Aber ich verschleiere nichts. Ich habe Geld von einem Anhänger gefordert, weil das System, das ich liebe, das von mir verlangt. Und wenn ich ein bißchen energischer gefordert habe als andere, dann deshalb, weil ich für das, was ich tue, mehr Leidenschaft aufbringe als andere. Verstehen Sie, was ich sagen will, Victor?«

»Unsere Strategie«, sagte Prescott mit geschürzten Lippen und traurigem Gesicht, als mache er in *Nightline* Werbung für den Präsidenten, »besteht darin, den Prozeß gegen diese beiden Staatsdiener zu einem Prozeß gegen das politische System Amerikas zu machen und dann dafür zu sorgen, daß das System freigesprochen wird.«

»Auf diese Strategie sollten Sie sich konzentrieren«, sagte Moore. »Sich darauf vorbereiten, auf dieser Grundlage aufzubauen. Habe ich nicht recht, Chet?«

»Ganz recht«, sagte mein Mandant.

»Wir haben jetzt ein Marktforschungsinstitut angeheuert«, sagte Prescott. »Wir haben Zielgruppen studiert und demographische Untersuchungen angestellt. Mit den richtigen Geschworenen kommen wir mit unserer Strategie durch. Da sind wir sicher.«

»Kann ich eine Kopie von dieser Untersuchung bekommen?« fragte ich.

Prescott lächelte mir zu, aber nicht mit seinem warmen Lächeln. »Natürlich. Der Schlüssel liegt darin, alles, die Auswahl der Geschworenen, die Argumente, die Zeugenaussagen, alles nach unserer Strategie auszurichten.«

»Und was ist mit dem Mord?« fragte ich.

»Machen Sie sich darüber keine Sorgen«, sagte Moore und griff nach einem Korb mit getoastetem Knoblauchbrot.

»Und die Brandstiftung?«

»Vergessen Sie's«, sagte Moore, jetzt mit vollem Mund.

»Mord und Brandstiftung sind schwer zu vergessen.«

»Wie steht's um dein Make-up, Ronnie?« fragte Moore.

»Gut, denke ich«, sagte Veronica.

»Warum siehst du nicht mal nach?«

Sie nickte, stand vom Tisch auf und verließ den Raum, ohne mich anzusehen. Ich konnte nicht anders, als ihr mit dem Blick zu folgen. Als ich mich wieder umdrehte, starrte Moore mich mit erschreckender Wildheit an.

»Was haben Sie heute morgen im Büro der Staatsanwaltschaft gemacht?« wollte er wissen.

Ich rückte vom Tisch ab. Wußte jeder, wo ich an diesem Tag gewesen war, was ich gemacht hatte, wen ich gesehen hatte, wie oft ich aufs Klo gegangen war? »Ich habe mich mit dem Mord befaßt«, sagte ich. »Mir das Beweismaterial angesehen.«

»Warum haben Sie das nicht mit Prescott abgesprochen?«

»Ich wußte nicht, daß ich alle meine Prozeßvorbereitungen mit Prescott absprechen muß.«

»Sag es ihm, Chet.«

»Sie müssen alles mit Prescott absprechen«, sagte Concannon.

Ohne mich aus den Augen zu lassen, angelte der Stadtrat eine Zigarette aus seiner Tasche und zündete sie an. Er hielt sie wie einen Schreibstift und zog mit gefährlich zusammengepreßten Lippen einmal tief daran. »Im Krieg muß man sich sein Schlachtfeld sorgfältig aussuchen, junger Mann«, sagte Moore und blies dabei den Rauch aus. »Das hat Lee in Gettysburg gelernt.« Er stach mit der Zigarette in meine Richtung, und die Silben seiner Worte ertönten mit dem präzisen Stakkato von Schüssen. »Unser Schlachtfeld wird nicht der Mord an Bissonette sein.«

»Die Anklage des Bundesstaatsanwalts«, erklärte Prescott mit übertrieben geduldiger Stimme, »bezieht sich auf das Verbrechen organisierter Erpressung. Wenn der Mord und die Brandstiftung nicht mit der Geldforderung in Zusammenhang stehen und die Geldforderung legal ist, dann wird der Bundesfall scheitern.«

»Aber wenn Eggert den Mord mit der Geldforderung verknüpft«, sagte ich, »scheitert jede Behauptung von Legitimität.«

»Das wird er nicht«, sagte Moore. »Eggert ist so weit auf dem Holzweg, daß er genausogut in Vancouver sein könnte.«

»Sie haben sich auf eigene Faust mit dem Mord an Bissonette befaßt, Victor«, sagte Prescott, »und ohne unser Wissen oder unsere Zustimmung eine Untersuchung durchgeführt und damit gegen die ausdrücklichen Anweisungen Ihres Mandanten gehandelt. Haben alles riskiert.« Er sah mich so scharf an, daß ich genau wußte, was er meinte, und er meinte alles. »Also, Victor, sagen Sie uns, was haben Sie bislang herausgefunden?«

»Nichts Genaues«, sagte ich. »Aber ich habe ein paar Ideen darüber, wer Bissonette getötet haben könnte, ein paar Theorien.«

Moore lehnte sich zurück und starrte mich an. »Sie haben also ein paar Ideen, Victor?« sagte er langsam. »Ein paar Theorien?« Es folgte ein Schweigen, als er wieder an seiner Zigarette zog und mich dabei ununterbrochen anstarrte. Dann breitete er weit die Arme aus. »Belehren Sie uns über Ihre Theorien.«

»Ja, Victor«, sagte Prescott mit einem unangenehmen Lächeln. »Bitte, tun Sie das.«

Ich hatte den Eindruck, gleichzeitig bedroht und getestet zu werden. Sie wollten sehen, was ich begriffen hatte, um zu bestimmen, ob ich für alles bereit war, was sie mir anzubieten hatten. Nun, ich war bereit. Ich war schon so lange so bereit.

»Das sind nur Theorien«, begann ich und lehnte mich nach vorn, während ich sprach. »Aber ich habe mich gefragt, warum Chuckie Lamb nicht angeklagt wurde. Chet sagte, das liege daran, daß nur Bissonette Kenntnis von seiner möglichen Verwicklung hatte. Das wäre ein Motiv für Chuckie gewesen, sich Bissonettes zu entledigen.« Ich sagte ihnen nichts von dem Anruf an diesem Abend, ich wollte nicht zu Prescott und Moore laufen wie ein kleiner Junge, den der Raufbold des Schulhofs bedroht hat, aber der Anruf hatte mich davon überzeugt, daß ich in bezug auf Bissonettes Motiv möglicherweise auf der richtigen Spur war.

»Also hat Chuckie es getan, was?« sagte Moore.

»Außerdem war Bissonette anscheinend ein Weiberheld«, fuhr ich fort. »Jede Menge Frauen. Eifersucht könnte ein Motiv gewesen sein. Ich denke da besonders an einen Mann, der betrogen wurde und von dem bekannt ist, daß er gewalttätig ist.«

»Sagen Sie uns, wer das ist?« fragte Prescott, während Moore mich weiter anstarrte.

»Das möchte ich jetzt eigentlich noch nicht«, sagte ich, aber ich dachte natürlich an meinen ehemaligen Partner Guthrie. Es bestand kein Zweifel daran, daß Lauren Amber Guthrie die Frau auf dem

Foto war, das ich im Büro der Staatsanwaltschaft gesehen hatte, wegen dieser Armbänder, und irgendwie mußte Guthrie das über sie und Bissonette auch herausgefunden haben. Sie hatte gesagt, er könne vor Eifersucht gewalttätig werden, aber ich wußte, das wäre dann mehr als Eifersucht gewesen, es wäre Verzweiflung gewesen. Lauren war ungefähr so häuslich wie ein Luchs, aber sie brachte ein nettes Paket mit, Geld, Status, Zutritt zu einer Welt, die Typen wie Guthrie und mich ausschloß, einfach aus Spaß an ihrer Exklusivität. Es war eine Sache, niemals auch nur den Hauch einer Chance zu haben. Das verursachte eine allmähliche Anspannung des Magens, bis er schließlich so verknotet war, daß man einen Haß auf alles und jeden hatte und nur noch Bosheit und Bitterkeit empfand. Aber es einmal in der Hand zu haben, im Bett zu haben, alles das zu haben und dann zu sehen, wie es einem entglitt, weil die Ehefrau sich irgendeinem abgehalfterten Baseballspieler mit dicken Muskeln an den Hals warf, na ja, das genügte, um einen Mann zum Mord zu treiben. Es hätte gereicht, um mich zum Mord zu treiben, und Guthrie war da nicht besser.

»Irgendwelche weiteren Theorien?« wollte Moore wissen.

»Noch nicht«, sagte ich. »Aber ich würde gern weiter die Augen offenhalten.«

»Das kommt nicht in Frage«, sagte Prescott entschlossen, während er sein Wasserglas betrachtete. »Außerdem wäre es Zeitverschwendung. Wir wissen bereits, wer Bissonette umgebracht hat.«

»Sie wissen es?« sagte ich überrascht.

»Ja, was denn, halten Sie uns für Idioten?« sagte Moore ärgerlich. »Denken Sie, wir sind nicht darauf gekommen herauszufinden, wer diesen Mann wirklich zu Tode geprügelt hat?« Ich schrumpfte beim donnernden Ton seiner Stimme zusammen, weil ich genau das gedacht hatte. Plötzlich wußte ich, daß ich mich zum Narren gemacht hatte. Was immer sie auch an mir getestet hatten, ich hatte versagt.

»Sie hatten recht, Victor«, sagte Chester mit einem tröstenden Lächeln. »Zumindest damit, daß Bissonette mit der falschen Frau geschlafen hat. Und die Frau war alles andere als diskret.«

»Hat ihn angehimmelt wie ein verknalltes Schulmädchen«, sagte Moore.

»Linda Fontelli«, sagte Chester. »Die Frau des Stadtrats Fontelli.«

»Fontelli?« sagte ich. »Stadtrat Fontelli hat ihn getötet?«

Moore schnaubte. »Fontelli hat dazu nicht genug Mumm. Außerdem hat er seine eigenen kleinen Geheimnisse. Dem war das egal.«

»Nein, es war nicht ihr Mann«, sagte Prescott. »Es war ihr Vater.«

»Linda Marie Raffaello Fontelli«, sagte Chet.

»Raffaello«, sagte ich langsam. »Großer Gott.« Enrico Raffaello war der Kopf der Mafia von Philadelphia, eine schattenhafte, legendäre Gestalt, von der es hieß, sie beherrsche die Unterwelt der Stadt wie ein moderner Pluto. »Und die Limousine am Tatort, die Täterbeschreibung von Ruffing?«

»Der Säufer hat schlicht eine schwarze Limousine gesehen, das ist alles«, sagte Prescott. »In der Stadt gibt es Unmengen davon. Und außerdem lügt Ruffing. Bei der Beleuchtung auf dem Parkplatz kann er unmöglich gesehen haben, was er behauptet. Er hat Jimmy und Chester identifiziert, um Marshall Eggert bei Laune zu halten, weil Eggert ihm den IRS vom Hals gehalten hat.«

»Und wie beweisen wir, daß es Raffaello war?« fragte ich. »Ist Linda auf irgendwelchen von diesen Fotos?«

»Ja«, sagte Prescott. »Aber die vor die Jury zu kriegen wird heikel sein. Zwei meiner Anwälte arbeiten daran. Durch die Vordertür wird Gimbel uns nicht hereinlassen, das steht fest.«

»Wie dann?«

»Ein Prozeß wie dieser Prozeß«, sagte Prescott, jetzt zurückgelehnt und mit der Miene eines Juraprofessors, »ein Prozeß wie dieser, wo die Regierung versucht, einen riesigen Haufen von Fakten zu einem netten, sauberen Paket zu verschnüren, besteht mehr als alles andere aus Eventualitäten. Jede Verteidigung braucht eine Rückversicherung, muß etwas in der Hinterhand haben, und dafür wiederum muß es ebenfalls eine Rückversicherung geben. Unsere Hauptverteidigung ist, daß wir nur innerhalb des Systems gearbeitet und getan haben, was das System von jedem Politiker fordert. Wenn der Prozeß anfängt, sich auf Bissonette zu konzentrieren, dann benutzen wir unsere Rückversicherung, wir bringen alles, was wir können, über Linda Marie Raffaello Fontelli auf den Tisch, und selbst wenn der Richter einem Einspruch stattgibt, bleibt der Name für die Geschworenen greifbar im Raum stehen.«

»Und wenn das nicht funktioniert, gibt es noch andere Rückversicherungen?«

»Wir arbeiten Tag für Tag daran«, sagte Prescott. »Wenn wir diesen Weg einschlagen müssen, werden wir es Sie wissen lassen.«

»Sollte ich das nicht jetzt schon wissen?«

»Nein«, sagte Moore. »Es gibt Dinge, die nur Prescott wissen sollte.«

»Wir bauen eine sehr komplizierte Maschinerie auf, um unsere beiden Mandanten herauszupauken«, fuhr Prescott professoral fort. »Und es reicht nicht, wenn am Ende ein Freispruch steht. Diese Männer sind Politiker, sie müssen mit blütenweißer Weste aus dem Prozeß herausgehen, verstehen Sie? Jimmy Moore muß den Gerichtssaal makellos sauber verlassen, er muß an Renommee gewinnen, so daß er sich gleich um den Posten des Bürgermeisters bewerben kann. Wir können nicht zulassen, daß Sie überstürzt handeln, Eggert aufscheuchen und die Konstruktion unserer Maschine behindern.«

»Eggert weiß nicht, daß ich dort war«, sagte ich. »Ich bin über Slocum hingekommen.«

»Eggert weiß es«, sagte Moore. »Der Mistkerl weiß alles. Er hat mehr Spione im Büro der Staatsanwaltschaft als ich.«

»Also, jetzt sind wir alle an Bord«, sagte Prescott. »Jeder bereit, seine Pflicht zu tun. Irgendwelche weiteren Fragen, Victor?«

»Nur eine«, sagte ich.

Prescott machte verzweifelt die Augen zu und schüttelte den Kopf. Moore funkelte mich an. Chet Concannon fuhr fort, meinem Blick auszuweichen. Was sie alle in diesem Moment wollten, das wußte ich, war, daß ich den Mund hielt und dankbar annahm, was immer sie mir gaben. Aber etwas stimmte hier nicht. Das, was Chuckie Lamb herausgerutscht war, hatte mich nachdenklich gemacht, und das, woran ich im Moment dachte, wie meistens in diesen Tagen, war Geld.

»Ruffing sagt, er habe über eine halbe Million Dollar ausgespuckt, ehe er sich zurückzog«, sagte ich. »Die Bücher von CUP zeigen aber, daß sie nur zweihundertfünfzigtausend bekommen haben. Ich frage mich, was aus dem Rest geworden ist.«

»Ihr Job hier ist nicht, sich Fragen zu stellen«, blaffte Jimmy Moore. »Ihr Job ist es, einfach mitzulaufen. Ich dachte, Chet hätte das bereits klargestellt.«

»Ich habe es ihm gesagt«, sagte Chester.

»Nun, vielleicht solltest du es ihm noch einmal sagen.«

»Nicht nötig«, sagte ich.

»Sie sollen nichts tun, absolut nichts«, sagte Moore, schnippte seine Asche auf die Ravioli, und seine Stimme war laut vor Wut. »Sie bekommen eine Menge Geld dafür, nichts zu tun, und daran sollten Sie sich halten. Ich lasse mich doch nicht von irgendeinem Magerarsch, der auf mein Mädchen scharf ist, in den Knast bringen, weil er meinem hochbezahlten Anwalt Steine in den Weg legt. Sie sind bloß deshalb hier, weil Prescott mir gesagt hat, Sie würden ihn nicht behindern.«

»Ich habe Jimmy und Chester gesagt«, sprach Prescott mit der falschen Konzilianz eines Sprechers des Außenministeriums, »daß ich Sie für klug genug hielte, unsere Verteidigung zu begreifen, und für einen ausreichend scharfsinnigen Prozeßanwalt, um sich darüber klar zu sein, wie wichtig es ist, mich den ganzen Fall verhandeln zu lassen.«

»Haben Sie das jetzt kapiert, Sie Arschloch?« sagte Moore.

»Das reicht, Jimmy«, sagte Chester. »Er versteht.«

»Ach du meine Güte«, sagte Moore mit einem Lachen. »Er weint. Ich sehe eine Träne.«

»Genug«, sagte Chet scharf.

»Ich weine nicht«, sagte ich, während ich mir mit einer Serviette die Augen wischte. »Das ist bloß eine allergische Reaktion auf den Rauch. Und ich bin nicht scharf auf Ihr Mädchen.«

»Mir können Sie nichts vormachen«, sagte Moore. »Sie sind mit einem Knüppel in der Hose hier hereingekommen. Am besten entscheiden Sie sich hier und jetzt. Rauf oder runter, Junge? Sie haben die Wahl. Einen Schritt vom Weg ab, und Sie werden keinen Mandanten mehr finden, der Ihnen das Leben rettet. Sie sind am Ball, und ich kann Ihnen eine Menge Kundschaft verschaffen. Eine Menge Kundschaft. Es hat doch schon angefangen, nicht?«

»Haben Sie die Bishops angerufen?« fragte Prescott sachlich.

»Ja«, sagte ich und verstand jetzt genau, was die Position des Rechtsberaters für den Deal mit den Valley Hunt Estates nach sich zog.

»Das ist eine große Chance für einen jungen Anwalt, der versucht, sich einen Namen zu machen«, sagte Prescott.

»Von dem Geld ganz zu schweigen«, sagte Moore.

»Wir müssen als Team arbeiten«, sagte Prescott.

»Wenn mein Mandant das wünscht«, sagte ich.

»Er wünscht es«, sagte Moore. »Stimmt's, Chet?«

»Ja, das möchte ich«, sagte Chet und sah mir jetzt direkt ins Gesicht.

»In Ordnung«, sagte ich. »Was immer mein Mandant wünscht. Aber die Jury wird dieselbe Frage stellen wie ich eben.«

»Wir werden ihnen sagen, daß es kein weiteres Geld gab«, sagte Prescott sachlich, während er eine rote Serviette zusammenfaltete. »Ruffing hat in seiner Zeugenaussage den Betrag einfach übertrieben. Sein Buchhalter hat ihm gesagt, daß an einen Erpresser bezahltes Geld von der Steuer absetzbar ist, also hat er wie alle anderen Amerikaner die Steuer belogen, und jetzt sitzt er damit in der Tinte.«

»Können Sie das beweisen?« fragte ich.

»Bleiben Sie mir bloß aus dem Weg, Victor«, sagte Prescott kalt.

»Also, alles geregelt?« sagte Moore. »Keine Besuche mehr bei der Staatsanwaltschaft, ja? Keine Fragen mehr. Nichts mehr auf eigene Faust, verstanden?«

»Verstanden«, sagte ich.

»Verdammt richtig«, sagte Jimmy Moore. »Und jetzt trinken Sie ein bißchen Wein, Victor.« Er goß blutroten Chianti in mein Glas. »Wo der herkommt, gibt es noch jede Menge. Und essen Sie Ihr Kalbfleisch auf. Ich bestehe darauf.«

Ich hatte jeden Appetit verloren, und der Anblick von Moores Asche in der Raviolisauce verursachte mir Übelkeit, aber dennoch säbelte ich mit einem Steakmesser an meinem Fleisch herum, als Veronica zurückkam. Sie lächelte beim Eintreten, schaute mich mit einem Hauch von Besorgnis an und setzte sich.

»Ich hoffe, ich störe nicht«, sagte sie.

»Überhaupt nicht«, sagte Moore. »Victor hat uns gerade erzählt, wie gut ihm sein Kotelett schmeckt.«

18

»Das ist nicht der richtige Weg«, sagte ich vom Rücksitz der Limousine. Ich war allein im Wagen bis auf Henry, Moores Fahrer. Da die Trennscheibe heruntergelassen war, konnte ich seinen Hinterkopf sehen, kurzgeschnittenes, wolliges Haar, dicker Hals, kleine Ohren. »Ich habe Ihnen doch gesagt, Ecke Zweiundzwanzigste und Spruce.«

»Ich weiß, wo Sie wohnen, Mann, glauben Sie mir«, sagte Henry mit seinem lispelnden Inselakzent. »Aber zuerst muß ich noch was erledigen.«

»Können Sie mich nicht vorher nach Hause bringen?«

»Nein, Mann. Lehnen Sie sich einfach zurück und ruhen Sie sich aus. Wir sind hier schnell fertig.«

Ich war zu müde, und mir war zu schlecht, um zu argumentieren. Nach dem Restaurant waren wir in eine Bar gegangen und dann zu einem Lokal am Fluß und danach zu einem Privatclub über einer Ladenpassage abseits der South Street, wo die Nischen Vorhänge hatten und das Licht schummrig war. Während des ganzen Abends, immer, wenn Jimmy nicht hinsah, rieb Veronica mir mit der Hand über den Schritt. Prescott hatte uns im Restaurant verlassen, und ich hatte auch gehen wollen, aber Moore bestand auf meiner Begleitung, Veronica lächelte, und gegen jedes bessere Wissen ging ich mit. Die Sache war nämlich so, irgendwo in meinem willensschwachen Herzen wußte ich, Jimmy Moore nachzulaufen war genau das, was ich wollte. Jimmy war vermutlich ein Betrüger, Chester war höchstwahrscheinlich sein Komplize, und Veronica war entschieden gefährlich, aber in diesen Clubs zu sitzen, Champagner zu trinken, gezwungen zu lachen und Zigaretten zu schnorren ließ mich erneut spüren, daß der Knoten in meinem Magen sich lockerte und das Eis schmolz. Ich konnte eigentlich nicht sagen, daß ich mich amüsierte nach der Gardinenpredigt, die ich im Restaurant erhalten hatte, doch bei all seinen Fehlern verstand Jimmy etwas vom Leben, das ich nie gelernt hatte und verzweifelt lernen wollte.

»Trinken Sie noch etwas«, hatte Jimmy gesagt, während er mein Glas mit Champagner füllte. Jetzt waren noch andere bei uns am Tisch, junge Mädchen mit nackten Beinen, die laut ihren Champagner schlürften, zwei gutgekleidete schwarze Männer, Doktoren, die mit der Stadt Geschäfte machten, wie man mir sagte, und natürlich mein Freund Chuckie Lamb, der mich die ganze Zeit anstarrte.

»Ich habe genug«, sagte ich, als der Schaum über den Rand meines Glases rann. »Wirklich.«

»Dein Anwalt ist ziemlich spießig«, sagte Veronica zu Chester.

»Das macht der Beruf«, sagte Chet.

»Seht mal da drüben«, sagte Moore. Ein schmalschultriger, kahler Mann lehnte sich über einen Tisch und sprach ernsthaft auf eine junge Frau mit hübschen, vollen Lippen ein. »Tom Bismark, geschäftsführender Teilhaber von Blaine, Cox, Amber und Cox. Wen hat er da bei sich?«

»Ich glaube, das ist seine Frau«, sagte Chester.

»Wie ungewöhnlich«, sagte Veronica.

»Seine dritte Frau.«

»Ich dachte, er lebt jetzt mit seiner Sekretärin zusammen«, sagte Moore.

»Tut er auch«, bellte Chuckie Lamb. »Er ist mit seiner Frau hier und betrügt seine Geliebte.«

»Einen Schuft, der nicht mal seiner Untreue treu sein kann, muß man wirklich bewundern«, sagte Moore. »Wie steht es mit Ihnen, Victor?«

»Unverheiratet«, sagte ich.

»Man kann trotzdem betrügen, auch, wenn man Single ist.«

»Ich bin ziemlich loyal.«

»Sie sind ein Pfadfinder, ist es das?«

»Ich war tatsächlich mal einer.«

»Ich war nie Pfadfinder«, sagte Moore. »Ich war zu leidenschaftlich für die Pfadfinder. Es gab zu vieles, was ich festhalten wollte.« Er beugte sich zu Veronica hinüber, drehte ihr Gesicht mit der

Hand zu sich herum und küßte sie mit offenem Mund. Als ich das sah, verknotete mein Magen sich wieder.

»Wie geht es Ihrer Frau, Stadtrat?« sagte ich.

Veronicas Augen schossen Blitze auf mich ab, obwohl sie Moore noch küßte, doch er lachte bloß, als er fertig war. »Sehr gut, danke, Victor. Reizend von Ihnen, sich Sorgen zu machen.«

»Ich finde sie sehr nett und sehr traurig«, sagte ich. »Einsam, glaube ich.«

»All das ist sie, und noch mehr«, sagte Jimmy. »Aber sagen Sie mir, Victor, wieviel Traurigkeit können wir aushalten, bis wir das Heitere und Leichte suchen?« Er schnippte mit den Fingern, und eines der jungen Mädchen mit nackten Beinen warf mir rasch die Arme um den Hals und steckte mir die Zunge ins Ohr.

»He, Chuckie«, sagte der Stadtrat. »Victor hier denkt, du hättest diesen lausigen Baseballspieler umgebracht.«

»Ach, tut er das, tut er das?« sagte Chuckie.

»Sie meinen Zack?« sagte eines der Mädchen. »Er war so süß. Warum würdest du so etwas tun, Chuckie?«

Jimmy begann zu lachen, verlor dann die Kontrolle, als er heftiger lachte, so heftig, daß er die Worte kaum herausbekam: »Victor denkt, daß du ein Mörder bist, Chuckie.«

»Victor sollte besser vorsichtig sein«, sagte Chuckie und sah mich mit bösen Blicken an. »Er könnte nämlich recht haben.«

Ich war schließlich gegangen, da ich das Zerren von zu viel Arbeit und zu wenig Zeit spürte, das Zerren der Verantwortung. Ich hatte den Rest meines Champagners geleert und war in die kalte, dunstige Nacht hinausgestapft. Ich hielt auf der verlassenen Straße nach einem Taxi Ausschau, als Henry von hinten an mich herantrat, meinen Arm faßte und mich zu der Limousine führte.

So fuhren wir also jetzt nach Norden, über Arch und durch den Tunnel der Fünften Straße in die zerfallenen und unbeleuchteten Teile von Northern Liberties. Es war nach Mitternacht, und noch immer saßen Jugendliche auf den Stufen vor den Haustüren, junge Männer lehnten an Häusern mit vernagelten Fenstern und Türen und spähten argwöhnisch in die verdunkelten Scheiben der Limousine. Teenager lungerten gruppenweise mitten auf der Fahrbahn herum. Sie kamen mir unwirklich vor, wenn der Zwillingsstrahl unserer Scheinwerfer sie erfaßte. Sie traten unwillig beiseite, als die Limousine vorbeiglitt.

»Wohin fahren wir, Henry?«

»Wir sind bald da, kein Problem.«

»Allmählich mache ich mir Sorgen.«

»Ich bin bei Ihnen, Mann. Sie sind sicherer als sicher.«

Northern Liberties war das Viertel, in dem mein Großvater Abraham und seine Eltern, frisch vom Schiff aus Rußland, sich niedergelassen hatten. Damals war es ein armes jüdisches Viertel, überfüllt und lärmend, Philadelphias Antwort auf die Lower East Side. Marshall Street: koschere Metzger, Altkleiderhändler und Gemüsekarren Rad an Rad; sie alle versorgten die Einwandererfamilien, die sich zu viert in einem Reihenhaus drängten. Mein Großvater hatte in einem Stetl bei Kiew das Flickschustern gelernt, und so reparierte er Schuhe in einem kleinen Laden in der Marshall Street, gleich nördlich der Poplar, und er kürzte seinen Namen ab und ging in den Einzelhandel; er führte den Laden sein ganzes Leben lang, auch noch, als das Viertel sich veränderte und er mit seiner Familie in das neue jüdische Paradies in Logan zog. Logan ist kein Paradies mehr, und Northern Liberties ist so verkommen, daß die Marshall Street verlassen ist und große Teile des Viertels nur noch Ruinen. In den achtziger Jahren gab es einen Versuch, es aufzuwerten, und in dem alten jüdischen Zentrum eröffneten ein paar Restaurants und Läden, aber auch das schlug fehl. Es gab nichts mehr von dem, was mein Großvater als kleiner Junge bei seiner Einführung in Amerika gesehen hatte.

Wir verließen Northern Liberties in nördlicher Richtung durch ein anderes Viertel mit vernagelten Häusern und engen, überfüllten Straßen, bis wir endlich eine Ecke erreichten, die wirkte wie ein Marktplatz in der Hölle. Mindestens hundert Leute hingen herum, saßen auf den Stufen, standen an der Ecke Wache oder lungerten mit vor- und zurückruckenden Köpfen am Rand der Menge. Im Licht der Straßenlaternen hatte die Szene etwas von Wahnsinn an sich, ungeformt, chaotisch, zutiefst gefährlich. Vor uns hielt ein blaßgrüner Pontiac an, und drei Jugendliche drängten sich um die Fahrertür. Aus dem Wagen wurde einem der Jugendlichen Geld gereicht, und er rannte hinüber zu einem älteren Mann mit Dreadlocks und gab ihm das Geld. Ich sah, wie der Mann einem anderen Jungen zunickte, und dieser griff nach etwas unter einer Vortreppe und lief damit zu dem Wagen. Nach weniger als einer Minute war der blaßgrüne Pontiac wieder fort. Henry hielt die Limousine an, und sofort begann ein Junge neben meinem Kopf an das Fenster zu klopfen. Henry drehte sich um und lächelte mich an.

»Bin gleich wieder da, Mann. Lassen Sie's ruhig angehen, wenn sie kommen.«

Er ging.

Ich vergewisserte mich, daß meine Tür verschlossen war, während ich zusah, wie Henry sich dem Mann mit den Dreadlocks näherte. Sie sprachen einen Augenblick miteinander. Der Mann nickte, und Henry ging auf eines der Häuser zu, auf dessen Vorstufen eine Gruppe sehr junger Frauen saß. Die Frauen trugen Blue Jeans, Lederjacken und Gold. Eine hatte riesige goldene Ohrringe von unmöglicher, schmerzhafter Größe. Eine andere trug eine Kette mit Gliedern, die so groß waren wie Handfesseln. Als Henry das Haus erreicht hatte, beugte er sich vor und küßte eine der Frauen auf die Wange. Einer anderen tätschelte er den Kopf und plauderte einen Moment mit ihr, ehe er sich durch die Gruppe drängte und das Haus betrat. Dabei kam ihm ein magerer junger Mann mit Sonnenbrille entgegen, der nervös tänzelte. Ich beobachtete gerade, wie Henry das Haus betrat, als die Vordertür des Wagens sich öffnete und ein junger Schwarzer mit den Schultern eines Löwen auf den Fahrersitz sprang.

»Wohin soll's jetzt gehen, Chauncey?« sagte er mit dünner, unsicherer Stimme.

»Verschwinden Sie«, sagte ich.

Er drehte sich um und lächelte mich an. Im nächsten Augenblick hörte ich das Klicken der Türschlösser, und meine Tür wurde geöffnet. Ein sehr dünner Mann in feinem braunem Nadelstreifenanzug lehnte an der offenen Tür und sagte: »Rutschen Sie rüber.«

Ich rutschte rüber. Er setzte sich neben mich.

Seine Haut war dunkelbraun, seine Finger lang und dünn. Er war von einer deutlich spürbaren Aura der Eleganz umgeben, was man an der Art sah, wie er die Beine übereinanderschlug und die Hände vor der Brust verschränkte. Aber vor allem war er dünn, gespenstisch dünn, mattäugig und hager, so dünn, daß es unmöglich war, sein Alter zu schätzen; er hätte fünfundzwanzig sein können, aber auch fünfzig.

»Was kann ich für Sie tun, Freund?« fragte der Mann mit tiefer, besänftigender Stimme.

»Ich warte nur auf jemanden«, sagte ich. »Er wird gleich zurück sein. Sonst will ich nichts.«

»Im allgemeinen wollen weiße Jungs in Limousinen hier irgend etwas.«

»Ich will bloß weg hier.«

»Wollen wir das nicht alle?«

»Wohin fahren wir?« fragte der junge Mann auf dem Vordersitz.

»Einfach herum«, sagte der dünne Mann.

»Scheiße«, sagte ich.

Der Motor sprang leise an, und die Limousine schoß vorwärts und überfuhr beinahe ein junges Mädchen mit einem zweijährigen Jungen auf dem Arm, das auf den Markt zuging.

»Herrgott, nehmen Sie den Wagen, mir ist das egal«, sagte ich mit Panik in der Stimme. »Lassen Sie mich bloß vorher aussteigen.«

»Wir machen nur eine Spazierfahrt«, sagte der Junge auf dem Vordersitz.

»Fahr vorsichtig, Wayman«, sagte der dünne Mann. »Wir wollen doch den Wagen des Stadtrats nicht beschädigen.«

»Sie wissen also, wem der Wagen gehört.«

»O ja. Machen wir uns doch miteinander bekannt. Nennen Sie mich Mr. Rogers.«

»Mr. Rogers«, sagte Wayman kichernd. »Das gefällt mir.«

Mr. Rogers streckte die Hand aus. Da ich nicht wußte, was ich tun sollte, schüttelte ich sie.

»Victor Carl.«

»Nun, Victor Carl, willkommen in meinem Viertel.«

»Mr. Rogers«, kicherte Wayman erneut.

»Wie finden Sie das?« fragte Mr. Rogers und zeigte aus seinem Fenster.

Ich betrachtete die wie zerbombt aussehenden schmalen Reihenhäuser, von denen einige in sich zusammenfielen, andere mit Sperrholz vernagelt waren. Bröckelnde Treppen, kniehohes Unkraut auf den Bürgersteigen, herumliegende leere Flaschen. Ein alter Mann, dessen Lippen über den zahnlosen Kiefern arbeiteten, saß auf einem Metallstuhl und starrte die Limousine an, als wir vorbeifuhren.

»Na ja, es geht, denke ich.«

»Für uns geht es, richtig?«

»Nein, das habe ich nicht gemeint.«

»Beruhigen Sie sich, Victor.« Er lachte ein tiefes, überraschend herzliches Lachen.

»Ich will bloß hier raus.«

»Sie kommen schon raus. Beruhigen Sie sich, genießen Sie die Fahrt.«

Er öffnete eine Klappe in der Tür, hinter der die Bar der Limousine verborgen war. Es gab dort Karaffen mit Alkohol, Gläser und Flaschen. Er nahm eines der Gläser und betrachtete die Karaffen.

»Tja, wo ist denn nun der Scotch?« murmelte er vor sich hin. Er nahm eine Karaffe heraus, hob den Kristallstöpsel ab und schenkte ein. Er trank einen Schluck und lächelte. »Das gefällt uns so an dem Stadtrat, immer der beste Schnaps. Bieg hier ab, Wayman, und vergiß nicht, dieser Wagen ist so lang wie ein Schulbus.«

Wir bogen in eine Seitengasse ein und kamen dann in entgegengesetzter Richtung wieder auf die Sechste Straße.

»Ich wollte bloß ein bißchen plaudern«, sagte Mr. Rogers. »Nichts allzu Ernstes. Gefällt es Ihnen, Anwalt zu sein, Victor?«

»Woher wissen Sie das?«

»Ich wäre ein verdammt guter Anwalt geworden«, fuhr er fort. »Vor Gericht hätte ich Sie fertiggemacht, das weiß ich, Victor. Siehst du, Wayman? Es ist, wie ich dir gesagt habe. Wenn du wieder zur Schule gehst, kannst du alles werden, was du willst. Sogar Dummköpfe wie Victor hier können millionenschwere Anwälte werden.«

»Müßte ich mich auch anziehen wie er?« fragte Wayman vom Vordersitz und betrachtete mich im Rückspiegel.

Mr. Rogers musterte mich von oben bis unten, meine hervorschauenden Manschetten, meinen glänzenden blauen Anzug, meine gestreifte Polyesterkrawatte. »Da ist was dran«, sagte Mr. Rogers. »Wo haben Sie diese Schuhe her?«

»Wenn Sie sie wollen, nehmen Sie sie. Alles, was Sie wollen. Lassen Sie mich bloß in Ruhe.«

»Diese Schuhe sind das letzte, was ich will. Wo haben Sie die Latschen her?«

»Florsheim.«

Er kicherte laut. »Und damit tauchen Sie hier auf.«

»Ich möchte, daß Sie anhalten und mich aussteigen lassen, und zwar gleich«, sagte ich laut. Daß er sich über meine Schuhe lustig machte, ließ mich irgendwie explodieren. Ich beugte mich auf dem Sitz vor. »Das ist Entführung. Ich bestehe darauf, daß Sie anhalten.«

»Victor, vertrauen Sie mir«, sagte Mr. Rogers. »Sie möchten nicht, daß wir Sie hier aussteigen lassen.«

Ich sah mich um. Zwei Jugendliche übten sich in einer Ecke unter einer düsteren Laterne auf der ansonsten verlassenen Straße im Schattenboxen.

»Vielleicht haben Sie recht«, sagte ich und ließ mich zurückfallen.

»Wissen Sie, Sie mischen sich in Sachen ein, die viel zu hoch für Sie sind, die Sie auch nicht ansatzweise kapieren. Nein, Sir. Alle Politiker sind Lügner, meinen Sie nicht?«

»Vermutlich gibt es auch ein paar ehrliche«, sagte ich.

»Aber nicht Jimmy Moore. Er ist ein glänzender Politiker, aber er lügt und er stiehlt, und am Ende nimmt er alles weg, was er zu geben versprochen hat. Also, ich bin Geschäftsmann. Ich verkaufe ein Produkt zu einem fairen Preis, und meine Kunden kommen immer wieder. Und ich sorge verdammt noch mal dafür, daß ich bezahlt werde. Aber ich verkaufe mehr als bloß ein Produkt, Victor. Ich verkaufe meinen Kunden einen Grund, morgens aufzuwachen, einen Lebenszweck, etwas, das allem Sinn gibt, was sie tun. In dieser Hinsicht, Victor, bin ich wie ein Gott, und das nimmt Jimmy übel. Sehen Sie, Gott zu sein war sein Karriereziel, aber bei ihm hat es nicht geklappt. Ich bin zu ihm gegangen, nachdem seine niedliche Tochter gestorben war. Ich brachte ihm den Beweis dafür, woher sie die Ware hatte, die sie umgebracht hat. Es war eine weiße

Gruppe aus der Vorstadt, aus Bucks County, aus Bensalem. Und Sie halten das hier für ein Höllenloch. Daher kam das Zeug, und ich mußte einigen Leuten weh tun, um den Beweis zu erbringen. Er sagte, das sei ihm egal, woher es auch gekommen sei, ich würde den Preis bezahlen. Wir waren zwei Männer, die miteinander im Krieg lagen. Wir haben beide geblutet. Aber jetzt ist der Krieg vorbei.«

»Ich verstehe nicht.«

»Es gibt Dinge, die Sie nie verstehen werden, also werde ich es einfach ausdrücken.« Er zeigte mit einem langen, knochigen Finger auf mich und sprach langsam und sorgfältig. »Ich habe Berichte über Sie erhalten. Sie fragen nach fehlendem Geld. Tun Sie das nicht. Sie gehen zu weit, Sie fallen aus der Rolle. Lassen Sie das sein. Hören Sie auf das, was ich Ihnen sage, Victor, Ihre Gesundheit und Ihre Karriere hängen davon ab, obwohl ich über Ihre Karriere eigentlich keine Kontrolle habe.«

Er riß die Augen weit auf und starrte mich an, um sicher zu sein, daß ich begriff. Und das tat ich.

»Außerdem, Victor«, fuhr er fort, »würde alles, was Sie tun, eher schaden als helfen. Das ist einfach Ihr Schicksal. Jeder von uns hat ein Schicksal, Victor, und Ihres ist, Scheiße zu bauen. Und außerdem sieht es auch noch so aus, als würden Sie jemand kennen, mit dem ich befreundet bin.«

»Nein«, sagte ich.

»Woher wissen Sie, wer meine Freunde sind?« sagte er mit einem Anflug von Zorn in der Stimme.

»Nein, ich meine, es tut mir leid.«

»Halten Sie den Mund, Victor.«

Wayman auf dem Vordersitz lachte wie ein Wahnsinniger; zuerst johlte er, dann stieß er eine Reihe lauter Heultöne aus.

»Diese Freundin liegt mir sehr am Herzen, verstehen Sie, und ich weiß gern, mit wem sie zusammen ist.«

»Eine Freundin? Eine Frau?«

»Sie sind doch ein schlaues Kerlchen. Diese Freundin von mir«, sagte Mr. Rogers, »sie neigt dazu, sich ... sich an Leute anzuhängen, sagen wir so. Und ich möchte nicht, daß sie sich an Sie hängt.«

»Von wem reden wir?«

»Wir reden nicht«, sagte er scharf. »Ich rede. Ich rede von Ronnie

Ashland. Das gehört alles zusammen. Und was ich Ihnen sage, ist, daß Sie sich von ihr fernhalten sollen.«

»Veronica?«

»Also haben Sie mich wohl verstanden. Haben Sie irgend etwas, was ich gesagt habe, nicht verstanden?«

»Warum? Was bedeutet sie für Sie?«

»Er will wissen, warum, Wayman.«

»In dieser Gegend nach Gründen zu fragen, ist keine so gute Idee«, sagte Wayman.

»Ich werde Ihnen sagen, warum«, sagte Mr. Rogers in liebenswürdigem Ton. »Weil ich Ihnen weh tun werde, wenn Sie das nicht tun.«

Wieder stieß Wayman sein erschreckendes, wieherndes Lachen aus.

»Und zwar gewaltig.«

»Das reicht mir als Erklärung«, sagte ich schnell und beinahe fröhlich.

»Gut, Victor. Vielleicht sind Sie nicht so dumm, wie Sie aussehen. Bring uns nach Hause, Wayman.«

»Jawohl, Sir, Chauncey.«

Mr. Rogers nahm einen weiteren Schluck vom Scotch des Stadtrats. »Wissen Sie, Victor, die zusätzlichen zwölf Jahre machen wirklich einen Unterschied.«

Wayman fuhr die Limousine an die gleiche Stelle, an der wir zuvor geparkt hatten, und stellte den Motor ab. Mr. Rogers trank sein Glas leer, stellte es wieder in die Bar und schloß die Klappe.

»Ich möchte Sie nie wiedersehen, Victor, also sorgen Sie dafür, daß Sie nichts von dem vergessen, was ich Ihnen heute abend gesagt habe. Wenn ich meine Visitenkarte bei Ihnen hinterlasse, dann werden Sie es wissen, und ich hoffe zu Ihrem Besten, daß Sie klug genug sind, Angst zu haben.«

Er stieg aus dem Wagen und hielt Wayman die Tür auf, der vom Vordersitz glitt, sich durch die offene Tür lehnte und mir mit dem Handrücken einen harten Schlag ins Gesicht versetzte.

Ich faßte meinen Kopf mit beiden Händen und senkte ihn zwischen die Knie. Schmerz schoß mir von der Backe bis in die Lenden, und mein Auge tat so weh, daß ich dachte, er habe es mir ausgeschlagen und die Flüssigkeit laufe mir über die Wange. Ich öffnete es trotz der Schmerzen und sah verschwommen den Boden des Wagens. Vor Erleichterung, noch sehen zu können, stöhnte ich laut, und dann mußte ich mich übergeben.

Wayman lehnte währenddessen noch immer an der offenen Tür. »Verraten Sie mir was, Vi'tor Carl«, sagte er. »Muß man für zwei Vornamen mehr bezahlen?« Und dann lachte er wieder sein wieherndes Lachen.

Ich hockte noch immer geduckt da, eine Hand auf dem Auge, und rang nach Atem, als Henry zum Wagen zurückkam. »Oh, Mann«, sagte er. »Kotzt mir ins Auto!«

»Verpiß dich«, sagte ich.

»Oh, Scheiße, kotzt mir ins Auto. Das wird Stadtrat Moore aber gar nicht gefallen, Mann.«

»Verpiß dich einfach.«

Als er anfuhr, öffnete er per Knopfdruck die Fenster und das Dach der Limousine und ließ die Kühle der Nacht ein. Die frische Luft machte alles nur noch schlimmer.

19

Am nächsten Morgen war mein rechtes Auge schön dick geschwollen, und ein dunkler Fleck breitete sich direkt über dem Wangenknochen aus und verlief zu einem bräunlichen Streifen, der mir wie Kaffee über die Wange rann. In der Nacht zuvor war ich mit einem in ein Handtuch gewickelten Eiswürfel ins Bett gefallen, und das hatte vielleicht für eine Weile geholfen, aber ich erwachte dennoch in der Hose meines Anzugs und Hemdsärmeln. Das Handtuch war leer, meine Laken naß, und ich hatte einen schwachen Geschmack von Erbrochenem im Mund. Als ich mein Auge im Spiegel sah, hätte ich mich am liebsten wieder übergeben.

»Was ist denn mit Ihnen passiert?« fragte Ellie, als ich an diesem Morgen ins Büro kam.

»Ich bin gegen eine Tür gelaufen«, sagte ich.

»Sieht aus, als hätte die Tür Ihnen einen linken Haken verpaßt.«

»Tun Sie mir einen Gefallen, ja, Ellie?« sagte ich. »Rufen Sie Bill Prescotts Sekretärin drüben bei Talbott und Kittredge an und bitten Sie sie, uns eine Kopie des Berichts von irgendeiner Umfrage über die Auswahl der Jury zu schicken, die Prescott wegen des Falles Moore und Concannon in Auftrag gegeben hat.«

»Wird gemacht«, sagte sie. »Übrigens, ich habe die Adresse, die Sie haben wollten, die Adresse von Winston Osbournes Tochter.«

Sie gab mir einen handgeschriebenen Zettel mit einer Adresse in Malvern. Malvern, riesige Rasenflächen und altes Geld im Herzen von Chester County. Ich war nie dort gewesen, aber ich wußte, es gab Pferde in Malvern, Pferde und Gentleman-Farmer und alte Steinhäuser. Radnor Hunt Country. Ich hätte darauf gewettet, daß dort die Synagogen nicht sehr zahlreich waren.

»Perfekt«, sagte ich. »Schicken Sie eine Kopie unseres Urteils an das Büro des Sheriffs von Chester County und teilen Sie denen mit, wir glaubten, daß Osbournes Duesenberg bei dieser Adresse in Malvern untergestellt ist. Stellen Sie in der Akte die Seriennummer fest und sagen Sie denen, wir möchten, daß er sofort beschlagnahmt wird. Bezahlen Sie alle erforderlichen Gebühren vom Konto.« Es war schön, ein Konto zu haben, von dem man alle erforderlichen Gebühren bezahlen konnte. Liquide zu sein fühlte sich besser an, als ich je gedacht hatte.

»Was sollen sie damit machen, wenn sie den Wagen finden?« fragte sie.

»Sie sollen ihn einfach beschlagnahmen und für mich festhalten. Ich werde dann entscheiden.«

Ich saß hinter meinem Schreibtisch, als Beth hereinkam. »Frag nicht«, antwortete ich auf ihre Erkundigung.

»Bist du die Treppe runtergefallen?« fragte sie.

»So ähnlich.«

»Hast du gestern abend getrunken?«

»Ja«, sagte ich.

»Hast du ein Problem?«

»Ja, aber kein Alkoholproblem.«

»Wenn du ein Problem hast, gibt es Leute, die du aufsuchen kannst.«

»Hör auf, Beth. Bei dem, was ich trinke, würde ich an Unterzukkerung sterben, bevor ich zum Alkoholiker würde.«

»Das Auge sieht schlimm aus«, sagte sie. »Laß mich dir etwas holen.« Sie verließ für einen Moment das Büro und kam mit einem nassen Papierhandtuch zurück. »Jetzt mach die Augen zu.«

Mit dem nassen Tuch betupfte sie das geschwollene Fleisch direkt über meinem Wangenknochen. Ich wollte ihr sagen, sie solle das lassen, doch die Kühle des Tuchs war zu angenehm. Ich ließ die Augen geschlossen. Die kühle Feuchtigkeit und Beth' Parfum, eine süße, blumige Mischung, die mich an jemanden erinnerte – an wen, wußte ich nicht, aber jemanden, in den ich einmal verliebt gewesen war –, all das trug mich fort aus diesem Büro, fort aus meiner Gegenwart. Ich war enttäuscht, als sie schließlich aufhörte.

»Das war großartig«, sagte ich.

Sie gab mir das Handtuch, und ich tupfte weiter, aber jetzt war ich wieder in meinem Büro, in meinem Leben, und es fühlte sich nicht halb so gut an. »Wie läuft deine Untersuchung?« fragte sie.

»Die ist abgeblasen worden.«

»Von wem?«

»Von Moore und Prescott und meinem Mandanten.«

»Ich wette, sie wurde von Moore und Prescott abgeblasen, und dein Mandant erklärte sich irgendwie damit einverstanden.«

»So ungefähr.«

»Was wirst du machen?«

»Genau das, was man mir gesagt hat«, sagte ich. »Absolut nichts, außer meine Schecks einzulösen.«

»Manchmal ist es ganz schön schwer, nichts zu tun«, sagte sie.

»Diesmal nicht.« Ich wollte ihr nichts von Chuckie Lambs Drohungen oder Mr. Rogers' Warnungen erzählen. Sie würde die Situation vollkommen vernünftig betrachten und mir dann nahelegen, ich solle entweder die Polizei benachrichtigen oder den Fall niederlegen, und beides wollte ich nicht tun. Was ich wollte, war, mich nicht in Schwierigkeiten zu bringen, und ich wußte auch, wie ich das anstellen mußte. Ich würde keine Fragen nach dem Mord an Bissonette oder der fehlenden Viertelmillion mehr stellen. Ich würde beim Prozeß still dasitzen, mein Honorar einstreichen, jeden Abend allein nach Hause gehen wie ein braver kleiner Junge und auf meinen Wohlstand warten. Ich würde keine Wellen schlagen. Das würde Prescott und Jimmy und Chucky und den seltsamen Mr. Rogers zufriedenstellen. Ich wollte die Komplikationen vergessen, die um mich herum anstiegen wie eine Flut. Ich wollte sicher durch den Herbst in den Winter kommen und all das hinter mich bringen. Ich wollte ...

Mein Telefon läutete.

»Hier ist jemand, der Sie sehen möchte«, sagte Rita, unsere Empfangsdame.

»Sie sollen mir sagen, wer mich sehen möchte«, sagte ich in den Hörer. »Das gehört zu Ihrem Job.«

»Na ja, wer immer er ist, er sieht aus wie ein kleinwüchsiger Rasputin, der zuviel Schokoladenpudding gegessen hat.«

»Stellen Sie fest, wer das ist, Rita.«

Durch das Telefon konnte ich sie fragen hören: »Wer sind Sie überhaupt?« Und dann eine gemurmelte Antwort.

»Morris Kapustin«, sagte sie.

»Ach, ja, richtig, der Privatdetektiv.«

»Komisch, er sieht nicht wie ein Privatdetektiv aus«, sagte Rita durch das Telefon, und wie üblich hatte Rita recht.

Morris Kapustin war ein kleiner, sehr schwerer Mann mit einem langen, von Grau durchsetzten Bart. Er trug einen schwarzen Hut mit weißem Rand. Sein Anzug saß schlecht, er schwitzte heftig, und er atmete leicht keuchend wie die meisten schwer Übergewichtigen. Aus seinem Hosenbund hingen über dem Gürtel vier Stränge Baumwollkordeln heraus. Er wedelte mit den Armen, als er mein Büro betrat, und ließ sich unaufgefordert mit einem lauten »Whoooh« auf einen Stuhl mir gegenüber fallen. Das geschah mit solcher Wucht, daß die Uhr auf meinem Schreibtisch auf ihrem Ständer erzitterte. Seine kleinen Füße berührten im Sitzen kaum den Boden. Er nahm seinen schwarzen Hut ab und wischte sich mit einem zerknitterten, fleckigen Taschentuch die Stirn ab. Auf seinem dichten, zerzausten Haar saß eine Jarmulke.

»In diesem Büro, hat man da noch nie was von Aufzügen gehört? Ich schwitze von den Treppen. Und dabei haben wir Oktober. Wenn Juli wäre, müßten Sie den Teppich auswringen. Morris Kapustin. Und Sie sind Carl?«

»Ich bin Victor Carl«, sagte ich und schüttelte ihm die feuchte Patschhand. Er drückte leicht meine Fingerspitzen.

»Also, dieser Benny. Ich wollte nicht unhöflich sein, verzeihen Sie, ich dachte, Carl sei Ihr Vorname. Benny hat nur gesagt, ich solle am Freitag um zehn seinen Anwalt Carl aufsuchen. Ich dachte, Carl sei der Vorname des Anwalts. Dieser Bennie, ich liebe ihn, aber manchmal ist er so *zerstreit*, daß es ein Wunder ist, wenn er nicht gegen einen Bus läuft.«

»Schon in Ordnung. Das ist meine Partnerin, Beth Derringer.« Ihr gab er nicht die Hand.

»Erfreut, Sie beide kennenzulernen. Vor allem die hübsche Dame. Das geht nicht gegen Sie, Carl. Nein, Victor, nicht? Nicht gegen Sie, Victor, aber in meinem Beruf habe ich den ganzen Tag mit griesgrämigen alten Männern zu tun, die über Diebe jammern. Das reicht, um Kopfschmerzen zu kriegen, die so groß sind wie Pittsburgh. Ach, meine *zores* wollen Sie sicher nicht hören. Benny Lefkowitz sagt, Sie bräuchten Hilfe. Er hat mir nicht gesagt, wobei. Dieser Benny, er liest zuviel Philip Marlowe. Immer ruft er mir nach: ›Unterwegs, um die Gauner zu fangen, was, Morris?‹ Ich sage ja, auch wenn ich in Wirklichkeit nur hinter Pastrami auf Roggenbrot her bin. Er hat Glück, so ein Geschäft zu haben, Benny, und das Geld, das er verdient! Es tut weh, auch nur daran zu denken, aber er bildet sich gern ein, ich führte ein glanzvolles Leben, also lasse ich ihn.«

Wieder wischte er sich mit dem Taschentuch die Stirn ab und sah so glanzvoll aus wie ein Stück Hering.

»Was ich bräuchte, ist ein Handtuch«, sagte er. »Sie sollten für mich ein Handtuch-Taschentuch herstellen. So eine Idee, ein Taschentuch aus Frottee, für Fettwänste wie mich, die sogar im Oktober schwitzen. Ich habe Familie in der *schtof*-Branche, ich weiß, wovon ich rede. Wir würden ein Vermögen verdienen, nur wir drei.« Er wandte sich an Beth und zwinkerte. »Wir setzen uns in Haifa zur Ruhe, hocken den ganzen Tag auf unserem Balkon, genießen die Brise vom Mittelmeer und trinken Slibowitz aus sauberen kleinen Gläsern. Verraten Sie unsere Idee keinem, die *ganeffs* stehlen sie sonst binnen einer Sekunde. Einer Sekunde. Ich weiß das, ich habe Familie in der Branche. Größere Gauner finden Sie auch auf den Fahndungsplakaten in den Postämtern nicht. Also, Victor, Benny hat gesagt, ich soll mich mit Ihnen treffen. Da bin ich also.«

»Ich glaube, da liegt vielleicht ein Irrtum vor.«

»Sollten wir uns nicht heute treffen? Ich habe es mir aufgeschrieben, glaube ich, aber er hat erst gestern mit mir gesprochen.« Er griff mit der rechten Hand in seine Jackentasche und zog ein kleines schwarzes Notizbuch heraus, während er gleichzeitig mit der linken Hand in der Innentasche nach einer Drahtbrille suchte, deren Bügel er sich über die Ohren zog. Er leckte an seinem Daumen und begann, in dem Notizbuch zu blättern. Es war ebenso schäbig wie er; überall steckten lose Zettel darin. »Morris, Morris, du wirst so *fargesslich*, Morris. Ich war sicher, daß es heute war.«

»Nein, Mr. Kapustin, unser Termin war heute. Da hatten Sie recht. Aber ich glaube nicht, daß Sie uns werden helfen können.«

»Gut, im Tag habe ich mich also nicht geirrt. Manchmal ist es so viel, daß ich es mir schwer merken kann, und ich komme ganz durcheinander. Aber wenigstens mit dem Tag hatte ich recht, wenigstens das. Das war eine Woche, Sie wollen gar nichts von meiner Woche wissen, glauben Sie mir, und daher dachte ich, der Fehler liege bei mir, aber nein. Sehen Sie, da.« Er zeigte auf einen losen Zettel. »Zehn Uhr, Freitag. Carl. Also ist das geklärt. Gut.« Er schloß das Buch, nahm die Brille ab und starrte mich blinzelnd an. »Also, Carl, sagen Sie mir genau, warum ich Ihnen nicht werde helfen können.«

»Wir müßten einen Mann finden, der nicht gefunden werden will«, sagte ich.

»Dann haben Sie Glück, denn genau das tue ich. Was ich tue, Victor, und was Benny für so glanzvoll hält, ist, Leute zu finden, Schwindler, Diebe, *ganeffs*, die mit einem Diamanten oder Smaragd oder Geld aus einer Ladenkasse abgehauen sind. Sie würden nicht glauben, wie oft ein Juwelier seinen Diamanten auswickelt und feststellt, daß er vertauscht worden ist. Das sind auch Profis. Vielleicht liegt es daran, wie sie glitzern, ich weiß nicht, aber sie ziehen Diebe an, die alle darauf aus sind, sich gegenseitig zu bestehlen. Nicht Benny natürlich, er ist ein *edel mensch*, aber die anderen. Mir persönlich lag nie viel an Diamanten. Zu leicht zu verlieren, ich weiß. Ich versuche erst gar nicht, meiner Frau Rosalie einen Diamanten zu kaufen. Zerobonds, ja. Diamanten, nein. Also, Victor, dieser Mann, den Sie suchen, ist er ein Schwindler?«

»Ja, in der Tat.«

»Ja, dann liegt also kein Irrtum vor, gar kein Irrtum. Sagen Sie mir, wer er ist, was er getan hat, wer seine Freunde sind, alles, was Sie wissen, und ich werde ihn finden. Ich bin kein Houdini, aber wen hat Houdini schon gefunden, nicht?«

»Aber der Bursche, den wir suchen, Mr. Kapustin, ist nicht jüdisch.«

»Gut. Es tut mir jedesmal weh«, er klopfte sich an die Brust, »wenn ich einen Juden suche, und Sie würden mir nicht glauben, wenn ich Ihnen sagte, wie oft das vorkommt. Es ist eine Sünde. Und wissen Sie, wem ich die Schuld dafür gebe? Ach, das wollen Sie sicher gar nicht wissen.«

»Mr. Kapustin, bei allem Respekt, ich glaube nicht, daß das ein Job für Sie ist.«

»Nein?«

»Um ehrlich zu sein, als Mr. Lefkowitz mir Ihren Namen nannte, war mir nicht klar, daß Sie ein orthodoxer Jude sind. Ich vermute, im Juwelengeschäft, in dem eine Menge orthodoxer Juden tätig sind, ist das sinnvoll, weil Sie sich in dieser Welt bewegen können. Aber wir suchen hier nicht nach einem Chassid.«

Er beugte sich vor. »Glauben Sie mir, wenn ich Ihnen eines sage. Es sind nicht nur Juden, die stehlen. Wenn es ums Stehlen geht, sind wir solche *pischer*, da haben wir noch viel zu lernen. Sie werden sich freuen zu hören, Mr. Victor, daß Morris Kapustin nicht nur Juden findet. Sie nennen es, und Morris Kapustin hat es schon gefunden. Gerade letzte Woche hat ein armenischer Junge, der bei Grossman's putzt, in die Kasse gegriffen und ist weggelaufen. Ich habe ihn in Teaneck gefunden, ausgerechnet in Teaneck. Wer würde darauf kommen, ein armenischer Dieb in Teaneck.«

»Es tut mir leid, Mr. Kapustin«, sagte ich. »Wir werden eine andere Agentur beauftragen. Danke für Ihr Verständnis.«

»Warten Sie bitte nur einen Moment, Mr. Kapustin«, sagte Beth.

»Einen Moment kann ich erübrigen«, sagte er.

Beth zog mich aus meinem Büro. Morris Kapustin blieb auf seinem Stuhl sitzen, starrte aus meinem schmalen Fenster und zog zerstreut an seinem Bart. Beth schloß die Tür hinter uns und wandte sich aufgebracht zu mir um.

»Was machst du da?« flüsterte sie wütend.

»Ich werde jemand anderen suchen, eine von diesen hochtechnisierten Privatdetekteien, die im *Legal* annoncieren.«

»Du willst ihm den Job nicht geben, weil er Jude ist?«

»Es ist nicht sein Gebiet. Unser Bursche ist irgendwo in Buenos Aires, nicht in Crown Heights.«

»Ich glaube nicht, daß es das ist, Victor. Er ist so qualifiziert wie jeder andere. Aber dir gefällt nicht, wie er aussieht, nicht?«

»Na ja, er ist kein Don Johnson.«

»Oder wie er redet.«

»Worauf willst du hinaus?«

»Ich glaube, du willst ihn deshalb nicht engagieren, weil er zu jüdisch ist.«

»Ach, komm.«

»Nein, wirklich, Victor. Und das fällt mir nicht zum ersten Mal auf. Was ist mit dir?«

Ich wußte nicht, was mit mir war, doch noch während ich es ableugnete, war mir klar, daß sie absolut recht hatte. Ich zweifelte daran, daß dieser Morris Kapustin den Job erledigen konnte, doch in Wirklichkeit war es mir egal. Wenn dieser Stocker nicht gefunden wurde, war es mir auch recht. Dann konnte ich nämlich die Regelung durchbringen, meinen Anteil einstecken, und der Fall wäre erledigt. Ich mußte allerdings zugeben, daß mich der Anblick von Morris Kapustin ein bißchen anwiderte, der in diesem Augenblick in meinem Büro schwitzte mit seinem orthodoxen Hut, seinem verfilzten Bart und den schmutzigen Baumwollkordeln, die aus seinem Gürtel quollen. Die großen Firmen in der City, von denen ich akzeptiert werden wollte, würden keine Typen wie Morris Kapustin anheuern, um in ihren Fällen Ermittlungen anzustellen.

Ich hatte mich oft gefragt, ob es an meiner Religion lag, daß es mir nicht gelang, einen Job bei den Firmen meiner Wahl zu finden. Natürlich war es nicht mehr wie in alten Zeiten, als der Drinker von Drinker & Biddle laut den Einfluß von »russischen Judenjungen« auf das Gesetz verdammte. Das seien Männer, die »aus der Gosse aufgestiegen« seien und nur »den Methoden folgten, die ihre Väter benutzt hatten, um Schnürsenkel zu verkaufen.« Und die Anwaltsvereinigung dachte sich die Barriere der Präfektur aus, um das zu handhaben, was McCracken von Montgomery & McCracken als »Frage der sozialen Herkunft des Menschen« bezeichnete. Ehrgeizige jüdische Anwälte, die in jenen Jahren tatsächlich einen Präfekten finden konnten, der sie förderte, landeten entweder bei der jüdischen Firma Wolf und Block oder waren gezwungen, sich mit dem juristischen Müll abzugeben, den die besseren Firmen ihnen ließen, Kleinkriminalität, Bankrotte und sonstiger Kleckerkram. Hört sich das verbittert an? Heutzutage werden Juden in bescheidener Zahl überall eingestellt, solange sie sich angemessen kleiden, sprechen, ohne auszuspucken, und Fragen nicht mit Fragen beantworten oder ihre Konversation mit jiddischen Ausdrücken garnieren. Doch obwohl es mir gelungen war, diesen Qualifikationen zu entsprechen, hatte ich mich damit nicht ganz abfinden können. In einem Augenblick der Klarheit hatten die Inhaber der Schlüsselgewalt den Juden, der vor ihnen stand, beurteilt, und mit kollektiver Stimme gesagt: »Tut uns leid, nein.«

Mein Vater war jemand, der für seinen Lebensunterhalt anderen Leuten den Rasen mähte und sehr bescheiden in einem bescheidenen Haus überlebte. Es war schlimm genug, daß meine Familie am Rand der Armut lebte, aber noch schlimmer war, daß wir als Juden so leben mußten, als Juden ohne Geld. Wenn mein Vater mit Schnürsenkeln oder Plastikkleiderbügeln oder Kartoffelchips oder dergleichen ein Vermögen gemacht hätte, dann hätte ich mich vielleicht nicht so gegen meine Herkunft gewehrt; aber das hatte er nun mal nicht, und so wehrte ich mich. Ich hatte irgend etwas Neues und Tolles werden wollen, aber ich hatte noch immer kein Anwesen in Bryn Mawr, keinen BMW, war nicht eingeladen worden, in Merion Golf oder auf den sauberen Grasplätzen des Philadelphia Cricket Club Tennis zu spielen. Das, was ich geworden war, war überhaupt nichts Neues. Ich war noch immer bloß ein Jude ohne Geld. Und als mein beruflicher Mißerfolg und meine finanzielle Lage so desolat wurden, daß ich meinen Vater, den Gartenarbeiter, um einen Kredit bitten mußte, wurde mir mit wachsendem Entsetzen klar, daß mein Versagen mich auf all das zurückwarf, dem ich hatte entkommen wollen. Und deshalb brauchte ich keinen Morris Kapustin, der in meinem Büro saß und mich daran erinnerte. Und ich brauchte auch keine Beth, die mich schmerzlich enttäuscht anstarrte wie eine Mutter, deren Kind sich schlecht benimmt; nicht wie meine Mutter, die sich nie genug für mich interessierte, um von mir enttäuscht zu sein, sondern wie eine andere Mutter, eine freundliche, liebevolle Mutter, die von ihrem Kind das Beste erwartete und tausend Tode starb, wenn sie das Schlimmste zu sehen bekam. Wer zum Teufel war Beth, so protestantisch wie Luther, wer war Beth, mir etwas über die Verfluchungen zu erzählen, die ich so schmerzhaft spürte? Und wer zum Teufel war Morris Kapustin, der in meinem Büro saß und um einen Job bettelte und mir das Gefühl gab, das allerletzte zu sein? Verdammt, was sollte das alles?

»Halt bloß den Mund«, sagte ich zu Beth, obwohl sie gar nichts gesagt hatte.

Als Beth und ich ins Büro zurückkamen, sagte Morris Kapustin: »Victor, gerade ist mir etwas eingefallen. Jetzt, wo ich weiß, daß Carl Ihr Nachname und nicht Ihr Vorname ist, denke ich, daß ich vielleicht Ihre *mischpoche* kenne. War Ihr Großvater vielleicht zufällig Abe Carl?«

»Ja, tatsächlich.«

»Der Schuhmacher?«

»Er verkaufte Schuhe.«

»Mein erstes Paar Schuhe in diesem Land stammte aus seinem Laden in der Marshall Street. Tja, so was! Ich war damals bloß ein *kindel*, dünn wie ein Grashalm, so dünn, ach, das ist einfach zu lange her! Abe Carl, der Schuhmacher. Später, als er nach Logan gezogen war, sind wir zusammen zur *schul* gegangen. Und da guckte er immer auf meine Schuhe, um zu sehen, ob ich neue brauchte. ›Du bist reif für neue Schuhe, Morris‹, sagte er dann. ›Ich mach dir einen Sonderpreis.‹ Und er hatte eine wunderbare Stimme, unser Abe.«

»Er hat mir immer Kinderlieder vorgesungen«, sagte ich. »Und Songs von Irving Berlin.«

»Am *erew schabbes*, wenn er *lecha dodi* sang, hatte er eine Stimme wie ein Engel, oder noch süßer. Meine ersten amerikanischen Schuhe waren gute, feste Schuhe. Man kann ein Land nach seinen Schuhen beurteilen. Haben Sie jemals deutsche Schuhe getragen?«

»Nein.«

»Ziehen Sie ein Paar deutsche Schuhe an, und Sie bekommen ein ganz neues Verständnis für die letzten hundert Jahre. Glauben Sie mir. Er verkaufte gute Schuhe, Ihr Großvater. Immer, wenn ich neue Schuhe brauchte, ging ich zu ihm. Sie sehen ihm ähnlich.«

»Sonst sagt man immer, ich wäre meiner Mutter ähnlich.«

»Ich sehe Abe in Ihnen. Keine große Sache. Können Sie singen?«

»Keine Note.«

»Zu schade. Wie ein Engel, nur süßer.«

Darüber dachte ich einen Augenblick nach, dachte auch an meinen Großvater, sein rundes Bauerngesicht, sein volles weißes Haar, das ich gern mit den Fingern zerzauste, um ihn dann Albert Einstein zu nennen; ich dachte daran, daß es mein Großvater gewesen war und nicht mein Vater, der mir Geschichten vorlas und mich zu Ballspielen im alten Connie-Mack-Stadion mitnahm, dachte an all das und griff dann in meine Schreibtischschublade. Ich händigte Morris Kapustin einen dicken Aktenordner mit sämtlichen Informationen aus, die ich über Frederick Stocker besaß, einschließlich der Zeitungsausschnitte über seinen Schwindel mit dem Treuhandfonds und seine Flucht vor den Behörden.

»Stocker. Stocker«, sagte Kapustin, als kaue er auf einem Stück Knorpel. »Stocker. Ich kenne diesen Namen Stocker. Woher kenn ich ihn? Denk nach, Morris, denk nach. Hat dieser Stocker Treuhandgelder gestohlen?«

»Genau«, sagte ich.

»Ach, natürlich. Stocker. Herman Hoff, ein Großhändler für Uhren und dergleichen, hat diesem Stocker Geld zum Investieren gegeben, und dann war es weg, puff, wie der Wind. Ich habe von diesem Stocker gehört. Herman ist kein reicher Mann, nicht zu vergleichen mit unserem Freund Benny, aber was dieser Stocker genommen hat, war Hermans Ruhestand in Boca. Waren Sie je in Boca, Victor?«

»Nein.«

»Da geht man heutzutage hin, Boca. Ich sage, wer will denn

derartig schwitzen, aber da gehen sie hin. Aber Herman nicht, der verkauft immer noch seine Uhren. Ist schon dreiundsiebzig und verkauft immer noch. Dabei wollte er nach Boca gehen.«

Er setzte seine Brille wieder auf, begann die Akte durchzusehen und stellte mir Fragen, die ich nicht beantworten konnte.

»Ich weiß nur das, was in dieser Akte steht«, sagte ich.

»Alles über die Hobbies dieses Mannes, seine Verwandten, seine Freunde, seine Herkunft. Ich habe festgestellt, daß es gut ist, solche Sachen zu wissen.«

»Er wohnte in Gladwyne«, sagte ich.

»Ich werd mich umhören. Ich hab da meine Verbindungen.«

»Wirklich?«

Unter seinen Brauen hervor sah er mich seltsam an; für einen Augenblick verschwand sein Lächeln, und der kleine Mann strahlte etwas Wildes aus. »Ich denke, Sie haben keinen Glauben«, sagte er zu mir.

»Was meinen Sie damit?«

»Keinen Glauben, daß Morris Kapustin diesen Mann finden wird. Nach dem, was er Herman Hoff angetan hat, von Benny ganz zu schweigen, denke ich, daß er verdient hat, gefunden zu werden. Er ist ein Dieb, ein *ganeff*, und ihn zu finden wird eine gute Tat sein. Sie denken, das ist ein Hobby, diese Suche nach Leuten. Ich habe nicht mit dem Juwelengeschäft angefangen. Aber das muß auch gemacht werden. Talmudische Gerechtigkeit. Das ist meine Mission. Studieren Sie den Talmud, Victor?«

»Nein.«

»Dann weiß ich, warum Sie keinen Glauben haben. Irgendwie, wie, weiß ich noch nicht, werden wir den auch finden. Aber zuerst finden wir diesen Gauner Stocker, einverstanden?« Er lächelte herzlich und war wieder der fröhliche Morris Kapustin. Er nahm einige Papiere aus der Akte und sah sie rasch durch. »Was war mit diesen Windward Enterprises, über die Sie so viele Unterlagen haben?« fragte er.

»Das war Stockers eigener Versuch, ein Immobilienunternehmen zu gründen. Es klappte nicht, und viele Leute verloren Geld.«

»Windward ist ein komischer Name für so ein Unternehmen.«

»Das ist mir noch gar nicht aufgefallen«, sagte ich.

»Vielleicht war er Segler oder so«, sagte Beth.

»Die«, sagte Kapustin und zeigte mit dem Finger auf Beth, »die hat *geschik*. Sind Sie zufällig verheiratet?«

»Nein, bin ich nicht«, sagte Beth.

Mit interessierter Miene beugte er sich vor. »Sind Sie vielleicht Jüdin?«

»Nein, tut mir leid, Mr. Kapustin. Aber im Delikatessenladen esse ich koscher.«

»Das ist immerhin etwas. Ach, zu schade. Nicht für Sie, natürlich, aber...« Er seufzte tief und müde. »Sehen Sie, ich habe einen Sohn. Er arbeitet mit mir zusammen.« Seine Schultern senkten sich unter dieser Last. »Was sollte ich machen, er brauchte einen Job.« Er schwenkte die Hand. »Aber wozu vergeude ich Ihre Zeit? Diese Sache mit dem Segeln ist eine gute Möglichkeit. Vielleicht hat er sich mit einem Boot davongemacht. Im allgemeinen laufen sie mit einer Frau weg, und meistens nicht mit ihrer Ehefrau, man sollte es nicht glauben. Aber wenn sie Segler sind, verschwinden sie manchmal auch mit einem Boot. Ich habe das nie verstehen können.«

»Es gibt nicht viele jüdische Segler«, sagte ich.

»Da könnten Sie recht haben, aber Sie würden nicht glauben, wie viele sich dafür halten. Wie spät ist es auf Ihrer Uhr, Victor?«

»Zehn Uhr siebenundvierzig«, sagte ich.

Er hielt sich seine Uhr ans Ohr. »Sie steht schon wieder. Ich muß gehen, schnell, ich habe heute noch einen Termin.« Er stemmte sich von seinem Stuhl. »Kramer. Ein Paar Ohrringe fehlt, ist verschwunden. Da sind nur er und seine Frau; wo also sind die Ohrringe? Sagen Sie es mir, ich weiß es nämlich nicht. Aber ich kenne Mrs. Kramer, sie putzt nicht. Schon bei ihrem ersten Mann, Kimmelman, der war kein Juwelier, er hatte einen kleinen Lebensmittelladen und überhaupt kein Geld, und schon da hat sie nicht geputzt. Also, wer hat die Ohrringe weggeputzt? Das muß ich wissen.«

»Wir haben eine Frist in diesem Fall, Mr. Kapustin«, sagte ich.

»Immer Komplikationen. Also, wieviel Zeit habe ich? Sechs Monate?«

»Drei Wochen.«

»Drei Wochen, Victor? In drei Wochen finde ich nicht einmal die Toilette.«

»Drei Wochen, Mr. Kapustin.«

»Nennen Sie mich Morris. Okay, drei Wochen. Aber erwarten Sie keine Wunder. Was sein wird, wird sein. Ich werde am Sonntag morgen mit der Suche beginnen.«

»Wie wär's mit morgen?«

»Am *schabbes*, Victor? Sie wissen doch, am *schabbes* hat Ihr Großvater keinen einzigen Schuh verkauft. Und ich soll am *schabbes* arbeiten? Sie beleidigen mich.«

»Okay«, sagte ich. »Also dann Sonntag morgen.«

»Übrigens, Victor, ich wollte das nicht erwähnen, aber jetzt, wo wir Freunde sind... Ihr Auge. Was ist damit passiert?«

»Ein kleiner Unfall.«

»Wissen Sie, eine Scheibe *gefilte*, nicht zu dünn, aus dem Kühlschrank, mit dem Saft. Das wirkt wunderbar.«

»Danke, ich werde es probieren«, sagte ich ohne die leiseste Absicht, eine Scheibe *gefilte fisch* auf mein Gesicht zu legen.

Er zeigte mit einem dicken Finger auf mich. »Sie werden nicht auf mich hören, das weiß ich, Victor, ich sehe es Ihnen an. Was weiß denn schon ein dicker alter Mann, denken Sie. Mir eine Scheibe *gefilte* aufs Auge legen, da sehe ich doch aus wie ein Idiot, denken Sie. Warum Ihnen daran liegt, wie Sie aussehen, ist mir allerdings ein Rätsel, Victor. Gehen Sie Ihren eigenen Weg. Sechsundsechzig Jahre lang war das mein Geheimnis. Ich trage nicht die neueste Mode. Schmale Schlipse, breite Schlipse, Victor, ich trage meine Schlipse, und die waren immer gut genug. Also, wenn Sie das mit dem *gefilte* probieren, Sie werden sehen.«

Ich sah Morris zu, als er sich zu gehen anschickte, die Papiere zu einem unordentlichen Stapel zusammenschob, alles in den Aktenordner packte und mit beiden Händen seinen Mantel ergriff. Ein kleiner, schäbiger Jude, der sich nicht schämte, ein kleiner, schäbiger Jude zu sein. Ich würde das mit der Scheibe *gefilte fisch* auf meinem Auge versuchen. Ich würde im Delikatessenladen welchen kaufen. Wer weiß? Und plötzlich gefiel mir die Tatsache nicht mehr, daß Prescott und Moore und Chuckie und der diabolische Mr. Rogers mir sagten, was ich zu tun hatte, daß ich wie eine Marionette an Fäden gezogen wurde. Wie kam es, daß jemand wie Morris Kapustin seinen eigenen Weg gehen konnte, ich aber nicht?

Sollten sie doch alle zum Teufel gehen. Rogers hatte mir gesagt, ich sei mitten in etwas hineingeraten, das ich nicht begreifen könne, und das gefiel mir überhaupt nicht. Und Chuckie hatte mir gesagt, ich sei schon so gut wie hinüber, und das gefiel mir ebenfalls nicht. Also würde ich vielleicht einige der Dinge überprüfen, die Prescott und Moore mir gesagt hatten, nur, um sicherzugehen. Also würde ich vielleicht nicht ungefährdet durch diesen kalten und regnerischen Herbst kommen, ich würde vielleicht gegen die Strömung ankämpfen und den Kopf heben, um mich umzusehen und gewisse Dinge zu verstehen.

»Ach, ehe Sie gehen, Mr. Kapustin«, sagte ich.

Er drehte sich um. »So viel Respekt kann ich nicht vertragen, da möchte ich mich immer besser kleiden, und wer braucht schon so viele Anzüge? Nennen Sie mich Morris.«

»In Ordnung, Morris.« Ich griff in meine oberste Schreibtischschublade und nahm den Chip mit dem Eberkopf heraus, den ich aus Bissonettes Liebeskästchen stibitzt hatte. »Haben Sie so etwas schon mal gesehen?«

Morris ließ seinen Mantel auf einen Stuhl fallen, trat an meinen Schreibtisch und nahm den Chip. Er setzte seine Brille auf, faßte den Chip mit seinen kleinen, fetten Händen und untersuchte ihn sorgfältig. »Das ist ein Casino-Chip, wie in Atlantic City, aber ohne Namen, nur mit diesem Bild. Sehr seltsam. Jeder andere Chip, den ich bisher gesehen habe, ist mit dem Namen des Casinos beschriftet. Damit man weiß, wohin man sein Geld tragen soll, auch wenn man nur noch wenig hat. Und trotzdem stehen sie für die entsprechenden Busse Schlange. Wer kann mir das erklären? Rosalie hat jetzt auch angefangen. Sie spielt Blacktop. Ich würde ihr das verbieten, absolut verbieten, wenn sie nicht mehr nach Hause bringen würde, als sie mitnimmt.«

»Könnten Sie herauszufinden versuchen, was das ist?«

»Könnte ich. Hat es etwas mit Mr. Stocker zu tun, dem Dieb?«

»Nein, das ist ein anderer Fall.«

»Ein anderer Fall?« Er hob den Kopf und lächelte mir aufrichtig zu. »Also haben Sie heute vielleicht doch ein bißchen Glauben gewonnen, Victor. Ein bißchen Glauben an Morris Kapustin. Ja?«

20

Ich schlief oder versuchte es jedenfalls, denn ich spürte einen schmerzhaften Druck auf meinem Auge, als ich den Kopf im Kissen vergrub. Der fischige Geruch klebte noch auf meiner Haut, als der Summer ertönte. Ich griff nach dem Radiowecker und las die blaugrün fluoreszierenden Zahlen: 2:38 Uhr. Mit einem Ruck war ich hellwach, denn ich erinnerte mich, daß ich vor nur wenigen Nächten zweimal ernsthaft bedroht worden war. Ich stellte mir eine Horde von Drogendealern vor meinem Apartment vor, die nur darauf warteten, mich fertigzumachen. Ich beschloß, nicht zu öffnen, doch der Summer ging wieder und dann noch einmal, und so wagte ich, aus dem Fenster zu schauen. Die Straße war leer, und es regnete heftig. Ich lebte in einem Sandsteingebäude, das schon vor langer Zeit in Apartments unterteilt worden war, und es gab keine Sprechanlage zwischen der kleinen Vorhalle, wo sich die Briefkästen und die Türklingeln befanden, und meiner Wohnung. Wer draußen läutete, konnte ich nur feststellen, wenn ich nach unten ging und nachsah. Ich zog eine Jeans an, die auf dem Boden lag, und schlich vorsichtig wie ein Dieb die Treppe in meinem eigenen Haus hinunter, um durch die innere Flurtür einen Blick auf meinen nächtlichen Besucher zu werfen.

Veronica Ashland.

Sie trug einen hellbraunen Regenmantel und Jeans, und das dunkle Haar fiel ihr in feuchten Strähnen auf die Schultern. Die Wimperntusche unter ihren Augen war vom Regen oder von Tränen verschmiert, das konnte ich in diesem Moment nicht entscheiden, aber ihre Augen waren rot und ihre Lippen aufgequollen, als habe sie geweint. Ich musterte das Vestibül hinter ihr. Sie war allein. Ohne die Tür zu öffnen, rief ich: »Was machen Sie hier?«

Von der anderen Seite sagte sie etwas, ich sah die Bewegung ihrer Lippen, aber durch die Tür aus Holz und Glas konnte ich es nicht hören.

»Sprechen Sie lauter«, sagte ich.

Ihre Lippen bewegten sich mit mehr Nachdruck, aber ich konnte sie noch immer nicht hören. Sie machte eine Bewegung, ich solle die Tür öffnen. Ich fragte mich, ob sie vielleicht nur die Lippen bewegte und so tat, als spreche sie, um mich dazu zu bringen, sie reinzulassen.

»Was wollen Sie?«

Sie wiederholte die Bewegung. Mit einem weiteren nervösen Blick über ihre Schulter in die düstere Leere des Vestibüls öffnete ich die Tür.

»Victor, was ist denn los?« sagte sie, als sie in den Flur trat. Rasch schloß ich die Tür. Tropfen rannen von Veronica auf den dünnen blauen Teppich. »Sie haben ausgesehen, als wollten Sie mich wegschicken wie eine Zeugin Jehovas, die Sie bekehren will.«

»Was wollen Sie?«

»Ich konnte nicht schlafen.«

»Also, ich für meine Person habe gut geschlafen.«

»Seien Sie nicht so miesepetrig. Lassen Sie mich raufkommen, damit ich diesen Regenmantel ausziehen und mich ein bißchen trocknen kann.«

»Ich glaube nicht, daß ich das tun sollte.«

»Ach, Victor, Sie sind so puritanisch. Ich bin sicher, daß mir nichts passiert.«

Sie beugte sich vor, um mich zu küssen. Ich wich nicht zurück, sie war zu schön, um vor ihr zurückzuweichen, aber ich erwiderte ihren Kuß auch nicht, und so war es, als küsse sie eine Statue, eine Statue, die sich vor Angst beinahe in die Hose machte.

»Wer ist Mr. Rogers?« fragte ich, als sie aufgehört hatte, mich zu küssen, und sich mit enttäuschter Miene zurückzog.

»Mr. Rogers?«

»Ein sehr dünner Schwarzer, elegant gekleidet, mit müden Augen. Ein Drogenhändler, glaube ich.«

»Oh, Sie meinen Norvel Goodwin. Kennen Sie Norvel auch?«

»Ist das sein richtiger Name?« sagte ich. »Nun, Ihr Norvel Goodwin hat mich am Donnerstag abend zu einer Spazierfahrt in der Limousine des Stadtrats mitgenommen. Er sagte mir, ich solle mich von Ihnen fernhalten. Wenn ich das nicht täte, würde er mir weh tun. Und dann ließ er mir von seinem Schläger dieses blaue Auge verpassen.«

»Ach du liebe Güte.« Sie berührte die Schwellung leicht mit den Fingerspitzen.

»Wer ist er?« fragte ich.

»Nur ein alter Freund. Wahrscheinlich ist er eifersüchtig.«

»Auf mich?«

»Warum nicht?«

»Das war mehr als Eifersucht«, sagte ich. »Da läuft etwas zwischen ihm und Jimmy.«

»Norvel und Jimmy hassen sich, sie hassen sich seit der Sache mit Jimmys Tochter. Einmal hätte Jimmy ihn beinahe umgebracht.«

»Er sagte, da seien Sachen mit Ihnen und diesem Fall im Gang, die ich nicht verstünde. Wissen Sie darüber irgend etwas?«

»Norvel ist ein bißchen verrückt, er bildet sich immer Verschwörungen ein. Fragen Sie ihn mal, wer Malcolm X umgebracht hat.«

»Was sagt er dann?«

»Lassen Sie mich nun nach oben?« fragte sie.

»Was machen Sie wirklich hier?«

»Der Grieche hat mir wieder ein totes Tier hingelegt. Diesmal einen Vogel, eine Taube, hübsch, mit weißen Federn. Ihr Hals war gebrochen.«

»Großer Gott.«

»Bitte.«

Ich starrte einen Augenblick in ihr liebreizendes Gesicht und entschied, daß sie geweint hatte. »Kommen Sie mit«, sagte ich und ging zur Treppe.

Auf dem Weg nach oben fragte ich: »Würde dieser Norvel Goodwin mir wirklich etwas antun?«

»Nein, so ist er nicht.«

Ein paar Stufen später: »Na ja, vielleicht doch.«

Und als ich meine Wohnungstür öffnete: »Doch, er würde.«

Ich nahm ihren Mantel und hängte ihn über einen Stuhl. Sie trug Tennisschuhe, Jeans und ein Sweatshirt, doch selbst in ihrer Sportkleidung und mit dem ramponierten Make-up war sie zu schön. »Kann ich Ihr Badezimmer benutzen?« fragte sie, und ich zeigte ihr, wo es war.

Während sie im Bad war, stellte ich auf die Schnelle ein wenig Ordnung her, warf Verpackungen von Käsesteaks mit braunen, eingetrockneten Ketchupflecken in den Mülleimer und stopfte alle herumliegenden Kleidungsstücke, deren ich habhaft werden konnte, in die Waschmaschine. Mein Apartment war mit einer kleinen Wasch- und Trockenanlage neben der Küche ausgestattet; die Waschmaschine benutzte ich gewöhnlich als Wäschekorb und schaltete sie nur ein, wenn sie zu voll war, um weitere Kleidungsstücke hineinzustopfen. Der Trockner diente mir als Kleiderschrank, aus dem ich Tag für Tag herauszog, was ich brauchte. Das System funktionierte ganz gut, der Trockner war gewöhnlich dann leer, wenn die Waschmaschine voll war, und das ersparte mir all das nutzlose Zusammenfalten und Einräumen normaler Wäsche. Natürlich hatten meine T-Shirts einen rosa Schimmer, weil sie mit meinen roten Shorts gewaschen wurden, und alles war ein bißchen zerknittert, aber Knitterfalten waren ohnehin mein Markenzeichen. Das Badezimmer war hoffnungslos, der graue Rand in der Toilettenschüssel, die Haare, die wie festgeklebt im Waschbecken lagen, aber nach dem Zustand ihres Badezimmers nahm ich an, daß ihr das nichts ausmachte. Außerdem, dachte ich, was zum Teufel ging sie der Zustand meines Apartments an, wenn sie unangemeldet um 2:38 Uhr morgens hereinplatzte.

Als sie aus dem Bad kam, hatte sie sich alles Make-up vom Gesicht gewischt und sah aus wie ein Mädchen auf einem Werbeplakat für Ivory-Seife, glänzend vor Gesundheit.

»Haben Sie was zu trinken?« fragte sie. »Ich könnte einen Drink gebrauchen.«

»Vielleicht habe ich ein Bier.«

»Das wäre toll«, sagte sie. »Ich hole es.«

»Ist es nicht ein bißchen spät?« Aber sie war bereits aus dem Wohnraum in die Küche gegangen. Ich konnte hören, wie sie den Kühlschrank öffnete, und stellte mir vor, wie sie hineinschaute, als wüchsen dort die Geheimnisse des Universums heran – was durchaus der Fall sein mochte, da ich ihn höchst selten säuberte.

»Wie alt ist diese Milch?« fragte sie aus der Küche.

»Ich weiß nicht, ziemlich alt, nehme ich an.«

»So alt, daß das Eis von den Kühlschlangen sie festgebacken hat«, sagte sie. »Was ist *gefilte fisch*?«

»Eine Medizin.«

»Möchten Sie etwas?«

»Nein, danke«, sagte ich.

Sie kam ins Wohnzimmer zurück und riß eine Dose Rolling Rock auf. Sie setzte sich mit angezogenen Beinen neben mir auf die Couch und nahm einen langen Schluck.

»Danke«, sagte sie. »Ich wußte nicht, wohin ich gehen sollte, als ich den Vogel mit dem verdrehten Kopf da liegen sah.« Sie schüttelte sich. »Auf meiner Türschwelle. Ich mußte einfach weg.«

»Was werden Sie tun?«

»Ihn von jemandem wegräumen lassen.«

»Nicht von mir«, sagte ich. »Ich räume keine toten Tiere mehr weg.«

»Vielleicht rufe ich morgen über das Autotelefon Henry an. Er wird es machen. Er kümmert sich um mich, wenn er kann.«

»Um mich hat er sich auch gekümmert.«

»Das mit Ihrem Auge tut mir so leid.«

Irgendwie drehte sie ihre Knie zu mir und berührte mein Auge mit den Fingerspitzen, zuerst sanft, dann fester, fest genug, daß ich zusammenzuckte und wegrückte. »Tut es so weh?« fragte sie.

»Nur, wenn man draufdrückt.«

Sie streichelte leicht mit dem Handrücken um mein Auge herum, um die Nerven zu beruhigen, und drückte dann noch einmal fest zu.

»Genau so!« sagte ich. »Hören Sie auf.«

»Als Henry mit der Limousine zurückkam, um uns abzuholen, merkten wir, daß Sie sich übergeben hatten. Henry hatte versucht, den Wagen zu säubern, und alle Fenster waren offen, aber trotzdem stank es höllisch. Der Stadtrat war einen Augenblick lang wütend, und dann lachte er sich tot. Er sagte zu Chester: ›Dein Anwalt heult nicht nur, sondern trinkt auch wie ein Kleinkind.‹ Jimmy und Chuckie fanden das wahnsinnig komisch. Chester sagte den beiden, sie sollten den Mund halten.«

»Es war nicht das Trinken«, sagte ich. »Es war der Schlag auf mein Auge.«

»Jetzt werden Sie defensiv.«

»Ich bin ziemlich trinkfest.«

»Natürlich sind Sie das«, sagte sie liebenswürdig.

»Ich könnte diese Mistkerle beide unter den Tisch trinken.«

»Natürlich könnten Sie das.«

»Sie glauben mir nicht?«

»Nein«, sagte sie. »Was machen wir mit meinem Vermieter?«

»Bringen Sie Ihren Freund Norvel dazu, ihn zu bedrohen.«

»Er ist nicht mehr mein Freund.«

Sie saß jetzt über mich gebeugt, betrachtete noch immer mein Auge, als suche sie in den schwarzblauen Flecken wie in Kaffeesatz nach verborgenen Bedeutungen. Ohne Make-up und in Jeans und Sweatshirt hatte sie etwas unschuldig Kindliches an sich.

»Sagen Sie mir, Veronica«, fragte ich, »was haben Sie mit diesen Kerlen zu tun, mit Jimmy Moore und Norvel Goodwin?«

»Das ist eine lange Geschichte, sehr traurig.«

»Erzählen Sie sie mir.«

»Es fing mit einem Jungen an, einem sehr süßen Jungen. Er ist jetzt tot, aber so hat es angefangen.« Ich glaubte etwas in ihren Augen zu sehen, aber ich mußte mich irren, denn als ich sie weiter beobachtete, verschwand es. »Irgendwann erzähle ich es Ihnen«, sagte sie. »Aber bitte nicht jetzt. Was soll ich heute nacht machen?«

»Ich rufe Ihnen ein Taxi.«

»Ich kann nicht nach Hause gehen, wo dieser tote Vogel auf meiner Türschwelle liegt. Ich kann einfach nicht.«

Mit einem galanten Achselzucken stand ich auf. »Also gut«, sagte ich. »Ich bringe Sie nach Hause und räume den Vogel weg. Aber das ist das letzte Mal.«

»Kann ich nicht hierbleiben?« fragte sie.

»Nein. Und morgen werde ich eine einstweilige Verfügung beantragen. Einstweilige Verfügungen sind im allgemeinen nutzlos, aber wenigstens haben wir etwas getan. Ich werde Ihnen Bescheid sagen, wenn das Gericht die Anhörung ansetzt.«

»Kann ich die Nacht nicht auf Ihrem Sofa verbringen?«

»Nein«, sagte ich. »Unter keinen Umständen.«

Ich war zum Schrank gegangen und griff nach meinem Regenmantel, als sie von hinten herankam und die Arme um mich legte. Ihre Hände rieben leicht auf meiner Brust auf und ab. »Kann ich nicht bleiben, bitte? Ich würde nicht schlafen in dem Wissen, daß dieser Vogel da war, und selbst wenn Sie ihn in den Müllschlucker werfen würden, würde ich ihn immer noch da liegen sehen, mit dem armen kleinen gebrochenen Hals und ein paar Blutstropfen, die ihm aus dem Schnabel rannen.«

Ohne mich umzudrehen, ihre Hände noch immer auf meiner Brust, sagte ich: »Ich kann wirklich nicht.«

»Es ist Norvel, nicht?«

»Es ist alles.«

»Ich werde nicht zulassen, daß er Ihnen etwas antut.«

Ich zog ihre Arme weg und drehte mich um. »Ich kann nicht«, sagte ich, aber es klang eher wie »Iii..aa..nich«, denn sie hatte mir ihre Zunge in den Mund geschoben. Ich schmeckte das Bier und fand ihren Atem sexy, ich roch die Nässe ihres Haars, und die Art, wie sie ihren Körper an meinen preßte, hatte etwas Seidiges und Warmes. Und obwohl ich weiter »Ii..aa..nich..« sagte, wußte ich, daß ich es tun würde.

Jeanne, meine erste Geliebte – komisches Wort für ein sechzehnjähriges Mädchen mit Zahnspange –, war eine Sportlerin, eine Langstreckenschwimmerin, ganz Schultern und Schenkel, trainiert für lange, anstrengende Bemühungen, nach denen sie vor Erschöpfung zitterte. Ich war eine denkwürdige Enttäuschung für sie, und hinterher waren wir beide eher verwirrt als befriedigt. Meine Erfahrungen mit Michelle waren schon besser, sie hatte Geduld und kluge Hände und eine Experimentierfreude, die einer Anfängerin gut anstand. Sandra war großgewachsen und kühl und ließ den Sex nur über sich ergehen, aber mich faszinierten ihre Blondheit, das helle Haar, die blasse Haut, ihr ungeheures Phlegma. Rebecca war Jungfrau, aber eifrig, und ließ mich die Rolle des erfahrenen älteren Mannes spielen, obwohl sie im College nur eine Klasse unter mir war. »Probieren wir dies aus«, sagte ich dann etwa nervös, und sie antwortete immer mit einem fröhlichen: »Klar.« Allyn war in mich verliebt, was eine Intensität mit sich brachte, die mir unangenehm war. Sue war blond und pummelig und aus Wisconsin und hatte irgendeinen süßen Spleen mit ihren Füßen. Und da war natürlich meine Ex-Verlobte Julie, die große Liebe meiner Jugend, ernst und traurig, die Tränen vergoß, wenn wir mit leisen Seufzern unter ihrer Daunendecke gemeinsam zum Orgasmus kamen. Unterwegs gab es auch noch Tina und Bonnie und Lauren, die lachte und zupackte und auf französisch schrie. Da gab es eine Tänzerin, eine Polizistin, eine geschiedene Frau aus Toledo, die einen Sohn hatte, der älter war als ich. Es gab viele, viele wunderbare Frauen, jede Form, jede Größe, jede politische Partei einschließlich der Kommunisten war vertreten, und ich schlief mit ihnen allen. Ich war vielleicht kein ausgesprochener Feger, aber auch kein Waschlappen, und ich hatte in meinem Leben mit einer Menge Frauen geschlafen. Aber noch nie mit einer Frau wie Veronica Ashland.

Als wir nackt waren, auf meinem ungemachten Bett, und uns gegenseitig hektisch streichelten, öffnete sie das versiegelte Päckchen, das sie in meiner Schublade fand, das Päckchen, das ich aus Bissonettes Liebeskästchen gestohlen hatte, und ließ das Kondom im Mund verschwinden. Mit den Zähnen streifte sie es mir über und ließ an der Spitze genau das richtige Maß an Spielraum. Dann war sie wie ein wildgewordener Leopard auf mir, drückte mir die Handfläche auf das geschwollene Auge, biß mir in den Hals, in die Brust, leckte meine Brust, meine Ohren, drückte und biß so fest, daß ich schrie. Sie hatte einen schlanken, geschmeidigen Körper, der wie ein Traum auf alles reagierte, ihre Brüste waren klein und spitz und heiß, und in sie einzudringen war wie in ein Glas mit elektrischem Honig einzudringen, so süß, so wild. Sie beugte sich vor und warf sich zurück, biegsam wie eine Weidenrute, zerrte schmerzhaft an meinen Haaren und gab mir saugende Küsse. Sie kam schnell und heftig, und das Beste war, daß sie erneut kam, wieder und wieder. Ich wußte, daß sie es war, nicht ich, und gab mir Mühe, Schritt zu halten, doch sie war mir immer einen Moment voraus. Ich stöhnte beim Orgasmus, und sie heulte mit zurückgeworfenem Kopf wie eine Löwin. Dann vergrub sie ihr Gesicht an meinem Hals und schnurrte. Sie klang wie eine zufriedene Hauskatze, die sich um einen soeben leergeschleckten Milchnapf drapiert.

Unwillkürlich fiel mir bei diesem Laut eine Frage ein: »Du hattest eine Kiste mit Katzenstreu in deiner Wohnung.«

»Ja«, sagte sie.

»Aber keine Katze«, sagte ich. »Das war deine Katze, die der Grieche umgebracht hat, nicht?«

»Ja, es war meine.«

»Aber du hast so getan, als liege dir nichts an der Katze, nur an der Schweinerei.«

»Es war nur eine Katze«, sagte sie mit abfälligem Lachen.

»Aber ich weiß, wie Frauen mit Katzen sind, die Katzen sind wie Babys für sie, wie Kinder. Die Katze hat irgendein Wehwehchen, und sie werden verrückt. Aber du läßt mich deine tote Katze in eine Einkaufstüte von Strawbridge stecken und in den Müllschlucker werfen, ohne eine Träne zu vergießen.«

»Wie hätte ich mich denn benehmen sollen?«

»Traurig, verzweifelt, in Tränen aufgelöst. Andere Frauen hätten das getan.«

»Ich bin nicht wie andere Frauen.«

»Nein, das bist du nicht«, sagte ich. »Du bist das kälteste Weibsstück, das ich je kennengelernt habe«, sagte ich, und wie eine Beschwörung, die aus dem tiefsten Dunkel der Geschichte vom Vater auf den Sohn weitergegeben wird, ließen diese Worte mich sofort wieder hart werden. Ich warf mich heftig herum, drückte sie auf das Bett, drang gewaltsam in sie ein, hielt ihr die Arme über dem Kopf fest, biß ihr in den Hals, wie sie mich gebissen hatte, saugte an ihren Brustwarzen, als sie das verlangte, und auch, als sie mir sagte, ich solle aufhören, brachte sie zum Weinen, wie keine Katze sie zum Weinen gebracht hatte, und sie kam in wahren Strömen.

Es war der beste Sex, den ich je hatte, besser, als ich ihn mir je erträumt hatte; und ganz gleich, unter welcher Bedrohung ich stand und wie hoch der Preis war, ich wollte mehr davon.

TEIL III

Zeugen der Anklage

21

Prescott stand vor den potentiellen Geschworenen, ein Klemmbrett in der Hand, und stellte auf seine gebieterische Art Fragen. Es waren vierzig Personen, die wie Kirchgänger in ihren Bänken die Sitzreihen des Gerichtssaals füllten. Aus dieser Gruppe, die Richter Gimbels Gerichtsdiener aus dem Geschworenenzimmer gerufen hatte, würden die zwölf Geschworenen und zwei Ersatzleute für den Prozeß *United States vs. Moore und Concannon* ausgewählt werden. Prescott hatte beantragt, die Geschworenen selbst befragen zu dürfen, und Richter Gimbel hatte ihm dies grollend zugestanden. Wenn man ihn danach gefragt hätte, hätte Prescott gesagt, er prüfe diese potentiellen Geschworenen, um eine faire und unvoreingenommene Jury zusammenzustellen. In Wirklichkeit führte er klammheimlich schon vor dem Prozeß Argumente ein und versuchte, die Geschworenen zu finden, die am unfairsten und am meisten für Jimmy Moore und Chester Concannon eingenommen sein würden. So funktioniert das bei einem Prozeß. Die Anwälte beider Seiten spicken die Jury mit Vorurteilen, die für ihre Mandanten günstig sind, in der Erwartung, daß diese Manipulationsversuche sich gegenseitig aufheben. Das ist der Grund, warum nicht wenige Geschworene Nervenzusammenbrüche erleiden.

Mein Platz war am Ende des Verteidigertisches neben Chester Concannon, der mit geradem Rücken und gefalteten Händen neben mir saß. Jimmy saß am anderen Ende. Unmittelbar hinter uns saßen drei helläugige, flotte Anwälte nebeneinander, das Prozeßteam von Talbott, Kittredge und Chase, das Prescott assistierte. Madeline war im Büro zurückgeblieben, um Recherchen anzustellen. Das Team machte sich hektisch kritzelnd Notizen und konferierte flüsternd mit einem großen, bärtigen Mann, der extrem unter Schuppen litt und, wie man mir sagte, ihr Jury-Experte war, ein Mann namens Bruce Pierpont. Trotz wiederholter Versprechungen Prescotts und zahlreicher Anfragen hatte ich Pierponts Bericht noch immer nicht gesehen. Ab und an beugte einer der Anwälte von Talbott und Kittredge sich vor und flüsterte Moore etwas zu, und dann nickte er mit einem Gesichtsausdruck äußerster Rechtschaffenheit. Ich fragte mich, wie lange Prescott mit ihm geübt hatte, um diesen Ausdruck richtig hinzukriegen. Mir flüsterten die Anwälte von Talbott und Kittredge nie etwas zu. Nur daran, daß wir im Gerichtssaal nebeneinander saßen, war zu erkennen, daß wir auf der gleichen Seite standen. Das war Prescotts Idee gewesen. »Es soll nicht so aussehen, als hätten wir uns gegen Eggert zusammengetan«, hatte er gesagt, und so hielten Chester und ich Distanz.

Näher an den Geschworenenbänken befand sich der Tisch der Staatsanwaltschaft, an dem Eggert und ein stämmiger älterer Mann mit großen Händen und Stiernacken saßen und die Regierung vertraten. Der Stiernacken trug einen blauen Blazer, und sein Haar war überkorrekt frisiert; er war das Abziehbild des Mannes, der sein Steak blutig mag. Er war der FBI-Agent, der für diesen Fall zuständig war, Special Agent Stemkowski. Einmal, mitten in der Auswahlprozedur, ließ er seine Fingerknöchel so laut knacken, daß es sich anhörte wie Schüsse.

Richter Gimbel saß hoch oben auf der Richterbank und beugte den haarlosen Kopf über Dokumente, die offensichtlich nichts mit diesem Prozeß zu tun hatten. Er war ein vielbeschäftigter Mann, unser Richter Gimbel, und man konnte nicht von ihm erwarten, daß er sich auf einen so routinemäßigen Vorgang wie Prescotts Vorvernehmung der Geschworenen konzentrierte.

»Wie Sie vielleicht wissen«, sagte Prescott zu der gesamten Gruppe potentieller Geschworener, »ist einer der Angeklagten in diesem Fall ein Staatsdiener, ein Stadtrat. Der andere Angeklagte ist der Assistent des Stadtrats. Glaubt jemand von Ihnen, daß Staatsbedienstete wie der Stadtrat hier gewohnheitsmäßig korrupt sind?«

Keine Reaktion.

»Nun, meine Damen und Herren, ich bin auf Ihre Aufrichtigkeit angewiesen. Sagt irgendeiner von Ihnen, wenn er einen Staatsbediensteten wie meinen Mandanten sieht, einen Stadtrat, der von der Regierung bezahlt wird, sagt einer von Ihnen dann bei sich, der hat irgendwie Dreck am Stecken?«

Noch immer keine Reaktion. Prescott lächelte freundlich, schaute auf sein Klemmbrett nieder, fuhr mit dem Finger die Liste der Geschworenenvorladungen entlang und blickte wieder auf. »Mrs. Emily Simpson.«

Eine ältere Frau hob die Hand, dünn, bleich gepuderte Haut, aufgeplusterte Frisur, Brillengläser, hinter denen ihre Augen aussahen, als zwinkere sie.

»Mrs. Simpson, sind Sie berufstätig?«

»Ja. Ich arbeite an der Kasse eines Discountladens.«

»Also zahlen Sie natürlich Steuern.«

»Natürlich.« Mrs. Simpsons Hand umklammerte die Tasche auf ihrem Schoß.

»Glauben Sie, daß das Geld, das Sie in Form von Steuern bezahlen, gut angelegt wird?«

»Insgesamt? Nein«, sagte sie und sah sich beifallheischend unter den anderen potentiellen Geschworenen um.

»Warum nicht?«

»Die Politiker hören nicht auf uns, sie hören nur auf die Reichen, die Leute, die das Geld haben, um ihnen zu helfen.«

»Sie sagen also, Mrs. Simpson, daß die meisten Politiker käuflich sind.«

»Ja, so ungefähr.«

»Sonst noch jemand? Wie viele von Ihnen glauben, daß Politiker insgesamt im allgemeinen skrupellos und leicht käuflich sind und sich bezahlen lassen?«

Mrs. Simpson hob zögernd die Hand und sah sich nach Unterstützung um. Die Frau neben ihr, mit groben Gesichtszügen und würdevoll schiefgeneigtem Kopf, lächelte Mrs. Simpson zu und hob ebenfalls die Hand, dann noch ein Mann in der ersten Reihe, gedrungen und mit dickem Hals; eine weitere Hand folgte, und bald hatte die große Mehrheit der potentiellen Juroren die Hände gehoben.

Ich sah Eggert an. Er nickte, als vertrete Prescott seine Sache.

»Und warum ist das so?« Prescott schaute wieder auf sein Klemmbrett. »Mrs. Lanford?«

Die würdevolle Dame neben Mrs. Simpson sagte: »Ja, das bin ich.«

»Warum glauben Sie, daß Politiker so leicht käuflich sind?« fragte Prescott.

»Weil sie gierig sind.«

»Und was glauben Sie, wohin das Geld geht, Mrs. Lanford, das Geld, mit dem sie gekauft werden?«

»In ihre Taschen«, sagte Mrs. Lanford. »Schnurstracks in ihre eigenen Brieftaschen.«

»Diejenigen von Ihnen, die sagten, daß Politiker oft käuflich sind – denken Sie das alle?«

»Nein«, sagte ein Mann im Hintergrund mit ordentlich geschnittenem grauem Haar, der an seinem bürofreien Tag ein Polohemd trug.

Prescott ging die Namen auf seiner Liste durch. »Mr. Roberts, richtig? Wohin denken Sie, daß das Geld geht?«

»In ihre Wahlkampagnen«, sagte er. »Sie machen ständig Wahlkampf. Anscheinend ist jedes zweite Jahr irgendeine Wahl.«

»Glauben Sie, daß die Politiker daran schuld sind, daß sie um Geld bitten müssen?« fragte Prescott.

»Wahrscheinlich nicht«, sagte Roberts. »Ich meine, am Ende stimmen wir für den, der am häufigsten im Fernsehen Werbung gemacht hat, also sind wir genauso daran schuld wie alle anderen.«

»Ist irgend jemand hier der Meinung, daß Politikern nicht erlaubt sein sollte, Spenden für ihren Wahlkampf zu sammeln?«

Es hob sich keine Hand.

»Darauf werde ich Sie jetzt alle festlegen. Sie sagen mir, Sie glauben alle daran, daß Politiker um Spenden für ihren Wahlkampf bitten dürfen, daß solche Bitten genau das sind, was das System von Politikern wie meinem Mandanten fordert.«

Ehe irgendwer antworten konnte, stand Eggert auf und sagte mit seiner schrillen Stimme: »Einspruch, Euer Ehren. Mr. Prescotts Auswahlverfahren artet mal wieder zu einem Vortrag aus.«

»Mr. Prescott, wir brauchen keinen Kurs in Staatsbürgerkunde«, sagte Richter Gimbel. »Kommen Sie zum Ende.«

»Ich bin fast fertig, Euer Ehren«, sagte Prescott.

»Dafür wären wir Ihnen dankbar«, sagte der Richter.

»Nun, wie viele von Ihnen haben ein eigenes Geschäft?«

Einige wenige Geschworene hoben die Hand. Prescott zog wieder sein Klemmbrett zu Rate. »Mr. Thompkins, welche Art von Firma haben Sie?«

»Einen Copyshop«, sagte ein dünner, kahl werdender Schwarzer mit extrem langen Fingern.

»Wer kümmert sich jetzt darum?«

»Meine Angestellten. Ich habe einen stellvertretenden Geschäftsführer.«

»Nun, Mr. Thompkins, wenn Ihr Geschäftsführer, während Sie abwesend sind, etwas falsch machen würde, wären Sie dann dafür verantwortlich?«

»Wenn er einen Job vermasseln würde, sicher. Ich stehe für alles gerade, was aus meinem Laden kommt.«

»Angenommen, er täte in Ihrer Abwesenheit etwas Illegales. Angenommen, er würde ohne Ihr Wissen anfangen, Falschgeld herzustellen. Wären Sie trotzdem verantwortlich?«

»Keinesfalls.«

»Glaubt irgend jemand, Mr. Thompkins sollte strafrechtlich verantwortlich sein, wenn sein Geschäftsführer anfangen würde, in seinem Copyshop Falschgeld herzustellen?«

Prescott musterte die potentiellen Geschworenen und nickte zufrieden, als sich keine Hand hob. »Das denke ich nämlich auch nicht«, sagte Prescott. »Sie sind entlastet, Mr. Thompkins. Ich danke Ihnen vielmals für Ihre Zeit. Ich bin sicher, Sie werden alle hervorragende Geschworene sein.« Prescott setzte sich wieder an den Verteidigertisch und steckte mit Moore, seinem Prozeßteam und dem bärtigen Jury-Experten die Köpfe zusammen.

Richter Gimbel legte seinen Stift nieder und sah mich direkt an. »Mr. Carl«, sagte er, »haben Sie irgendwelche Fragen an die Geschworenen?«

»Könnten Sie mir einen Augenblick Zeit geben, Euer Ehren?« fragte ich.

Während die vorgeladenen potentiellen Geschworenen noch im Gerichtssaal saßen, wandte ich mich leise dem Beratungsgetümmel von Talbott und Kittredge zu. »Mr. Prescott«, sagte ich. »Könnte ich bitte mit Ihnen sprechen?«

Er preßte die Lippen zusammen und sagte: »Lassen Sie uns für einen Moment hinausgehen, ja?«

Ich folgte ihm aus dem Gerichtssaal, vorbei an den Reihen der möglichen Juroren, der Presse, den notorischen Gaffern, alten Männern, die sich im Gericht herumtrieben und ihren Ruhestand mit kostenloser Unterhaltung füllten. Als wir draußen auf dem langen, cremefarbenen Flur standen, hob Prescott das Kinn und schaute sehr direkt und streng auf mich herunter.

»Diese letzten Bemerkungen, Mr. Prescott, Sir«, sagte ich. »Die Fragen über den Fälscher. Ich muß zugeben, daß sie mir einige Sorgen machen.«

»Taten sie das?« sagte er etwas verwirrt.

»Ja, Sir. Es sah aus, als hätten Sie da vielleicht angedeutet, daß ein Untergebener und nicht ein Vorgesetzter hier die verantwortliche Partei ist.«

Prescott schaute auf mich nieder, und seine Augen blickten ganz unschuldig. »Das war nur eine Befragung der Geschworenen, Victor.«

»Es macht mir trotzdem Sorgen, Sir.«

»Gehen wir auf die Herrentoilette«, sagte er. »Nutzen wir die Pause.«

Die Herrentoilette war gleich ein Stück weiter den Flur hinunter, und ich fand mich in der unangenehmen Position wieder, neben Prescott an den Urinalen zu stehen. Er war ein strenger, förmlicher Mann, nicht der Typ, so hatte ich gedacht, der plaudert, während er seinen Schwanz in der Hand hält, doch ich hatte mich geirrt.

»Ich habe in diesen Gerichtssälen mehr als fünfzig Fälle verhandelt, Victor«, sagte er beim Pinkeln. »Und im Laufe dieser Prozesse habe ich ein bißchen was darüber gelernt, wie man einen Fall gewinnt. Ich habe stundenlang mit unserem Jury-Experten daran gearbeitet, wie man Geschworene befragt, an meinen Argumenten, an der Präsentation unseres Materials. Alles, was ich in diesem Prozeß mache, ist vorher von den besten Köpfen bei Talbott und

Kittredge geprüft worden, jede Frage an die Jury ist mit wissenschaftlicher Genauigkeit so ausgetüftelt, daß sie die bestmögliche günstige Wirkung für unsere Mandanten hat. Diese Frage nach der Fälschung war im Sinne unserer gesamten Verteidigung. Im Unterschied zu dem Fälscher, der das System betrügt, haben diese Männer sich nicht außerhalb der Erfordernisse des Systems gestellt. Sie haben nur getan, was das System nötig machte. Gerade diesen Gegensatz wollte ich zum Ausdruck bringen.«

Während seiner ganzen Rede bemühte ich mich, nicht nachzusehen, wie er ausgestattet war. Prescott hatte etwas an sich, das mich zu vergleichen zwang, auch wenn ich dabei immer den kürzeren zu ziehen schien. »Ich glaube, jetzt verstehe ich, Sir«, sagte ich.

Er schüttelte sich kurz ab, zog seinen Reißverschluß hoch und ging zu den Waschbecken an der anderen Wand. Ich tat dasselbe. Aus dem Spiegel starrte er mich an, und seine Augen wurden kalt. »Ich bin hier mitten in einem Kampf mit Eggert, Victor. Ich kann es mir nicht leisten, Ihnen jede Wendung zu erklären. Wenn Sie ein bißchen mehr Erfahrung haben, werden Sie vielleicht verstehen, was ich tue, aber im Augenblick brauchen Sie einfach nur genug Vertrauen zu mir haben, um mir nicht in den Weg zu kommen. Ihre Anweisungen sind doch klar, nicht?«

»Ja, Sir«, sagte ich wie ein getadelter Schuljunge.

Er drehte den Wasserhahn auf und begann sich die Hände zu waschen. Ich tat es ihm nach. »Also, ich möchte nicht, daß Sie den Geschworenen irgendwelche Fragen stellen«, sagte er. »Ich habe sie genau da, wo ich sie haben wollte, und Sie können sie nur in die falsche Richtung bewegen. Und ich will nicht, daß Sie sich in den Auswahlvorgang einmischen, ich werde Ihnen sagen, wie Sie Ihr Ablehnungsrecht zu verwenden haben, und jede Einrede in dieser Sache werden Sie mir überlassen. Was ich von Ihnen brauche, Victor, was ich haben muß, ist Ihr absolutes Vertrauen zu mir. Können Sie mir das geben, junger Mann?«

»Ja, Sir.«

»Halten Sie die Augen offen, Victor«, sagte er und grimassierte in den Spiegel. Er strich sich mit den Handflächen das Haar an den Schläfen glatt. »Sie können ungeheuer viel lernen. Übrigens, die Bishops sind von Ihrer bisherigen Arbeit entzückt.«

»Ich habe noch nicht viel getan.«

»Nun, sie sind jedenfalls hingerissen. Und da kommt noch mehr, das verspreche ich Ihnen. Lassen wir den Richter nicht warten. Die alte Gans haßt das.«

Seite an Seite wie Waffenkameraden verließen wir die Toilette, marschierten den Gang entlang, öffneten die Türen des Gerichtssaals und gingen zurück an den Tisch der Verteidigung.

»So, Mr. Carl«, sagte Richter Gimbel. »Sind Sie jetzt soweit?«

Irgend etwas ließ mich zögern. Vielleicht war es der Ausdruck beleidigter Unschuld in Prescotts Augen. Er war weder unschuldig noch leicht zu beleidigen. Aber ich starrte auf den gelben Notizblock vor mir, auf den ich ein paar elementare Fragen an die Geschworenen notiert hatte, und wußte, daß ich seinen Anweisungen folgen würde. Die meisten meiner Fragen waren bereits vom Richter gestellt worden, es waren Formfragen aus einem Prozeßhandbuch, mit dem ich über das Wochenende gearbeitet hatte. Keine davon war mit wissenschaftlicher Genauigkeit auf die bestmögliche Wirkung für unsere Verteidigung ausgerichtet. Außerdem hatte Prescott recht, ich hatte meine Anweisungen.

Ich beugte mich zur Seite und sprach mit Chet Concannon, nur, um sicher zu sein. Als wir zu Ende geflüstert hatten, lächelte er mich beruhigend an. Ich stand auf und sagte: »Ich habe keine Fragen, Euer Ehren.«

22

Wir waren gerade bei der eigentlichen Auswahl der Geschworenen – vielleicht sollte ich sagen, daß Prescott und sein Experte dabei waren –, als ich Morris Kapustin erblickte, der den Gerichtssaal betrat. Er sah, daß ich ihn bemerkte, und winkte. Ich nickte unauffällig. Morris war an diesem Tag besonders schäbig gekleidet, seine Anzugjacke paßte nicht zur Hose, sein weißes Hemd war oben aufgeknöpft und ließ ein ausgeblichenes seidenes Unterhemd sehen. Ich hoffte, daß vielleicht niemand die Verbindung zwischen uns bemerkt hatte, aber einer aus dem schlauen jungen Team von Talbott und Kittredge, der blonde, milchgesichtige Mann mit einem Namen wie Bert oder Bart und einer perfekten kleinen Nase, hatte sie mitbekommen. Ich konnte das Grinsen nicht übersehen, mit dem er sich vorbeugte und etwas zu Prescott sagte, der sofort herumfuhr und sich umsah. Ich wandte mich verlegen ab. Als ich es unbemerkt tun konnte, gab ich Morris ein Zeichen, auf mich zu warten. Er setzte sich in die hinterste Bank und begann sofort mit einem der Gaffer zu reden, einem alten Mann in karierter Hose.

Nachdem die Befragung beendet war, war die Auswahl der Geschworenen eine nahezu mathematische Prozedur. Alle vierzig Namen standen in der Reihenfolge der Wahl auf unseren Jurybögen. Der Richter räumte jedem der Angeklagten fünf Ablehnungsmöglichkeiten ein, mit denen wir jeden potentiellen Geschworenen, der uns aus welchen Gründen auch immer nicht paßte, aus der Jury werfen konnten. Die Anklage hatte ihrerseits sechs Ablehnungsmöglichkeiten, und nachdem der Richter sieben Juroren aus der Gruppe entfernt hatte, weil er sie für unangemessen voreingenommen für die eine oder andere Seite hielt, darunter auch Mrs. Lanford, die gesagt hatte, sie glaube, alle Politiker nähmen Geld und steckten es ein, begannen wir mit der Auswahl. Zuerst Eggert, dann Prescott, dann ich auf Prescotts Anweisung entließen potentielle Geschworene. Die entlassenen Geschworenen wurden einer nach dem anderen von unserer Liste gestrichen, und dann rechneten wir nach, wer dabeisein würde. Am Ende hatten wir eine vorwiegend männliche Jury, wie Bruce Pierpont, der Experte, vorgeschlagen hatte; zu ihr gehörten Mr. Thompkins, der Mann mit dem Copyshop, Mr. Roberts, der Mann, der glaubte, die Wähler würden die Politiker zwingen, um Geld zu bitten, Mrs. Simpson, die glaubte, der Kauf von Staatsdienern sei ein natürlicher Bestandteil des politischen Prozesses, und ein gewisser Mr. Rollings, der zehn Jahre in einem Lagerhaus in North Philly Wachmann gewesen war. Als die Auswahl beendet war, musterte Prescott die Jury, beriet sich mit seinem Experten und nickte zustimmend.

»Einleitende Erklärungen morgen früh zehn Uhr«, sagte Richter Gimbel. »Und dann der erste Zeuge der Anklage. Das Gericht vertagt sich.«

Ich wartete, bis Prescott und Eggert mit ihren jeweiligen Teams den Gerichtssaal verließen, ehe ich meine Aktentasche packte und zu Morris hinüberging, der noch immer mit dem alten Mann plauderte, neben den er sich gesetzt hatte.

»Ich hatte nicht erwartet, Sie hier zu sehen, Mr. Kapustin«, sagte ich ein wenig streng.

»Ach, Victor, ich möchte Sie mit Herm Finkelbaum bekannt machen. Herm, das ist mein Anwaltsfreund Victor Carl. Herm hat früher drüben in der Vierundvierzigsten Straße Spielzeug verkauft, und jetzt verbringt er seine Zeit hier im Haus mit Zuschauen.«

»Erfreut, Sie kennenzulernen, mein Junge«, sagte Herm. Sein Gesicht schien in sich zusammengefallen, wo einst seine Vorderzähne gewesen waren, und er hatte ein Loch im Kopf, von einer dünnen Haut bedeckt, durch das ich das schwache Pulsieren seines Blutes sehen konnte. »Sie vertreten diesen Concannon, nicht?«

»Richtig.«

»Passen Sie auf Ihren Hintern auf, Junge. Eggert ist ein Tiger.«

»Was hab ich dir gesagt, Herm, du hast nicht zugehört, oder?« sagte Morris. »Dieser Victor ist kein Schwächling, nicht so wie ein paar *schlakse*, die hier herumlaufen. Dein Mr. Eggert hat es da mit seinem eigenen kleinen Tiger zu tun.«

»Ich habe Eggert nie verlieren sehen«, sagte Herm. »Ich hab ihn noch nicht mal jemals schwitzen sehen.«

»Er wird schwitzen wie ein Chassid in Miami, bis Victor mit ihm fertig ist. Du wirst mir berichten, wenn es nicht so ist, Herm. Ich wette mit dir um eine Portion Pastrami.«

»Bei Ben's?« fragte Herm.

»Wo denn sonst? Bei McDonald's?«

»Mit russischem Dressing?«

»Nein, mit Mayonnaise auf Weißbrot. Was glaubst du, wie ich Pastrami esse?«

»Die Wette gilt, Morris.«

»Herm, du sagst Ben, daß das Sandwich, das du kaufst, für mich bestimmt ist, und er wird es extra dick belegen, so, wie ich's gern habe. Und jetzt laß uns mit diesem ganzen Gerede über Essen aufhören, es macht mich *meschugge*. Kommen Sie, Victor, wir haben etwas zu besprechen.«

Ich wollte Morris aus dem Gerichtssaal folgen. Da faßte Herm Finkelbaum, der pensionierte Spielzeugverkäufer aus der Vierundvierzigsten Straße, mich am Arm und sagte: »Ich werde Sie im Auge behalten, mein Junge. Ja, das werde ich.«

Als wir auf dem weißen, linoleumbelegten Flur des Gerichtsgebäudes allein waren, sagte Morris: »Die Dame in Ihrem Büro, die am Empfangstisch, sagte mir, Sie würden hier sein.«

»Rita.«

»Ja. So ein nettes Mädchen, sehr hilfreich.«

»Rita?«

»Sie gab mir dies für Sie.« Er griff in seine Manteltasche und zog einen rosa Notizzettel heraus, der einmal zusammengefaltet war.

Ich öffnete und las ihn und lächelte.

»Gute Nachrichten, hoffe ich«, sagte Morris.

»Für mich wenigstens«, sagte ich.

»Ich hoffe, es ist in Ordnung, daß ich in den Gerichtssaal gekommen bin«, sagte Morris. »Aber ich hatte Neuigkeiten für Sie. Windward Enterprises war genau richtig. Ihre Freundin, wie hieß Sie noch?«

»Beth.«

»Beth. So ein kluges Mädchen. Sie hatte völlig recht. Vielleicht sollte sie Ihnen bei diesem großen Prozeß vor dem Bundesgericht helfen.«

»Das tut sie ja.«

»Sehen Sie, Sie haben auch Grips. Gut. Vielleicht gewinnen Sie diesen großen Prozeß ja am Ende doch. So, und nun sehen wir mal.« Er setzte seine Brille auf, zog sein schmuddeliges Notizbuch hervor und fing an, die Seiten durchzublättern. »Frederick Stocker hatte eine Zweitwohnung unten an der Küste, Ventnor, an der Bucht. So ein vornehmes Ding mit Säulen und Glas. Seine Frau hat es verkauft, als er verschwand. Sie hatte natürlich nichts, nur dieses Haus an der Küste und eine Hypothek auf ihrer Wohnung in Gladwyne. Sie sagte mir, sie weiß nicht, wo er ist, und ich glaube ihr aus einem sehr guten Grund.«

»Sie haben mit ihr gesprochen?«

»Wie sonst findet man jemanden? Reden Sie mit den Leuten, Victor, Sie könnten was dabei lernen. Sie war eine ziemlich zornige

Dame, diese Mrs. Stocker, was man natürlich verstehen kann, sehr, sehr zornig. Sie hat einen verkniffenen kleinen Mund, ganz schmal, und hat dauernd nervös die Finger verschränkt, und nachdem ich mit ihr geredet habe, glaube ich zu wissen, warum dieser Frederick Stocker verschwunden ist.«

»So schlimm?«

»Sie können es sich nicht vorstellen. Eine richtige Xanthippe. Diese Frau könnte saure Gurken ohne Essig einlegen. Sie sagte, er hatte ein Boot. Nannte es *The Debit.* Schlauer Name für einen Buchhalter, der gleichzeitig ein Dieb ist, finden Sie nicht? Eine Zehn-Meter-Schaluppe. Was eine Schaluppe ist, könnte ich Ihnen auch dann nicht sagen, wenn Sie *klopt mein kop* mit einem Anker, aber das war es, eine Schaluppe. Sie sagte, er habe mehr an dem Boot gehangen als an ihr. Ich hasse Boote, ich würde für mein Leben keins mehr betreten, aber unter uns gesagt, ich kann ihn verstehen. Ich vermute, daß dieser Dieb Stocker sein Boot verkauft und ein anderes gekauft hat und irgendwo herumsegelt und sich freut, daß er auf seinem Boot ist und seine Frau nicht.«

»So ist das also. Er ist irgendwo auf hoher See.«

»Ja, so ist das, aber wer kann schon ewig draußen bleiben, ohne an Land zu gehen? Im Oktober wird es auf See allmählich kälter, der Dieb Stocker wird einen Hafen suchen, wo er anlegen kann, ein bißchen *kiebitzen*, etwas von dem Geld ausgeben, das er gestohlen hat. Meine Vermutung, Victor, aber das ist nur eine Vermutung, ist, daß er irgendwo, wo es warm ist, auf seinem Boot sitzt und Schnaps trinkt.«

»Da ist also nichts zu machen, oder?«

»Nur die Ruhe. Sie haben Morris Kapustin angeheuert. Morris Kapustin wird entscheiden, wann nichts mehr zu machen ist. Es gibt immer Möglichkeiten, sich weiter umzusehen, etwa die Hafenregister von Jachthäfen.«

»Davon muß es Tausende geben. Wie wollen Sie alle Jachthäfen im Land überprüfen?«

»Per Computer, wie sonst? Ach, überlassen Sie es mir, ich werde tun, was ich kann. Ich habe das schon einmal probiert, als ich ein Boot suchte.«

»Und, hat es funktioniert?«

»Wenn es einmal nicht funktioniert hat, warum sollte ich es nicht weiter versuchen? Mein Sohn, der Computerfreak. So ein *schaz*, er versucht, das Geschäft an die neue Welt anzuschließen, und wer bin ich, ihn daran zu hindern? Er versteht sich auf Maschinen, Computer, Autos, in den Schulferien im Sommer hat er als Schlosser gearbeitet. Ich, ich verstehe mich auf Menschen. Von Menschen können Sie Dinge lernen, von denen Computer nicht mal träumen können. Aber natürlich, um ein einzelnes Boot im ganzen Atlantik oder Pazifik zu finden, dazu brauchen Sie einen Computer. Ach, übrigens, Victor, *bubele*, das ist für Sie.«

Er steckte sein Notizbuch wieder ein und griff tief in eine seiner Hosentaschen. Er nahm den schweren goldgrünen Chip mit dem Eberkopf heraus und warf ihn mir zu. Ich ließ meine Aktentasche fallen, als ich ihn fangen wollte. Ich verfehlte ihn, und er kreiselte über den Fußboden. Ich lief hinterher.

»Ein Basketballspieler waren Sie nicht, das sieht man«, sagte Morris mit einem tiefen Lachen, als ich auf den rollenden Chip trat und ihn aufhob.

»Ich war ganz gut«, sagte ich.

»Jetzt habe ich Sie gekränkt, das tut mir leid. Sie waren ein richtiger Michael Jordan, das sehe ich jetzt. Wie mir das entgehen konnte, weiß ich nicht. Im College waren Sie baumlang, aber die Jahre waren hart, Sie sind geschrumpft. Ich auch. Das passiert.«

»Was haben Sie über diesen Chip herausgefunden?«

»Das ist ein ganz besonderer Chip. Ich habe mich erkundigt. Yitzhak Rabbinowitz, der Steuerberater. Pearlman und Rabbinowitz, vielleicht haben Sie von denen gehört? Nun, es stellt sich heraus, daß Yitzhak – seinen Großvater kannte ich ebenfalls, wenn er auch kein Prinz war wie der Schuhmacher Abe Carl –, also es stellt sich heraus, daß Yitzhak für gewisse private Organisationen arbeitet. Ich habe ihm den Chip gezeigt, und er hat mir sofort gesagt, was das ist. Sonderanfertigung für einen Herrenclub in Südphiladelphia. Ich habe Ihnen die Adresse aufgeschrieben. Sie spielen dort fast jede Nacht mit diesen Chips Poker. Aber es ist kein Club, in den man einfach reingehen kann, Victor. Es ist ein sehr privater Club. Ich denke, Sie sollten diesen Chip vielleicht vergessen.«

»Welche Art von Club?«

»Wie soll ich sagen? Es ist ein Club für Pensionisten, *alte kockers*, und die waren nicht alle Gemüsehändler auf dem italienischen Markt, verstehen Sie? Ein Club für pensionierte Mafiosi, für alte Gangster. Ein gefährlicher Ort mit gefährlichen Männern, kein Platz für einen netten jüdischen Jungen wie Abe Carls Enkel.«

Bevor ich Südphiladelphia einen Besuch abstattete, nahm ich die I-95 nach Chester und folgte dann den Anweisungen, die man mir gegeben hatte, zu einer rissigen Industriestraße, die vor einem grauen Wohnwagen mit grellem Neonschild darüber endete, auf dem stand: PETE'S YARD: ABSCHLEPPEN, LAGERUNG & REPARATUREN. SPEZIALISIERT AUF OLDTIMER. Von dem Wohnwagen ging ein Maschendrahtzaun aus, mit Stacheldraht gekrönt, der eine Fläche von mehr als einem Morgen einfaßte, und auf diesem Morgen standen Autos. Viele Autos. Glänzende und zerschrammte und neue und solche ohne ein einziges Rad, geparkt in langen Reihen hinter dem Wohnwagen. Für einen Autofan wären vielleicht die bloße Zahl und Vielfalt aufregend gewesen. Für mich nicht. Ich hatte mir nie viel aus Autos gemacht. Ich nahm an, wenn ich das Geld hätte, würde ich mir ansehen, welchen BMW alle anderen fuhren, und mir dann einen kaufen, der eine Nummer größer ist. Bis dahin würde ich fahren, was ich mir leisten konnte, und das war mein sieben Jahre alter Mazda compact, zugelassen auf die vorstädtische Adresse meines Vaters, um Versicherungskosten zu sparen.

Ich parkte vor dem Wohnwagen. Drinnen saß eine junge Frau hinter einer Trennscheibe aus Plexiglas und las eine Zeitschrift. Über ihr hing ein weiteres Schild: *Abschleppen $ 50. Unterstellen $ 10 pro Tag. Schecks werden nicht akzeptiert. Bei Abholung sind alle Gebühren zu begleichen. Bitte halten Sie Fahrzeugpapiere und Ausweis bereit.*

»Ich bin wegen eines Wagens hier«, sagte ich.

»Das ist fein«, sagte sie, ohne aufzublicken, »wir sind nämlich keine Reinigung.«

Sie war niedlich auf eine etwas kellerkindmäßige Art, und ihre Bemerkung war ziemlich schlagfertig gewesen. Unwillkürlich fragte ich: »Kenne ich Sie?«

»Zulassungsnummer?« sagte sie unbeteiligt. Ich entschied hier und jetzt, daß ich mir einen besseren Spruch einfallen lassen mußte.

»Ich bin wegen eines für das Büro des Sheriffs beschlagnahmten Wagens hier«, sagte ich und las dann von dem rosa Zettel ab. »Nummer 37984.«

Sie sah eine Akte durch und suchte nach den Papieren. »Ach, Sie sind das, Mr. Carl«, sagte sie und lächelte plötzlich. »Pete wollte, daß ich ihn hole, wenn Sie kommen. Wenn Sie bitte eine Minute warten würden.«

Pete war ein großer Mann mit sandfarbenem Haar. Unter seinem Hosengürtel wölbte sich sein Bauch. Sein Schlips war locker, er war schon lose gebunden worden, und sein Jackett war ihm zu eng und spannte um die Achseln herum. Der bloße Anblick ließ mich in einem Reflex von Platzangst die Schultern bewegen. Pete war einer der Typen, die die letzten fünfzig Pfund nie akzeptiert hatten. Er reichte mir die Hand und schüttelte sie heftig. »Schön, daß Sie kommen konnten, Mr. Carl«, sagte er herzlich. »Ich wollte Ihnen persönlich zeigen, was wir für Sie abgeholt haben.«

Er führte mich hinaus auf den Hof, und ich folgte. Wir unterhielten uns, während wir an dem Autoschrott vorbeigingen, der von den Straßen von Chester County abgeschleppt worden war, Reihen und Reihen und Reihen davon.

»Der Deputy Sheriff war schon da, als wir auftauchten«, sagte Pete. »Sechs Uhr morgens. Der Morgen ist die beste Zeit, ehe jemand auf die Idee kommt wegzufahren. War ein tolles Haus, wie ein Schloß. Und ein riesiger Rasen davor, sechs Footballfelder oder so, alles eingezäunt. In der Einfahrt standen drei Autos, aber nicht das, wonach wir suchten. Und in der Garage war auch nichts. Die waren ganz scharf drauf, uns die Garage zu zeigen, also wußte ich schon vorher, daß der Wagen da nicht sein würde. Der Deputy wollte gehen, aber da war dieser riesige Rasen, völlig eingezäunt, und das war die Lösung. ›Haben Sie Pferde?‹ habe ich gefragt. Natürlich hatten sie, Mr. Carl. Bei so einem Haus. Und dann, als ich den Deputy überredete, im Stall nachzusehen, wurden sie ein bißchen zappelig.«

»Gab es da einen alten Mann?« fragte ich. »Rundes, fahles Gesicht, lange Haare, etwas abgerissen aussehend?«

»Oh, ja, der war da, murmelte vor sich hin, schrie. Man sollte doch denken, daß sie ihm die Nägel schneiden, nicht? Aber ich habe mich nicht weiter um ihn gekümmert, ich kenne das schon. Wissen Sie, diese Art Arbeit ist nicht die angenehmste. Die Leute sehen es nicht gern, wenn man ihnen die Autos wegnimmt. Die Waschmaschine, den Videorecorder, sogar die Ehefrau, fein. Aber nicht ihren Wagen. Wir tun das nur, wenn der Sheriff dabei ist, und der Sheriff tut es nur, wenn er bewaffnet ist. Andererseits kommen wir selten in Häuser wie dieses. Also gehen wir zum Stall. Natürlich sind Pferde drin, Heu, jede Menge Hafer. Riecht wie Leder und Pferdemist, wissen Sie. Kleine gelbe Papierstreifen hängen von der Decke, über und über voller Fliegen. Langsam gehen wir durch den Stall. Nichts. Ich schaue nach oben zu den Dachsparren, man weiß ja nie, nicht? Nichts.«

Er führte mich in ein großes, niedriges Gebäude mit Blechdach in der Mitte des Hofes und dann zu etwas Großem, Langem, das mit einer bräunlichen Plane bedeckt war.

»Und dann, versteckt in der letzten Box, Mr. Carl, haben wir das hier gefunden.«

Er griff nach der Plane und zog sie herunter. Ein majestätisch aussehendes Ding kam zum Vorschein, ein langes, zweisitziges Kabriolett mit goldener Motorhaube und blauen Schutzblechen vorn und hinten. Vier glänzende Auspuffrohre ragten zu beiden Seiten des Motors hervor. Es gab einen hohen, vornehmen Kühlergrill, über dem Kofferraum war ein Reservereifen befestigt, und die zarte vordere Stoßstange hatte die Form eines Kußmundes.

»Ich wußte, daß wir einen Duesenberg bekommen würden, Mr. Carl, aber offen gesagt habe ich mit irgendeinem Wrack gerechnet, nicht mit einem 1936er SJ Speedster in anständigem Zustand. Dieses Baby hat doppelte obenliegende Nockenwellen, acht Zylinder, vier Ventile pro Zylinder, einen zentrifugalen Kompressor, Pleuelstangen aus Stahlrohr.« Er hörte einen Moment zu sprechen auf und starrte den Wagen ehrfürchtig an. »Das ist mehr als ein Oldtimer, Mr. Carl. Das ist ein Kunstwerk. Eine Legende. Entworfen von Mr. Gordon Buehrig persönlich. Als der Wagen rauskam, haben Gary Cooper und Clark Gable beide ein Sondermodell bestellt. Ein Liebhaber würde eine Menge für dieses Auto bezahlen.«

»Wieviel genau?« fragte ich.

»In einwandfreiem Zustand, bei einer Autoausstellung und mit der richtigen Werbung zwischen zwei- und dreihunderttausend. Dieses Modell ist in letzter Zeit nicht gepflegt worden, es hat ein paar Roststellen, die Ledersitze sind rissig, der Motor verliert ein bißchen Öl, die Ventile müssen überholt werden. Aber es wäre durchaus der Mühe wert, etwas Geld und Zeit zu investieren, um dieses Baby auf Hochglanz zu bringen, und es dann bei einer Ausstellung zu verkaufen.«

»Wieviel würden wir bekommen, wenn wir ihn gleich versteigern ließen?«

»Solche Dinge sind schwer zu sagen, Mr. Carl. Es wäre ein Notverkauf. Da kommt es drauf an, wer erscheint. Vielleicht so vierzig-, fünfzigtausend. Aber das wäre eine Schande, Mr. Carl.«

Ich bekam noch immer fünfundzwanzig Prozent von allem, was ich Winston Osbourne abnahm. Fünfundzwanzig Prozent von den fünfzig wären zwölfeinhalb. Es war erstaunlich, wie das Geld gar nicht mehr zu fließen aufhörte, wenn es erst einmal angefangen hatte. Zwölfeinhalb.

»Verkaufen Sie ihn, Pete«, sagte ich, drehte mich um und verließ die Halle.

Er folgte mir. »Aber Mr. Carl, das wäre ein Jammer. Es würde mir eine Ehre sein, für Sie daran zu arbeiten. In sechs Monaten, Mr. Carl, wäre er in Topform. Ich verspreche es Ihnen. Ihn einfach so zum Verkauf anzubieten, wäre eine verdammte Schande.«

Ich war sicher, daß das absolut zutraf. Aber ich war nun mal kein Autofan. Für mich war das nur Stahl und Leder und Gummi und Glas. Und alles in allem waren mir die zwölfeinhalb jetzt lieber als alles andere später. »Verkaufen Sie ihn«, sagte ich im Weitergehen. Nimm das, du hochnäsiger blaublütiger Flegel. »Verkaufen Sie ihn, so schnell Sie können.«

23

Die Neunte Straße nördlich der Washington ist das Herz von Südphiladelphias italienischem Markt. An Wochenenden wird die Straße zu einer lärmenden Mischung aus Gemüseständen und Fischhandlungen und Metzgerläden mit feinen Fleischsorten, die in herrlichen rosa Reihen in den weißen, gekühlten Schaukästen liegen. Cannoli, so üppig, daß man eine halbe Stunde braucht, um sie zu essen, Hoagies, dick gefüllt mit gewürztem Speck und Provolone, in feinem Weißweinessig eingelegt und mit scharfen Pepperoni bedeckt. Frischer Tintenfisch in seiner Tinte, Prosciutto, so dünn geschnitten, daß man dadurch die Zeitung lesen kann, Okra und Bok Choy und Radicchio, Erdbeeren, so reif und süß, daß sie einem wie Blüten im Mund zerplatzen. »Bitte, meine Dame, bitte, ich suche die beste für Sie aus, das verspreche ich, die beste der Welt, die zuckersüßeste, aber bitte tun Sie, was ich sage, und schütteln Sie die Melonen nicht.« Es ist eine reizende, altmodische Straße, wenn Markttag ist, und sie kommen aus allen Stadtteilen, um die frischesten Meeresfrüchte, das feinste Kalbfleisch, die besten Erzeugnisse zu erstehen. Familien besitzen ihre Stände in der Neunten Straße seit Generationen, Giordano's Gemüse, Capuccio's Fleischerei, Anastasi's frische Meeresfrüchte. Der italienische Markt ist eine strahlende Tradition Philadelphias, ein Fest für die Sinne und der perfekte Ort, um für eine üppige Dinnerparty einzukaufen. Solange man die Melonen nicht schüttelt.

Das passierte einem Freund von mir. Wahre Geschichte. Er war an einem Samstag morgen mit seinen Eltern auf dem Markt. Ein Familienausflug. Sie waren an LiCalzi's Gemüsestand und kauften Tomaten. Die Mutter meines Freundes ist eine der Frauen, die die Melonen schütteln und die Daumen fest in die Auberginen drücken und von einem Radieschen abbeißen, ehe sie das Bund kaufen. Wenn es in der Kiste eine beste Zitrone gibt, einen besten Maiskolben, ein bestes Körbchen Erdbeeren, dann findet sie sie.

»He, Lady«, sagte der Gemüsehändler, ein großer, fetter Mann wie alle LiCalzis. »Auf dem Schild steht, daß Sie die Tomaten nicht berühren sollen. Sie sind alle gut. Sie wollen eine gute Tomate, ich gebe Ihnen eine gute Tomate. Hier, nehmen Sie die.«

»Ich suche mir selbst eine aus, danke«, sagte sie.

»He, Lady, tun Sie, was ich Ihnen sage, und hören Sie auf, an den verdammten Tomaten herumzudrücken.«

»Reden Sie nicht in diesem Ton mit meiner Frau«, sagte der Vater meines Freundes.

»Ich rede mit ihr, wie es mir gefällt«, sagte der Verkäufer und gab ihm einen Schubs.

Mein Freund schubste zurück.

»Was ist denn hier los?« sagte ein anderer, älterer LiCalzi.

»Die Lady drückt auf die Tomaten.«

»Drücken Sie nicht auf die verdammten Tomaten«, sagte der zweite Verkäufer.

»Leck mich«, sagte mein Freund.

Und da ging es los.

Der erste Verkäufer hechtete aus dem Stand, Tomaten rollten wie große, zerplatzende Murmeln auf die Straße, und er versetzte meinem Freund einen rechten Haken, der ihm den Kiefer brach. Als der Vater meines Freundes versuchte, den ersten Verkäufer von seinem Sohn wegzureißen, griff der zweite Verkäufer ihm in die Haare und fing an, sein Gesicht mit Kinnhaken zu bearbeiten, einer nach dem anderen wie ein Wrestler am Samstagmorgen im Fernsehen, wobei er ihm die Nase brach. Während des Handgemenges bekam die Mutter meines Freundes vom Ellbogen des zweiten Verkäufers einen Stoß ins Auge, der ihr das Wangenbein brach. Als der Krankenwagen meinen Freund und seine Eltern fortbrachte, die Polizei die Menge zerstreute, der Stand wieder hergerichtet, die Tomaten wieder eingeräumt und eine neue Kiste für leicht beschädigte Tomaten zum Sonderpreis aufgestellt war, wogen die großen, fetten LiCalzi-Verkäufer seelenruhig Stangensellerie für die neue Welle von Kunden ab. Mein Freund und seine Eltern erledigen jetzt alle ihre Einkäufe im Supermarkt.

Das also ist Südphiladelphia, eine charmante ethnische Enklave mitten in der Stadt, kleine, makellose Reihenhäuser, fabelhafte Restaurants, Kirchen, Sportplätze, Pat's Steaks, Gino's Steaks, zwei Bars an jeder Ecke, kleine Mädchen in braven katholischen Rökken, die rauchen, wenn sie aus der Schule nach Hause gehen, alte Leute in T-Shirts und Shorts, die auf dem Bürgersteig sitzen bis in die Nacht, den Phillies im Radio zuhören und kaltes Dosenbier trinken. Aber wenn eine Parklücke mit Klappstühlen markiert ist, nehmen Sie sie besser nicht, und wenn Schüsse aus einem vorbeifahrenden Auto die Nacht zerreißen, sollten Sie besser in die andere Richtung gehen. Und schütteln Sie auf dem italienischen Markt niemals die Melonen, denn unter der köstlichen ethnischen Vielfalt von Südphiladelphia liegt blanker Stahl.

Ich saß in meinem Wagen in der schwermütigen Dunkelheit der Siebten Straße, gleich östlich vom italienischen Markt, und beobachtete den Eingang zum Herrenclub Sons of Garibaldi. Es war eine altmodische Fassade mit Fenstern, die golden und grün angemalt waren bis auf die letzten sechs Handbreit, die das jeweilige Tageslicht einlassen sollten. Über der Tür hing ein hölzernes Schild mit dem Namen des Clubs und dem Eberkopf. Bei den bemalten Fenstern und der geschlossenen Holztür konnte man unmöglich ins Innere schauen, doch oben aus dem klaren Streifen der Fenster drang Licht, und ich sah, wie ein Schatten über die Decke glitt. Ein Mann, altersgebeugt, schlurfte die Straße entlang, blieb vor der Holztür stehen und klopfte mit dem gebogenen Griff seines Krückstocks zweimal hart an. Die Tür wurde von innen geöffnet, und der alte Mann trat ein. Die Tür schloß sich hinter ihm.

Ich saß in meinem Wagen draußen vor dem Club und versuchte, genügend Mut aufzubringen, um reinzugehen. Was ich hatte, waren ein Chip und einige Fragen über einen toten Mann, und ich überlegte mir, ob diese beiden Dinge allein ausreichen würden, um mir einen gebrochenen Kiefer, eine zersplitterte Nase oder ein gebrochenes Wangenbein einzubringen. Hinein wollte ich allerdings trotzdem. Prescott hatte mir gesagt, die Mafiaprinzessin habe mit dem geilen zweiten Baseman geschlafen, und deswegen sei dieser jetzt tot. Ob Prescott mir über Bissonette die Wahrheit sagte oder log, würde mich erkennen lassen, ob mein Vertrauen zu ihm unangebracht war. Ich wollte Prescott vertrauen, oh, und wie ich das wollte, ich wünschte mir mehr als alles andere, daß alles stimmte, was er je gesagt oder versprochen hatte. Aber nach diesen verdammten Fragen an die Geschworenen brauchte ich eine gewisse Sicherheit, und ich hatte das Gefühl, die sei in diesem gefährlich aussehenden Herrenclub zu finden. Ich hatte keine andere Wahl, als hineinzugehen und sie mir zu verschaffen, trotz meiner Anweisungen, keine Ermittlungen mehr anzustellen, und trotz der Drohungen, die diesen Anweisungen Nachdruck verliehen hatten. Sehen Sie, ich mochte Chester Concannon wirklich, bewunderte seine ruhige, gutmütige Art und seine ungeheure Loyalität, aber es war nicht Chester, um den ich mir Sorgen machte, denn wenn Prescott Concannon ein Bein stellte, dann stellte er möglicherweise gleichzeitig auch mir ein Bein. Und vielleicht waren die Deals und Kontakte und der versprochene Aufschwung meiner Karriere ebenso erlogen wie irgendwelche Verbindungen zwischen Bissonette und Raffaellos Tochter. Wenn das so war, dann mußte ich vielleicht etwas dagegen unternehmen; fragen Sie mich nicht, was, aber irgend etwas. Und so stieg ich mit nicht wenig Unruhe und nicht viel Zuversicht aus dem Wagen, ging zu der schicksalsschweren Tür und klopfte mit den Fingerknöcheln zweimal an.

Die Tür öffnete sich langsam. Dahinter stand jemand, der wie einer der LiCalzi-Brüder aussah. Er starrte mich an und kaute mit offenem Mund auf etwas herum. Er trug gebügelte Jeans und ein Seidenhemd, das weit genug geöffnet war, um mich seine Brustmuskeln sehen zu lassen, flach und solide wie eine Steinplatte. Er starrte und kaute nur und starrte dann noch etwas länger, und schließlich sagte er kauend: »Yeah?«

»Ich hatte gehofft, ich könnte reinkommen«, sagte ich.

»Das ist ein privater Club.«

Ich griff in meine Jackentasche, und blitzschnell wie eine Kobra packte er mich am Kragen und hob mich ein paar Fingerbreit in die Luft. Langsam zog ich den Chip heraus. »Ich habe das hier.«

Er ließ mich los. Ich landete nicht sehr elegant. »Ist mir egal, was Sie haben«, sagte er. »Das ist ein privater Club. Hauen Sie ab.«

»Ich wollte nur fragen...« Aber bevor ich den Satz zu Ende sprechen konnte, hatte er mich umgedreht und beim Gürtel gefaßt, bereit, mich auf die Straße zu werfen.

»Wer ist das, Giovanni?« fragte eine krächzende Stimme mit fremdem Akzent aus dem Inneren des Raumes. Die Stimme war so langsam wie eine Schlange, die sich auf ihre Beute zubewegt.

Giovanni setzte mich unsanft ab, warf mir einen Blick zu, der einen Stein erschreckt hätte, tastete mich kurz ab, packte mich dann fest am Arm und führte mich hinein.

Es war ein unansehnlicher Raum, kahl und farblos, mit Linoleumboden und weiß gekalkten Wänden mit Reiseplakaten von Sizilien, die sich an den Ecken rollten. Ein fluoreszierender Ring an der Decke strahlte weißes Licht aus. In der Ecke gab es eine Bar, hölzern und verschrammt, mit ein paar Flaschen und umgedrehten Gläsern darauf. Neben den Flaschen stand ein Tablett mit sechs umgedrehten Wassergläsern. Aus einem altmodischen Radio mit Stoffbespannung vor dem einzigen Lautsprecher drang zischend Opernmusik. Der Raum roch nach Talkumpuder, nach Einreibemittel, nach abgestandenem Tabakrauch. An den Wänden reihten sich Metallstühle mit roten Plastikpolstern, die aus einem alten Friseurgeschäft hätten stammen können. In der Mitte, unter dem blinkenden fluoreszierenden Rad, stand ein großer Tisch, bedeckt mit grünem Filz und von Holzstühlen umgeben. Auf der anderen Seite des Tisches, direkt mir gegenüber, saß der alte Mann, den ich eben hatte hereingehen sehen. Er beugte sich über den Tisch und hatte ein Kartenspiel in den Händen. Sein Gesicht, von tiefen Runzeln durchzogen, war so hager und scharf wie ein Beil. Sonst war niemand im Raum.

»Ein Bursche mit einem Hundert-Dollar-Chip, der sagt, er will reinkommen«, sagte Giovanni.

»Laß mal sehen«, sagte der alte Mann.

Giovanni nahm mir den Chip aus der Hand und ließ meinen Arm nur lange genug los, um ihn dem alten Mann zu bringen. Der Alte untersuchte ihn sorgfältig.

»Wo haben Sie den her?« fragte der alte Mann.

»Er gehörte Zack Bissonette. Ich habe ihn von ihm.«

»Bissonette ist tot«, zischte der alte Mann. Er steckte den Chip in die Tasche. »Tote haben keine Chips. Das ist eine Clubregel. Ich muß ihn konfiszieren. Führ ihn hinaus, Giovanni.«

Ich entwand Giovanni meinen Arm. »Warten Sie einen Moment. Das ist mein Chip. Sie können ihn nicht einfach so nehmen und einstecken.«

Seine Hände, lang und gelb, deren Fingerknöchel dick aufgeschwollen waren, teilten das Kartenspiel flink in zwei Häufchen und ließen sie laut und fachmännisch wieder ineinanderschnappen. »Ich muß die Regeln durchsetzen. Ich bin der Präsident unseres Clubs. Wie würde das denn aussehen, wenn ich Sie die Regeln brechen lasse?« Er teilte die Karten erneut. »Bring ihn raus, Giovanni.«

Giovanni packte wieder meinen Arm und begann mich zu ziehen. Meine Florsheim-Schuhe rutschten über das abgetretene Linoleum, während er mich zur Tür zerrte. Ich sagte laut: »Mindestens könnten Sie mit mir darum spielen.«

»Womit wollen Sie denn spielen?« fragte der alte Mann mit seiner flüsternd krächzenden Stimme, und Giovanni hörte auf, an mir zu ziehen. »Mit dem Chip«, sagte ich.

»Das ist nicht mehr Ihr Chip. Den mußte ich konfiszieren.«

»Ich habe ihn mitgebracht, also ist es meiner. Jeder faire Club würde dem zustimmen. Ich wäre bereit, mit Ihnen Karten zu spielen und Ihnen die Chance zu geben, ihn mir auf faire Weise abzugewinnen.«

»Selbst wenn das akzeptabel wäre, es würde nicht reichen.« Der alte Mann lächelte bitter und verkniffen. »Es gibt einen Mindesteinstand.«

»Wieviel?«

»Wieviel haben Sie?«

»Ich habe noch fünfzig bei mir.«

»Das würde gerade den Beitrag für eine zeitweilige Mitgliedschaft abdecken.«

»Für eine zeitweilige Mitgliedschaft?«

»Um spielen zu dürfen, muß man Mitglied sein.«

»Und wie hoch ist der Beitrag für eine zeitweilige Mitgliedschaft?«

»Fünfzig Dollar.«

»Aber wenn ich die bezahle, habe ich nicht genug Geld für den Einstand.«

»Nein. Haben Sie nicht.« Er teilte die Karten erneut und ließ sie dann laut ineinanderschnappen. »Natürlich könnten wir uns etwas überlegen.«

»Ich habe eine Bankkarte.«

»Wieviel können Sie damit auf einmal abheben?«

»Vierhundert Dollar.«

»Na ja, wenn Sie Mitglied sein werden, kostet der Einstand vierhundert Dollar.«

»Das bedeutet dreihundert plus den Chip, richtig?«

»Entschuldigen Sie mich«, sagte der alte Mann. »Ich muß verwirrt gewesen sein. Sie wären dann ja nur zeitweiliges Mitglied. Für zeitweilige Mitglieder ist der Einstand höher.«

»Wieviel höher?«

»Vierhundert plus den Chip.«

»Ich verstehe.«

»Plus die fünfzig, die Sie für die zeitweilige Mitgliedschaft bezahlen müssen.«

»Insgesamt fünfhundertfünfzig Dollar.«

»Stimmt.«

»Ganz schön viel.«

Er zuckte mit den Schultern. »Keine Sorge, Mr....«

»Carl.«

»Mr. Carl.« Wieder mischte er die Karten, laut, perfekt, ließ die beiden Stapel mühelos zu einem zusammenschnappen. »Das ist ein freundliches Spiel. An der Ecke Achte und Catherine gibt es einen Geldautomaten, zwei Blocks von hier. Giovanni wird mit Ihnen gehen. Die Gegend hier, wissen Sie... Nicht mehr das, was sie früher mal war.«

»Das ist gut«, sagte ich. »Ich möchte nicht gern fünfhundertfünfzig Dollar an einen Dieb verlieren.«

»Das kann ich gut verstehen«, sagte der alte Mann und nickte jetzt weise mit dem Kopf. »Ich werde inzwischen die anderen Mitglieder anrufen und ihnen sagen, daß ein Spiel zustande kommt.«

24

»Ja«, sagte ich, schaute über meine Karten hinweg und versuchte vorsichtig, die Information auszugraben, die ich brauchte. »Zack hat mir von Ihren Spielen erzählt und gesagt, er hätte sich hier gut amüsiert.«

»Tatsächlich?« sagte der alte Mann, den ich im Club als ersten gesehen hatte und von dem ich jetzt wußte, daß er Luigi hieß. »Das ist sehr interessant, Victor. Ich setze zwanzig. Ich habe natürlich nichts, aber mir gefällt es, wenn die Dinge interessant bleiben.«

»Du erhöhst bloß, damit es interessant bleibt?« fragte Virgil, ein riesiger Mann mit Fäusten wie Schinken und vom Alter erschlafftem grobknochigem Gesicht. Seine Stimme war langsam und belegt.

»Stimmt genau«, sagte Luigi.

»Hat es nichts mit den beiden Damen, die wir sehen können, und der dritten zu tun, die noch auf dem Bauch liegt?« fragte Virgil.

»Wenn ich drei Damen hätte, hätte ich vierzig gesetzt«, sagte Luigi.

»Wenn du vierzig gesetzt hättest, wäre ich schon draußen.«

»Okay«, sagte Luigi. »Ich erhöhe meinen Einsatz auf vierzig.«

»Was ist mit dir, bist du senil?« fragte Jasper, ein großer, dünner Mann mit tiefen Falten um die Augen und vollem, krausem grauem Haar. Seine nasale Stimme klang gepreßt und angespannt. »Du kannst deinen Einsatz nicht einfach so erhöhen. Wenn er einmal liegt, dann liegt er.«

»Aber ich ändere ihn«, sagte Luigi. »Was kann dir das schon ausmachen, Jasper, du warst ja schon vor dem ersten Einsatz draußen.«

»Ich hatte kein Blatt.«

»Du hattest kein Blatt, seit Truman Präsident war«, sagte Luigi.

»Und du kannst trotzdem nicht erhöhen«, sagte Jasper. »Es gibt Regeln.«

»Laß ihn doch«, sagte Virgil. »Mir ist es egal.«

»Okay«, sagte Luigi und warf vier weitere rote Chips mit goldenem Eberkopf auf den Tisch. »Der Einsatz ist vierzig.«

»Vierzig Dollar«, sagte Virgil. »Jetzt weiß ich, daß du nichts hast. Ich setze die vierzig und erhöhe um zehn.«

Wir saßen zu fünft um den Tisch, vier Männer jenseits der Pensionsgrenze und ich. Wir spielten Stud-Poker mit sieben Karten. Giovanni saß neben der Tür, wie ein Zementsack auf einem der roten Plastikstühle hängend, und blätterte in einem zerlesenen *Playboy*-Magazin. Mir war nicht ganz klar, was er war, Barmann oder Türwächter. Er saß herum, holte den Spielern Getränke, wenn sie welche verlangten, und dann setzte er sich wieder. Ich hatte zuvor schon häufig Poker gespielt, aber niemals um so hohe Einsätze. Ich hatte die Jacke ausgezogen, den Schlips gelockert, die beiden obersten Hemdknöpfe geöffnet und die Ärmel aufgekrempelt. Hin und wieder sah ich auf die Uhr, denn ich war mir bewußt, daß ich am nächsten Morgen bei Gericht sein mußte. Aber ich hatte den ganzen Abend beiläufige Bemerkungen fallenlassen, versucht, das Gespräch auf Zack Bissonette zu bringen, und noch immer nicht erfahren, weswegen ich gekommen war.

Ich schaute wieder in mein Blatt und hob die liegenden Karten so vorsichtig an, daß niemand sie sehen konnte. Da gab es die Herz-Vier und die Pik-Vier. In der Hand hatte ich zwei weitere Herz und die Karo-Vier. Drei Vieren waren nicht schlecht, doch außer Jasper, der früh ausgestiegen war, hatte jeder der vier anderen Paare aufgedeckt und setzte hoch. Wir alle hatten noch zwei weitere Karten zu kriegen. Wenn es bloß die Vieren gewesen wären, wäre ich vielleicht ausgestiegen, aber da bestand noch die Chance, ein Full House oder vielleicht einen Herz-Flush zu erwischen. Ich sah auf meine Chips. Ich hatte nur noch ungefähr hundertfünfzig von meinen usprünglichen fünfhundert Dollar Einsatz übrig.

»Los, Victor«, sagte Virgil. »Wir sind hier nicht in der Gehirnchirurgie.«

»Ich bin dabei«, sagte ich und warf zwei Chips zu fünfundzwanzig Dollar auf den Tisch.

Dominic, der neben mir saß, ein kleiner, mürrischer Mann mit massiven Unterarmen und dickem Bierbauch, legte weitere fünfzig hin. Dominic hatte den ganzen Abend keine zwei Worte am Stück gesagt, nur Geld gesetzt und Gewinne eingestrichen. In der Mitte des Tisches lagen jetzt über dreihundert Dollar.

»Sie waren also ein Kumpel von Zack«, sagte Jasper. »Ist es das, was Sie uns den ganzen Abend zu sagen versuchen, Sportsfreund?«

»So in etwa«, sagte ich.

»Zack war irgendein entfernter Verwandter von Dominic, ein Cousin zweiten Grades oder so was«, sagte Jasper. »Ich komme mit solchen Sachen nie richtig klar. Also haben wir ihn mitspielen lassen, wenn er wollte. Netter Scheißkerl.«

»Lausiger Baseballspieler«, sagte Virgil. »Noch lausiger im Pokerspielen.«

»Deshalb haben wir ihn ja mitspielen lassen«, sagte Luigi und stieß ein weiteres wieherndes Lachen aus, das in einem Hustenanfall endete.

»Netter Scheißkerl, guter Verlierer«, sagte Jasper. »Und die Mädchen, die er hatte, Sportsfreund, ich sage Ihnen! Was glauben Sie? Sie haben ihn geliebt.«

»Er mußte sie sich mit einem Baseballschläger vom Leib halten«, sagte Virgil.

Ein verlegenes Schweigen folgte, und dann sagte Dominic mit einer Stimme, so hart wie Schiefer: »Das reicht.«

»Weißt du, was du bist, Virgil?« sagte Jasper. »Du bist ein Idiot.«

»Ich hab's nicht so gemeint.«

»Das ist dein Problem, daß du es nie so meinst«, sagte Luigi. »Ich erhöhe um zwanzig.«

»Drei Damen«, sagte Virgil kopfschüttelnd und warf weitere zwanzig auf den Tisch. »Ich wußte doch, daß er diese Damen hat.«

»Ich bin dabei«, sagte ich.

Dominic legte seine Chips hin, und Luigi gab die nächste Runde. Niemand machte aus einem Paar einen Drilling, aber ich zog die Herz-Sieben, und damit hatte ich vier Karten zu einem Flush.

Dominic warf fünfundzwanzig Dollar auf den Tisch, und Luigi sah es.

»Was ist denn aus Mr. Vierzig Dollar geworden?« fragte Virgil. »Wohin ist er gegangen?«

»Bist du dabei oder nicht?« fragte Luigi.

»Ich bin drin«, sagte er und warf die Chips auf den Tisch.

»Ich auch«, sagte ich. »Ich habe gehört, daß Zack am Ende mit dem falschen Mädchen ausgegangen sein soll.«

»Woher haben Sie das, Sportsfreund?« fragte Jasper.

»Ich hab's bloß gehört.«

»Sie haben es bloß gehört?« sagte Jasper. »Na, vielleicht haben Sie richtig gehört.«

Dominic warf seine Chips auf den Tisch und sagte dann mit seiner rauhen Stimme, ohne mich anzusehen: »Hab ich Sie nicht im Fernsehen gesehen oder so?«

»Bei *Wheel of Fortune*?« fragte ich.

»Vielleicht war es das«, sagte Dominic. »Sie machen bei *Wheel of Fortune* mit?«

»Nein«, sagte ich.

»Komischer Kerl«, sagte Dominic, ohne zu lächeln. »Nun gib schon Karten.«

Luigi verteilte verdeckt die letzte Runde Karten. Ich legte meine auf meine anderen verdeckten Karten und zog sie an die Brust. Langsam und vorsichtig sah ich sie mir an. Herz-Vier. Pik-Vier. Ich warf einen Blick auf die alten Männer, die mich anschauten, und sah mir dann die neue Karte an. Herz-König. Ich hatte einen Flush bis zum König. Endlich würde ich einmal gewinnen. Unwillkürlich stieß ich einen Seufzer aus.

»Was war das?« sagte Virgil. »Was war das, habt ihr das gehört?«

»Ich habe nichts gehört«, sagte Luigi.

»Du bist ja auch seit neunundfünfzig auf dem linken Ohr taub.«

»Ich hab's auch gehört«, sagte Jasper.

»Was denn?« fragte Luigi.

»Er hat geseufzt«, sagte Virgil. »Victor hat geseufzt; drei Herz oben, und jetzt hat er seinen Flush zusammen. Das war ein Flush-Seufzer, wie er im Buch steht. Und hoch ist er auch, zum As. Er hat einen Flush bis zum As.«

»Kann nicht sein, unmöglich«, sagte Jasper, suchte in seinen verdeckten Karten und drehte dann eine um. »Das Herz-As habe ich hier.«

»Das kannst du nicht machen«, sagte Luigi. »Du bist draußen, du kannst nicht sagen, was du hattest.«

»Ach, hör doch auf«, sagte Jasper. »Jetzt spielen wir auf einmal streng nach den Regeln, meint der Kerl, der sich selbst überbietet.«

»Glaubt es oder nicht, mir ist es egal«, sagte Virgil. »Aber er hat seinen Flush.«

»Das glaube ich nicht«, sagte Luigi. »Wer ist dran?«
»Dominic«, sagte Fred.
Dominic legte fünfundzwanzig in den Topf.
»Ich bin dabei«, sagte Luigi.
»Ich bin draußen gegen den Flush«, sagte Virgil.
»Die fünfundzwanzig und noch fünfundzwanzig dazu«, sagte ich.
»Ich hab's euch doch gesagt«, sagte Virgil.
Dominic warf weitere fünfzig auf den Tisch.
»Noch eine Erhöhung?« sagte Luigi.
»Du und deine Damen«, sagte Virgil. »Du und deine Damen, ihr seid überhaupt nichts wert. Du hättest mit Jasper aussteigen sollen.«
»Jasper ist schon am Tag seiner Erstkommunion ausgestiegen und hat seitdem nichts anderes mehr getan«, sagte Luigi.
»Was? Willst du, daß ich so setze wie du, Luigi?« sagte Jasper. »Du meinst, ich sollte mein Geld verplempern und wie ein Idiot mit drei Damen gegen einen Flush im Spiel bleiben? Ich hab keinen reichen Schwiegersohn mit einem Bestattungsunternehmen in Scranton. Ich muß vorsichtig sein, sonst habe ich am Ende des Monats nichts mehr zu essen.«
Luigi sah Jasper an, schnaubte leise und sagte: »Ich bin dabei.«
»Ist es das, was Zack das Leben gekostet hat, das falsche Mädchen?« fragte ich beiläufig, während ich meine Karten für den letzten Einsatz betrachtete. Ich hatte nur noch fünfzig Dollar.
»Sagen wir so, Sportsfreund«, sagte Jasper, »ganz unter uns, er hatte nicht nur beim Baseball und beim Pokern Pech.«
Ich schaute weiter in meine Karten und sagte: »Ich hab gehört, er hätte mit Raffaellos Tochter rumgemacht.« Plötzlich wurde es totenstill im Raum.
Ich blickte auf. Die vier Männer am Tisch starrten mich an, als hätte ich die Jungfrau Maria geschmäht. Giovanni richtete sich auf seinem Stuhl auf. Ich fing an zu schwitzen.
Schließlich sagte ich: »Ich bin dabei«, und um das Schweigen zu durchbrechen, das dieser Erklärung folgte, setzte ich hinzu: »Ich erhöhe um meine letzten fünfundzwanzig.« Doch das Spiel wurde nicht fortgesetzt.

»He, Sie Naseweis«, sagte Luigi. »Reden Sie nicht von Dingen, von denen Sie besser nicht reden sollten.«

»Ich hab bloß gesagt, was ich gehört habe«, sagte ich und versuchte, die Sache achselzuckend abzutun.

»Von wem?« fragte Jasper. Die Versammlung war zum Verhör geworden, vier gegen einen. »Von welcher Schmalzlocke haben Sie das gehört?«

»Ich hab's einfach gehört«, sagte ich. »Es war nicht gerade ein Geheimnis.«

»Sie können nicht hier aus der Gegend sein, Sportsfreund«, sagte Jasper, »denn wenn Sie von hier wären, dann wüßten Sie, daß Sie so über die Familie eines Mannes nicht reden dürfen, sonst könnten Sie mal als toter Mann aufwachen.«

»Das ist schon vorgekommen«, sagte Dominic mit kalter, flacher Stimme.

»Manche Männer mögen es nicht, wenn jemand über ihre Familie redet«, sagte Virgil.

»Sie sollten lernen, den Mund zu halten«, sagte Luigi.

Ein langes Schweigen folgte; die Männer starrten mich an, ich starrte meine Karten an, und dann sagte Dominic: »Spielen wir.«

Luigi schüttelte den Kopf in meine Richtung. »Kein Gerede mehr, ja? Genug geredet. Ich bin drin«, sagte er und warf seine Chips in den Topf.

Dominic legte seine fünfundzwanzig dazu.

»So«, sagte Luigi und drehte seine verdeckte Dame um. »Jetzt zeigen Sie mir diesen Flush.«

»Klar«, sagte ich und drehte meine Karten um. Ich streckte die Hand aus, um den Gewinn einzustreichen, aber Dominic packte meinen Unterarm und drückte zu.

Er drückte so fest zu, daß ich es bis auf die Knochen spürte.

»Full House«, sagte er und legte seine Karten hin.

»Klar, daß er was hatte«, sagte Virgil. »Warum sonst wäre er gegen einen Flush im Spiel geblieben?«

Dominic stieß meinen Arm weg und begann dann langsam die Chips aus der Tischmitte vor sich zu stapeln. Er hatte seine Karten noch immer nicht aufgedeckt.

»Lassen Sie sehen«, sagte ich.

Dominic erstarrte am Tisch, die Hände noch auf den Chips, und ich konnte seinen Atem hören, langsam, stetig, gefährlich wie der eines Leoparden.

»Wenn Dominic sagt, daß er ein Full House hat, Sportsfreund«, sagte Jasper leise, »dann hat er ein Full House.«

»Ich sage ja nicht, daß er keins hat«, sagte ich. »Ich möchte es bloß sehen.«

»Was Sie damit sagen«, sagte Luigi, und seine Flüsterstimme klang wieder kalt, »ist, daß Sie ihm nicht glauben.«

»Ich würde es einfach gern sehen.«

»Dies ist ein Club für Gentlemen«, sagte Luigi. »Und da Sie kein Geld mehr haben, ist Ihre zeitweilige Mitgliedschaft aufgehoben.«

Giovanni stand von seinem roten Plastikstuhl auf und trat hinter Luigi an den Tisch, die Arme vor der Brust verschränkt.

»Sie haben mich ausgenommen«, sagte ich.

»Zeit zu gehen«, sagte Giovanni.

Ich schaute mich unter den alten Männern um, die noch vor ein paar Augenblicken harmlos gewirkt hatten, und was ich sah, war keine Gruppe von Greisen, die sich beim Pokern gegenseitig Nadelstiche versetzten, sondern etwas sehr viel Unheimlicheres. Luigi hatte das scharfgeschnittene Gesicht und den sizilianischen Akzent eines Unterbosses der Mafia. Virgil war ein alternder Vollstrecker, der für Kredithaie Geld eintrieb und wenn nötig auch Beine brach. Jasper führte die Verhandlungen, machte die Deals, die lukrativen Arrangements, die die anderen dann gewaltsam durchsetzten. Und Dominic, schweigsam und teilnahmslos, war so gefährlich wie ein professioneller Killer. Ich hatte in diesem Spiel niemals eine Chance gehabt, sein Zweck hatte darin bestanden, mir mein ganzes Geld abzunehmen, und ich hatte noch Glück, daß sie sonst nichts von mir wollten. Aber ich hatte erfahren, was ich hatte erfahren wollen, daß Bissonette mit dem falschen Mädchen herumgespielt hatte und deswegen umgebracht worden war. Und obwohl diese alt gewordenen Gangster nicht darüber hatten reden wollen, bestätigten ihr Schweigen, der fehlende Widerspruch und ihre Drohungen meine Annahme, daß es Raffaellos Tochter gewesen war, mit der Bissonette es getrieben hatte, und daß Raffaello derjenige war, der ihn hatte töten lassen. Einen Augenblick lang fragte ich mich, ob vielleicht einer dieser alten Männer die Tat begangen hatte. Vielleicht Dominic, Bissonettes Cousin zweiten Grades, der, wie ich nun wußte, noch immer fest genug zupacken konnte, um einen von Mike Schmidt signierten Schläger zu schwingen.

Ich stand auf, nickte den Männern am Tisch zu und ging, ohne ein Wort zu sagen, befangen zur Tür.

»Sie vergessen Ihre Jacke, Sportsfreund«, sagte Jasper. »Wir möchten nicht, daß Sie Ihre Jacke vergessen.«

Ich kehrte an den Tisch zurück und wich den wütenden Blicken der Männer aus, als ich nach meiner Jacke griff. Dann ging ich wieder zur Tür, und zwar so schnell ich konnte, ohne direkt zu laufen.

»He, junger Mann«, hörte ich von hinten.

Ich blieb stehen und drehte mich um. Dominic sah mich mit einem furchterregenden Blitzen in den Augen an. Langsam deckte er seine Karten auf, eine nach der anderen, zuerst die Pik-Zehn, dann die Kreuz-Zehn, dann die Karo-Sechs, womit er ein Full House von Sechsen über Zehnen hatte.

»Mich bezeichnet niemand als Falschspieler, junger Mann«, sagte er. »Zumindest keiner, dem sein Leben lieb ist.«

Ich sah ihn an und dachte, er werde über seinen Gag lächeln, aber er tat es nicht, sein Gesicht war so hart wie das Glitzern seiner Augen. Da gab ich jede geheuchelte Selbstsicherheit auf, rannte aus dem Club, rannte zu meinem Auto und verließ Südphiladelphia, so schnell ich konnte.

Ich war erleichtert, als ich im Norden die South Street überquerte und die Sicherheit von Society Hill erreichte. Erleichtert, weil ich diesen schäbigen kleinen Männerclub hinter mir hatte, fort war von den Gangstern dort, in deren Augen Mord stand. Und erleichtert auch, weil ich erfahren hatte, daß alles, was Prescott mir erzählt hatte, möglicherweise tatsächlich stimmte. Er hatte recht damit, wer Bissonette umgebracht hatte, und er würde sein Bestes tun – das wesentlich besser war als mein Bestes –, um dafür zu sorgen, daß die Geschworenen das auch erfuhren. Ich konnte jetzt guten Gewissens und gefahrlos den Mund halten und seinen Anweisungen folgen, wenn er meinen Fall verhandelte. Ich konnte mein fettes Stundenhonorar einstreichen, indem ich einfach mit geschlossenem

Mund und sauberer Krawatte neben meinem Mandanten saß und meiner blühenden Zukunft entgegensah.

Am nächsten Morgen war ich gerade aus der Haustür meines Apartmentgebäudes getreten und hatte den Weg zur Untergrundstation in der Broad Street eingeschlagen, um zum Gerichtsgebäude zu fahren – noch immer mit dem Gefühl aufatmender Erleichterung –, als direkt vor mir das Rückfenster eines geparkten Wagens explodierte.

25

Es war ein Modell mit Heckklappe, japanisch, glaube ich, und ich war direkt davor, als das Rückfenster zersprang und eine Sekunde lang Glassplitter wie ein Diamantenregen in der Luft hingen. Es war ein so verblüffend schöner Anblick, daß ich mich nicht rührte, sondern nur auf die klaffende Öffnung über dem Heck des Wagens und das Funkeln der Splitter auf dem Asphalt starrte. Dann sah ich jemanden auf der anderen Straßenseite, der in eine Gasse zeigte, und ein Mann vor mir warf sich zu Boden wie ein Soldat, der in einen Hinterhalt geraten ist. Mir wurde klar, daß das Fenster nicht spontan und von selbst explodiert war, sondern daß jemand darauf geschossen hatte. In diesem Augenblick ließ ich mich auch zu Boden fallen.

Es gab keine weiteren Schüsse. Man hörte Schritte, einen Wagen, der plötzlich anhielt, weitere Schritte und dann schreiende Menschen, aber keine Schüsse mehr. Als ich mich vom Bürgersteig aufgerappelt hatte, hatte sich eine Menschenansammlung gebildet, und ein Polizist näherte sich, um sich den Schaden anzusehen und seine Fragen zu stellen. Wir waren jetzt zu mehreren, der Mann, den ich zu Boden hatte gehen sehen, der Mann, der jemanden hatte weglaufen sehen und auf die andere Straßenseite zeigte, eine alte Frau aus meinem Haus, die mit ihrem reinrassigen Dachshund den Morgenspaziergang machte. Der Hund bellte wie rasend, die Frau lachte wild. Ich hatte nur gesehen, wie das Fenster explodierte, und war daher keine große Hilfe, aber der Polizist notierte sich trotzdem meinen Namen und meine Adresse.

»Was glauben Sie, was das war?« fragte der Mann, der gezeigt hatte.

»Wahrscheinlich bloß irgendein Schuß aufs Geratewohl«, sagte der Polizist, ein flaumbärtiger Jüngling mit Halfter und strammer Haltung, und versuchte dabei, das Bellen des Dackels zu übertönen. »Kommt dauernd vor.«

»In Beirut vielleicht«, sagte ein Passant.

Der Dackel knurrte meine Beine an.

»Ruhig, Oscar«, sagte die Frau, die nun nicht mehr lachte, und zog an seiner Leine. Der Hund schnüffelte an meinem Fußknöchel und knurrte erneut.

»Vielleicht wollte jemand das Auto beschädigen?« sagte ein anderer Mann in bräunlichem Regenmantel.

»Das ist möglich«, sagte der Polizist, der nun zum ersten Mal vom Kennzeichen des Wagens Notiz nahm. »Weiß jemand, wem dieses Fahrzeug gehört?«

Keiner wußte es, und so gab er über das Funkgerät, das er am Gürtel trug, die Nummer durch.

»So, vielen Dank«, sagte er, während er auf Antwort wartete. »Ich habe jetzt Ihre Namen. Lassen Sie sich nicht aufhalten.«

Ich ging; die Nonchalance des Polizisten tröstete mich ein bißchen, aber nicht sehr. Rasch bestieg ich die Untergrundbahn. Ich setzte mich auf einen Eckplatz im ersten Waggon und versteckte mich hinter einer Zeitung. Als ich wieder auf der Straße war, achtete ich darauf, immer von Menschen umgeben zu sein, bis ich die Metalldetektoren in der Halle des Bundesgerichtsgebäudes erreicht hatte. Und die ganze Zeit trug ich außer meiner Aktenmappe und meinem Regenmantel auch den Verdacht mit mir herum, daß der Schuß nicht zufällig oder auf das Auto gezielt gewesen war, sondern auf mich. O ja, ich war nicht vollkommen blind. Ich konnte spüren, wie die Gefahr rings um mich wuchs, durch den bedrohlichen Chuckie Lamb, den paranoiden Norvel Goodwin, durch meine neue und heftige Beziehung zu Veronica, durch Jimmy, wenn er je dahinterkäme, durch Prescott und die Macht, die er einsetzen konnte, um mich zu brechen, durch die pokerspielenden Gangster mit Mord in den Augen und Full Houses in den Händen, durch den schattenhaften Raffaello.

Eines wußte ich von mir selbst: Ich war nicht gerade ein Ausbund an Tapferkeit. Mit der Tatsache konnte ich gut leben. Ich überließ das Heldentum denjenigen, die dafür bezahlt wurden, Polizisten, Wachleuten, Spitzensportlern, Paparazzi. Ich nehme an, das war einer der Gründe, warum ich mich vom Gesetz angezogen fühlte. Das Gesetz ist von Haus aus eine geschützte Nische, ob es um einen Boom oder einen Ruin geht, um eine Fusion oder einen Bankrott, es gibt immer Arbeit. Und so hatte der Schuß nur meine Entscheidung vom Vorabend bestätigt, bestätigt nicht nur auf intellektueller Ebene, sondern auch aus dem Bauch heraus. Und ob die Kugel mich hatte treffen sollen oder nicht, spielte keine Rolle. Ich hatte die Lektion gelernt. Was immer kommen würde, welche Demütigung, welche Scheußlichkeit, welcher Verrat auch immer, ich würde nichts tun, um es zu verhindern. Meine Anweisungen lauteten, alles mitzumachen, und genau das würde ich tun. Was immer Sie wünschen, Mr. Prescott, Sir, Sie können auf mich zählen.

Vor dem Gerichtssaal sprach ich an diesem Morgen mit Beth über meine einleitende Erklärung, als einer von Prescotts Mitarbeitern von Talbott und Kittredge zu uns trat. Es war der freundliche blonde Mann mit der perfekten Nase, der am Vortag verächtlich über Morris gegrinst hatte. Sein Name war Bert oder Bart, jedenfalls klang er hart und effizient. Ich wußte nichts über ihn, wirklich, ich wußte nicht, ob er eine Familie oder ein Kind hatte, ob er Lyrik oder Proust gelesen hatte, ob er tiefes Mitgefühl mit den Benachteiligten empfand oder ob die Leiden der Welt seine Ansichten zynisch und seinen Humor ironisch gemacht hatten. Eines aber wußte ich, nämlich, daß er sein juristisches Examen in Harvard gemacht hatte und ich nicht, daß er den Job hatte, den ich mir wünschte, daß vor ihm die Zukunft lag, von der ich geträumt hatte, und aus all diesen Gründen haßte ich ihn.

»Bill bat mich, Ihnen das zu geben«, sagte er, griff in seinen silbern schimmernden Aktenkoffer und nahm ein Blatt Papier heraus, auf dem in fetten Großbuchstaben nur ein paar Zeilen gedruckt waren.

»Was ist das?« fragte ich.

»Das ist Ihre einleitende Erklärung«, sagte er.

»Wir haben selbst eine vorbereitet«, sagte Beth zu ihm, und ihre Stimme verriet Unglauben über seine unverschämte Annahme, wir seien nicht bereit.

Nach dem Pokerspiel hatte ich den größten Teil der Nacht damit zugebracht, den Vortrag meines ausführlichen und erbitterten Angriffs auf die Anklage der Regierung gegen Concannon einzuüben. Er war im wesentlichen von Beth geschrieben worden, und so wußte ich, daß er Qualitätsarbeit war. Beth' Eröffnung betonte die Lücken in der Anklage gegen Concannon: Es gab keine Bänder mit Concannons Stimme, keine Sachbeweise, die ihn direkt mit irgendeiner der Transaktionen in Verbindung brachten, keine Fotos, die ihn mit Ruffing oder Bissonette zeigten. Der Prozeß gegen Concannon würde ausschließlich von der Zeugenaussage Ruffings und gewissen finanziellen Aufzeichnungen von CUP abhängen, und Beth hatte Ruffings Glaubwürdigkeit auf gehässige und wirksame Weise in Zweifel gezogen. Ich hatte begriffen, daß ich Prescotts Linie in jeder Weise zu folgen hatte, aber ich rechnete trotzdem damit, den Juroren wenigstens etwas sagen zu können, das von mir stammte.

»Wir sind sicher, daß Sie ganz ausgezeichnete Ausführungen vortragen würden«, sagte Bert oder Bart. »Aber wir möchten, daß Sie die Eröffnungserklärung so abgeben, wie wir sie für Sie vorbereitet haben.«

»Wer hat sie geschrieben?« fragte Beth und nahm mir das Papier aus der Hand.

»Ich«, sagte er und warf sich leicht in die Brust. »Bill hat sie durchgesehen, sie mit dem Jury-Experten diskutiert, ein paar Änderungen vorgenommen und entschieden, daß Sie sie so vortragen sollen.«

»Das hat er entschieden?«

»Ich denke, wir bleiben bei dem, was wir ausgearbeitet hatten«, sagte Beth.

»Man hat mir gesagt, Sie würden sich an unser Programm halten, Vic«, sagte er zu mir und ignorierte Beth. »Sie würden keine Schwierigkeiten machen.«

»Wie heißen Sie?« fragte Beth.

»Brett Farber. Brett mit zwei ›t‹.«

»Nun, Brett mit zwei ›t‹«, sagte sie. »Das einzige Programm, an das wir uns halten, ist das unseres Mandanten, und soweit ich das nach einem kurzen Blick auf Ihre kleine Eröffnungserklärung hier beurteilen kann, ist sie ein Stück Scheiße.«

Brett wich bei dieser Attacke nicht zurück, wie ich es an seiner Stelle getan hätte. Statt dessen zeigte er sein verächtliches Grinsen, beugte sich so dicht zu mir, daß ich den Kaffee in seinem Atem riechen konnte, und sagte: »Scheiße oder nicht, Vic, Ihr Mandant war einverstanden, und so werden Sie diese Erklärung abgeben.«

Ehe Beth etwas erwidern konnte, hatte er auf dem Absatz kehrtgemacht und war gegangen.

Scheiß auf Brett mit zwei »t«, dachte ich, als ich seinen Rücken im Gerichtssaal verschwinden sah. Vielleicht gab es außer Glück noch andere Gründe, warum er ein Aufsteiger war, der bei Talbott und Kittredge arbeitete, und ich nicht.

»Was für ein reizender Knabe«, sagte Beth. »Seine Mutter muß stolz auf ihn sein. Sag mal, Victor, wie fühlt man sich, wenn man Arschlöcher wie William Prescott und Brett mit zwei ›t‹ zu Kollegen hat?«

»Für zweihundertfünfzig pro Stunde würde ich mit einem Orang-Utan schlafen«, sagte ich. »Das hier ist nur unwesentlich schlimmer.«

Ich nahm ihr das Blatt Papier aus der Hand und las es rasch, acht Sätze, in fetten Großbuchstaben gedruckt, so daß ich nicht ins Stottern kommen würde, wenn ich sie den Geschworenen vorlas. »Ich werde folgendes tun«, sagte ich. »Ich werde das hier mit meinem Mandanten diskutieren, liebe Beth, und dann werde ich es schlucken.«

»Wenn du noch weiter schluckst, lieber Victor, siehst du allmählich aus wie ein Backenhörnchen.«

Ich hatte ihr von dem zersplitterten Rückfenster nichts erzählt und wollte das auch nicht, auch nicht von Veronica und Chuckies Anruf, ebensowenig von Norvel Goodwin und meinem verheerenden Pokerabend. Wenn es eine Gefahr gab, der man aus dem Weg gehen mußte, dann war das meine Sache. Und so zuckte ich nur mit den Achseln, als sie mich mit aufflackernder Enttäuschung in den durchdringenden, hübschen Augen ansah.

Als ich am Verteidigungstisch Platz genommen hatte, zeigte ich Concannon das Blatt mit den acht Sätzen. »Möchten Sie, daß ich das als einleitende Erklärung abgebe?«

»Ist das das, was Prescott mir gestern abend gezeigt hat?«

»Ja.«

Er zuckte mit den Schultern. »Ist das ein Problem?«

»Es ist ein dickes, fettes Nichts«, sagte ich. »Es bewirkt nichts.«

»Mir hat er das so erklärt, daß wir meine Rolle bei dem Deal und den Vereinbarungen und allem so klein wie möglich erscheinen lassen wollen.«

»Eggert wird die Geschworenen nicht vergessen lassen, daß Sie unter Anklage stehen.«

»Wenn Prescott will, daß Sie das so vortragen, dann tun Sie es.«

»Wissen Sie, ich habe das überprüft, das mit Bissonette und Raffaellos Tochter«, sagte ich. »Es scheint zu stimmen.«

»Victor, Victor«, sagte er mit leicht tadelnder Stimme. »Sie sollten sich doch nicht mehr einmischen.«

»Betrachten Sie meine Einmischung als beendet«, sagte ich. In diesem Augenblick öffnete sich die Tür hinter der Richterbank, und der Gerichtsdiener stand auf, um den Prozeß zu eröffnen. »Von jetzt an bin ich Chuckie Lambs Schaufensterpuppe.«

»Bitte erheben Sie sich«, sagte der Gerichtsdiener, als der Richter die Stufen zur Richterbank hinaufging.

Alle Anwesenden standen auf.

26

»Jedes Verbrechen ist ein Verrat an dem Vertrauen, das wir zueinander haben, aber wenn es ein Staatsdiener ist, der das Verbrechen begeht, ein Amtsträger, der um Ihre Stimme gebeten und einen Eid geleistet hat, der Öffentlichkeit zu dienen, dann ist der Verrat besonders grausam.«

Eggert ging sehr langsam zum Tisch der Verteidigung, bis er direkt vor den Angeklagten stand. Mit empört erhobener Stimme gab er vor den gespannten Juroren seine einleitende Erklärung ab. Er zeigte auf Jimmy, und dabei war sein Finger dem Gesicht des Stadtrats so nah, daß dieser ihn hätte abbeißen können. In dem Augenblick, in dem er dort wie ein weißer Krummsäbel aufleuchtete, sah es so aus, als werde Jimmy genau das tun. Dann beherrschte er sich wieder, und der Ausdruck tiefer Ernsthaftigkeit kehrte zurück. Während der ganzen Zeit wandte er keinen Blick von Eggert. Falls es darum ging, wer am längsten starren konnte, würde Eggert derjenige sein, der zuerst die Augen senkte. In der ersten Reihe der Zuschauerbänke hielten drei verschiedene Zeichner mit fliegenden Stiften den Augenblick fest, Eggerts geraden Rücken, den anklagenden Finger, die geballten Muskeln in Jimmy Moores Nacken.

»James Douglas Moore ist Stadtrat, ein Staatsdiener, von den Bewohnern dieser Stadt in sein Amt gewählt. Sie erwarten von ihm, daß er die Interessen von ganz Philadelphia fördert und nicht nur seine eigenen. Das erste Erfordernis seines Amtes war Aufrichtigkeit, und das war das erste, was er aus dem Fenster warf. Das Beweismaterial wird zeigen, meine Damen und Herren, daß Jimmy Moore sein Amt benutzte, um Geld zu erpressen, und als sein Erpressungsplan scheiterte, ging er zu Drohungen über. Sie werden das auf legal von der Regierung angefertigten Tonbändern hören. Er verlegte sich auf Brandstiftung, er griff zu Mord. Mord, meine Damen und Herren, Mord an Zacharias Bissonette, dem ehemaligen Baseballspieler, der auf dem beharrte, was Rechtens war, und sich nicht erpressen ließ. Jimmy Moore nahm einen Baseballschläger und schlug Bissonette so übel zusammen, daß er fünf Monate im Koma lag und nie wieder die Augen aufmachte, um die Schönheit des Tages zu erblicken, seinen liebenden Familienangehörigen ins Gesicht zu schauen; er kam nicht wieder zu sich und starb schließlich. So achtete Jimmy Moore das Vertrauen der Öffentlichkeit. Und wir werden Ihnen zeigen, wohin das Geld floß, wie es durch sein politisches Aktionskomitee geschleust wurde und wie ein großer Batzen davon das Komitee nie erreichte, sondern statt dessen zu seinem persönlichen Gebrauch abgeschöpft wurde; wie Jimmy

Moore sein Amt benutzte, um genug Geld zusammenzuscharren, um in einer riesigen schwarzen Limousine durch die Stadt zu fahren, Champagner zu trinken und in den Casinos am Boardwalk zu spielen. Das werden die Beweise zeigen.«

Eggert wandte sich nun an Concannon, und wieder wurde der anklagende Zeigefinger gereckt.

»Chester Concannon ist Jimmy Moores oberster Assistent, er steht im öffentlichen Dienst, und seine Pflicht besteht darin, dem Stadtrat beim Erreichen seiner legitimen Ziele zum Wohl der Allgemeinheit zu helfen. Doch statt die Interessen der Bewohner von Philadelphia im Auge zu haben, half Concannon dem Stadtrat bei jedem seiner Erpressungspläne. Concannon war der Mittelsmann, der Mann, der den Beutel füllte, der sich darum kümmerte, ob jemand auf der Seite des Stadtrats stand oder nicht. Chester Concannon nahm seinen Anteil von dem Profit, der den Menschen dieser Stadt aus den Rippen geschnitten wurde, und Concannon war mit Jimmy Moore zusammen in der Nacht, in der Bissonette mit dem Baseballschläger zu völliger und irreversibler Bewußtlosigkeit geprügelt wurde.«

Als er damit fertig war, die Angeklagten anzuschuldigen, schilderte Eggert detailliert die Bestandteile des organisierten Gelderwerbs durch Erpressung, die er beweisen würde, erwähnte, was die einzelnen Zeugen aussagen würden und wie alles zusammen ein so klares Muster illegalen Verhaltens deutlich machen würde, daß die Geschworenen unweigerlich zu einer Verurteilung gelangen müßten. Dann beugte er sich über den Tisch der Verteidigung, starrte zuerst Jimmy Moore, dann Chester Concannon an und sagte zu den Geschworenen: »Am Ende des Prozesses werde ich zu Ihnen zurückkommen und einen Schuldspruch in allen Punkten verlangen. Und ich werde Sie bitten, diesem korrupten Stadtrat und seinem korrupten Helfer statt des Geldes oder der politischen Macht oder der schwarzen Limousinen und Champagnernächte und extravaganten Abende in Atlantic City all das zu geben, was sie wirklich verdienen.« Mit einem letzten Blick auf die Angeklagten, einem Blick mit allem müden Abscheu, den er aufbringen konnte, ging Eggert langsam an den Tisch der Anklage zurück und setzte sich.

Prescott sprang nicht auf und folgte Eggerts Beispiel, wie es die meisten Anwälte getan hätten. Er blieb mit dramatisch gesenktem Kopf sitzen. Richter Gimbel, der noch immer am Entwurf irgendeiner Stellungnahme zu einem anderen Fall arbeitete, schien die Verzögerung nicht zu bemerken und schrieb weiter. Die Menge im Gerichtssaal wurde unruhig, einer der Geschworenen hustete. Prescott blieb sitzen.

»Bei solchen Anlässen«, sagte Prescott endlich, noch immer am Verteidigertisch sitzend, »und bei einem Prozeß wie diesem wird sichtbar, wie genial das System des Geschworenengerichts ist.«

Mit einem tiefen Seufzer stand Prescott auf, die Schultern leicht gebeugt, und schüttelte traurig den Kopf. Er sprach mit feierlich niedergeschlagenen Augen und wirkte zutiefst enttäuscht.

»Mein Mandant Jimmy Moore ist ein Politiker, der in dieser Stadt Macht hat, weil er eine Politik der Einbeziehung in die Gemeinschaft praktiziert. Sein Ziel ist es, die Geißel der Drogen zu bekämpfen, eine Geißel, die seiner Tochter, seinem einzigen Kind, das Leben genommen hat. Das Heim für die Jugend, das er gründete, ist bundesweit führend in der Drogentherapie für junge Leute. Und in Verfolgung dieses noblen Ziels hat er alle Menschen dieser Stadt geeint, ohne Ansehen ihrer Rasse, ihrer Religion und ihrer wirtschaftlichen Stellung, ob sie nun obdachlos sind oder HIV-infiziert oder Kinder, die dem schlimmsten Mißbrauch unterworfen waren. Sein politisches Aktionskomitee, Citizens for a United Philadelphia oder CUP, hat in den letzten beiden Jahren über eine halbe Million Dollar ausgegeben, um Bürger über ihre Rechte zu informieren und diejenigen zu registrieren, die noch nicht in den Wählerverzeichnissen stehen. Sein Komitee hat die Anzahl der Stimmberechtigten dieser Stadt um mehr als zweihunderttausend Wähler erhöht. Und indem Jimmy Moores Einfluß wächst, wächst auch die Macht seiner Opposition.«

Prescott wandte sich um, um die Jury anzusehen, und kam dann langsam hinter dem Verteidigertisch hervor; er stellte sich direkt hinter Eggert, der sich auf seinem Sitz vorbeugte.

»Es gibt mächtige Männer in dieser Stadt, die sich von der umfassenden Koalition, die Jimmy Moore zusammengeschmiedet hat, bedroht fühlen. Große Tiere und Politiker, die alles für sich behalten wollen und nicht bereit sind, das System für diejenigen zu öffnen, die sie bisher ignorieren konnten. Männer mit genug Macht, um die Staatsanwaltschaft der Vereinigten Staaten als Werkzeug für ihre politischen Zwecke einzuspannen.

Es ist durchaus möglich, daß der Präsident der Vereinigten Staaten in die Stadt gerauscht kommt, eine Versammlung abhält, bei der Wahlkampfspenden kassiert werden, und mit einer Million Dollar in der Tasche wieder abfährt. Das ist absolut übliche Politik. Aber wenn Jimmy Moore sich daranmacht, Geld für sein Therapieprogramm zu sammeln, dann ist das Erpressung. Politik ist Geld geworden, die Notwendigkeit, Wähler zu registrieren, die Notwendigkeit, Plakate aufzuhängen, die Notwendigkeit, Buttons und Sticker zu kaufen, und vor allem die Notwendigkeit, Werbespots für das Fernsehen zu produzieren und zu senden. Deshalb streicht der Präsident seine Million ein, wenn er zu Besuch kommt, und deshalb sammelt Jimmy Moore Spenden von Personen wie jenen Geschäftsleuten hier, die seine Hilfe gesucht haben. Politik ist Geld, und das mag nicht nett sein und mag nicht richtig sein und mag nicht das sein, was wir wählen würden, wenn wir noch einmal von vorn beginnen könnten, aber so ist es nun einmal. Und Jimmy Moore hat nichts anderes getan, als was jeder Politiker tut, wenn er versucht, das Geld für seinen Wahlkampf aufzubringen.

Aber wenn Jimmy Moore nun genau das getan hat, was alle anderen Politiker tun, weshalb steht er dann vor Gericht? Wenn Sie das Beweismaterial hören, wenn Sie die Argumente der Anklage hören, dann müssen Sie sich diese Frage stellen. Wenn Jimmy Moore ein Politiker wäre wie alle anderen, wenn er nicht den mächtigen Leuten auf die Zehen treten würde, die ein Staatsanwaltsbüro der Vereinigten Staaten kontrollieren können, würde ihm dann der Prozeß gemacht? Die Antwort am Ende dieser Verhandlung wird ein schallendes Nein sein. Sie prüfen das Beweismaterial, Sie finden heraus, was hier wirklich gelaufen ist, Sie entscheiden, wer tatsächlich die von der Regierung unterstellten Verbrechen begangen hat. Sie entscheiden, ob die Regierung Gerechtigkeit anstrebt oder versucht, einen politischen Stachel aus der Flanke des Status quo zu ziehen. Sie betrachten alles sehr sorgfältig, und am Ende werden Sie sich entscheiden, Jimmy Moore freizusprechen und ihn seine gute Arbeit fortsetzen zu lassen.«

Jetzt war ich an der Reihe, hatte Gelegenheit, zugunsten meines Mandanten zu den Geschworenen zu sprechen. Vor mir lag ein gelber Notizblock mit der ausführlichen und leidenschaftlichen Eröffnungserklärung, die Beth entworfen und ich in der Nacht zuvor eingeübt hatte. Aber als ich aufstand, ließ ich sie liegen. Ich hatte ein einzelnes weißes Blatt in der Hand. Darauf war die folgende kleine Rede notiert:

Mein Name ist Victor Carl. Ich vertrete bei dieser Verhandlung Chester Concannon. Mr. Concannon ist Jimmy Moores Chefassistent. Er ist angeklagt im Rahmen des Rachefeldzugs der Regierung gegen Jimmy Moore. Sie werden Chester Concannon auf keinem der Tonbänder hören. Es gibt keine Verbindung zwischen ihm und irgendeinem der hier behaupteten Verbrechen. Ich rechne damit, daß Sie überhaupt nicht viel über ihn hören werden. Versuchen Sie, wann immer Sie seinen Namen hören, daran zu denken, wie wenig er beteiligt ist, und ich bin sicher, daß Sie ihn am Ende der Verhandlungen von allen Beschuldigungen freisprechen werden.

Ich schaute Prescott an, der sich auf seinem gelben Block Notizen machte und absichtlich meinem Blick auswich. Ich schaute Concannon an, der auf seine auf dem Tisch gefalteten Hände starrte. Ich drehte mich ein bißchen um, um die Zuschauer zu betrachten. Der Gerichtssaal war übervoll. Beth sah mich stirnrunzelnd an. Chuckie Lamb kniff die Lippen zusammen und schüttelte den Kopf. Im Mittelgang sah ich Herm Finkelbaum, den Spielzeugkönig aus der Vierundvierzigsten Straße, der mir ermutigend zulächelte. Ich ging zu einer Stelle unmittelbar vor der Geschworenenbank, sah die Geschworenen einen nach dem anderen an und las dann das anämische Stück Scheiße von einer Einleitung vor, die Brett mit zwei »t« für mich geschrieben hatte.

Als ich mich wieder hinsetzte, schämte ich mich tatsächlich.

Der erste Zeuge war Special Agent Stemkowski, der Fleischfresser, der mit Eggert am Tisch der Staatsanwaltschaft saß. Für ein Rauhbein war Stemkowski sehr sprachgewandt, ruhig, bedächtig und in der Lage, mit unbewegtem Gesicht Sätze auszusprechen wie »Ich entstieg dem Fahrzeug« und »Mir oblag die Durchführung des Einbaus der Abhörgeräte für Mr. Ruffings Telefongespräche.« Er trug eine kamelhaarfarbene Jacke, ein weißes Hemd und einen gedeckt blauen Schlips. An seinem dicken kleinen Finger steckte einer dieser auffallenden goldenen Schulringe, der zweifellos an seinen Abschluß mit Auszeichnung an der FBI-Akademie erinnerte. In der High School hatte er Football gespielt, wie er sagte, und als Eggert seine unbedeutende Zeugenaussage aus ihm herausholte, nickten drei Männer auf der Geschworenenbank zustimmend. Sein Verhalten im Zeugenstand war ein Beweis dafür, daß das Land sich in guten Händen befand, den glatten, kompetenten Händen eines Verwalters mit Muskeln wie großen zackigen Klumpen Roheisen.

Stemkowski erklärte, wie das FBI eine Drogenoperation untersucht hatte, die von einem Barmann von Bissonettes Club aus durchgeführt worden war, mit der aber Bissonette oder Ruffing selbst nichts zu tun gehabt hatten; damals war begonnen worden, die Telefone des Clubs anzuzapfen. Mit Hilfe dieser Tonbänder hatte das FBI den Erpressungsplan entdeckt. Special Agent Stemkowski bestätigte die Echtheit der Kassetten, identifizierte die Beschriftung mit Datum und Uhrzeit auf jeder Kassette als seine Handschrift und als genaue Wiedergabe der FBI-Aufzeichnungen während der Überwachung. Dann legte Eggert dicke Klemmbinder mit allen Niederschriften vor, die zuerst als authentisch anerkannt und dann an Richter und Geschworene verteilt wurden.

Ein Tontechniker des FBI hatte eine raffinierte Abspielvorrichtung mit Mikrowellenübertragung auf Kopfhörer aufgebaut, die auf den Anwaltstischen, auf der Richterbank und neben jedem Sitz der Geschworenenbank bereitlagen. Ich hätte gern Bruce Springsteen aus diesen Lautsprechern tönen hören, die Grateful Dead, die Rolling Stones, ich hätte gern Jimi Hendrix' Version der Nationalhymne gehört, die uns das Schmalz aus den Ohren blies, doch die von der Regierung amtlich gewährten High-fidelity-Kopfhörer übertrugen uns etwas anderes. Was wir deutlich und betäubend zwei volle Tage lang hörten, waren die aufgezeichneten Gespräche zwischen Michael Ruffing und dem Stadtrat Jimmy Moore.

Moore: Mach das nicht, Mikey. Wenn du jetzt einen Rückzieher machst, ist dein Projekt tot. Tot.

Ruffing: Mein neuer Investor denkt das nicht.

Moore: Es ist dieser Plätzchenbäcker, nicht?

Ruffing: Sei still. Du hast sowieso zuviel genommen, weißt du. Du warst gierig.

Moore: Also so ist das, Mikey. Ich schicke Concannon vorbei.

Ruffing: Ich will Concannon nicht.

Moore: Hör zu, du Stück Scheiße. Du redest mit Concannon, verstanden? Ich bin nicht irgendein Idiot vom Land, wir hatten einen Deal. Einen Deal. Das ist nicht bloß Politik. Wir haben hier eine Mission, Mikey, und ich lasse nicht zu, daß du dich vor deiner Verantwortung drückst. Kapierst du, was ich sage? Kapierst du's, Mikey?

Ich hatte die Bänder schon vorher gehört, kannte jede Zeile fast auswendig. Ich wußte, was gesprochen worden war, aber die Geschworenen wußten das nicht. Als Moore Michael Ruffing auf dem Band so heftig zusetzte, reagierte die gesamte Jury, die Kopfhörer fest auf den Ohren, so, wie ich reagiert hatte, als ich es zum ersten Mal hörte: Mit erhobenem Kopf fixierten sie Moore und Concannon, und sie kniffen die Augen zusammen, als seien sie ein Mob, der jemanden hängen will. Kein ermutigendes Zeichen nach bloß einem Zeugen.

27

»Sag mir, wie du mit Jimmy Moore in Kontakt gekommen bist«, befahl ich Veronica. »Sag mir wie.«

Sie lag ausgestreckt unter mir, die Handgelenke mit langen Seidenschals fest ans Kopfende des Bettes gebunden, die Beine von meinen gebeugten Knien niedergedrückt. Sie schnappte mit den Zähnen nach meinem Bauch, meiner Brust. Ich streckte meinen Körper über ihrem aus, preßte sie nieder, und küssend verschlangen wir uns gegenseitig. Diese Art von Küssen hatte ich noch nicht kennengelernt, sie hatten etwas Gewalttätiges, Räuberisches. Wir stachelten gegenseitig unseren Hunger an und befriedigten ihn gleichzeitig. Als sie ihre Hüften vorwölbte, die Knie hob und sich mir öffnete, setzte ich mich wieder auf, packte sie bei den Haaren und lachte sie aus.

»Sag es mir.«

»Hinterher«, hauchte sie.

»Nicht hinterher. Jetzt.«

»Laß mich los, dann sag ich's dir.«

Sie zappelte mit den Händen und versuchte, sich zu befreien, aber die Schals, lang und weich und von einem cremigen Kastanienbraun, waren stark, und die Knoten, die ich begeistert und gewissenhaft wie ein Pfadfinder geknüpft hatte, hielten. Im Licht der Kerzen, die wir um das Bett herum aufgestellt hatten, flackerte ihr flacher Bauch gelblich, als sie heftig die Hüften hob. Sie versuchte, mich abzuwerfen, aber ich ritt sie wie einen störrischen Maulesel und blieb, wo ich war. Ich streckte mein Gewicht über ihr aus, und wir verschlangen uns gegenseitig mit unseren Mündern, und wieder versuchte sie, sich mir zu öffnen, aber ich ließ sie nicht. Jetzt war ich oben und hatte für dieses eine Mal die Kontrolle, und die würde ich behalten.

Diese Schals und die Pseudo-Gewalt, diese Ausbrüche erzwungener Kontrolle und gespielter Verzweiflung gehörten nicht zu meinen Gewohnheiten. Ich hatte meinen Sex gern langsam und sanft gehabt, ein müheloses Gleiten, ein Tanz der Hüften, die sich in einer Reihe synchroner Crescendos hoben und senkten, Fred und Ginger, die in Schwarzweiß zusammen dahinglitten, wenn er einen geheimnisvollen Rhythmus vorgab und die Federn ihrer Boa sie in sinnlichen Wellen umschwebten. Wenn der Sex meines früheren Lebens ein Film gewesen wäre, dann wäre es *Dancing in the Dark* gewesen. Doch mit Veronica hatte sich das geändert. Wir befanden uns nicht in einer leichten, romantischen Komödie. Sex mit ihr war eher wie *Der Marathon-Mann*, und sie war die Zahnärztin. Aber wir hatten es auf meine Art probiert, und wir hatten es auf ihre Art probiert, und wenn ich Ihnen das sage, können Sie mir glauben: Ihre Art war besser.

Ich wußte, ich sollte nicht dort in ihrem Apartment sein, aber die Gefahr des Ganzen zog mich ebenso an wie die suchterzeugende Qualität unserer sexuellen Abenteuer. Daß ich gewarnt worden war, daß vor meiner Nase ein Autofenster explodiert war, daß vielleicht alles verloren war, wenn Jimmy uns auf die Schliche kam, das und vieles andere zog mich dorthin. Obwohl ich angesichts meiner Dämlichkeit mit den Handflächen auf das Steuerrad meines Autos schlug, war ich trotzdem zu diesem Gebäude in Olde City unterwegs, nachdem sie gewunken hatte, wo ich in diesem Aufzug aus Plexiglas nach oben fahren und an ihre Tür klopfen würde, leise, mit gesenktem Kopf, ehrfürchtig wie ein Bittsteller vor dem Papst.

In dieser Nacht hatte sie die Schals aus der Schublade neben ihrem Bett genommen und sie sich über die Brust drapiert wie ein Haremsmädchen, das seinen Eunuchen neckt. »Ich glaube nicht, daß du für die hier schon bereit bist«, hatte sie gesagt.

»Das glaube ich auch nicht.«

»Es gibt Orte, für die du noch nicht soweit bist.«

»Du hast recht.«

»Aber bist du denn gar nicht neugierig?«

»Auf was?«

»Darauf, wie es ist, mich zu fesseln?«

»Ich kann es mir vorstellen.«

»Aber darum geht es doch, Victor. Mit mir brauchst du es dir nicht vorzustellen. Du kannst alles mit mir machen, was du willst. Zu schade, daß Roberta nicht in der Stadt ist.«

»Roberta?«

»Sie ist eine Freundin von mir. Ein Mannequin. Sie würde dir gefallen, Victor. Sie ist sehr dünn, sehr blond. Alle Jungs würden für Roberta sterben.«

»Du bist mir gut genug.«

»Ich würde auch dabeisein. Es dreht sich um den Appetit. Je mehr du bekommst, desto mehr brauchst du. Er wächst wie ein ungeheurer Krebs. Eine Woche mit Roberta und mir in Cancun, und du wirst nie wieder mit einer einzigen Frau zufrieden sein.«

»Cancun?«

»Roberta reist gern.«

»Wie wär's nur mit dir und mir?«

»Wo?«

»Irgendwo, wo es exotisch ist.«

»Ich bin nicht sicher, ob ich deinem Geschmack für das Exotische traue. Du bist kein sehr abenteuerlustiger Junge.«

»Irgendwo, wo ich noch nie gewesen bin.«

»Cleveland? Möchtest du mit mir nach Cleveland fahren?«

»Tahiti.«

»Ich war in Tahiti. Zu langer Flug bloß für einen Strand.«

»Thailand.«

»Zu heiß.«

»Burma. Warst du jemals in Rangun?«

»Nein, bring mich nach Rangun. Ja, Rangun.«

»Aber zuerst Cleveland. Das beste Hotel der Stadt.«

»Motel Six?«

»Klar, und eine Flasche Budweiser vom Zimmerservice.«

»Wann?«

»Nach diesem Prozeß.«

»Könnten wir Roberta mitnehmen?«

»Ich brauche niemanden außer dir.«

»Nicht für dich, für mich.«

»Genüge ich dir nicht?«

»Für den Fall, daß du müde wirst.«

Da band ich einen halben Schlag an den Bettpfosten, einen soliden Seemannsknoten, und wickelte den Schal fest um ihr Handgelenk, so fest, daß ihre Hand dunkelrot wurde, als sie kräftig daran zog. »Nicht so fest«, sagte sie lachend, und ich ignorierte sie, was sie sicher gehofft hatte. Es gab genügend Schals, um auch ihre Fußgelenke zu fesseln, aber ich dachte, es wäre akrobatischer, wenn ich ihren Beinen die Bewegungsfreiheit ließ. »Wirklich, du solltest sie lockern«, sagte sie, »sie sitzen zu eng.« Doch ganz gleich, was sie sagte, ich tat, was ich wollte. »Hör auf, du hinterläßt sonst Spuren.« Sie entführte mich in eine seltsame Welt, in der nein ja bedeutete und aufhören weitermachen hieß, in der einfach alles, was ich über politische Korrektheit und sexuelle Höflichkeit gelernt hatte, über den Haufen geworfen werden mußte. Irgend etwas in meinem Stammhirn klickte, etwas Urzeitliches, etwas mit dem glorreichen Vertrauen des sich selbst Unbewußten, das lange vor der Entwicklung des Vorderhirns dagewesen war, die Sex zu einer intellektuellen Übung machte; in den Jahren meiner Höflichkeit im

Bett, in denen ich mich fragte, ob es gut für meine Partnerin war, in denen ich die gemeinsame Befriedigung anstrebte, war das unterdrückt gewesen. »Hör auf, bitte. Ich flehe dich an, bitte. Gott, hör auf, hör auf, hör sofort auf.« Das Tollste, so hatte ich immer geglaubt, war der gleichzeitige Orgasmus, das Ineinanderfließen von Leidenschaft und Erfüllung, bei dem zwei eins wurden. Doch der Teil meines Stammhirns, den Veronica stimulierte wie eine Elektrode, die sich tief in eine Masse seit langem schlafender Neuronen eingräbt, scherte sich nicht um Gleichzeitigkeit. Es war der Neandertaler, der sich da zeigte, eine Keule in jeder Hand, die eine aus Holz, die andere aus geschwollenem Fleisch, und der Befriedigung suchte, forderte, alles zum Objekt machte, was das Verlangen anstachelte und es gleichzeitig wie in einer schmerzhaften Explosion befriedigte. Es war nicht nett, was ich in meinem Stammhirn brodeln fühlte, es war nicht angenehm zuzugeben, daß so etwas in mir existierte, doch der Sex mit Veronica war auch nicht angenehm. Er war der Hölle näher als dem Himmel, seine Macht war in der genetischen Erinnerung der Vergangenheit begraben, doch nachdem ich ihn einmal entdeckt hatte, konnte ich nicht mehr davon lassen. Selbst nachdem ich gekommen war, blieb ich unglaublich hart in ihr, mein Stammhirn ließ keine Ruhepause zu. Ich saugte am Ansatz ihrer Brust, bis sich ein blauer Fleck zeigte, biß in ihr Ohrläppchen, meine Knie spreizten ihre Knie, mein Hüftknochen scheuerte sich an ihrem Hüftknochen, uralte Schreie brachen aus ihr hervor, und während ich mich immer tiefer in den Nebeln meiner Vorgeschichte als Raubtier verlor, kam sie, obwohl ich mich darum gar nicht kümmerte; trotz ihrer Schreie machte ich weiter, und aufheulend kam sie erneut, sie biß mir in den Hals, und dann hatte ich einen wahnsinnigen Orgasmus, und sie saugte an meinem Adamsapfel und strampelte mit den Beinen, bis ihre Füße auf meinen Kopf trommelten und sie mörderisch schrie.

Als ich auf ihr zusammenbrach und mein Gewicht ihre Beine auf die Matratze preßte, riß sie die Arme so hoch, wie die Fesseln es zuließen, und stieß einen Laut aus, der sich anhörte wie das Geheul einer großen, verwundeten Wildkatze, golden, gestreift, säbelzahnig.

Ich lag da, einfach so, noch immer in ihr, lag auf ihr wie ein

Leichnam. Vielleicht bin ich eingedöst, ich weiß es nicht, aber mir kam es so vor, als hätte ich lange auf ihr gelegen. Sie sagte nichts, machte keine Bewegung, um mich abzuschütteln. Um uns herum herrschte Stille, eine Benommenheit, die nur langsam wich, als die Geräusche über das Kopfsteinpflaster der Church Street fahrender Autos die Lautlosigkeit durchdrangen. In meiner Brust spürte ich einen seltsam unregelmäßigen Herzschlag – ba ba bum bum, ba ba bum ba bum, bum ba ba bum bum, ba bum ba bum, ba ba bum bum. Einen Augenblick lang machte ich mir Sorgen und dachte, die Intensität des Sex hätte mir eine Arrhythmie eingetragen, doch dann merkte ich, daß meine Brust so fest auf ihre gepreßt war, daß ich unser beider Herzschlag spürte. Mit müden Armen stemmte ich mich hoch und hockte mich über sie. Sie war noch immer gefesselt, und die Tatsache, daß ich die Kontrolle behalten hatte, war prikkelnd. Ich umfaßte mit der Hand ihre linke Brust und kniff mit den Fingern in ihre Brustwarze. Ihre Augen blieben geschlossen, doch ihr hübsches Gesicht verzog sich zu etwas Sinnlichem, Gequältem.

Ohne die Augen zu öffnen, sagte sie: »Gott, ich habe die alten Männer satt.«

In diesem Augenblick befahl ich ihr, mir zu erzählen, wie sie bei Jimmy Moore gelandet war. Sie wehrte sich ein bißchen, versuchte wieder, ihre Arme loszureißen. Ich küßte sie sanft auf die Lippen, auf die Wange, auf die Augen, wieder auf die Lippen, und die Sanftheit meiner Küsse beruhigte sie. Ihre Augen waren noch immer geschlossen. Ich rieb ihr mit den Händen die Flanken und sagte: »Erzähl es mir.« Und so erzählte sie es mir.

Sie sei in Iowa geboren, sagte sie, während ich mit der Zunge über die Unterseite ihrer Brust glitt, in einer kleinen Stadt westlich von Cedar Rapids namens Solon. In Solon pflegte die Jugend sich in Jones's House of Pork zu treffen und Sandwiches mit gebratenem Schweinefilet zu essen, die so groß waren wie ein Kopf. Man spielte Pool zu einem Vierteldollar pro Partie und wurde dick und picklig. Es war eine kleine Stadt, nicht weit von einem See entfernt, wo sie an heißen Sommertagen schwammen, und es gab einen Stadtpark und ein Baseballteam der American Legion. Einmal im Jahr putzte die Stadt sich für die Solon Beef Days heraus, die Leute kamen aus dem ganzen östlichen Iowa herbei, und es gab einen Jahrmarkt mit einem Karussell und eine Parade und ein Dinner mit Steaks, Mais und Salat für $ 2.79, das unter einem Zeltdach serviert wurde.

Ihr Vater lehrte an der Universität, etwa dreißig Minuten südlich von Solon, mittelalterliche Geschichte, und abends erzählte er ihr von Königen und Königinnen und blutigen Prinzen, bis sie mehr über das Haus of York wußte als über das House of Pork. Ihr Traum war, solange sie sich erinnern konnte, immer gewesen, einen Prinzen zu heiraten, in einem Schloß zu wohnen und hofzuhalten. Sie wußte nicht, ob es auf der Welt noch Prinzen gab oder ob die ausgestorben waren wie die Dinosaurier, aber sie wußte mit Gewißheit, daß es in Iowa keine Prinzen gab.

An ihre Mutter erinnerte sie sich nur durch Fotografien, großgewachsen, unscheinbar, mit Sorgenfalten um die Augen. Vielleicht konnte sie in die Zukunft sehen, sagte Veronica, und sah ihren frühen, schmerzhaften Tod durch einen durchgebrochenen Blinddarm voraus. Sie war eine gute Frau, hatte Veronicas Vater ihr erzählt, stark und sanft. Veronicas Vater war auf einer Reise nach Osten, um in Princeton einen Vortrag zu halten, und ihre Mutter hatte keinem von den Schmerzen erzählt, sicher, daß sie vergehen würden wie Magenbeschwerden. Sie wollte auch ihre kleine Tochter nicht allein lassen, um zu einem Arzt zu gehen. Ihr Vater war als vielversprechender junger Gelehrter nach Princeton geflogen, und als er zurückkam, war er ein Witwer, der seine Tochter allein aufziehen mußte. Noch ehe er vierzig war, war sein Haar ganz grau.

Sie ging zur Universität von Iowa, trat in eine Studentinnenverbindung ein, traf sich mit Footballspielern und Golfern und saß bei der Homecoming-Parade als Prinzessin Di ausstaffiert auf einem Festwagen ihrer Verbindung, der dem Buckingham-Palast nachgebildet war. Als sie die Chance hatte, ihr Juniorjahr in London zu verbringen, griff sie zu. Ihr Vater starb, während sie fort war, an einem plötzlichen Herzinfarkt, und sie kehrte nur lange genug zurück, um ihn zu begraben, das Haus in Solon zu verkaufen und sich seine Pension in bar auszahlen zu lassen, ehe sie nach London zurückkehrte, eine Waise, die Geld zum Ausgeben hatte. Dort traf sie einen Jungen namens Saffron Hyde.

»Er war Dichter«, erzählte sie mir. »Ich habe ihn in einem Pub in

Southgate kennengelernt, einem Rockclub. Er kam zu mir und bat mich, ihm ein Bier zu kaufen, und das tat ich. Er war mager und nervös und anders als alle Leute, die ich je kennengelernt hatte. In Iowa gab es keine Saffron Hydes. Ich hatte ein Apartment in North End, und er kam an diesem Abend mit zu mir, eher wie ein streunender junger Hund als wie ein Verführer, aber am nächsten Tag zog er bei mir ein. Wir tranken viel, ich gab das Studium auf, er schrieb Gedichte über mich, wir machten wunderbar Liebe, aber er war nicht wirklich interessiert, was eigentlich gut war, und jeden Abend gingen wir in die Kunstfilme im Museum.«

»Wie war seine Lyrik?« fragte ich.

»Düster, angstvoll. Manches war auch sehr komisch, aber hinter den Witzen verbarg sich immer eine dunkle Einsamkeit. Ich fand sie atemberaubend.«

»Hat er sie veröffentlicht?«

»Nein. Er zeigte sie mir und einigen seiner Freunde, aber das war alles. Er sagte, die Lyrik sei wichtig, nicht, wie viele Leute sie lesen würden.«

»Hört sich nach einem Vorwand an.«

»Na ja, in Vorwänden war er groß.«

»Wie lebte er? Sorgte er selbst für seinen Lebensunterhalt?«

»Ich sorgte für seinen Lebensunterhalt.«

»Und vor dir?«

Sie zuckte mit den Schultern, ein absurdes kleines Zucken, ruhig und sachlich, obwohl ihre Handgelenke an die Bettpfosten gefesselt waren. »Ich habe nicht gefragt, und er hat es mir nie gesagt.«

»Hast du ihn geliebt?«

»Mehr als alles andere zuvor oder seither. Er war die Liebe meines Lebens, der Prinz, von dem ich seit meiner Mädchenzeit geträumt hatte. Und so habe ich, als er eines Nachmittags hereinplatzte, betrunken und aufgeregt, und sagte, wir müßten nach Indien, nur gefragt: ›Wann?‹ Er sagte: ›Jetzt in diesem Augenblick.‹ Und ich sagte: ›Gut.‹«

Sie nahmen die Fähre und zogen mit Rucksäcken durch Europa. Spanien, Frankreich, Holland, Deutschland, Italien, Jugoslawien; für Rucksacktouristen lebten sie wie die Könige, stiegen in Pensionen und Gasthöfen ab, aßen in Restaurants, in denen es Tischdekken gab. Sie mäanderten durch die Gegend, suchten alle Orte auf, die interessant zu sein schienen, doch immer hielten sie sich in östlicher Richtung; sie fuhren in Zügen, trampten, nahmen Schiffe. Griechenland, Kreta, Türkei, Iran, stets unterwegs nach Indien. Er müsse den Ganges sehen, sagte er, in dem heiligen Fluß baden, eine spirituelle Quelle anzapfen, die um Jahrhunderte älter war als sein sächsisches Erbe. Er hatte Hermann Hesse gelesen, und das hatte sein Leben verändert. Er müsse in das geheiligte Wasser eintauchen, sagte er.

»Weißt du noch, wann Hermann Hesse das Leben der Leute zu verändern pflegte?«

»Man muß ihn in einem bestimmten Alter lesen«, sagte sie.

»Ich habe *Siddharta* gelesen, als ich vierzehn war«, sagte ich. »Ich glaube, selbst da war ich schon zu alt.«

»Schade für dich.«

Es war eine wunderbare Reise, erzählte sie weiter, eine richtige Offenbarung. Sie war in Ekstase, und je weiter sie sich von Iowa entfernte, desto freier wurde sie, schwamm nackt an den öffentlichen Stränden der französischen Riviera, vertauschte auf Korfu ihre Jeans mit Bauernröcken, kaufte unter freiem Himmel Drogen auf dem Markt außerhalb von Konstantinopel.

»Drogen?« fragte ich.

»Ja, am Anfang war es Saffron, große Brocken Haschisch in den Rockclubs in Amsterdam, später in Florenz und Griechenland dann Kokain. Zuerst machte ich nicht mit, aber mit der Zeit wurde die Reise mehr und mehr wie ein Traum. Drogen schienen einfach dazu zu passen.«

»Für eine Amerikanerin ganz schön dumm.«

»Ja, aber nach einer Weile schienen wir unsere Nationalitäten abgelegt zu haben, wir waren bloß noch Reisende. Es war nicht mehr Indien als Ziel, was uns antrieb, es war einfach der Drang nach Bewegung, mehr zu sehen, noch weiter zu kommen. Dann, im Iran, auf dem Weg nach Pakistan, hatten wir den Unfall.«

Sie hatten versucht, den Bus zu nehmen, der aus Teheran abfuhr, aber er war voll besetzt, und am nächsten Tag war er ebenfalls voll. Sie wußten nicht, wann es freie Plätze geben würde, aber an der Busstation war ein Mann, schwarzes Seidenhemd, zahnlückiges

Lächeln. Er schlich sich an sie heran, sagte, er fahre an die Grenze, und gegen ein kleines Entgelt würde er sie mitnehmen, billiger als der Bus, nur 2000 Toman. Und so fanden sie sich auf dem Rücksitz eines zerbeulten blauen Mercedes-Kombi wieder, einem ungepolsterten Rücksitz; die Ladefläche war voll mit Frauen in schwarzen Tschadors, die Babys auf dem Schoß hielten, unrasierten Männern, die in ihren schmutzigen Hemden schwitzten, und drei hübschen jungen Männern, die Schweppes Bitter Orange tranken. Oben war der Wagen hoch mit Gepäck beladen. Sie rumpelten die Hügel außerhalb Teherans hinunter, an Schildern vorbei, die vor Steinschlag warnten, und fuhren dann auf der alten Seidenstraße durch die Salzwüste und nach Pakistan hinein. Kurz nach Antritt der Reise wurde ihnen klar, daß die anderen Passagiere aus dem Land geschmuggelt wurden, Dissidenten, junge Männer, die dem Wehrdienst entgehen wollten. Saffron fand die Heimlichkeit der Fahrt unendlich aufregend. Bei einer Ruhepause am späten Abend außerhalb von Isfahan hatten sie schlechtes Wasser getrunken, und nun mußte Saffron sich übergeben, zur Erheiterung der anderen Passagiere streckte er den Kopf aus dem Fenster, stieß sich am Rahmen die Wange an und würgte laut, während der Wagen dahinrumpelte. Auf einer schmalen, abschüssigen Straße durch einen der Tunnels südlich von Isfahan auf der Strecke nach Shiraz bremste der Fahrer kaum, als er wild das Steuer herumriß und in die Dunkelheit raste; der Wagen rutschte in Schräglage in die Kurve. Ein Laster, der ihm entgegenkam, hupte, der Fahrer riß das Steuer nach rechts, die Räder kamen von der Straße ab. Wie in Zeitlupe stürzte der Wagen den Hügelabhang hinunter, bis er auf einem Felsvorsprung auseinanderbrach.

Veronica war nicht viel passiert, eine geprellte Schulter und ein verstauchtes Handgelenk, aber Saffron, der neben dem Fenster gesessen hatte, war in einem schlimmen Zustand. Im Krankenhaus von Shiraz, wohin man sie gebracht hatte, richteten die Ärzte seinen gebrochenen Arm ein, nähten die Schnittwunden im Gesicht, doch das wirkliche Problem war sein Rücken, eine Kompressionsfraktur von drei Wirbeln; Saffron bestand unnachgiebig darauf, daß die iranischen Ärzte sie nicht einrichteten. Trotz seiner Schmerzen biß er die Zähne zusammen und nahm, nachdem er entlassen worden war, den nächsten Bus aus Shiraz heraus, einen modernen Bus mit gepolsterten Sitzen und Stoßdämpfern und einer Toilette am hinteren Ende. Als sie Pakistan erreichten, delirierte Saffron vor Schmerzen, schrie nach Drogen, eilte allein auf den ersten Markt, den er finden konnte, und kam mit einem rötlichgrauen Pulver zurück, aus lokalen Kräutern, wie er sagte, das er zuerst schnupfte und dann mit Tabak vermischte und rauchte; es schien ihm eine gewisse Erleichterung zu verschaffen. Sie probierte es ebenfalls, mit dem Tabak einer Zigarette vermischt.

»Es war süß, betäubend, wirklich toll«, sagte sie. »Später fand ich heraus, daß es Heroin war, aber zuerst wußte ich das nicht, und als ich es erfuhr, war es zu spät.«

»Du hast das wirklich nicht gewußt?«

»Ich kam aus Iowa. Binnen einer Woche setzte er sich drei Schüsse am Tag, und ich machte mit. Alles hatte sich in einen Alptraum verwandelt, irreal, verschwommen, verheerend.«

»Großer Gott.«

»Bind mich los, Victor.«

Ich band sie los. Ohne sich die Handgelenke zu reiben, zog sie die Arme an den Rumpf und wandte sich von mir ab. Ich legte ihr eine Hand auf den Arm, um sie zu trösten, doch sie schüttelte mich ab. Ich wollte nicht mehr hören, ich wünschte, ich hätte nie die Frage nach ihr und Jimmy gestellt. Ich wunderte mich ohnehin, wie der Stadtrat in ihre Geschichte hineinpaßte.

»Auf dem Weg durch Pakistan und Indien wurde er immer dünner. Er war vorher schon mager gewesen, aber jetzt verwandelte er sich in einen Geist. Die ganze Nacht zitterte er, schwitzte, und seine Zähne fingen an auszufallen. Er hatte Fieber. Ich flehte ihn an, mit mir nach Amerika zu kommen und sich behandeln zu lassen. Ich sagte ihm, sie würden seinen Rücken in Ordnung bringen, ihn von den Drogen entwöhnen. Wir könnten in Iowa leben, sagte ich ihm, oder in New York, aber er bestand darauf, den Ganges zu erreichen. Sein Arm entzündete sich, schwoll an, begann zu stinken, und schließlich bekam er noch einen Abszeß am Fuß und fing an zu humpeln. Das Fieber bewirkte, daß er nachts Wahnvorstellungen hatte. Er war zu schwach, um irgendwas zu tragen, also leerte ich die Hälfte meiner Sachen aus und packte seine

Kleider in meinen Rucksack. Er aß nichts mehr außer Obst und trank nur Wasser. Er konnte kaum noch sprechen, als wir in Varanasi ankamen. Wir gingen direkt zum Fluß, und er wickelte sich in ein weißes Laken und stieg langsam und voller Trauer die Stufen hinunter. Er drehte sich um und winkte mir, und dann trat er in das Wasser des Ganges, bis er ganz untergetaucht war.

Das Wasser war schmutzig, sie wuschen Kleider darin, Abwasser floß hinein, es roch wie eine Latrine, Scheiße und Schaum schwammen vorbei, und gleich oberhalb der Stelle, an der wir waren, warfen sie die Asche der Leichen hinein, die auf den großen Scheiterhaufen am Ufer verbrannt worden waren. Er blieb lange unter Wasser, zu lange, und da wußte ich, daß er im Fluß sterben würde, sein letztes Winken war ein Abschied gewesen, und ich wollte schon zu ihm laufen. Doch da tauchte er wieder auf, drekkig, das weiße Laken voller Schlamm, mit heiterem Gesicht und ruhigen Augen. Sein Fieber war vergangen. Als er aus dem Fluß gestiegen war, sagte er: ›Okay, Ronnie. Bring mich nach Amerika.‹

Ich brachte ihn in eines der weißgetünchten Gasthäuser nahe beim Fluß und rannte in ein Reisebüro. Ich hatte gerade noch genug auf dem Konto, um zwei Flugtickets nach Cedar Rapids in Iowa zu kaufen, über New York. Am nächsten Tag würden wir abfliegen. Begeistert rannte ich zurück zum Gasthaus und entdeckte, daß er tot war. Später fand ich heraus, daß das Gasthaus hauptsächlich für alte Männer war, die zum Sterben nach Varanasi kamen, wo ihre Asche in den Fluß gestreut wurde. Ehe ich abreiste, sorgte ich dafür, daß er verbrannt wurde wie die anderen, in seinem schlammigen Laken, und daß seine Asche wie Dünger in diesen verdammten Ganges geschaufelt wurde.«

»Mein Gott, Veronica.«

»Ich habe die Verbrennung nicht abgewartet.«

»Das ist ja schrecklich.«

Sie blieb auf der Seite liegen, von mir abgewandt, schweigend, und ich war klug genug, nichts zu sagen. So lag sie fünf Minuten, zehn Minuten. Ich lag auf dem Rücken, den Kopf auf den Händen, und dachte an den dunklen, mageren Dichter namens Saffron, der nach und nach in den Fluß trat, bis er nicht mehr vorhanden war.

Plötzlich warf sie sich herum, bis sie mir das Gesicht zuwandte, und strich mir leise mit dem Finger über die Seite.

»Also habe ich sein Ticket wieder zurückgegeben«, sagte sie. »Es war Geld, weißt du. In New York mußte ich umsteigen und merkte, daß Cedar Rapids der letzte Ort war, an den ich gehen wollte. Also blieb ich. Ich suchte mir einen Job als Anwaltsassistentin, haßte ihn, arbeitete als Kellnerin, was ich auch haßte, arbeitete in einer Galerie, haßte das ebenfalls, versuchte es als Model, und da haßten sie mich, also beschloß ich, wieder zu studieren. Ich ging auf die Universität von Pennsylvania, und so landete ich in Philadelphia und lernte Norvel kennen.«

»Wie trifft eine Studentin der Penn mit solchem Abschaum wie dem Drogendealer Norvel Goodwin zusammen?«

»Ich hab ihn gesucht.«

»Das verstehe ich nicht.«

»Ich war noch immer abhängig, Victor. Bloß weil Saffron tot war, war ich ja nicht geheilt. Ich hatte eine Quelle in New York, aber als ich an der Penn in West Philadelphia landete, ging ich einfach im Viertel herum und fing an, mich zu erkundigen. Er war nicht schwer zu finden. Er mochte mich sofort, dieses hübsche weiße Mädchen, das zu ihm kam und um einen Schuß bat. Wir taten uns zusammen.«

»Und wo kommt Jimmy bei alldem ins Spiel?«

»Na ja, Norvel hatte eine Wohnung in West Philly, ungefähr sechs Blocks vom Campus entfernt. In der Einundfünfzigsten Straße, einen Schießstand besonderer Art, aber nicht so schlimm wie ein paar von den Häusern oben im Norden. Jimmy hatte seine Tochter erst wenige Jahre zuvor verloren und war voll auf dem Kriegspfad. Eine Nachbarschaftsgruppe ging wegen des Hauses zu ihm. Er sammelte einen Trupp besorgter Bürger und räumte das Haus mit Schaufeln und Äxten und Baseballschlägern. Ich war in der Nacht da, in der Jimmy die Tür einschlug. Du hättest ihn sehen sollen, mit feurigen Blicken schlug er alles kurz und klein, was ihm im Weg war, zertrümmerte Fenster und Türen, schlug mit einem Beil einen Fernseher kaputt. Er hätte Norvel beinah umgebracht, zerrte ihn aus einem Schrank, wo er sich versteckt hatte, und prügelte dann zuerst mit bloßen Fäusten und dann mit einem Stuhl auf ihn ein. Norvel ist ein großer Mann, stärker, als er aussieht, aber Jimmy schlug ihn zusammen. Und dann zündete er das Haus an. Später sagte er, die Drogendealer hätten den Brand gelegt, aber seine Leute hatten in aller Stille die benachbarten Häuser geräumt, ehe sie einbrachen. Zwei Jungen kamen in dem Feuer um, weil sie in einem versteckten Speicher im Rausch lagen. Sie fanden sie später, nachdem die Asche abgekühlt war.«

»Und was war mit dir?«

»Er fand mich benommen in einem kleinen Zimmer im zweiten Stock und ließ mich von Chester in sein Auto bringen. Chester ließ mich beim Fahrer zurück, der auf mich aufpaßte und dafür sorgte, daß ich nicht wegging, ehe es vorbei war.«

»Wer war das? Henry?«

»Nein, Henry war drinnen. Er war damals Norvels Partner.«

»Nein.«

»Doch. Und danach, nachdem Henry clean war, gab Jimmy ihm einen Job, machte ihn zu einem seiner Modellfälle. Jeder, den Jimmy anheuert, hat ein Problem. So kann er, wenn er seine Reden schwingt, stolz auf seine Mitarbeiter zeigen und Vorträge darüber halten, daß es möglich ist, sein Leben zu ändern.«

»Und was war mit dir?«

»Nach dem Feuer, nachdem die Polizei gekommen und gegangen war, nachdem Jimmy den Reportern rechtzeitig für die Elf-Uhr-Nachrichten seine Vorträge gehalten hatte, nachdem alles vorbei war, kam Jimmy zu seinem Auto zurück und brachte mich in ein privates Zentrum zur Behandlung von Drogenabhängigen. Inzwischen wußte er, daß ich Norvels Freundin gewesen war. In dem Zentrum sagten sie ihm, sie hätten keinen freien Platz, aber da fing er an, etwas über die Finanzierung durch die Stadt zu brüllen, und ich wurde noch in derselben Nacht aufgenommen. Ich sagte ihm, ich wollte das nicht, aber in Wirklichkeit wollte ich es doch. Ich war bereit. Als ich das Haus niederbrennen sah, wußte ich, daß ich bereit war. Ich dachte, damit wäre die Sache für Jimmy beendet, aber er besuchte mich weiter, er war mein einziger Besucher. Er feuerte mich an, ich solle meine Krankheit bekämpfen, und führte mich aus, um Eiscreme zu essen. Es hört sich vielleicht seltsam an, denn das war mehr als ein Jahr später, aber dieser Überfall und das

Feuer, diese ganze Nacht war ein Teil des Unfalls südlich von Isfahan. Es war Jimmy, der mich aus dem verbeulten Wrack des Kombiwagens zog. Mit seiner Hilfe bin ich clean geworden – er hat mir das Leben gerettet. Inzwischen war das Studium für mich beendet, ich hatte nichts zu Ende gebracht. Jimmy besorgte mir das Apartment in Olde City und einen Job.«

»Und er wurde dein Liebhaber.«

»Das war meine Entscheidung.«

»Und wenn du nein gesagt hättest?«

»Ob du es glaubst oder nicht, wenn ich nichts mit ihm hätte zu tun haben wollen, hätte er genau dasselbe getan, darauf wette ich. Als er mich aus diesem Haus herausholte, kannte er mich überhaupt nicht, er wußte nur, daß ich Probleme hatte und Hilfe brauchte.«

»Und daß du verdammt hübsch warst.«

»Na ja, vielleicht, aber ich war schon lange hübsch gewesen und hatte schon lange Probleme gehabt, und nur Jimmy machte sich die Mühe, sich um mich zu kümmern.«

»Und dafür schuldest du ihm das gelegentliche Schäferstündchen.«

»Nein, Victor. Dafür schulde ich ihm alles.«

28

»Ich kannte den Stadtrat als Freund und Kunden seit vielen Jahren«, sagte Michael Ruffing im Zeugenstand. »Etwa zweimal im Monat kamen er und seine Begleiter in meinen Club und bestellten Speisen und Getränke. Er war ein sehr guter Kunde.«

»Gab er viel Geld aus?« fragte Eggert. Er stand hinter dem Podium, bewegungslos, sprach mit ruhiger Stimme und stellte seine Fragen kurz und unsuggestiv. Als Anwalt war Eggert gut genug, seinem Starzeugen nicht die Schau zu stehlen.

»Er war ein sehr guter Kunde, wie ich schon sagte. Niemals kaufte er die billigeren Weine. Er bestellte immer Dom, jedesmal, wenn er kam. Ganz gleich, wie groß seine Gesellschaft war, er bestellte Dom. Eine Flasche nach der anderen.«

»Was ist ›Dom‹?«

»Dom Perignon, einer der feinsten Champagner, die es gibt. Es ist, als würde man Liebe trinken; zumindest sage ich das zu meinen Gästen.«

»Ist er teuer?«

»Der Preis hängt vom Jahrgang ab. Den achtundsiebziger bekommt man gar nicht mehr, der fünfundachtziger kostet ungefähr hundertfünfzig die Flasche, sicher, aber er ist es wert.«

»Und den pflegte der Stadtrat zu bestellen?«

»Immer nur das Beste, sagte er zu mir. ›Mikey‹, sagte er immer, ›entweder bist du Klasse, oder du bist Scheiße.‹ Das hat er immer gesagt, und dann bestellte er weitere vier Flaschen Dom, um zu beweisen, daß er Klasse war.« Ruffing sah die Jury an und lächelte ein weises kleines Lächeln, das besagte, es sähe so aus, als seien die Geschworenen seiner Meinung. Die Geschworenen hatten bereits die Bänder gehört, sie hatten bereits eine Reihe von Zeugen gehört, die über den Deal mit dem Ufergelände und die Verwicklung des Stadtrates ausgesagt hatten, und nun hörten sie direkt von dem Opfer, einem gesetzestreuen Geschäftsmann aus der Innenstadt, wie schäbig man ihn abgezockt hatte.

Michael Ruffing war ein kleiner, energiegeladener Mann mit dicken Händen und grauen, gelockten Haaren. Er war einer der Typen, die in der Gegend aufgewachsen waren und deren Eigenarten beibehalten hatte, seinen Philly-Akzent, die grobe Redeweise, die Art, wie er zwischen den Fragen an seinen Manschetten zerrte und seine Krawatte richtete. Er war mit Immobilien reich geworden, hatte beim Zusammenbruch des Marktes alles verloren und war dann mit einer Reihe von Nachtclubs erneut reich geworden. Der letzte und größte war Bissonette's, der ihm in der City einen Namen machte. Er war einer der Baulöwen, die glaubten, sie könnten alles nur Erdenkliche bauen, und er hatte sich ein Hotel und ein Einkaufszentrum am Ufer vorgestellt, die Touristen aus fünf Bundesstaaten anziehen und bereit für die Flußschiffe sein würden, wenn die Amtszeit des Gouverneurs abgelaufen war, der das einzig verbleibende Hindernis für legales Glücksspiel am Fluß darstellte.

Aber mehr als ein visionärer Bauunternehmer war in den Untiefen des Ufers von Philadelphia auf Grund gelaufen, ein von Zement eingeschlossener Streifen zwischen dem Delaware River und der I-95, der sich kommerzieller Entwicklung in großem Maßstab widersetzt hatte. Jetzt sagte Ruffing darüber aus, wie seine Vision gestorben war und welche Rolle Jimmy Moore und Chester Concannon bei ihrem Tod gespielt hatten.

»Nun zu seinen teuren Besuchen in Ihrem Club«, fuhr Eggert fort. »Wie hat der Stadtrat bezahlt?«

»Bar. Manchmal ließ er anschreiben, wenn er nicht genug Bargeld hatte, aber das war für uns okay, denn er kam ungefähr zweimal im Monat, wie ich schon sagte, und wenn er nicht genug Geld bei sich hatte, bezahlte er beim nächsten Mal. Eigentlich bezahlte nicht der Stadtrat, sondern Chet.«

»Sie meinen Mr. Concannon.«

»Richtig. Es war Chet, der das Geld bei sich trug. Und wenn es nicht Chet war, dann war es der Pressesprecher des Stadtrats, Chuckie Lamb.«

»Und er gab gute Trinkgelder?«

»Der Stadtrat, sicher. Chet auch. Aber Chuckie war nicht sehr spendabel. Immer, wenn der Stadtrat ihn dabei erwischte, daß er einem der Kellner zu wenig gab, machte er ihm die Hölle heiß und nannte ihn den billigsten Mistkerl diesseits von Trenton.«

Darüber lachten alle, ich auch. Ich drehte mich um. Chuckie saß im Hintergrund des Gerichtssaals. Na ja, fast alle lachten.

»Nun, Mr. Ruffing, gab es einen Zeitpunkt, zu dem Sie in geschäftliche Diskussionen mit dem Stadtrat eintraten?«

»Ja.«

»Und wie kam es dazu?«

»Eines Abends, als Jimmy mit seiner Freundin und Chet in den Club kam...«

»Einspruch«, rief Prescott von seinem Platz aus.

Noch einmal drehte ich mich rasch um. In der Reihe hinter Jimmy saß seine Ehefrau Leslie. Ihre Augen waren geschlossen, ihr Gesicht angespannt, sie atmete tief. Dann öffnete sie die Augen wieder und schaute ruhig nach vorn. Chuckie hatte recht gehabt, Leslie hatte die ganze Zeit über Veronica Bescheid gewußt.

»Ich verlange, daß die Antwort gestrichen wird«, sagte Prescott.

»Stattgegeben«, sagte der Richter. »Also, Mr. Ruffing, versuchen Sie nur, die Frage zu beantworten. Wie sind Sie mit Stadtrat Moore in geschäftliche Verhandlungen eingetreten?«

»Eines Abends war er im Club und rief mich an seinen Tisch und ließ mir einen Platz neben sich frei machen. Eigentlich hatte ich zu tun und versuchte mich ihm zu entziehen, aber er bestand darauf, also setzte ich mich hin.«

»Und was hat er gesagt, Mr. Ruffing?« fragte Eggert.

»Er war wütend. Er hat mir gesagt, er hätte gehört, daß ich Pläne für die Bebauung des Ufers machte und Hilfe beim Stadtrat suchte, mich aber nicht zuerst an ihn gewandt hätte. Er sagte, er sei schon lange ein guter Kunde von mir, und ich hätte ihn beleidigt, indem ich nicht versucht hätte, meinen Plan über ihn genehmigen zu lassen. Ich sagte ihm, ich hätte ihn nicht beleidigen wollen, und es wäre mir sehr lieb, wenn ich seine Unterstützung bekommen könne. Er sagte, wenn wir zusammenarbeiten würden, könnte er der beste Freund sein, den ich je gehabt hätte, und ich sollte ihn anrufen. Das habe ich getan. Da sagte er mir, mein Plan würde abgehen wie eine Rakete, und das fand ich großartig, ich war ganz aufgeregt. Es war ein guter Plan, er wäre auch gut für die Stadt gewesen, und ich dachte, Stadtrat Moore würde das auch so sehen. Er sagte mir, ich solle eine Verabredung mit Chet Concannon treffen, und das tat ich.«

»Wann war diese Verabredung?«

»Ein paar Tage später. Chet setzte sich in Penn's Landing mit mir auf eine Bank und erklärte mir, wie die Legislative im Stadtrat ablief und daß der Stadtrat die Gesetze vorschlagen würde, die ich für die Bebauung brauchte, und wie er sie durch einen politischen Hinderniskurs bringen würde, damit sie angenommen würden.«

»Was haben Sie gesagt?«

»Ich sagte, ich fände seine Hilfe toll und sei sehr optimistisch. Dann fing Chet an, über CUP zu reden, dieses politische Aktionskomitee des Stadtrats, und über all die gute Arbeit, die CUP leiste, die Unterstützung von Einrichtungen zur Drogentherapie, die Registrierung von Wählern, die Organisation von Nachbarschaftsinitiativen, allgemeiner politischer Kram, wissen Sie. Nun bin ich kein grüner Junge aus der Vorstadt, ich wußte, was er wollte. Also sagte ich zu ihm: Klar, wieviel wollen Sie? Und da hat seine Antwort mich einfach umgehauen.«

»Was hat er gesagt?«

»Er sagte, ein Prozent von den Kosten des gesamten Projekts. Das war auf einhundertvierzig Millionen budgetiert, wenn wir beide Hotels bekommen würden, die wir wollten, und die Einkaufszeile. Was er verlangte, waren also eine Million und vierhunderttausend Dollar.«

»Haben Sie zugestimmt?«

»Zuerst nicht. Ich konnte nicht. Woher sollte ich außerhalb der Bücher eine Million und vierhunderttausend Dollar nehmen? Mit dem Club verdiente ich nicht genug, um die ganze Summe aufzubringen, und die Finanzierung war auch zu knapp, um das zuzulassen, wirklich. Die Banken kontrollierten alles bis auf den letzten Penny. Aber Chet sagte mir, ich müßte an die Zukunft denken, daran, wieviel hereinkommen würde, wenn das Uferprojekt durchginge. Wieviel Geld ich verdienen würde. Und er sagte, der Stadtrat erwarte nicht alles auf einmal, sondern über einen gewissen Zeitraum hinweg, was die Sache leichter machen würde. Ich dachte trotzdem, ich könne das nicht aufbringen. Aber dann sagte er mir, der Stadtrat habe großen Einfluß auf das Zonenkomitee und würde sich die Pläne sehr genau ansehen, und er sagte, wenn der Stadtrat nicht ganz sicher sei, daß ich bereit wäre, allen Nachbarschaftsinitiativen der Stadt zu helfen, dann würde er den Plan und alle diesbezüglichen Gesetzesvorlagen zu Fall bringen.«

»Wie haben Sie das verstanden?«

»Als Drohung natürlich. Er sagte mir, ich müsse eine Million vierhunderttausend bezahlen, oder der Plan sei gestorben. Ich war lange im Immobiliengeschäft, ich erkannte, wann mich jemand ausnehmen wollte, aber ich hatte schon über eine Million in die Baupläne investiert und in den Kauf von Grundstücken, und ich hatte Hypothekenverpflichtungen mit Zwangsgeldern persönlich unterschrieben, Optionen, die offenzuhalten mich ein Vermögen kostete. Ich konnte es mir nicht leisten, das Projekt aufzugeben.«

»Was haben Sie also getan?«

»Was konnte ich machen? Ich habe bezahlt.«

»Wieviel?«

»Chet sagte, er würde für den Anfang hunderttausend nehmen, und dann jeden Monat oder so noch einmal den gleichen Betrag. Und dann sagte er, der Stadtrat hätte gern einen großen Teil davon in bar, damit er ihn an die Organisatoren der Nachbarschaftsinitiativen weitergeben könne, die seine Programme leiteten.«

»Wie haben Sie bezahlt?«

»Etwa einmal im Monat rief der Stadtrat an und berichtete mir das Neueste über das Projekt und wie die Gesetzesvorlagen den Stadtrat passierten. Und dann vereinbarte er einen Termin, wann ich mich mit Concannon treffen sollte. Ich traf ihn an verschiedenen Orten in der Stadt. Wir redeten über den Deal, und manchmal aßen wir zusammen zu Mittag. Es verlief alles freundlich, wissen Sie. Und dann bezahlte ich ihn.«

»Was gaben Sie ihm?«

»Einen auf CUP ausgestellten Scheck über fünfzigtausend, den Rest der Zahlung in bar in einem Briefumschlag. Ich eröffnete Kreditkonten in einigen der Casinos von Atlantic City und nahm im Laufe eines Abends genügend kleine und größere Chips heraus, um die fünfzigtausend zusammenzubringen. Dann ließ ich mir den Betrag in bar auszahlen, in Hundertern. Concannon hatte uns gesagt, der Stadtrat habe das Bargeld gern in Hundertern und durch die Casinos gewaschen.«

»Um die Nachbarschaftsaktivisten zu bezahlen?« fragte Eggert mit einem ironischen Lächeln.

»Das hat Chet jedenfalls gesagt.«

»Und was passierte im Rat der Stadt?«

»Oh, der Stadtrat hat sein Wort gehalten. Das Projekt durchlief das System. Hier und da stieß ich auf Hindernisse, was zu erwarten war, denn schließlich handelte es sich um die Stadt. Mir ging allmählich schon das Bargeld aus wegen der Verzögerungen, aber der Stadtrat hielt seinen Teil der Vereinbarung. Aber dann kam zu meinen Geldproblemen noch dazu, daß Zack die Sache mit den Zahlungen herausfand.«

»Sie meinen Mr. Bissonette?« fragte Eggert.

»Ja, richtig. Ich hatte ihm im Austausch für seinen Namen einen kleinen Anteil an dem Club gegeben, und hin und wieder warf er einen Blick in die Bücher. Als er diese Zahlungen an die Casinos und an CUP sah, wurde er wild. Er war ein guter Junge, Zack, und ich konnte ihm das wirklich nicht übelnehmen. Er sagte, er wolle in nichts verwickelt werden, was nicht völlig legal sei, und er sagte, er würde nicht zulassen, daß mit den Gewinnen aus seinem Club ein Stadtrat bestochen wird.«

»Einspruch«, sagte Prescott. »Wir brauchen nicht zu hören, wie Mr. Bissonette die Legalität von Mr. Ruffings Wahlkampfbeiträgen für CUP interpretierte. In jedem Fall ist das nur Hörensagen.«

»Stattgegeben«, sagte der Richter.

»Gut«, sagte Eggert. »War Mr. Bissonette an der Uferbebauung beteiligt?«

»Ja«, sagte Ruffing. »Als ich ihm sagte, ich müsse Concannon weiter bezahlen, weil ich mir keine Verzögerungen mehr leisten könne, sagte er, er könne soviel Geld aufbringen, wie ich brauche, solange ich keine Zahlungen mehr an den Stadtrat leiste. Mir ging das Geld für das Projekt aus. Es half nichts, daß ich Moore und Concannon monatlich hunderttausend zusteckte. Ich brauchte einen Partner, also erklärte ich mich einverstanden.«

»Und er schaffte das Geld heran.«

»Ich war total überrascht, ich weiß nicht, wie er das machte, aber er tat es, ja. Genug, um die Optionen offenzuhalten und die laufenden Hypotheken zu bezahlen, und das brauchte ich ja. Also stimmte ich zu, die Zahlungen an Moore und Concannon einzustellen.«

»Wieviel hatten Sie zu diesem Zeitpunkt bezahlt?«

»Ich hatte genau eine halbe Million Dollar an CUP gegeben.«

»Und wie haben Sie aufgehört, die Zahlungen zu leisten?«

»Ich rief Moore an und sagte ihm, nun sei Schluß.«

»Wie hat er reagiert?«

»Er war außer sich, was glauben Sie? Er sagte mir, er werde Chet vorbeischicken, um mit mir zu reden.«

»Haben Sie mit Chet geredet?«

»Sicher, ich habe ihm gesagt, ich hätte keine Wahl. Ich erklärte die Sache mit Bissonette. Chet sagte, wenn ich nicht mehr zahlte, sei das Geschäft gestorben, und das sei erst der Anfang. Er sagte, ich solle an die Armen und Unterprivilegierten denken, an die drogenabhängigen Jugendlichen, die angefangen hätten, sich auf meine

Zahlungen zu verlassen. Und er sagte, wenn ich nicht mehr zahlte, wäre nicht nur der Deal gestorben. Er sagte, der Club könne Lizenzprobleme und andere Schwierigkeiten bekommen. Er sagte, der Stadtrat könne meine Sicherheit nicht länger garantieren. Als er ging, hatte ich solche Angst, daß ich zitterte.«

»Was haben Sie getan?«

»Ich hatte keine Wahl. Ich hatte alles, was ich besaß, in das Projekt gesteckt, und es ging nur mit dem Geld weiter, das Bissonette herbeischaffte, und Bissonette verlangte, daß keine weiteren Zahlungen an Moore geleistet würden. Also hörte ich auf zu zahlen. Ich dachte, sie würden vielleicht nur bluffen. Mann, da habe ich mich allerdings sehr geirrt.«

»Einspruch«, sagte Prescott.

»Stattgegeben«, sagte der Richter. »Erzählen Sie uns nur, was nach dem Einstellen der Zahlungen passierte, Mr. Ruffing.«

»Eines Abends, ungefähr zwei Wochen, nachdem ich aufgehört hatte zu zahlen, im Club, wir hatten schon geschlossen, es war nach zwei, und wir hatten geschlossen, sah ich die Limousine des Stadtrats vorfahren, und es sah so aus, als stiegen Moore und Concannon aus. Bissonette war noch da. Ich sagte zu Bissonette, ich würde mich davonmachen, aber er sagte, er würde bleiben und mit ihnen reden. Als sie sich der Hintertür näherten, ging ich durch die Vordertür hinaus. Mein Wagen stand hinter dem Club, aber ich wagte nicht, ihn von dort zu holen. Ich nahm ein Taxi nach Hause. Später in dieser Nacht wurde ich von der Polizei angerufen und erfuhr, daß Bissonette fast totgeschlagen worden war und im Koma lag. Erst vor ein paar Tagen ist er gestorben, der arme Kerl.«

»Sonst noch etwas?«

»Ja. Einen Monat später brannte mein Club nieder. Brandstiftung.«

»Und was wurde aus dem Projekt der Uferbebauung, Mr. Ruffing?«

»Das ist hin, wie der Club. Als Bissonette im Krankenhaus lag und das Projekt im Stadtrat verzögert wurde, ging mir das Geld aus. Es wäre wunderschön geworden, aber nun war Schluß damit. Am Ende stand ich mit leeren Händen da, und die habe ich auch jetzt noch. Wissen Sie, als der Stadtrat mich an seinen Tisch rief und mir sagte, er könnte der beste Freund sein, den ich je hatte, da war ich ganz oben. Ich hatte einen gutgehenden Club, ich hatte in Zack Bissonette einen Partner, dem ich vertraute und den ich bewunderte. Wissen Sie, wie schwer es ist, einen Partner zu finden, dem Sie vertrauen können? Ich hatte dieses Projekt mit der Uferbebauung laufen, das meinen Namen so groß machen würde wie Rouse oder Levitt. Alles lief glatt für mich. Und neun Monate, nachdem ich den Stadtrat auf meiner Seite hatte, bin ich pleite, der Club ist weg, das Projekt ist geplatzt, und Bissonette ist tot. Großer Gott, wenn man solche Freunde hat!«

29

Am Abend vor Ruffings Kreuzverhör war ich in den Büros von Talbott, Kittredge und Chase, saß an dem langen marmornen Konferenztisch, trank eine der kostenlosen Colas und genoß all den Luxus. Aber ich war nicht da, um am Fall Concannon zu arbeiten. Die Bishop-Brüder hatten darauf bestanden, daß wir an diesem Abend die Papiere für ihren Deal mit den Valley Hunt Estates durchsahen, und so überprüfte ich noch einmal die Dokumente, die wir in den Prospekt aufnehmen würden, die Arbeitsblätter, die Präsentationen, die Ertragsdaten früherer Bishop-Geschäfte, eine Liste der Partner, die sich bereits verpflichtet hatten, Anteile zu kaufen. Ich saß allein am Konferenztisch und trank meine Cola, als eine Sekretärin die Tür öffnete und Beth hereinführte.

Sie sah sich um. »Schick«, sagte sie. »Wie ein Mausoleum.«

»Warst du noch nie hier?« fragte ich, als die Sekretärin gegangen war. »Schau dir dieses ganze Zeug an. Stifte, in die golden Talbott, Kittredge und Chase eingraviert ist, soviel gelbe Notizblöcke, wie man sich nur wünschen kann. Warum nimmst du nicht ein paar in der Aktentasche mit in unser Büro? Möchtest du was trinken?«

»Nein, danke«, sagte sie.

»Es kostet nichts. Also, nimm was. Cola Light?«

»Ist dir diese Kanzlei hier nicht unheimlich, Victor?« fragte sie.

»Wie viele Bäume mußten sterben, um diese Wände mit Holz zu verkleiden? Wie viele Kläger, die Besseres verdient gehabt hätten, wurden über den Tisch gezogen, um all das zu bezahlen? Mir gefällt es hier nicht.« Sie erschauerte. »Ich fühle mich, als wäre ich außerhalb der Öffnungszeiten in einem Wachsfigurenkabinett.«

»Wir sollten uns auch einen Konferenztisch aus Marmor anschaffen«, sagte ich. Ich zeigte auf die antiken Drucke der Sehenswürdigkeiten von Philadelphia, das Rathaus, als es noch jung und sauber war, die Independence Hall, die Second Bank of the United States. »Und ein bißchen Kunst, so wie das hier. Was meinst du dazu?«

Sie seufzte. »Ich habe genug Vertrauen zu dir, Victor, ich weiß, wenn du jemals so etwas bekämst, würdest du es zu sehr hassen, um es zu behalten. Rita hat mir gesagt, daß du hier bist. Ich bin gekommen, weil ich dachte, ich könnte dir helfen, dich für morgen auf Ruffing vorzubereiten.«

»Daran arbeite ich gar nicht. Es geht um den Prospekt für Valley Hunt Estates.«

»Und was ist mit Ruffing?« fragte sie.

»Ich habe meine Anweisungen, und meine Anweisungen lauten, nichts zu tun. Wie kann ich rechtfertigen, daß ich ein Honorar dafür verlange, nichts zu tun?«

Sie setzte sich mir gegenüber und seufzte erneut. Ich fing an, ihre Seufzer zu fürchten. Sie sah sich um. »Wird man hier abgehört?«

Ich zuckte mit den Schultern. »Vermutlich.«

»Ach, scheiß drauf«, sagte sie. »Victor, wenn Prescott die Absicht hat, Chester die Schuld in die Schuhe zu schieben, dann wird er das morgen tun.«

»Wird er nicht«, sagte ich, »er hat mir gesagt, er würde Chet rauspauken.«

»Wie sein ehemaliger Chef Nixon, als er sagte, er sei kein Gauner. Du solltest vorbereitet sein, nur für alle Fälle. Prescotts ganze Verteidigung basiert darauf, daß es legal ist, um politisches Geld zu bitten, richtig? Wenn er versucht, Concannons Zusammenkünfte mit Ruffing von den Telefongesprächen zwischen Ruffing und Moore abzutrennen, dann könnte Chester ernsthaft in Schwierigkeiten kommen. Prescott könnte behaupten, daß das, was Moore getan hat, völlig legal war, und daß nur Concannon die Sache zum Gesetzesverstoß ausgeweitet hat.«

»Concannon war Moores oberster Assistent. Keiner würde das glauben.«

»Erinnerst du dich an das fehlende Geld? Eine Viertelmillion, die nie bei CUP angekommen ist? Solches Geld kann jedermanns Loyalität korrumpieren, und bilde dir nicht ein, die Jury würde das nicht glauben. Wenn Prescott Concannon das fehlende Geld in die Schuhe schieben kann, dann wird Chester für seinen Boß die Suppe auslöffeln.«

Ich nahm einen Schluck Cola aus einem hohen Glas, gefüllt mit Eiswürfeln, die ich mit einer Zange aus einem Eisbehälter auf der Kredenz genommen hatte. »Es gibt kein fehlendes Geld«, sagte ich. »Ruffing lügt über die Zahlen, um einen höheren Steuerabzug zu bekommen.«

»Wer hat dir das erzählt?« fragte Beth.

»Prescott.«

»Also muß es wahr sein.«

»Weißt du, was ich denke?« sagte ich, denn auf einmal war ich wütend. »Ich denke, daß du eifersüchtig bist. Ich denke, daß du dich sorgst, ich könnte hier dick absahnen und dich zurücklassen, könnte mich benehmen wie Guthrie. Und, offen gesagt, ich bin verdammt sauer, daß du so von mir denkst.«

Sie starrte mich einen langen Moment an. Ich glaubte, ich hätte etwas schrecklich Trauriges in ihrem Gesicht gesehen, aber dann war ich sicher, daß ich mich irrte, denn sie war zu zäh, um mich irgend etwas sehen zu lassen, das ich nicht sehen sollte. »Was ich von dir denke, Victor, ist, daß du besoffen bist von diesem marmornen Konferenztisch und den feinen Drucken des alten Philadelphia und diesen kostenlosen Colas. Und daß du, wenn du wieder nüchtern bist, sehr bereuen wirst, was du unter ihrem Einfluß alles getan hast.«

Sie stand auf und starrte auf mich nieder. »Morris möchte, daß du ihn anrufst«, sagte sie kühl, ehe sie ging und mich mit den gravierten Stiften, den Stapeln gelber Notizblocks und den antiken Drucken allein ließ. Ich nahm noch einen Schluck Cola.

Ich wandte mich wieder den Valley-Hunt-Estates-Papieren zu

und las erneut die Liste der Partner durch, die bereits eingewilligt hatten, sich in den Deal einzukaufen. Da gab es eine Eintragung, die mich verwirrte, eine Partnerschaft, die von einer Gruppe von Initialen zum Nutzen einer anderen erworben worden war. Darüber grübelte ich noch nach, als Jack und Simon Bishop den Raum betraten.

»Na, wie sieht's aus, Victor?« fragte Simon.

»Großartig«, sagte ich. »Nur eine Sache macht mir Sorgen.«

»Mir gefallen die Zahlen in dem Fünfjahresplan auch nicht«, sagte Jack und hielt die Finanzprognose hoch, die für den Prospekt vorbereitet worden war. »Die Zahlen sind zu hoch.«

»Das ist es nicht«, sagte ich. »Die Zahlen sehen gut aus.«

»Für mich sehen sie phantastisch aus«, sagte Simon. »Wir werden innerhalb einer Woche ausverkauft sein.«

»Und innerhalb eines Jahres verklagt, wenn es nicht klappt«, sagte Jack.

»Es wird klappen, Jack«, sagte Simon. »Es klappt immer. Aber damit wollen wir uns später befassen. Jetzt gehen wir erst mal essen. Kommen Sie mit, Victor?«

Ich sah sie an; ihre runden Gesichter waren so offen für mich wie eine Einladung, und alle Sorgen, die ich vielleicht hatte, vergingen in der Wärme ihrer Großzügigkeit. »Klar«, sagte ich. »Essen ist eine gute Idee.« Ich folgte ihnen in den Aufzug zur Tiefgarage und ihren Rolls-Royce Silver Shadow.

Sie führten mich in ein feines französisches Restaurant, ein kleines Lokal in einem schicken Vorort. Es war eine lange Fahrt, aber Simon sagte, das sei es wert, und so war es auch. Das Restaurant war voll, ein Haufen Schickeria wartete an der Bar, aber der Türsteher kannte die Bishops und führte uns sofort zu einem leeren Tisch an einem Fenster. Sie waren wirklich ein lustiges Paar, diese Bishops. Zuerst hatte ich sie für sehr steif und förmlich gehalten, doch das waren sie nur an der Oberfläche. Darunter waren sie sehr spaßig und hatten drollige Gelüste und eine Vorliebe für gute Weine. Als wir die zweite Flasche halb geleert hatten, entschuldigte ich mich, um zu telefonieren.

»Victor? Sind Sie das, Victor?«

»Ja, Morris, ich bin's.«

»Haben Sie eine Erkältung oder so, Victor? Sie klingen ganz anders als sonst.«

»Ich bin nur ein bißchen müde, aber ich wollte Sie zurückrufen.«

»Sie müssen auf sich aufpassen, Victor. Das ist das Wichtigste. Wenn ich *mechalle* bin, dann hole ich mir eine Flasche Manischewitz, gut und stark wie Medizin, lege mich ins Bett, schaue mir die Nachrichten an, trinke das Zeug, schlafe bei Peter Jennings ein und wache als der alte Morris wieder auf. Das sollten Sie mal probieren.«

»Was ist mit Hühnersuppe?«

»Vergessen Sie, was sie Ihnen erzählen. Hühnersuppe im Bett ist einfach eine Schweinerei, man kleckert alles voll. Ich habe Neuigkeiten für Sie, Victor. Mein Sohn, das Computergenie, hat einen Computer mit Telefon, und er ruft ein Register aller Jachthäfen ab und fängt an, nach unserem Mann zu suchen.«

»Und? Hat er schon Glück gehabt?«

»Immer mit der Ruhe, Victor, lassen Sie mich berichten. Er schaut also zuerst unter dem Namen des Diebes nach. Stocker. Gibt ihn ein, die Suche dauert eine Stunde und noch länger, und all das ist so teuer, daß ich nicht wage, es am Telefon zu sagen.«

»Wir kommen dafür auf.«

»Natürlich. Bin ich in diesem Geschäft, um Geld an AT&T zu verlieren? Endlich kommt also das Ergebnis. Kein Stocker. Ich denke mir, vielleicht hat unser Freund, der Buchhalter, sein Boot doch nicht so schnell verkauft, und wir suchen nach *The Debit*, und tatsächlich bekommen wir eine Liste von fünf Booten, die alle *The Debit* heißen. Fünf Buchhalter mit der gleichen Idee, eine Verschwörung von Buchhaltern. Wir überprüfen sie also alle, und, denken Sie nur, es gibt nur eine Zehn-Meter-Schaluppe. Ich könnte Ihnen immer noch nicht sagen, was eine Schaluppe ist, aber mein Sohn sagt, er weiß es, und *The Debit* in einem Jachthafen gleich südlich von St. Augustine, Florida, ist eine Zehn-Meter-Schaluppe. Sie gehört einem Mann namens Cane. Und ich weiß zufällig, daß Cane auf deutsch Stock heißt.«

»Das wissen Sie zufällig?«

»Das weiß ich zufällig, und so denke ich, vielleicht ist es derselbe Mann. Ich rufe also in der Werft an und lasse mich mit Mr. Cane verbinden.«

»Und, war er's?«

»Ach, lassen Sie mich doch ausreden.«

»Morris, Sie sind ein Genie.«

»Victor, nun haben Sie es endlich begriffen. Ja, in aller Bescheidenheit, ich gestehe, daß ich eines bin. Aber nein, Mr. Cane war nicht Mr. Stocker. Er ist Mr. Cane, Nathan Cane, sein Vater hieß noch Cantowitz. Er verkauft Immobilien, und er hatte ein großes Haus oder so verkauft und sagte, er habe sich etwas gegönnt und dieses Boot gekauft, The Debit.«

»Von wem?«

»Komisch, genau das habe ich ihn auch gefragt. Er sagte, er kaufte es von einem Mr. Radbourn, einem kleinen *pischer*, wie er mir sagte. Also fragte ich ihn, woher Mr. Radbourn es hatte, und er schaut auf den Kaufvertrag, und es stellt sich heraus, daß Mr. Stocker es an Mr. Radbourn verkauft hat. Wenn Sie mich fragen, nach der Beschreibung sind Mr. Stocker und Mr. Radbourn ein und dieselbe Person. Er verkaufte das Boot an sich selbst, damit man ihn schwerer findet.«

»Was wir jetzt also haben, Morris, ist das Boot, aber keinen Stocker.«

»Genau richtig. Das haben Sie schnell verstanden, Victor.«

»Und was machen wir jetzt?«

»Na ja, ich nehme natürlich an, daß unser diebischer Freund Boote zu gern hat, um keins zu haben, und er hat das Geld, also denke ich, er hat sich ein anderes gekauft, ein größeres diesmal. Die Katze läßt das Mausen nicht, richtig? Also suchen wir in den Hafenregistern wieder nach einem Mr. Radbourne. *Gornischt.* Wir suchen nach dem Verkauf eines Bootes von mehr als dreißig Fuß ungefähr um die gleiche Zeit und in der gleichen Gegend, und wissen Sie, was wir gefunden haben?«

»Was denn?«

»Hunderte. Zu viele, um sie zu überprüfen. Das alles zu recherchieren würde sechs Monate dauern.«

»Also sind wir am Ende.«

»Noch nicht, Victor. Wir reden wieder mit unserem Freund Mr. Cane. Ein sehr netter Mann, wirklich. Er versprach, mir eine günstige Eigentumswohnung zu besorgen, falls ich beschließe, meinen

Ruhestand im Süden zu verbringen. Wenn es kälter wird, wie jetzt im Augenblick, denke ich manchmal, daß Schwitzen vielleicht nicht das Schlimmste auf der Welt ist. Jedenfalls schien er sich zu erinnern, daß Mr. Radbourn etwas in dem Sinn erwähnt hatte, er wolle etwas an der Westküste Floridas bauen, er habe gehört, dort sei es vielleicht billiger.«

»Und was schließen wir daraus, Morris?«

»Das engt die Möglichkeiten ein. Unser Freund, Mr. Stocker, das sage ich Ihnen jetzt mit großer Zuversicht, unser Mr. Stocker ist jetzt, in diesem Augenblick, auf einem Boot, das größer ist als eine Zehn-Meter-Schaluppe, und er lebt unter einem anderen Namen und liegt in einem Hafen irgendwo am Golf von Mexiko.«

Als ich an den Tisch zurückkam, lachten die Bishops laut über irgend etwas. Das Gelächter erstarb langsam, als sie mich sahen. »Wer ist tot, Victor?« fragte Simon. »Sie sehen aus wie die Pest.«

»Es ist nichts«, sagte ich. »Alles in Ordnung.«

Mein Kalbfleisch stand jetzt auf dem Tisch, drei köstliche Medaillons in leichter Zitronensauce. Ich trank den Wein in meinem Glas aus, und Jack goß rasch nach. Einen Augenblick lang empfand ich leise Enttäuschung. Ich hatte fast geglaubt, der seltsame und mysteriöse Morris Kapustin könne alles bewerkstelligen, was er sich vorgenommen hatte, und wenn er Stocker gefunden hätte, hätte er mir damit eine andere Tür geöffnet. Sicher, die wäre schwieriger gewesen, mit mehr Konflikten verbunden, aber ich wäre weniger von *denen da oben* abhängig gewesen, die mich zuvor immer enttäuscht hatten. Es war ein schöner Glaube gewesen, Morris als Retter, auf seine Weise herzerwärmend wie ein Film mit Jimmy Stewart. Aber Stocker war irgendwo am Golf von Mexiko verschwunden, und die Tür war zugefallen. Ich saß hier an diesem erstklassigen Tisch in diesem feinen Restaurant mit zweien der reichsten Männer der Stadt, die mich zum Abendessen einluden. Die Zukunft zeichnete sich mit großer Klarheit ab. Ich würde *Saltz* beilegen und in *United States vs. Moore und Concannon* brav hinterhertrotten. Ich würde allen auf Rückfenster von importierten Autos abgegebenen Schüssen ausweichen. Ich würde den paranoiden Norvel Goodwin und den argwöhnischen Chuckie Lamb mit meiner Untätigkeit beschwichtigen. Ich würde Veronica insgeheim weiter vögeln und meine Meinung zu Valley Hunt Estates niederschreiben und meine dicken Honorare einstreichen und meine Zukunft beginnen, und die Welt wäre in Ordnung.

Aber trotzdem.

»Und wir machen heute nacht die Stadt unsicher«, sagte Simon.

»Suchen uns einen erstklassigen Puff«, sagte Jack.

»Bloß ein netter Zug durch die Gemeinde mit den Jungs«, sagte Simon.

»Mir ist auf der Liste der Partner etwas Eigenartiges aufgefallen«, sagte ich. Sie hingen an meinen Lippen. »Das war's, was mir vorhin durch den Kopf ging. Es gibt zwei Partnerschaftsanteile, die treuhänderisch von einem W.P. für einen W.O. gehalten werden. Haben Sie eine Ahnung, was es damit auf sich hat?«

»Ein alter Freund von Prescott«, sagte Simon. »Ein Schulkamerad, dem irgendein tolpatschiger Idiot wegen einer Million Dollar oder so auf den Fersen ist. Ich glaube, das hat was mit seiner Scheidung zu tun. Schien in der Tat eine traurige Geschichte zu sein, als Bill sie mir erzählte. Es ist immer traurig zu sehen, wie ein armer Hund wegen seines Geldes verfolgt wird. Prescott schuldete ihm etwas, also kaufte er zwei Anteile, die treuhänderisch verwaltet werden, bis die juristischen Probleme erledigt sind.«

So war das also, dachte ich. William Prescott und Winston Osbourne, Freunde von Anfang an, Schulkameraden, und einer hilft dem anderen, sein Geld vor mir zu verstecken. Gut, nun wußte ich, wo ich ein bißchen mehr finden konnte als meinen Anteil von fünfundzwanzig Prozent. Doch auf einmal war ich nicht mehr scharf auf Winston Osbournes allerletzten Dollar. Ich war auf sehr reale Weise an William Prescott gebunden, und das bedeutete, daß ich auch an William Osbourne gebunden war. Und ich nehme an, das war der Preis für die Aufnahme in den Club, daß wir alle einander helfen, selbst den Mittellosen. Ich konnte generös sein, wenn das von mir verlangt wurde, klar, ich konnte verdammt generös sein. Simon hatte recht, es war zu traurig, wenn man sah, wie ein armer Hund wegen seines Geldes gejagt wurde. Was immer er als letzte Regelung nach dem Auto anbot, würde genug sein. Mein erster Fall als Anwalt wäre endlich erledigt.

»Also, was sagen Sie, Victor?« fragte Jack. »Ein Abend mit den Jungs? Ein paar Zigarren, ein bißchen billiger Kitzel?«

»Oder vielleicht nicht so billiger Kitzel«, sagte Simon.

»Klar«, sagte ich mit einem Achselzucken, schüttelte jede Besorgnis ab, die Beth wegen des Ruffing-Kreuzverhörs in mir geweckt hatte, ignorierte die Sorgen wegen der Verbindung zwischen W.P. und W.O., die eigentlich an mein Gewissen hätten hämmern sollen, jedoch nur ganz leise poch, poch, pochten, so leise pochten, daß sie den Zauber des Alkohols und der feinen Speisen und der reichen Gesellschaft, in der ich mich befand, nicht zu brechen vermochten. »Warum nicht«, sagte ich. »Ich habe nichts Besseres vor.«

»Noch Wein, Victor?«

»Ja, bitte.«

Ich trank den Wein, einen frischen Chablis, aß das Kalbfleisch, lachte über Simons Witze. Der Kellner brachte eine neue Flasche, und mein Glas wurde wieder gefüllt; die beiden Bishops hatten es so aufmerksam im Auge, daß man hätte meinen können, sie wollten mich betrunken machen. Als der Wein meinen Gaumen kitzelte, wurde mir wohler zumute. Das war gar nicht so übel, dieses Kalbfleisch, dieser Wein, dieses Ambiente von Reichtum. Daran würde ich mich gewöhnen können.

30

Beim Kreuzverhör war Prescott eindrucksvoll. Auch ohne ein Wort zu sagen, konnte er zermürbend wirken. Er stand leicht nach vorn gelehnt, umklammerte mit den Händen das Geländer des hölzernen Podiums und starrte den Zeugen mit Blicken an, die wie Laserstrahlen waren. Wie er so dastand, groß, in solides Marineblau gekleidet, mit einer Haltung, die Zorn ausdrückte, doch mit einem verkniffen höflichen Lächeln im Gesicht, ließ er eine Spannung entstehen, und aus dieser Spannung heraus kamen die Fragen, zuerst leise, je nach Inhalt ungläubig oder selbstgewiß, dann wechselnd in Lautstärke und Tonfall, Fragen, die Antworten erzwangen.

»Nun, Mr. Bissonette war ein Frauenheld, nicht wahr, Mr. Ruffing?«

»Ja, das stimmt.«

»Er ging mit vielen verschiedenen Damen aus, nicht wahr?«

»Stimmt.«

»Mit älteren Damen und jüngeren Damen und unverheirateten Damen und verheirateten Damen.«

»Ja, das tat er, er war schließlich ein Sportstar.«

»Und die verheirateten Damen hatten Ehemänner?«

»Die hatten sie ja wohl zwangsläufig, nicht?«

»Und die unverheirateten Damen hatten Väter?«

»Das nehme ich an.«

»Und mit seinen vielen Frauenfreundschaften hatte Mr. Bissonette sich sicher einige Feinde gemacht, ist das richtig?«

»Davon weiß ich nichts.«

»Sind Sie verheiratet, Mr. Ruffing?«

»Ja.«

»Haben Sie Töchter?«

»Zwei.«

»Hätten Sie Ihre beiden kostbaren Töchter mit Mr. Bissonette ausgehen lassen?«

»Nie im Leben«, sagte Ruffing mit einem breiten Lächeln in Richtung der Geschworenen.

»Nein, das hätten Sie sicher nicht getan, Mr. Ruffing. Aber es gab viele Männer, deren kostbare Töchter mit Mr. Bissonette ausgingen, ohne daß sie um Erlaubnis gebeten hätten, nicht?«

»Ja, bestimmt.«

»Und Mr. Bissonette pflegte über diese Mädchen zu reden, nicht wahr?«

»Gelegentlich.«

»Er erzählte Geschichten.«

»Manchmal.«

»Er unterhielt seine Freunde an der Bar mit seinen Geschichten über all diese Frauen.«

»Hin und wieder.«

»Geschichten über die Frauen, die er mit ins Bett nahm, diese Ehefrauen und Töchter, die er mit ins Bett nahm und fickte.«

Die Geschworenen fuhren zurück, als hätte man sie geohrfeigt. Das Wort war um so schockierender, als es von der aufrechten und strengen Persönlichkeit namens William Prescott III. kam.

Eggert sagte: »Einspruch gegen die Ausdrucksweise und die Relevanz.«

Der Richter wandte sich an Ruffing und sagte einfach: »Pflegte Mr. Bissonette über so etwas zu reden?«

»Manchmal«, sagte Ruffing. »Ja, Sir.«

»Achten Sie auf Ihre Ausdrucksweise, Mr. Prescott«, sagte der Richter. »Sie können fortfahren.«

»Nun, Mr. Ruffing, hat Mr. Bissonette Ihnen je die Namen dieser Frauen genannt?«

»Manchmal.«

»Und war eine davon die Tochter von Enrico Raffaello?«

»Einspruch«, schrie Eggert, der auf die Füße gesprungen war, ehe Ruffing antworten konnte; der Richter hob den Kopf aus seinen Papieren und starrte Prescott lange und intensiv an. Dann sagte er: »Die Geschworenen sind für fünfzehn Minuten entschuldigt, der Gerichtsdiener wird Sie hinausgeleiten.« Alle verhielten sich still, während die Jury aufstand und hinausging; Prescott umklammerte das Geländer, Eggert stand mit protestierend erhobenem Arm da, der Richter starrte Prescott an.

Als die Geschworenen den Saal verlassen hatten, sagte der Richter in fünf scharfen, präzisen Silben: »In mein Amtszimmer.«

Ich stand so ruhig auf, wie ich konnte, und folgte den anderen Anwälten in das bibliotheksartige Amtszimmer des Richters. Ich hatte am Vorabend mit den Bishop-Brüdern viel zuviel Wein getrunken, und später war ich sogar zu Sea Breezes übergegangen. Wir waren gar nicht mehr in das Konferenzzimmer mit dem Marmortisch zurückgekehrt. Statt dessen hatte Simon dieses Lokal am Admiral Wilson Boulevard in Jersey vorgeschlagen, wo die Frauen auf dem Tisch tanzen und sich einem auf den Schoß setzen, solange man ihnen für vierundzwanzig Dollar falsche Champagnercocktails bestellt, und das taten wir. Eine der Frauen in diesem Lokal hatte die längsten Beine, die ich je gesehen hatte. Sie konnte sie zweimal um den Pfahl schlingen, der die Bühne unterteilte, und die Bishops kauften ihr drei Champagnercocktails, nur, damit sie auf meinem Schoß blieb. Sie hieß Destiny, trug goldene Stöckelschuhe, und ihre Brüste waren wie Porzellan, so glatt, so weiß, so unbeweglich, wenn sie tanzte. Mir gefiel ihr Lächeln. Destiny. Mit echt rotem Haar und goldenen Stöckelschuhen. Es war gut, daß meine Anweisung lautete, die ganze Untersuchung Prescott zu überlassen, denn an diesem Morgen war mein Gehirn so benebelt und meine Zunge so belegt, daß die Geschworenen wohl keines meiner Worte verstanden hätten.

»Mr. Prescott«, sagte der Richter mit mehr als dem üblichen Anflug von Ärger in der Stimme. Er saß am Schreibtisch seines Amtszimmers, wir Anwälte standen im Halbkreis um ihn herum. Der Protokollführer hatte seine Maschine aus dem Gerichtssaal mitgebracht und saß gelassen neben dem Schreibtisch. »Was war das für eine Frage?«

»Eine beweiserhebliche Frage, Euer Ehren.«

»Ich werde nicht zulassen, daß Sie die Namen aller Frauen aufbringen, mit denen Bissonette vielleicht zusammen war. Ich habe Ihnen bei diesen Fragen nach seinen Weibergeschichten ohnehin schon sehr viel Spielraum gegeben.«

»Euer Ehren, wir glauben, daß Mr. Bissonette von Mr. Raffaello ermordet wurde, weil er mit seiner Tochter geschlafen hat.«

»Das ist lächerlich«, sagte Eggert. »Ich verlange die Vorlage von Beweisen.«

»Ich glaube nicht«, sagte der Richter mit seiner schnarrenden Stimme säuerlich, »daß Sie in meinem Amtszimmer etwas verlangen sollten, Mr. Eggert. Ich erkenne allerdings Ihre Besorgnis an. Haben Sie irgendwelche Beweise, Mr. Prescott, um diese Beschuldigung zu untermauern?«

»Ich kann beweisen, daß Bissonette mit Raffaellos Tochter schlief, und wir alle wissen, daß er ein Killer ist.«

»Ist das so?« fragte der Richter. »Werden Sie in diesem Prozeß beweisen, daß Mr. Raffaello ein Killer ist?«

»Sämtliche Mitglieder der Jury wissen, wer er ist. Lassen Sie mich nur die Frage stellen, Euer Ehren.«

»Nicht, wenn Sie nicht beweisen können, daß er ein Killer ist. Nun, Mr. Eggert, sind in Ihrem Amt Ermittlungen gegen Mr. Raffaello anhängig?«

»Nach Bundesrecht, Euer Ehren, kann ich das weder bestätigen noch verneinen.«

»Hiermit stelle ich den formellen Antrag auf Einblick in alles Beweismaterial, das Sie gegen Enrico Raffaello haben«, sagte Prescott.

»Mit welcher Begründung?« fragte Eggert überrascht.

»Soweit wir wissen, ist alles, was Sie vielleicht haben, *Brady*«, sagte Prescott.

»Wir haben nichts Entlastendes, und das wissen Sie. Wir haben absolut nichts gefunden, was Raffaello mit dem Mord an Bissonette in Verbindung bringt, überhaupt nichts.«

»Mr. Eggert«, sagte der Richter. »Haben Sie genug Beweismaterial, um Mr. Raffaello anzuklagen?«

»Nein, Sir. Wenn wir das hätten, hätten wir es bereits getan.«

»Ich werde Ihren *Brady*-Antrag formell ablehnen, Mr. Prescott, und ich werde Ihnen unter der Androhung der Mißachtung des Gerichts verbieten, weitere Fragen nach Mr. Raffaellos Tochter oder sonstigen Frauen zu stellen, mit denen Mr. Bissonette vielleicht geschlafen hat. Haben Sie mich verstanden, Sir?«

»Ja, Euer Ehren«, sagte Prescott.

»Ich werde nicht gestatten, daß Klatsch und unzulässige Anspielungen bei einem Prozeß in meinem Gerichtssaal zur Verteidigung benutzt werden. Dies ist das Bundesgericht und nicht das Büro des *National Enquirer*, haben Sie verstanden, Mr. Prescott?«

»Ja, Euer Ehren.«

»Sie auch, Mr. Carl?«

»Ja, Sir«, murmelte ich.

»Gut, dann lassen Sie uns hinausgehen und diesen Fall verhandeln, als existierten die Regeln der Beweisführung noch.«

»Was machen wir jetzt?« fragte ich Prescott im Gerichtssaal, während wir auf die Rückkehr der Geschworenen warteten.

»Wir schlagen Schaum«, sagte er.

Und genau das tat er. Er fragte Ruffing nach dem Uferprojekt und warum genau es gescheitert war. Er fragte nach den Telefongesprächen mit Moore und den Treffen mit Concannon, den genauen Orten und dem Wortlaut der Gespräche. Er fragte nach der Diskrepanz zwischen dem Betrag, den Ruffing Concannon gegeben zu haben behauptete, und dem tatsächlich bei CUP eingegangenen Betrag; er fragte, ob Bissonette den vollen behaupteten Betrag von der Steuer abgesetzt habe, und Ruffing bejahte das. Prescott brauchte fast den ganzen Tag, um seine Fragen zu stellen. Er fragte nach der Beleuchtung des hinteren Parkplatzes in der Nacht, in der Bissonette zusammengeschlagen worden war, und wie weit die Limousine entfernt gewesen sei, als er die Männer aus dem Wagen steigen sah. Er brachte Ruffing zu der Aussage, er sei nicht ganz sicher, wer die Männer waren, es habe ausgesehen, als seien es der Stadtrat und noch jemand, ein Schwarzer, und auch, er habe die Limousine zwar als die des Stadtrats erkannt, könne aber nicht genau angeben, inwiefern sich dieser Wagen von anderen langen schwarzen Limousinen mit einem Bumerang am Heck unterschied. Und er fragte nach den Steuerrückständen, die Ruffing schuldete, und der Abmachung mit dem Finanzamt; ein Teil des Versicherungsgeldes nach dem Brand im Club war an das Finanzamt gegangen, womit Ruffing seinen Teil der Abmachung einhielt. Es war ein solides Kreuzverhör durch Prescott. Tatsächlich stellte er fast alle Fragen, die ich auch gestellt hätte, wenn ich die Nacht statt mit Trinken damit verbracht hätte, mich vorzubereiten. Doch am Ende tat er trotz seines ganzen Geschreis, seiner Einschüchterungen und Unterstellungen nichts, um Ruffing vor den Geschworenen als Lügner erscheinen zu lassen.

Das Brummen in meinem Schädel ließ nach, und was zurückblieb, war eine tiefe Erschöpfung, während Prescott Fragen stellte, die schon zwei- oder dreimal berührt worden waren, und Ruffing darauf dieselben Antworten gab, die er zuvor schon gegeben hatte. Der Rhythmus der Befragung war eintönig, einschläfernd, hypnotisch. Ich konnte kaum die Augen offenhalten, während Prescott seine letzte Serie von Fragen stellte.

»Alle Ihre Gespräche mit Stadtrat Moore waren auf den Bändern, ist das richtig, Mr. Ruffing?«

»Die meisten. Einige wurden an Telefonen geführt, die nicht angezapft waren.«

»Waren die nicht mitgeschnittenen Gespräche anders als die mitgeschnittenen?«

»Nein, sie waren im wesentlichen gleich.«

»Mir ist an den Bändern Ihrer Gespräche mit Mr. Moore etwas aufgefallen. Was mir aufgefallen ist, Mr. Ruffing, ist die Tatsache, daß Stadtrat Moore nirgends in diesen Gesprächen eine bestimmte Geldsumme erwähnte.«

»Ich dachte, er hätte es getan.«

»Auf den Bändern kommt nichts dergleichen vor.«

»Er erwähnte Beiträge.«

»Aber niemals bestimmte Summen und niemals, wie sie bezahlt werden sollten.«

»Vielleicht hat er das bei den Gesprächen getan, die nicht aufgezeichnet wurden.«

»Aber gerade vor einer Sekunde haben Sie noch gesagt, die Gespräche seien im wesentlichen gleich gewesen, stimmt das nicht?«

»Doch, das stimmt.«

»Wir können also annehmen, daß er, wenn er bei den aufgezeichneten Gesprächen keine spezifischen Summen erwähnte, dies auch bei den anderen Gesprächen nicht getan hat.«

»Vermutlich.«

»Tatsächlich war es nur Chester Concannon, der bestimmte Geldbeträge nannte.«

»Das könnte stimmen.«

»Und diese Gespräche wurden nicht mitgeschnitten.«

»Nein.«

»Diese Schecks, die Sie Concannon gaben, kamen die von der Bank zurück?«

»Sicher, sie waren von CUP eingelöst worden.«

»Aber für das Bargeld bekamen Sie von CUP nichts zurück? Keine Quittungen?«

»Nein, nichts.«

»CUP bestätigte also nur die Zahlung der zweihundertfünfzigtausend Dollar, die korrekt in den Büchern standen.«

»Ich weiß nichts über die Bücher von CUP.«

»Und der Stadtrat erwähnte nie, daß er das Bargeld bekam?«

»Nein. Er wollte nicht im einzelnen darüber sprechen.«

»Das übernahm Chester Concannon.«

»Richtig.«

»Es war Chester Concannon, der Ihnen sagte, wieviel Sie bezahlen sollten, wie Sie bezahlen sollten und daß ein Teil davon Bargeld zu sein hatte.«

»Das sagte ich doch schon.«

»Und es war Chester Concannon, der Sie bedrohte, nachdem Sie aufgehört hatten zu zahlen.«

»Ja, so war es.«

»Und Ihres Wissens wäre es möglich, daß das Bargeld überhaupt nie bei CUP angekommen ist.«

»Soweit ich weiß, ja.«

»Und daß es auch nie bei Stadtrat Moore angekommen ist.«

»Soweit ich weiß.«

»Es ist möglicherweise nicht weiter gekommen als bis zu Chester Concannon.«

»Das kann sein.«

»Ich habe keine weiteren Fragen«, sagte Prescott.

Richter Gimbel hob sein schweres, rotes Gesicht, schaute mich über die Ränder seiner Lesebrille hinweg an und sagte: »Haben Sie irgendwelche Fragen an diesen Zeugen, Mr. Carl?«

Im Sitzen sah ich mich im Gerichtssaal um. Prescott war wieder am Tisch, besprach sich leise mit dem Stadtrat und ignorierte mich. Eggert sah auf einen gelben Block nieder und machte sich Notizen. Concannon hatte die Augen geschlossen, als habe die Befragung ihn eingeschläfert. Ich schüttelte den Kopf, um klar denken zu können, und stand langsam auf. Es fiel mir schwer, die Worte zu bilden, mein Mund war trocken, meine Zunge belegter als vorher, mein Magen rebellierte. Endlich brachte ich mühsam den Satz heraus: »Ich würde gern ein paar Augenblicke mit meinem Mandanten reden.«

Richter Gimbel lächelte mich herablassend an. »Gute Idee, Mr. Carl. Die Sitzung ist für zwanzig Minuten unterbrochen.«

31

Was mich an der letzten Serie von Fragen Prescotts verblüfft hatte, war nicht bloß, daß er sich nun gegen Concannon wandte und ihm die Schuld zuschob, sondern daß er das so unverhohlen tat. Ich hätte erwartet, daß er den Schaden auf subtile Weise anrichtete, eine Frage hier, eine Bemerkung dort, daß er Concannon das Messer so verstohlen und lautlos in den Leib stieß, daß dieser erst merkte, wie ihm geschah, wenn die Knie unter ihm nachgaben, und noch nicht einmal dann sicher war. Aber Prescott hatte auf jede Subtilität verzichtet. Er hatte lächelnd die Geschworenen angesehen und gesagt: Mein Mandant war es nicht, es war sein Mandant. Ganz plötzlich entpuppte sich die mir aufgezwungene Strategie, es so darzustellen, als habe mein Mandant mit den Vorgängen nichts zu tun, als übler Witz.

Meine erste Reaktion war, mich an den Anwaltstisch zu setzen, den Kopf in die Hände zu stützen und möglichst nicht zu weinen. Es ist unwürdig, wenn ein Anwalt bei einem Prozeß weint, es sei denn vor einer Jury, und dann nur aus Effekthascherei. Doch die Geschworenen waren nicht im Raum, die Zuschauer schlenderten umher, mein Mandant war auf die Toilette gegangen, und in dieser Situation war Weinen keine sonderlich schneidige Taktik. Trotzdem konnte ich nicht verhindern, daß meine Augen tränten. Links von mir hörte ich Prescott lachen, nicht laut, aber doch laut genug.

Ich spürte eine Hand auf meinem Arm und drehte mich so schnell um, wie mein Kater es zuließ.

Es war Herm Finkelbaum. Er war wieder auf seinem Posten und lächelte mich dünnlippig an. »Geht es Ihnen gut, mein Junge?« fragte er.

»Im Augenblick nicht so gut«, sagte ich.

»Ich habe Sie beobachtet, wie ich gesagt hatte, aber ich habe nicht viel gesehen.«

»Das war Absicht«, sagte ich.

»Wessen Absicht? Eggerts?«

»Es ist eine sehr komplexe Strategie, Herm. Sie würden sie nicht verstehen.«

»Einmal hat eine Spielzeugfirma eine Puppe auf den Markt gebracht, die sich in die Windeln machte«, sagte Herm Finkelbaum, der Spielzeugkönig der Vierundvierzigsten Straße. »Ich fragte den Vertreter: ›Was soll daran spaßig sein? Ich habe Windeln gewechselt. Windeln zu wechseln ist nicht lustig.‹ Der Vertreter meinte, ich verstünde nicht, was für ein Schlager diese Puppe sei, sie würde sich verkaufen wie warme Semmeln. Ich kaufte fünfzig für das Weihnachtsgeschäft und wurde nur drei los. Er hatte recht, ich hatte nicht verstanden, nicht verstanden, daß ich ein *schmock* war, fünfzig zu kaufen.«

»Was wollen Sie damit sagen, Herm?«

»Sagen? Gar nichts«, sagte er, während er sich abwandte und beschwingten Schrittes davonging. »Ist bloß eine Geschichte von mir, die ich gern erzähle.«

Als ich Herm nachblickte, wie er sich in den hinteren Teil des Gerichtssaals zurückzog, sah ich Beth in der letzten Reihe sitzen und mich anstarren; ihr Blick war nicht triumphierend oder wütend, sie starrte nur. Sie stand auf und gab mir ein Zeichen, mit ihr hinauszukommen. Ich nickte und drehte mich wieder um.

Ich hatte nicht viel Zeit, um mir zu überlegen, was ich tun sollte. Richter Gimbel würde mich nach der zwanzigminütigen Pause fragen, ob ich irgendwelche Fragen an Ruffing hätte, und dann mußte ich es sicher wissen. Aber vorher mußte ich es mir wirklich erst überlegen, allein, bevor ich mit meinem Mandanten sprach, bevor ich mit Beth sprach.

Nachdem der Schock über Prescotts Fragen vergangen war, wurde mir klar, daß ich eigentlich nicht hätte überrascht sein dürfen. Natürlich würde Jimmy Chester verraten, er war schließlich Politiker, und der einzige Unterschied zwischen einem Politiker und einer Viper besteht darin, daß eine Viper ihre Giftzähne wieder einzieht. Wie konnte ich jemals annehmen, daß Prescotts Angebot einer Chance etwas anderes bedeutete als eine Chance, die ihren Preis kostete? Aber der Preis war verdammt hoch. Alle Prinzipien meines Berufes einfach über Bord zu werfen und meinen Mandanten ohne Gegenwehr einem Angriff auszusetzen, der ihn für den Rest seines Lebens ins Gefängnis bringen würde, war nahezu undenkbar. Aber da war natürlich Geld zu verdienen, Verbindungen waren zu knüpfen, Gelegenheiten waren zu ergreifen. Valley Hunt

Estates war bloß das erste von zahllosen Projekten, die mir angeboten werden würden, wenn ich in die oberen Ränge meines Berufes aufstieg. Prescott würde das alles für mich bewerkstelligen, er hatte es so gut wie versprochen. Es heißt, hinter jedem großen Vermögen stehe ein großes Verbrechen, und ich hatte immer darauf gewartet, das zu finden, das ich begehen mußte. Nun war es da, und begehen mußte ich gar nichts. Und selbst wenn ich versuchte, etwas zu tun, was sollte ich machen? Auf den Tisch steigen und verkünden, der Mafioso Raffaello habe Bissonette getötet? Das würde mir nichts weiter einbringen als den Vorwurf der Mißachtung des Gerichts. Und was war mit den Drohungen von Norvel Goodwin und Chukkie Lamb? Und mit dem explodierenden Rückfenster und seiner Botschaft? Und was war mit …

Doch noch während ich innerlich all das erwog, wußte ich schon, wie die Antwort lauten würde, zweifelte im Grunde keine Sekunde daran. Mitten in meinen Überlegungen drehte ich meine Gedanken ab wie einen Wasserhahn, stand auf und verließ den Gerichtssaal.

Chuckie Lamb erwartete mich auf dem Gang. Er faßte mich am Arm, zog mich zur Seite, und das Lächeln seiner Fischlippen war unangenehm düster. »Werden Sie Ruffing irgendwelche Fragen stellen, Victor?« sagte Chuckie.

»Ich habe jetzt keine Zeit«, sagte ich. »Ich muß mit meinem Mandanten reden.«

»Werden Sie irgendwelche Fragen stellen, Victor, oder werden Sie deren braver kleiner Junge sein?«

Ich beugte mich zu ihm und stach ihm mit dem Finger in die Brust, wie mein Onkel Sammy es zu tun pflegte. »Hören Sie, Chuckie, was mich betrifft, existieren Sie nicht, Ihre Drohungen, Ihre Meinung von mir, es ist, als wären Sie auf dem Mars. Ich werde tun, was ich tun muß.«

Ich drehte mich um und ließ ihn stehen, um Chester und Beth zu treffen, doch seine Stimme folgte mir durch den Flur. »Wir tun alle, was wir tun müssen, Vic.«

Der Raum, den wir fanden, hatte blaßgrüne Wände und einen Resopaltisch mit Stahlbeinen. Metallstühle standen herum. Beth wies auf einen, und Concannon setzte sich. Sie stand neben ihm. Ich setzte mich ihm gegenüber an den Tisch. Obwohl wir nur zu dritt waren, wirkte der Raum überfüllt, denn auf dem ganzen Tisch verstreut lag Asche, die aus dem überfüllten Aschenbecher aus Alufolie gequollen war, die Luft war abgestanden, und es gab zu viele Stühle.

»Kein Grund zur Sorge«, sagte Chet. Ich sah ihn aufmerksam an und fragte mich, ob er tatsächlich nicht wußte, daß die Messerklinge schon bis zum Heft in seinem Rücken steckte.

»Sind Sie wirklich so dumm, Chester?« sagte Beth. »Oder tun Sie nur so?«

Chester wurde nicht wütend und begann auch nicht zu schreien. Er verschränkte die Hände auf dem Tisch und starrte sie einen Augenblick an. »Der Stadtrat hat mir gestern abend von dieser Befragungsstrategie erzählt«, sagte er schließlich. »Wenn Prescott nicht den Beweis erbringen könne, daß Raffaellos Tochter mit Bissonette schlief, sagte der Stadtrat, würde er alles tun, was er könne, um es so aussehen zu lassen, als sei die ganze Sache vielleicht nicht so passiert, wie Ruffing sie geschildert hat.«

»Nun«, sagte Beth, »hat Ihr Freund Jimmy Ihnen auch gesagt, daß er, wenn Prescott den Geschworenen einredet, Sie hätten Geld beiseite geschafft, möglicherweise mit blütenweißer Weste den Gerichtssaal verläßt, während Sie ins Gefängnis wandern?«

»Er sagte, er würde sich um mich kümmern.«

»Sicher, Chester«, sagte Beth. »Er wird sich so gut um Sie kümmern, daß Sie wegen Erpressung unter Gewaltandrohung zwanzig Jahre absitzen.«

Chet starrte sie an, ohne etwas zu sagen. Ich drehte mich um, um aus dem Fenster zu schauen, aber der Raum hatte keine Fenster. Einen Augenblick lang fühlte ich mich wie in einem Sarg.

Beth sagte: »Wegen Ihrer Vorstrafen, Chester, hatten Victor und ich nicht die Absicht, Sie in den Zeugenstand zu rufen, und daher wollten wir nicht, daß Sie uns erzählen, was passiert ist. Aber jetzt brauchen wir Auskunft von Ihnen. Wieviel pflegte Ruffing Ihnen in diesem Umschlag zu geben?«

Er zuckte mit den Schultern, aber er antwortete ihr. »Jedesmal hunderttausend, wie er sagte, einen Scheck über fünfzig und fünfzig in bar.«

Ich wandte den Blick von der Wand und starrte ihn an. »Und Sie ließen zu, daß Prescott mich über das Geld belügt?« fragte ich.

»Sie sagten, Sie würden die gleiche Frage stellen wie die Geschworenen«, sagte Chet. »Prescott hat Ihnen genau erklärt, wie wir vor der Jury argumentieren wollten, das ist alles.«

»Warum nicht die Wahrheit?« fragte ich.

»Weil die Wahrheit schlecht aussieht«, sagte Chet. Er zuckte mit den Schultern wie ein Junge, der bei einem Streich erwischt worden ist, und ich wandte mich wieder ab.

»Wer hat Ihnen gesagt, Sie sollten das Geld bar kassieren?« setzte Beth ihre Befragung fort.

»Jimmy.«

»Und was haben Sie damit gemacht, wenn Sie es bekommen hatten?« fragte sie.

»Ich gab es ihm.«

»Alles?«

»Ja, alles. Manchmal gab er mir etwas zurück. Er hatte es gern, wenn ich Bargeld für seine Ausgaben hatte. Und manchmal gab er mir Bargeld für Ronnie.«

»Haben Sie nie etwas für sich selbst abgezweigt?«

»Nie.«

»Kommen Sie, Chester«, sagte sie. »Nie auch nur ein bißchen?«

»Ich habe meinen Job nicht fünf Jahre behalten, indem ich den Stadtrat bestohlen habe.«

»Waren Sie in der Mordnacht dort?«

»Nein.«

»Wer hat es getan?« fragte sie.

»Raffaello.«

»Wer hat Ihnen gesagt, daß es Raffaello war?«

»Der Stadtrat.«

»Und Sie glauben ihm?«

»Absolut.«

»Hören Sie mir jetzt zu, Chester«, sagte Beth langsam. »Jimmy Moore ist dabei, Sie zu verkaufen.«

Eine Pause folgte. Chet saß mit geradem Rücken auf seinem Stuhl, die Hände verschränkt, die Finger fest ineinander verschlungen, und starrte auf seine Hände, ohne etwas zu sagen. Ich trommelte mit den Fingern auf die Tischplatte aus Resopal, fatatatap, fatatatap, fatatatap.

»Chester«, sagte Beth endlich, »wir müssen uns wehren. Wenn wir jetzt handeln, können wir immer noch eine Verteidigung auf die Beine stellen. Wir müssen mit dem Finger auf Jimmy zeigen und die Geschworenen zwischen ihm und Ihnen wählen lassen. Wenn ich recht vermute, wird es ihm an den Kragen gehen, sofern wir unsere Sache gut machen.«

Eine weitere Pause folgte, und Chet sah mich an. »Was meinen Sie, Victor?« sagte er. »Was soll ich jetzt tun?«

Nun war es soweit. Beth starrte mich verwirrt und betrübt an. Chester sah mich ebenfalls an, und wieder erkannte ich den kleinen Jungen, die traurige Unsicherheit, die seine guten Manieren so lange verborgen hatten, und der kleine Junge hatte Angst. Ich wußte, hier mußte ich vorsichtig sein. Ich mußte es nur richtig ausdrücken.

»Auf den ersten Blick sieht es so aus«, sagte ich und sah dabei nur Concannon an, »als hätte der Anwalt des Stadtrats vor, Sie zum Sündenbock zu machen. Es ist aber auch möglich, daß Prescott nur versucht, Ruffings Geschichte so zweifelhaft wie möglich erscheinen zu lassen, um die Schwäche der Argumente der Staatsanwaltschaft vorzuführen. Wenn das so ist, dann wird er vor den Geschworenen darlegen, daß Eggert weder Ihre noch Jimmys Schuld nachgewiesen hat und daß daher erhebliche Zweifel bestehen. Genau das wird von Verteidigern erwartet, daß sie nämlich Zweifel säen. Ehrlich gesagt, so toll ist diese Strategie nicht. Also, Chester, was wir jetzt tun sollten, hängt wirklich davon ab, ob Sie dem Stadtrat vertrauen oder nicht.«

Ich sah Concannon weiter an, nur Concannon, auch, als ich zu Ende gesprochen hatte. Ich war fast enttäuscht, als ich merkte, daß sein Gesicht Erleichterung ausdrückte.

»Dann ist es ganz einfach«, sagte Chet. »Ich vertraue Jimmy. Für mich ist er so was wie ein Retter. Wenn er sagt, daß er uns beide raushaut, dann vertraue ich darauf, daß er das auch tut.«

Beth schlug mit der Hand auf den Tisch. »Sie sind sein Opferlamm, Chester«, sagte sie. »Er wirft Sie der Regierung zum Fraß vor, um seine eigene Haut zu retten. Und das ist noch nicht alles.

Nach diesem Prozeß kommt noch der Prozeß vor dem Staatsgericht. Das wissen Sie doch, oder? Der Mordprozeß, in dem Staatsanwalt Slocum die Todesstrafe fordern wird.«

»Ich habe diesen Mann nicht umgebracht«, sagte Chet. »Und Jimmy auch nicht.«

»Wer was getan hat, spielt keine Rolle«, sagte Beth. »Wenn Sie hier untergehen, dann gehen Sie dort auch unter, begreifen Sie das? Werfen Sie Ihr Leben nicht weg.«

Als seine Antwort kam, war sie leise und präzise, doch die Wut darin war klar und hart. »Ich habe mein Leben für nichts und wieder nichts vergeudet, bis der Stadtrat kam und mir ein Ziel gab. Sie wissen nicht, wie das ist, die Frustration, sich etwas zu wünschen und gleichzeitig zu wissen, daß Sie es nie kriegen werden. Und da kommt Jimmy Moore wie ein Engel des Herrn und gibt mir das alles. Wir haben eine Chance, das ist für uns die Regel, *eine* Chance, wenn wir Glück haben, und meine Chance ist der Stadtrat. Victor sagt, daß es nur darum geht, ob ich ihm vertraue oder nicht; also, ich vertraue ihm. Mehr als allem anderen auf der Welt. Und ich werde ihm weiter vertrauen, bis Sie mir schwarz auf weiß beweisen können, bis keinerlei Zweifel mehr daran besteht, daß er mich in die Pfanne hauen will, um sich selbst zu retten.«

»Solche Beweise können wir nicht liefern«, sagte Beth.

»Dann möchte ich, daß Victor sich weiter an Prescotts Anweisungen hält. Prescott will nicht, daß Victor Fragen an Ruffing stellt.«

»Wirklich?« fragte ich.

»Ja, das will er nicht. Der Stadtrat ist ein loyaler Mann und verlangt seinerseits auch Loyalität. Das habe ich oft und oft gesehen, daß Leute an ihm zweifeln und er sich dann doch für sie einsetzt. Zeigen Sie mir den Beweis oder tun Sie, was Prescott von Ihnen verlangt.«

Ich klopfte leise auf den Tisch. »Na ja, das war's dann wohl«, sagte ich. »Die Entscheidung ist getroffen.«

»Lassen Sie uns doch bitte eine Minute allein, Chester«, sagte Beth.

Nachdem er gegangen war, saßen Beth und ich eine Weile schweigend da. Ich konnte mich nicht überwinden, sie anzusehen, weil ich

Angst vor dem hatte, was ich in ihren Augen erkennen würde. Ich dachte, sie würde mich anschreien, aber das tat sie nicht. Als sie sprach, war ihre Stimme sanft und ruhig, doch ich konnte das Gefühl dahinter trotzdem spüren.

»Du solltest machen, daß du aus diesem Fall rauskommst«, sagte sie. »Laß den Prozeß platzen, dann steht Prescott mit seiner vereitelten Strategie da wie mit einer undichten Papiertüte.«

»Der Richter wird mich nicht gehen lassen«, sagte ich.

»Dann solltest du Chester wieder hereinrufen und ihm klarmachen, daß er über den Tisch gezogen wird.«

»Er ist der Mandant«, sagte ich. »Er hat seine Entscheidung getroffen.«

»Du könntest ihn überreden«, sagte sie. »Was du ihm gesagt hast, war absoluter Quatsch, und das weißt du. Er hört auf dich, Gott weiß warum, aber er hört auf dich. Du könntest seine Meinung ändern und ihm eine Chance in diesem Kampf geben.«

»Und dann? Was habe ich denn für Beweise? Was kann ich Ruffing fragen, um das Blatt zu wenden? Es wäre anders, wenn ich etwas Konkretes in der Hand hätte.«

»Wirklich?«

Ich sagte nichts mehr.

»Also, was wirst du jetzt machen, Victor?«

»Genau das, was mein Mandant will«, sagte ich. »Nichts.«

»Das kann ich nicht akzeptieren«, sagte Beth.

»Es ist nicht dein Fall.«

»Mein Name steht auch auf dem Briefkopf.«

»Ja, aber mein Anwaltsvorschuß für diesen Fall hat dazu gedient, das Briefpapier zu bezahlen«, sagte ich. »Was immer passiert, es ist meine Verantwortung.«

Wieder stieß sie diesen verdammten Seufzer aus, und ich erschauerte, als habe man mich mit einem Stock auf die Schultern geschlagen. »Seit Jahren versuchen sie, mich als Pflichtverteidigerin anzuheuern«, sagte Beth. »Perillo hat mich erst vorige Woche wieder angerufen. Er hat eine freie Stelle für mich. Man wird regelmäßig bezahlt, und es gibt eine Menge Arbeit.«

»Beth«, sagte ich, aber mehr konnte ich nicht sagen, denn als ich endlich zu ihr aufblickte, stand sie von mir abgewandt, und ihre

Schultern waren so traurig heruntergezogen, wie ich sie noch nie gesehen hatte. Das verschlug mir die Sprache.

»Ich denke, ich werde das Angebot annehmen«, sagte sie, und da wußte ich, warum sie sich von mir abgewandt hatte; Beth würde sich eher nackt sehen lassen als weinend. »Victor, weißt du das denn nicht, hast du das denn nicht gelernt? Das einzige, was man in diesem Leben nie darf, ist nichts zu tun!«

»Beth«, sagte ich wieder, und erneut konnte ich nicht mehr sagen, denn sie war schon zur Tür hinausgegangen.

Da wurde mir etwas klar. Ich erkannte, daß der Unterschied zwischen denen, die bekamen, was sie wollten, und denen, die es nicht bekamen, nicht nur in Talent oder Intelligenz oder Standhaftigkeit unter Druck bestand, sondern darin, daß diejenigen, die bekamen, was sie wollten, es einfach stärker wollten als die, die es nicht bekamen. Ich hatte unsere veralteten Gesetzbücher satt, hatte unseren ständig versagenden Kopierer satt, hatte unsere Mahnbriefe und Mahnanrufe satt, hatte meine ewig gleichen drei Anzüge und durchgescheuerten Kragen und die Sorge um das Kleingeld satt, wegen der ich mich nachts auf dem Sofa hin und her warf, während im Fernseher das Nachtprogramm flimmerte. Ich hatte unsere zweitklassige Kanzlei und mein zweitklassiges Leben satt. Ich wollte meinen Anteil am Reichtum und Glanz dieser Welt, ich wollte Geld, und wenn meine Wünsche oberflächlich waren, dann war mir das auch egal, verdammt, ich war nun die dritte Generation in Amerika und amerikanisch bis auf die Knochen, und wenn ich diese Wünsche hatte, dann nur, weil Amerika mir beigebracht hatte, sie zu haben. Und auch, wie ich sie mir erfüllen konnte. Als Beth den Raum verließ, wurde mir nur klar, daß sie nicht dieselben Wünsche hatte wie ich. Pech für sie. Vielleicht gehörte sie in die allgemeine Rechtsberatung, wo sie in einem winzigen Kabuff arbeiten und Streitigkeiten zwischen Vermietern und Sozialhilfeempfängern regeln würde, aber das war nichts für mich, nein, Sir, ganz gewiß nicht.

Als Richter Gimbel wieder auf seinem Platz saß und die Geschworenen hereinrief und mich fragte: »Nun, Mr. Carl, haben Sie Fragen an diesen Zeugen?«, hätte er genausogut fragen können, ob ich Zweifel daran hätte, daß ich mir den Erfolg wünschte, den

Prescott mir versprochen hatte, denn die Antwort wäre dieselbe gewesen.

»Nein, Euer Ehren«, sagte ich. »Keine Fragen.«

Als ich mich wieder hinsetzte, lächelte Prescott mich an. Es war ein warmherziges Lächeln, und ich deutete es als: »Willkommen im Club.« Ich lächelte zurück.

Wenn ich heute an dieses Lächeln zurückdenke, an mein Lächeln, voller Hoffnung und Erwartung und Ergebenheit für meinen Mentor, dann denke ich daran, wie dieser Mistkerl sich darüber amüsiert haben muß, und unwillkürlich zucke ich zusammen.

32

Ich war allein in meinem Büro, sah die Post durch und telefonierte, als Morris anrief und mir die schlechte Nachricht mitteilte. Ich hatte einen weiteren scheußlichen Tag im Gericht verbracht, die einzige Art von Zeitvertreib, die ich mir zu gestatten schien, einen weiteren Tag, an dem ich schweigend neben meinem Mandanten saß und zuließ, daß die Beweise ungehindert wie Meereswogen über ihn hereinbrachen. Seit dem Nachmittag von Ruffings Kreuzverhör hatte ich Beth nicht mehr gesehen. Sie war praktischerweise unterwegs, wenn ich ins Büro kam, doch mir fiel auf, daß ihre persönlichen Dinge, das Foto ihres Vaters, das Foto ihrer Schwestern, die kleine Außentoilette, deren Tür sich zu ihrem Entzücken auf Knopfdruck öffnete, nach und nach verschwanden. Sie würde gehen, kein Zweifel, sie würde tun, was sie gesagt hatte. Wir würden also nicht mehr GUTHRIE, DERRINGER UND CARL sein und auch nicht mehr DERRINGER UND CARL, sondern bloß noch UND CARL, und alle folgenden Abende würden sein wie dieser Abend, ich allein mit nichts als der Leere des Büros und einem erbärmlichen Stapel Post. Und auf der Straße zum Erfolg.

Meine Post an diesem Tag war ungefähr so wie die Post an jedem Tag, Briefe, in denen Telefongespräche bestätigt wurden, die so nie stattgefunden hatten, Werbebroschüren für juristische Zeitschriften und Weiterbildungskurse, ein Prospekt einer Buchhaltungsfirma, der all die aufregenden Arten schilderte, auf die ich meine Kanzlei erfolgreicher gestalten könne, wobei es im Grunde nur um den Erfolg der Buchhaltungsfirma ging. Und dann, in einem unheilverkündenden Manila-Umschlag und auf mit blauer Pappe unterlegtem Papier, fand ich eine Antwort. Nein, keine Antwort auf die verwirrenderen Fragen des Lebens, etwa, warum wir existieren oder wie man gleichzeitig Bier trinken und lachen kann, ohne Schaum in die Nase zu kriegen. Nein, es handelte sich um eine Antwort auf den Antrag auf eine einstweilige Anordnung, den ich für Veronica gegen Spiros Giamoticos gestellt hatte, ihren Vermieter, der ihr tote Tiere vor die Tür legte, um aus dem Mietvertrag herauszukommen.

Giamoticos wurde von Tony Baloney vertreten, was eine Überraschung war, denn der ehrenwerte Anthony Bolognese, von der Presse mit dem Spitznamen Tony Baloney versehen, war einer der erfolgreicheren und teureren Drogenanwälte der Stadt, eine interessante Wahl als Vertretung eines verstörten Vermieters. Man sah Tony nicht bei den Tanzabenden der Anwaltskammer von Philadelphia und auch nicht bei den Essen der Union League, obwohl er mehr verdiente als die meisten seiner Kollegen. Drogenanwälte, Anwälte der Mafia und anderer sozial Ausgestoßenen haben etwas an sich, einen Geruch, der sie in den heiligen Hallen der Anwaltskammer unwillkommen macht. Tony Baloney sah man hauptsächlich in den Abendnachrichten, wo er unter seinem breiten Walroßschnurrbart grinsend erklärte, warum wieder einer seiner Mandanten freigesprochen worden war.

Tonys Antwort lautete schlicht, Spiros Giamoticos habe nichts von dem getan, was Veronica behauptete, was keine Überraschung war, denn Tonys Mandanten plädierten immer auf nicht schuldig, selbst wenn das Kokain in ihren Eingeweiden gefunden worden war, in eingefettetes Plastikmaterial eingeschweißt, das sie geschluckt hatten, ehe sie in Bogota das Flugzeug bestiegen.

»Ja, Victor«, sagte Tony Baloney am Telefon, nachdem er mich geschlagene fünf Minuten hatte warten lassen. »Ich bin nicht überrascht, daß Sie anrufen. Diese dumme Giamoticos-Sache, nehme ich an.« Seine Stimme war hoch, überschwenglich und von den keuchenden Atemzügen des Asthmatikers durchsetzt. »Meine Tochter wohnt im gleichen Haus. Giamoticos hat ihr Ihren Antrag gebracht. Und als liebevoller Vater habe ich den Fall übernommen. Ich erwarte, daß Sie Ihr Bestes tun werden, damit ich das bereue.«

»Wird er aufhören, ihr tote Tiere vor die Tür zu legen?«

»Das war er nicht, Victor. Er sagt, er hätte das nicht getan.«

»Sie hören sich an, als hätten Sie das schon häufiger gesagt.«

Er lachte. »Ja, vielleicht«, sagte er. »Kann sein. So redet man eben mit den Tölpeln von der Staatsanwaltschaft. Aber manchmal ist es zufällig wahr.«

»Er hat ihre Katze umgebracht«, sagte ich. »Ich weiß das. Ich mußte sie nämlich wegräumen. Die Mieterin, die ich vertrete, hat einen äußerst günstigen Mietvertrag, und er will sie loswerden, also hat er ihre Katze getötet.«

»Sagen Sie mir, was Ihre Mandantin will.«

»Sie will nur in Ruhe gelassen werden, Tony.«

»Na gut, mein Lieber, wie wär's dann mit einem Abkommen?« fragte er. »Sie ziehen diesen unerfreulichen Antrag zurück, und mein Mandant wird schwören, sich wie ein perfekter Gentleman zu benehmen, sich an den Buchstaben des Gesetzes zu halten und vierzig Schritte von Ihrer Mandantin fernzubleiben.«

»Als ob er Bewährung hätte?«

»So ungefähr.«

»Keine Scherze mehr im Hausflur, keine toten Vögel?«

»Ich verbürge mich für ihn. Er hat das nicht getan. Er will keine Schwierigkeiten. Dieser ganze juristische Kram läßt ihn *Ouzo* schwitzen. Anscheinend sind die Gesetze in Griechenland anders. Ich muß ihm dauernd sagen, in Amerika gibt es keine Todesschwadronen.« Ich konnte hören, wie er auf seinen Schreibtisch klopfte, als er rief: »In Amerika gibt es keine Todesschwadronen!«

»Gemacht«, sagte ich.

»Gut, Victor. Gut. Diese Veronica Ashland – sie ist Jimmy Moores Freundin, nicht?«

»Mehr habe ich dazu nicht zu sagen.«

»Diskretion ist gut, Victor. Das gefällt mir. Ich muß auch diskret sein. Aber trotzdem, Jimmy und ich waren früher mal Kumpel. Hin und wieder ein paar Drinks zusammen. Aber nach dem, was Nadine passiert war, hat er mich abgeschrieben. Ich stünde auf der falschen Seite oder ähnlicher Unsinn. Nadine war ein nettes Kind. Ihr größtes Problem war ihr Vater. Jimmy meint, er sei ein neuer Mensch, und alles vorher sei nur ein Prolog gewesen. ›Doch Lieb ist blind, Verliebte sehen nicht.‹ *Kaufmann von Venedig*, Victor. Von Shakespeare kann man mehr über das Gesetz lernen als aus all unseren Kompendien zusammen.«

»Ich verstehe nicht«, sagte ich, und das tat ich auch nicht. Ich begriff nur, daß er versuchte, Jimmy durch mich zu bedrohen, und das gefiel mir nicht. Ich hatte in diesem Fall genügend Drohungen für mein ganzes Leben zu hören bekommen.

»Im Moment kann ich nicht mehr sagen. Diskretion, nicht? Wiederholen Sie ihm bloß, was ich gesagt habe. Und wenn er mich anrufen will, kann er das tun.«

»Sicher«, sagte ich, aber in diesem Moment fühlte ich mich nicht gerade wie ein Botenjunge, vor allem nicht für den fetten Tony Baloney. Ich fand, er solle den Stadtrat allein bedrohen.

Also zurück zur Post. Ich sah Briefe durch und diktierte selbst welche in das kleine Tonbandgerät, damit Ellie sie am nächsten Tag in die Schreibmaschine hackte. Ich berechnete dafür auf meinem Zeitplan jeweils das Honorar für sechs Minuten. Damit war ich beschäftigt, als Morris anrief.

»*Wei is mir*, Victor. Es schmerzt mich, daß ich Sie heute abend noch anrufen muß. Ich hoffe, Sie wissen das zu schätzen. In der kurzen Zeit, seit wir zusammenarbeiten, sind Sie für mich wie *mischpoche* geworden. Ich will nicht sagen wie ein Sohn, so nahe stehen wir uns auch wieder nicht, aber wie ein Neffe vielleicht, ein entfernter Neffe, ein Neffe aus einem fremden Land, ein Neffe aus der Tschechoslowakei, ja? Und da Sie mir inzwischen so lieb sind wie ein tschechoslowakischer Neffe, tut es mir leid, Ihnen sagen zu müssen, was ich Ihnen sagen muß.«

»Was müssen Sie mir denn sagen, Morris?«

»Zuerst möchte ich Ihnen sagen, daß wir, mein Sohn und ich, nichts unversucht gelassen haben.«

»Ja, gut, Morris. Und?«

»Ihr Mr. Stocker, Ihr Dieb, ich weiß, er ist irgendwo am Golf von Mexiko, ich weiß es, ich kann es schmecken, er ist unglaublich gerissen, aber trotzdem, ich kann ihn schmecken, wie er zufrieden auf seinem Boot schaukelt, glücklich wie ein Kosake auf einem Meer aus Wodka, Victor. Er ist da, das weiß ich, aber wo, kann ich Ihnen nicht sagen. Wenn ich Ihnen sagen könnte, wo er ist, wäre ich ein glücklicher Mann, aber ein solches Glück ist uns erst beschieden, wenn wir *ha'olum haba'ah* finden. Wissen Sie, was das ist, Victor? *Ha'olum haba'ah*?«

»Nein.«

»Wie wollen Sie dahin kommen, wenn Sie nicht wissen, was es ist?«

»Was ist es denn?«

»Die zukünftige Welt.«

»Der Himmel?«

»So ungefähr, aber besser. Keine Engel mit Flügeln, keine lästige Harfenmusik, und das Essen, Victor, das ganze Essen ist koscher.«

»Vermutlich gibt es da auch Pastrami.«

»Ja glauben Sie denn, wir würden den ganzen Weg zurücklegen, um dann Eiersalat zu essen?«

»Sie wollen mir also sagen, Morris, daß Sie Stocker nicht finden können.«

»Ich rufe heute abend an, weil Sie mir drei Wochen gegeben haben, und morgen ist es genau drei Wochen her, daß Sie mich angeheuert haben. Meine Zeit ist also abgelaufen. Ich hätte noch einen Tag drangehängt und Sie morgen angerufen, aber morgen ist Freitag, und weil ich mich auf den *schabbes* vorbereite, wollte ich Sie nicht vergessen.«

»Machen Sie sich deswegen keine Sorgen, Morris, Sie sind weiter gekommen, als ich je erwartet hätte, sogar weiter als das FBI auf der Suche nach diesem Kerl.«

»So eine Herausforderung war das? Na ja, meine Ermittlungen sind jetzt jedenfalls beendet, und ich schicke eine Rechnung über meine Auslagen, morgen. Tja, an wen soll ich sie denn nun schikken, an Sie oder an meinen Freund Benny Lefkowitz, der mich zu Ihnen geschickt hat?«

»Schicken Sie sie an Mr. Lefkowitz, Morris. Er wird sie an mich weitergeben, aber er und die anderen Mandanten werden sie bezahlen.«

»Gut. Ich wollte es nur wissen. Also, Victor, das wäre das. Haben Sie Bedarf an irgendwelchen sonstigen Ermittlungen? Irgend etwas, was Morris Kapustin für Sie untersuchen soll?«

»Im Augenblick nicht, Morris.«

»Denken Sie an mich, Victor, ich werde es zu schätzen wissen. Tut mir sehr leid, diese Sache, Victor. Falls Sie mal Hilfe brauchen, irgendeine Hilfe, rufen Sie nur Morris an.«

»Klar.«

»*A gesunt auf dein kopf, mein freint.* Und vergessen Sie mich nicht, rufen Sie mich gelegentlich an. Dann essen wir zusammen zu Mittag.«

»Zu Mittag?«

»Einer wie ich könnte auch in Hollywood sein, warum nicht? John Garfield ist Jude. Goldwyn und Mayer und Fox, lauter Juden. Warum also nicht Morris Kapustin?«

»Ganz recht, Morris. Warum nicht?«

Ich war von seiner Nachricht nicht so schmerzlich berührt wie Morris. Sie bedeutete, daß die Frist, um Stocker zu finden, ohne positives Resultat abgelaufen war. Ich konnte den *Saltz*-Fall jetzt mit den von Prescott gebotenen 120.000 Dollar regeln, von denen ich sofort meinen Drittel-Anteil abziehen würde, also vierzigtausend süß duftende, knisternde, grünliche, glatte, neue Dollarscheine. Ich konnte sie förmlich zwischen meinen Fingern spüren. In Erwartung von Morris' Mißerfolg hatte ich den Mandanten an mich selbst adressierte und frankierte Verzichtserklärungen zugeschickt, die eine nach der anderen zurückkamen. Ich öffnete sie fröhlich wie ein Kind, das Geburtstagskarten bekommt. Acht Verzichtserklärungen, formell unterzeichnet und bereit, Prescott übergeben zu werden im Austausch für einen süßen kleinen Scheck über hundertzwanzigtausend. Nachdem Morris nun das Handtuch geworfen hatte, war ich zum Vergleich bereit.

Und der Mann, mit dem ich den Vergleich schließen mußte, war bereit für mich.

»Guten Morgen, Victor«, sagte Prescott, als er am Morgen nach Morris' letztem Anruf gemächlich ins Gerichtsgebäude kam. Wie immer folgten ihm die flotten jungen Anwälte von Talbott und

Kittredge. »Heute morgen nehme ich den Polizisten ins Kreuzverhör, der den Tatort untersucht hat. Ich habe die Berichte mit meinen eigenen Experten durchgesehen, und ich denke, ich bin am besten qualifiziert, seine Ergebnisse in Frage zu stellen.«

»Wie Sie meinen, Sir«, sagte ich.

»Hervorragend«, sagte er und blätterte einen Ordner mit Dokumenten durch, den ihm Brett mit zwei »t« gereicht hatte.

»Ach, übrigens, Sir«, sagte ich. »Ich habe die Verzichtserklärungen für den *Saltz*-Vergleich. Tut mir leid, daß es so lange gedauert hat, aber ich hatte Mühe, sie von allen Mandanten zurückzubekommen, Ferien und dergleichen.«

»Den *Saltz*-Vergleich?«

»Madeline hat uns die endgültige Vereinbarung zugeschickt, und die haben wir auch unterschrieben.«

»Haben meine Mandanten unterzeichnet?« fragte er, noch immer seine Dokumente durchsehend.

»Noch nicht.«

»Hmmm. Also, Victor, es tut mir leid, aber ich glaube nicht, daß dieses Angebot noch steht.«

Eine übelkeiterregende Angst stieg mir aus dem Bauch in die Kehle. »Wovon reden Sie?« sagte ich. »Wir hatten eine Abmachung getroffen.«

»Wir hatten eine Vereinbarung erreicht, ja, aber in der Erwartung, daß die Sache sofort geregelt würde. Als wir nichts mehr von Ihnen hörten, dachten wir, die Sache sei gestorben, und verhielten uns entsprechend.«

»Entsprechend?«

Er hob den Kopf aus den Papieren und starrte mich direkt an. »Wir haben uns auf einen Prozeß vorbereitet, Victor. Sie nicht?«

»Ich werde den Vergleich erzwingen«, sagte ich. »Richter Tifaro hat gern einen sauberen Terminkalender, er wird nicht zulassen, daß Sie Ihr Angebot zurücknehmen.«

»Oh, er wird fluchen und zetern«, sagte Prescott, wieder ganz in seine Papiere vertieft, als wäre ich nicht mehr als eine lästige Fliege. »Aber es ist mehr als drei Wochen her, Victor. Sie können nicht von meinen Mandanten verlangen, daß sie ewig warten. Das Angebot ist erloschen, weg, verschwunden. So tot wie Bissonette.« Er sah mich wieder an, und auf seinem Gesicht machte sich das verschlagene, diplomatische Lächeln breit. »Wie auch immer, Victor, ich bin sicher, daß meine Mandanten sich die Sache noch einmal überlegen und unter gewissen Bedingungen bereit sind, die vorher vereinbarte Summe zu bezahlen.«

Da war es wieder, dachte ich. Wie auch immer die Bedingungen aussehen mochten, Prescott hatte darauf gewartet, sie mir aufnötigen zu können, geduldig wie eine Spinne, die ihr Netz bereits gewebt hat.

»Es sieht so aus«, sagte Prescott, indem er einen Arm um meine Schultern legte, so daß er fast flüsternd zu mir sprechen konnte, »als seien meine Mandanten zufällig sehr interessiert an diesem Fall. Sie haben gewisse Immobiliengeschäfte mit dem Stadtrat Moore laufen, und es wäre sehr unbequem für sie, wenn Stadtrat Moore verurteilt würde und seinen Sitz im Stadtrat verlöre.«

»Ich bin nicht sicher, ob ich Sie verstehe.«

»Seien Sie doch kein Kindskopf, Victor. Was sie wollen, ist, daß Sie mir keine Steine in den Weg legen. Dann bekommen Sie, wie auch immer die Sache ausgeht, Ihre Regelung.«

»Aber ich war doch kooperativ«, stammelte ich.

»Ja, das waren Sie, Victor. Wir alle waren sehr zufrieden mit Ihnen. Und wenn Sie kooperativ bleiben, werden wir auch keine Probleme bekommen, nicht?«

»Das hört sich nach Erpressung an«, sagte ich.

»Nicht«, sagte Prescott rasch; seine Stimme war jetzt ein wildes Flüstern, und seine Hand drückte meine Schulter so fest, daß es schmerzte. »Solche Ausdrücke dürfen Sie bei mir nicht verwenden. Für den Rest dieses Prozesses werden Sie sich einfach zurücklehnen und mich tun lassen, was ich zu tun habe. Ich will Sie da nicht drin haben. Das Angebot in Sachen *Saltz* war mehr als großzügig, das wissen wir beide, und wenn Sie sich zurücklehnen, gehört es Ihnen. Aber wenn Sie widerspenstig werden, dann ist es tot, und beim Prozeß mache ich Sie fertig. Ich will, daß Sie für den Rest dieses Prozesses hier still und gehorsam sind, dafür bezahlen wir Sie. Wenn Sie vom Weg abweichen, werde ich Sie absolut zerstören.«

Er hatte noch immer die Hand auf meiner Schulter und drückte mich nach unten, und ich fiel hart auf meinen Stuhl. Ich schaute auf die leere Geschworenenbank; die braunen Stühle verschwammen, weil ich auf einmal Tränen in den Augen hatte. In liebenswürdigem Ton sagte Prescott: »Ich glaube, jetzt verstehen wir uns, Victor.«

Ich antwortete nicht, aber das war auch nicht nötig. Wir verstanden einander vollkommen. Prescott glaubte, in mir lesen zu können wie in einem Comic-Heft. Er glaubte, mich für bloße vierzigtausend Dollar kaufen zu können, unseren Anteil an der *Saltz*-Regelung. Er glaubte, für einen geringfügigen materiellen Gewinn und die Hoffnung auf zukünftige Geschäfte würde ich mich beim größten Prozeß meines Lebens zurücklehnen und abtauchen. Er glaubte, alles zu verstehen, was in mir brannte, all die geheimen Träume und unterdrückten Wünsche, und aufgrund dieses Wissens dachte er, er kenne meinen Preis.

Und was war, wenn er recht hatte? Es mußte mir ja nicht gefallen. Ich dachte, ich würde ein Mitglied des Clubs, indem ich mich fügte, aber Prescott hatte mich gerade abgekanzelt wie einen kleinen Laufburschen. Halb wollte ich mich wehren und ihm alles zurückgeben, direkt ins Gesicht, aber nur halb. Was konnte ich realistischerweise denn schon tun? Die Anweisungen meines Mandanten mißachten, dem Richter trotzen, versuchen, mehr Anspielungen auf Enrico Raffaello und die traurige, tödliche Affäre seiner Tochter mit Bissonette aufs Tapet bringen? Das würde mir allenfalls den Vorwurf der Mißachtung des Gerichts eintragen.

Nein, William Prescott III. hatte mich zu seinem Laufburschen degradiert, und ich konnte nichts dagegen unternehmen. Was sollte ich also tun außer mich zurücklehnen und das Geld annehmen?

33

Ich lag auf der Couch in meinem Apartment, hatte das Licht ausgeschaltet, trank ein Bier und schlug gelegentlich mit der Faust an die Wand, als sie mich anrief. Ich schlug vor Frustration an die Wand, weil ich mich hatte kaufen lassen, schlug auf das ein, was immer mich innerlich daran hinderte, mich aufzulehnen. Und ich schlug zu, weil Prescott mit mir spielte. Das wurmte mich. »*Komm, Laufbursche, bring mir einen Drink. Komm, Laufbursche, setz dich hin und halt den Mund und laß mich machen. Komm, Laufbursche …*« Ich trank mein Bier und starrte auf die Schatten, die von der Straße in mein Zimmer fielen, schlug gegen die Wand und wartete darauf, daß das Telefon läutete. Schon beim ersten Klingeln wußte ich, wer es war.

»Ich bin gleich da«, sagte ich in den Hörer, und innerhalb von dreißig Sekunden war ich aus der Tür.

Schon bevor ich mich wirklich zur Hure gemacht hatte, war ich zu Veronica gelaufen, wann immer sie anrief. Sie war wie eine Droge für mich, eine Sucht, und selbst wenn ich nicht mit ihr zusammen war, wenn ich mich im Gerichtssaal auf die Zeugenaussage konzentrieren sollte, die ich weder anzweifeln noch widerlegen durfte, konnte ich meine Gedanken nicht daran hindern, zu dem salzigen Geruch, der weichen Haut, der elektrisierenden Zunge zurückzukehren. Jimmy, der mit seinem Prozeß beschäftigt war, schlich sich noch immer hin und wieder zu einem stillen Rendezvous mit seiner Geliebten, obwohl seine nächtlichen Streifzüge mit Gefolge durch die Stadt bis zum Urteilsspruch nicht mehr stattfanden. Immer, wenn er bei Veronica war, arbeitete ich bis spät in der Nacht an Valley Hunt Estates oder was ich sonst finden konnte, um meine Zeit totzuschlagen; wenn nicht die Bishop-Brüder mich zum Dinner ausführten und mit Wein abfüllten, kaufte ich mir beim Grill an der Ecke mein abendliches Käsesteak und schlief beim Nachtprogramm des Fernsehens ein. Aber an den Abenden, an denen Veronica anrief, legte ich den Hörer auf, rannte aus der Tür und fuhr begeistert nach Olde City.

Eine Zeitlang hatten wir uns auf ein oder zwei Drinks in Bars getroffen, ehe wir in ihre Wohnung gingen. Das hatte etwas Beruhigendes an sich, ein Restaurant für ein spätes Essen, eine Bar für einen Schlummertrunk. An solchen Abenden konnten wir so tun, als seien wir ein normales Paar in einer normalen Beziehung, das seine normalen Wünsche befriedigte. Aber nachdem dieses Rückfenster vor meiner Nase explodiert war, nahm ich mich vor öffentlichen Lokalen in acht. Und dann war da dieser Abend im Carolina's.

»O Gott«, sagte sie und wandte sich rasch von mir ab. »O Gott, o Gott, o Gott.«

Wir saßen am hinteren Ende der Bar, tranken unsere Martinis und Sea Breezes und teilten uns Zigaretten. Sie hatte angefangen, bei unseren Ausgängen zu rauchen, Camel Lights, und hielt jetzt eine Zigarette zwischen den Fingern, als ihre Augen sich entsetzt weiteten und sie, während sie sich von mir abwandte, sagte: »O Gott.«

Ich dachte einen Augenblick lang, sie sei über mein Gesicht erschrocken, aber das war es nicht. Hinter mir befand sich der Eingang, und als ich herumfuhr, sah ich, wie Chester Concannon das Lokal betrat. Rasch drehte ich mich wieder um, ehe er mich sehen konnte.

»O Gott«, sagte sie. »Wir müssen hier weg.«

»Würde er es Jimmy erzählen?« fragte ich ihren Hinterkopf.

»Natürlich würde er«, sagte sie. »Und das ist noch nicht alles. O Gott. Er ist ziemlich in mich verknallt, wußtest du das nicht?«

»Nein.«

»Er hat es mir an einem Abend gesagt, als er wieder mal mein offizieller Begleiter war. Wir haben beide zuviel getrunken, und da hat er es mir gesagt. Jimmy und ich, das ist eine Sache«, sagte sie und glitt von ihrem Hocker. »Aber wenn Chester von dir wüßte, würde er verrückt. Komm mit mir.«

Ohne sich zum Eingang umzudrehen, ging sie auf die Rückseite des Raumes zu, und ich folgte ihr und ging ein wenig gekrümmt, um nicht von hinten erkannt zu werden. Wir betraten einen kurzen Gang mit zwei Waschräumen und einer unbeschrifteten Tür am Ende. Veronica ging zu dieser Tür und öffnete sie. Dahinter befanden sich Regale mit Vorräten, Toilettenpapier und Handtüchern. Die Kammer bot gerade genug Platz, um zu zweit darin zu stehen.

»Wußtest du, daß hier diese Kammer ist?« fragte ich.

»Nein«, sagte sie lachend. »Aber das trifft sich doch gut, nicht?«

»Und du willst, daß wir uns hier vor Chet verstecken?«

»Ich bin nicht der Typ, der sich in Wandschränken versteckt«, sagte sie. »Ich will, daß du dich hier vor Chester versteckst. Dreißig Minuten.«

Sie ließ mich in diesem Schrank zurück und sagte, sie würde Chet aus dem Lokal schaffen, ehe er sie mit mir sah. Ich stand in der Dunkelheit, vom süßlichen Mentholgeruch der Toilettenduftsteine umgeben, und fragte mich, wie tief ich gesunken war, um mich vor meinen Mandanten in Wandschränken zu verstecken. Diese Sache mit Veronica war unmöglich, das hatte ich mir zuvor schon gesagt und wiederholte es jetzt in der dunklen, mentholgetränkten Höhle, doch noch während ich mir schwor, sie zu beenden, wußte ich, daß ich das nicht tun würde. Das Verhältnis war zwanghaft, idiotisch und pervers, aber es hatte sich auch zu etwas anderem entwickelt, zu etwas, das beinahe an Liebe heranreichte. Verzerrt, ja, aus Entbehrung und Verlangen geschmiedet, ja, aber es war da wie ein Goldkorn in meiner Brust. Und ganz gleich, wie unmöglich es vielleicht war, wie unheilvoll, ich würde in diesem Wandschrank bleiben, so lange es nötig war, um es am Leben zu erhalten. Als ich an den grün schimmernden Zeigern meiner Uhr sah, daß eine halbe Stunde vergangen war, strich ich mein Jackett glatt und öffnete die Tür.

Eine Frau, die im Flur vor der Damentoilette wartete, sah mich aus dem Schrank treten und schrie auf.

»Komisch«, sagte ich achselzuckend. »Ich dachte, das sei die Herrentoilette.« Und mit aller Würde, die ich aufzubringen vermochte, ging ich an ihr vorbei in die Bar.

Aus Sicherheitsgründen trafen wir uns also nicht mehr in Bars oder Restaurants. Wenn sie mich rief, kam ich in ihre Wohnung gerannt, auf kürzestem Wege, wie an einer Schnur, und an dem Abend, an dem ich frustriert gegen die Wand geschlagen hatte, war das nicht anders als an allen anderen Abenden. Sie rief, ich rannte, und wir rollten auf ihrem Bett herum wie Katzen, manchmal spielerisch, manchmal unersättlich, immer sinnlich, und das war jeden Preis wert.

Wenn es vorbei war, war es immer dasselbe.

»Du mußt gehen«, sagte sie.

»Warum?« Das kam halb stöhnend aus der Tiefe meines Schlafs; in meinem eigenen Apartment konnte ich nicht schlafen, aber wenn ich in der moschusduftenden Wärme ihres Bettes lag, überfiel mich der Schlaf regelrecht.

»Weil du gehen mußt«, sagte sie.

»Laß mich bleiben. Laß mich nur noch ein bißchen schlafen.«

Sie schob und drückte mich und rollte mich zum Fußende des Bettes, bis ich aus Angst, herunterzufallen, vollends aufwachte. »Was?«

»Du mußt gehen«, sagte sie.

»Nur eine Nacht«, bettelte ich. »Laß mich nur eine Nacht bei dir verbringen.«

»Auf keinen Fall.« Sie stand vom Bett auf und zog einen schweren Frotteebademantel an. Sie nahm eine Zigarette aus dem Päckchen auf ihrem Nachttisch, zündete sie an, inhalierte tief und lehnte sich dann mit verschränkten Armen an die Wand. Rauch drang aus ihrem Mund und verdeckte ihr Gesicht wie ein Schleier. »Deine Kleider sind überall verstreut. Sammle sie ein, wenn du gehst.«

Im allgemeinen hatte ich immer geglaubt, es gebe keinen größeren Luxus, als nach dem Sex allein zu sein. Das hat etwas mit uns Männern zu tun, damit, wie unser Körper funktioniert, mit den physiologischen Effekten des Orgasmus auf unser Gehirn. Die Neurotransmitter, die durch den Sex freigesetzt werden, sagen: Dreh dich um, tu so, als würdest du schlafen, vielleicht geht sie dann einfach weg. Gibt man uns hinterher ein Bier, eine Fernbedienung und ein leeres Schlafzimmer, sind wir fast schon im Himmel. Deshalb haben Männer die großen Lügen nach dem Sex erfunden: »Ich muß früh zur Arbeit.« Oder: »Ich bin allergisch gegen deine Katze.« Oder: »Ich muß meine Wäsche wegbringen, ehe die Reinigung schließt.« Das Problem war immer gewesen, fortzukommen. Jetzt war ich verzweifelt enttäuscht, weil sie mich nicht bleiben ließ.

Der Grund für die Verzweiflung war mir in dieser Nacht klar, und es war mehr als nur dieses Körnchen Liebe in meiner Brust. In meinem Leben existierte noch nichts, worauf ich stolz sein konnte, und hatte auch nie existiert. Das, was ich jetzt war, Prescotts Laufbursche, war etwas, das ich nie hatte sein wollen. Doch in Veronicas Berührung, ihrer Wärme, ihrer feuchten Umarmung konnte ich mich verlieren. Ihr Apartment war zu einem magischen Wunderland von Sinnlichkeit und Laster geworden, einem Ort, der abgeschieden war vom Rest der Welt, der mir plötzlich noch häßlicher vorkam. Bei Veronica war ich nicht Victor Carl, der unbedeutende Anwalt, über den der Berufsstand hinweggegangen war, den die, die er als Standesgenossen hatte haben wollen, zuerst düpiert und dann gekauft hatten. Bei ihr war ich Teil von etwas Wildem, Verlorenem, befriedigend Perversem. Bei ihr verwandelte ich mich in ein Teilchen eines vielversprechenden Puzzles, das wir nur zu zweit zusammensetzen konnten. Bei ihr ... sagen wir einfach, daß ich bei ihr ein anderer war, und ich wollte sehr gern ein anderer sein. Indem sie mich zwang, sie zu verlassen, zwang sie mich, wieder ich selbst zu werden. Sie wußte nicht, wie grausam sie war.

»Tu mir das nicht an«, flehte ich.

»Doch.«

»Du kannst mich nicht benutzen und dann rauswerfen. Ich bin kein Tampon.«

»Nein, so nützlich bist du nicht.«

»Warum muß ich jede Nacht gehen?«

Sie sog Rauch ein. »Ich wache gern allein auf.«

»Also, heute nacht bleibe ich.« Ich legte mich aufs Bett zurück, die Arme hinter dem Kopf gekreuzt.

»Dann ist das heute deine letzte Nacht.«

Ich setzte mich auf. »Das ist nicht dein Ernst.«

»Und ob das mein Ernst ist.«

»Ich wette, daß Jimmy über Nacht bleibt.«

»Niemals«, sagte sie.

»Wirklich nicht? Wie ist er im Bett?«

»Männer«, sagte sie, während sie die Zigarette im Mund hielt und sich bückte, um mein T-Shirt aufzuheben, das sie mir dann aufs Gesicht warf, »Männer betrachten Sex als sportlichen Wettbewerb. Sie wollen Punkte von den Richtern, eine Wertung für die technischen Fertigkeiten und eine für die künstlerische Wirkung.«

»Ich bin bloß neugierig«, sagte ich und fing an, mich anzuziehen.

»Na, was glaubst du, wie er ist?«

»Leidenschaftlich. Er ist ein sehr leidenschaftlicher Mann.«

»Ja, das ist er.«

»Ja?«

»Du auch, Victor.« Mit einem ihrer bloßen Füße stieß sie einen Turnschuh in meine Richtung. »Und jetzt zieh deine Schuhe an und geh.«

»Wann sehe ich dich wieder?«

»Wenn ich anrufe«, sagte sie.

»Ich werde warten.«

»Überrasch mich doch mal, Victor«, sagte sie trocken und hielt sich die Zigarette vors Gesicht. »Laß das Telefon mehr als einmal läuten, ehe du den Hörer abnimmst.«

Seit dem Vorfall mit der Heckscheibe hatte ich ein kleines Ritual entwickelt, wenn ich Veronicas Apartment verließ. Im Flur gab es keine Fenster, aber der Aufzug hatte eine Seite aus Plexiglas, durch die die Bewohner hinaussehen konnten, wenn sie zu dem kopfsteingepflasterten Platz hinunterfuhren. Wenn der Aufzug sich für mich öffnete, schlüpfte ich hinein und schaute durch das Plexiglas nach, ob mich draußen jemand erwartete. Wenn ich etwas Verdächtiges sah, wollte ich in einem tieferen Stockwerk aussteigen und mich verstecken, aber in dieser Nacht war der Platz, soweit ich das im Dämmerlicht erkennen konnte, menschenleer. Als der Aufzug das Erdgeschoß erreichte, schaute ich vorsichtig durch das Glas der Haustür, ehe ich sie öffnete. Nichts.

Langsam glitt ich aus der Tür und ging am dunklen Rand des Platzes entlang zur Church Street, der kleinen, kopfsteingepflasterten Straße, in der Veronica wohnte. Wie ein kleiner Junge hielt ich Ausschau nach beiden Seiten. Nichts, kein Auto im unheilverkündenden Leerlauf, keine herumlungernden Fußgänger, keine streunenden Waschbären. Erleichtert ging ich die Church Street hinunter zur Dritten Straße, wo mein Wagen geparkt war. Ich beugte mich gerade vor und steckte den Schlüssel ins Türschloß, als ich eine Hand auf meiner Schulter spürte.

Ich sprang zur Seite oder versuchte zu springen, doch die Hand drückte mich nieder wie die Schwerkraft irgendeines gigantischen Planeten. Ich wandte mich um, weil ich sehen wollte, wer es war. Ein großgewachsener Schläger, ein älterer Mann mit fahler, gelblicher Haut, weichem braunem Filzhut, grell karierter Jacke, gelber Hose, weißen Schuhen und einer Nase, die aussah, als sei sie unter einen Gabelstapler gekommen. Er wirkte wie ein alternder Schwergewichtsboxer, der sich in Miami Beach zur Ruhe gesetzt hat.

»Sie sind Victor Carl«, sagte der Mann mit rauher, nasaler Stimme.

»Nein«, sagte ich. »Sie haben den Falschen erwischt.«

Ohne die Hand von meiner Schulter zu nehmen, griff der Mann in seine karierte Jacke und zog einen Zeitungsausschnitt heraus, den er mir zeigte. Es war ein Foto von Jimmy Moore und William Prescott, die vor dem Gerichtsgebäude mit den Reportern sprachen, und da, hinter Moores Schulter, von einem unheilverkündenden schwarzen Kreis eingerahmt, war ich. Ziemlich ähnlich, dachte ich, als ich das Foto anstarrte. Auf dem Papier sah ich schwerer und besser aus.

»Nein, das ist jemand anders.«

»Sieht Ihnen ziemlich ähnlich.«

»Ich habe eben so ein Gesicht«, sagte ich, und das hätte ganz tapfer geklungen, wenn meine Stimme nicht mitten im Satz versagt hätte.

»Vielleicht sind Sie's wirklich nicht«, sagte der Schläger. »Vielleicht nicht, wissen Sie, denn der Typ hier auf dem Foto, der sieht ganz gut aus, und Sie, Sie sehen aus wie ein Trottel. Aber da ist ein Mann, der Sie sehen will. Wenn sich rausstellt, daß Sie's nicht sind, dann will er Sie sicher auch nicht sehen.«

»Wer?«

»Egal. Er wartet da hinten.«

Er quetschte mit der Hand meine Schulter und drehte mich von meinem Auto weg in Richtung Arch Street.

»Was ist mit meinen Schlüsseln? Sie stecken noch in der Autotür.«

»Nach dem, was man so hört«, sagte der Schläger, ohne das Tempo zu verlangsamen, »ist das hier ein ziemlich sicheres Viertel geworden.«

Das war alles, was gesprochen wurde, während er mich zur Arch Street führte. Der eckige Kühler irgendeines großen, weißen amerikanischen Wagens, der in der Arch Street geparkt war, ragte hinter einer Ziegelmauer hervor. Ich wußte nicht, wessen Wagen das war, und konnte am Kühler auch nicht erkennen, ob es sich um eine Stretch-Limousine handelte. Ich erwartete, daß Norvel Goodwin in dem Wagen saß, vielleicht auch Jimmy, aber ganz gleich, wer auf mich wartete, ich wußte, es war nicht gut, vor Veronicas Apartment erwischt zu werden, nachdem ich mein Ding in ihr Dong gesteckt hatte. Ich dachte an Wegrennen, aber die Hand blieb fest auf mein Schlüsselbein gepreßt. Als wir uns dem Wagen näherten, war mehr von ihm zu sehen. Es war keine Limousine, sondern ein Cadillac, lang, glänzend, gefährlich chromschimmernd. Die Fenster waren geschlossen und schwarz getönt, so daß man nicht hineinsehen konnte.

Der Schläger führte mich an die hintere Tür. Er klopfte ans Fenster, und langsam wurde die Tür geöffnet. Einen Augenblick lang sah ich innen nur Schwärze. Dann stieg ein Mann aus und lächelte mich an.

»Wie geht's, Sportsfreund?«

Es war Jasper, der gesellige Pokerspieler aus dem Herrenclub Sons of Garibaldi, und er lächelte mich auf eine Weise an, die mir nicht gefiel.

»Wir möchten Sie auf eine Spazierfahrt mitnehmen«, sagte er.

»Danke, aber ich kann allein nach Hause fahren.«

»Kommen Sie, Sportsfreund, eine kurze Fahrt. Ich habe hier jemanden, den Sie treffen müssen.«

Während er noch sprach, wurde das verdunkelte Fenster auf der Beifahrerseite langsam elektrisch geöffnet, und wie in einem Gruselkabinett erschien Dominic, Bissonettes Cousin um zwei Ecken, der Mann, den ich unzutreffenderweise des Falschspiels bezichtigt hatte. »Steig ein, Kleiner«, sagte er leise, und nach einem Schubs des Schlägers saß ich im Wagen.

Links von mir saß ein alter Mann, und Jasper stieg rechts von mir ein. Es war ein großer Wagen mit breitem Rücksitz, und wir hätten viel Platz gehabt, wenn Jasper mir nicht so dicht auf die Pelle gerückt wäre. Der Schläger schloß die Tür und ging sofort um das Auto herum zum Fahrersitz. Die Rückbank war mit schwarzem Leder bezogen. Der ganze Wagen roch nach Frisiercreme. Der alte Mann zu meiner Linken schaute durch das Fenster in die Nacht hinaus. Er trug einen hellbeigen Anzug, und seine Hände lagen sorgfältig übereinander in seinem Schoß. In seinem Revers steckte ein Diamant. Langsam und mühelos glitten wir aus der Arch Street. Der Fahrer bog in die Zweite Straße ein, und wir fuhren eine Weile in südlicher Richtung nach Society Hill Towers, ohne daß jemand ein Wort sagte. Dann sprach der alte Mann.

»Ich wollte Sie kennenlernen, Victor.« Seine Stimme war leise und hatte einen leicht europäischen Akzent. Als er sich umdrehte, sah ich sein Gesicht, das häßlich zerfurcht war; sein graues Haar jedoch trug er elegant zurückgekämmt und stark eingefettet. »Ich dachte, es ist an der Zeit, daß wir reden. Wissen Sie, wer ich bin?«

»Ja«, sagte ich. Das Wort entfuhr mir, nachdem ich einen Moment den Atem angehalten hatte, als ich den Mann erkannte. Ich hatte sein Gesicht auf Zeitungsfotos und im Fernsehen sowie im *Philadelphia Magazine* in blutrünstigen Artikeln gesehen. Der Mann, der neben mir saß, die geschwollenen Hände ruhig im Schoß, aber so nahe an meiner Kehle, daß er nach oben greifen und mich hätte erwürgen können, ehe ich zu schreien vermochte, dieser Mann war der Boß der Bosse, Enrico Raffaello.

34

Philadelphia hat fünf große Publikumssportarten: Football, Baseball, Basketball, Eishockey und die Mafia-Kriege. Immer, wenn die Mafia irgendwo in South Philadelphia oder den neuen Gangsterbezirken von New Jersey zuschlägt, drehen die Zeitungen und Fernsehstationen durch. Es gibt Fotos des Opfers, das in einer schmalen Gasse oder in seinem Auto liegt, und aus seinen neu geschaffenen Körperöffnungen fließt das Blut in Strömen. Aussagen der Nachbarn werden wiedergegeben, die sagen, was für ein aufrechter Mann das Opfer war, und nein, sie hätten nicht gewußt, hätten keine Ahnung gehabt, daß er mit der Mafia zu tun hatte. Die Nekrologe werden in den Zeitungen abgedruckt wie Ehrenurkunden. Es wird wild darüber spekuliert, wer den Anschlag befohlen und wer ihn durchgeführt hat. Und dann kommen die Charts heraus; der Name des Verstorbenen wird von der Liste gestrichen, und alle darunter steigen um einen Platz auf. Die Mafiosi haben Spitznamen wie Ballspieler: Chicken Man, Shorty, Wiesel, Tippy, Chicky, Toto, Pat the Cat. Wir halten unserem Favoriten die Daumen, während er auf dem Weg nach oben ist, und trinken ein Bier auf ihn, wenn er auf der Titelseite der *Daily News* erscheint, über dem Steuerrad seines Cadillac zusammengebrochen, das einst hübsche und arrogante Gesicht entstellt von der Kugel, die ihn aus nächster Nähe in den Nacken traf.

Lange Zeit herrschte Ruhe unter den Mafiosi der Stadt, und die Leute beschäftigten sich mit den Phillies und den Eagles. Doch eines Nachts saß Angelo Bruno, der Boß der Bosse von Philly, der Mann, der den Frieden hielt, in seinem Wagen, als sein Fahrer, ein Sizilianer namens Stanfa, Brunos Fenster herunterließ, durch das ein Killer mit einer Flinte Brunos Schädel wegballerte. Danach begann die Liste der Toten zu wachsen. »Johnny Keys« Simone, Brunos Vetter, irgendwo erschossen und in Staten Island abgeladen; Frank Sindone, Brunos Capo und Kredithai, in zwei Plastiktüten in South Philadelphia aufgefunden; Philip »Chicken Man« Testa, auf seiner Veranda so brutal in Stücke geschossen, daß Bruce Springsteen einen Song darüber schrieb. Und danach fiel jedes Vierteljahr mit schöner Regelmäßigkeit ein anderer. Chickie Narducci, vor seinem Haus in South Philly erschossen; Vincent »Tippy« Panetta, sechzig, zusammen mit seiner Teenagerfreundin erdrosselt; Rocco Marinucci, auf den Tag ein Jahr nach Chicken Mans Einäscherung mit Knallkörpern im Mund tot aufgefunden; Frank John Monte, neben seinem weißen Cadillac erschossen; »Pat the Cat« Spirito; Sammy Tamburrino; Robert Riccobene; Salvatore Testa, der Sohn des Chicken Man; »Frankie Flowers« d'Alfonso. Und nach jedem dieser Unglücksfälle kamen die Charts heraus, Namen wurden durchgestrichen, einer nach dem anderen fielen die großen Spieler, und die kleineren stiegen auf. Eine Weile war Nicky Scarfo an der Spitze, aber das Töten ging weiter, und bald wurde Scarfo vor dem Bundesgericht wegen organisierter Kriminalität und vor zahlreichen staatlichen Gerichten von Delaware über Pennsylvania bis New Jersey wegen etlicher Morde angeklagt. Während dieser Periode der Ungewißheit herrschte Ruhe, aber nachdem Scarfo in das Bundesgefängnis in Marion, Illinois, gebracht worden war, das Hochsicherheitsgefängnis, das Alcatraz ersetzte, und dort verrottete, begann der Kampf um die Macht von neuem.

Zu Beginn dieses zweiten Krieges stand Enrico Raffaello nicht einmal in den Charts. Er hatte am Rande mit der Mafia zu tun, ein

Freund von Freunden, die mit einigen der Jungs verwandt waren wie fast jedermann in South Philly. Enrico war Kaufmann. Er verkaufte Backwaren auf dem italienischen Markt, anscheinend zufrieden damit, süße Cannoli zu backen, die Ricotta-Füllung zuzubereiten und die gefüllten Gebäckstücke mit frischem Zimt zu bestreuen bis an sein Lebensende. Sein Sohn, »Sweet Tooth« Tony genannt, war der kommende Mann. Er war einer der Burschen, die man auf den Bildern von Scarfo sah, wo der Boß triumphierend in einen Gerichtssaal marschierte, um hier weitere zwanzig oder dort nochmals vierzig Jahre zu kassieren. Sweet Tooth war jeweils im Hintergrund, trug die Tasche des Chefs und lächelte wie ein netter dicker Junge aus der Nachbarschaft, der begeistert ist, bei den wirklich großen Jungs mitmachen zu dürfen. Doch als endlich entschieden wurde, daß Scarfo es hinter sich hatte, nicht vom Bundesgericht oder der Staatsanwaltschaft, sondern von den Typen unter ihm, die das Warten satt hatten, und ein neuer Erbfolgekrieg ausbrach, da stieg Sweet Tooth' Name in den Charts allmählich immer höher. Zuerst stand er bloß auf der Liste derer, die mit der Mafia zu tun hatten, dann gehörte er der Gruppe derer an, die Forderungen durchsetzten, dann war er einer der Leutnants, dann wurde er als möglicher Nachfolger geführt, Nummer vier auf den Charts, aber rasch aufsteigend. Nummer vier mit einer Kugel.

Die Kugel kam schließlich und traf ihn gleich unter dem Ohr, als Sweet Tooth vor der Konditorei seines Vaters in der Neunten Straße auf seinen Fahrer wartete. Er hatte ein Schweineöhrchen im Mund und las den Sportteil der *Daily News*, als eine Frau mit einem Kinderwagen hinter ihm vorbeiging und ihm eine schallgedämpfte .45er unter dem Ohr an den Hals drückte und Tony Raffaello fast den Kopf vom Körper blies. Enrico kam aus dem Laden gerannt und fand seinen Sohn am Boden, den Kopf grotesk verdreht; sein Blut füllte die Risse im Bürgersteig und lief in einem scheußlichen Strom in den Rinnstein. Das Bild von Enrico auf den Knien, bedeckt vom Blut seines Sohnes, in den Himmel starrend und gequält schreiend, während er Sweet Tooths Kopf in seinem Schoß barg, erschien auf der Titelseite der *New York Times* und wurde für den Pulitzer-Preis nominiert.

Etwa zehn Tage später begann eine brutale Mordserie. Mafiaführer und Leutnants auf jeder Höhe der Charts wurden von einer wahren Gewaltorgie hinweggefegt, bis die Charts sich von selbst erledigten. Geschäfte schlossen, Leute blieben zu Hause, und jede Nacht gab es eine neue blutige Leiche, die Schlagzeilen machte, bis die Stadt das Blutvergießen satt hatte. Nach einem Monat des Schreckens, nach einem Monat, in dem mehr Mafiosi gestorben waren als vorher in einem Jahr, nach einem Monat, in dem der Polizeichef hatte zurücktreten müssen und die Pennsylvania Crime Commission die Hände rang und der Generalstaatsanwalt der Vereinigten Staaten eine Sonderkommission mit Ermittlungen beauftragte, nach einem Monat, in dem sich sogar die Fans, die auf den Tod des nächsten Mafioso Wetten abschlossen, angewidert abwandten, nach einem Monat, der Philadelphia auf die Titelseiten von *Time* und *Newsweek* und *National Detective* brachte, nach einem Monat, der als das »Dreißig-Tage-Massaker« in die Geschichte eingegangen ist, nach einem Monat war Ruhe.

Die Sonderkommission des Generalstaatsanwalts und die Zeitungen brauchten ein volles Jahr, um wieder neue Charts aufzustellen, und in diesem Jahr herrschte Ruhe. Keine Leichen trieben mit dem Gesicht nach unten im Delaware, keine Leichen wurden in den verlassenen Autos unter der Brücke im Roosevelt Park entdeckt, keine Leichen füllten die Titelseiten der *Daily News*. Die Regierung schickte ihre Informanten aus wie eine Infanterie von Spionen, und sie kamen mit der Nachricht zurück, es gebe einen neuen Boß, der aus New York unterstützt werde, und die Mafiosi der Stadt hätten eine Reihe von Vereinbarungen geschlossen, die im Zeichen des Friedens und Profits standen. Er sei ein starker Mann, ein respektierter Mann, und er werde von denen, die Bescheid wußten, als »Big Cannoli« bezeichnet; mit ihm sei nicht zu spaßen, doch er sei ein ehrenwerter Mann, der mittels seiner Stärke den Frieden wahren werde. Binnen eines kurzen Jahres war er zur Legende geworden, und seine Macht erstreckte sich von Philadelphia über Atlantic City bis nach New York und Pittsburgh und sogar Las Vegas. Er war der mächtigste Mann in der Stadt und im Staat, er war der Big Cannoli, und am ersten Montag jeden Monats besuchte er das Grab von Sweet Tooth Tony und hinterließ ein Schweineöhrchen auf dem Erdwall, der den extra angefertigten übergroßen Sarg bedeckte.

»Sie sollen wissen, Victor«, sagte Big Cannoli auf dem Rücksitz des Cadillac neben mir, »Sie sollen wissen, daß ich von Natur aus kein gewalttätiger Mensch bin.« Seine Stimme war leise und klang trotz des Akzents vornehm, eine Großvaterstimme ohne offenkundige Bedrohlichkeit. Ich hätte ihn für einen harmlosen alten Mann gehalten, häßlich, aber harmlos, wenn ich nicht gewußt hätte, wer er war. »Ich glaube, ich wäre als Künstler glücklich geworden, der Blumen malt. Aber das war mir nicht beschieden. Ich sage Ihnen das, damit Sie nicht vor mir erschrecken. Die Zeitungen, sie übertreiben so. Mein Freund Dominic allerdings... Ich glaube, Sie kennen Dominic, Victor.«

»Ja.«

»Dominic ist ein gewalttätiger Mensch. Es liegt in seiner Natur, in seinem Blut. Obwohl er jetzt in Pension ist, brauche ich doch alle Mittel, die mir zur Verfügung stehen, um ihn unter Kontrolle zu halten. Und Jasper auch. So ein netter Mann, Jasper, aber er hat etwas in sich, das schwer zu zähmen ist. Lenny, mein Fahrer, war jahrelang Boxer. Man sollte meinen, ein Boxer wäre gewalttätig, aber Lenny nicht. Er ist ein Schatz. Stimmt das nicht, Lenny?«

»Meine Enkel sagen das jedenfalls, Mr. Raffaello, solange ich ihnen Karamelbonbons mitbringe.«

»Was Lenny als Beruf ausübte, tun Dominic und Jasper zum Vergnügen. Aber das ist nicht meine Art, Victor. Ich bin mehr wie Lenny.« Plötzlich wurde seine Stimme hart. »Es ist gut, daß ich Leute wie Dominic und Jasper habe, denn ohne sie, Victor, ohne sie, das sage ich Ihnen, würde ich in einer Welt wie dieser wohl nicht respektiert werden.« Jetzt schrie er beinahe. »Ohne sie, Victor, könnte ich ebensogut Plätzchen backen.«

»Hören Sie Mr. Raffaello gut zu, Sportsfreund«, sagte Jasper.

Raffaello warf mit einem freundlichen Achselzucken die Hände hoch, und als er sprach, war seine Stimme wieder sanft und großväterlich. »Ich hatte zwei Kinder, Victor. Wir wünschten uns natürlich mehr, aber wir bekamen nur zwei. Einen Jungen und ein Mädchen. Eine Millionärsfamilie. Anthony und Linda Marie. Von

Anthony haben Sie vielleicht gehört«, sagte er und schaute auf seine Fingernägel. »Es stand in allen Zeitungen.«

»Das mit Ihrem Sohn tut mir leid, Mr. Raffaello«, sagte ich so leise, daß es fast ein Flüstern war.

»Tja, nun, solche Dinge geschehen. Mir bleibt noch Linda Marie. Linda Marie ist ein liebes Mädchen, ein wunderbares Mädchen. Ich liebe sie abgöttisch, glauben Sie mir. Haben Sie eine Tochter, Victor?«

»Nein, Sir.«

»Na, bekommen Sie eine Tochter und halten Sie sie in den Armen, dann werden Sie wissen, wie sehr ich meine Linda Marie liebe. Aber bei aller Liebe muß ich ehrlich sagen, daß meine Tochter Probleme hat. Sie ist mit einem Mann verheiratet, der sie nicht liebt, einem Mann, der lieber die Gesellschaft anderer Männer sucht, als mit seiner Frau zu schlafen. Kennen Sie ihren Mann, den Stadtrat?«

»Ja, ich weiß von ihm.«

»Nun, er ist eines ihrer Probleme. Und traurigerweise bin ich ein weiteres. Sie hat Schwierigkeiten, meine gegenwärtige Stellung zu akzeptieren. Ich bezahle ihr einen Psychiater, eine Stunde täglich, fünfmal pro Woche, aber das scheint nicht zu helfen. Sehen Sie, neben ihrem Mann und ihrem Vater hat sie noch ein Problem, nämlich die Tatsache, daß sie eine Schlampe ist.«

Dominic sagte rasch: »Enrico, sag so etwas nicht.« Jasper fing an, Einwände gegen seinen Boß zu erheben, aber Big Cannoli hob die Hand, um sie zum Schweigen zu bringen, und sie verstummten augenblicklich.

»Ich sage das schweren Herzens. Es tut mir weh, meine Tochter so zu nennen. Aber es ist die Wahrheit, eine Wahrheit, mit der ich leben kann. Also, Victor, ich kann meine Tochter als Schlampe bezeichnen.« Seine Stimme wurde auf einmal tief. »Aber wagen Sie das nie!«

»Haben Sie gehört, Sportsfreund?«

»Sehen Sie«, sagte Raffaello, und seine Stimme wurde allmählich wieder ruhig, »ich bin sehr heikel, was meine Familie angeht. Was hältst du von meiner Tochter, Lenny?«

»Ein sehr nettes Mädchen, ein sensibles, hübsches Mädchen«,

sagte Lenny, ohne den Blick von der Straße zu nehmen; er hob nur den Kopf, als spreche er in ein Mikrophon an der Decke des Wagens. »Eine Prinzessin, eine Königin.«

»Meine Mitarbeiter wissen sehr genau«, sagte Raffaello, »daß man nur gut von meiner Familie sprechen darf. Einmal gab es Männer, die respektlos zu meiner Familie waren, Victor, und die gibt es nun nicht mehr. Nun hat vor nicht langer Zeit ein Pokerspiel stattgefunden, an dem Sie beteiligt waren, zusammen mit Dominic und Jasper und ein paar anderen Freunden von mir, und dabei haben Sie respektlos von meiner Familie gesprochen.«

»Ich wollte nicht...«

Raffaello hob die Hand, und ich verstummte sofort.

»Sie klingen verängstigt, Victor, und das will ich nicht. Ich bin kein gewalttätiger Mensch. Ich bin eher eine Art Künstler, wie ich schon sagte. Ich hätte Dichter werden sollen. Lesen Sie viele Gedichte, Victor?«

»Nein.«

»Ich auch nicht. Ich will offen zu Ihnen sein, ich verstehe sie nämlich nicht. Möwen und Wolken. Aber trotzdem habe ich im Innersten das Gefühl, daß ich die Seele eines Dichters habe. Ich hätte eine Ausbildung haben sollen. Es gibt so viel, was ich tun wollte. Nun, bei diesem Pokerspiel ließen Sie durchblicken, daß Dominics Cousin Zachariah...«

»Cousin zweiten Grades«, sagte Jasper.

»Ja. Sie ließen durchblicken, Zachariah hätte ein Verhältnis mit meiner Tochter gehabt, und deshalb hätte ich ihn umgebracht. Eine solche Bemerkung ist unverzeihlich, wirklich.«

»Es tut mir leid, Sir«, stammelte ich, doch bevor ich weitersprechen konnte, brachte er mich mit einer sanften Geste seiner rechten Hand zum Schweigen.

»Ein Grund unseres Besuches«, sagte Raffaello, »ist, daß ich Ihnen sagen wollte, daß das nicht stimmt. Es gab eine Affäre, ja, und es schmerzt mich, das einzuräumen. Zachariah war wie ein Hund ohne jede Kontrolle, aber ich habe ihn nicht töten lassen. Wenn ich alle Männer töten würde, mit denen Linda Marie im Laufe der Jahre geschlafen hat, dann wäre der Schuykill blutrot.«

»Ich verstehe«, sagte ich in eine Pause hinein.

»Außerdem, wenn ich Zachariah hätte umbringen lassen, dann dafür, wie miserabel er als Baseballspieler war.«

Jasper lachte wiehernd wie ein Pferd.

»Sehen Sie«, fuhr Raffaello fort, »als ich von dem Gespräch beim Pokerspiel erfuhr, wurde mir klar, daß Sie das Schweigen meiner Mitarbeiter vielleicht so gedeutet haben, als hätte ich den Mord angeordnet. Das wäre ein Fehler gewesen. Das Schweigen war einfach nur Schweigen. Meine Mitarbeiter sind klug genug, nicht über meine Familie zu sprechen. Das haben sie im Lauf der Jahre gelernt.«

»Ich glaube Ihnen, Mr. Raffaello«, sagte ich schnell. »Ja, ich glaube Ihnen.«

»Das ist gut, Victor. Jetzt fragen Sie sich vielleicht, wer Zachariah umgebracht hat. Nun, die Antwort ist, daß wir es nicht wissen. Der Bundesstaatsanwalt sieht wie immer alles falsch. Der Mord hatte nichts mit Ruffings Erpressung durch Jimmy Moore zu tun, da bin ich sicher.«

»Woher wollen Sie das wissen?« fragte ich.

»Victor, Victor«, sagte Raffaello kopfschüttelnd. »Sie müssen mir vertrauen, Victor. Jimmy ist kein Dummkopf. Ein leidenschaftlicher Mensch, ja, wie er mir immer sagt, wenn wir zusammen das Brot brechen, aber nicht dumm.«

»Wenn nicht Jimmy, wer dann?«

»Dominic, erzähl Victor, was du mir erzählt hast«, sagte Raffaello.

Dominic drehte sich auf dem Beifahrersitz so um, daß er mich ansah. »Zack sagte mir, bevor er starb, er sei so verliebt wie noch nie in seinem Leben. Er sagte mir, es sei gefährlich, und er müsse vorsichtig sein, aber er wolle aufhören, herumzuhuren, weil dieses Mädchen so etwas Besonderes sei.«

»Wer ist das Mädchen?«

Dominic zuckte mit den Schultern. »Das wissen wir nicht, aber als er mir das erzählte, konnte ich deutlich sehen, daß er Angst hatte.«

»Victor, was wir Ihnen sagen, ist die Wahrheit. Verwenden Sie diese Information, wie Sie wollen. Aber ich will in diesem Prozeß nichts mehr über meine Familie hören. Haben Sie verstanden?«

»Ich habe das Thema nicht aufgebracht.«

»Nein, das hat Jimmys Anwalt getan. Aber ich habe schon jemanden mit Jimmy sprechen lassen, und er hat mich beruhigt. Von Ihnen will ich das Versprechen, daß auch Sie meine Tochter nicht ins Spiel bringen. Können Sie mir das versprechen, Victor?«

Jasper beugte sich zur Seite und flüsterte mir ins Ohr: »Sie sollten es versprechen, Sportsfreund.«

»Ich verspreche es«, sagte ich.

»Das ist gut, denn ich weiß, Sie sind ein Mann, der Wort hält. Ich weiß das, Victor. Und der Grund, warum ich das weiß, ist, daß Dominic und Jasper das Versprechen auch gehört haben, und sie sind Männer, für die nichts wichtiger ist, als daß man sein Wort hält.«

»Nichts«, sagte Dominic.

»Ich verstehe vollkommen«, sagte ich.

»Ja, ich denke, das tun Sie«, sagte er ruhig. »Ich bin kein gewalttätiger Mann, das müssen Sie mir glauben. Ich hätte Bildhauer oder Farmer werden sollen, alles, nur nicht das, was ich geworden bin. Ich habe eigentlich nicht das Temperament dafür. Aber manchmal, wenn es um meine Familie geht...« Er zuckte mit den Schultern. »Wenn das passiert, dann werde ich wie ein Tier. Hören Sie auf das, was ich Ihnen sage, Victor. Man hat das schon erlebt. So, da ist noch etwas. Sie wissen, wir tun zwar viel für die Gemeinschaft...«

»Wir beschützen und dienen«, sagte Jasper. »Genau wie die Bullen.«

»Obwohl wir viel Gutes tun«, fuhr Raffaello fort, »sind wir kein Wohlfahrtsunternehmen. Wie alle Firmen sind wir gezwungen, unseren Anteil an den wirtschaftlichen Gewinnen zu nehmen, die unser Schutz ermöglicht.«

»Eine bescheidene Summe«, sagte Jasper.

»Und wir verlangen, daß diejenigen, die an nicht von der Regierung geförderten Unternehmungen beteiligt sind und daher nicht der normalen Besteuerung unterliegen, einen noch höheren Anteil bezahlen.«

»Stellen Sie sich das wie ein Baseballspiel vor«, sagte Jasper. »Wir sind sozusagen die *Home Plate*. So toll Sie auch gespielt haben, Sie müssen zuerst bei uns ankommen, ehe Sie die Punkte kassieren.«

»Verstehen Sie das Konzept?« fragte Raffaello.

»Ja, Sir«, sagte ich rasch.

»Nun, unsere Informationen besagen, daß eine Viertelmillion Dollar nicht belegt ist, Geld, das Mr. Ruffing gespendet hat, das aber nie bei Jimmy Moores Organisation angekommen ist. Eine Viertelmillion Dollar. Wer immer dieses Geld schließlich bekommen hat, hat die *Home Plate* nicht berührt. Aus Versehen, nehme ich an.«

»Mr. Raffaello ist ein Mensch, der leicht verzeiht«, sagte Jasper, rückte näher an mich heran und sprach mir so dicht ins Gesicht, daß ich Knoblauch und einen Hauch Rosmarin in seinem Atem riechen konnte.

»Aber trotz allem«, sagte der Boß der Bosse, »erwarten wir unseren Anteil. Ein Drittel von einer Viertelmillion Dollar sind ...«

»Dreiundachtzigtausend«, sagte Dominic. »Dreihundertdreiunddreißig.«

»Reden wir von glatten Hunderttausend«, sagte Raffaello. »Ich habe glatte Zahlen immer gemocht. Es ist, als wäre jemand in mein Haus gekommen, hätte eine Schublade geöffnet und mir hunderttausend Dollar weggenommen. Ich bin ein nachsichtiger Mann, Victor«, sagte er, doch jetzt wieder mit erhobener Stimme, »aber daß jemand einfach in mein Haus marschiert, eine Schublade aufmacht und mich bestiehlt, das kann ich nicht verzeihen.«

»Was ist mit dem Geld passiert, Sportsfreund?« fragte Jasper, noch immer dicht zu mir gebeugt.

»Ich weiß es nicht«, sagte ich.

»Finden Sie es, Victor«, sagte Raffaello, »und ich vergesse, daß Sie respektlos über meine Tochter gesprochen haben. Sie sehen, ich kann nachsichtig sein.«

»Sie sollten sich bedanken«, sagte Jasper mir ins Ohr.

»Aber ich weiß nicht, wo ...«

»Finden Sie es, Victor«, sagte Raffaello, mein erbärmliches Winseln unterbrechend. »Dann vergessen wir diese unerfreuliche Sache beim Pokerspiel. Sonst aber ...« Er zuckte mit den Schultern.

»Bedanken Sie sich bei dem Mann, Sportsfreund.«

»Ich danke Ihnen«, sagte ich gehorsam.

»Gut, wir haben unsere Angelegenheit erledigt«, sagte Raffaello. »Lenny, hast du etwas für unseren Freund Victor?«

»Klar, Mr. Raffaello.«

Lenny fuhr den Wagen an den Straßenrand, griff nach unten und drehte sich dann rasch um. Ich duckte mich, weil ich einen weiteren Schlag auf mein Auge befürchtete. Ich hatte diese Spazierfahrten durch die Stadt satt. Aber Lenny hatte sich nicht umgedreht, um mich mit dem Handrücken zu schlagen. Als ich die Augen wieder öffnete, hatte er eine kleine weiße Papiertüte mit etwas fettigem Boden in der Hand.

»Das ist für Sie, Victor«, sagte Enrico Raffaello. »Es ist ein Cannoli, nach meinem eigenen Spezialrezept. Ich hoffe, Sie mögen Vanillecreme. Hören Sie auf meinen Rat, Victor. Ein Cannoli ist gehaltvoll, Sie dürfen nicht zu schnell essen. Ich habe nie das große Kunstwerk geschaffen, von dem ich geträumt habe, aber meine Cannoli kommen der Sache nahe. Eines zu essen ist, als hätte man Sex. Wenn es zu schnell geht, ist Ihnen hinterher bloß übel. Aber wenn Sie es langsam und vorsichtig essen und die Creme im Mund zergehen lassen, dann essen Sie es richtig, und der Genuß, den Sie empfinden, wird Ihnen unbeschreibliche Freude bereiten. Mögen Sie Sex?«

»Ja, Sir.«

»Also, vertrauen Sie mir, Victor, wenn Sie sie richtig essen, werden Sie meine Cannoli noch lieber mögen. Wir hören von Ihnen, nehme ich an.«

Damit öffnete sich die Tür, und Jasper sprang hinaus auf die Straße und zerrte mich mit sich. »Bis später, Sportsfreund.«

Ich beugte mich noch einmal in den Wagen. »Danke für das Cannoli, Mr. Raffaello. Ach, übrigens, Sir, haben Sie vielleicht zufällig vor ein paar Tagen auf mich schießen lassen?«

Raffaello neigte sich auf seinem Sitz nach vorn und lächelte so liebenswürdig, wie das mit einem Gesicht wie seinem möglich war. »Victor. Wenn wir auf Sie geschossen hätten, dann wären Sie jetzt nicht mehr da, um solche Fragen zu stellen.«

35

Enrico Raffaello hatte beinahe recht mit seinem Cannoli, es war üppig und knusprig, und ich aß es langsam und ließ die weiße Creme wie süße, parfümierte Austern durch meine Kehle gleiten. Es war nicht ganz so gut wie Sex, aber nach einem Abend mit Veronica war es alles, was ich mir hätte wünschen können. Ich saß in meinem Wagen und aß das Cannoli und ließ den Zimt meine Nase kitzeln, doch bei jedem Bissen sank mein Mut ein bißchen mehr, denn Mr. Raffaello hatte mir nicht nur dieses herrliche Cannoli gegeben, sondern auch eine Tür geöffnet, die, wäre es nach mir gegangen, besser geschlossen geblieben wäre. Auf der anderen Seite standen Gefahr und Verlust, aber da war sie nun einmal, weit offen, und erwartete mich. Ich hatte keine große Wahl. Ich senkte den Kopf und trat hindurch und fand mich gleich am nächsten Morgen im Sporting Club wieder.

Der Sporting Club war piekfein, was mir bei einem Fitneßclub eigentlich nicht gefiel. Dort sollten die Räume nach Schweiß riechen und muskelbepackte Burschen ächzen, wenn sie große Metallscheiben bewegten, und man sollte aus dem Hof das Echo aufprallender Basketbälle hören. Doch der Sporting Club war nicht so. Der Sporting Club war piekfein.

»Ich bin interessiert, Mitglied zu werden«, sagte ich. »Darf ich mich vielleicht mal ein bißchen umschauen?«

»Natürlich«, sagte die Frau im Aufnahmebüro. Sie trug Weiß, und ihr Top spannte sich über straffen Brüsten, gut trainiert, da war ich sicher, an einer Nautilus-Brust-Maschine, bis sie genauso hart waren wie ihre Schenkel. »Füllen Sie doch zuerst dieses Formular aus.«

Sie wollten meinen Namen, meine Adresse, meine Kreditkarte, meinen Beruf, meinen Arbeitgeber und mein geschätztes jährliches Einkommen wissen. Es war fast so, wie potentielle Pärchen sich auf einer Party oder in einer Bar beschnüffeln. Aus Stolz log ich, um als besserer Clubkandidat dazustehen, obwohl ich nicht die Absicht hatte, Mitglied zu werden.

»Nun, Mr. Carl«, sagte sie, »werde ich Sie ein bißchen herumführen.«

»Kann ich mich nicht allein umsehen, ein Gefühl für den Club bekommen, oder geht das nicht?«

»Natürlich geht das«, sagte sie. »Nehmen Sie diesen Passierschein und gehen Sie gleich da durch. Die Herrengarderobe ist auf der linken Seite, und die verschiedenen Räume sind beschildert.« Ihr Blick glitt dorthin, wo meine Brust gewesen wäre, wenn ich eine gehabt hätte. »Und schauen Sie sich auch unseren Raum mit den freien Gewichten an.«

Ich erwiderte ihr Lächeln und verließ das Büro; den Passierschein schwenkte ich lässig in Richtung des stämmigen Mannes in Weiß, der den Eingang bewachte.

Um sieben Uhr morgens war es nicht sehr voll; ein paar abgezehrte Seelen versuchten, ihr Training zu absolvieren, ehe sie wach genug waren für die Erkenntnis, wie idiotisch es war, mit dem Aufzug sieben Stockwerke hoch zu fahren, um dort endlos eine mechanische Treppe zu erklimmen. In der Herrengarderobe nahm ich mir ein paar Handtücher, fand einen Spind und zog mich aus. Unwillkürlich mußte ich mich in den Spiegeln betrachten, die ringsum hingen. Was ich sah, war mitleiderregend. Eines Tages würde ich einem Fitneßclub beitreten müssen, aber nicht diesem, keinem so piekfeinen.

Mit einem Handtuch um die Hüften folgte ich den Schildern zur Herrensauna und den Dampfbädern. Die Sauna war leer, aber im Dampfbad auf einer der gekachelten Bänke lag ein harter Fleischberg mit einem Handtuch um die Taille und einem über dem Gesicht. Ich setzte mich auf eine tiefergelegene Bank, wo man noch atmen konnte, und wartete einen Augenblick, während der Dampf mich umschwebte und Schweiß aus meinem Körper zu treten begann.

Als mir der Schweiß von der Nase auf die Knie tropfte, sagte ich schließlich: »Enrico Raffaello hat Bissonette nicht umgebracht.«

»Guten Morgen, Victor«, sagte Jimmy Moore, ohne das Handtuch vom Gesicht zu nehmen.

Chester Concannon hatte mir gesagt, daß Moore jeden Morgen im Sporting Club trainierte, hauptsächlich, indem er sich in der Sauna oder im Dampfbad den Alkohol des Vorabends aus den Poren schwitzte, je nach seiner Stimmung. Die Tür, die Raffaello aufgestoßen hatte, führte direkt zu dem Stadtrat; es war Moore, dessen Antworten auf die großen Fragen ich hören mußte.

»Wo haben Sie denn diese erstaunliche Information her?« fragte er.

»Von Raffaello selbst.«

»Sie hatten also eine Audienz beim Papst, und der Papst hat Ihnen gesagt, daß er unschuldig ist.«

»Und ich glaube ihm«, sagte ich. »Er hat keinen Grund zu lügen, seine Hände sind bereits schmutzig. Was zu der Frage führt, die ich vorher schon aufgeworfen habe und auf die ich noch immer keine Antwort weiß. Wer hat Bissonette getötet? Sie?«

Er nahm das Handtuch vom Gesicht, setzte sich auf und stieß einen langen Ächzer aus, der wie das Stöhnen eines großen, verwundeten Säugetiers klang.

»Wenn Sie wollen, Herr Stadtrat«, sagte ich, »können Sie Ihren Anwalt hinzuziehen, wenn wir uns darüber unterhalten.«

Er stemmte sich von seiner Bank, stieg nach unten, löste das Handtuch von der Taille und ließ es in die Dampfwolke fallen, die über den Fliesenboden in Richtung Abfluß glitt. Neben der Tür befand sich eine Kaltwasserdusche, und er drehte sie auf. Seine Muskeln wurden schlaff, und seine einst prachtvolle Brust hing ein wenig, aber was mir am meisten auffiel, war die Größe seines Penis; er war riesig wie der eines Elefantenbullen, wie er dort hing, und ich fühlte mich elend. Ich zog mir das Handtuch fester um die Taille.

»Ich denke, damit kann ich ohne Prescotts Hilfe fertig werden«, sagte er aus der Dusche heraus, während Wasser über sein Gesicht und seinen Körper strömte. »Sie wollen also wissen, ob ich den Baseballspieler umgebracht habe. Ob ich ein Mörder bin. Denn so, wie Sie das sehen, war ich derjenige, der ihn mit einem Baseballschläger totgeprügelt hat.«

»Sie haben Chester und mich darüber belogen, wer es getan hat, und Sie richten es so ein, daß Chester über den Tisch gezogen wird. Das ergibt nur dann Sinn, wenn Sie ihn umgebracht haben.«

»Ziehen Sie sich an«, sagte er, wischte sich mit einem Handtuch über das Gesicht und öffnete die Tür des Dampfraumes. Ein Schwall kalter Luft strömte herein. »Wir haben vor dem Gerichtstermin noch Zeit für eine Spazierfahrt.«

»Wissen Sie, wie ich zuerst in den Stadtrat gewählt wurde, Victor?« fragte Jimmy Moore. Wir saßen jetzt in der Limousine und fuhren in nördlicher Richtung durch die Broad Street. Henry hatte mit dem Wagen in der Gasse neben dem alten Bellevue Stratford gewartet, wo der Sporting Club lag. In der Limousine gab es ein Tablett mit Backwaren und eine stählerne Thermoskanne, aus der Jimmy uns zwei Tassen Kaffee einschenkte. »Sahne?« fragte er.

»Nein, danke«, sagte ich.

»In meinem Wahlprogramm war ich gegen die gemeinsamen Schulbusse für schwarze und weiße Kinder«, sagte er. »Ich war gegen die Integration. Ich versprach, unsere Viertel frei von Verbrechen zu halten, was in politischer Kurzschrift ›weiß‹ bedeutet. Man braucht nicht die Sprache des Klans zu verwenden, um die rassistischen Stimmen zu bekommen. Reden Sie davon, die Integrität der Stadtviertel zu wahren, reden Sie über die Geißel der Kriminalität, reden Sie darüber, den amerikanischen Traum vom Hauseigentum zu schützen und den Wert von Immobilien zu bewahren, reden Sie über die Bustransporte, und die Wählerschaft versteht. Ich habe sogar im Ratssaal eine Prügelei gehabt, wegen eines Schwulentages, des Gay Pride Day. Ich war natürlich dagegen. In meinem Distrikt war die Politik des Hasses eine gute Politik, und alles, was ich wollte, war meinen Posten, mein Amt, die Macht, Deals abzuschließen, also richtete ich meine Politik danach ein. Die Zeitungen haßten mich, ich war ein Witz, nur, daß ich in meinem Distrikt dreiundsiebzig Prozent der Stimmen gewann.«

»Wohin fahren wir?« fragte ich.

»Drogen waren das Problem anderer Leute«, sagte er, meine Frage ignorierend. »Wissen Sie viel über die Evangelien? Nein, natürlich nicht. Saulus, ein Agent der Juden und eine Geißel der Christenheit, hat auf dem Weg nach Damaskus eine Vision, hört eine Stimme: ›Saulus, Saulus, warum verfolgst du mich?‹ Es ist die Stimme Jesu. In diesem Moment wird er ein neuer Mensch, er ändert seinen Namen in Paulus, er wird Jesu Botschafter auf Erden. Nun, ich habe keine Stimme gehört. Was ich gehört habe, war ein Schweigen. Das meiner eigenen Tochter. Doch es hat genauso deutlich zu mir gesprochen. ›Daddy, Daddy, warum hast du mich verlassen?‹ Und ich hatte keine Antwort für sie. Keine einzige.«

Er nahm einen Schluck von seinem Kaffee und dann noch einen, schaute aus dem Seitenfenster auf die Trostlosigkeit von Nordphiladelphia.

»Jetzt habe ich eine«, sagte er.

»Eines unserer wichtigsten Programme hier im Nadine-Moore-Jugendheim«, sagte Mrs. Diaz, als sie Jimmy Moore und mich auf einer Besichtigungstour durch die Einrichtung führte, »ist unser Programm zur Einbeziehung der Gemeinde. Tatsächlich begannen wir auf Drängen des Stadtrats damit, und es ist zum Eckpfeiler unserer Bemühungen geworden. Häufig ist das System der Strafjustiz der einzige Ort, an dem Kinder mit Problemen Hilfe bekommen können, und dann ist es oft zu spät. Durch unsere Erziehungs- und Gemeindeprogramme können wir an diese Kinder herankommen und uns mit ihren Problemen befassen, bevor sie straffällig werden. Und wir haben festgestellt, daß das sehr viel bewirkt.«

Mrs. Diaz war eine hübsche Frau mit breiten Wangenknochen und kräftigen Händen. Wir gingen durch einen Flur, der um das Gebäude herum verlief. Alle Klassenzimmer hatten Fenster auf den Gang, was dem Bau etwas Geräumiges und Luftiges verlieh, eher wie ein elegantes Bürogebäude als wie eine Besserungsanstalt. Wir blieben vor einem Klassenzimmer stehen, in dem eine Gruppe von zwanzig Teenagern in weißen Hemden und blauen Hosen im Halbkreis um einen Lehrer mit Brille saß, der ein chemisches Experiment durchführte.

»Für unsere Kinder beginnt der Tag früh am Morgen«, sagte Mrs. Diaz. »Wir haben einen regulären Lehrplan, der nachmittags durch Kurse ergänzt wird, die speziell auf die Bedürfnisse der einzelnen Kinder zugeschnitten sind. Nachmittags wird auch Gruppentherapie durchgeführt. Wir haben festgestellt, daß diese Kinder mit verbesserten Fähigkeiten in die normale Schule zurückgehen, und zwar so sehr, daß sie sich auszeichnen, was der Hauptgrund dafür ist, daß unsere Absolventen sich im allgemeinen draußen so gut bewähren. Durch unser Aufsichts- und Beratungsprogramm, das noch lange nach dem Fortgang der Kinder weiterläuft, haben wir erreicht, daß fast neunzig Prozent drogenfrei bleiben und nicht in Schwierigkeiten geraten.«

»Erklären Sie Mr. Carl, woher unsere Mittel kommen, Loretta«, sagte der Stadtrat, als wir weiter den Flur entlanggingen.

»Wir erhalten etwas Unterstützung von der Stadt«, sagte sie. »Stadtrat Moore konnte uns auch einige Bundesmittel verschaffen. Und dann gibt es natürlich private Spenden. Was immer Sie geben möchten, Mr. Carl«, sagte sie mit einem herzlichen Lächeln, »würde hoch geschätzt werden. Und außerdem war CUP, Citizens for a United Philadelphia, außerordentlich großzügig. Wann immer in der Vergangenheit ein Defizit bevorstand, hat CUP unser Budget ausgeglichen.«

Wir folgten Loretta Diaz eine Treppe hinauf zu einer Turnhalle, in der eine große Klasse aus jungen Männern und Frauen in blauen Hosen und weißen Hemden marschierte, streng gedrillt wie Soldaten auf dem Exerzierplatz. Ein Lehrer brüllte Kommandos: »Links um. Rechts um. Abteilung marsch.« Die Marschierer sangen im Takt ihrer Schritte zusammen: *»Wir müssen nach Hause, links, rechts, wir müssen nach Hause, links rechts.«*

»Es gibt im Land einen wachsenden Konsens darüber«, sagte Mrs. Diaz, »daß armeeartige Disziplin dazu beiträgt, Selbstwertgefühl aufzubauen. Sogenannte Trainingslager. Ich bin nicht so sicher, ob das funktioniert, aber der Präsident ist ganz verliebt in die Idee, und das hilft bei der Finanzierung. Da wir ehrgeizige Zukunftspläne haben, tun wir alles, was wir können, um unsere finanzielle Ausstattung zu verbessern. Außerdem scheint es den Kindern tatsächlich zu gefallen.«

»Was genau sind Ihre ehrgeizigen Pläne?« fragte ich durch den Lärm der singenden Marschierer. *Links. Links. Links, rechts. Links.*

»Oh, tut mir leid! Ich dachte, der Stadtrat hätte Ihnen alles erklärt. Das Nadine-Moore-Jugendheim ist ein Pilotprogramm. Wir haben in dieser Einrichtung nur Platz für einen von dreißig Schülern, die an uns verwiesen werden. Unser Ziel ist es, fünfzehn weitere Einrichtungen hier in Philadelphia aufzubauen und dann auch in anderen Städten. Dieses Heim fungiert nicht nur als Zentrum für solche Kinder, sondern auch als Laboratorium, und wir erwarten, daß unser hiesiger Erfolg als Modell dienen wird. Unsere große Hoffnung«, sagte sie, während der Stadtrat mit feuchten

Augen zusah, wie die Trupps in der Basketballhalle umhermarschierten und dabei sangen, »unser großer Traum«, sagte sie, »ist, daß es für jedes Kind in diesem Land, das mit Drogen kämpft, ein Nadine-Moore-Heim gibt, um ihm durch die Zeit seiner größten Not zu helfen.«

»Das wird unser nächstes«, sagte Jimmy Moore. Henry hatte uns zu einem unbebauten Grundstück in der Lehigh Avenue gefahren; auf der gegenüberliegenden Straßenseite gab es zerfallende Reihenhäuser und vernagelte Geschäfte. Ein Stück weiter entfernt lag eine Schule. »Der Wohltätigkeitsabend im Art Museum hat gerade genug eingebracht, um dieses Projekt durchführen zu können. Dieses Heim hier wird doppelt so groß wie das, das Sie eben gesehen haben.«

»Das ist allerdings ein ehrgeiziger Plan«, sagte ich.

»Er wird Nadine unsterblich machen«, sagte Jimmy Moore. »Nachdem sie gestorben war, wurde mir klar, daß das, was meine Tochter umgebracht hatte, nicht das Problem anderer Leute war. Es war überall. Und ich war in einer Position, in der ich etwas dagegen tun konnte. Etwas. Zum ersten Mal habe ich gesehen, worum es bei Politik gehen kann, und das war nicht Haß oder Habgier. Da erwachte meine Leidenschaft, und meine Mission begann. Zuerst die Dealer bekämpfen, dann die Kinder heilen. Wir machen Fortschritte an beiden Fronten, und wenn ich Bürgermeister werde, werden wir an beiden gewinnen. Wir werden die Herren des Todes aus dem Geschäft treiben und überall in der Stadt diese Jugendheime bauen. Nicht nur Heime, Jugendzentren, Jungenclubs und Mädchenclubs. Ich kann das schaffen. Ich werde es schaffen. Es war so gut wie erledigt, bevor sie mich reingelegt haben.«

»Wer hat Sie reingelegt?«

»Genau weiß ich das nicht. Vielleicht der Bürgermeister, vielleicht die Dealer. Ich war schon vor der Anklage in Gefahr. Was glauben Sie, warum ich in dieser Limousine herumfahre? Mein Dienstwagen als Stadtrat ist mehr als einmal von meinen Feinden beschossen worden. Aber meine schwarze Schöne ist jetzt kugelsicher, und ich mache weiter. Und dann haben die Bundesbehörden, nachdem sie sich mit dem Bürgermeister beraten hatten, entschieden, meine Art, Spenden zu sammeln, wäre Erpressung. Aber selbst wenn das so wäre, na und? Das Geld geht an die richtige Stelle. Aber dann kamen der Mord und die Brandstiftung, und sie haben beschlossen, mir das auch anzuhängen.«

»Also haben Sie Bissonette nicht getötet?«

Er wandte sich mir zu und schaute mir direkt in die Augen. »Nein«, sagte er ohne Lidschlag und ohne Zögern in der Stimme. »Absolut nicht. Warum hätte ich den Jungen töten sollen? Für Geld? Das ist das Dumme bei Staatsanwälten, sie sind für so wenig Geld zu haben, daß sie meinen, alle anderen wären das auch. Ich bin hinter etwas Großem her, etwas Riesigem, und davon haben Sie bisher nur die Spitze gesehen. Außerdem, haben Sie gewußt, daß das Geld, das Bissonette auf so mysteriöse Weise für Ruffing auftreiben konnte, von Raffaello kam?«

Das war es also, was Raffaello gemeint hatte, als er sagte, Jimmy sei zu schlau, um im Rahmen einer Erpressungsgeschichte zu töten. Was er wirklich meinte, war, daß Jimmy zu schlau war, um sich gegen ihn zu stellen. »Wenn Sie ihn nicht umgebracht haben, warum richten Sie es dann so ein, daß Chester die Schuld bekommt?« fragte ich.

»Weil ich keine andere Wahl habe«, sagte er rasch.

»Quatsch.«

Er stieß einen Seufzer aus, nahm eine Zigarette, klopfte damit auf das Päckchen und zündete sie dann an. »Vielleicht ist es Quatsch. Vielleicht bin ich bloß ein Feigling, ich weiß nicht. Ich heuere einen Rechtsanwalt an, den besten in der Stadt, und sage ihm, er solle alles tun, um mich freizubekommen und meinen Traum zu retten. Er ist ein hartgesottener Hund, schlau, und er sagt mir, wenn ich nicht beweisen kann, wer den Mord wirklich begangen hat, ist die einzige Möglichkeit, ihn Chet anzuhängen. Er hat mir gesagt, wir bräuchten für Chets Vertretung einen Anwalt, der sich ihm nicht in den Weg stellen würde. Jemanden, den er kontrollieren könne. Zuerst war es McCrae. Aber dann machte er diesen unglückseligen Ausflug nach Chinatown, und wir brauchten einen anderen.«

»Und das war ich«, sagte ich bitter. Der Laufbursche.

»Er sagte, das sei meine einzige Chance. Wenn es richtig klappen würde, stände die Regierung mit ihrem Fall so schlecht da, daß wir vielleicht beide davonkämen.« Jimmy nahm einen tiefen Zug aus seiner Zigarette und stieß gemächlich den Rauch aus. »Also sagte ich ihm, er solle weitermachen.«

»Selbst wenn Chester auf diese Weise für den Rest seines Lebens hinter Gittern landet.«

»Glauben Sie, daß mir das gefällt? Ich habe keine Wahl. Überhaupt keine Wahl. Wir befinden uns hier in einem Krieg, kämpfen dafür, etwas Großes und Nobles aufzuziehen, aber wie in jedem Krieg wird es Verluste geben. Concannon könnte einer davon sein. Ich werde mich um Chet kümmern, und das weiß er. Aber meine Feinde sind mir auf den Fersen. Ich werde sie nicht gewinnen lassen. Wenn sie gewinnen, zahlen nämlich die Kinder den Preis. Wir brauchen Sie, Sie müssen Prescotts Anweisungen folgen und die Verschwörung der Regierung gegen mich platzen lassen. Ich habe Sie mitgenommen, um Ihnen zu zeigen, was Sie alles gefährden, wenn Sie sich uns widersetzen. Zusammen können wir etwas bewirken.« Er warf seine Zigarette in ein Büschel Unkraut zwischen zerbrochenen Ziegelsteinen, und dort verglühte sie. »Wenn Sie wollen, setze ich Sie in den Aufsichtsrat von CUP. Eine tolle Position für einen jungen Anwalt. Zusammen können wir die Welt verbessern.«

Ich wußte, daß das eine tolle Position für mich wäre. In den Aufsichtsräten von Wohlfahrtseinrichtungen und politischen Komitees fanden Anwälte ihre Kundschaft. Wenn man in genügend Aufsichtsräten sitzt und genug Mandanten bekommt, wird man ein Regenmacher und hat die Macht, zu jeder Firma der Stadt zu gehen und einen Preis zu nennen. Ich sprang nicht gleich auf die Hinterbeine und rief »Okay«, aber ich dachte nach.

»Also, wer hat ihn getötet?« fragte ich.

»Ich weiß es nicht«, sagte er verächtlich. »Ich wünschte, ich wüßte es, bei Gott. Aber Sie sind der Mann mit den Theorien, finden Sie es heraus. Schauen Sie, ob Sie es besser können als wir.«

Ich betrachtete das unbebaute Grundstück und dann die Gegend. Sie hatte etwas unheimlich Vertrautes. »Welche Nummer ist das?« fragte ich.

»Neunzehnte Straße.«

Da wußte ich, wo ich war. Das alte Baseball-Stadion war einen

Block entfernt gewesen. Wo der Park gelegen hatte, befand sich jetzt eine moderne Kirche aus Ziegelsteinen, eine Art riesiger McDonald's, aber als es noch ein Sportplatz gewesen war, hatte mein Großvater mich dorthin mitgenommen, um die Phillies spielen zu sehen. Er nannte den Platz bei seinem alten Namen, Shibe Park. Wir saßen auf den Rängen und schrien: »Go, Phillies, go!« Und wir sahen, wie Willie Mays es ihnen zeigte. Richie Allen und Clay Dalrymple, Jim Bunning und Johnny Callison. Und Gene Mauch, der am Spielfeldrand saß und dessen dunkles Gesicht so schmerzhaft verzogen war, wie es nach dem Zusammenbruch der Mannschaft im Jahre 1964 blieb. Doch in diesem Moment erinnerte ich mich nicht nur an Baseball, sondern an den Jungen, der die Hand seines Großvaters gehalten hatte und an den geparkten Autos vorbei ins Stadion gegangen war. Wie war er zu mir geworden?

»Wo ist das restliche Geld?« fragte ich, plötzlich des Brimboriums müde, Jimmy Moores Selbstgerechtigkeit müde. »Die fehlende Viertelmillion.«

»Ich weiß nicht«, sagte er und zeigte mit dem Arm auf das unbebaute Grundstück. »Aber es wird dort ankommen, dafür werde ich sorgen, verdammt, und bei den anderen, die wir bauen werden. Ich bin in diesem Moment dabei, dafür zu sorgen.«

»Mr. Raffaello möchte seinen Anteil.«

»Nicht einen Penny«, rief er. »Die verkaufen ihr Gift vor seiner Nase, und er hat nichts dagegen, solange er seinen Anteil bekommt. Es ist eine Schande. Lieber würde ich sterben.«

»Dafür könnte er sicher sorgen.«

»Soll er es nur versuchen. Wenn er einen Krieg will, kann er ihn haben.« Er zeigte mit einem dicken Finger auf mich. »Ich bin bereit, es mit ihm aufzunehmen, mit ihm und mit jedem, der sich mir in den Weg stellt. Wir werden auf diesem Grundstück und auf vierzehn anderen Einrichtungen bauen, die eine ganze Generation heilen werden. Das ist meine Mission, und ich werde alles tun, um sie zu schützen. Alles. Meine Mission ist alles, worum ich mich jetzt noch zu kümmern habe.«

Vermutlich holte mich da alles ein, der falsche Edelmut, die Lügen, die unvermeidlichen Bestechungen, hier ein Deal, da eine Vereinbarung, eine Position in einem einflußreichen Aufsichtsrat.

War es so klar, daß ich käuflich war? Hatte ich über den tränenden Augen ein Schild mit der Aufschrift »Zu verkaufen« auf der Stirn? Ich haßte es, vor allem hier, wo mich der kleine Schuhmacher und der Junge verfolgten, der seine Hand hielt. Ich konnte nicht verhindern, daß Zorn in mir aufwallte. Trotzdem hätte ich vielleicht geschwiegen, wenn er nicht einen so verdammt dicken Schwanz gehabt hätte. Doch als er so selbstgerecht wurde, dachte ich, wie er unter dieser kalten Dusche ausgesehen hatte, und wurde noch wütender. Ich sagte: »Aber das ist nicht das einzige, worum Sie sich noch kümmern müssen, nicht wahr, Herr Stadtrat?«

»Was hätte ich denn sonst noch zu tun?« fragte er mit so klagender Stimme, als gebe es nichts weiter.

»Veronica zu ficken«, sagte ich.

Ich bereute es auf der Stelle, bereute es noch mehr, als er mir sein verblüfftes Gesicht zuwandte. Es war zu einer seltsamen Maske verzogen, die sowohl Hilflosigkeit als auch Bedürftigkeit ausdrückte, und zum ersten Mal, seit ich ihn kannte, war Jimmy Moore sprachlos.

Doch nach dem, was Veronica mir erzählt hatte, und nach der Maske auf Jimmy Moores Gesicht konnte ich mir alles zusammenreimen. Noch immer wütend über den Tod seiner Tochter, dringt er in ein Crackhouse ein und sieht sie auf dem Fußboden, hilflos und berauscht, etwa im gleichen Alter wie seine Tochter dieses hübsche, drogensüchtige Mädchen, ebenso hübsch wie seine Tochter. Vielleicht sah sie ihr sogar ähnlich. Und er bringt sie in seinem Wagen in Sicherheit und fährt sie in ein Behandlungszentrum und rettet ihr das Leben, was er bei seiner Tochter nicht geschafft hat. Er besucht sie, seine Ersatztochter, er sorgt dafür, daß sie geheilt wird, und nach und nach steigt irgendein tiefes Verlangen aus den verbotenen, verschlossenen Bereichen seiner Seele auf, und er stellt fest, daß er nichts dagegen tun kann, daß das Undenkbare Wirklichkeit geworden ist, das Unmögliche unvermeidlich, und es ist schöner, als er es je für möglich gehalten hätte.

36

Man kann alles über einen Mann erfahren, wenn man erfährt, was er sich wirklich wünscht. Ich hatte die Ziegelsteine und das Glas von Jimmy Moores größtem Ehrgeiz gesehen; sie stellten an Größe und Wert meinen eigenen Ehrgeiz in den Schatten. Ich verspürte eine seltsame, traurige Sympathie für Moore mit seinen großen Träumen vom Heilen und seiner hilflosen Liebe zu Veronica Ashland, beide erbaut auf dem Fundament einer Tragödie, und ich hoffte wirklich, daß alle seine großartigen Träume Realität werden würden. Aber nicht auf dem verfaulenden Leichnam meines Mandanten.

»Wir müssen reden«, sagte ich in der Telefonzelle, da ich nicht abgehört werden wollte.

»In meinem Büro, um fünf«, sagte Slocum.

»Vergessen Sie's«, sagte ich. »Als ich letztes Mal dort war, stand es am nächsten Tag auf der Titelseite der *Daily News*. Gehen wir in eine Bar.«

»Dublin Inn?«

»Zu viele Kollegen von Ihnen. Wie wär's mit dem Chaucer's?«

»Gut«, sagte er. »Aber dann später. Acht Uhr. Etwas Interessantes?«

»Für Sie wird es interessant sein«, sagte ich, und ich wußte, daß das zutraf.

Sehen Sie, Prescott hatte wirklich einen Fehler gemacht. Hätte er mich mit dem Respekt behandelt, nach dem ich mich sehnte, hätte er mich als seinen Gast zum Mittagessen in die Union League und den Philadelphia Club mitgenommen, hätte er mich mit offenen Armen in der Bruderschaft der Erfolgreichen willkommen geheißen, so wäre ich still und willig sitzen geblieben und hätte Concannon alles auslöffeln lassen, was Prescott ihm servierte. Aber der Mistkerl hatte mich bedroht, mir Befehle gegeben, mich zu seinem Laufburschen degradiert, und das war sein Fehler. Im Trubel meiner nächtlichen Streifzüge mit Jimmy Moore und seinem Gefolge, meiner gesellschaftlichen Auftritte, von Prescotts Mentorschaft und meiner sexuellen Besessenheit von Veronica, meiner Arbeit und meiner Spiele mit den Bishop-Brüdern, dieses neuen Lebens, das mir anscheinend gewährt worden war, im Trubel all dessen hatte ich meinen Groll für eine Weile vergessen. Aber nun war er wieder da und wollte Rache. Er hüllte meine Schultern ein wie ein alter Lieblingspullover, und er fühlte sich verdammt gut an. Selbst wenn die Anweisungen meines Mandanten mich daran hinderten, aktiv in den Prozeß einzugreifen, selbst wenn mein Anteil an der *Saltz*-Regelung und meine Deals mit den Bishops und meine leitende Funktion bei CUP erforderten, daß ich Prescott vor Gericht formell gehorchte, verlangte mein Groll dennoch, daß ich etwas tat, irgend etwas, ganz gleich, was das für Folgen hatte. Was das Geheimnis von Bissonettes Ermordung betraf, hatte Jimmy Moore gesagt: »Sie sind der Mann mit den Theorien. Finden Sie es heraus.« Vielleicht würde ich das tun.

Von Raffaello hatte ich erfahren, daß Bissonette möglicherweise deshalb getötet worden war, weil er mit der falschen Frau herumgespielt hatte. Ich brauchte jetzt also nur herauszufinden, wer Bissonettes schicksalhafte letzte Liebe gewesen war. Lauren Amber Guthrie mit ihren klirrenden Goldarmbändern? Vielleicht. Irgendeine andere Frau mit einem Ehemann, der zur Rachsucht neigte? Möglich. Oder war es schließlich doch Chuckie Lamb, der den einzigen Zeugen zum Schweigen brachte, der ihn in alles hätte hineinziehen können? Und was war mit der fehlenden Viertelmillion Dollar, von der zwei Fünftel Enrico Raffaello und seinen Jungs zustanden? Ich wollte Antworten, und das schnell, bevor Eggert anfing, die Schindeln auf das Dach des Gefängnisses zu nageln, das Prescott um Chester Concannon errichtete, und bevor Raffaello begann, mir Informationen abzupressen. Deshalb hatte ich den Mann angerufen, der unter Strafandrohung Zeugen vorladen konnte, meinen alten Freund K. Lawrence Slocum, Stellvertretender Bezirksstaatsanwalt.

Chaucer's war eine freundliche Nachbarschaftskneipe mit einem berühmten Shuffle-Bowling-Spiel, billigen Paneelen, Buntglasfenstern in den Türen und geräumigen Nischen, in denen Gruppen von Jugendlichen frisch aus dem College sitzen und trinken und über andere Jugendliche klatschen konnten. Als ich das Lokal zuerst besucht hatte, war es voller älterer Arbeiter, Lastwagenfahrer,

Lesbierinnen, die sich wie Lastwagenfahrer kleideten, und junger Leute, die die Schule geschmissen hatten und nun zerknirscht über ihre zweifelhafte Zukunft diskutierten. Doch diese Art von Charme hatte es nun nicht mehr. Jetzt trugen die Jungen ihre Baseballmützen mit dem Schirm nach hinten über Pferdeschwänzen, die Mädchen hüllten ihre langen Beine in schwarze Leggings, und alle hatten sie das College abgeschlossen und diskutierten mit Stolz über ihre zweifelhafte Zukunft. Ich trank dort noch immer ab und zu mein Bier, doch nun fühlte ich mich zu alt, um dazuzugehören, und das war gleichzeitig furchterregend und traurig. Ich erinnerte mich noch, wie aufregend es gewesen war, überhaupt in einer Bar zu sitzen, wo die schummrige Beleuchtung und der Zigarettenqualm und die Fremden auf den Hockern etwas so Verführerisches ausstrahlten, daß ich nicht glauben konnte, einfach hineingehen und mich setzen und ein Bier bestellen zu dürfen. Jetzt war ich einer der Älteren und Traurigeren, und die Leute, die hereinkamen, waren jünger, fröhlicher und vitaler als ich. Jetzt wußte ich, was die älteren Leute in den Bars früher von mir gedacht hatten, weil ich wußte, was ich über diese neue Generation dachte. Ich wünschte mir, sie würden alle nach Hause zu ihren Müttern gehen.

Slocum und ich saßen in einer der geräumigen Nischen im hinteren Teil des Lokals. Die Kellnerin hatte jedem von uns eine Flasche Rolling Rock und ein Glas gebracht, und wir hatten das Glas beide ignoriert. Ich mochte Slocum beinahe. Er nahm alles sehr ernst, wie ein Staatsanwalt alles sehr ernst nehmen muß, aber er hatte auch Sinn für Humor. Es war ein müder Sinn für Humor, die einzige Art, die ein Staatsanwalt sich je erlaubte, aber selbst ein müder Sinn für Humor ließ ihn den anderen bei weitem überlegen erscheinen. Ich erzählte ihm die ganze Geschichte meines Treffens mit Raffaello und ließ nur aus, daß er seine Tochter als Schlampe bezeichnet hatte. Ich erinnerte mich noch daran, daß Jasper und Dominic nichts für wichtiger hielten, als sein Wort zu halten, und obwohl ich Slocum beinahe mochte, wollte ich nicht mein Leben darauf verwetten, ob er eine Verbindung zu Raffaello hatte oder nicht. Alle anderen in dieser Stadt schienen eine zu haben.

»Er hat gesagt, es wäre ein eifersüchtiger Ehemann gewesen?« fragte Slocum.

»Einzelheiten hat er mir nicht erzählt.«

»Also haben wir im Augenblick nur ein geheimnisvolles Mädchen.«

»Richtig«, sagte ich.

»Und Sie wollen, daß ich das überprüfe?«

»Ja.«

»Daß ich meine Detectives losschicke, um dieses Mädchen zu finden?«

»Das wäre fabelhaft.«

»Sie wollen, daß ich meine Detectives losschicke, um dieses geheimnisvolle Mädchen zu finden, von dessen Existenz wir durch den größten Kriminellen der Stadt unterrichtet wurden, und das alles, um meine Mordanklage gegen Ihren Mandanten zu Fall zu bringen.«

»Genau.«

»Ich sehe das nicht so.«

»Larry, hier wird ein Unschuldiger über den Tisch gezogen.«

»Vielleicht lügt Raffaello auch. Haben Sie je bedacht, daß Gangster manchmal lügen? In dieser Stadt geschieht nichts, ohne daß er einen Anteil bekommt. Vielleicht war er an der ganzen Sache beteiligt und legt jetzt falsche Fährten, um seine *compadres* zu schützen.«

»Das glaube ich nicht«, sagte ich. »Keine Sekunde lang. Ich glaube, daß Sie dabei sind, die falschen Leute in die Todeszelle zu schicken, und das nicht zugeben möchten.«

Er zuckte mit den Schultern, als sei er nicht sicher, ob ich mich irrte. »Vielleicht, Carl. Das kommt vor. Aber Sie werden Ihre eigenen Ermittlungen anstellen müssen. Wieviel bekommen Sie bei diesem Fall pro Stunde? Nein, sagen Sie es mir nicht, sonst werde ich bloß sauer. Verdienen Sie Ihr Geld, finden Sie das Mädchen selbst.« Er rieb sich mit der Hand den Mund und sah mich einen Augenblick an. »Aber vielleicht kann ich helfen.«

Ich starrte ihn bloß an und wartete.

Er beugte sich vor und sprach jetzt leiser. »Okay, ich werde Ihnen was sagen. Ich sage es Ihnen, weil ich denke, daß es eine Chance gibt, eine kleine Chance, daß Sie vielleicht recht haben. Aber wenn das durch irgendeine Maßnahme oder einen Zeitungsartikel auf mich zurückfällt, dann werde ich sehr enttäuscht sein, verstehen Sie? Sie wollen mich doch sicher nicht enttäuschen.«

Er hielt inne und trank einen Schluck von seinem Bier.

»Als wir Ihnen das Beweismaterial gezeigt haben«, fuhr er fort, »haben wir Ihnen nicht alles gezeigt. Da war ein Buch.«

»Shakespeare?« fragte ich.

»Das nicht gerade.«

»Ein Buch mit Telefonnummern?«

»Ein persönliches Telefonbuch.«

»Sie haben Bissonettes kleines schwarzes Buch zurückgehalten?«

»Nun seien Sie doch nicht so«, sagte er und hob protestierend die Hand. »Das Büro hat entschieden, es sei nicht angemessen, Bissonettes persönliches Telefonbuch freizugeben, denn dadurch könnten gewisse, wie soll ich das formulieren, gewisse wohlbekannte und hochstehende Damen der Stadt in Verlegenheit gebracht werden. Diese Frauen und ihre Familien haben ein Recht auf ihre Privatsphäre. Es handelte sich da nicht um das Adreßbuch einer Nutte mit den Namen ihrer Freier. Es wurden keine Verbrechen begangen.«

»Da gibt es also dieses Buch.« Ich wartete.

»Wollen Sie noch ein Bier?«

»Erzählen Sie mir von dem Buch.«

»Ich möchte noch ein Bier.«

Ich hob die Hand wie ein Schüler, um die Kellnerin zu rufen, und als sie kam, bestellte ich noch zwei Bier. »Also gut«, sagte ich, »erzählen Sie mir von dem Buch.«

»Nun, dieses Buch enthält die Namen der üblichen Verdächtigen und einer Menge bekannter Frauen.«

»Lassen Sie mich das Buch sehen.«

»Hören Sie mir eigentlich zu, Carl? Ich sagte, wir geben das Buch nicht frei. Da stehen Namen drin, wenn Sie die sehen würden, würde Ihnen die Kinnlade runterfallen, weltberühmte Sängerinnen, Sportlerinnen, Ehefrauen bedeutender Politiker.«

»Wie die des Stadtrats Fontelli.«

»Aber es stehen nicht nur Telefonnummern drin. Er hat ihnen Noten gegeben, Sterne, von einem bis zu fünf, wie ein verdammter Kritiker.«

»Eben wie ein Baseballspieler, der von Statistik besessen ist. Aber das ist ja gut«, sagte ich. »Wir können das Buch benutzen, um das Mädchen zu finden, in das er sich verliebt hat. Die hat mit Sicherheit fünf Sterne bekommen.«

»Es gibt mehr als einen Namen mit fünf Sternen.«

»Dann lassen Sie mich alle überprüfen, die fünf Sterne haben.«

»Einige stehen nur mit den Initialen da, andere ohne die Telefonnummer.«

»Nun, wer immer diese geheimnisvolle Frau ist, sie steht in dem Buch«, sagte ich. »Ein Mann verliebt sich und schreibt die Telefonnummer in sein Buch.«

»Sie klingen, als hätten Sie selbst so ein Buch, Victor.«

»Eher ein paar Zettel mit handgekritzelten Nummern.«

»Finden Sie manchmal eine Nummer, von der Sie nicht wissen, wem sie gehört?« fragte Slocum und nahm einen langen Schluck von seinem Bier. Seine Augen hinter den dicken Brillengläsern verrieten Erheiterung.

»Andauernd.«

»Und was machen Sie dann?«

»Ich rufe die Nummer an. ›Hallo, gibt es da jemanden, der unverheiratet und unter fünfundfünfzig ist?‹«

»O Mann«, sagte er. »Ich kann Ihnen gar nicht sagen, wie froh ich bin, verheiratet zu sein.«

Die Kellnerin kam mit zwei weiteren Rolling Rocks; die grünen, langhalsigen Flaschen waren vor Kälte beschlagen. »Noch zwei«, sagte ich.

»Also, ich biete Ihnen folgendes an«, sagte Slocum, nachdem die Kellnerin gegangen war. »Sie geben mir die Namen aller Frauen, deren mögliche Verwicklung Sie untersuchen, und ich sage Ihnen, ob sie in dem Buch stehen und mit welcher Bewertung.«

»Linda Marie Raffaello Fontelli.«

»Drei Sterne«, sagte er. »Bei all ihrer Praxis hätte ich mehr erwartet ...«

»Was ist mit Lauren Amber Guthrie?« fragte ich rasch.

»Wie kommen Sie auf diesen Namen?«

»Ich habe sie auf den Fotos in dem Liebeskästchen erkannt.«

»Und mir relevante Informationen über einen Mordfall vorenthalten?« Traurig schüttelte er den Kopf. »Ich werde Ihnen morgen sagen, ob sie drinsteht. Wenn Sie irgendwelche anderen wissen, rufen Sie mich einfach an.«

»Sagen Sie mir noch was anderes«, sagte ich. »Sagen Sie mir, was Sie über einen Drogendealer namens Norvel Goodwin wissen.«

Er starrte mich einen langen Moment an, nahm einen Schluck von seinem Bier und starrte mich weiter an. »In was zum Teufel sind Sie da geraten?« fragte er endlich.

Ich zuckte mit den Schultern.

»Norvel Goodwin«, sagte er kopfschüttelnd. »Einer der Schlimmsten. Wir sind ihm auf den Fersen, aber er ist teuflisch zäh und hat einen guten Anwalt. Bolognese.«

»Tony Baloney«, sagte ich. »Ich habe einen Fall mit ihm.«

»Na, so gut Tony auch als Anwalt ist, es ist nur eine Frage der Zeit. Man tritt nicht auf wie Goodwin, ohne dafür zu bezahlen. Eine Zeitlang war er ganz groß in West Philly, und dann verschwand er in der Versenkung.«

»Als Jimmy Moore ihm das Haus niederbrannte?« fragte ich.

Er sah mich wieder lange an. »Richtig. Jetzt ist er wieder da. Es hat eine Menge Gewalt in den East Kensington Badlands gegeben, als er sich in das Revier anderer Leute drängte. Kämpfe um Straßenecken. Letzte Woche bekam eine Fünfjährige eine Kugel in den Kopf; stand in allen Zeitungen.«

»Das war schrecklich.«

»Das war Goodwin. Eine verirrte Kugel aus einem anderen Kampf um eine andere Straßenecke. Aber ganz plötzlich hat Goodwin eine Menge Muskeln und übernimmt viele Gebiete. Er ist ein eiskalter Killer.« Slocum schüttelte den Kopf. »Wo zum Teufel sind Sie da reingeraten, Victor?«

Ich hätte es ihm auch dann nicht gesagt, wenn ich es gewußt hätte.

37

Josiah Blaine war ein verschrumpelter alter Schuft, der bis spät in die Nacht an seinem Rollschreibtisch im ersten Stock seiner Kanzlei zwei Blocks vom Gericht im Rathaus entfernt hockte. Ich spreche jetzt von einer anderen Zeit, als das Gesetz noch nicht alles durchdrungen hatte und ein Zehntausend-Dollar-Fall eine große Sache war. Josiah Blaine praktizierte um die Jahrhundertwende als Anwalt, er vertrat Hersteller von Briefumschlägen und Hutmacher; größtenteils ging es um Inkasso-Fälle, zuerst Mahnbriefe, dann Unterwerfungsklauseln, Pfändung der Bankkonten, Zwangsvollstreckung, alles für fünfzig oder hundert Dollar, plus Zinsen und Spesen. Er besaß ein Haus an der Ecke der Sechsten und Green Street im alten jüdischen Viertel; und einmal im Monat, genau am Ersten, außer an Samstagen, wenn es unmöglich war, sich von den Juden bezahlen zu lassen, weil sie am *schabbes* kein Geld berühren durften, streifte er durch die Flure, den Oberkörper vorgebeugt, klopfte an die Türen und schrie, Mr. Pearlstein und Mrs. Himmelfarb und Mr. Carlkovsy, mein Urgroßvater Carlkovsky, sollten sofort ihre Miete bezahlen, andernsfalls sie gleich am nächsten Tag zwangsgeräumt würden. Seine Wanderungen durch die Flure erfolgten am frühen Morgen, zu früh für seine Mieter, um dem gefürchteten monatlichen Klopfen an die Tür zu entgehen. Und seinen Worten entsprechend fanden diejenigen, die zu spät dran waren, in ihren Wohnungen Männer, die die Matratzen hinaustrugen, die Teppiche zusammenrollten und Töpfe aus den Fenstern auf die Straße warfen, wo sie sehr effektvoll klirrten; die Wohnungen wurden geräumt für eine neue vielköpfige Familie, die die Kaution und die erste Monatsmiete entrichtet hatte.

Als Josiah Blaine zu arthritisch wurde, um durch die Flure seines Slums in der Green Street zu wandern, verwandte er sich als Sponsor, um Everett Cox in die Anwaltskammer zu bringen, damit er jemanden hatte, der am Monatsersten seine Mieten eintrieb und seine Schuldanerkenntnisse bei Gericht vorlegte. Als Everett Cox, durch große Mengen Alkohol behindert, nicht mehr früh genug aufstehen konnte, um wirkungsvoll die Mieten zu kassieren, heuerte er als Hilfskraft Samuel Amber an und versprach, ihn dafür in

Jura zu unterrichten, ein Versprechen, das er wegen der großen Alkoholmengen nicht einlösen konnte. Aber Amber studierte auf eigene Faust, und es war schließlich Josiah Blaine, inzwischen achtzig und geistig immer mehr umnachtet, der ihn als Sponsor in die Anwaltsvereinigung brachte. Dieser Amber von den Bryn Mawr Ambers, obwohl sie damals noch nicht aus dem eleganten Bryn Mawr kamen, sondern aus Fishtown, dieser Amber, Lauren Amber Guthries Urgroßvater, begann damit, in der Kanzlei gewisse moderne Neuerungen einzuführen. Er stellte Hilfskräfte für die niederen Arbeiten ein, spendierte seinen Kollegen in den Bars rund um das Rathaus Drinks, ergatterte von der Stadt eine Position, die es ihm erlaubte, gegen eine kleine Prozentzahlung an den städtischen Anwalt zahlreiche juristische Fälle der Stadt seiner eigenen Kanzlei zuzuschanzen. Everett Cox bestand darauf, daß die Firma seinen Sohn Everett Junior einstellte, der städtische Gelder unterschlug, ein Verbrechen, von dem seine Kanzlei freizukaufen Amber beträchtliche Mittel kostete; doch es gab genug Arbeit für weitere Angestellte und weitere Anwälte und schließlich weitere Partner. Als Josiah Blaine starb, völlig dem Wahnsinn verfallen und seine Krankenschwestern mit Zwangsräumung bedrohend, war das Büro ins Fidelity Building umgezogen, und auf dem Türschild standen acht Namen.

Jetzt hing im Büro der Kanzlei ein Gemälde mit einem Messingschildchen, auf dem der Name *Josiah Blaine, Gründer*, stand. Das Gesicht auf dem Gemälde war nobel, blauäugig, hatte einen wilden Schnurrbart wie der ältere Holmes und üppiges Haar. Es war ein solides Gesicht, das Gesicht eines Gründervaters, aber es war nicht das Gesicht von Josiah Blaine. Lauren Amber hatte mir eines Nachts, als wir in meinem Bett lagen, die Wahrheit erzählt. Ihr Urgroßvater hatte das Gemälde unter dem Gerümpel eines Gebäudes gefunden, das er verwaltete, und gemeint, es gebe das richtige Image wieder.

An einem Nachmittag, an dem unser Prozeß wegen eines wichtigen Termins vertagt war, den Richter Gimbel bei seinem Zahnarzt hatte, saß ich in einem mit Gobelin bezogenen Ohrensessel unter eben diesem Gemälde von Josiah Blaine. Die Büros von Blaine, Cox, Amber und Cox befanden sich nicht am Liberty Place Eins, sondern in einem der älteren, weniger aufdringlichen Gebäude in der City. Blaine, Cox etc. war eine von Philadelphias alten, weniger spektakulären Anwaltskanzleien mit gutbetuchter Kundschaft und auf Immobilien spezialisierten Juristen, die den Reichtum der größten *grandes dames* der Stadt verwalteten. Die zweihundert Anwälte der Firma praktizierten respektvolles und diskretes Prozeßrecht. Die Abteilung für Bankrotte war in ein tieferes Stockwerk verbannt, damit diejenigen, die Konzerne vertraten, nicht nervös wurden. Die dunkle Holztäfelung hatte etwas so Solides, so Blaublütiges und Vornehmes, etwas, das mir so fremd war, daß ich das Gefühl hatte, der falsche Josiah Blaine über meinem Kopf starre mit kalten blauen Augen auf mich nieder, verlange seine Monatsmiete und drohe mir mit Zwangsräumung, wenn ich nicht zahle.

»Mr. Guthrie kann Sie jetzt empfangen, Mr. Carl«, sagte die Empfangsdame. »Er schickt seine Sekretärin hinunter, um Sie abzuholen.«

So machten sie das in den großen Kanzleien, sie schickten Emissäre, die die Besucher zu den Treffen führten. Mir gefiel das nicht, aber Guthrie hatte mich treffen wollen, und ich hatte meinem lieben ehemaligen Partner, dem zu Gewalt neigenden Hahnrei, einige Fragen zu stellen, Fragen nach seiner Frau, von der er getrennt lebte, und nach einem Mann, mit dem sie ihn betrogen hatte, als sie noch zusammen waren, einem Mann, der jetzt tot war. Ich wollte einen Mörder finden, und da ich an diesem Nachmittag frei war, hatte ich Ellie gebeten, einen Termin zu machen, und das hatte sie getan.

Als die Abgesandte aus den höheren Regionen kam, erkannte ich sie.

»Hallo, Carolyn«, sagte ich. Sie war eine großgewachsene Afroamerikanerin, hübsch, kompetent und ein As auf der Schreibmaschine. Das mit dem Tippen wußte ich, weil sie unsere Sekretärin gewesen war, ehe Guthrie sie zusammen mit den gestohlenen Akten zu Blaine und Cox mitnahm.

»Schön, Sie zu sehen, Mr. Carl«, sagte sie und führte mich durch die breiten Flure ihrer neuen Firma.

»Wie behandelt man Sie hier?«

»Wir werden für Überstunden bezahlt.«

»Prima.«

»Und wir machen eine Menge Überstunden.«

Ich folgte Carolyn durch gewundene Flure und an Sekretariaten vorbei, in denen für sieben Uhr abends noch bemerkenswert eifrig gearbeitet wurde. Als Carolyn noch bei uns war, verließ sie immer pünktlich um 16:58 Uhr das Haus. »Ich muß den Zug erwischen«, pflegte sie zu sagen, »sonst komme ich zu keiner vernünftigen Zeit mehr nach Hause.« Jetzt, da ihr die Überstunden bezahlt wurden, schien sie keine Schwierigkeiten mit dem späteren West-Trenton-Lokalzug zu haben. Komisch, was eine Kleinigkeit wie anderthalbfacher Stundenlohn mit einem Fahrplan machen kann.

»Guthrie, du Mistkerl«, sagte ich, nachdem Carolyn mich in sein Büro geführt hatte.

»Du siehst furchtbar aus«, sagte er.

»Danke.«

»He, wozu hat man denn Freunde? Setz dich, Vic. Du bist also zum ersten Mal in meiner neuen Bleibe, stimmt's? Wie findest du's?«

Ich fand, daß diese Kanzlei alles war, was ich mir je gewünscht hatte, und das nahm ich ihm höllisch übel. Das große Büro, die Ledercouch, der polierte Schreibtisch, das Fenster mit Blick auf die City Hall, die frisch gestrichenen Wände und das schicke Telefon und der Computer für seine E-mail auf dem Schreibtisch. Ich erkannte das Gemälde hinter seinem Stuhl wieder. Ich zeigte darauf und sagte: »Hat das nicht in unserem Büro gehangen?«

»Ja, tatsächlich.«

»Entschuldige mich einen Moment, während ich die Polizei rufe. Du mußt es zusammen mit den Akten gestohlen haben.«

Er zwinkerte. »Ich laß es morgen rüberschicken, wenn du willst.«

»Ich will. Zusammen mit den Akten.«

»Wenn ich bloß könnte, Vic. Wirklich, sie haben mir mehr Kopfschmerzen gemacht als sonst etwas. Ich würde sie liebend gern abgeben. Aber die Mandanten wollten alle bei mir bleiben. Verflixt, hier gibt es mehr als genug Arbeit, um mich beschäftigt zu halten.«

»Was ist mit dem *Saltz*-Fall?«

»Ich fragte Lou, was er tun wollte, und er sagte, ich sei ein Wichser, weil ich weggegangen bin, und solle dir die Akte dalassen.«

»Das hat er gesagt?«

»Mir war das egal, das war sowieso ziemlich aussichtslos. Aber ich habe gehört, daß du trotzdem einen Vergleich durchgesetzt hast. Habt ihr eigentlich den Buchhalter gefunden?«

»Nein.«

»Und trotzdem ein Vergleich. Ich sollte einen Anteil daran bekommen, findest du nicht? Schließlich habe ich den Fall an Land gezogen. Ein Überlassungshonorar?«

»Da mußt du mich verklagen.«

»Ich verklage keine Freunde, Vic.«

»Nein, du fickst sie bloß in den Arsch.«

»Noch immer sauer, was?«

»Wie kommst du auf die Idee?« fragte ich und sah dabei aus dem Fenster.

»Vielleicht kann ich es wiedergutmachen.«

»Ich habe dich nie für einen Selbstmordtyp gehalten, Guthrie.«

»So feindselig, Vic? Hast du schon mal an eine Therapie gedacht?«

»Ich würde mir eher eine Waffe kaufen.«

»Das waren bloß Geschäfte. Wie ich höre, geht Lizzie zur allgemeinen Rechtsberatung.«

Nachrichten sprachen sich schnell herum, vor allem wenn sie schlecht waren und mich betrafen. Ich wollte nicht auf das ganze traurige Durcheinander eingehen, vor allem nicht Guthrie gegenüber. »In beiderseitigem Einverständnis«, erklärte ich. »Ich habe mehr strafrechtliche Sachen und Ermittlungsarbeit, als ihr lieb ist. Als sie feststellte, daß es eine freie Stelle gab, hat sie beschlossen, sie anzunehmen.«

»Das ist toll für sie«, sagte Guthrie. »Lizzie hätte von Anfang an dorthin gehört. Und es macht das, weswegen ich mich mit dir treffen wollte, für alle einfacher. Der Grund, warum ich dich sehen wollte, ist, daß Tom Bismark nach dir gefragt hat. Kennst du Tom? Er ist hier geschäftsführender Partner.«

»Ich glaube nicht«, sagte ich, obwohl ich ihn kannte. Nicht

persönlich, die Tom Bismarks der Stadt vergeudeten ihre Zeit nicht mit zweitklassigen Anwälten wie mir, aber ich hatte ihn in einer der Bars mit Jimmy gesehen. Er war in Begleitung seiner Frau und betrog mit ihr seine Geliebte, jedenfalls hatte Jimmy das gesagt.

»Tom hat dich in den Nachrichten bei diesem Prozeß gesehen, der Jimmy-Moore-Sache. Wie bist du überhaupt daran gekommen?«

»Sie haben die Stadt nach dem verzweifeltsten Winkeladvokaten durchkämmt, den sie finden konnten, und da kam natürlich mein Name aufs Tapet.«

»Nein, wirklich.«

Ich zuckte mit den Schultern. Ich wollte ihm nicht zu erkennen geben, daß ich die reine Wahrheit sagte.

»Nun ja, er sah dich in den Nachrichten und fragte mich nach dir. Es scheint, daß sie hier versuchen, ihre Abteilung für Weiße-Kragen-Kriminalität auszubauen, und sich nach ein paar Seiteneinsteigern mit Prozeßerfahrung umsehen. Ich habe Tom gesagt, du wärst dafür hervorragend geeignet.«

»Das hast du gesagt? Warum?«

»Weil du ein Freund bist, ein Kumpel.«

»Das kannst du dir sparen.«

»Es ist die Wahrheit, Vic, die reine Wahrheit. Ich habe ihm eine glühende Lobrede auf dich gehalten, und er will mit dir über deinen Eintritt in die Firma reden.«

»In diese Firma?«

»Natürlich. Nach dem Prozeß.«

»Warum sollte diese Firma an mir interessiert sein?«

»Offen gesagt, ich weiß es nicht, Vic. Ich dachte, sie hätten mehr Verstand. Aber du bist mit einem hochrangigen Fall befaßt, ich habe über deine Fähigkeiten gelogen, und so kommt eins zum anderen. Laß dir diese Chance nicht entgehen.«

»Ich komme im Augenblick sehr gut allein zurecht«, sagte ich. »Es wäre gar nicht so einfach, alles aufzulösen und hier anzufangen. Mietverträge und so weiter.«

»He, Vic, kein Druck, bitte. Vergiß es, wenn du willst.« Er lehnte sich an seinem Schreibtisch zurück und lächelte mich an. »Aber ich kenne dich. Du bist genau wie ich. Das ist etwas, was du dir immer gewünscht hast, und wenn es dir angeboten wird, wirst du darauf anspringen. Wie ein dressierter Hund. Schau dir dieses Büro an, schau dir die Paneele an den Wänden der Halle an, sie sind fingerdick. Schau dir an, wozu du gehören könntest. Du bist genau wie ich, Vic. Du willst das. Vereinbare nach dem Prozeß einen Termin mit Tom.«

Gott, wie ich Guthrie gehaßt hatte. Ich hatte seine Kleidung und seine Schuhe gehaßt und sein hübsches, verzerrtes Gesicht, seine hochnäsige Art und sein angeklatschtes Haar und seine Fähigkeit, Beleidigungen hinzunehmen, als seien es Komplimente. Die Idee, je wieder sein Partner zu werden, war undenkbar, und nun sollte mir ein Job in seiner neuen Firma angeboten werden, der Job meiner Träume. Als er sagte, das sei alles, was ich mir immer gewünscht hatte, hatte er recht. Und als er sagte, ich würde darauf anspringen, hatte er ebenfalls recht. Und als er sagte, ich sei genau wie er, haßte ich den bloßen Gedanken, aber vermutlich hatte er auch damit recht, verdammt. Beth hätte mich vielleicht vom Gegenteil überzeugen können, aber sie war weggegangen, um den Armen zu dienen, und so blieb mir nichts anderes übrig, als Guthrie zu werden. Gott steh mir bei.

Obwohl er es nicht wußte, bestätigte Guthrie, indem er mich daran erinnerte, wie ähnlich wir uns waren, meinen Argwohn, was ihn und Bissonette betraf. Ich wußte, wie wütend es mich gemacht hätte, wenn alles, was ich in der Ehe mit einer Amber gewonnen hatte, mir durch eine Affäre zwischen meiner Frau und irgendeinem abgehalfterten Ballspieler genommen worden wäre. Ich wußte, wie verzweifelt, wie irrational rücksichtslos, wie mordlustig ich mich gefühlt hätte. Und ich wußte noch etwas, etwas, das ich mit großem Genuß durch meine eigene physische Bekanntschaft mit seiner Frau gelernt hatte, bevor sie seine Frau wurde, und das Slocum mir bestätigt hatte, nachdem er in dem kleinen schwarzen Buch nachgeschaut hatte. Lauren Amber Guthrie hatte im Bett fünf Sterne, etwas, für das es sich fast zu sterben lohnte.

»Was läuft tatsächlich zwischen dir und Lauren?« sagte ich und lenkte damit das Gespräch in die von mir gewünschte Richtung. »Ich war wirklich traurig, als ich von euren Problemen hörte.« Ich log, ja, aber aufrichtig.

»Die sind nur vorübergehend, glaub mir«, sagte er, aber die Art, wie sein Gesicht plötzlich seltsam traurig wurde, verriet mir, daß er ebenfalls log.

»Hast du sie betrogen, Sam?«

»Gott, nein«, sagte er rasch. »So war das überhaupt nicht.«

»Wie dann?«

Er drehte sich in seinem Stuhl um, um aus dem Fenster zu sehen. »Es ist einfach passiert. Komm schon, Vic, ausgerechnet du weißt doch, wie sie ist.«

»Und wie ist sie?«

Er atmete tief und frustriert ein. »Flatterhaft. Unabhängig zum Wahnsinnigwerden. Mit der Aufmerksamkeitsspanne einer Mücke.«

»Also hat sie dich betrogen, war es das?«

»Ich glaube nicht, daß ich darüber sprechen möchte, Vic.«

»Meinst du nicht, daß deine Probleme mit ihr Auswirkungen auf deine Tätigkeit in dieser Firma haben werden?«

Er antwortete nicht gleich, aber ich ahnte die Antwort. Wenn er mit einer Amber verheiratet war, war seine Firmenpartnerschaft in zwei oder drei Jahren gesichert. Wenn er aber bloß Guthrie war, ohne Namen, ohne Verbindungen, bloß mit seinen Fähigkeiten, dann würde er binnen sechs Monaten auf der Straße sitzen. »Wir werden sie lösen«, sagte er. »Ich weiß, daß wir sie lösen werden.«

»Na ja, wenigstens ist Bissonette aus dem Weg, nicht?«

Es war die Art, wie er sich umdrehte und mich ansah, die mir alles verriet, was ich wissen wollte. Sein Kopf fuhr herum, und seine Augen waren voller Schmerz und Furcht. Sein Kinn zitterte, sein Gesicht wurde blaß, der Schweiß auf seiner Stirn glänzte fettig. Es stand ihm so deutlich ins Gesicht geschrieben wie eine eidesstattliche Erklärung. Seine Frau hatte mit Zack Bissonette gevögelt, und er wußte es, er wußte es, er wußte alles darüber, und dieses Wissen brachte ihn um. Ich hätte an Ort und Stelle darauf gewettet, daß es auch Bissonette umgebracht hatte.

Ich betrat den Gerichtssaal am nächsten Morgen überaus zerstreut. Es lag nicht nur daran, daß ich meinen früheren Partner verdächtigte, ein Mörder zu sein. Das war fast ein erfreulicher Gedanke. Ich hatte natürlich keine Ahnung, wie ich es beweisen sollte, außer, indem ich mit Lauren darüber sprach, mit der ich mich bereits zum Abendessen in einem viel zu teuren Restaurant verabredet hatte. Aber ich stellte mir vor, wenn ich es herausfand, würde ich einfach Lauren in den Zeugenstand rufen, sie das Bild identifizieren lassen, sie von den gewalttätigen Wutanfällen ihres Mannes erzählen lassen, mich zurücklehnen und es der Jury überlassen, ihre eigenen Schlüsse zu ziehen. Danach würde ich alles, was ich hatte, Slocum übergeben und ihn die Laufarbeit erledigen lassen, die Mordanklage zusammenzustellen. Aber das war nicht alles, was mir durch den Kopf ging. Meine Zerstreutheit an diesem Tag war auch eine Folge des Angebots, das mir auf so magische Weise gemacht worden war.

In der letzten Nacht hatte ich in meinem Bett gelegen und mir vorgestellt, bei Blaine und Cox zu sein. Veronica hatte nicht angerufen, und ich hatte nicht schlafen können, aber in dieser Nacht vermißte ich weder sie noch meinen Schlaf. Bis in den frühen Morgen erwärmte ich mich bei dem Gedanken an meinen eigenen polierten Schreibtisch und meine Ledercouch, dachte an meine Besucher, die unter dem falschen Portrait von Josiah Blaine warteten, dachte an meinen Namen auf diesem Briefkopf. Es kam, es kam, spät vielleicht, aber es kam. Ich würde Bismark anrufen, Tom, da wir nun Seite an Seite arbeiten würden, ich würde Tom anrufen, wenn ich Gelegenheit dazu hatte, und einen Gesprächstermin vereinbaren.

»Guten Morgen, Victor«, sagte Prescott, als ich meine Tasche auf den Tisch stellte. »Eggert bringt heute einen Buchhalter, der für Citizens for a United Philadelphia gearbeitet hat. In ein paar Tagen kommt der Geschäftsführer des Komitees. Wir müssen sehr vorsichtig sein, wenn wir diese Zeugen befragen, denn CUP ist in einer sehr heiklen Position. Sie sind hier fast wie Angeklagte. Ich werde beide Befragungen selbst übernehmen.«

»Natürlich, Sir.«

»Fein. Und ich erwarte, daß Sie ohne meine Gegenwart nicht mehr mit meinem Mandanten sprechen, verstehen Sie?«

»Ich habe den Stadtrat gefragt, ob er die Anwesenheit seines Anwalts wünsche, und er hat nein gesagt.«

»Wenn Sie das noch einmal machen, sind Sie Ihre Fahrkarte los«, sagte er ganz liebenswürdig. »Zweifeln Sie nicht daran, daß ich dazu imstande bin.«

Ich packte meine Notizbücher und Papiere und Blocks aus und stellte meine Tasche unter den Tisch. Als ich mich gesetzt hatte, drehte ich mich um, um den Zuschauerraum zu überblicken. Chester stand in der Ecke des Gerichtssaals und sprach mit dem Stadtrat und Chuckie Lamb. Ich bemerkte Leslie Moore und ihre Schwester Renee, die nebeneinander hinter dem Verteidigertisch saßen. Ganz hinten war auch Herm Finkelbaum anwesend, der Spielzeugkönig der Vierundvierzigsten Straße. Und dann sah ich jemanden, mit dem ich überhaupt nicht gerechnet hatte.

Am Mittelgang saß allein und aufrecht ein großer, kahlköpfiger Mann in einem sehr feinen Anzug. Ich erkannte ihn sofort. Es war Tom Bismark, geschäftsführender Partner von Blaine und Cox, mein neuer zukünftiger Boß, gekommen, wie ich annahm, um mich bei der Arbeit zu sehen. Er würde enttäuscht sein festzustellen, daß ich heute keine Fragen stellte und eigentlich auch an keinem anderen Tag. Ich lächelte, er lächelte zurück, also ging ich zu ihm, um mich ihm förmlich vorzustellen.

»Mr. Bismark, hallo. Ich bin Victor Carl.«

Er stand auf und schüttelte mir die Hand. »Ja, ich weiß, Victor.« Er sprach sehr klar. »Oder lieber Vic?«

»Wie Sie wollen.«

»Sam Guthrie hat sehr lobend von Ihnen gesprochen, Vic.«

»Der gute alte Guthrie«, sagte ich. »Wenn Sie nur hier sind, um sich die Show anzusehen, ich werde heute nicht viel tun. Wir haben vereinbart, daß Mr. Prescott die heutigen Befragungen vornehmen wird.«

»Das ist gut«, sagte Tom Bismark. »Ausgezeichnet. Genau, wie Bill und ich es besprochen haben.«

»Bill und Sie? Ich verstehe nicht.«

»Oh, ich bin nicht wegen der Show hier, Vic«, sagte er. »Ich arbeite. Blaine und Cox sind Rechtsberater von CUP. Ich bin hier, um dafür zu sorgen, daß der Ruf unserer Mandanten in diesem Prozeß nicht beschmutzt wird.«

»Ich verstehe.«

»Ich bin sicher, Vic, daß Sie in jeder Weise kooperativ sein werden.«

»Natürlich, Tom«, sagte ich und zwinkerte tatsächlich. »Lassen Sie mich wissen, wenn ich irgend etwas tun kann.«

Ich setzte mich an den Verteidigertisch und begann, auf meinem gelben Block herumzukritzeln. Es waren also nicht nur das *Saltz*-Geld oder mein Honorar oder mein Deal mit den Bishop-Brüdern, die auf dem Spiel standen. Und es waren auch nicht nur mein möglicher Direktorenposten bei CUP oder die großen Träume des Stadtrats von guten Taten. Nun war ein Job dazugekommen, kein Job bei Talbott und Kittredge, nein, das wäre ein bißchen zu offensichtlich gewesen, aber immerhin bei Blaine und Cox, ja. Ruhig bleiben, lächeln, aufhören, diese dummen Fragen zu stellen, den Stadtrat nicht mehr bei seinem morgendlichen Schwitzbad belästigen, sich einfach zurücklehnen und Chet ins Messer laufen lassen – dann gehörte mir die Zukunft. Ich konnte das tun, ja, das konnte ich. Ich konnte das Spiel mitmachen, ja, das konnte ich. Das konnte ich. Vielleicht.

Irgend etwas war da ganz falsch, und nicht nur der Gedanke, ich sei käuflich. Ich wußte, was ich war, wußte es in meinem bekümmerten Herzen: Ich war ein ganz kleiner Fisch. Es gibt auf der Welt diejenigen, die dazu bestimmt sind, Namen zu werden, diejenigen, die kämpfen und beinahe Namen werden, und diejenigen, die wie ich alles für eine Handvoll Kleingeld aufgeben würden. Und das war es, was mich hier störte. Man bot mir keine Handvoll Kleingeld, man bot mir alles. Der Preis war viel zu hoch. Spiel mit, und deine Träume werden alle wahr – das konnte nur bedeuten, daß zu dem Spiel etwas Größeres und Schmutzigeres gehörte, als ich mir im Augenblick vorstellen konnte. Träume werden nicht auf billige Weise wahr. Und es konnte auch nur bedeuten, daß ich die Möglichkeit hatte, nicht mitzuspielen. Ich sah sie noch nicht, ich sah vorerst noch keine andere Option, als im Gerichtssaal brav zu folgen wie ein Schoßhund, aber es gab sie, es mußte sie geben, sonst wäre nicht soviel Druck ausgeübt worden. Während ich wild auf meinem Block herumkritzelte, Kreise und Rauten und sechszackige Sterne, beschloß ich, weiterhin nach Antworten Ausschau zu halten. Sehen Sie, ich konnte mitspielen, ich konnte mich zurücklehnen und den Mund halten und der beste kleine Laufbursche sein, den diese Wichser je gesehen hatten, aber nur dann, wenn ich alles wußte, was ich meines Profits wegen unter den Teppich kehren sollte. Wenn ich überhaupt irgendeine Würde besaß, dann diese: Ich würde mich nicht verkaufen, bevor ich den Preis genau kannte.

38

Am gleichen Abend fuhr ich durch die Wildnis Nordphiladelphias, riesige Einkaufszentren und Ladenzeilen, in denen Pizza und Medikamente und Buster-Brown-Schuhe verkauft wurden. Als ich nach einer bestimmten Adresse in der Cottman Avenue suchte, kam ich an der Spielzeugkette Toys »R« Us vorbei, an Herman's World of Sporting Goods, an Clover's Discountladen, am Kaufhaus John Wanamaker. Dies war der Teil der Stadt, der aussah wie jeder andere Ort in Amerika, kahle Einkaufszentren und Kettenläden, leuchtende Plastikschilder, die an großen Metallgestellen hoch über der Landschaft hingen. Ich passierte das Gelände der Northeast High School, erspähte dann die Adresse, die ich suchte, und bog nach links in das Grundstück ein. Es war ein niedriger Ziegelbau, L-förmig mit nur einem Eingang, der genau in der Ecke des L lag. Ich fuhr ein bißchen auf dem Gelände herum, nur um mich zu orientieren, und parkte dann in der Nähe des Eingangs. Die metallenen Buchstaben, die an die Ziegel über der Tür genietet waren, lauteten: ALTERSHEIM ST. VINCENT.

Es gab eine Halle mit Möbeln wie in Krankenhäusern, orangefarbene Plüschsessel, leere Kaffeetische, undefinierbare Blumendrucke an den grünen Wänden. Hinter dieser Halle war eine Tür, die in das Heim führte, und vor der Tür, hinter einem Schalter, saß ein Wachmann. Er trug eine blaue Uniform und eine Schirmmütze, und als ich näher kam, konnte ich seine Waffe sehen. Auf dem Schalter lag ein großes Register.

»Ich bin hier, um eine der Patientinnen zu besuchen«, sagte ich. »Eine Mrs. Connie Lamb.«

»Sind Sie ein Angehöriger?« fragte der Wachmann. Auf seinem Namensschild stand James P. Strickling. Er war ein älterer Mann. Zu beiden Seiten des verkniffenen Mundes hatte er tiefe Falten der Unzufriedenheit.

»Ein Freund der Familie«, sagte ich.

»Nach acht kann ich Sie nicht mehr einlassen, außer, wenn Sie ein Angehöriger sind«, sagte er.

»Ich bin gewissermaßen ein Cousin.«

»Dann kann ich Sie gewissermaßen nicht einlassen«, sagte er.

Ich wußte, was das bedeutete. Ich konnte es in seinem unzufriedenen Gesicht so deutlich lesen wie die Schlagzeile eines Revolverblatts. Ich zog die Brieftasche aus meiner hinteren Hosentasche und nahm einen Zwanziger heraus. »Ich möchte nur hallo sagen.«

Er schaute mich an.

Ich nahm noch einen Zwanziger heraus. »Nur, um die alte Dame aufzuheitern.«

Er schaute mich an.

Ich öffnete die Brieftasche und starrte hinein. Ich nahm noch einen Fünfer und zwei Einer heraus. »Das ist alles, was ich habe.«

»Das ist nicht genug«, sagte er. Und dann lachte er, ein lautes, herzhaftes Lachen, das mich schockierte, weil es von diesem sauertöpfischen Mann hinter der Theke kam. »Stecken Sie Ihr Geld wieder ein, junger Mann. Wenn ich käuflich wäre, wäre ich nicht wert, diese Uniform zu tragen, nicht?«

Ich schaute genauer hin. Es war die Uniform eines privaten Sicherheitsdienstes, irgendeiner schäbigen Firma, die Rentner von der Straße anheuerte, ihnen eine Waffe gab und sie als Kanonenfutter in ein Wachhäuschen steckte, falls etwas schiefging. Verlegen packte ich mein Geld wieder ein und dachte dabei, daß die Uniform Mr. Strickling nicht verdiente.

Er nahm seinen Telefonhörer auf. »Ich rufe eine Pflegerin, und wir werden sehen, ob ein Besuch möglich ist.«

Eine schwere Frau in Schwesternkleidung wartete hinter der Tür auf mich, als ich mich in das Besucherregister eintragen mußte. Strickling ließ sich meinen Führerschein zeigen und wies dann auf die Stelle, wo ich zu unterschreiben hatte. Ich unterschrieb, und er trug Datum und Uhrzeit ein.

»Wenn Sie gehen, müssen Sie wieder unterschreiben«, sagte er. Dann zwinkerte er mir zu. »Viel Spaß bei Ihrem Besuch.«

Ich folgte der Frau durch den Flur, an einem Gemeinschaftsraum mit Fernseher und einem Pausenraum vorbei, in dem Männer und Frauen saßen und Schach spielten oder häkelten oder einfach bloß zitterten. Und dann waren da natürlich die Zimmer, viele mit offenen Türen; die Bewohner lagen im Bett und warteten.

»Ich bin sicher, daß Mrs. Lamb sich über Ihren Besuch freuen wird«, sagte die Pflegerin. »Sie sieht sonst nur ihren Sohn.«

»War er heute hier?« fragte ich.

»Nein, heute nicht«, sagte sie.

»Dürfen Besucher über Nacht bleiben?« fragte ich.

»Natürlich nicht«, sagte sie und sah mich von der Seite an.

»Das hatte ich auch nicht angenommen.«

Das hatten mir Veronica und Chester gesagt. Man hatte mir gesagt, daß Chuckie Lamb in der Nacht, in der Bissonette bewußtlos geprügelt wurde, seine Mutter besucht habe, daß er über Nacht geblieben sei, weil es ihr an diesem Abend besonders schlecht gegangen sei, und daß er während der ganzen Zeit der Schlägerei in dem Altenheim gewesen sei. Ich glaubte das nicht. Chuckie schien nicht der Typ zu sein, der sich so sehr kümmerte. Und dann der Geruch, eine Mischung aus verschiedenen Ingredienzien: Katzenpisse und zerkochte Stangenbohnen und der scharfe Geruch der Alkoholabreibung, die man beim Arzt vor einer Spritze bekommt. Ich konnte mir nicht vorstellen, daß Chuckie es länger als fünf Minuten in diesem Geruch aushielt.

»Mrs. Lamb«, sagte die Pflegerin mit lauter Stimme und beugte sich über das Bett, als wir in ihrem Zimmer waren. Chuckie Lamb, der pflichtbewußte Sohn, hatte an nichts gespart. Es gab Blumen in einer Vase und hübsche Vorhänge und auf einem Tisch eine Stereoanlage und einen Stapel Kassetten, Oper. »Mrs. Lamb, Sie haben Besuch.« Die Pflegerin richtete sich wieder auf, lächelte mich an und blieb an der Tür stehen, während ich an das Bett trat.

Mrs. Lamb starrte an mir vorbei an die Decke. Ihre Kiefer mahlten, ihre Blicke schossen hin und her, hin und her, doch ohne mich dabei zu sehen. Sie war eine kleine, krötengesichtige Frau, deren verschrumpelte, faltige Haut sich eng um das Gesicht spannte.

»Hallo, Tante Connie«, sagte ich.

Nur die Kiefer mahlten als Antwort auf meine Begrüßung.

»Sie hat es gern, wenn man ihre Hand hält«, sagte die Pflegerin.

Die Hand lag wie eine verwitterte Kralle auf dem Bettlaken. Ich beugte mich vor und berührte sie, kaum in der Lage, meinen Abscheu zu verbergen. »Gut siehst du aus, Tante Connie.«

Nur die Kiefer mahlten. Sie schien ebenso entzückt davon, daß ich ihre Hand hielt, wie ich, sie zu halten. Ich wollte ihr ein paar Fragen stellen, sehen, ob ich von ihr irgend etwas Definitives über das Alibi ihres Sohnes erfahren konnte, doch aus diesem Gesicht, diesen Lippen, diesen scheußlich mahlenden Kiefern würde ich nichts herausholen.

»Sie spricht nicht viel, nicht?« sagte ich, als wir wieder draußen waren.

»Nicht mehr«, sagte die Pflegerin. »Ihre Tante war sehr krank. Es gab Zeiten, da dachten wir, sie würde es nicht schaffen, aber sie ist kräftiger, als sie aussieht.«

»Wenn sie ernstlich krank ist, kann ein Besucher dann über Nacht bleiben?« fragte ich.

Sie blieb nicht stehen, während sie antwortete. »Wenn wir glauben, das Ende könnte bevorstehen, und es ein Privatzimmer gibt, dann lassen wir die engste Familie manchmal bleiben. Aber keine Neffen, Mr. Carl, nur Ehegatten, Geschwister oder Kinder.«

»Kommt Vetter Chuckie oft?« fragte ich.

»Dauernd«, sagte sie mit einem Lächeln. »Er ist ein sehr liebevoller Sohn. Ich werde dafür sorgen, daß er erfährt, daß Sie hier waren.«

»Das ist nicht nötig«, sagte ich. »Wir stehen uns nicht mehr so nah.«

»Das kann ich nicht machen, Mr. Carl«, sagte Strickling, als ich wieder in der äußeren Halle abgeliefert worden war. »Diese Bücher sind private Unterlagen.«

»Aber es ist sehr wichtig«, sagte ich und griff erneut nach meiner Brieftasche, hielt aber inne, als er den Kopf schüttelte. »Hören Sie, Mr. Strickling, ich will ehrlich zu Ihnen sein. Ich bin Rechtsanwalt.«

»Na, in dem Fall...« sagte Strickling und lachte mich aus.

Früher einmal mag es etwas bedeutet haben, Anwalt zu sein, aber heute nicht mehr. Ich wußte, ich war in Schwierigkeiten, wenn ich auf die Wahrheit zurückgreifen mußte. »Ich vertrete einen Mann, der wegen Mordes angeklagt ist, Mr. Strickling, eines Mordes, in den Mr. Lamb möglicherweise verwickelt sein könnte. Er sagt, er sei in der Mordnacht die ganze Nacht hier gewesen. Ich will das nur nachprüfen.«

»Ach, richtig, ich habe Sie im Fernsehen gesehen«, sagte Strickling. »Sie vertreten Stadtrat Moore.«

»Eigentlich seinen Assistenten. Ich möchte nur wissen, ob Chukkie hier war in der Nacht, in der Zack Bissonette ins Koma geprügelt wurde.«

»Ich habe Bissonette im Vet spielen sehen«, sagte Strickling. »Was für ein Penner.« Er atmete tief ein. »Na ja, da ich Sie im Fernsehen gesehen habe und alles... Wie war noch mal das Datum?«

Vermutlich gab das den Ausschlag. Anwälte galten nichts mehr in der neuen Ordnung der Dinge, sowenig wie Gelehrte und Ärzte und Geschäftsleute. Aber sobald Ihr Gesicht ein paar Sekunden im Fernsehen zu sehen war, sind Sie vertrauenswürdig, verehrungswürdig, jemand, dem man gern einen Gefallen tut. Ich nannte ihm das Datum, und er suchte unter dem Schalter nach dem entsprechenden Register. Er wuchtete es hoch und drehte es um, damit ich es mir ansehen konnte. Da war sie, Chuckies Unterschrift, Eintritt um 21:37 Uhr in der Mordnacht; verlassen hatte er das Heim erst um 6:45 Uhr am nächsten Morgen.

»Könnte das gefälscht worden sein?« fragte ich.

»Nein, Sir«, sagte Strickling. »Ich war selbst dabei, als er gegangen ist. Das hier ist meine Schrift. Ich hatte Spätschicht. Ich kann Ihnen also versichern, daß er zwischen Mitternacht und sechs Uhr fünfundvierzig das Haus nicht verlassen hat.«

»Gibt es noch andere Ausgänge?« fragte ich.

»Nur Notausgänge, und wenn die jemand benutzt, geht ein Alarm los. Wir hatten ein paar Diebstähle, und es gibt hier eine Menge Drogen, also sind wir ziemlich vorsichtig.«

»Und das ist seine Unterschrift?«

Er drehte das Buch um und schaute. Dann öffnete er das letzte Register und blätterte ein paar Tage zurück. Da stand Chuckies Unterschrift beim Kommen und beim Gehen. Es war die gleiche.

Das war's also. Ich schaute Strickling achselzuckend an, und er lächelte mir zu und wünschte mir eine gute Nacht. Ich verließ die Halle, blieb draußen vor dem Eingang stehen und dachte ein bißchen nach. Ich glaubte den Registern, weil ich Strickling glaubte. Er hatte in diesem Haus zwei Jobs, die Register zu führen und eine Waffe zu tragen, und Strickling erfüllte beide Jobs mit einer Integrität, die ich nur bewundern konnte. Ich hatte ihr nichts entgegenzusetzen. Chuckie Lamb hatte mich also nicht bedroht, weil er Zack Bissonette getötet hatte. Vielleicht hatte er einen Teil der Viertelmillion ergattert und versuchte, seinen Anteil zu schützen; diese Möglichkeit war so wahrscheinlich wie alle anderen. Chukkie der Dieb. Aber er war nicht Chuckie der Killer. Zu schade, denn nichts hätte mir besser gefallen, als Chuckie Lamb wegen Mordes festzunageln. Nun ja, eines vielleicht doch: diesen Mistkerl Guthrie festzunageln.

39

Ich saß in meinem Büro und arbeitete noch spät an meinem Rechtsgutachten, das dem Prospekt der Bishop-Brüder über Valley Hunt Estates beigelegt werden sollte, als das Telefon läutete. Ich hatte keine Zeit zu antworten, ich war bereits zu spät dran für meine Essensverabredung mit Lauren Amber Guthrie, aber da ich dachte, es sei vielleicht Veronica, die unsere Pläne für den späteren Abend ändern wollte, nahm ich den Hörer ab und sagte: »Victor Carl.«

Es war nicht Veronica.

»Victor, ich muß mit Ihnen reden. Es ist überaus dringend.«

An den weichen, runden Tönen, der präzisen Aussprache und der starren Überheblichkeit der Stimme erkannte ich, wer es war.

»Ich habe jetzt keine Zeit, mit Ihnen zu sprechen, Mr. Osbourne.«

»Sie haben meinen Wagen genommen, Victor. Den Duesenberg meines Vaters. Ich muß ihn wiederhaben.«

»Er ist vom Sheriff rechtmäßig beschlagnahmt worden, Mr. Osbourne. Sie können Beschwerde einreichen, wenn Sie glauben, das Urteil, das wir gegen Sie haben, sei unangemessen. Sonst wird der Wagen verkauft.«

»Mein Wagen, Victor. Er ist ein Oldtimer, die einzige Erinnerung, die ich an eine glanzvollere Zeit habe.«

»Wenn Sie wollen, Mr. Osbourne, können Sie ja Ihre Tochter auf der Auktion mitbieten lassen.«

»Nachdem die Polizei ihr Anwesen durchsucht hat, hat sie sich geweigert, mir noch weiter zu helfen. Ich habe Ihnen alles Geld geboten, das ich habe. Victor, Sie müssen mit dieser Verfolgung aufhören. Sie müssen einfach. Sie wissen nicht, was Sie mir antun. Ich habe Pläne, große Pläne, aber Sie ruinieren sie. Ihretwegen fühle ich mich wie ein gejagtes Tier. Ich bin kein Tier, Victor.«

»Wir müssen den Wagen verkaufen, Mr. Osbourne.«

»Haben Sie kein Mitgefühl? Ich bin ein Mensch, Victor. Wenn Sie mich stechen, blute ich nicht?«

»Ich glaube, das ist mein Text«, sagte ich gepreßt.

»Wenn Sie mich vergiften, sterbe ich nicht?«

»Ich versuche nicht, Ihnen weh zu tun, Mr. Osbourne. Machen Sie mir schriftlich ein endgültiges Vergleichsangebot und schicken Sie es mir zu, und wie immer es aussieht, wie niedrig es auch sein mag, ich werde Mr. Sussman drängen, es zu akzeptieren. Das verspreche ich.«

»Wenn Sie mir unrecht tun, soll ich nicht Rache nehmen?«

»Auf Wiederhören, Mr. Osbourne. Ich muß Schluß machen«, sagte ich und legte auf.

Danach läutete es sofort wieder, aber ich nahm den Hörer nicht mehr ab. Seit ich von den Bishops erfahren hatte, daß Winston Osbourne ein alter Schulkamerad von William Prescott war, hatte ich meine Begegnungen mit ihm nicht mehr so genossen wie früher. Ich glaube, es lag daran, wie grau alles war. Der graubraune Himmel dieses öden Herbstes, die Verschwommenheit meines moralischen Dilemmas und meiner zweifelhaften Arrangements mit Prescott, all das hatte das klare Schwarz und Weiß der Welt durcheinandergebracht. Die Dinge waren nicht mehr so einfach, wie ich sie gesehen hatte, als ich mich mit Winston Osbournes Frau an einen Tisch setzte und sein Leben zerstörte. In diesem Augenblick allerdings, als das Telefon auf meinem Schreibtisch läutete, wollte ich kein Urteil darüber fällen, was ich in einer inzwischen fernen Vergangenheit getan hatte, wenn auch nicht zu leugnen war, daß es sich tief in den Grautönen bewegt hatte. Unwillkürlich hatte ich Mitgefühl mit Osbournes Zwangslage und seinen Versuchen, seine Stellung in dem Club zu halten, dem beizutreten ich mich verzweifelt bemühte. Was immer sich vom Rückgrat aus bis in die entlegensten Winkel meines Intellekts ausbreitete, ich stellte fest, daß ich ihn nicht länger fröhlich verachten konnte. Ich würde meinen Onkel Sammy wirklich anrufen. Ich würde ihm die ganze Situation schildern. Ich würde ihm raten, es bei dem Auto zu belassen, das Geld für den Duesenberg einzustreichen und sich damit zufriedenzugeben. Überraschenderweise war mein Onkel Sammy das, was Morris als *mensch* bezeichnet hätte. Er würde es tun, wenn ich ihn darum bat, und ich würde ihn darum bitten. Ich würde Winston Osbourne vom Haken lassen.

Lauren erwartete mich im Restaurant Tacquet, einem kleinen Bistro in einem viktorianisch angehauchten Hotel mitten an der Main Line. Es hatte vorstädtischen Schick, große Erkerfenster, mandelgrüne und blaue Wände mit ornamentalen Abschlußkanten und blaßgrüne Decken. Es war zwanglos und unerhört teuer, das Modelokal für die reichen Pferdefreunde gleich abseits der Straße vom Gelände der Devon Horse Show. Lauren saß an einem der Fenster an einem trapezförmigen Tisch. Neben ihr auf dem Tisch standen langstielige Fuchsien in einer schmalen schwarzen Vase. Sie hatte eine Flasche Rotwein bestellt und schon einiges davon getrunken, als ich auftauchte.

»Ich hatte schon Angst, du würdest mich versetzen, Victor«, sagte sie mit ihrer leisen, atemlosen Stimme und streckte mir die Hand mit den Armbändern entgegen. »Ich habe mich gefühlt wie eine dieser traurigen blauhaarigen Damen, die jeden Abend allein essen, als hätte ich einen Sprung in meine Zukunft getan. Es war schwer zu ertragen, und deshalb habe ich Wein bestellt.«

»Château Lafite Rothschild, 1984«, las ich vom Etikett der Flasche.

»Der ist doch passend, oder? Nimm dir ein Glas, dann stoßen wir an.«

Ich tat wie geheißen.

»Auf die Erneuerung unseres ... Na ja, auf die Erneuerung unseres Was-auch-immer«, sagte sie mit einem fröhlichen Lachen.

Wir stießen mit unseren Gläsern an und tranken einen Schluck. Seinem Namen entsprechend war der Wein reich und voll und leicht exotisch. Ich behielt ihn einen Moment im Mund, ehe ich schluckte. Selbst mit meinem Rolling-Rock-Gaumen konnte ich feststellen, daß der Wein großartig war.

»Wie geht es deiner Freundin Beth in letzter Zeit?« fragte sie.

»Gut«, sagte ich. Mehr äußerte ich nicht, und meines Wissens ging es ihr tatsächlich gut. Ich war derjenige, der sie schrecklich vermißte. Wir hatten nicht mehr miteinander gesprochen, seit sie mich in diesem Zeugenraum verlassen hatte. Aber ihr Büro war jetzt bedrückend leer von allen persönlichen Dingen. Es enthielt nur einen Aktenschrank und einen Schreibtisch und einen Papierkorb.

»Das mit Alberto ist zu traurig«, sagte Lauren und rollte dabei leicht das »r«.

»Was ist denn passiert?« fragte ich.

»Sie hat Schluß gemacht. Es sah aus, als liefe alles bestens, und sie hat ihn einfach verlassen. Keiner weiß warum. Der arme Alberto war völlig am Boden. Anscheinend war er verliebt. Er ist ein sehr ernsthafter junger Mann, aber Beth hat ihn offenbar zum Lachen gebracht.«

»Dafür hat sie eine Begabung.«

»Eine so einfache Sache, und Alberto war hingerissen. Wenn ich gewußt hätte, daß dazu nicht mehr nötig war, hätte ich gelernt, wie man Witze erzählt.«

»Das kannst du doch ganz gut.«

»Aber nicht bei den ernsten Leuten. Ich hätte Alberto niemals zum Lachen bringen können.« Lauren starrte mich an und legte den Kopf etwas schräg, so daß ich den Eindruck hatte, ihre Augen bohrten sich in meine. »Dich habe ich auch nie sonderlich zum Lachen gebracht. Aber ich bin noch immer bereit, es zu versuchen.«

Ich durchbrach diesen Augenblick, indem ich nach unten sah und einen Schluck Wein trank und dann noch einen. »Lauren, eigentlich bin ich geschäftlich hier.«

»Bitte, nein, Victor. Sag mir bloß nicht, daß du mich als Mandantin haben willst. Machst du jetzt auch Scheidungen? Also gut, mein Schatz, du kannst mich vertreten, aber nur, wenn du versprichst, dieses alberne alte Verbot zu vergessen, mit deinen Mandantinnen zu schlafen.«

»Das würde gegen den Ehrenkodex verstoßen.«

»Und deswegen um so mehr Spaß machen, nicht? Der beste Sex ist immer heimlich. Wenigstens das habe ich in der Ehe gelernt.«

»Ich befasse mich nicht mit Scheidungsfällen.«

»Gut. Ich habe bereits Cassandra angeheuert. Wie ich gehört habe, ist sie eine Tigerin.«

»Guthrie verdient etwas für seine Jahre mit dir, findest du nicht?«

»Ich habe ihn die meiste Zeit in meinem Bett schlafen lassen, Victor. Was könnte er sonst noch wollen?«

»Geld.«

»Sei nicht vulgär. Außerdem sagt Cassandra, wir hätten gute Prozeßaussichten.«

»Hat er dich betrogen?«

»Mich betrügen Männer nicht, mein Lieber.«

»Also war es Gewalt.«

»So in der Art.«

»Wie gewalttätig ist er? Ich frage mich das bloß, verstehst du? Was genau glaubst du, wozu Guthrie fähig ist?«

»Das ist das zweite Mal, daß du nach Sams gewalttätigen Tendenzen fragst«, sagte sie und sah mich mit ihren blauen Augen kühl und abschätzend an. »Ich fange an, ein Muster zu sehen.«

Lauren war vieles, ausschweifend, lasterhaft, zügellos, aber sie war alles andere als dumm. Wenn sie nicht mit dem doppelten Handicap geboren worden wäre, sehr reich und sehr hübsch zu sein, wäre gar nicht auszudenken gewesen, was sie hätte erreichen können.

Der Kellner kam an unseren Tisch, ehe Lauren sagen konnte, woran sie dachte. Er sprach mit französischem Akzent, aber ich hielt ihn für falsch. Lauren bestellte gemischten grünen Salat und einen Fisch. Ich bestellte Hummerravioli in einer Wodka-Sahne-Sauce und ein Steak *au poivre*. Lauren bestellte noch mehr Wein. Als der Kellner gegangen war, lehnte sie sich zurück, verschränkte die Arme und sah mich stirnrunzelnd an.

»Ehrlich gesagt, ich bin beleidigt, Victor. Du willst mir Informationen abzapfen wie einer gewöhnlichen Straßennutte.«

»Ich konnte dir niemals vorwerfen, du wärst gewöhnlich.«

»Du bist ein Schatz. Wie hast du das mit Zack herausgefunden?«

»Er hat ein Foto gemacht«, sagte ich. »Mit einer ferngesteuerten Kamera, denke ich. Die Polizei hat es und dazu noch eine Menge anderer.«

»Hoffentlich bin ich gut getroffen.«

»Nein, eigentlich nicht. Die Kamera war hoch oben. Das Bild zeigt nur deinen Rücken.«

»Aber du hast mich trotzdem erkannt. Wie ermutigend.«

»Es waren die Armbänder«, sagte ich und zeigte auf die diamantbesetzten Goldarmbänder mit den eingravierten Runen, die ihr zartes Handgelenk schmückten. »Und eine gewisse Art, wie du seine Eier gepackt hieltest.«

»Wie süß von dir, daß du dich erinnerst, Victor. Natürlich hast du der Polizei gesagt, wer die unidentifizierte Gestalt war.«

»Nein, habe ich nicht«, log ich.

»Ach, mein Ritter Galahad.«

»Ich will bloß wissen, was passiert ist«, sagte ich.

»Du willst bloß wissen, ob meine Vorliebe für Männerfleisch etwas mit dem Mord an diesem Männerfleisch zu tun hat, ist es das? Du willst wissen, ob mein Mann ihn umgebracht hat, ist es das? Denn wenn es mein Mann war, dann könnte dein schmuddeliger kleiner Politikermandant davonkommen, ist es das?«

»Das ist es«, sagte ich.

»Noch einmal, Victor, das Mädchen aus Bryn Mawr wird dich enttäuschen. Gieß mir bitte Wein ein.«

Ich goß ihr Wein aus einer neuen Flasche ein, die der Kellner gebracht hatte. Sie trank ihn schnell, zu schnell für seinen Preis. Sie trank noch immer, als der Salat und die Ravioli kamen. Meine Ravioli waren leicht und köstlich. Ich tunkte die Reste der Sahne-sauce mit dick gebuttertem Brot auf. Ich konnte förmlich fühlen, wie meine Arterien verklebten. Lauren stocherte in ihrem grünen Salat nur herum und nahm zwischendurch große Schlucke aus ihrem Weinglas.

»Wieviel willst du wissen?«

»Soviel du mir erzählen willst.«

»Wunderbar. Dann reden wir überhaupt nicht darüber.«

Ich schüttelte den Kopf, und sie streckte die Hand aus und legte sie um mein Kinn.

»Also gut, ich werde dir alles erzählen. Es war in diesem abscheulichen kleinen Club, dem er seinen Namen gab. Wir gingen ab und zu hin. Guthrie war auf die Toilette gelaufen. Immer rannte er auf die Toilette. Es gibt heutzutage keine Männer mehr, die eine richtige Blase haben, Victor. Es ist wahr. Alle guten Blasen sind verschwunden. Während er weg war, kam Zack an den Tisch und fragte, ob alles zu meiner Zufriedenheit sei. Er fragte es mit einem Lächeln, das ich aus meinem eigenen Spiegel kannte. Also sagte ich nein. Und das war die Wahrheit, Victor. Ich hatte Sam mit den besten Absichten geheiratet, das war meine kleine Rebellion. Ich meine, er war kein Biddle oder Pepper, aber auch nicht skandalös.«

»Wie etwa ein Jude«, sagte ich.

»Vielleicht solltest du auf die Toilette gehen und dich in Ordnung bringen, Victor. Man sieht deinen Komplex.« Sie grinste mich breit und kühl an. »Meine Absichten mit Sam waren immer ehrbar, aber es klappte einfach nicht. Zuerst hatte ich ihn für sorglos gehalten. Aber das war gespielt. Darunter ist er sehr ernst. Ich mag Ernst nicht, du?«

»So sehe ich Guthrie nicht.«

»Heirate ihn und finde es heraus. Ein sehr ernster junger Mann, der sehr viel schwitzt. Wir hätten vorher zusammenleben sollen. Dann hätte ich nie einen solchen Fehler gemacht. Aber meine Mutter wollte das nicht. Also heiratete ich ihn und wurde bitter enttäuscht. Ich fing an herumzuspielen. Diskret, während er im Büro war. Nur ein kleines bißchen Spaß hier und da. Einfach nur Spaß, nichts Ernstes. Und als mich dieser sehr gutaussehende und sehr gut gebaute Mann fragte, ob ich zufrieden sei, habe ich nein gesagt. Er hatte eine fabelhafte Wohnung, eine richtige Junggesellenbude. Alle möglichen wunderbaren Spielsachen.«

»Ich habe sie gesehen.«

»Ja, das dachte ich mir. Wir hatten ein paar wunderbare Nachmittage miteinander.« Sie lachte unwillkürlich.

»Wie hat Sam es herausgefunden?«

»Oh, das weißt du also auch. Ein Detektiv, angeheuert von meinem ernsthaften Ehemann, um festzustellen, ob ich ihn betrog.«

»Und als er es erfuhr, knallte er durch«, sagte ich.

»Was für ein netter Ausdruck. Ja, er knallte durch. Er schlug mir mit dem Handrücken ins Gesicht, so daß ich aufs Bett fiel. Ich hatte ein vollkommen blaues Auge. Ich muß dir sagen, Victor, so leidenschaftlich hatte ich ihn noch nie gesehen. Was hatten wir für eine Nacht!«

»Und dann zog er los, um Bissonette zu finden.«

»Nein, Victor, tut mir leid.«

»Doch, das tat er. Du willst ihn jetzt schützen.«

»Nein.«

»Wie kannst du sicher sein?«

»Als Sam den Bericht bekam, war ich mit Zack schon fertig. Eigentlich hatte er Schluß gemacht. Irgendein Unsinn, er hätte sich verliebt. Nein, nach Zack gab es meinen persönlichen Trainer und dann einen Heizungsinstallateur, der an unseren Rohren arbeitete, und dann eine Floristin, eine süße Engländerin namens Fiona, und sie standen alle ebenfalls in dem Bericht. Und sie sind noch überaus lebendig. Als Zack zusammengeschlagen wurde, waren wir gerade mitten in einer ernsthaften, aber letztlich vergeblichen Versöhnung. Du siehst also, Victor, es war doch nicht Sam.«

Ich antwortete nicht. Statt dessen ächzte ich fast vor Enttäuschung. Die Kellner räumten die Vorspeisenteller ab und brachten die Hauptgerichte. Auf einmal erschien mir mein Steak, dicke Filets in tiefbrauner Pfeffersauce, viel zu reichlich.

»Plötzlich habe ich keinen Hunger mehr«, sagte ich.

»Sich das Fleisch für den Hund einpacken zu lassen ist so schlechter Stil, Victor. Iß. Du siehst ein bißchen verhärmt aus. Aber ich muß sagen, ich finde es charmant, daß du meinst, ich sei einen Mord wert.«

Sie lächelte mir zu, ihr unglaublich breites, sexy Lächeln, aber dann verblaßte es und wurde eiskalt.

»Aber ich war es nicht, für die du dachtest, daß er töten würde, nicht wahr, Victor? Es war der Name, es war das Geld, es war die Zugehörigkeit zur Firma der Familie. Ihr seid Ungeheuer, weißt du das? Ihr gehört zusammen. Der arme tote Zack war wenigstens ehrlich. Alles, was er von mir wollte, war mein Körper.«

Ich senkte die Augen und sah mein Steak daliegen, gegrillt und dick in seiner Sauce, brennend scharf mit seinen Pfefferkörnern. Ich schnitt in das Fleisch. Innen war es blutrot, und ich merkte, daß ich nicht bloß keinen Hunger hatte, sondern daß mir übel war. Ich hatte mich verirrt, trieb ohne einen Anhaltspunkt dahin.

Einer log über den Mord an Bissonette: Enrico Raffaello, um uns von der Fährte abzubringen, oder Jimmy Moore, um seine politische Kariere zu retten, oder Lauren als letzte galante Geste gegenüber ihrem demnächst ehemaligen Gatten. Oder vielleicht log auch niemand. Vielleicht war der Mörder jemand anderer, ein eifersüchtiger Ehemann, über den ich noch nicht gestolpert war. Oder Norvel Goodwin, der mich mit Drohungen von dem Fall abbringen wollte, um seinen mit Drogen zusammenhängenden Mord an Bissonette geheimzuhalten. Was mich betraf, konnten es alle sein oder keiner, weil all meine Ahnungen falsch gewesen waren und ich keine weiteren hatte. Prescott würde seinen Willen gegenüber seinem Laufburschen schließlich durchsetzen, und ich konnte nichts dagegen tun.

»Entschuldige mich«, sagte ich zu Lauren, als sie traurig ihre Forelle mit der Gabel zerlegte und ich aufstand, um auf die Herrentoilette zu gehen.

Nachdem ich die verglaste Bar erreicht hatte, ging ich nicht nach rechts in die Hotelhalle, wo die Waschräume waren, sondern nach links, zur Tür hinaus, die Rampe hinunter, über die Seitenstraße und auf den Parkplatz. Dann stieg ich in mein Auto. Ich konnte Laurens Rücken im Erkerfenster des Restaurants sehen. Wenn ich sie mit der Rechnung sitzenließ, so konnte sie sich das leisten. Ich mußte anderswo hin. Lancaster Avenue, City Avenue und dann auf dem Schuykill Expressway über die I-676 zur Race Street und nach Olde City zu der ehemaligen Zuckerraffinerie und dem Bett in dem zweistöckigen Apartment, wo mich etwas Goldenes erwartete und wo ich wie ein Sträfling, der über den Zaun springt, meinem Leben entkommen konnte.

40

Veronica erwartet mich, nackt, träge in ihrem Bett, die Beine achtlos in einem zerknitterten Laken verschlungen, die Arme auf einem Kissen über dem Kopf. Ihre Brüste liegen rechts und links flach auf dem schmalen Brustkorb. Ihr Haar ist wild zerzaust, und das Zimmer riecht nach ihr, es riecht nach Wild in den vorstädtischen Wäldern, nach Waschbären. Sie wendet nicht den Kopf, als ich an ihr Bett trete und sie überwältigt anstarre.

»Du hast so lange gebraucht, um herzukommen«, sagt sie.

»Du hättest deine Tür nicht unverschlossen lassen sollen.«

»Wie bist du ins Haus gekommen?«

»Da war eine alte Dame mit Einkaufstüten.«

»Du hast so lange gebraucht, daß ich schon angefangen habe.«

»Es sieht so aus, als seist du auch ohne mich fertig geworden.«

»Man wird nie fertig.«

Ich ziehe mich eilig aus wie ein Schuljunge am Pool, während die anderen schon planschen. Ich schleudere meine Schuhe von den Füßen, ohne die Schnürsenkel aufzubinden, und werfe meine Hose in einem Bündel irgendwohin. Eine Socke landet schlaff am Fußende ihres Bettes. Ein Knopf springt ab, als ich an meinem Hemd herumfummle. Bei ihr fühle ich mich jung und unbeholfen, kundig nur dann, wenn sie mir sagt, was ich tun soll. Ich möchte, daß sie mir beim Ausziehen zusieht, aber sie hat den Kopf abgewandt und ist irgendwoanders. Wo immer sie ist, da möchte ich auch sein.

»Mr. Lee, welche Stellung haben Sie inne?« fragte Eggert hinter dem Podium des Gerichtssaals.

»Geschäftsführender Direktor von Citizens for a United Philadelphia.«

»Und was genau ist Citizens for a United Philadelphia?«

»Wir sind ein politisches Aktionskomitee. Wir sammeln Geld ein und unterstützen damit dann politische Kandidaten, von denen wir annehmen, daß sie am ehesten dafür sorgen, daß Philadelphia prosperiert und daß dieser Wohlstand allen Mitgliedern der Gemeinde von Philadelphia zugute kommt und nicht nur den wenigen Privilegierten. Wir geben auch Geld aus, um Gemeindegruppen zu organisieren und Wähler zu ermuntern, sich in die Wahllisten eintragen zu lassen, ganz zu schweigen von unserem Wohlfahrtsprojekt, den Nadine-Moore-Jugendzentren, die stationäre Drogentherapie und -rehabilitation für gestörte Teenager betreiben.«

»Steht Ihre Organisation mit Stadtrat Moore in Verbindung?«

»Der Stadtrat ist Vorsitzender unseres Vorstandes.«

»Und Mr. Concannon?«

»Mr. Concannon ist ebenfalls im Vorstand.«

»Haben Sie Stadtrat Moore bei früheren Wahlen unterstützt?«

»Der Stadtrat ist genau die Art von Staatsdiener, die wir suchen, jemand, der nach vorn denkt und entschlossen ist, niemanden zurückzulassen.«

»Ja, ich verstehe«, sagte Eggert. »Sind Ihnen irgendwelche Pläne des Stadtrats bekannt, sich um das Amt des Bürgermeisters zu bewerben?«

»Wir haben ihn gebeten zu kandidieren.«

»Wir?«

»Der Vorstand des Komitees.«

»In dem der Stadtrat sitzt?«

»Ja, aber er hat an der formellen Abstimmung nicht teilgenommen. In dieser Stadt ist eine Menge zu tun, und wir glauben, daß er dafür der richtige Mann ist. Die Jugendzentren sind erst der Beginn seiner Pläne.«

»Hat das Komitee Geld für die Wahlkampagne des Stadtrats für die Bürgermeisterwahl gesammelt?«

»Ja, und wir waren überraschend erfolgreich. Die Unterstützung da draußen ist viel größer, als wir erwartet hatten. In ganz Philadelphia setzt man sich für den Stadtrat ein.«

»Wieviel haben Sie bislang gesammelt?«

»Über zwei Millionen Dollar.«

»Hat auch Mr. Ruffing dazu beigetragen?«

»O ja, auf sehr großzügige Weise.«

»Wieviel hat er beigetragen?«

»Das ist vertraulich, Sir.«

»Ich bitte das Gericht«, sagte Eggert, »den Zeugen anzuweisen, die Frage zu beantworten.«

»Beantworten Sie die Frage«, sagte Richter Gimbel verdrossen.

»Aber Sir, das ist genau die Art von Frage, die ich nicht beantworten kann, wenn ich meiner Pflicht gegenüber unseren Wohltätern treu bleiben will.«

»Beantworten Sie die Frage, Mr. Lee«, sagte der Richter, »oder Sie gehen ins Gefängnis.«

»Zweihundertfünfzigtausend Dollar.«

»Nicht fünfhunderttausend Dollar?« fragte Eggert.

»Nein, Sir, zweihundertfünfzigtausend Dollar.«

»Haben Sie jemals irgendwelche Beiträge in bar erhalten?«

»Niemals. Es gehört zu unserer Politik, niemals Bargeld anzunehmen. Tatsächlich hat der Stadtrat darauf bestanden. Alles mußte per Scheck laufen, alles mußte sauber und klar abgewickelt werden.«

»Wie bekamen Sie jeden Monat den Scheck von Mr. Ruffing?«

»Mr. Concannon brachte ihn vorbei.«

»Sie meinen den Angeklagten Concannon.«

»Ja, den Mann, der dort drüben sitzt.«

»Hat er jemals auch Bargeld von Mr. Ruffing gebracht?«

»Nein, nie.«

Als ich neben sie gleite, dreht sie sich um, zeigt mir ihren Rücken, lang und schlank, die Wirbel präzise in der langen, schmalen Vertiefung erkennbar. Ich strecke die Hand aus, ergreife ihre Brust und beiße sie ins Ohrläppchen. Sie räkelt sich wie eine Katze und schiebt sich nach hinten, bis ihr Gesäß sich in meinen Schoß preßt. Sie rückt hin und her, um es sich bequem zu machen, und schnurrt leise. Die Arme liegen noch immer über ihrem Kopf. Ich streiche ihr das Haar aus dem Nacken, es riecht wild und verwahrlost. Die Mähne eines Mustangs. Ich küsse sie dort, auf den wild duftenden Nacken, sanfte, nasse Küsse. Sie erschauert unter meiner Zunge und wird hektisch. Ich reibe ihre Brustwarze zwischen meinen Fingern, und sie schwillt dabei langsam an. Ich drücke fester zu. Wieder verändert sie ihre Position. Ihre Brustwarze wird hart wie ein Nagel, meine Finger schmerzen, ich drücke fester. Sie wirft den Kopf zurück, und ich sauge seitlich an ihrem Hals. Sie greift zwischen ihre Beine, bekommt mich zu fassen und drückt zu. Sie trägt einen Ring, das Metall schneidet mir ins Fleisch. Ich sauge heftiger an ihrem Hals, spiele zwischen meinen Zähnen mit ihrer Haut. Sie dreht den Kopf weg.

»Du wirst ein Mal hinterlassen«, sagt sie.

»Laß mich los.«

»Nein.«

Ich packe ihr Haar und ziehe es ihr aus dem Nacken und beiße sie in den Rücken. Sie schließt die Beine hinter meinen und drückt fester zu. Ich bekomme ihren Fußknöchel zu fassen. Wir sind aneinandergefesselt wie Gefangene, zusammengekettet wie Sträflinge auf einer Schlackenhalde. Ich ziehe ihr Bein nach hinten, sie atmet scharf ein und drückt dann hart zu. Ich spüre, wie ich schlaff werde.

»Wenn du losläßt, lasse ich auch los«, murmele ich durch die Zähne an ihrem Hals.

»Ich will nicht, daß du losläßt«, sagt sie.

Sofort öffne ich die Zähne, lasse ihren Fußknöchel los, löse meine Finger von ihrer Brustwarze.

»Nein«, sagt sie mit enttäuschtem Achselzucken, zieht die Knie an die Brust, dreht sich zu mir um, rollt sich wie ein Ball zusammen und nimmt mich, schlaff, gequetscht und hängend, in den Mund. Und wie vor dem Richter erhebe ich mich.

»Also, Mr. Petrocelli, was haben Sie in der Nacht des Feuers bei Bissonette's in der Delaware Avenue gemacht?« fragte Eggert.

»In meinem Taxi geschlafen.«

»Warum haben Sie in der Delaware Avenue in Ihrem Taxi geschlafen?«

»Ich war müde. Es ist eine lange Schicht.«

»Und wann sind Sie aufgewacht?«

»Gegen fünf Uhr morgens, als ich die Sirenen hörte.«

»Woher kamen die Sirenen, wissen Sie das?«
»Von den Feuerwehrwagen.«
»Wohin fuhren die Feuerwehrwagen?«
»Zu dem Feuer.«
»Und wo war das Feuer, Mr. Petrocelli?«
»In diesem Club.«
»Bissonette's?«
»Ja, so hieß er.«
»Nun, und wann sind Sie eingeschlafen, Mr. Petrocelli?«
»Ungefähr eine Stunde vorher.«
»Also gegen vier Uhr morgens?«
»So ungefähr, ja.«
»Es ist nicht ungewöhnlich, daß Sie um vier Uhr morgens in der Delaware Avenue ein Schläfchen halten, oder, Mr. Petrocelli?«
»Es ist eine lange Schicht.«
»Sagen Sie den Geschworenen, was Sie sahen, ehe Sie um vier Uhr in dieser Nacht einschliefen, Mr. Petrocelli.«
»Ich sah den Wagen.«
»Wo sahen Sie den Wagen?«
»Er fuhr auf der Rückseite des Clubs ab.«
»Bissonette's?«
»Wie ich schon sagte, ja. Seine Scheinwerfer leuchteten mich an, als er herauskam.«
»Was für eine Art Wagen war es, Mr. Petrocelli?«
»Ich konnte ihn unter den Laternen dort gut sehen.«
»Was für eine Art Wagen war es, Mr. Petrocelli?«
»Ich konnte ihn gar nicht übersehen.«
»Was für eine Art Wagen war es, Mr. Petrocelli?«
»Es war eine schwarze Limousine.«

Ihr Mund ist Seide, ihre Zunge, ihre weichen Lippen prall vor Leidenschaft. Ich fahre mit den Händen durch ihr wirres Haar, die Strähnen sind dick, fettig. Ich liege auf dem Rücken, sie kniet über mir, und das Haar fällt ihr ins Gesicht und verdeckt es. Sie arbeitet wie ein Eichhörnchen an einer Nuß. Ihre Beine, weich wie Filz, reiben sich an meinen Beinen. Ihr Kopf fährt bei der Arbeit auf und ab. Meine Hände sind in ihrem Haar, über ihren Ohren, ich ziehe sie hoch, bis sie auf mir liegt. Der Geruch von Wild liegt in der Luft, von Wachteln. Als ich sie küsse, schmecke ich meine eigene Salzigkeit. So liegen wir da, sie ausgestreckt auf mir, küssen uns sanft und zärtlich, reichen den salzigen Geschmack hin und her, schwebend wie in einem hängenden Prisma, doch noch während unsere Lippen sanft aufeinanderliegen, unsere Zungen sich zärtlich umtanzen wie bei einem Walzer, noch während wir versuchen, den Augenblick festzuhalten, steigern unsere Körper das Tempo, ihre Hände pressen sich gegen meine Seiten, meine umklammern die kräftigen Muskeln ihrer Schenkel, ihre Füße drücken mit gespreizten Zehen meine Füße nieder, mein Knie, ihr Knie, meine Zähne, ihre Hüfte. Ich halte sie fest und werfe sie herum, und nun liegt sie unter mir und greift nach mir. Ich entziehe ihr meine Hüften und fahre mit der Zunge an ihrem Hals entlang, zu ihren Brüsten, noch tiefer.

»Und was wurde bei Ihrer Untersuchung des Feuers festgestellt, Inspector Flanagan?« fragte Eggert.

»Eine heiße Stelle im Keller, direkt unter dem Bereich, in dem die Bar liegt.«

»Was genau ist eine heiße Stelle?«

»Das ist eine Stelle, wo der Schaden größer ist, als bei einem sich normal ausbreitenden Feuer zu erwarten wäre. Die heiße Stelle ist der Punkt, an dem das Feuer begann.«

»Welche Art von Schaden haben Sie gefunden, der darauf hinwies, daß es sich um eine heiße Stelle handelte?«

»Nun, in diesem Keller waren beispielsweise Töpfe und Pfannen gelagert, Metallregale, Dosen mit Nahrungsmitteln, solche Sachen. Ein normales Feuer hätte vielleicht einen gewissen Schaden angerichtet, aber da ein normales Feuer nach oben steigt, nicht so viel, wie wir gefunden haben. Es gab unten im Keller einen Bereich, wo gewisse Metallgegenstände einfach geschmolzen waren, überhaupt nicht verkohlt, sondern richtiggehend geschmolzen, als wären sie aus Lehm und jemand hätte draufgetreten. Bei einem normalen Feuer würde man so etwas nicht antreffen. Und die unteren Kellerwände waren versengt. Ein normales Feuer steigt nach oben, ein mit Chemikalien entfachtes Feuer verbreitet sich seitwärts und nach unten, und danach sah es hier aus.«

»Haben Sie im Keller eine chemische Analyse durchgeführt?«

»Ja, Sir.«

»Und was haben Sie gefunden?«

»Es gab Spurenelemente, die darauf hinwiesen, daß im Keller eine große Menge Kerosin verbrannt wurde. Wir erkundigten uns bei Mr. Ruffing, und er sagte, es sei im Keller eine kleine Menge Kerosin aufbewahrt worden, aber nicht genug, um die Quantität an Spurenelementen zu hinterlassen, die wir gefunden haben.«

»Warum hat ein Feuer im Keller das ganze Gebäude verbrannt; ist der Fußboden im Keller nicht aus Zement?«

»Ja, das war er tatsächlich, aber die Wände waren aus Holz und, was noch wichtiger ist, die Deckenbalken im Keller waren alle aus Holz. Wenn die einmal Feuer fangen, ist das ganze Fundament gefährdet, und das Haus stürzt wahrscheinlich ein.«

»Ist das bei Bissonette's so verlaufen?«

»Ja.«

»Sind Sie im Laufe Ihrer Untersuchung zu einem Schluß darüber gekommen, wann das Feuer begonnen hat?«

»Nach dem Beweismaterial, das wir zusammentragen konnten, begann es irgendwann zwischen drei und halb fünf morgens. Erst um zehn vor fünf wurde es gemeldet.«

»Sind Sie zu einer Schlußfolgerung darüber gelangt, wie das Feuer begonnen hat, Inspector?«

»Ja, das sind wir.«

»Und wie lautet diese Schlußfolgerung, Sir?«

»Brandstiftung.«

Sie schmeckt nach Präriehunden und Koyoten, zornig, angespannt und elektrisierend, ölig, urtümlich wie etwas Ungezähmtes und Gefährliches. Gepökeltes Schweinefleisch. Sie zittert und heult unter mir, leise, unheilverkündend, unmenschlich. Ich beiße in das Fleisch einer lebenden Schlange. Sie gräbt ihre Daumen in meinen Bizeps, ihre Fersen treten mir ins Kreuz. Ich kämpfe, um die Kontrolle zu behalten, zuerst mit meiner Zunge, die geheimnisvolle Worte in toten Sprachen spricht, dann mit meinen Armen, die ihre Schlüsselbeine, ihren Hals umfassen. Ich stoße den Kopf nach vorn und stürze mich wie ein Ringer auf sie, halte ihre Arme fest, presse mein Gesicht auf ihres. Bei diesem Kampf atmen wir zusammen, heiße Nässe überträgt sich von ihren Lungen auf meine und wieder zurück. Ich schlinge einen Arm um ihren Körper und drehe sie um. Ihre Beine verheddern sich dabei. Mit dem Arm drücke ich ihr die Knie an die Brust, und dann bin ich über ihr, einen Arm über ihren Brüsten, den anderen um ihren Ellbogen gepreßt. Jetzt verlagere ich mein Gewicht und nehme die klassische Reitposition ein. Sie versucht, sich mit den Armen hochzustemmen, aber ich drücke sie nieder. Sie knurrt, als ich in sie eindringe. Unsere Rhythmen sind gegensätzlich. Ich spüre Widerstand, trotz meiner Wildheit stoße ich nur langsam zu, und als ich mich zurückziehe, wächst der Widerstand. Sie streckt die Beine durch, und plötzlich fliege ich in die Luft, für einen Augenblick verloren; dann setzen wir die langsamen, beharrlichen Stöße fort. Ich falle auf sie und beiße ihr in die Schulter. Sie nimmt meine Hand und beginnt, an meinen Fingern zu saugen. Die Stöße, die Atemzüge werden schneller. Ich fange Feuer auf ihr. Sie streckt die Beine, und wieder fliege ich hoch, ungeerdet, losgelöst, schwebe irgendwo über dem unermüdlichen Colorado.

»Und was hat Chester Concannon dann gesagt, Mr. Grouse?« fragte Eggert.

»Er hat gesagt, einige der angesehensten Bürger der Stadt hätten bereits für dieses Komitee gespendet, für CUP. Ich fragte ihn, wer das gewesen sei.«

»Hat er Ihnen Namen genannt?«

»Ja, Sir. Er rasselte die Namen einer ganzen Liste prominenter Geschäftsleute herunter. Es war eine sehr eindrucksvolle Liste.«

»Waren Sie da einverstanden, einen Beitrag zu leisten?«

»Nun, eigentlich nicht. Ich bin Republikaner, wissen Sie.«

»Was hat der Angeklagte Mr. Concannon darauf gesagt?«

»Er hat ein paar weitere Spender genannt, darunter auch Mr. Ruffing.«

»Kannten Sie Mr. Ruffing?«

»Oh, ja. Wir haben einmal bei einem Bauprojekt in Hatboro-Horsham zusammengearbeitet. Sein Lokal war gerade abgebrannt, und ich sagte, es sei jammerschade, was da passiert sei.«

»Was erwiderte Mr. Concannon darauf?«

»Er sagte, es sei wirklich jammerschade. Und dann, ich erinnere mich genau, weil mich das frösteln ließ, und dann sagte er, es sei jammerschade, aber Mr. Ruffing habe seine Beiträge für das Komitee nicht mehr rechtzeitig geleistet.«

»Was haben Sie da getan, Mr. Grouse?«

»Auf der Stelle, Mr. Eggert, auf der Stelle habe ich einen Scheck über fünftausend Dollar für CUP ausgeschrieben.«

Jetzt liege ich neben ihr, die Beine ausgestreckt, die Arme auf einem Kissen über meinem Kopf. Der süße Umhang des Schlafes will sich über mein Gehirn legen, und mein Kopf fällt zur Seite. Ein scharfer, heißer, feuchter Duft liegt in der Luft, es riecht wie im Raubtierhaus des Zoos. Ich möchte schlafen, ich habe nicht viel Zeit, das weiß ich, ehe sie mich vertreiben wird, aber solange ihre Beine achtlos über meinen liegen, möchte ich schlafen.

»Laß uns etwas versuchen«, sagt sie.

»Zu müde«, murmele ich. »Ich bin erschöpft.«

»Aber darum geht es doch. Sich so zu erschöpfen, bis alles andere verschwindet, bis alles still verblaßt und sonst nichts mehr wichtig ist.«

»Ich bin da.«

»Ich nicht.«

»Laß mich schlafen.«

»Ich kann noch immer den Verkehr hören, ich weiß noch immer meinen Namen.«

»Veronica.«

»Ja, das ist er.«

»Laß mich schlafen, bitte. Nur eine Minute.«

»Ja, mein Liebling.«

»Ich liebe dich«, sage ich und gleite in eine unsichere, träumerische Schwere. Sie legt den Kopf auf meine Brust und zieht ein Knie an. Es ruht auf meiner Hüfte, und ich rieche die Wildnis in ihrem Haar. Das leichte Gewicht ihres Körpers drückt mich nach unten, und ich gleite unter ihren ungezähmten Geruch und treibe dahin und weiß mit schneidender Gewißheit, daß das Goldkorn real ist und daß ich sie liebe und sie mit nagendem Schmerz begehre; sie

wird nie für mich dasein, und ich liebe sie, und ich kann nichts dagegen tun, weil ich schlafe und träume.

»Euer Ehren«, sagte Eggert hoch aufgerichtet und mit zufriedener Stimme, »meine Damen und Herren Geschworenen, die Anklage erklärt ihre Beweisführung für abgeschlossen.«

41

KANZLEI ANTHONY BOLOGNESE, P.C., stand in goldenen Buchstaben über einer Abbildung der Waage der Justitia auf dem Glasfenster einer Ladenfront Ecke Fünfzehnte Straße und Pine. Im vorderen Warteraum brannte kein Licht, aber ich konnte einen Lichtschein aus dem hinteren Teil der Kanzlei sehen, der wie eine Einladung durch den Flur in das Wartezimmer fiel. Ich nahm die schwere Plastiktüte von der rechten in die linke Hand und drückte auf den Klingelknopf. Als nichts geschah, drückte ich erneut und dann noch einmal. Ich drückte so lange, bis das Licht im Wartezimmer heller wurde und Tony Baloney, der sich mit einer Hand das Hemd in die Hose stopfte und sich mit der anderen auf einen Stock stützte, hinkend den gleichen Weg kam, den das Licht genommen hatte. Am Fenster spähte er zu mir hinaus.

»Wir haben geschlossen«, rief er. »Was wünschen Sie?«

»Wir müssen reden«, rief ich zurück.

Er sah auf seine Uhr. »Es ist nach elf. Wir haben geschlossen. Wer sind Sie eigentlich?«

»Victor Carl.«

Er legte den Kopf schräg, sah mich wie mit dem bösen Blick an und öffnete dann das Türschloß.

Tony Baloney war ein großgewachsener Mann mit dem Gesicht eines Walrosses, dem Bauch eines Bären und den winzigen Füßen eines Frettchens. Seine überdimensionale Hose wurde durch einen schmalen Gürtel gehalten, sein rosa Hemd stand am Kragen offen. Er trug keine Krawatte.

»Stimmt«, sagte er. »Ich erkenne Sie aus den Abendnachrichten.« Er schaute zu seinem Büro und strich sich über den dichten Schnurrbart. »Bitte, entschuldigen Sie, aber wir haben geschlossen. Was immer es ist, wir können es morgen früh ausführlich diskutieren.«

»Wir reden jetzt darüber«, sagte ich und marschierte an ihm vorbei in den Gang zu seinem Büro.

»Warten Sie, Victor. Halt«, sagte er und eilte mir nach, so schnell sein Bein es erlaubte. Er packte mich am Arm und sagte: »Was zum Teufel machen Sie da?« Achselzuckend schüttelte ich seinen Arm ab und ging weiter.

Der Flur war von Regalen gesäumt, in denen juristische Bücher standen, *Pennsylvania Digests, Federal Reporters*, alle auf neuestem Stand, da war ich sicher, mit den Ergänzungen an den richtigen Stellen, denn Tony, davon war ich überzeugt, verdiente genug, um seine Bibliothek laufend zu komplettieren. Am Ende des Flurs befand sich eine halb geöffnete Tür, durch die das Licht gefallen war. Ich stieß sie auf und betrat Tony Baloneys Büro.

Es war groß und ziemlich schlicht mit einer weißen Couch und einem riesigen Schreibtisch. Bücherregale reichten bis zur halben Höhe der Wände, gefüllt mit weiteren juristischen Fachbüchern, Zusammenfassungen, Sammlungen der Urteile alter britischer Gerichtshöfe. An einer Wand stand zwischen den Büchern ein Fernsehgerät. Der Rest der Wände war blau gestrichen und mit Bildern bedeckt, allem Anschein nach guten Kunstwerken, farbenfrohen abstrakten Graphiken und hellen, impressionistischen Ölgemälden. An Tony Baloneys Wänden hingen keine Darstellungen von Poker spielenden Hunden, soviel war sicher. Auf der Couch, so reglos, daß ich sie zuerst nicht bemerkte, saß eine auffallend schöne Frau, dunkel und zierlich, in engem weißem Kleid. Sie hatte die Beine übereinandergeschlagen und trug weiße, hochhackige Pumps.

Endlich hatte Tony sein Büro erreicht. »Verdammt, was soll das, Carl?« sagte er keuchend.

»Ich dachte, Ihr Mandant würde ein braver Junge sein.«

»Wer? Der Vermieter? Giamoticos?«

»Richtig«, sagte ich. »Nun, Spiros hat seine Bewährung verwirkt.«

»Wovon reden Sie eigentlich?«

Ich trug die Plastiktüte an den Schreibtisch, der mit Papieren und Akten bedeckt war, und kippte ihren Inhalt auf die Schreibtischplatte.

»Herrgott, Mann«, schrie Tony. »Großer Gott! War das denn nun nötig?«

Was jetzt auf Tony Baloneys Schreibtisch lag, war ein Dackel, Oscar I. hieß er, glaube ich; er gehörte einer Frau in meinem Haus. Der Hund war schokoladenbraun und sehr tot, das Genick gebrochen, der Bauch aufgeschlitzt; die Eingeweide hingen heraus wie schimmernde Aale. Ich hatte ihn auf meiner Türschwelle gefunden, als ich nach einem Abend mit den Bishops nach Hause gekommen war, und ich hatte sofort gewußt, von wem er kam. Veronicas Vermieter, Spiros Giamoticos. Er mußte meinen Namen aus dem Antrag kennen, den ich gestellt hatte, und versuchte, mir Angst einzujagen, damit ich Veronica nicht mehr half. Ich dachte, der gute Tony solle aus erster Hand sehen, was sein Mandant anrichtete. Aus den Eingeweiden des Hundes lief eine dunkle, dickflüssige Brühe auf Tonys Papiere.

Ich schaute zu der Frau auf der Couch hinüber und fragte mich, ob ich vielleicht zu weit gegangen war, doch sie schrie nicht, sie war nicht einmal erschrocken. Ein Lächeln erschien auf ihrem dunklen, hübschen Gesicht, und zwischen ihren Lippen erhaschte ich einen kurzen Blick auf eine Reihe schiefer, brauner Zähne. Ihr Lächeln war furchterregender als der tote Hund. Sobald ich es sah, wandte ich mich von ihr ab.

»Giamoticos hat mir das auf die Türschwelle gelegt«, sagte ich.

»Auf *Ihre* Türschwelle?«

»Genau«, sagte ich. »Sie wollten ihn doch unter Kontrolle halten, nicht? Sie haben sich für ihn verbürgt, wissen Sie noch?«

Er sah mich intensiv an, als suche er nach etwas, dann stieß er einen scharfen, raschen Schwall spanischer Worte aus, und die Frau auf der Couch stand auf und verließ das Zimmer. Dabei zog sie den Saum ihres Kleides herunter.

»Eine Mandantin«, sagte Tony Baloney achselzuckend. »›So Lust, gepaart mit einem lichten Engel, wird dennoch eines Götterbettes satt und hascht nach Wegwurf.‹ Hamlets Geist, Victor.«

»Hören Sie auf mit den Zitaten«, sagte ich.

»Kommen Sie, setzen Sie sich.« Er wies auf die Couch.

»Ich stehe lieber«, sagte ich.

»Nun, ich werde mich setzen, wenn Sie nichts dagegen haben«, sagte er und ließ sich auf die Couch fallen. Vorsichtig lehnte er seinen Stock neben sich an den Sitz. »Diese Konferenzen spät in der Nacht setzen einem zu. Wie sollen wir nun diese Schweinerei beseitigen?« Er wies beiläufig auf seinen Schreibtisch, als sei ein darauf liegender Kadaver kein ungewöhnlicher Anblick.

Ich streckte ihm die Plastiktüte entgegen, die ich noch in der Hand hielt, und ließ sie zu Boden fallen. »Wenn Sie wollen, können Sie die benutzen.«

»Nein, Sie werden meinen Schreibtisch saubermachen, Victor«, sagte er.

»Im Leben nicht«, sagte ich. »Unternehmen Sie etwas wegen Giamoticos und sorgen Sie dafür, daß es funktioniert.«

»Wissen Sie, diese ganze traurige Abfolge von Ereignissen, Victor, bringt mich in eine schwierige Lage. Da gibt es Rücksichten zwischen Anwalt und Mandant, die mich in eine sehr heikle Position bringen. Von meinen Verpflichtungen gegenüber der Anwaltskammer ganz zu schweigen. Kommen Sie, setzen Sie sich.«

Ich blieb stehen. »Was werden Sie tun, um Giamoticos zu stoppen?«

»Ich hätte den Fall nicht übernehmen sollen«, sagte er zu niemandem im besonderen. »Meine Tochter ruft mich an, und ich weiß gleich, was das für eine Geschichte ist. Und sie wird nur noch komplizierter.« Er hob den Kopf und sah mich an. »Sie sind ein geschätztes Mitglied der Anwaltskammer, Victor. Nehmen wir einen hypothetischen Fall.«

»Ich bin nicht hier, um Jurastudent zu spielen.«

»Tun Sie mir den Gefallen«, sagte er. »Einfach ein hypothetischer Fall, wie in dem Ethik-Examen, bei dem wir alle gemogelt haben. Nehmen wir an, wir würden einen Mandanten vertreten, der beschuldigt wird, etwas überaus Frevelhaftes getan zu haben.«

»Wie einen Griechen, dem vorgeworfen wird, daß er Katzen tötet.«

Er zeigte auf mich, als hätte ich bei einer Scharade ein Wort erraten. »Ganz genau. Hypothetisch natürlich. Und wir haben noch einen Mandanten, der mit dem ersten nichts zu tun hat. Und dieser andere Mandant sagt uns, unter dem vollen Schutz der Vertraulichkeit zwischen Anwalt und Mandant, daß er das verübt hat, was dem anderen Mandanten fälschlich vorgeworfen wird. Verstehen Sie, worauf ich hinauswill?«

»Nicht genau«, sagte ich.

»Fühlen Sie sich in letzter Zeit ein bißchen schlapp, mein Lieber? Konzentrationsschwierigkeiten? Verstopfte Nebenhöhlen?« Laut schnaufte er zweimal. »Schnupfen?«

»Wovon reden Sie?«

»Dehnen wir unseren hypothetischen Fall ein bißchen aus. Versuchen Sie mitzukommen, falls Sie dazu in der Lage sind. Sagen wir, ein Anwalt erscheint und beschuldigt den ersten Mandanten, ihm etwas angetan zu haben, etwas, von dem wir annehmen, daß es nicht der erste, sondern der zweite Mandant getan hat. Klar? Und jetzt haben wir ein Problem. Denn wenn es von dem zweiten Mandanten begangen wurde, dann ist der Anwalt aller Wahrscheinlichkeit nach in Aktivitäten verwickelt, in die er nicht verwikkelt sein dürfte. Aktivitäten, die ihn hindern könnten, vor Gericht aufzutreten. Jetzt sagen Sie mir, Victor, haben wir die Pflicht, die Anwaltskammer über diesen Anwalt zu informieren?«

»Was für Aktivitäten?« sagte ich. Ich fing an, die erschreckende Idee hinter Tony Baloneys hypothetischem Fall zu begreifen.

»Sie sehen mich in keinem Komitee der Anwaltskammer sitzen, Victor, nicht wahr? Und beim Andrew-Hamilton-Ball werde ich auch nicht mit den anderen hohen Herrschaften von der Anwaltskammer fotografiert. Ich bin ein Ausgestoßener. Und Sie wissen warum, Victor, nicht wahr? Es sind meine Mandanten. Können Sie sich jetzt vorstellen, in welche Art von Aktivitäten dieser hypothetische zweite Mandant verwickelt ist? Ich will es Ihnen ganz leicht machen.«

Er beugte sich vor, lächelte mich an und schrie: »DROGEN!«

Bei diesem Schrei fuhr ich zurück.

»Sehen Sie«, fuhr er fort, »wir haben, hypothetisch, einen Mandanten, der ein weites Verteilernetz hat. Wenn er auf Kredit verteilt und die Rechnung nicht bezahlt wird, dann hinterläßt er das, was er seine Visitenkarte nennt. Zufällig besteht diese Visitenkarte aus toten Tieren. Pelzige kleine Viecher im allgemeinen, mit gebrochenem Genick und aufgeschlitztem Bauch. Und dann, seltsamerweise, bekommt er meistens bezahlt, was man ihm schuldet. Sehr viel wirksamer als ein Mahnbrief, finden Sie nicht? Aller Wahrscheinlichkeit nach ist es also kein hypothetischer griechischer Vermieter, der diese kleinen Visitenkarten hinterläßt. Es ist ein hypothetischer Drogendealer, und er hinterläßt diese Visitenkarten für seine hypothetischen drogensüchtigen Kunden.«

Ich zog mir einen Stuhl heran und setzte mich, weil ich nicht anders konnte. »Norvel Goodwin«, sagte ich leise.

»Hypothetisch natürlich. Ich gab Ihnen eine Botschaft für Jimmy, und ich dachte, Sie würden kapieren.«

»Ich dachte, das sei eine Drohung«, sagte ich.

»Ja, die Urteilskraft ist das erste, was flötengeht. Das wußte ich schon vor Ihnen. ›Wie wird die Übung Menschen doch Gewohnheit.‹«

»Es ist nicht, was Sie denken«, sagte ich.

»Das ist es nie. Machen Sie meinen Schreibtisch sauber, Victor. Im hinteren Schrank sind Putzmittel.«

Ich rührte mich nicht, antwortete nicht. Ich saß bloß da und starrte ihn an.

»Welches Arschloch würde in mein Büro kommen«, sagte er, »und einen aufgeschlitzten Hund auf meinen Schreibtisch kippen, um zu verkünden, daß es drogensüchtig ist? Welches Arschloch würde das tun, außer, wenn es um Hilfe schreit und will, daß ich es weitermelde? Und ich sage Ihnen, Victor, im Moment sehen Sie aus, als könnten Sie Hilfe gebrauchen, wissen Sie. Ich meine, im Augenblick, mein lieber Vic, sehen Sie grauenhaft aus.«

Ich war sicher, daß das stimmte. Ich war bleich geworden. Was Tony Baloney soeben erklärt hatte, traf mich wie ein kurzer Haken in den Magen, einer dieser Schläge, von denen man unbewußt weiß, daß sie kommen, die einem aber trotzdem den Atem nehmen.

»Also machen Sie meinen Schreibtisch sauber, Herzchen«, sagte er. »Und zwar sofort.«

Ich versuchte aufzustehen, aber ich konnte nicht. Ich war hilflos, schockiert, denn in diesem Augenblick wurde mir klar, daß Norvel Goodwin wie ein Gespenst erneut erschienen war, um mein Leben zu bedrohen. Mir wurde klar, daß Veronica, in die ich mich verliebt hatte, wieder hoffnungslos drogenabhängig war. Mir wurde klar, daß diese Drogenabhängige, die ich liebte, mich bei all unserem wilden und brutalen Sex möglicherweise mit der Seuche angesteckt hatte. Und mir wurde in diesem Augenblick klar, daß es vorbei war zwischen uns, aber ich wollte, wollte, wollte nicht, daß es vorbei war. Ich konnte nicht aufstehen, weil ich all das erkannte, aber das war noch nicht alles. Ich konnte nicht aufstehen, weil mir gleichzeitig mit den anderen Erkenntnissen auch aufging, wer Zack Bissonette ermordet hatte und was ich alles würde aufgeben müssen, um es zu beweisen.

TEIL IV

Der Fenstersturz

42

Ich wuchs bei meinem Vater in einem Bungalow im spanischen Stil in einer vorstädtischen Enklave aus lauter Bungalows im spanischen Stil auf, der der Bauunternehmer enthusiastisch den Namen Hollywood verpaßt hatte. Es gab die Hollywood Tavern, wo die Arbeiter Hollywoods sich in kühle, rotgetönte Dunkelheit und zu Bieren für fünfundzwanzig Cents flüchteten, den Hollywood Drugstore, staubige Schaufenster mit kleinen, handgemalten Schildern, und einen die ganze Nacht geöffneten Backwarenladen, der nicht Hollywood Donuts, sondern Donut Towne hieß; das »e« am Ende war das einzige bißchen Klasse, das in der Gegend verblieb. Es war kein besonders toller Ort zum Leben, dieses Hollywood; nach dem Krieg, als es neu erbaut war, war es ganz schön, doch es war nichts im Vergleich zu den Landhäusern mit fünf Schlafzimmern und Fertigrasen, die es umgaben.

Mein Viertel hatte etwas an sich, das ich immer als mitleiderregend empfand. Vielleicht war es die Art, wie die Häuser für den Verfall gebaut schienen. Vielleicht war es das Unkraut, das in den Rissen der Bürgersteige sproß und die Zementplatten zerstörte und gegen das niemand etwas unternahm. Vielleicht war es der Gedanke, es könne inmitten dieser Vorstadt von Philadelphia überhaupt ein Hollywood geben, als lebten in diesem kleinen, sechs Häuserblocks umfassenden Viertel John Wayne und Jimmy Stewart und Vera Miles und Yvette Mimieux, drehten Filme und gäben in ihren schäbigen kleinen Hintergärten Grillparties. Ich nehme an, wenn der ganze Schuldistrikt aus Vierteln wie Hollywood bestanden hätte, hätte es mir nicht so viel ausgemacht, aber es war ein reicher Schulbezirk, und meine Klassenkameraden waren reich, ich dagegen nicht. Wir hatten zwar einen Fernsehapparat und Heizung und immer genug zu essen, doch ich konnte nie das Gefühl abschütteln, in einem Slum zu leben.

Am Sonntag nach meinem Besuch bei Tony Baloney fuhr ich an Donut Towne und der Hollywood Tavern vorbei in die Gegend meiner Kindheit. Die Bäume, die in meiner Jugend groß und kräftig gewesen waren, waren nun alt und verkrümmt. Viele waren umgestürzt und hatten dabei den Bürgersteig gleich mitgenommen, und dies sowie die Tatsache, daß die überlebenden Bäume gerade ihre Herbstblätter abgeworfen hatten, ließ ein kaltes, hartes Licht auf das Viertel fallen und es heller wirken als in meiner Erinnerung. Ich hatte meine alte Wohngegend dunkler im Gedächtnis, als Nome in Alaska in den sechs sonnenlosen Wintermonaten sein mußte. Dort, vor diesem Haus, pflegte Tony DiNardo mich nach der Grundschule zu verprügeln. Oh, und da, dort drüben, sprang Debbie Paulsen auf mich drauf, hielt mich fest, küßte und leckte mich und befummelte meine Brust. War ich der einzige Junge in meinem Viertel, der von Debbie Paulsen vergewaltigt wurde, einsfünfzig und 180 Pfund frustriertes katholisches Fleisch? Und dort, ja, genau dort, in einer Lücke unter dieser Veranda, jetzt repariert, so daß man sie nicht mehr sah, dort versteckte ich mich an dem Tag, an dem meine Mutter fortging; sie schrie meinem Vater Flüche zu, und er knurrte lautlos von unserer Vordertreppe aus zurück. Ach, Kindheit in Hollywood, hat Scheiße je süßer gerochen?

Ich nehme an, ich war nach Hause gekommen, um die Dinge ins rechte Licht zu rücken. Ich hatte eine Entscheidung zu treffen und dachte, ich würde sie dort treffen. Ich mußte entscheiden, was ich wollte, was meine Verpflichtungen waren, wie ich meine Zukunft angehen sollte. Ich mußte mich entscheiden, was ich werden wollte, wenn ich einmal groß war, und so kam ich nach Hause, zu meinem Vater. Ich hatte nicht angerufen, aber ich wußte, daß er da sein würde. Die Eagles waren im Fernsehen, was ihm einen guten Vorwand bot, um das zu tun, was er jeden Abend nach der Arbeit und samstags und sonntags den ganzen Tag tat: vor dem Fernseher sitzen, Bier trinken, husten. Ich pochte mit dem Türklopfer zweimal an die Tür. Es gab auch einen Klingelknopf, auf den man drücken konnte, aber der hatte nicht mehr funktioniert, seit ich neun war.

»Was willst du?« sagte mein Vater, als er die Tür öffnete und seinen Sohn mit einem matten Lächeln im Gesicht hinter dem Fliegengitter stehen sah.

Ich hob die Sechserpackung Rolling-Rock-Bier hoch, die ich mitgebracht hatte. »Schaust du dir das Spiel an?«

Er wandte sich ab, ohne die Fliegentür zu öffnen, und schlurfte zurück zu seinem Sessel. »Nein, auf Kanal Sechs wird Golf übertragen.«

Falls Sie es nicht mitbekommen haben: Das war meines Vaters Vorstellung von einem Witz.

Ich glaube, um meinen Vater zu verstehen, hätte man meine Mutter verstehen müssen, alles, was sie sich wünschte, alles, was sie in ihrem Leben versäumt zu haben glaubte, weil sie meinen Vater geheiratet hatte, und die Gründe, warum sie uns verließ und in Arizona in einem Wohnwagen lebte. Leider hatte ich meine Mutter nie verstanden – bis auf die Tatsache, daß sie verrückt war –, und so blieb mir auch mein Vater irgendwie ein Rätsel. Er war ein großer Mann mit borstigem weißem Haar und dicken Fingern, ein ruhiger, hart arbeitender, anspruchsloser Mann mit einer Bitterkeit, die in den zehn Jahren mit meiner Mutter stetig gewachsen war und sich jetzt zu einer häßlichen, überreifen Blüte entwickelt hatte, die er wie eine Kokarde an die Brust geheftet trug. Ich nahm an, es war dieselbe Bitterkeit, die sich als Flecken auf seiner Lunge äußerte, welche die Röntgenstrahlen nicht beseitigten, sondern nur in Schach hielten. Alle Ärzte hatten gesagt, er müsse inzwischen tot sein, erzählte er mir immer wieder, und ich wußte nie, ob er das aus Stolz oder aus Enttäuschung tat.

Ich setzte mich aufs Sofa und öffnete eine Dose Rock. Er saß in einem Sessel, eine Büchse Iron City in der Hand. Iron City bekam man im Lebensmittelladen für $ 1.72 im Sechserpack. Mein Vater hatte schon immer eine Vorliebe für die feineren Dinge.

»Wie spielen sie?« fragte ich.

»Das sind Penner.«

»Die Eagles oder die Jets?«

»Sie sind alle Penner.« Er hustete, ein lauter, schneidender Husten, mit dem etwas hochkam. Er spuckte es in ein Papiertuch aus der Schachtel auf dem Tisch neben seinem Sessel, ohne es sich anzusehen. »Und das Geld, das sie verdienen! Diese Penner könnten nicht mal die Suspensorien von Spielern wie Bednarik und Gifford halten.«

»Warum schaust du sie dir dann jede Woche an?«

»Um mir mein Urteil zu bestätigen.«

»Ich habe dich lange nicht gesehen. Du siehst ganz gut aus.«

Er hustete erneut. »Die Ärzte sagen alle, ich müßte schon längst tot sein.«

»Ja, aber die haben keine Ahnung, nicht?«

»Jedenfalls sagen sie das immer.«

»Tatsächlich?«

»Spiel nicht den Klugscheißer.«

»Das ist eine meiner ererbten Eigenschaften.«

»Von deiner Mutter.«

»Nein, von dir.«

Sein Gesicht wurde grau, und er spuckte wieder etwas in ein Papiertuch. »Ach, was verstehst du schon.«

»Wie steht's?« fragte ich.

»Vierzehn zu sieben für die Eagles.«

»Heute spielen sie nicht wie Penner.«

»Das liegt an den Jets. Du müßtest sie gegen die Cowboys sehen. Im Herzen sind sie Penner.«

Wir beobachteten das Spiel nahezu schweigend, nur ab und zu charmante Bonmots ausstoßend wie »Der hat Hände wie Füße«, wenn ein Receiver den Ball fallen ließ, oder »Der könnte nicht mal seine Schwester umrennen«, wenn ein sicherer Punkt verfehlt wurde, doch im Grunde behielten wir unsere Gedanken für uns, und der Fernsehkommentar wurde nur vom Husten meines Vaters unterbrochen. Wir blieben sogar während der Pausendarbietungen sitzen, Musikfetzen, übertriebene Aktivität in der Kommentatorenkabine, Werbespots für Autos und Bier. Irgendwann im dritten Viertel merkte ich, daß mein Bier warm wurde, also trug ich die restlichen drei Büchsen in die Küche. Was ich im Kühlschrank sah, war deprimierend. Da standen Bier, ein alter Milchkarton, im Hintergrund Dinge, die ich nicht identifizieren konnte. Die Kühlschlangen waren voller Eis. Das deprimierende war, daß es im Kühlschrank meines Vaters so ähnlich aussah wie in meinem.

»Du solltest deinen Kühlschrank gelegentlich saubermachen«, sagte ich, als ich mich wieder gesetzt hatte.

»Wozu?«

Ja, wozu auch? Eins zu null für meinen Vater, dachte ich, wieder mal eins zu null für meinen Vater.

»Was ist mit den fünftausend, die du mir schuldest?« fragte er nach dem Spiel, als nur noch das Golfturnier in Kanal Sechs lief; er hatte beschlossen, sich lieber das anzusehen als das Undenkbare zu tun und den Fernseher auszuschalten.

»Deswegen bin ich gekommen«, sagte ich. »Unter anderem.«

»Also, hast du sie oder nicht?«

»Brauchst du sie?«

»Sicher könnte ich sie brauchen«, sagte er.

»Du kannst sie haben, wenn du sie brauchst.«

»Ich habe nicht gesagt, daß ich sie brauche.«

»Du hast gesagt, du könntest sie brauchen.«

»Das ist nicht dasselbe. Jeder könnte sie brauchen. Donald Trump könnte sie brauchen, aber er braucht sie nicht.«

»Schlechtes Beispiel«, sagte ich.

»Na ja, vielleicht.«

»Brauchst du sie?«

»Nein.«

»Gut«, sagte ich, »ich habe sie nämlich nicht.«

Der führende Spieler puttete aus einem Meter fünfzig vorbei.

»Das bedeutet nicht, daß ich sie nicht brauchen könnte«, sagte er.

»Dann beschaffe ich sie dir.«

»Schau dir diesen Putt an«, sagte mein Vater mit einer angewiderten Geste in Richtung Bildschirm. »Penner. Aber für den fünften Platz bekommen sie trotzdem fünfzig Riesen. Wer will da überhaupt noch gewinnen?«

Also sahen wir ein bißchen Golf, eingelullt durch den Rhythmus des Spiels, das Einnehmen der Schlagposition, das Hin- und Herbewegen des Schlägers, den Schritt zurück, den Schwung, den Ball, der verschwand und als winziger, über den Fairway fliegender Fleck wieder auf dem Bildschirm erschien. Die Schatten im Haus wurden jetzt länger, das Zimmer dunkler. Bei einem der entscheidenden Putts schaute ich zu meinem Vater hinüber. Er war eingeschlafen, mit zurückgelehntem Kopf und offenem Mund atmete er geräuschvoll durch seine kranken, verrottenden Lungen. Er erwachte mit einem Ruck, als Greg Norman einen schwierigen Putt einlochte und die Zuschauer wild applaudierten.

»Wer? Was?« stammelte er.

»Norman hat gerade eingelocht.«

»Penner. Willst du wissen, wie man ein großer Golfer wird? Indem man bei einem Stechen gegen Norman spielt.«

»Der Trick ist, überhaupt in das Stechen zu kommen.«

»Ein Trick ist immer dabei«, sagte er.

»Erzähl mir von Großvater«, sagte ich, und das brachte ihn für einen Augenblick zum Schweigen.

»Was ist mit ihm?«

»Ich habe jemanden getroffen, der ihn aus der *schul* in Logan kannte. Jemand, der früher bei ihm Schuhe gekauft hat.«

»Ja, nun, er ging in die *schul*, und er verkaufte Schuhe«, sagte mein Vater. »Was sonst noch?«

»Und er hat gesungen, nicht?«

»Klar, er hat fast die ganze Zeit gesungen. Er hatte eine Stimme, aber mich machte es trotzdem verrückt.«

»Wieso hast du aufgehört, in die *schul* zu gehen?« fragte ich.

»Weil da alte Männer traurige Lieder in einer toten Sprache sangen. Gebete auf Aramäisch. Weißt du, was Aramäisch ist?«

»Nein.«

»Nichts auf der Welt ist toter als Aramäisch«, sagte er.

»Was passierte, als du nicht mehr gegangen bist? Hat Großvater nicht versucht, dich zu überreden?«

»Was hätte er tun sollen? Ich war mit zwölf Jahren schon stärker als er. Er hatte nicht viel Kontrolle über mich. Ich war ein böses Kind.«

»Hast du ihn geliebt?« fragte ich.

»Was ist das für eine Frage?«

»Ich frage einfach.«

»Er war mein Vater. Was glaubst du?«

Im Fernsehen zogen ein paar Löcher vorbei, ein paar Drives, ein Schlag mit dem Sechsereisen zum Green, ein Bunkerschlag, ein Putt aus neunzig Zentimetern, der danebenging, und einer aus sieben Metern, der ins Loch ging.

»Wann hast du aufgehört, zur Synagoge zu gehen?« fragte ich.

»Auf einmal interessiert dich das?«

»Ich frage bloß.«

»Es war deine Mutter, die an diesen Sachen hing. Sie wollte zu den feinen Leuten gehören, die gut angezogen waren. Sie dachte, es würde ihr Klasse verleihen, wenn sie dazugehörte. Sie hätte die Königin von England heiraten können und hätte trotzdem keine Klasse gehabt, und glaub mir, ich bin nicht die Königin von England. Die Schulden brachten uns um, aber sie wollte das, und so tat sie es. Als sie weg war, sah ich keinen Sinn mehr darin.«

»Ich hätte eine *bar-mizwa* haben sollen«, sagte ich. Ich weiß nicht, warum ich das sagte, denn daran hatte ich noch nie in meinem ganzen Leben gedacht.

»Und ich hätte reich sein sollen. Das Leben besteht aus lauter verpaßten Gelegenheiten.«

»Wenn Großvater noch gelebt hätte, hätte er dafür gesorgt, daß ich eine *bar-mizwa* bekomme«, sagte ich. Immer, wenn ich nach Hause kam, schien meine Stimme sehr bitter zu werden, und genau in diesem Augenblick tat sie das auch.

»Du hattest immer was zu jammern, weißt du«, sagte mein Vater. »Es hieß immer ›Dies mag ich nicht‹ und ›Das mag ich nicht‹, am liebsten hätte ich dich dauernd geohrfeigt. Zwei Leute auf der Welt wußten, wie man mich kleinkriegt, und das waren ausgerechnet meine Frau und mein Sohn. Also, hör auf, ein solcher Jammerlappen zu sein, und werde erwachsen. Es muß nicht alles für dich getan werden, du kannst es selber tun, wenn du willst. Es gibt keine Altersgrenze. Mach es, mir ist das egal, nur hör auf, darüber zu jammern. Ich habe sie gehabt, weißt du, und glaub mir, du hast nichts versäumt.«

»Ich wußte gar nicht, daß du eine *bar-mizwa* hattest.«

»Tja, es gibt verdammt viel, was du nicht weißt.«

»Hattest du eine große Party?«

»So war das damals nicht. Meine Mutter machte eine Rinderbrust, und wir luden ein oder zwei Vettern ein, das war alles. Heute machen sie solchen Scheiß, sie stellen Zelte auf und servieren

Hummer Newburg. Hummer Newburg, Muscheln Casino-Art und eine Band mit einer farbigen Sängerin. Wie stellst du dir das vor?«

»Ich hätte gern eine Party gehabt.«

»Du hattest keine Freunde. Wen hätten wir einladen sollen, den Präsidenten?«

Nach dem Golfturnier kam *60 Minutes*, die kleine Uhr, die tickte, der sprechende Kopf, der Reporter mit dem ungläubigen Tonfall, als sei die Masche, die er da entdeckt hatte, etwas ganz Neues. Ich bin schockiert, schockiert, schien er zu sagen, daß es da draußen Firmen gibt, die die Regierung betrügen. Es war jetzt dunkel, die Schatten hatten sich über alles gelegt. Mein Vater, Sklave des Fernsehers, saß in dessen wechselndem Licht.

»Ich habe ein Problem, über das ich reden muß«, sagte ich.

»Wieviel brauchst du diesmal?«

»Das ist es nicht.«

»Diesmal vielleicht nicht«, sagte er.

»Ich muß eine Entscheidung über etwas treffen. Ich habe diesen Fall, den, mit dem ich im Fernsehen war.«

»Du warst im Fernsehen?«

»Tu nicht so, du hast mich doch gesehen. Ich weiß, daß du mich gesehen hast.«

»Ich dachte, daß du es warst, aber ich war nicht sicher. Im Fernsehen siehst du besser aus.«

»Also hätte ich Fernsehstar werden sollen, was?«

»Du wärst besser als dieser Bryant Gumbel, das kann ich dir sagen«, sagte er. »Der ist ein Penner, wenn ich je einen gesehen habe.«

»In diesem Fall habe ich einen Mandanten, der in ernsthaften Schwierigkeiten steckt. Es ist ein Kriminalfall, und es sieht aus, als würde er verlieren, aber er will nicht, daß ich etwas dagegen unternehme. Ich glaube jetzt zu wissen, wer das getan hat, was er getan haben soll, und ich glaube, ich weiß auch, wie ich es beweisen kann, aber das würde mich einiges kosten.«

»Kosten? Wieviel?«

»Man hat mir einen Job angeboten, einen richtig guten Job, wie ich ihn immer wollte, aber den Job bekomme ich nur, wenn ich mich still verhalte. Und man hat mir eine Menge Geld für einen anderen Fall geboten, genug Geld, um meine Schulden bei dir mit Zinsen zurückzuzahlen, aber auch das nur, wenn ich meinen Mandanten untergehen lasse. Und ich bin an Deals beteiligt, an denen ich nicht beteiligt wäre, wenn ich nicht gehorchen würde. Und die Gruppe, die mich bezahlt, damit ich diesen Mann vertrete, wird mich vermutlich nicht bezahlen, wenn ich Schwierigkeiten mache; so sieht es jedenfalls aus. Die ganze Sache könnte für mich eine Menge bedeuten, das Geld und den Job. Aber andererseits bin ich Anwalt, und mein Mandant geht unter, und ich habe das Gefühl, dagegen etwas tun zu müssen, irgend etwas, selbst wenn es mich teuer zu stehen kommt. Ich weiß also nicht, was ich tun soll.«

Ein langes Schweigen entstand zwischen uns, gefüllt mit den Geräuschen des Fernsehers, einem Interview mit einem alten Entertainer, Morley Safer, der immer wieder erstaunt den Kopf schüttelte. Dann, ohne den Blick vom Bildschirm abzuwenden, sprach mein Vater.

»Nimm das Geld«, sagte er.

Er hustete laut und spuckte etwas Großes, Schweres in das Papiertaschentuch.

»Nimm das Geld«, sagte er. »Das wird dir nicht oft geboten.«

Eine weitere lange Pause folgte, in der eine Reihe von Werbespots liefen. Dann hörte man das ärgerlich gellende Kreischen von Andy Rooney. Mein Vater wechselte die Kanäle auf der Suche nach etwas anderem, wurde nicht fündig und landete schließlich wieder bei Andy Rooney, der einen Stapel von Produkten vor sich hatte und die Aufschriften las.

»Das könntest du im Fernsehen machen«, sagte er. »Du könntest genausogut jammern wie der.«

»Hattest du je die Chance, an richtiges Geld zu kommen?« fragte ich.

Eine lange Pause trat ein, ehe er sagte: »Marty Sokowsky.«

»Den kenne ich nicht.«

»Sokowsky, Chevrolet und Subaru, draußen an der 611. Ich bin in Logan mit Sokowsky aufgewachsen. Gleich nach der High School hatte er einen Vorschlag für mich. Er wollte ins Fleischgeschäft, weißt du, nicht als Züchter oder Metzger, sondern als Fleischverkäufer. Er wollte Händler werden.«

»Welche Art von Fleisch?«

»Schweine, Kühe, Hühner, Fleisch eben. Die ganze Sache war ein bißchen zweifelhaft, weißt du, zweite Qualität als erste verkaufen und dergleichen, es hatte eigentlich nichts mit Fleisch zu tun, es ging darum, wie man an Geld kommt. Ich war nicht sicher, was ich tun sollte, und die Vorstellung, deinem Großvater sagen zu müssen, ich verkaufte Schweinefleisch, war zuviel für mich. Ich hatte mich sowieso für die Armee entschieden, also lehnte ich ab. Nun, Sokowsky wäre fast ins Gefängnis gekommen, aber er machte Geld und eröffnete damit einen Autohandel, wo er das Geld nur so scheffelt, er scheffelt es, und ich komme aus der Armee zurück und schneide den Rasen für diesen Schwachkopf Aaronson. Ich hab's verpaßt. Es hätte heißen können Sokowsky-Carl, Chevrolet und Subaru, so hätte es heißen können. Alles wäre anders gewesen, wenn ich einen Autohandel gehabt hätte. Seitdem habe ich immer auf eine andere Chance gewartet, aber es kam keine mehr. Dadurch habe ich gelernt, daß sie bei Pechvögeln wie uns nur einmal kommt, also greif zu. Ganz gleich, wen du dafür aufs Kreuz legen mußt.«

Als die schmissige Titelmusik für *Mord ist ihr Hobby* ertönte, sagte ich meinem Vater, ich müsse gehen. Er folgte mir an die Tür.

»Nimm das Geld«, sagte er.

»Ja, ich habe verstanden.«

»Hörst du je von ihr?« fragte er leise.

»Hin und wieder. Sie hat angefangen, Golf zu spielen.«

»Das überrascht mich nicht«, sagte er bitter. »Ich glaube, darauf hat sie ihr ganzes Leben lang hingearbeitet. Sie wollte, daß ich in den Philmont Country Club eintrete, den feinen jüdischen Verein am Huntingdon Pike. Weißt du, was dieser verdammte Club kostet? Sokowsky ist Mitglied.«

»Sie sagt, ich soll dich grüßen.«

»Das will ich nicht hören.«

»Ich weiß.«

»Nächste Woche sind die Penner in Dallas. In Dallas werden sie fertiggemacht.«

»Ist das eine Einladung?«

»Nein, ich sag's nur.«

»Weil, wenn du mich einlädst...«

»Ich lade dich nicht ein. Halt den Mund. Ich habe sowieso keine Zeit.«

»Wirklich?«

»Ja. Ich habe eine Abschlagszeit in Merion. Sag dem Miststück, daß ich auch damit angefangen habe.«

Es war eine traurige Fahrt aus Hollywood und den Vororten zurück in die Stadt. Mein Vater war todkrank, aber nicht das war traurig. Ich fuhr durch die Broad Street und die schlimmsten Bezirke von Nordphiladelphia, vorbei an ausgebombten Kinos, vernagelten Geschäften, Obdachlosen unter Eisenbahnbrücken. Ich fuhr durch Temple University und am Gebäude des *Philadelphia Inquirer* vorbei, um das Rathaus herum, passierte das ausgebrannte Gebäude, das aber noch stand, eine hohe, leere Hülle mit Sperrholzplatten anstelle der Fenster, und auf dem ganzen Weg war ich traurig. Es war nicht die sichere Zukunft meines Vaters, die mich so bedrückte, sondern seine unsichere Vergangenheit. Doch der Besuch war gut gewesen; er hatte die Dinge klarer gemacht. Mein Vater war immer ein Barometer für mich. Die Rebellionen meiner Jugend spielten nur im Verhältnis zu ihm eine Rolle. Er war still, also redete ich zuviel. Er beklagte sich nicht, also beklagte ich mich dauernd. Er trug sein Haar kurz geschnitten, also war meines während meiner ganzen Zeit auf der High School schulterlang. Er war Arbeiter, ich wurde Anwalt. Er war arm, ich würde reich sein. Aber ich würde nicht auf seine Art reich werden. »Nimm das Geld«, hatte er gesagt, und mit diesen drei raschen Worten hatte er mir deutlich wie mit einem Straßenschild den Weg gewiesen. »Nimm das Geld«, hatte er gesagt, und ich würde es nehmen, aber nicht auf seine Art. Ich wollte, daß nichts in meinem Leben so war wie bei ihm.

Jimmy Moore hatte Zack Bissonette getötet. Ich wußte das mit der gleichen Gewißheit, mit der mein Vater wußte, daß die Eagles Penner waren. Jimmy war in diesen Club gegangen, um nach Zack Bissonette zu suchen, und als er ihn fand, nahm er einen Baseballschläger von der Wand und schlug Bissonette damit, bis er bewußtlos war, gesichtslos, komatös, prügelte ihn zu Tode. Sogar als ich die Schweinerei mit dem toten Dackel beseitigte, mit Murphy's Oil die Blutflekken von Tony Baloneys Schreibtisch und lederner Schreibunterlage wusch, sogar da konnte ich alles sehen, den wirbelnden Schläger, die

Wut in Jimmy Moores Gesicht, das Blut, das in Blasen aufschäumte, wenn Bissonette atmete. Und mit ein bißchen Glück konnte ich auch beweisen, daß alles so passiert war. Ich wußte, was mich das kosten würde. Blaine, Cox, Amber und Cox würden nicht anrufen. Die Bishop-Brüder würden nicht anrufen. Mein schöner Vierzigtausend-Dollar-Anteil an dem *Saltz*-Vergleich würde nicht auf meinem Konto landen. Von einem Augenblick zum nächsten aus dem Wohlstand in die Armut.

Doch mein ganzes Leben lang war ich böse darüber gewesen, daß mir das, was ich mir wünschte, nicht beschieden war. Mein Vater war nicht reich gewesen, die Anwaltsfirmen hatten mich nicht eingestellt, der sensationelle Fall hatte nie an meine Tür geklopft. Ich hatte zu lange darauf gewartet, daß mir jemand meinen Anteil geben würde. Ich hatte das Warten satt. Jimmy Moore hatte gesagt, in Amerika gehe es nicht darum, was einem geschenkt wird, sondern darum, was man sich unter den Nagel reißt, und das würde ich jetzt tun. Verstehen Sie mich recht, ich wollte noch immer alles, das Geld, das Prestige, die besten Tische, die besten Autos, die jüngsten und hübschesten Frauen. Aber ich würde nicht enden wie mein Vater, verbittert, weil die mythische Chance nicht an meine Tür geklopft hatte. Indem ich mich gegen Jimmy Moore stellte, würde ich mit Sicherheit verlieren, was mir William Prescott schenkte, aber ich wollte nicht mehr, daß mir irgend jemand irgend etwas schenkte. Was hätte Clarence Darrow, der größte Prozeßanwalt aller Zeiten, was hätte Darrow in meiner Situation getan? Was hätte Lincoln getan, was Daniel Webster, was Andrew Hamilton, der erste der großen Anwälte Philadelphias? Jeder von ihnen hätte Prescott ins Gesicht gespuckt und wäre dann losgegangen und hätte sich genommen, was ihm rechtmäßig zustand. Sie verließen sich nicht auf Geschenke, die ihnen gemacht wurden, und ich würde das auch nicht mehr tun.

Ich würde also folgendes machen. Ich würde auf Blaine, Cox, Amber und Cox scheißen. Ich würde auf die Bishop-Brüder scheißen, auf CUP, auf die verdammten Angeklagten in *Saltz vs. Metropolitan Investors*, auf Norvel Goodwin und seine blutigen Visitenkarten. Ich würde Chester Concannon überreden, mich für seine Freiheit kämpfen zu lassen, und dann würde ich Jimmy Moore fertigmachen. Und indem ich Jimmy Moore fertigmachte, würde ich mir einen Namen machen. Ich würde den Prozeß für Chester Concannon gewinnen, ich würde sein Leben retten, jawohl, und dann würde ich das lauthals der Presse verkünden und zusehen, wie die Mandanten nur so herbeiströmten. Ich würde die Chance beim Schopf packen und auswringen, o ja. Ich würde mir einen Namen machen, und durch meinen Namen und keinen anderen würde ich Macht und Reichtum und allen weltlichen Erfolg erringen. Ich würde mir einen Namen machen, verdammt, und so würde ich aus eigener Kraft meine Träume verwirklichen.

43

»Wie ist Ihre Pastrami, Morris?« fragte ich.

»Gut«, murmelte er durch einen Mundvoll Fleisch.

»Nicht zu mager, hoffe ich.«

»Nein, gut«, sagte er und versuchte zu schlucken, um noch einen Bissen nehmen zu können.

»Vielleicht möchten Sie noch etwas Kohlsalat?«

Wieder mit vollem Mund nickte er und hob die obere Scheibe Roggenbrot von seinem Sandwich. Ich löffelte eine Schicht Kohlsalat auf das dick geschnittene, gewürzte Fleisch.

»Und noch etwas russisches Dressing?«

Er zuckte mit den Schultern, aber da die obere Scheibe des Sandwichs noch nicht wieder aufgelegt war, nahm ich ein Messer und bestrich den Kohlsalat mit russischem Dressing aus der kleinen Schüssel, die vor uns stand.

»Ich hoffe, das Fleisch ist nicht zu mager«, sagte ich zu Morris, der gerade wieder zubiß. »Ich habe der Dame extra gesagt, nicht zu mager.«

Morris nickte mir zu, die Augen groß und zufrieden, das Sandwich noch am Mund.

»Oh, schauen Sie«, sagte ich. »Das ist toll. Da kommen unsere Pommes frites.«

Wir waren in Ben's Deli, Ben's Kosher Deli, einen Block von der Jeweler's Row in Philadelphia entfernt. Ben's war ein langes, niedriges Restaurant mit einem langen Gang, der auf beiden Seiten von Nischen flankiert wurde. Die Wände waren weiß gestrichen und der Boden aus weißem Linoleum; die Nischenbänke waren mit dunkelgrünem Kunstleder bezogen, und im Hintergrund des Lokals stand auf zwei großen Sperrholztafeln wie den Gesetzestafeln vom Berg Sinai die Speisekarte, dunkelblaue Schrift auf weißem Grund. Heiße Pastrami war eine Spezialität, dicke Fleischscheiben mit dunkler, gepfefferter Kruste und Fettadern, die beim Essen auf der Zunge zergingen. Es gab auch Corned Beef, Roastbeef, Thunfisch, Hühnersalat, Eiersalat, allerdings keinen Käse, kein Yoghurt und keine Eiscreme. Ben's war ein richtiges Fleischlokal, was bedeutete, daß das Cholesterin, das man sich zuführte, direkt aus den Muskeln der zweimal gesegneten und dann geschlachteten Tiere kam und nicht indirekt aus ihrer Milch. Alte Chassidim saßen in den Nischen und schrien einander auf jiddisch an, geschniegelte junge Diamantenhändler unterhielten sich aus den Mundwinkeln, während sie an den Beilagen aus eingelegten Gemüsen knabberten, junge Knaben mit Jarmulkes saßen verdrossen über ihren Sandwiches mit Eiersalat und ihrer Cola. Zwei Nonnen betrachteten blinzelnd die Speisekarte an der Wand und suchten nach den getoasteten Käsesandwiches, die sie hier irrtümlich erwarteten.

Wir saßen bei Ben's, weil ich Morris um einen Gefallen bitten wollte und scharfsinnig annahm, die beste Gelegenheit hierzu sei, wenn Morris den Mund voll hatte. »Ketchup?« fragte ich, als die Kellnerin ihm den Teller mit dick geschnittenen Pommes frites hinstellte.

Er schüttelte verneinend den Kopf.

»Bier? Wie wär's mit einem Bier? Ein Bier würde wunderbar dazu passen, nicht?«

Morris, der sich fröhlich wieder den Mund mit Pastrami und Kohlsalat und Roggenbrot gefüllt hatte, schüttelte heftig den Kopf, hörte dann aber wieder damit auf und zuckte mit den Schultern.

»Könnten wir zwei Bier haben, Miss? Ist Ihnen Heineken recht, Morris?«

Er nickte.

»Zwei Heineken.«

Als das Bier kam, goß ich Morris etwas in das kleine Wasserglas, das die Kellnerin mit den Flaschen gebracht hatte, und sorgte dafür, daß es eine perfekte Krone hatte.

»Wie schmeckt Ihnen Ihr Lunch, Morris?«

Er nickte erneut, das Glas an den Lippen.

»Nehmen Sie noch einen Bissen.«

Er nahm noch einen Bissen.

»Ich möchte Sie um einen Gefallen bitten.«

Er bemühte sich, das zu schlucken, was er im Mund hatte, trank einen langen Zug von seinem Bier und sagte: »Verraten Sie mir, warum mich das nicht überrascht, Victor.«

»Weil Sie ein weiser Mann sind, Morris.«

»Weise, was Sie und Ihren offenkundigen Bestechungsversuch betrifft, mein *freint*. Aber Morris Kapustin ist ein rechtschaffener Mann, er ist nicht für ein einfaches Pastramisandwich mit Roggenbrot zu kaufen. Ich bin nicht so leicht zu übertölpeln, wie Sie denken, Victor. Geben Sie mir doch bitte den Kohlsalat. Manchmal, wenn ich einen Bissen nehme, rutscht er aus dem Sandwich, pffft, direkt auf meinen Schoß. Diese Papierservietten, die sie einem heutzutage geben, taugen nichts. Sie schützen einen nicht vor Kohlsalat. Also sagen Sie mir, was Sie von Morris wollen.«

»Ich muß in ein Büro einbrechen.«

Er starrte mich an und schüttelte den Kopf. »Ich bin ein Ermittler, kein Dieb. Wenn Sie einen Dieb suchen, das ist ganz einfach. Gehen Sie in ein Gefängnis, irgendein Gefängnis, und Sie finden viele Diebe. Und das komische ist, sogar in diesen Gefängnissen gibt es einige Diebe, die Rechtsanwälte sind, verstehen Sie, was ich sagen will, mein *freint*? Aber hier werden Sie keinen Dieb finden, nicht an diesem Tisch bei Ben's. Jetzt beleidigen Sie mich nämlich. Auf einmal will ich Ihr Sandwich nicht mehr. Nehmen Sie es weg. Nehmen Sie es. Es ist mir verleidet.«

Er schob seinen Teller von sich. Noch immer war fast ein Viertel des Sandwichs übrig. Er sah mich an. Ich sah ihn an. Er sah auf den Teller und zog ihn dann wieder an sich.

»Geben Sie mir den Kohlsalat, bitte«, sagte er. »Es fehlt nur noch ein winziges *pizl*.«

Ich füllte sein Bierglas nach.

»Danke«, sagte er. »Vorsicht, damit es nicht zuviel Schaum gibt. Wer will schon diesen ganzen Schaum trinken? Der macht Blähungen.«

»Ich muß in ein Büro einbrechen.«

»Schon wieder das Büro?«

»Ich habe keine Wahl«, sagte ich.

»Okay, Victor. Sagen Sie mir jetzt, was so wichtig ist, daß Sie ein Dieb werden und in das Büro irgendeines armen *schmock* einbrechen müssen. Warten Sie, erzählen Sie es mir noch nicht.«

Rasch aß er sein Sandwich auf und trank das ganze Glas Bier leer. Dann nahm er ein Stück von den Pommes frites und verzehrte es mit zwei schnellen Bissen. Er wischte sich mit der Serviette den Mund ab und sagte: »So, jetzt. Ich wollte rasch zu Ende essen, damit ich nicht den Appetit verliere bei dem, was Sie mir erzählen.«

»Ich muß in ein Büro einbrechen.«

»Das habe ich jetzt schon dreimal gehört. Wessen Büro, wenn ich fragen darf?«

»William Prescotts.«

»Der andere Anwalt in dem Prozeß, den Sie verlieren. Oh, protestieren Sie nicht so, ich weiß alles. Mein neuer Freund Herm Finkelbaum beobachtet den Prozeß für mich und hält mich genau darüber auf dem laufenden, wie lausig Sie arbeiten.«

»Ich bin in einer schwierigen Position«, sagte ich.

»Herm sagt, Ihnen geht schneller die Luft aus als den *krepeln* seiner Mutter. Ich kenne seine Mutter nicht, habe die arme Frau nie getroffen, aber ich kann es mir vorstellen.«

»Ich bin in einer sehr schwierigen Position.«

»Und würde es helfen, in das Büro dieses Mannes einzubrechen? Das möchte ich hören. Das ist spannender als Kabelfernsehen.«

»Haben Sie Kabelfernsehen, Morris?«

»Was, ich allein in diesem Land verdiene es nicht, auf TNT unsere Lieblingsfilme zu sehen? Welches Verbrechen habe ich begangen, welches? Sagen Sie's mir, Victor.«

»Ich hätte mir nur einfach nie vorgestellt, daß Sie mit einem Bier dasitzen und Sports Center sehen.«

»Dieser Berman, der macht mich fertig. Übrigens jüdisch, wußten Sie das? Ich sehe das. So ein *ponem*. Also sagen Sie mir, warum ich Ihnen helfen muß, eine Straftat zu begehen.«

Ich erzählte ihm von Concannon und daß er sich von mir nicht so verteidigen ließ, wie er verteidigt werden mußte, daß ich keinen Beweis dafür hatte, daß Jimmy Moore ihn reinlegte, und daß ich glaubte, dieser Beweis befinde sich in William Prescotts Büro.

»Sie brauchen den Beweis schwarz auf weiß, um Ihren Mandanten zu überzeugen?« fragte Morris ungläubig.

»Richtig.«

»Und sind Sie sicher, daß Sie da überhaupt etwas finden werden?«

»Ich denke, der Beweis ist da. Prescott ist ein Prozeßanwalt, der mit wissenschaftlicher Genauigkeit vorgeht. Er testet jedes Argument mit bestimmten Zielgruppen, bevor er es einer Jury vorträgt. Er hat vor dem Prozeß eine Untersuchung der Geschworenen durchführen lassen, und ich habe ihn fünf- oder sechsmal gebeten, mir Einblick zu gewähren. Jedesmal hat er gesagt, er würde mir den Bericht zuschicken, aber ich habe ihn nie bekommen.«

»Sind Sie sicher, daß das Ihr Beweis ist?«

»Etwas anderes fällt mir nicht ein.«

»Und lassen Sie mich noch etwas fragen, Mister Verbrecher, Mister Drei-bis-fünf-Jahre, wenn Sie geschnappt werden. Selbst wenn Sie dieses Papier finden und benutzen, um Ihren Mandanten zu überzeugen, daß er sich gegen diesen Moore wehren muß – was dann? Können Sie irgend etwas tun, um ihn zu retten?«

»Ich denke schon«, sagte ich, »aber ich kann es nicht ohne seine Zustimmung, und die bekomme ich nicht ohne irgendeinen Beweis.«

»Mir scheint, Victor, und das ist nur meine professionelle Meinung, der Sie sich nicht anzuschließen brauchen, denn was weiß ich schon? Aber mir kommt es so vor, als gingen Sie ein sehr großes Risiko ein, um diesem Mandanten zu helfen.«

»Sie wissen noch nicht einmal die Hälfte.«

»Ich weiß schon jetzt mehr als die Hälfte dessen, was ich wissen möchte, glauben Sie mir. Dieser Mandant von Ihnen, ist er das wert?«

»Ja, das ist er tatsächlich«, sagte ich. »Er ist ein guter Mensch, der ausgenützt wird und es verdient, daß sich jemand für ihn einsetzt.«

»Und das müssen Sie sein?«

»Wenn nicht ich«, sagte ich, »wer dann?«

Er hielt inne, aß von seinen Pommes frites und starrte mich eine Weile an. »Haben Sie vielleicht Rabbi Hillel studiert?«

Ich zuckte mit den Achseln und nickte mit scheuem Lächeln und fragte mich dabei, wer zum Teufel Hillel sein mochte.

»Vielleicht haben Sie schließlich doch ein bißchen mehr Glauben als wir, Victor. Ist das möglich?« Wieder nahm er von den Pommes frites und seufzte. »Und wann möchten Sie diesen Einbruch machen?« fragte er schließlich. »Es ist wie Watergate, wissen Sie; wann also möchten Sie diesen Watergate-Einbruch durchführen?«

»Heute nacht.«

»Heute nacht, ist das alles? Wie gut, daß Sie sich so viel Zeit zur Planung lassen. Ich nehme an, Victor, da ich Sie so gut kenne, ich nehme an, daß Sie noch keine Pläne für diesen Watergate-Einbruch gemacht haben.«

»Das stimmt.«

»Keine Ahnung, wie Sie es anstellen sollen.«

»Richtig.«

»Keine Schlüssel, keine Geschoßpläne, nichts, *gornischt*.«

»*Gornischt*.«

»Victor, es tut mir leid, aber dabei kann ich Ihnen nicht helfen. Ich bin ein alter Mann, ein dicker Mann, fragen Sie meine Frau, sie wird Ihnen sagen, daß ich zuviel trinke, gehen Sie, fragen Sie Rosalie, sie wird es Ihnen sagen. Wenn Sie sie auf der Straße treffen, als Fremder, wird sie Ihnen sagen, daß ich ein *schikker* bin. Mein Herz würde versagen, mitten im Büro dieses Burschen, und was hätten Sie dann gewonnen? Es gab eine Zeit, Victor, da war ich ein Mann für aufregende Sachen, ein Mann, der die Gefahr liebte, aber die Zeit, Victor, war an dem Tag zu Ende, an dem ich Kabelanschluß bekam.«

»Ich brauche Sie, Morris.«

»Es tut mir sehr leid, Victor. Ich kann nicht.«

»Ich weiß nicht, was ich machen soll.«

»Ich kann Ihnen nicht helfen, Victor. Aber mein Sohn, der kleine

Sheldon, habe ich meinen Sohn erwähnt, den Schlosser? Ich glaube, ich bin nicht sicher, aber ich glaube, mein Sohn ist heute nacht möglicherweise frei. Er ist sehr gut in diesen Dingen, mein Sohn. Er hat zwei Jahre in der israelischen Armee gedient. Zwei Jahre Hunger und harte Arbeit wie ein *schmock*, verliebt in die Idee des Heiligen Landes, bis er merkte, daß er dort keinen *schekel* verdienen konnte. Und außerdem bekam er für seine Mantel-und-Degen-Abenteuer die beste Ausbildung der Welt.«

»Vom Mossad?«

»Jetzt beleidigen Sie mich wieder, Victor. Von Morris Kapustin, von mir. So dürfen Sie jemanden, dessen Hilfe Sie verzweifelt nötig haben, nicht behandeln.«

»Sie waren meine Hoffnung, Morris. Ihnen vertraue ich. Den kleinen Sheldon würde ich nicht erkennen, wenn ich ihm auf der Straße begegnete.«

»Ich weiß das zu schätzen, Victor, aber vergessen Sie mich. Sie vertrauen mir bis in mein Grab, wenn ich Sie lasse. Mein Sohn, der kleine Sheldon, wird Ihnen gute Dienste leisten. Sie werden ihm eine Chance geben, nicht?«

»Vermutlich habe ich keine andere Wahl.«

»Ihre Begeisterung, Victor, rührt mich zu Tränen. Nun haben wir natürlich für Arbeiten wie diese besondere Tarife. Für gefährliche Arbeiten wie diese haben wir sehr besondere Tarife.«

»Das habe ich erwartet«, sagte ich. »Und Sie müßten noch eine Sache für mich untersuchen.«

»Ist dazu auch ein Einbruch erforderlich?«

»Nein«, sagte ich mit einem Lächeln. »Das ist ein perfekter Job für einen *alten kocker* wie Sie.«

»Ist ausgerechnet das der einzige jiddische Ausdruck, den Sie von mir gelernt haben?«

»In der Nacht der Brandstiftung hat ein Taxifahrer hinter Bissonettes Lokal eine Limousine wegfahren sehen.«

»Ja? So?«

»Ich möchte, daß Sie herausfinden, wer in der Gegend in dieser Nacht eine schwarze Limousine gemietet hat, und schauen, ob Sie die Vermietung mit irgend jemandem in diesem Fall in Verbindung bringen können.«

»Das kann ich machen.«

»Ich habe da so eine Ahnung.«

»Victor, bitte. Diese ganze Sache mit den Ahnungen wird sehr überschätzt. Und wer wird all diese Dienste bezahlen?«

»Ich.«

»Ich wußte gar nicht, daß Sie so ein *macher* sind.«

»Tun Sie es einfach, Morris.«

»Für Sie, Victor, alles. Und heute nacht werde ich Ihnen den kleinen Sheldon schicken. Nun, da das geregelt ist, habe ich noch eine Frage. Der Strudel bei Ben's, Victor. Haben Sie je den Strudel bei Ben's probiert? Glauben Sie mir, wenn ich es Ihnen sage, er ist eine *mechaieh*, eine unaussprechliche Freude. Könnten Sie vielleicht ein guter Junge sein und mir ein Stück bestellen?«

44

Morris hatte mir gesagt, ich solle um halb elf abends in der Bar des Doubletree Hotels sein und dort auf den kleinen Sheldon warten. Das Doubletree war ein moderner Bau aus Zement und Glas gleich südlich vom Rathaus. Die Bar dort war offen und luftig mit Reihen kleiner Tische und einem Ring runder Nischen am Rand; die Glastüren gingen zu den Nutten in der Broad Street hinaus. Auf der winzigen Bühne spielte eine Zwei-Mann-Band, ein kleinwüchsiger Bursche im Smoking auf der Gitarre und eine gutaussehende, große Frau, die sang und Synthesizer spielte, Standardtitel wie »I Will Survive« und »Cherish« in der Madonna-Version, aber niemand tanzte. Als ich an der Bar saß und darauf wartete, daß der kleine Sheldon Kapustin kam und mich abholte, fragte ich mich, wie er wohl aussehen mochte. Klein, rund, ein junger Morris, vielleicht aber magerer, hoffentlich magerer. Er mußte magerer sein, wenn er zwei Jahre bei der israelischen Armee durchgestanden hatte, aber es würde nicht allzu viele Pastrami-Sandwiches erfordern, ihn wieder hochzupäppeln. Meine Vorstellung von Sheldon war nicht gerade beruhigend, jung, klein, fett, ein Computerfex. »Geben Sie ihm eine

Chance«, hatte Morris mich gebeten, und ich würde ihm eine Chance geben, weil ich keine andere Wahl hatte, aber ich hoffte, diese Chance für den kleinen Sheldon würde mich nicht ins Gefängnis bringen.

Morris hatte mir gesagt, ich solle einen groben Plan von Prescotts Stockwerk anfertigen, und das hatte ich getan, sehr grob. Er steckte zusammengefaltet in meiner Jackentasche. Prescotts Büro befand sich im vierundfünfzigsten Stock. Ich war nicht ganz sicher, wie man dort hinaufkam. Ich hoffte, Morris hätte einen Plan entwikkelt. Ich wußte auch nicht, wie wir durch die Bürotür kommen sollten, falls sie abgeschlossen war, aber Sheldon war Schlosser, er würde sich darum kümmern müssen, genau wie um den Schreibtisch und die Aktenschränke, die vielleicht auch verschlossen waren. Und wenn ich das eigentliche Dokument nicht finden konnte, würde es vermutlich irgendwo im Computer sein, und Sheldon müßte sich dazu durchhacken. Schon jetzt, wurde mir klar, war ich zu abhängig vom kleinen Sheldon, und wenn der kleine Sheldon auch nur ein bißchen untauglicher war, als ich befürchtete, war ich verloren. Während ich wartete, bestellte ich ein Bier und dann noch einen Gin Tonic. Es war nicht die richtige Nacht, um sich zu betrinken, aber es war eine Nacht für ruhiges Blut, natürlich oder chemisch herbeigeführt, und so trank ich den Gin Tonic schnell und dann das Bier und bestellte beides noch einmal.

»Mr. Carl?«

Ich drehte mich um und fuhr zusammen. Hinter mir stand ein Mann von der Art, die sich durchsetzt, groß, mit kräftigem Hals und dicken Armen, ein echter Schlägertyp mit lockigem schwarzem Haar und der verkniffenen Nase eines Gewichthebers. Er trug einen Hut, einen Gangster-Filzhut, flott in die Stirn geschoben. In der rechten Hand hielt er eine kleine lederne Aktentasche. Er war wie ein zweiter Raffaello, und die Aktenmappe, dachte ich, war in diesem Hotel ein netter Einfall.

»Gibt es ein Problem?« fragte er.

»Ich bin es leid, das ist alles. Ich bin es leid, zu kleinen Plaudereien mit großen Gangstern in Autos gezerrt zu werden. Ich bin es leid, in die kleinen Kriege Ihres Chefs mit Moore und den Bundesbehörden verwickelt zu werden.« Vielleicht hatte ich zuviel getrunken, vielleicht überwältigte mich auch mein wiedererwachter Groll, aber es fühlte sich gut an, diesem Typ gegenüber aufmüpfig zu sein. »Sagen Sie Ihrem Boß, daß ich zu tun habe, daß heute nacht keine gute Gelegenheit ist und daß er, wenn er mich sprechen will, bei mir anrufen kann wie alle anderen. Sagen Sie ihm das.«

»Ich verstehe nicht, Mr. Carl.«

»Sagen Sie ihm einfach, was ich gesagt habe. Sie brauchen es nicht zu verstehen. Dazu sind Sie nicht geschaffen, zum Verstehen, nicht? Kräftige Jungs wie Sie sind für etwas anderes geschaffen. Sagen Sie's ihm einfach.«

»Vielleicht wäre irgendeine andere Nacht besser.«

»Ja, bestimmt. Sagen Sie ihm, er soll seine Sekretärin bei meiner Sekretärin anrufen lassen, und dann machen wir etwas aus. Wir gehen essen. Ich kenne ein indisches Lokal.«

»Ich werde es ihm sagen, Mr. Carl, aber mein Vater wird nicht allzu erfreut sein.«

»Ihr Vater? Komisch«, sagte ich, »ich dachte, Sie wären tot.«

»Noch nicht. Ich werde Morris die Botschaft überbringen.«

»Also sind Sie der kleine Sheldon«, sagte ich und musterte ihn von oben bis unten. »Sagen Sie mir eins, Sheldon.« Es war das erste, was mir in den Sinn kam. »Ihre Mutter, Rosalie. Ich möchte nicht unhöflich sein, aber ist Ihre Mutter zufällig eine große, kräftige Frau?«

»Sie kann recht eindrucksvoll sein.«

»Darauf möchte ich wetten. Tut mir leid, ich hielt Sie für jemand anderen. Setzen Sie sich. Kann ich Ihnen etwas zu trinken bestellen?«

»Ein Ginger Ale.«

Ich winkte dem Barmann. »Ein Ginger Ale und noch ein Bier.«

»Bringen Sie uns zwei Ginger Ale«, sagte der gar nicht kleine Sheldon Kapustin. Als die Getränke kamen, nahm er seines und führte mich zu einer Nische im Hintergrund, wo wir uns einander gegenübersetzten.

»Sind Sie betrunken, Mr. Carl? Ich will offen reden, ich gehe nicht mit Ihnen, wenn Sie betrunken sind.«

»Ich bin überhaupt nicht betrunken«, sagte ich.

»Da vorhin an der Bar haben Sie sich betrunken angehört.«

»Ich habe mich nur gestärkt, das ist alles.«

»Lassen Sie mich Ihren Grundriß sehen.«

Ich zog das Blatt Papier aus der Tasche, auf dem ich die Flure und Büros des vierundfünfzigsten Stocks von Liberty Place Eins eingezeichnet hatte, so gut ich mich erinnern konnte. In der Ecke, so groß, wie ich es im Gedächtnis hatte, lag Prescotts Büro. Ich hatte die Couch, den Schreibtisch, den rechteckigen Tisch eingezeichnet. Sheldon studierte den Plan eine Weile.

»Wo ist Norden?« fragte er.

»Das weiß ich nicht.«

»Erinnern Sie sich an den Blick aus dem Fenster?«

Ich schloß die Augen und sah die Ströme von Reihenhäusern gesäumter Straßen, die zum Veterans Stadium führten, diagonal dazu den Schuylkill und Franklin Field. »Ich denke, dies war Süden und dies Westen.«

Sheldon nickte und starrte lange auf meinen kleinen Plan. Die Band spielte die Titelmusik von *Beverly Hills Cop*. Eine Kellnerin kam, brachte uns eine kleine Holzschale mit fischförmigem Salzgebäck und fragte, ob wir alles hätten, was wir bräuchten, und Sheldon bejahte. Als sie ging, griff er in seine Aktentasche und holte etwas heraus, das wie eine Straßenkarte aussah, aber als er es auseinanderfaltete, eine Seite nach der anderen, entpuppte es sich als detallierter Bauplan des vierundfünfzigsten Stocks.

»Wo haben Sie das her?«

»Mein Vater hat überall Freunde. Sie würden staunen.«

»Ich glaube, bei Morris würde ich über gar nichts mehr staunen.«

Er drehte den Plan um. »Also gut, nach dem, was Sie mir sagen, ist dies Prescotts Büro.«

»Sieht so aus.«

»Und das wäre dann der nächstgelegene Lastenaufzug.«

»Wenn Sie das sagen. Ich weiß es nicht.«

»Und das hier ist vermutlich der Wartungsverschlag. Sehen Sie, wie er an das System der Klimaanlage angrenzt, damit sie dort Filter auswechseln und alle nötigen Reparaturen vornehmen können.«

»Okay«, sagte ich.

»Und zum Glück«, sagte Sheldon, »ist der Wartungsverschlag nur zehn Yards vom Eingang zu Prescotts Büro entfernt.«

Der Wartungsverschlag war klein und feucht und summte von der Klimaanlage des Stockwerks, die große Mengen Luft einsaugte und ausstieß wie eine riesige Lunge. Eigentlich war nicht genug Platz für uns beide, aber solange wir nur flach atmeten, ging es. Wir trugen beide Overalls und Mützen mit der Aufschrift »Robinson Gebäudereinigung«, die Sheldon mitgebracht hatte.

Es war Sheldon, der das Schloß des Lastenaufzugs geöffnet und uns in den vierundfünfzigsten Stock gebracht hatte. Ich hatte gedacht, die Büros wären verlassen, so tot wie mein Büro nach siebzehn Uhr, aber sie waren ganz und gar nicht tot. Es gab Mitarbeiter, die noch tätig waren, Sekretärinnen, die noch tippten, Kopiermaschinen, die in der Ferne noch immer summten. Talbott, Kittredge und Chase war eine Maschine, die anrechenbare Stunden ausspuckte, und wie bei den bestgeölten Maschinen der Welt gab es vermutlich keinen Grund, sie wegen einer so albernen Sache wie dem Einbruch der Nacht zum Stillstand zu bringen. Einen Augenblick lang fragte ich mich, ob Prescott noch da war, schwer arbeitend, aber Sheldon hatte ihn angerufen, ehe wir die Bar des Doubletree Hotels verließen, und er war für den ganzen Tag fort gewesen, nicht zu Verabredungen oder zum Dinner ausgegangen, sondern fort. Nur um sicher zu sein, daß die Luft rein war, gingen wir auf dem Gang an Prescotts geschlossener Tür vorbei zum Wartungsverschlag. Unterwegs hatte ich Licht in den Büros mehrerer Partner gesehen und fürchtete, einer dieser Erfolgsmenschen könne mich vielleicht erkennen. Instinktiv schaute ich in das erste Büro, an dem wir vorbeikamen, und erspähte am Schreibtisch eine Frau, die ich zum Glück noch nie gesehen hatte. »Nicht hinsehen«, flüsterte Sheldon, und auf dem restlichen Weg zu dem Verschlag kämpfte ich, obwohl sich meine Nackenhaare sträubten, erfolgreich gegen den Drang an, in diese produktiven kleinen Büros hineinzusehen. Als wir den Wartungsverschlag neben dem Heizungs-, Belüftungs- und Klimatisierungssystem des vierundfünfzigsten Stocks erreichten, öffnete Sheldon die Tür, trat ein und zog mich hinter sich her.

»Seine Tür war zu«, sagte ich.

»Das ist gut. Hoffentlich ist sie abgeschlossen.«

»Hoffentlich?«

»Solange sie abgeschlossen ist, wissen wir, daß er nicht erwartet, daß irgend jemand sie benutzt. Wenn er sie unverschlossen läßt, könnte einer seiner Mitarbeiter vielleicht reingehen und etwas holen.«

Er griff in seine Aktenmappe, nahm ein Stethoskop heraus und benutzte es, um durch die Tür zu horchen.

»Prüfen Sie die Lage?« fragte ich.

Er legte den Finger an die Lippen, und ich verstummte.

Nach einem langen Moment sagte er: »Alles klar, Mr. Carl. Sind Sie bereit?«

»Sicher.«

»Folgen Sie mir einfach und bleiben Sie still, wenn uns irgend jemand sieht.«

»Gut.«

»Wandern Sie nicht ohne mich herum.«

»Keine Sorge.«

»Und nehmen Sie das mit«, sagte er und wies auf einen Eimer, über dessen Rand ein schmutziger Putzlumpen hing.

Nach einem letzten Augenblick des Lauschens durch das Stethoskop steckte er es wieder in seine Aktenmappe und nahm ein Klemmbrett heraus. Ein tiefer Atemzug, und er war aus der Tür. Ich folgte ihm, Eimer und Putzlappen in der Hand.

Langsam und ruhig gingen wir den Flur entlang zum Büro und am Schreibtisch vorbei, den Prescotts Sekretärin Janice benutzte. Sheldon probierte den Türknopf aus, und er drehte sich. Er öffnete die Tür. Ich sah mich rasch um, erblickte niemanden und schlüpfte hinein. Sheldon schloß die Tür hinter mir und schaltete sofort das Licht ein. Es war, wie ich es in Erinnerung hatte, die Wand mit den Fotos, der vergoldete Schreibtisch mit Stapeln von Papieren, der Konferenztisch in der Mitte, bedeckt mit Akten, die runde Couch und das groteske Boxergemälde und der Kaffeetisch mit sauber darauf gestapelten Papieren. Hinter dem Schreibtisch stand die lange, niedrige hölzerne Anrichte.

»Also los«, sagte Sheldon.

»Wo fange ich an?«

»Das ist Ihre Sache, Mr. Carl. Machen Sie nur schnell. Mir gefällt es nicht, daß die Tür nicht abgeschlossen war.«

Ich wandte mich zuerst dem langen Konferenztisch in der Mitte des Raumes zu, bedeckt mit dicken braunen Ordnern voller Dokumente. Auf den Unterteilungen in den Ordnern standen Titel, die mir verrieten, daß es sich tatsächlich um Akten über Moore und Concannon handelte, aber das System basierte auf Zahlen, mit denen ich nicht vertraut war, und so war ich gezwungen, sie nacheinander einzeln durchzusehen. Es gab Niederschriften, es gab Korrespondenz, die ich sorgfältig überprüfte, es gab Dokumente aus den Akten des Stadtrats. Vieles davon hatte ich gesehen, von vielen der Briefe hatte ich Kopien erhalten, aber es gab auch vieles, das ich noch nie gesehen hatte. Ich konzentrierte mich besonders auf die Korrespondenz zwischen Prescott und Bruce Pierpont, dem Jury-Experten. Ich hatte gehofft, eine Kopie von Pierponts Bericht würde in der Korrespondenz liegen, an den Begleitbrief angeheftet, doch der Begleitbrief war zwar da, der Bericht aber nicht. Während ich suchte, sah Sheldon sich auf Prescotts Schreibtisch um.

»Etwas gefunden?« fragte er mit besorgter Flüsterstimme.

»Noch nicht. Warum überprüfen Sie nicht den Schreibtisch?«

»Er ist abgeschlossen«, sagte er.

»Dann machen Sie ihn auf.«

»Wenn jemand reinkommt und ich in diesem verschlossenen Schreibtisch herumkrame, dann sind wir in Schwierigkeiten.«

»Wenn jemand reinkommt, sind wir sowieso in Schwierigkeiten.«

Er schaute zweifelnd drein; dann nahm er seine Dietriche aus der Tasche und machte sich am Schloß des Schreibtischs zu schaffen. Er brauchte weniger als eine Minute.

Obwohl ich den Jury-Bericht, dessentwegen ich gekommen war, nicht fand, erfuhr ich vieles, was ich nicht gewußt hatte. Da war eine Rechnung von Bissonette an Moore über Geld, das dieser wegen Ausgaben im Club schuldig war. Es gab auch einen Stapel von Bankquittungen über etliche Bareinzahlungen auf Veronicas Konto, alle vierstellig und knapp unter zehntausend Dollar. Und dann fand ich eine Akte, Nummer 716, die mich erstarren ließ.

Sie enthielt eine Kopie des *Martindale-Hubell*-Berichts über Guthrie, Derringer und Carl. Sie enthielt eine Kopie meines juristischen Abschlußzeugnisses und des jämmerlichen Briefes, den ich sieben Jahre zuvor abgeschickt hatte, um mich um einen Job bei Talbott, Kittredge und Chase zu bewerben. Sie enthielt eine Kopie des Mietvertrages für mein Apartment, eine Kopie meines Autoversicherungsantrags, auf dem ich die Adresse meines Vaters angegeben hatte, um in den Genuß der ermäßigten Beiträge für Vororte zu kommen, eine Liste all meiner Kreditkarten-Transaktionen in den letzten zwei Jahren, Kopien meiner Bankauszüge, Kopien der nicht befolgten Zahlungsaufforderungen der Student Loan Marketing Association und eine Kopie meiner unzulänglichen Kreditauskunft. Und dann, wie ein Geist aus meiner Vergangenheit, eine Niederschrift meiner Befragung von Mrs. Osbourne. Rasch blätterte ich sie durch. Eine Passage war orangefarben markiert.

F: »Vielleicht kennen Sie die Person, die in der Wohnung Ihres Mannes wohnt, eine Miss LeGrand?«
A: »Nein.«
F: »Lassen Sie mich Ihnen ein Bild zeigen. Ich werde es als P. 13 verzeichnen.«
A: »Was ist das? Irgendeine Art Prospekt?«
F: »Ja, für einen Herrenclub namens Pussy Willow. Warum schauen Sie ihn sich nicht an? Ich beziehe mich auf den Teil mit den exotischen Tänzerinnen. Lassen Sie mich es Ihnen zeigen. Die Frau da.«
A: »Tiffany LeGrand?«
F: »Ach, also kennen Sie sie doch.«
A: Keine Antwort.

Also stand meine Fähigkeit, mich kaufen zu lassen, mir doch nicht ins Gesicht geschrieben. Sie war in meinen Papieren dokumentiert, in all meinen Zeugnissen, in jedem Schritt, den ich in den seichten Untiefen meiner Vergangenheit unternommen hatte. Die Gesamtsumme meiner Jahre, mein feststehender wahrer Wert waren in dieser Akte, alles, was ich mir gewünscht hatte, wie tief ich mich gebückt hatte, um es zu bekommen, und wie wenig ich trotzdem erreicht hatte. Beim bloßen Gedanken daran schmerzte mir die Brust. Ich legte den Ordner vorsichtig hin, als sei er eine zerbrechliche Flasche, gefüllt mit allergiftigster Flüssigkeit.

Angewidert wandte ich mich vom Tisch ab. »Irgend etwas im Schreibtisch?« fragte ich Sheldon.

»Noch nicht, bloß Firmenmemos, Telefonrechnungen.«

»Wir suchen nach einem Jury-Bericht oder etwas, das die Aufschrift *Attorney Work Product* trägt. Ich sehe in der Anrichte nach.«

Die Anrichte hinter dem Schreibtisch war aus Holz, ein wirklich schönes Möbelstück, niedrig wie ein Tisch. Eine hölzerne Tür, die über die ganze Breite des Möbels reichte, schwang nach oben und enthüllte quer eingeräumte Akten. Ich kniete nieder und fing an, sie eine nach der anderen durchzusehen. Hastig stellte ich fest, um welchen Inhalt es sich jeweils handelte, sah mir die Reiter an und schaute dann in die Akte, um sicher zu sein, daß die Papiere auch den Reitern entsprachen. Dann nahm ich die nächste zur Hand. Ich fand nichts und war allmählich frustriert, als sich die Bürotür öffnete und ich die Frau, die eintrat, scharf die Luft einziehen hörte.

»Was ist das?« rief sie. »Was machen Sie hier?« Am Ton ihrer Stimme und der unverhüllten Feindseligkeit erkannte ich sofort, um wen es sich handelte. Es war Madeline, Prescotts Mitarbeiterin, die in ihrer gut versteckten Brust einen tiefen Haß auf mich hegte. Ich behielt den Kopf unten und erstarrte. Als sie sprach, drehte ich mich nicht um.

»Putzkolonne, Ma'am«, sagte Sheldon.

»Die Putzkolonne ist vor drei Stunden gegangen.«

»Ich bin Kontrolleur. Wir haben Beschwerden über die Arbeit bekommen, also überprüfen wir die einzelnen Kolonnen.«

»Was machen Sie am Schreibtisch?«

»Ungeziefer suchen«, sagte Sheldon. »Im Stock unter Ihnen haben sie eine richtige Plage.«

»Ich habe hier oben niemals Insekten gesehen«, sagte Madeline. »Ich glaube Ihnen nicht. Bleiben Sie, wo Sie sind, ich rufe den Sicherheitsdienst.«

»Von mir aus gerne«, sagte Sheldon ruhig. »Aber sie sind überall in diesem Schreibtisch. Deshalb hat der Mann uns die Schreibtischschlüssel dagelassen, damit wir nachsehen.«

»Mr. Prescott hat Ihnen seine Schlüssel hinterlassen?«

»Ich weiß nicht, wer er ist.« Man hörte in einer Schreibtischschublade Papiere rascheln, und dann vernahm ich Sheldons Stimme: »Da ist eine.«

»Oh, Gott«, sagte Madeline.

»Oh, tut mir leid«, sagte Sheldon. »Das sind schlüpfrige kleine Biester.«

Langsam wandte ich mich um, den Kopf gesenkt, so daß ich unter meinem Mützenschirm hervor nur den Teppich sehen konnte. Eine riesige Kakerlake eilte geradewegs auf ein solides Paar blauer Pumps zu.

»Lassen Sie sie mich fangen«, sagte Sheldon.

Die Pumps traten einen Schritt zurück, und dann, als die Kakerlake näher kam, hob sich der rechte Schuh und zermalmte sie. Die Außenhülle knirschte wie ein Kartoffelchip, und die Innereien spritzten heraus.

»Wir müssen wiederkommen und sprühen«, sagte Sheldon.

»Scheint mir auch so«, sagte Madeline.

»Wollten Sie etwas holen?«

»Das kann warten«, sagte sie. Die Pumps drehten sich um und verließen das Büro. Hinter ihnen wurde die Tür geschlossen.

Sheldon kam herüber, um die tote Kakerlake aufzuheben.

»Himmel«, sagte ich, »wo ist die hergekommen?«

»Aus meiner Tasche«, sagte Sheldon. »Jetzt machen Sie schnell und lassen Sie uns von hier verschwinden, bevor sie dahinterkommt, was ich vielleicht getan habe, und doch noch den Sicherheitsdienst ruft.«

Ich wandte mich wieder der Anrichte zu und sah hastig die restlichen Akten durch. Nichts. Ich ging zum Schreibtisch und blätterte die auf der Platte gestapelten Papiere durch. Nichts. Ich sah mir die Schubladen an, eilig, suchte irgend etwas. Nichts. Ich ging zum Tisch zurück und schaute mir noch einmal die braunen Ordner an. Ich blätterte jetzt wahllos darin, verzweifelt, weil Madeline Burroughs uns beinahe geschnappt hätte, verzweifelt, hier herauszukommen, aber noch verzweifelter bemüht, meinen Beweis für Concannon zu finden.

»Wir müssen gehen«, sagte Sheldon.

»Sehen Sie noch einmal den Schreibtisch durch«, sagte ich. »Wir suchen nach irgend etwas von Bruce Pierpont.«

Sheldon wandte sich erneut dem Schreibtisch zu. Ich sah weiter die Akten auf dem Tisch durch. Ich zog die lose zusammengehefteten Papiere heraus, um sie zu überprüfen. Es waren Niederschriften aus dem Prozeß, von der Grand Jury, Buchhaltungsunterlagen über die Finanzen von CUP, aber nichts von Pierpont.

»Tja, hier ist etwas Interessantes«, sagte Sheldon.

»Der Bericht?«

»Nein.«

»Dann vergessen Sie's. Probieren Sie's mit dem Computer.«

»Nicht genug Zeit«, sagte Sheldon. »Wir müssen gehen.«

»Ein letzter Blick«, sagte ich.

»Nein.«

Er schloß die Schreibtischschubladen und machte sich an den Schlössern zu schaffen. Dann kam er und zog mich am Ärmel.

»Okay, in Ordnung. Lassen Sie mich bloß aufräumen.« Ich ordnete die Akten auf dem Tisch ungefähr wieder so an, wie ich sie vorgefunden hatte. Als ich ihm zur Tür folgte, erblickte ich den kleinen Stapel Papiere auf dem Kaffeetisch bei der Couch. Eine alte Geschichte von Edgar Allan Poe kam mir in den Sinn.

»Warten Sie eine Sekunde.«

»Unmöglich«, sagte Sheldon, aber wir taten es doch, während ich die Papiere hastig durchblätterte. Es war ein Mischmasch von Dingen, Briefe zu anderen Fällen, Werbezettel für juristische Fortbildungskurse. Und dann, fast am Boden des Stapels, in einer klaren Plastikhülle und mit einer schmalen schwarzen Klammer zusammengehalten, vielleicht knapp einen Fingerbreit dick, fand ich den Bericht von Bruce J. Pierpont, Ph.D., mit dem Titel: *Statistische Analyse der Demographischen Abteilung von Community Views zu gewissen spezifischen Argumenten, die im Falle der Vereinigten Staaten vs. Moore und Concannon vorgetragen werden sollen.* Da hatte ich ihn, den Mistkerl.

Ich rollte den Bericht fest zusammen und stopfte ihn in die hintere Tasche meines Overalls. »Verschwinden wir«, sagte ich überflüssigerweise, da Sheldon schon draußen war.

Als wir rasch dem Ausgang und dem Lastenaufzug zustrebten, hörten wir, wie mehrere Personen auf uns zukamen. Sheldon faßte mich an der Schulter, und wir drehten uns um, rannten und versteckten uns im Wartungsverschlag, ehe uns jemand sehen konnte. Sheldon verschloß die Tür. Wir warteten dort angstvoll fast eine Stunde lang, hörten den Sicherheitsdienst kommen und gehen und Madeline ihre Geschichte hier einer Kollegin, dort einer Sekretärin und schließlich, am Telefon der Sekretärin, Prescott erzählen. Als Sheldons Stethoskop uns verriet, daß die Luft rein war, machten wir uns leise, aber hastig davon.

Im Lastenaufzug, in dem wir nach unten fuhren, fragte ich Sheldon, was er so Interessantes im Schreibtisch gefunden habe.

»Bloß eine Telefonrechnung.«

»Ach?«

»Na ja, da hat es eine Serie von R-Gesprächen von einer Nummer aus dem Vorwahlbereich 512 gegeben.«

»Vorwahlbereich 512?«

»Richtig. Dazu gehört auch Corpus Christi, Texas.«

»Okay, also Anrufe aus Corpus Christi.«

»Na ja, Morris hat mir erzählt, daß dieser Prescott in Ihren Fall mit Stocker verwickelt ist. Wir hatten diesen Stocker bis zu irgendeinem Ort am Golf von Mexiko verfolgt. Als ich mir das letzte Mal die Karte angeschaut habe, lag Corpus Christi genau am Golf von Mexiko.«

»Sie glauben, daß er dort ist?«

Sheldon zuckte mit den Schultern. »Wer weiß? Es spielt ja auch keine Rolle, Morris hat mir nämlich gesagt, daß das Zeitlimit für den Fall abgelaufen ist.«

»Haben Sie die Rechnung mitgenommen?«

»Nein, Sie haben doch gesagt, ich sollte sie vergessen.«

»Herrgott, Sheldon, ich wünschte, Sie hätten die verdammte Rechnung mitgenommen. Wenn wir Prescott mit Stocker in Verbindung bringen könnten, könnte das Millionen wert sein.«

»Wenn ich also die Rechnung mitgenommen hätte, dann hätten Sie uns erneut engagiert, damit wir herausfinden, ob Stocker derjenige war, mit dem Prescott in Corpus Christi gesprochen hat?«

»Ja, sofort.«

»Natürlich zu Sondertarifen, da Corpus Christi ziemlich weit weg ist.«

»Klar, Sie hätten Ihre Sondertarife in Rechnung stellen können.«

»Das ist interessant«, sagte er und starrte auf die kleiner werdenden Zahlen, die über den Türen des Lastenaufzugs aufleuchteten. »Denn ich habe die Rechnung zwar nicht mitgenommen, aber ich habe mir zufällig die Nummer gemerkt.«

»Kleiner Sheldon«, sagte ich kopfschüttelnd. »Als ich Sie kennenlernte, konnte ich mir niemanden vorstellen, der Ihrem Vater weniger gleicht als Sie. Aber auf einmal fange ich an, die Ähnlichkeit zu sehen.«

45

»Guten Morgen, Victor«, sagte Prescott am nächsten Tag zu mir, als ich meine Aktentasche auf den Verteidigertisch stellte.

»Guten Morgen, Mr. Prescott«, sagte ich.

Prescott hatte nun seit einer Reihe von Tagen seinen Fall vorgetragen, hatte Zeugen gehört, die aussagten, Geld sei absolut notwendig, um politische Kampagnen zu führen und zu gewinnen, Zeugen, die bestätigten, welche guten Werke CUP für die Gemeinschaft leiste, Mrs. Diaz, die ausgesagt hatte, welche wesentlichen Dienste im Nadine-Moore-Jugendzentrum geleistet würden und daß der Stadtrat den Ehrgeiz habe, sein Heilungsprogramm erheblich zu erweitern. Ich nahm an, daß der heutige Tag noch mehr in dieser Art bringen würde, und ich irrte mich nicht.

»Der größte Teil der heutigen Sitzung wird sich um Zeugenaussagen über den Charakter des Stadtrats drehen«, sagte Prescott. »Politische Verbündete, Gemeindemitglieder, denen er geholfen hat. Solche Sachen. Eggert war bereit, einen großen Teil der Zeugenaussagen als unstreitig anzusehen, aber ich dachte, die Geschworenen sollten doch hören, wie groß die Unterstützung der Gemeinde für Jimmy Moore ist.«

»Hört sich gut an«, sagte ich. »Vielleicht habe ich selbst ein paar Fragen an einige der Zeugen.«

»O nein, das glaube ich nicht, Victor«, sagte Prescott. »Ich glaube nicht, daß Sie irgendwelche Fragen an diese Zeugen haben.

Und wenn der Stadtrat morgen aussagt, werden Sie auch keine Fragen haben. Besprechen Sie das mit Ihrem Mandanten.«

»Gewiß werde ich das tun, Sir.«

»Na, fein«, sagte er.

Prescotts erster Zeuge des Vormittags war Reverend James T. McHenry, Pfarrer in der Baptistenkirche Divine Revelation in der Siebenundfünfzigsten Straße. Der Reverend war ein großer Afroamerikaner mit schmalem Gesicht und scharf hervortretenden Wangenknochen. Er trug eine geblümte Krawatte mit dickem Knoten und sprach in rhythmischem Singsang, als stehe er hoch oben auf der Kanzel vor einem Gospelchor und predige. Er kannte Jimmy Moore seit zwanzig Jahren, verkündete er aus dem Zeugenstand, und während eines großen Teils dieser Zeit waren sie politische Gegner gewesen. Aber in den letzten fünf Jahren, seit dem Tod von Moores Tochter, waren sie zusammen marschiert und hatten für Würde und Menschenrechte in dieser großartigen Stadt gekämpft. Jimmy Moore hatte ihm geholfen, die Mittel zur Vollendung der Kirchenrenovierung aufzubringen. Jimmy Moore hatte einen Kreuzzug für die Rettung der Kinder in dieser Gemeinde geführt, war die Geißel der Drogendealer gewesen und hatte Drogenabhängige geheilt. Er kannte Jimmy Moore als guten Menschen und liebevollen Vater, als Familienoberhaupt, dem es in erster Linie um Gott, seine Gemeinde und seine Familie ging und dann erst um sich selbst. Jimmy Moore war durch seine persönliche Tragödie zu einem großen Mann geworden, einem Kämpfer für Rechtschaffenheit, der niemals etwas tun würde, was seiner Stadt oder ihren Einwohnern schadete.

»Wie ist Ihre Meinung, Reverend McHenry«, fragte Prescott in der archaischen Art, die die Bundesregeln für Zeugenaussagen über den Charakter vorschreiben, »zu Jimmy Moores Ruf als wahrheitsliebender und aufrichtiger Bürger?«

»Der Jimmy Moore, mit dem ich viele Jahre so eng zusammengearbeitet habe, ist so aufrichtig wie Moses, so wahrheitsliebend wie ein Heiliger, ein gottesfürchtiger Mann, der den Geboten des Herrn folgt, einschließlich des Verbots, falsches Zeugnis abzulegen.«

»Einspruch«, sagte Eggert. »Der Hinweis auf Gott ist unangemessen.«

»Hat Gott in einem Gerichtshof keinen Platz?« fragte Prescott gespielt ungläubig. »Schwören wir nicht auf die Bibel, ehe wir aussagen?«

»Stattgegeben«, sagte der Richter. »Reverend, beantworten Sie bitte nur die Fragen.«

»Reverend McHenry«, fuhr Prescott fort, »wie ist Ihre Meinung zu Jimmy Moores Ruf als friedlicher Bürger?«

»Ich habe Seite an Seite mit Jimmy Moore gearbeitet, um die Straßen von der Geißel der Drogen zu befreien, ich weiß um alles Gute, zu dem er fähig ist, und in meinem Herzen kenne ich ihn als friedlichen Mann mit der Sanftheit eines Engels.«

»Und wie ist Ihre Meinung, Reverend McHenry, zu Jimmy Moores Ruf als gesetzestreuer Bürger?«

»Ich werde es wiederholen, Sir. Jimmy Moore, Sir, ist ein Mann, der über jeden Vorwurf erhaben ist. Ein Mann, der seiner Familie, seiner Gemeinde und seinem Gott, Sir, seinem Gott direkt in die Augen sehen kann, so daß alle wissen, daß er ein rechtschaffener, gesetzestreuer Mann ist.«

Bei dieser letzten Antwort warf Eggert die Hände hoch, sagte aber nichts.

»Keine weiteren Fragen«, sagte Prescott.

»Mr. Carl«, sagte Richter Gimbel, ohne von seinem täglichen Papierkram aufzublicken, »ich nehme an, Sie haben keine Fragen an den Reverend.«

Ich stand auf. »Nur ein paar, Euer Ehren.« Der Richter hob den Kopf, sah mich ernst an und nickte dann. Ich konnte spüren, wie Prescotts Augen mich von der anderen Seite des Tisches aus durchbohrten. Ich knöpfte mein Jackett zu und ging zum Podium, doch ehe ich sprechen konnte, erhob Prescott Einwände.

»Könnten wir an den Richtertisch kommen, Euer Ehren?« fragte er.

»Wenn es sein muß«, sagte Richter Gimbel, und alle Anwälte drängten sich außerhalb der Hörweite von Geschworenen und Zeugen um den Richter.

»Euer Ehren«, sagte Prescott, »ich glaube nicht, daß Mr. Carls beabsichtigtes Kreuzverhör den Wünschen seines Mandanten entspricht. Ich glaube, Mr. Concannon wünscht, daß er diesen Zeugen nicht befragt, und daher ist es unpassend, daß Mr. Carl diese Befragung durchführt.«

»Mr. Carl?« fragte der Richter.

»Mr. Prescott vertritt Stadtrat Moore«, sagte ich. »Ich weiß nicht, wie er dazu kommt, für meinen Mandanten zu sprechen.«

»Im allgemeinen, Mr. Prescott«, sagte der Richter, »nehme ich an, daß die Strategie eines Anwalts den Wünschen seines Mandanten entspricht. Gibt es irgendeinen Grund, warum ich das hier nicht annehmen sollte?«

»Ja, Sir. Ich kann garantieren, daß das hier nicht der Fall ist. Absolut nicht. Und Mr. Carls Mißachtung der Wünsche seines Mandanten wird für meinen Mandanten sowie für seinen eigenen nachteilig sein. Ich glaube, Sie sollten Mr. Concannon aufrufen und selbst fragen.«

»Das ist unvorschriftsmäßig«, sagte ich mit soviel Empörung, wie ich aufbringen konnte.

»Wie sicher sind Sie in bezug auf Mr. Concannons Wünsche, Herr Rechtsanwalt?«

»Völlig sicher, Euer Ehren«, sagte Prescott. »Erst gestern abend hat er Stadtrat Moore gegenüber seine Wünsche bestätigt.«

»Gestern abend?« fragte der Richter.

»Ja, Sir, was bedeutet, daß Mr. Carl ohne Befugnis handelt.«

»Das ist ein ziemlich schwerer Vorwurf, Mr. Prescott«, sagte der Richter.

»Jawohl, Sir.«

»Wenn Sie recht haben, werde ich die Anwaltskammer über Mr. Carls Vorgehen in Kenntnis setzen müssen. Wenn Sie unrecht haben, ist dieser Einwand eine unzulässige Taktik, und ich muß die Anwaltskammer über Ihr Vorgehen in Kenntnis setzen. Möchten Sie die Angelegenheit nun weiter verfolgen?«

»Ja, Sir«, sagte Prescott und sah mich mit einem kleinen Lächeln an.

»Mr. Concannon«, sagte der Richter zum Verteidigungstisch hin, »würden Sie bitte vortreten?«

Concannon stand vom Tisch auf und kam auf uns zu. Gleichzeitig winkte Prescott Jimmy Moore, er solle ebenfalls kommen, so daß die beiden Männer sich Seite an Seite zu unserer kleinen Konferenz gesellten. Chester ging mit erhobenem Kopf und geraden Schultern und schien nicht zu merken, wie Jimmy ihn anstarrte.

»Mr. Concannon«, sagte der Richter, als die beiden Männer vor ihm standen. »Die Frage ist erhoben worden, ob Sie damit einverstanden sind oder nicht, daß Ihr Anwalt diesen Zeugen befragt und generell mehr als pro forma an diesem Prozeß teilnimmt. Ohne mich nach irgendwelchen Gesprächen zwischen Ihrem Anwalt und Ihnen zu erkundigen, werde ich Ihnen eine Frage stellen, und ich möchte als Antwort nur ein Ja oder ein Nein. Also, Mr. Concannon, ja oder nein, sind Sie damit einverstanden, daß Ihr Anwalt diesen Zeugen befragt?«

Alle Augen waren auf Chester gerichtet. Vor allem Jimmy starrte ihn intensiv an, vorgebeugt, das Kinn nach vorn gereckt, ganz leicht den Kopf schüttelnd, aber doch so deutlich, daß Chester genau verstehen konnte, was er hören wollte.

»Victor hat mein volles Vertrauen«, sagte Chester mit klarer Stimme. »Ich bin mit allen Fragen einverstanden, die zu stellen er für angemessen hält.«

Prescotts Gesicht zuckte, als Concannon antwortete. Es war nur ein leises Zucken, ein plötzliches Zusammenziehen des Mundwinkels, mehr nicht, aber es war da. Und es füllte mein Herz mit einer unbeschreiblichen Freude. Einer *mechaieh*, hätte Morris dazu gesagt.

»Gut«, sagte der Richter. »Mr. Prescott, ich werde unmittelbar nach der heutigen Sitzung einen Bericht an die Anwaltskammer schicken. Mr. Carl, Sie können fortfahren.«

»Du verrätst mich«, knurrte Jimmy Chester an.

»Ruhe«, sagte der Richter.

»Nach allem, was ich für dich getan habe«, schrie Jimmy so laut, daß es alle hören konnten, einschließlich der Geschworenen. »Du lagst in der Gosse, als ich dich gefunden habe.«

»Mr. Prescott«, sagte der Richter, »mäßigen Sie Ihren Mandanten, sonst muß ich ihn wegen Mißachtung des Gerichts bestrafen.«

Prescott packte Jimmy am Arm, aber Jimmy war schon auf Chester losgegangen, ihre Nasen waren vielleicht zwei Handbreit voneinander entfernt. »Du fällst mir in den Rücken, du undankbarer Mistkerl«, sagte Jimmy Moore.

»Scheren Sie sich zur Hölle, Stadtrat«, sagte Chester. »Vielleicht bekommen wir da ein gemeinsames Zimmer.«

Ich verstand genau, woher Concannons Wut kam. Noch vor Morgengrauen war ich in seinem Apartment gewesen und hatte ihm den Bericht mit dem Titel *Statistische Analyse der Demographischen Abteilung von Community Views zu gewissen spezifischen Argumenten, die im Falle der Vereinigten Staaten vs. Moore und Concannon vorgetragen werden sollen* zum Durchlesen vorgelegt. Der Bericht war in schwerverständlichem Fachjargon abgefaßt, wie ihn sich nur lauter Dres. phil. ausdenken konnten, die ihrem schwammigen Beruf den Anschein der Solidität geben wollten, doch das ganze Fachchinesisch ließ trotzdem erkennen, daß Pierponts Bericht eine Blaupause dafür war, wie man Chester Concannon an die Wand nageln konnte.

»Es ist alles da, Chet«, hatte ich gesagt, während ich auf und ab ging. »Welche Geschworenen man aussuchen soll, welche Fragen bei ihrer Auswahl zu stellen sind, wie das Beweismaterial präsentiert werden muß, wie man argumentiert, alles ist da. Der Bericht stellt eine wissenschaftlich ausgetüftelte Methode dar, die Jury davon zu überzeugen, daß Jimmy Moore von einem gierigen Untergebenen betrogen wurde, der sich nicht um Politik scherte, sondern nur soviel wie möglich absahnen wollte. Er wird auf Ihrem Rücken aus diesem Chaos herausklettern, Chet, und Sie werden tief in der Scheiße sitzen und nach Luft ringen. Er läßt Sie auslöffeln, was er angerichtet hat.«

»Das würde er mir nicht antun«, sagte er müde.

»Doch, und er wird es tun. Er tut es schon die ganze Zeit. Das hat er mir selbst gesagt. Und – Chester?«

Er blickte zu mir auf.

»Sie wissen es. Sie haben es von Anfang an gewußt.«

Chester antwortete mir nicht gleich. Er müsse darüber nachdenken, sagte er. Er trug einen seidenen Morgenrock. Aus dem Schlafzimmer hatte eine zärtliche, verschlafene Stimme gefragt: »Alles in Ordnung, Baby?« Aber es war nicht alles in Ordnung. Ich hatte mich noch nicht einmal nach seiner Entscheidung erkundigt, bevor ich aufstand, um den Prediger zu befragen, aber ich hatte keinen Zweifel daran, was er tun würde. Chesters bester Charakterzug war seine Loyalität, und das einzige, was Loyalität niemals verzeihen kann, ist Verrat.

»Das reicht, und zwar von Ihnen beiden«, sagte der Richter mit stählern harter Stimme. »Noch ein Wort, und ich bestrafe Sie beide wegen Mißachtung des Gerichts. Sie können fortfahren, Mr. Carl. Und, Mr. Carl…«

»Ja, Euer Ehren?«

»Gut zu sehen, daß Sie von den Toten auferstanden sind.«

»Danke, Sir«, sagte ich.

Als die streitenden Parteien wieder saßen und ich erneut vortrat, stand ich sehr gerade und starrte dem Zeugen direkt in die Augen, bis er sich ganz leicht zu winden begann. Dann fing ich an.

»Nun, Reverend, Sie haben ausgesagt, daß Sie den Stadtrat Moore für einen rechtschaffenen Mann halten, der die Gesetze Gottes und der Menschen achtet.«

»Das ist richtig, Sir«, antwortete er.

»Sagen Sie mir, Reverend, ob Sie die Ehefrau des Stadtrats kennen.«

»Ja, Sir. Leslie Moore ist eine reizende Frau.«

»Und was ist mit seiner Geliebten, Reverend, kennen Sie seine Geliebte auch?«

Prescott sprang auf die Füße und brüllte seinen Einspruch.

Richter Gimbel winkte uns zur Richterbank, beugte sich vor und sagte mit leiser, heiserer Stimme: »Erklären Sie sich, Mr. Carl.«

»Soweit ich unterrichtet bin, Euer Ehren«, sagte ich ruhig, »ist Ehebruch ein Verstoß sowohl gegen das Gebot Gottes als auch gegen das Strafgesetz. Der Reverend hat bezeugt, daß er den Stadtrat als gesetzestreuen Charakter und als Gottes Geboten gehorsam betrachtet. Ich bin nun berechtigt, Fragen zu dieser Meinung zu stellen und mich nach spezifischen Beispielen für das Verhalten des Stadtrats zu erkundigen. Regel 405 (a) der Bundesvorschriften zur Beweiserhebung gestattet diese präzise Frage.«

»Regel 405 (a)?« fragte Richter Gimbel. Er gab seinem Gerichtsdiener ein Zeichen, und sofort wurde ihm ein ledergebundener Band gebracht. Er leckte an seinem Daumen und blätterte in dem Buch. »Regel 405 (a). Regel 405 (a). Da ist sie, Regel 405 (a).

Hmmm.« Er schlug das Buch zu. »Ja, in Ordnung, ich lasse sie zu. Einspruch abgelehnt.«

»Aber Euer Ehren«, protestierte Prescott. »Das geht weit über alles hinaus, was für das verhandelte Verbrechen bedeutsam ist.«

»Das genügt, Mr. Prescott. Sie haben die Tür geöffnet, also wundern Sie sich jetzt nicht, wenn Mr. Carl sie durchschreitet. Lesen Sie Ihre Regeln, ehe Sie Ihren nächsten Zeugen aufrufen.«

»Aber Euer Ehren ...«

»Es ist Regel... Welche Regel ist es, Mr. Carl?«

»Regel 405 (a), Euer Ehren.«

»Genau. Und jetzt gehen Sie auf Ihren Platz und setzen Sie sich hin, Mr. Prescott. Sie können Ihre Frage stellen, Mr. Carl.«

»Danke, Sir.«

Ich ging zurück zum Podium und starrte die Geschworenen liebenswürdig an, während ich sagte: »Nun, Reverend, ich werde die Frage wiederholen. Haben Sie je die Geliebte des Stadtrats Moore kennengelernt?«

Der Reverend zögerte gerade so lange, daß der ganze Gerichtssaal merkte, daß er log, und sagte dann: »Nein.«

Scharf wandte ich mich ihm zu. »Sie stehen im Moment unter Eid, Sir«, sagte ich. »Sie haben auf die Bibel geschworen, nichts als die Wahrheit zu sagen. Sagen Sie mir, daß Sie Veronica Ashland niemals kennengelernt haben?«

Der Reverend schaute nervös auf Jimmy, auf den Richter, und dann sagte er: »Ich bin mit Miss Ashland bekannt gemacht worden.«

»Eine hübsche Frau, nicht wahr?«

»O ja, allerdings.« Er hielt eine Sekunde inne und leckte sich unwillkürlich die Lippen. »Wie alle Geschöpfe Gottes«, fügte er hinzu.

»Und Sie wußten, daß Miss Ashland Jimmy Moores Geliebte war.«

»Das hatte man mir gesagt, ja«, sagte der Reverend.

»Einspruch, Hörensagen«, rief Prescott.

»Stattgegeben, die Antwort ist gestrichen.«

»Wie hat Stadtrat Moore sie Ihnen vorgestellt, Reverend?« fragte ich.

»Als liebe Freundin.«

»Aber Sie wußten, daß das Geliebte bedeutet?«

»Nun, Sir, der Stadtrat ist ein sehr leidenschaftlicher Mann.«

»Das bedeutet, Sie wußten, daß sie seine Geliebte war.«

Der Reverend sah Jimmy mit flehenden Blicken an und sagte dann: »Das nahm ich an.«

»Sie sind mit dem Stadtrat und Miss Ashland in seiner Limousine ein- oder zweimal abends ausgegangen, nicht wahr?« Ich schaute hinüber zu Chet, und der Reverend folgte meinem Blick und begriff sofort, was ich alles wußte.

Er starrte Chester an und sagte: »Ja, das stimmt.«

»Sie haben mit dem Stadtrat und Miss Ashland Champagner getrunken.«

»Das stimmt.«

»Guten Champagner, nicht? Den besten.«

»An die Qualität des Champagners erinnere ich mich nicht.«

»Und der Stadtrat hat alles bezahlt, stimmt das?«

»Das weiß ich nicht.«

»Nun, Sie haben jedenfalls nicht bezahlt, Reverend, oder?«

»Nein, Sir. Auf der Kanzel kann man nicht reich werden.«

»Ist Ihnen bekannt, daß der Stadtrat Miss Ashland in einem Luxusapartment in Olde City untergebracht hat, und zwar zu einer Freundschaftsmiete weit unter dem Marktwert?«

»Nein, Sir.«

»Ist Ihnen bekannt, daß er während dieses Prozesses zahlreiche Male dieses Apartment aufgesucht hat und bis spät in die Nacht mit seiner Geliebten, Veronica Ashland, zusammen war?«

»Nein, Sir, das wußte ich nicht.«

»Nun, Reverend, Ehebruch verstößt gegen Gottes Gebot, nicht wahr?«

»Ja. Das ist eines der Zehn Gebote, die Gott Moses auf dem Berg Sinai gab.«

»Wie das Verbot, falsches Zeugnis abzulegen.«

»Ja.«

»Und das fünfte Gebot gehört ebenfalls dazu, stimmt das?«

»Ja, Sir, es steht im zweiten Buch Mose, Kapitel 20, Vers 13. ›Du sollst nicht töten.‹«

»Jemand, der so leicht gegen eines der Zehn Gebote verstoßen hat, könnte doch ebenso mühelos auch gegen ein anderes verstoßen.«

»Das kann ich nicht mit Gewißheit sagen.«

»Doch alle Gebote Gottes sind gleich wichtig. Ich meine, Sie predigen doch nicht, daß es in Ordnung ist, gegen einige der Zehn Gebote zu verstoßen, gegen andere aber nicht. Sie predigen nicht: Gehe hin und stehle, mißbrauche bloß nicht den Namen Gottes, oder?«

»Nein, Sir, all das ist Gottes Gesetz.«

»Und sowohl Ehebruch als auch Mord verstoßen nicht nur gegen Gottes, sondern auch gegen das weltliche Gesetz, ist das richtig?«

»Ich bin kein Rechtsanwalt, Sir.«

»Gut für Sie, Reverend, damit sind Sie uns übrigen hier einen Schritt voraus. Keine weiteren Fragen.«

Als ich zu meinem Platz zurückging, hatte ich einen guten Blick über den Verteidigertisch. Chester saß ruhig da, die Hände vor sich auf dem Tisch gefaltet, und schaute vor sich hin, um Jimmys Starren zu entgehen. Jimmys Gesicht war dunkel vor Wut, und seine Gesichtsmuskeln unter der Haut arbeiteten heftig. Prescott beriet sich verzweifelt mit zweien seiner Kollegen.

Die Schlacht hatte begonnen.

Ehe ich mich hinsetzte, bemerkte ich, daß jemand den Gerichtssaal verließ. Es war Moores Frau Leslie, die mit hoch erhobenem Kopf und in gerader Haltung nach draußen eilte, so schnell sie konnte.

46

Der Faustkampf begann auf der Herrentoilette, ehe er sich in den Flur hinein fortsetzte. U.S. Marshals, steif und schwer, mit Kopfhörern in den Ohren und flatternden Jacken, polterten herbei, um ihn zu schlichten, doch die Wildheit der Beteiligten hielt sie auf Abstand. Jimmy Moore hatte Chet Concannon am Hals gepackt, und

Chester hatte den Schritt von Jimmy Moores Hose fest im Griff. Ihre Schuhe rutschten auf den glatten Bodenfliesen, während sie schweigend kämpften. Mit den freien Armen droschen sie aufeinander ein wie Eishockeyspieler. Chester landete ein paar mächtige Haken in Jimmy Moores Magen, und dann rammte Jimmy Moore ihm den Kopf ins Gesicht; der Zusammenstoß war so brutal, daß Jimmy benommen zurücktaumelte und Chester das Blut in Strömen über die Stirn lief; Jimmys Schritt ließ er jedoch nicht los. Der Blitz eines Fotografen flammte auf wie ein Feuerwerkskörper. Das Bild landete auf der Titelseite der *Daily News* unter der Überschrift: STREIT IM GERICHTSHOF.

Nachdem der Richter die Geschworenen für diesen Tag frühzeitig entlassen hatte, wobei er sie erneut ermahnte, keine Zeitungen zu lesen, nach der Verhängung der Strafen wegen Mißachtung des Gerichts, je fünfhundert Dollar für Chester und Jimmy sowie die Androhung von Gefängnis, falls so etwas während des restlichen Prozesses noch einmal passieren sollte, nachdem der blutende Chester Concannon sich in einem Taxi auf den Heimweg gemacht hatte und Jimmy Moore zusammengekrümmt aus dem Gericht gekommen war, als habe er verdorbenes Schweinefleisch gegessen, glitt Prescott auf den Stufen zum Gerichtsgebäude an meine Seite.

»Ihr Mandant ist aus dem Team des Stadtrats geflogen«, sagte Prescott.

»Natürlich«, sagte ich. »Das war nur eine Frage der Zeit.«

»Richtig«, sagte Prescott. »Nur so lange, wie die Loyalität, die mein Mandant einem Untergebenen gegenüber zeigte, die Geschworenen noch beeindruckte und gleichzeitig Concannon bei der Stange hielt. Das ist jetzt nicht mehr nötig. Wie ich hörte, hat Concannon irgendwie eine Kopie der Geschworenenuntersuchung unseres Experten in die Hände bekommen.«

»Sie meinen die, die Sie mir wiederholt schicken wollten, aber nie geschickt haben?«

»Genau. Das hat Chester zu Jimmy gesagt, bevor sie ihre kleine Burleske aufführten. Wie ist er an eine Kopie davon gekommen, hm? Wissen Sie es?«

»Ich habe sie ihm gegeben.«

»Und woher haben Sie sie, Victor?«

Ich zuckte mit den Schultern. »Ich habe meine Quellen, Billy.«

Er legte mir einen Arm um die Schultern und drückte so fest zu, daß ich etwas knacken hörte. Er schaute in die andere Richtung und sagte: »Nennen Sie mich nie wieder Billy, oder ich breche Ihnen das Genick. Gestern abend ist in mein Büro eingebrochen worden. Nichts fehlte außer diesem Bericht. Ich habe verlangt, daß das ganze Büro nach Fingerabdrücken durchsucht wurde. Sie haben doch wohl nichts dagegen, uns Ihre Fingerabdrücke zu geben?«

»Doch, habe ich«, sagte ich. »Aus Prinzip, verstehen Sie.«

Er ließ mich los. Wie ein verletzter Baseballspieler versagte ich es mir, meine Schulter zu reiben.

Prescott sagte: »Heute haben Sie sich wirklich reingeritten, Victor.«

»Der Tag, an dem ich mich reingeritten habe, war dieser erste Nachmittag, an dem ich in Ihr Büro gekommen bin.«

»Ich hätte angenommen, Sie wären dankbar«, sagte er. »Sie waren ein Nichts, und ich gab Ihnen die Chance, etwas zu werden.«

»Die Chance, für Sie den Trottel zu spielen.«

»Also wirklich, Victor, welche Rolle hätten Sie sonst spielen können? Ich bin sehr enttäuscht von Ihnen.«

»Ich bin am Boden zerstört.«

»Ja, das stimmt, ich werde Sie zerstören. Sie wissen natürlich, daß die Leute von CUP sehr unzufrieden mit Ihrer persönlichen Attacke auf ihren Vorsitzenden sind.«

»Das hatte ich erwartet.«

»Sie haben Blaine und Cox jeden Gedanken daran verboten, Sie einzustellen.«

»Ich brauche deren stinkenden Job nicht«, sagte ich mit meinem besten Gangsterakzent, aber es kam falsch heraus, eher wie ein Wimmern.

»Und natürlich werden sie jetzt Ihr Honorar nicht zahlen wollen.«

»Ich werde mein Geld bekommen. Ich bin Anwalt. Ich verklage sie, wenn ich nicht bezahlt werde. Dazu sind Anwälte da.«

»Jeder Richter wird den Interessenkonflikt sehen. Wie konnten Sie erwarten, daß CUP Concannons Verteidigung bezahlt, wenn seine Strategie beim Prozeß darin besteht, den Vorsitzenden von

CUP zu verraten? Tatsächlich haben sie mir gesagt, daß sie Sie wegen des Anwaltsvorschusses verklagen werden.«

»Viel Glück, wenn sie danach suchen. Ich habe nichts als Schulden.«

»Ja, das wissen wir. Aber Urteile können trotzdem sehr unbequem sein.«

Ich dachte an Winston Osbourne und seine jämmerlichen ungeschnittenen Fingernägel. Unwillkürlich tränten mir jetzt die Augen. Es war eine Sache, den Feuersturm vorherzusehen, aber eine andere, mittendrin zu sein. Ich wandte mich ab, damit Prescott meine Tränen nicht sah. Jenseits der Stufen sah ich Chuckie Lamb, der uns anstarrte, einen seltsamen, offenen Ausdruck im Gesicht. Er sah, daß ich ihn anschaute, und lächelte, während Prescott mir seine Gardinenpredigt hielt, aber Chuckie mußte seinen freien Tag haben, denn das normale Quantum Bosheit in seinem Lächeln fehlte.

»Die Bishop-Brüder haben schon angefangen, sich nach einem neuen Rechtsberater für den Valley-Hunt-Estates-Deal umzusehen«, fuhr Prescott fort. »Und meine Mandanten im *Saltz*-Fall haben ihr Angebot zurückgezogen. Endgültig. Der Prozeß soll in zwei Wochen stattfinden.«

»Wir werden bereit sein.«

»Bereit zu verlieren. Heute haben Sie sich reingeritten, mein Freund, ja, das haben Sie. Bis zum Hals.«

Er ging die Treppe hinunter, drehte sich aber noch einmal um und blieb stehen. »Nach dem heutigen Tag, Victor, ist Ihre Karriere tot. Im Eimer. Mit Ihrer Dummheit haben Sie sie auf Grund gesetzt. Nach dem heutigen Tag können Sie ruhig wieder in dieses verfallene Haus zu dem verbitterten alten Mann ziehen und Ihre Zeit damit verbringen, Rasen zu mähen.«

Prescotts Bemerkung über das Rasenmähen trieb mich in eine Bar. Ich fand ein Lokal, das nur ein paar Blocks vom Gerichtsgebäude entfernt war. Es hieß Sneakers, und ich nahm an, daß es eine Sportlerbar war, aber das war mir gleichgültig. Die Bar war leer, als ich hereinkam, dunkel, und es roch nach saurem Bier wie in einer Studentenkneipe am nächsten Morgen. Musik spielte, irgendein kehliger Folksänger, den man zu laut aufgedreht hatte. Barkeeper war eine hübsche Frau mit Stupsnase, Sommersprossen und einem jungenhaften Haarschnitt. Ich verlangte eine Sea Breeze. Sie sah mich komisch an, und ich zuckte mit den Schultern und sagte ihr, sie solle mir einen Wodka-Martini geben, wo sie schon mal dabei sei. Als die Drinks kamen, kippte ich den Martini rasch hinunter und spülte mit der Sea Breeze nach, und obwohl diese Mischung mich nicht wie erhofft in ein tropisches Paradies entführte, war sie gut genug, um noch eine Runde zu bestellen.

Prescott hatte also noch mehr in Erfahrung gebracht, als in den traurigen Papieren in Akte 716 stand. Er hatte meine bescheidene Familiengeschichte recherchiert, den tollen Beruf meines Vaters, er hatte mit meinen Bekannten, meinen Freunden, mit Guthrie, diesem Bastard, gesprochen. Und natürlich hatte er sich beim Lunch mit seinem Schulkameraden Winston Osbourne unterhalten und die reine Wahrheit über diesen zweitklassigen, gierigen Winkeladvokaten erfahren, der den armen Winston gejagt und in seine verzweifelte Lage gebracht hatte. Wie jämmerlich, daß Winston Osbourne selbst in seinem Verfall, mit seinen langen Fingernägeln und seinem strähnigen Haar, im Club willkommener war als ich. Aber natürlich war er von edlem Blut, ein Abkömmling der Bryn Mawr Osbournes, und so gehörte es schlicht zu den besten und ältesten Traditionen seiner Sippe, daß Osbourne im Club mit Prescott aß und gegen den Juden intrigierte. Und dann hatte Prescott, nachdem er mein ganzes Leben recherchiert, ein detailliertes psychologisches Portrait angefertigt und seine Informationen mit den besten Köpfen von Talbott, Kittredge und Chase durchgesprochen hatte, nach alldem hatte Prescott beschlossen, mich anzuheuern, weil er wußte, *wußte*, daß ich mich kaufen lassen würde. War meine Schwäche so greifbar? Nun, zumindest hatte der Bastard sich da geirrt, aber in diesem Augenblick, während ich die Sea Breeze schlürfte und zusah, wie die hübsche Barfrau meine nächste Runde zurechtmachte, in diesem Augenblick wünschte ich, er hätte sich nicht geirrt.

Es war die Frechheit der Bemerkung über das Rasenmähen, die mich so traf. Prescott hatte nämlich recht. Meine Karriere war aller Wahrscheinlichkeit nach beendet. Beth hatte das sinkende Schiff gerade noch rechtzeitig verlassen. Nun, gut für sie. Ich meine, wie kam ich auf die Idee, etwas so Kühnes durchziehen zu können? Ich hatte weder die Macht noch die Geschicklichkeit noch den Mumm dazu. Ich hatte mich entschieden, das Gegenteil von dem zu tun, was mein Vater getan hätte, und mit der Unvermeidlichkeit einer Posse würde diese Entscheidung mich geradewegs zurückführen in den dunklen, verfallenden Bungalow in Hollywood, Pennsylvania, oder an einen sehr ähnlichen Ort, wo ich mein Leben damit zubringen würde, allein in einem großen, verblichenen Sessel zu sitzen, fernzusehen, mir die Lunge aus dem Hals zu husten und mich für das zu verfluchen, was hätte sein können. Ich war nicht geschaffen für edle Opfer oder die harte Arbeit, selbst etwas aus mir zu machen. Sollten doch die Philip Marlowes dieser Welt in trauriger Zufriedenheit über ihren Edelmut dasitzen. Ich wollte nicht mehr edel sein, ich wollte jemand sein, und für Burschen wie mich gab es nur entweder das eine oder das andere.

Die Barfrau stellte die Drinks vor mich hin, und ich lächelte sie an. Ich nahm einen Schluck von dem Martini und seufzte.

»Probleme mit einer Frau«, sagte sie mit wissendem Lächeln zu mir.

»Woran erkennen Sie das?«

»Das sieht man hier oft.«

»Kann ich mir vorstellen«, sagte ich.

Veronica und ihr Windhundkörper und ihre prickelnde Unersättlichkeit. Ich nahm einen Schluck Sea Breeze. Ich hatte nie zuvor jemanden wie Veronica gekannt, sie hatte mich an Orte geführt, von denen ich nie auch nur geträumt hatte. Was hatte ich gemeint, als ich sagte, ich liebte sie? Was war das Goldkorn, das noch immer in meiner Brust lag? Ich hatte nie für jemanden so empfunden wie nun für sie, aber war das Liebe? Es war eher wie Durst, wie tiefer, verzweifelter Durst. Ich nahm einen weiteren Schluck und spürte ihn noch stärker. Ich fragte mich, ob Tony Baloney sich vielleicht in allem geirrt hatte, ob ich vielleicht die falschen Schlüsse gezogen hatte; doch noch während ich mit diesem Gedanken spielte, wußte ich es besser. Die Barabhebungen, die Art, wie sie immer zerfahrener wurde, wenn der Abend voranschritt, die Tatsache, daß sie mich jede Nacht aus dem Bett warf, damit sie ihre sonstigen Bedürfnisse unbeobachtet befriedigen konnte. Der wilde, fettige Geruch ihres Haars, wenn sie sich gehenließ. Sie hatte mir die Hälfte ihrer Geschichte erzählt, und den Rest konnte ich mir zusammenreimen. Sie war in Pakistan süchtig geworden, Jimmy hatte sie in Philadelphia entwöhnt, und dann war sie irgendwo wieder abhängig geworden. Ich glaubte ziemlich sicher zu wissen, wo. Veronica hatte eine Schwäche an sich, eine Weichheit, wo sie hart wie Stahl hätte sein müssen. Ich konnte es an der Art sehen, wie sie trank, wie sie vögelte. Da gab es ein Bedürfnis nach Genuß, das nie zu befriedigen war, sosehr sie sich auch bemühte. Ich nahm an, daß sie jetzt dort oben war, in ihrem Apartment, und verzweifelt überlegte, was sie tun sollte. Jimmy, da war ich sicher, hatte sie angerufen und vor dem gewarnt, was passierte. Jetzt flatterte sie in ihrem Apartment herum wie ein gefangener Vogel. Aber ich hatte etwas für sie, etwas, das sie beruhigen würde. Ich brauchte nur noch ein paar weitere Drinks, um den Mut aufzubringen, es ihr zu geben.

Zwei Frauen kamen herein, nett aussehende, scharfäugige Frauen, Frauen mit Gesichtern, die verrieten, daß sie sich für Politik und Literatur interessierten und die neuesten Filme ansahen. Das war es, was ich brauchte, jemanden, der mich in die Welt zurückholte, jemanden wie Beth. Wir könnten ins Theater und zum Baseball gehen, über den Präsidenten und das Haushaltsbudget und den Nahen Osten diskutieren. Zusammen könnten wir auf Newt Gingrich schimpfen. Das Leben wäre wunderbar. Veronica war nicht von dieser Welt, sie hatte ihre eigene Welt. Sie hatte etwas Trauriges und Verlorenes an sich, etwas Unbeteiligtes. Vielleicht war es der Unfall außerhalb von Isfahan, von dem sie mir erzählt hatte, der Kombi, der den Abhang hinunterstürzte, die Zerbrechlichkeit des Lebens selbst, die sich wie ein feuchtes, muffiges Kissen auf ihr Gesicht drückte. Sie reichte aus, um jeden aus der Gegenwart zu vertreiben, und genau das war mit Veronica passiert. Aber ich würde ihr nicht mehr folgen.

Ich winkte der Barfrau, und sie stellte zwei weitere Drinks vor mich hin. Allmählich wurde ich betrunken, und das fühlte sich gut an. Eine andere Frau kam herein und beäugte das Lokal. Sie war schwer, trug Jeans und ein Flanellhemd, aber sie hatte einen hübschen Pferdeschwanz. Ich habe Pferdeschwänze immer sexy gefunden. Wie damals in der High School, nun ja, nicht meiner High

School, Archies High School. Pferdeschwanz und Übergewicht, was konnte ich mir Besseres wünschen? Sie würde mir Wurzeln geben, dachte ich. Jede Menge Spaß, ja. Jemand wie sie. Herrgott, ich trank zuviel, aber es fühlte sich so gut an. Und außerdem, was sollte es? Es war Dienstag, kein Gerichtstermin für die nächsten dreizehn Stunden, reichlich Zeit, mein Kreuzverhör von Jimmy Moore vorzubereiten. Morgen sollte er aufgerufen werden, zu seiner eigenen Verteidigung auszusagen, und er würde Concannon beerdigen. Was konnte ich dagegen tun? *Gornischt.* Das war so traurig an der ganzen Sache. Selbst wenn ich alles aufgab, was ich mir je gewünscht hatte, würde das Chester nichts nützen, es würde mir nicht die Art von Namen verschaffen, die ich mir machen mußte. Verlierern rannten die Mandanten nicht die Tür ein. Vielleicht konnte ich Prescott anrufen, ihm sagen, es täte mir leid, ich wäre wieder an Bord, aber ehe ich diesem Wichser einen Sieg überließ, Scheiße, würde ich ihn lieber erschießen.

Zwei Frauen mit den gleichen schwarzen Lederjacken betraten die Bar. Epauletten, hängende Gürtel, Reißverschlüsse an den Ärmeln. Ja, fesselt mich mit diesen Jacken, wickelt mir die Ärmel um die Brust. Eine war hübsch, die andere nicht, aber das war mir inzwischen egal. Fessle mich mit deinem Leder, Liebste, binde mir Arme und Beine, schlag mich, schlag mich, tanze zur Musik, fessle mich, und ich bin dein. Ich kippte den Martini, der vor mir stand. Was war das, der dritte, der vierte? Und dazu noch die Sea Breezes. Vielleicht wartete Veronica auf mich, vielleicht hatte sie angerufen. Heute nacht konnte ich es brauchen, ja. Ein paar Küsse, ein paar Kniffe in diese herrlichen Brustwarzen, und es ihr dann zustecken, das wäre was.

Eine der schwarzen Lederjacken setzte sich neben mich an die Bar. Mein Pech hielt an, es war nicht die hübsche. Sie war dünn, eckig, hatte ein scharfes Kinn und eine Frisur wie eine schlampige Dorothy Hamill. Und was war das da auf ihrer Wange, die dünne weiße Linie? Es war eine Narbe. O Gott, das war allerdings sexy. Vielleicht hatte ich doch Glück, eine in Leder gehüllte Kratzbürste mit einer Narbe auf der Backe.

Sie stützte sich auf die Bar und sah mich an. »Gefällt Ihnen die Aussicht?«

Ein flotter Spruch, dachte ich. Ich brauchte jetzt einen flotten Spruch. Mein Denken war schwerfällig, aber schließlich fiel mir etwas ein. »Nicht übel«, sagte ich. »Gerade ist sie noch besser geworden.«

»Ach, wie schön«, sagte sie bitter. »Wir finden es einfach wunderbar, wenn wir als Abendunterhaltung dienen.«

Ich fragte mich, was ich da getan hatte. Ich begriff nicht, was sie sagte. Vielleicht war sie käuflich, aber wenn das so war, dann sah sie für eine Nutte eigenartig aus.

Die Barfrau kam herüber. »Laß gut sein, Sharon, wir haben darüber schon geredet.«

»Ich bin die Gaffer einfach leid«, sagte Sharon.

»Deshalb ist er nicht hier.«

»Dann sag mir, J.J., was macht er hier?«

»Er ist gekommen, um etwas zu trinken. Ich erkenne die, die aus Neugier kommen.«

Da dämmerte es mir. Zuerst war es nur ein unklarer Gedanke, doch dann hatte ich begriffen.

»Tut mir leid«, sagte ich. »Ich habe das hier für eine Sportlerbar gehalten.«

»Du mußt diesen Namen ändern«, sagte Sharon, als sie sich entfernte.

»Ich habe mich schon gefragt, wo die Fernsehapparate sind«, sagte ich.

»Trinken Sie noch eine Runde auf Kosten des Hauses«, sagte J.J.

»Vielleicht sollte ich besser gehen.«

»Das hat keine Eile. Sharon ist manchmal ein Luder, aber im Grunde ist sie in Ordnung.«

Also trank ich noch eine Runde, und als ich damit fertig war, drehte sich das Lokal, und ich konnte niemanden fest genug ins Auge fassen, um zu gaffen, und so war Sharon endlich sicher vor meinen Blicken. Die Bar füllte sich rasch, schließlich war Dienstag abend, und ich beobachtete sie alle, wie sie hereinkamen. Es gab jüngere Frauen und ältere Frauen und bildhübsche Frauen und häßliche Frauen und fette und noch fettere Frauen und magere Frauen. Alle Arten von Frauen, und aus irgendeinem Grund, wegen der Drinks vermutlich oder des geheimen Wissens, das ich hatte, oder irgendeiner typisch männlichen Perversion, die sich an die Oberfläche drängte, aus irgendeinem Grund fand ich sie jedenfalls erstaunlich sexy. Ich wollte mich mit ihnen allen verabreden, mit ihnen allen ins Bett gehen, für jede von ihnen ein Freund und Vertrauter werden. Ich war verliebt in den ganzen verdammten Laden, vor allem in J.J. mit ihrer niedlichen Stupsnase und ihren Sommersprossen. Sogar Sharon mit ihrer Narbe, ja, die wollte ich auch. Jede verdammte Lesbe dort begehrte ich so sehr, daß es schmerzte. Es ist die Hölle, wenn man von allem umgeben ist, was man sich wünscht, und keine Möglichkeit hat, es zu bekommen: Hölle ist reines Verlangen ohne Befriedigung. Es war die Hölle, in dieser Bar zu sein, verliebt in das Unerreichbare. Die Hölle war mein Leben.

Doch Schluß mit dem Selbstmitleid; ich hatte Dinge zu erledigen. Ich glitt von meinem Hocker und taumelte zur Rückseite der Bar, wo es eine Toilette und ein Telefon gab. Ich pinkelte ausgiebig, und danach suchte ich in meiner Tasche nach einer Münze und erledigte ein Telefonat. Anschließend hinterließ ich ein dickes Trinkgeld für J.J. und stolperte aus diesem Palast der Verneinung hinaus in die feuchte, mondlose Nacht.

47

Ich wartete absichtlich in dem Schatten von Veronicas Apartmenthaus auf eine weitere alte Dame, die mit Einkaufstüten des Weges kam, aber dazu war es zu spät. Der kleine Hof war seltsam still, und der von Plexiglas umgebene Aufzug rührte sich nicht. Die Drinks begannen in meinem Magen zu kreiseln, und Übelkeit stieg mir in die Kehle. Während ich noch dastand und mich auf dieses Gefühl konzentrierte, begann es zu regnen. Einen Augenblick geriet ich in Panik und wußte nicht, was ich tun sollte; dann rannte ich in meiner Übelkeit naß, wie ich war, in den Vorraum und klingelte überall, nur nicht bei ihr. Nacheinander wurde ich über die Sprechanlage gefragt, was ich wolle. »Pizza«, schrie ich mehrfach zurück, und schließlich ließ jemand, hungrig und mit Pepperoni im Sinn, mich ein. Ich ging die Treppe zu Veronicas Stockwerk hinauf und schlich dann leise über den dünnen Teppich im Flur. Diesmal war ihre Tür verschlossen. Ich klopfte hart mit den Fingerknöcheln an. Niemand antwortete, aber durch den Spion konnte ich Licht sehen. Ich wußte, daß sie zu Hause war, also klopfte ich weiter, klopfte so laut und lange, bis meine Knöchel bluteten. Durch den Alkohol empfand ich weniger Schmerz als vielmehr ein dumpfes Gefühl, von dem ich wußte, daß es sich zu Schmerz entwickeln würde. Ich klopfte weiter, bis sie mir zurief: »Geh weg.«

»Laß mich rein, Veronica.«

»Ich kann nicht.«

»Jimmy hat dir gesagt, daß du mich nicht reinlassen sollst, stimmt's?«

»Er ist wütend.«

»Ich muß dich sehen. Laß mich rein, oder ich übergebe mich hier im Flur.«

»Tu es und geh.«

»Laß mich rein«, sagte ich. »Laß es mich wenigstens erklären.«

»Geh weg.«

Ich lehnte den Kopf an die Kühle ihrer Tür und rief: »Sag mir nur eins, eine kleine Sache. Sag mir eine Sache, und dann gehe ich.«

Sie antwortete nicht, aber sie sagte mir auch nicht, ich solle gehen.

»Sag mir nur, ob Bissonette im Bett besser war als ich.«

Einen langen Moment erfolgte gar nichts. Dann das metallische Klicken, mit dem sie die Tür aufschloß. Als ich mich durch die Tür drängte, ging sie schon wieder fort. Sie war ernsthaft gekleidet, Jeans, weiße Bluse, feste Schuhe. Sie sah anders aus, gut, dachte ich, als ich in das Apartment wankte, stets entzückt, wie unterschiedlich sie wirken konnte. Sie setzte sich auf die Couch, zog die Beine unter sich und schaute aus dem hinteren Fenster auf den rückwärtigen Parkplatz. Ihr Gesicht war angespannt und verschlossen. Von ihrem bloßen Anblick bekam ich eine Erektion.

Als ich zu ihr gehen wollte, fiel ich über einen Koffer, der nicht weit entfernt von der Tür stand. Mit dem Rest Würde, den ich noch aufbringen konnte, rappelte ich mich vom Boden auf. Sie sah mich absichtlich nicht an. Ich packte den Griff des anstößigen Koffers und hob ihn hoch. Er war gepackt, aber leicht gepackt, wie für ein Wochenende an der Küste.

»Wo zum Teufel fährst du hin?« fragte ich.

»Irgendwelche Vorschläge?« sagte sie.

»Wie ich höre, ist Cleveland schön um diese Jahreszeit.«

Sie wollte lächeln, unterdrückte es aber. Ich ging hinüber zur Couch und stellte mich neben sie, ein wenig schwankend. Mein Regenmantel vergoß Tränen. Dann ließ ich mich hart auf den Hintern fallen, lehnte mich zurück und versuchte, ganz natürlich auf dem Boden zu sitzen. Der Raum drehte sich um mich, doch sie nicht, sie sah ich scharf, und sie war atemberaubend.

»Also, was ist mit Bissonette?« sagte ich.

»Woher weißt du das mit Zack?« fragte sie ruhig.

»Die Polizei hat sein kleines schwarzes Buch gefunden«, sagte ich. Sie stand darin, unter dem Namen Ronnie, sonst nichts, kein Nachname, keine Adresse, keine Telefonnummer, nur Ronnie. Und fünf Sterne.

»Er war so stolz auf dieses Buch, wie ein kleiner Junge, der seine Baseball-Karten vorführt.«

»Erzähl mir von ihm.«

»Ob er besser war als du? Sei ein bißchen anders, Victor. Das ist dein Problem. Du bist so normal. Du willst dieselben Dinge wie jeder andere Mann und hast dieselben kleinen Sorgen. Bin ich groß genug, ist mein Mädchen hübsch genug, verdiene ich genug Geld? Du hast keine einzigartige Empfindung in deinem ganzen Körper.«

»Mir sind sie einzigartig genug«, sagte ich. Ich wäre teuflisch wütend auf sie gewesen, aber die Übelkeit vertreibt jeden Konfliktzustand, und so schloß ich die Augen und legte mich auf den Boden, statt irgend etwas Vernichtendes und Geistreiches zu antworten. Ich war schwer betrunken. Ich würde mich übergeben. Ich wollte das hier hinter mich bringen, bevor ich mich übergeben mußte. Ich wollte es nicht vor ihr tun, wollte vor ihr nicht so verwundbar sein, vor der Toilette knien und unkontrollierbar würgen, während sie sich amüsiert an den Türpfosten lehnte.

»Du hast also Bissonette im Club kennengelernt«, sagte ich mit noch immer geschlossenen Augen. »Er war recht attraktiv, und du hast gedacht, du könntest ihn ranlassen.«

»Ich habe mich gelangweilt«, sagte sie. »Zack sah anders aus, dieser Pferdeschwanz, die scharfe Kleidung. Und er hatte in der Oberliga gespielt. Ich dachte, da wäre etwas, aber er war auch langweilig geworden, wie die anderen. Das passiert jedem, der zuviel Zeit in Philadelphia verbringt.«

Ich öffnete ein Auge, aber davor drehte sich alles, und so schloß ich es wieder. »Du hast ihn fallenlassen?«

»Wir haben ein bißchen herumgespielt, und dann habe ich ihm gesagt, es sei vorbei. Das hat ihm nicht gefallen.«

»Ich weiß, wie er sich gefühlt hat. Ein verliebter Mann.«

»Ja, er hat sich verliebt, aber erst, als ich ihm gesagt hatte, er solle sich verpissen. Davor dachte er, er täte mir einen Gefallen. So stachelt man einen Mann zur Leidenschaft an, das habe ich gelernt. Man muß ihn verlassen. Aber er wollte das nicht akzeptieren. Er benahm sich, als ginge alles nach seinem Willen und als könne er mich haben, wenn er es nur intensiv genug wolle.«

»Ich vermute, er wollte dich intensiv genug.«

»Er rief pausenlos an. Er schickte mir Briefe, Blumen, Postkarten, als würde das etwas ausrichten. Eine Flasche Champagner, geliefert von einem Kerl im Gorillakostüm. Also, er gab sich wirklich alle Mühe. Aber eines Nachts war Jimmy mit seiner Frau nicht in der Stadt. In einem Anfall totaler Langeweile habe ich Zack angerufen.«

»Ein letzter Tanz.«

»Na ja, es war einfach, weißt du. Den Hörer abnehmen, wie wenn man chinesisches Essen bestellt. Du schwitzt ja, Victor.«

»Es ist heiß hier.«

»Nein, ist es nicht. Du siehst aus wie ein schwitzender Geist. Hast du diese süßen Drinks getrunken, die du so gern hast?«

»Und diese Wodka-Mischung, die du so gern hast.«

»Zusammen? Oh, dann wird dir wirklich schlecht werden.«

»Noch nicht«, sagte ich, obwohl ich wußte, daß es nicht mehr lange dauern würde. »Und in dieser letzten gemeinsamen Nacht hat er das Kokain herausgeholt?«

»Victor, du kleiner Detektiv.«

»Hab ich recht?«

»Ja, Victor, du hast recht. Du hast diese Verbindung, die normale Leute zu anderen normalen Leuten haben. Du kannst ihre Taktik durchschauen. Bei der Gelegenheit hat er mir mein kleines Geschenk mitgebracht.«

»Und dich dazu verleitet, es zu nehmen.«

»Gott, nein. Er hielt es mir vor die Nase, und ich hätte ihn fast vergewaltigt, um es in die Finger zu bekommen. Eine süße kleine Phiole mit genau der richtigen Portion.«

»Und was war mit deinem Zwölf-Schritte-Entzugsprogramm?«

»Zwölf Schritte in die Mittelmäßigkeit. Es war zu langweilig ohne, zu traurig. Ich hatte nicht gemerkt, was fehlte, bis er mir dieses Röhrchen entgegenhielt. Da habe ich mich erinnert.«

»Aber für Bissonette hat es funktioniert. Du bist bei ihm geblieben.«

»Das verstehst du nicht. Er hat es auch nicht verstanden. Ich war nicht mehr mit ihm zusammen, ich war mit der Droge zusammen. Er war bloß der Schwanz, der sie brachte.«

»Wie ist Jimmy dahintergekommen?«

»Es hat nicht lange gedauert, bis das, was Zack brachte, nicht mehr reichte. Also fing ich wieder an, bei Norvel zu kaufen.«

»Und das hat Jimmy herausgefunden.«

»Ja. Henry hat noch immer irgendwie mit Norvel zu tun, wie, weiß ich nicht, aber so hat Henry es erfahren, und der hat es Jimmy erzählt.«

»Und Jimmy wurde verrückt.«

»Er hat was gegen Drogen«, sagte sie ruhig. Aber es ging um mehr als bloß Drogen, das wußte ich. Die Geschichte wiederholte sich. Wenn es irgend jemand anderem zugestoßen wäre, dann wäre Jimmy Moore vielleicht damit fertig geworden, aber nicht bei seiner Ersatztochter Veronica. Er hatte ihr das Leben gerettet, er hatte sie entwöhnt, und nun sah er alles wieder von vorn passieren, wie es bei Nadine passiert war, und war wieder in Gefahr, seine Tochter zu verlieren. Das konnte er nicht ertragen, selbst wenn es nicht wirklich seine Tochter war, sondern nur das Schmuckstück, das den Platz seiner Tochter eingenommen hatte. Die Wut, die er verspürte, kam tief aus seinem Inneren, und sie war nicht mit Worten zu besänftigen, nicht mit Vernunft zu stoppen, nicht anders zu beruhigen als mit Blut.

»Und dann hat er Bissonette umgebracht«, sagte ich.

»Ich weiß nicht, was er vorhatte. Er kam wütend vorbei, und ich habe es ihm gesagt.«

»Wer hatte ihn hergefahren?«

»Ich weiß es nicht. Er kam allein herauf, und ich sagte es ihm. Aber ich wußte nicht, was er tun würde.«

»Du wußtest es.«

»Ich wußte, daß er etwas unternehmen würde.«

»Du wußtest es. Scheiße.« Mühsam rappelte ich mich in eine sitzende Stellung auf und spürte meinen Magen abrutschen wie in einen Liftschacht. »Was ist mit der Serie von Bareinzahlungen auf dein Konto?« fragte ich und versuchte, die Übelkeit niederzukämpfen.

»Jimmy hat mir gesagt, was ich tun sollte. Ich tat nur, was Jimmy mir sagte.«

»Wo landete das Geld?«

»Das weiß ich nicht.«

»Du lügst.«

»Ich weiß es nicht.«

Mit einem Krampf erreichte mein abstürzender Magen den Grund. »Oh, mein Gott«, keuchte ich. »Ich muß raus.« Ich stolperte auf die Füße und versuchte mich festzuhalten, doch ich verfehlte die Armlehne der Couch, stieß mir den Kopf am Beistelltisch und fiel auf die Knie. Es war schon oben, in meinem Mund, zurückgehalten nur von meinen zusammengebissenen Zähnen und meiner Hand, als ich mich wieder auf die Füße kämpfte und vornübergebeugt wie ein Buckliger zur Treppe und das halbe Stockwerk hoch zu ihrem Badezimmer rannte.

Es kam in einer lauten, unkontrollierten Folge von Würgeanfällen heraus, die mir Krämpfe in den Seiten verursachten. Meine Kehle brannte, und Speichel rann mir in langen Fäden aus dem Mund. Bei jedem Würgen hatte ich das Gefühl, daß es tiefer aus meinem Inneren kam, bis es so schmerzte, als kämen zusammen mit dem Alkohol Stücke meiner Lungen und Eingeweide hoch. Die Toilette war violett von den Drinks, sie sah violett aus und roch auch so, und mein Kopf hing genau über der Fäulnis, während ich auf den nächsten Anfall wartete. Ich trug noch immer meinen Regenmantel, und mein Anzug war feucht von fiebrigem Schweiß. In einem kurzen Moment des Friedens drehte ich den Kopf und sah sie dort am Türpfosten lehnen, wie ich es mir vorgestellt hatte, nur daß sie nicht belustigt grinste, sondern traurig und besorgt wirkte. Ich mußte mich wieder abwenden, als das Würgen erneut begann. Als ich mich das nächste Mal umdrehte, war sie fort.

Als es vorbei war, stand ich auf und fühlte mich sofort erleichtert, leicht, belebt. Ich schwitzte nicht mehr, der Raum drehte sich nicht mehr, aber ich hatte noch immer genug Alkohol in mir, um die Sorglosigkeit eines milden Schwipses zu fühlen. Ich wusch mir das Gesicht mit kaltem Wasser und Seife und öffnete dann ihren Medizinschrank. Er war voller unordentlich hineingestopfter Kosmetika, kleiner roter Plastikdosen mit Medikamenten, Heftpflaster, zuviel Heftpflaster. Ich nahm einen dicken Plastikkamm heraus und fuhr damit durch mein Haar, ich benutzte ihre Zahnbürste, um mir die Zähne zu putzen, ich spülte meinen Mund mit ihrem Mundwasser. Als ich wieder nach unten kam, zog sie gerade einen Mantel an.

»Wo gehst du hin?« fragte ich.

»Weg. Für mich ist hier alles ruiniert.«

»Wegen meines Verhaltens vor Gericht?«

»Nein, aber das war das Signal zum Aufbruch.«

»Warum bleibst du nicht und läßt dir helfen?«

»Ich brauche keine Hilfe«, sagte sie.

»Du bist drogenabhängig, Veronica. Du brauchst Hilfe. Du mußt dich irgendwo aufnehmen lassen.«

»Ich gehe nach Hause.«

»Iowa?« fragte ich.

»Vielleicht.«

»Du brauchst mehr als einen Tierarzt.«

»Leb wohl, Victor.«

»Er läßt Chester die Strafe für das übernehmen, was er getan hat.«

»Ich weiß«, sagte sie. »Das ist schlimm. Chet war immer lieb zu mir. Einmal haben wir zusammen geschlafen, habe ich dir das erzählt? In der Nacht, in der er sagte, daß er in mich verliebt ist, habe ich ihn gelassen.«

Ich versuchte, nicht daran zu denken, es mir nicht vorzustellen. »Du könntest ihn retten«, drängte ich sie. »Du könntest als Zeugin aussagen und ihnen erzählen, was passiert ist.«

»Nein, das kann ich nicht, Victor. Du weißt, daß ich nichts gegen Jimmy tun kann.«

»Er hat dich nicht gerettet, Veronica. Schau dich doch an.«

»Aber was er getan hat, hat er für mich getan, siehst du das nicht? Von euch allen, Zack und dir und Norvel und Chet, hat mich keiner geliebt, nur Jimmy. Das werde ich nicht verraten.«

»Ich liebe dich.«

»Du liebst es«, sagte sie scharf.

»Mehr als das.«

»Wirklich, Victor? Überleg es dir genau. Von Anfang an habe ich dich belogen. Wir haben nie eine ganze Nacht zusammen verbracht, nie das Frühstück geteilt, den ersten Kaffee am Morgen, die erste Zigarette. Du weißt nichts über mich, Victor, also was kannst du anderes an mir lieben als unseren Sex?«

»Es ist nicht so leicht berechenbar, es ist nicht wie bei einem Stammbuch.«

»Oh, doch, das ist es«, sagte sie. »Genau, wie du es mir in der ersten Nacht gesagt hast, als wir uns kennenlernten.«

»Du kannst nicht wissen, was ich fühle.«

»Ich glaube, daß du das auch nicht weißt.«

Es gab eine Pause, und ich fing an, über das nachzudenken, was sie sagte, doch dann hörte ich auf, weil ich nicht darüber nachdenken wollte, es mir nicht anschauen wollte.

»Du bist die einzige, die verhindern kann, daß Chester seine Freiheit verliert«, sagte ich. »Du mußt verhindern, daß er sein Leben für etwas verliert, was er nicht getan hat. Du hast die Pflicht, ihn zu retten.«

»Nein, Victor. Du bist sein Anwalt. Du rettest ihn.« Sie sah mit feuchten Augen zu mir auf, und eine Träne lief ihr über die Wange. »Bitte.«

Ich konnte nicht unterscheiden, ob sie mich bat, Chester oder sie selbst zu retten, aber eigentlich spielte das keine Rolle. Ich beugte mich vor und wischte eine ihrer Tränen mit meinen Lippen ab, und dann küßte ich sie, und ihre Lippen öffneten sich, meine Lippen öffneten sich, und wieder spürte ich ihre Zunge und die Elektrizität und das Verlangen und den unstillbaren Durst. Ich griff mit der Hand in ihr Haar und packte sie und küßte sie erneut, und sie küßte mich wieder, und ich wünschte verzweifelt, es hätte anders sein können. Sie seufzte in meinen Mund. Ich rieb mit der Hand ihr Haar und küßte sie wieder.

»Wenigstens hast du dir die Zähne geputzt«, sagte sie.

Ich lächelte sie an, und wir küßten uns noch einmal, und meine Hand glitt von ihrem Haar über ihren Rücken zu der kleinen Vertiefung am Ende ihrer Wirbelsäule, und ich preßte sie an mich. Ihre Arme schlangen sich um meinen Hals, und wir preßten uns aneinander, und der Alkohol in meinem Blut verbrannte bei diesem Kuß. Als sie mich fester an sich zog und mit den Konturen meines Körpers verschmolz, wußte ich, was ich tun mußte. Mit meiner freien Hand griff ich in meinen Regenmantel und suchte herum und zog den Umschlag heraus.

»Das ist für dich«, sagte ich.

Sie warf mir einen neugierigen Blick zu und riß dann den Umschlag mit der Erregung eines kleinen Mädchens auf, das einen Valentinsgruß öffnete. Aber es war kein Valentinsgruß.

Darin befand sich ein Blatt Papier, auf dem oben in großen Druckbuchstaben stand: »Distriktsgerichtshof der Vereinigten Staaten für den Östlichen Distrikt von Pennsylvania«. Veronica Ashland in der Church Street 225 in der Stadt Philadelphia im County Philadelphia im Bundesstaat Pennsylvania wurde darin aufgefordert, am genannten Tag um 10:00 Uhr vormittags als Zeugin für den Angeklagten Chester Concannon beim Prozeß *Vereinigte Staaten vs. Moore und Concannon* zu erscheinen. Das Dokument war vom Gerichtsdiener unterzeichnet und begleitet von einem Scheck über sechsunddreißig Dollar als Zeugengeld und Fahrtkostenerstattung für den vier Blocks weiten Fußweg von ihrem Wohnhaus zum Gerichtsgebäude.

»Du Mistkerl«, sagte sie, als sie erkannte, worum es sich handelte. »Du hast mich unter Strafandrohung vorgeladen.«

»Ja, das habe ich.«

»Wie konntest du? Wie konntest du es wagen?«

»Du hast mir gesagt, ich solle Chets Arsch retten. Und genau das werde ich tun.«

»Ich werde nicht gehen. Ich gehe nicht.«

»Wenn du nicht gehst, Schätzchen, dann landest du im Gefängnis.«

»Leck mich.«

Wieder beugte ich mich vor, um sie auf die Wange zu küssen, aber sie wich vor mir zurück, als wolle ich ihr mit den Zähnen das Fleisch zerfetzen. Also gab ich ihr statt dessen einen leichten Klaps auf den Arm und verließ endgültig ihr Apartment.

Aus dem riesigen Fenster in ihrem langsam herabsinkenden Aufzug konnte ich den leeren Platz und dahinter die kopfsteingepflasterte Straße sehen. Noch immer regnete es in Strömen. Ich schlug den Kragen meines Regenmantels hoch und trat auf den Platz hinaus. Als ich die Straße erreichte, sah ich erst nach rechts und dann nach links. Ich erkannte den Wagen, einen alten grauen Honda Accord, ein Stück die Straße hinunter, wo er vor einem kleinen Café geparkt war. Ich rannte hin. Die Tür öffnete sich, und ich quetschte mich hinein.

»Ein Regenschirm, Victor«, sagte Sheldon Kapustin. »Das ist eine relativ neue Erfindung, aber in Nächten wie heute sehr praktisch.«

»Wo ist Morris?«

»Mein Vater hat seit dem Rosenbluth-Juwelenraub achtundsiebzig keine ganze Nacht mehr mit Observieren verbracht. Hat er Ihnen je davon erzählt?«

»Nein.«

»Dann wird er es noch tun. Es ist seine Lieblingsgeschichte.«

»Sie ist da drin. Hübsch, schulterlanges braunes Haar, etwa einsfünfundsechzig, schlank. Sie trägt einen marineblauen Mantel. Sie wird einen schwarzen Koffer bei sich haben. Sie hat nicht viel eingepackt und praktisch keine Kosmetika, also denke ich nicht, daß sie weit fahren wird.«

»Gibt es einen Hintereingang?«

»Nur einen Notausgang mit Alarm. Nein, wenn sie herauskommt, dann kommt sie durch diese Tür. Ich will nur wissen, wo sie ist. Wenn sie in einen Zug oder ein Flugzeug steigen will, halten Sie sie auf und sagen mir sofort Bescheid. Ich werde einen U.S. Marshal auf sie ansetzen.«

»Klare Sache.«

»Was ist mit Corpus Christi?«

»Die Nummer, die ich gesehen habe, Victor, ist zufällig eine Telefonzelle neben einem Jachthafen. Wir haben ein Bild an jemanden dort unten geschickt, dem wir vertrauen, damit er sich umsieht.«

»Sagen Sie mir Bescheid.«

Er nickte. »Soll ich Sie nach Hause fahren?«

»Ich werde mir ein Taxi suchen«, sagte ich. »Sie behalten sie einfach im Auge.«

»Wenn sie so hübsch ist, wie Sie sagen, Victor, wird das kein Problem sein.«

Der Regen lief mir in den Kragen und den Rücken herunter, als ich die Market Street entlangging und nach einem Taxi Ausschau hielt. Als ich eines fand, war ich so naß, daß es keine Rolle mehr spielte. Ich saß auf dem Rücksitz, Regenwasser sammelte sich auf dem Vinylpolster, und ich lehnte den Kopf zurück. Ich wollte schlafen, nichts als schlafen. Ich war müde, zu müde, um auch nur den Kopf zu heben. Ich dachte daran, meine nassen Kleider auszuziehen, unter die heiße Dusche zu treten, auf mein Kissen zu fallen und zu schlafen. Aber dazu hatte ich keine Zeit. Ich mußte meine Sachen ausziehen, eine kalte Dusche nehmen und die Nacht mit meinen Prozeßnotizen und meinen Gesetzbüchern verbringen. Ich mußte mich darauf vorbereiten, die unweigerlich nur ihm selbst dienende und meineidige Zeugenaussage von James Douglas Moore in der Luft zu zerreißen.

48

Ich arbeitete an meinem roten Resopal-Eßtisch und bereitete mich auf die Befragung von Moore vor, als die Türglocke läutete. Der Tisch war mit Dokumenten, gelben Notizblöcken und Büchern bedeckt, Mauets *Fundamentals of Trial Technique,* Wellmans *The Art of Cross-Examination*, Applemans *Successful Jury Trials*, mit meinem Exemplar von *Federal Criminal Code and Rules*, doch selbst mit Hilfe all dieser Bücher kam ich nicht weiter. Und da läutete es. Es war nach zehn Uhr abends, und um diese Zeit sollte bei mir eigentlich niemand mehr läuten. Ich erinnerte mich, daß ich Veronica auf meiner Schwelle angetroffen hatte, als es das letzte Mal spätabends geklingelt hatte. Das würde ernste Schwierigkeiten bedeuten, dachte ich, aber unwillkürlich erinnerte ich mich auch an unseren letzten Kuß und wußte, daß ich noch immer mehr wollte.

In T-Shirt und Jeans schlich ich vorsichtig die Treppe hinunter und spähte in den Vorraum. Draußen regnete es noch immer. Ich sah eine Frau im Regenmantel im Vorraum stehen, die hinaus auf die Straße starrte. Einen Augenblick war meine Kehle wie zugeschnürt. Dann drehte sie sich um.

»Beth«, sagte ich, als ich die Tür aufriß. »Komm rein, Beth.«

Sie trat in den Flur, das Haar flach am Kopf anliegend, der Regenmantel tropfnaß. Sie betrachtete aufmerksam mein Gesicht, als sei zweifelhaft, was sie dort finden würde. »Ich habe gehört, was heute im Gericht passiert ist«, sagte sie. »Du hast diesen Zeugen ins Gebet genommen.«

Ich nickte. »Den guten Reverend. Na ja, mein Mandant scheint dahintergekommen zu sein, daß man ihn betrogen hat.«

»Wie ist er dahintergekommen?«

»Irgendwie, wie, sage ich dir nicht, aber irgendwie bin ich in den Besitz eines Dokuments aus Prescotts Büro gekommen, aus dem es hervorging.«

»Und du hast es ihm gegeben?«

»Er ist mein Mandant.«

Sie lächelte vorsichtig. »Dann, Victor, nehme ich an, daß William Prescott III. sich nicht mehr um deine Zukunft kümmern wird. Was ist mit diesen abscheulichen Bishop-Brüdern?«

»Die haben mich rausgeworfen«, sagte ich. »Und die *Saltz*-Regelung ist auch gestorben.«

Ihr Lächeln wurde breiter. »Ach du liebe Güte. Wie sollen wir da je zurechtkommen?«

»Wir?«

»In den Nachrichten hieß es, Moore würde morgen in den Zeugenstand treten. Ich dachte, du möchtest vielleicht Hilfe bei der Vorbereitung des Kreuzverhörs.«

»Und was ist mit der allgemeinen Rechtsberatung?« fragte ich. »Was ist mit der Hilfe für die Armen und Benachteiligten?«

Sie schüttelte den Kopf, legte die Arme um meine Taille und drückte mich fest an sich. Die Nässe ihres Regenmantels drang kalt durch mein T-Shirt. »Genau das mache ich ja, Victor«, sagte sie. »Und ehrlich gesagt, mein Schatz, hast du alle Hilfe nötig, die du kriegen kannst.«

Sie löste sich von mir und ging die Treppe hinauf. Einen Augenblick lang sah ich ihr nach. Also ist nicht alles im Eimer, dachte ich, als ich sie meiner Wohnung zustreben sah. Selbst wenn alles andere schiefgeht, ist nicht alles im Eimer.

Wir arbeiteten. Beth' Verstand war analytischer als meiner, und sie half mir, meine unkoordinierten Gedanken und weit hergeholten Taktiken zu organisieren. Zusammen fingen wir an, eine Strategie zu entwickeln, um dem Stadtrat zuzusetzen, hier ein Vorstoß, da eine Falle, Fragen, die zwei Tatsachen hervorhoben, die völlig unvereinbar miteinander waren, wenn man sie zusammenbrachte. Wir umrissen ganz allgemein den Ansatz, den ich mir zu eigen machen würde, und übten dann miteinander, indem wir unsere Fragen sehr sorgfältig formulierten, um seine unvermeidlichen Ausflüchte zu verhindern. Bevor Beth gekommen war, war ich vollkommen verloren gewesen, doch als wir nun zusammen an der Befragung arbeiteten, fanden wir zu einem kohärenten und wirksamen Angriff auf seine Glaubwürdigkeit.

Gerade reckte ich mich müde und schüttelte den Kopf über die Menge an Arbeit, die noch vor uns lag, als das Telefon läutete.

»Na, wie fanden Sie, daß die alte Dame aussah?« sagte Chuckie Lamb am anderen Ende der Leitung. Seine Stimme war gedämpft, kein Bellen mehr, aber trotzdem fröstelte ich.

»Ich wollte sie nicht belästigen«, sagte ich.

»Wie fanden Sie, daß sie aussah?« sagte er wieder, diesmal dringlicher.

»Ziemlich gut, Chuckie.«

»Ja, aber Sie hätten sie früher sehen sollen. Früher war sie eine Schönheit. Eine echte Schönheit.«

»Es tut mir leid, wenn ich ...«

»Sie war die Königin des Viertels«, sagte er und schnitt mir das Wort ab, ehe ich mich für meinen Besuch entschuldigen konnte. »Und sie hatte Klasse. Die Fenster in unserem Haus – die Leute kamen aus der ganzen Straße und aus anderen Blocks, um ihre Vorhänge zu sehen. Sie war künstlerisch veranlagt, sie liebte die Oper. Nachdem mein Vater gegangen war, hörten wir dauernd Opern. Es war toll, nachdem mein Vater abgehauen war, er war nämlich ein Arsch, und hinterher gab es nur noch Mommy und mich. Sie war eine Schönheit, sage ich Ihnen.«

»Ich glaub's Ihnen«, log ich. Ich konnte mir die krötengesichtige Frau mit den mahlenden Kiefern nicht als Schönheit vorstellen. Beth starrte mich an und wunderte sich, was da vorging. Ich zuckte mit den Schultern, als wüßte ich es auch nicht. Ich wußte es tatsächlich nicht.

»Einmal, in der vierten Klasse«, sagte Chuckie, »gab es einen Jungen, der mich furchtbar verprügelt hat. Ein kleiner Jude, Levi, der Raufbold der Schule. Hat einfach auf mich eingedroschen.«

Gut für Levi, dachte ich.

»Als Mommy das herausfand, kam sie nach der Schule auf den Spielplatz und packte diesen Levi beim Kragen. Sie sagte ihm, wenn er mich noch einmal anrühre, würde sie ihm die Nase abbeißen. Er machte sich in die Hosen, solche Angst hatte er. Levi hat mich nie wieder belästigt. Als wir den Park verließen, zog Mommy mir mit dem Handrücken eins über, streckte mich damit zu Boden und verpaßte mir ein wunderbares blaues Auge. Ich wurde nie als Muttersöhnchen verhöhnt, weil sie mich so schlug. Das wußte sie genau. Das war ihre Art, sich immer um mich zu kümmern. Es geht ihr von Tag zu Tag besser, das merke ich. Bald wird sie nach Hause kommen. Wird ihre Schäferpastete backen und Wagner oder Berlioz auf den Plattenspieler legen. Wie fanden Sie, daß sie aussieht?«

»Sie sieht großartig aus.«

»Ja, das tut sie, nicht wahr? Es war prima von Ihnen, daß Sie sie besucht haben. Ich bin acht Jahre beim Stadtrat, und er hat sie nicht ein einziges Mal besucht.«

»Was ist los, Chuckie?« fragte ich.

»Nicht ein einziger verdammter Besuch. Es war ihm immer egal, er hat mich die ganze Zeit wie Katzenpisse behandelt. Chet hat sie besucht, aber so ist er nun mal. Hat ihr Blumen gebracht. Sie mag Blumen.«

»Was ist los?«

»Sie haben mich heute überrascht«, sagte er. »Ich dachte, Sie würden weiter vor denen kriechen, da war ich sicher, aber als ich erfuhr, daß Sie Mommy besucht haben, fing ich an zu zweifeln. Warum hat er das getan? Vielleicht wird er doch nicht weiter kriechen. Aber es war trotzdem eine Überraschung. Ich sah Sie mit Prescott reden.«

»Ein freundlicher Schwatz«, sagte ich.

»Und Sie haben das Mädchen vorgeladen.«

»Ja, habe ich.«

»Was Sie vor Gericht gemacht haben, war schlimm genug«, sagte er. »Die sind sehr sauer auf Sie, wütend. Aber Sie hätten das Mädchen nicht vorladen sollen. Das war ein Fehler. Die haben ihre Pläne. Sie sind in viel größerer Gefahr, als Ihnen klar ist.«

»Ist das eine neue Drohung? Geht es darum?«

»Sie mißverstehen mich wieder, wie letztes Mal. Alles, was ich wollte, war Chet helfen. Ich wußte von Anfang an, daß Jimmy ihn reinlegen würde. Ich war sicher, daß Sie das auch wußten und mitmachen würden. Aber dann haben Sie mich überrascht. Hören Sie, Sie können sich gar nicht vorstellen, was der Stadtrat für ein Verräter ist. Es geht weit über Chet hinaus, obwohl das schon schlimm genug ist. Es übersteigt jede Vorstellung.«

Plötzlich dämmerte mir, daß Chuckie Lamb mir zu helfen versuchte. »Was ist aus dem fehlenden Geld geworden?« fragte ich.

»Ich habe eine Geschichte für Sie.«

»Wie Jack und die Bohnenstange?«

»Eher wie Faust«, sagte er. »Aber nicht am Telefon.«

»Okay, treffen wir uns. Wo Sie wollen.«

»Ich bin in der Nähe vom Grabmal des Unbekannten Soldaten, kennen Sie das?«

»Ja«, sagte ich.

»In zehn Minuten.«

»Klar«, sagte ich, dachte einen Augenblick nach und wurde von einer Flut von Paranoia überspült. »Ich kann Ihnen vertrauen, Chuckie, oder? Das ist doch kein Trick, nicht?«

»Sie werden verstehen, wenn wir reden«, sagte er. »Es wird genug sein, daß Ihnen das Essen hochkommt. In zehn Minuten.«

Als ich auflegte, starrte Beth mich noch immer an. »Ich muß gehen«, sagte ich zu ihr.

»War das Chuckie Lamb?«

»Ich glaube«, sagte ich. »Aber er war milder als sonst, wie Chuckie Lamb unter schweren Beruhigungsmitteln.«

»Was will er?«

»Er will mir eine Geschichte erzählen«, sagte ich. »Ich muß gehen. Warte auf mich.«

Ich fand meine Turnschuhe, zog ein weißes Hemd über mein T-Shirt und nahm den Regenmantel aus dem Schrank. Ich hatte die Tür schon aufgemacht, da drehte ich mich noch einmal um und fragte sie: »Weißt du, wo das Grabmal des Unbekannten Soldaten ist?«

»Arlington?« sagte sie.

»Nein, hier.«

»Gibt es hier eines?«

»Verdammt«, sagte ich, als ich erkannte, daß ich Chuckie gesagt hatte, ich würde dort sein, ohne zu wissen, wo es war. »Wen kann ich fragen?« sagte ich. »Hat das Fremdenverkehrsbüro noch geöffnet?«

»Es ist nach Mitternacht«, sagte sie. »Wie wär's mit dem Telefonbuch?«

»Wo denn da, unter Grabmälern?«

»Vor den Gelben Seiten ist ein Stadtplan«, sagte sie, und sie hatte recht.

Ich sah mir den Plan der historischen Sehenswürdigkeiten im Stadtzentrum an, und da war es, Washington Square, abseits der Locust zwischen der Sechsten und Siebten Straße, das Grabmal des

Unbekannten Soldaten der Amerikanischen Revolution, eines so unbekannten Soldaten, daß ich nicht einmal gewußt hatte, daß er ein Grabmal besaß. Nachdem ich es auf dem Stadtplan gefunden hatte, eilte ich zur Tür. Ich war schon spät dran und hoffte, daß Chuckie nicht gehen würde, bevor ich ankam.

Durch den strömenden Regen rannte ich zu meinem Auto. Als ich mich hineinsetzte, wurde der Fahrersitz tropfnaß. Ich fuhr auf der Locust, vorbei an DiLullo's und der Academy of Music, über die Broad Street, bis die Straße einen Bogen um den Washington Square machte. Ich umfuhr den Park, hielt auf der Siebten Straße im Halteverbot und stieg hastig aus dem Wagen.

Der Park war größer als ein Häuserblock, umgeben von einer niedrigen Ziegelmauer. Ich rannte durch ein Tor und auf den Mittelpunkt zu. Der Platz war schwarz und düster und mit Bäumen bestanden, die jedes Licht vom Himmel abhielten. Ein paar Laternen im Kolonialstil spendeten dünnes, lethargisches Licht, die meisten waren dunkel. Am Brunnen in der Mitte, der in dieser nassen Nacht nicht sprudelte, sah ich mich hastig um. Von hier aus konnte ich auf der westlichen Seite des Parks zwei Reihen von Flaggenmasten erkennen, die wie eine Ehrengarde zu einer großen Steinmauer führten, vor der eine Statue stand.

Ich ging durch die Dunkelheit zwischen den Flaggenmasten und erreichte das Grabmal, das von zwei dünnen Halogenlichtstrahlen beleuchtet wurde. Auf einer erhöhten Steinplattform hinter einer Kette an bronzenen Pfeilern befand sich ein Sarkophag, dahinter auf einem Granitpodest eine Bronzestatue von Washington, wie er sich auf sein Schwert lehnt. Ich sah mich um. Nichts. Ich las die Inschrift auf der Steinmauer hinter Washington: FREIHEIT IST EIN LICHT, FÜR DAS VIELE MENSCHEN IM DUNKELN GESTORBEN SIND. Ich sah mich noch einmal um. Nichts. Ich hatte ihn verpaßt. »Verflucht«, sagte ich laut, als der Regen von meinem unbedeckten Kopf in meinen Mantelkragen lief und mein Hemd durchnäßte. »Verfluchte Scheiße«, sagte ich.

Da hörte ich etwas von der Rückseite der großen Steinmauer.

»Chuckie?« sagte ich.

Keine Antwort.

Aber dann kam der Schatten hinter der Steinmauer hervor. Er

stolperte durch die niedrigen Büsche um die Mauer herum auf mich zu. Ich wich zurück. Er kam weiter auf mich zu, stolperte erneut, schwankte, konnte kaum das Gleichgewicht halten. Er erreichte nun das karge Licht des Halogenstrahlers, das sein Gesicht erhellte.

Es war Chuckie.

Er kam näher. Es sah aus, als trage er einen Bart, eine Verkleidung; dann stolperte er wieder und fiel in meine Arme und glitt durch sie hindurch und fiel auf die ausgespannte Kette; seine Schultern rutschten tiefer, bis sein Kopf am Fuß des Sarkophags lag.

Ich beugte mich über ihn. Mein Gott, das war kein Bart.

Er gab ein Geräusch von sich, ein leises Gurgeln, und Blut strömte auf die Steinplattform, aus seinem Mund, aus seiner aufgeschlitzten Kehle, Blut, das sich mit dem Regen vermischte und zu einer Pfütze sammelte, immer heller und dünner wurde, bis es schließlich verschwunden war. Noch ein Gurgeln, leise und entsetzlich, und dann nichts mehr. Nur Chuckie Lamb und das Blut, das aus seiner Kehle rann und vom Regen weggewaschen wurde, kein anderes Geräusch als die Tropfen, die auf den Park fielen, auf die große Steinmauer, auf Washingtons Schwert, auf den Sarkophag, auf den leblosen Körper, aus dessen Jackentasche ein Umschlag ragte, auf seinen Hals, auf sein Gesicht, kein anderer Laut als die läuternde Stimme des Regens.

Ich nahm den Umschlag und rannte, was ich konnte.

49

Es war *die* große Neuigkeit am nächsten Morgen. Die Polizei war durch einen geheimnisvollen Notruf benachrichtigt worden und hatte ihn mit aufgeschlitzter Kehle im Regen liegend gefunden. Die offizielle Mitteilung lautete, Charles Lamb, 43, unverheiratet, aus Nordostphiladelphia, Pressesekretär des Stadtrats Jimmy Moore, sei ermordet am Washington Square aufgefunden worden. Für den Mord sei noch kein Motiv bekannt, und es gebe keine Verdächtigen. Seine einzige lebende Angehörige sei seine Mutter Connie

Lamb, wohnhaft im St. Vincent's Altenheim. Die Beerdigung sei für Mittwoch nachmittag im Galzerano Funeral Home in der Torresdale Avenue angesetzt. Das war die offizielle Mitteilung, aber es gab Gerüchte über nächtliche Treffen mit jungen Männern an öffentlichen Orten, und ein Leitartikel in der *Daily News* machte den Vorschlag, der Polizeikiosk im Park solle die ganze Nacht besetzt bleiben, um dafür zu sorgen, daß sich nicht auch der Washington Square zu einem Treffpunkt für zweifelhafte Rendezvous entwickelte wie so viele andere öffentliche Parks in der Stadt.

Chester war stumm vor Trauer; sein Schmerz zeigte sich nur in einer Rötung um die Augen und zusammengepreßten Lippen. Ich sagte ihm, wie leid es mir tat, und er nahm das achselzuckend zur Kenntnis, aber ich konnte sehen, daß er litt. Ich hatte vorher nicht gewußt, daß die beiden sich so nahe gestanden hatten. Jimmy entschied sich dafür, seine Gefühle zu äußern und der Presse zu sagen, Chuckie sei ein wertvolles und geschätztes Mitglied seines Teams gewesen. »Dieses Verbrechen«, sagte er auf den Stufen zum Gerichtsgebäude, wobei der Beginn seiner Rede zeitlich präzise so abgestimmt war, daß die Fernsehkameras sie live aufnehmen konnten, »wird mich nur in meiner Entschlossenheit bestärken, meinen Kreuzzug fortzusetzen. Ich habe in meinem Leben viele Tragödien erlebt, und dies ist nun noch eine weitere. Aber wer immer glaubt, er könne mich von meinem Anliegen abbringen, wer immer glaubt, er könne mich aufhalten, wer immer glaubt, er könne meine gute Arbeit durch Drohung oder Einschüchterung vereiteln, der irrt sich gewaltig. Wir machen weiter, wir kämpfen weiter, die Dealer des Todes werden geschlagen, und wir werden siegreich sein, und Menschen wie Chuckie Lamb, die bei diesem Kampf als Märtyrer starben, werden für immer als Helden in unserer Erinnerung bleiben.«

Ich nahm an, daß Jimmy Moore keine Zeit verloren und sich einen neuen Redenschreiber besorgt hatte.

Chuckie Lamb war weder angeklagt worden, noch hatte man ihn als Zeugen für eine der beiden Seiten befragen wollen, also hatte seine Ermordung keinen wirklich Einfluß auf den Prozeß. Richter Gimbel schlug vor, angesichts des Todes eines dem Stadtrat so nahestehenden Menschen die Verhandlung auf morgen zu vertagen, und Eggert stimmte bereitwillig zu, aber im Gerichtssaal stand Jimmy Moore auf und erklärte, er sei bereit, noch heute seine Zeugenaussage zu machen.

»Sie möchten heute aussagen?« fragte der Richter.

»Ja, Sir«, sagte Jimmy Moore. »Mr. Lamb hätte gewünscht, daß der Prozeß fortgesetzt wird, damit ich diese nichtswürdige Affäre so schnell wie möglich hinter mich bringe und meine volle Aufmerksamkeit wieder der Sache des Volkes zuwende.«

»Gut, Herr Stadtrat«, sagte der Richter.

Und so wurden die Geschworenen hereingerufen, und Prescott erhob sich. »Die Verteidigung«, sagte er, »ruft Stadtrat James Douglas Moore in den Zeugenstand.«

Jimmy Moore hatte sein berufliches Leben nicht damit zugebracht, Wähler aufzustacheln und improvisierte politische Reden zu halten, ohne einiges darüber zu lernen, wie man eine Menschenmenge bearbeitet, ob es sich nun um tausend Anhänger bei einer Wahlversammlung oder um zwölf Geschworene und zwei Ersatzleute handelte, die seine Zukunft in der Hand hatten. Ich wußte, wie seine Geschichte lauten würde, daß er nämlich das ahnungslose Opfer der Erpressungspläne des teuflischen Chester Concannon sei, und diese Story erzählte er auch, aber wie er sie erzählte, war wieder eine andere Sache. Er war kein zerknirschter und bedrückter Angeklagter, er war nicht der demütige Mensch, der seine Unschuld verteidigt, er war nicht ruhig und zurückhaltend und legte sein Schicksal auch nicht vertrauensvoll in die Hände einer Jury. Er war vielmehr ein zorniger Mann, der von seiner rechten Hand betrogen, von seiner Regierung zum Opfer gemacht, einem politischen Rachefeldzug unterworfen und gezwungen worden war zu verteidigen, was keiner Verteidigung bedurfte. Vor seiner Zeugenaussage hätte ich angenommen, daß ein solches Verhalten ihm Feinde schaffen und die Sympathie der Geschworenen verwirken würde, aber da hätte ich mich geirrt. Die kleinen Leute auf der Geschworenenbank waren sichtlich beeindruckt.

Mit Hilfe von Prescotts sanften Fragen äußerte Moore sich in klaren und zornigen Sätzen zu seiner Verteidigung. Nein, er habe Michael Ruffing nicht illegal Geld abgepreßt. Ja, er habe Ruffings

Bebauungsplan im Stadtrat unterstützt, weil es ein guter Plan gewesen sei, und, ja, er erwarte für solche Hilfe Beiträge zu seinem Wahlkampf, weil in der Politik nun einmal so gearbeitet werde. »Das ist das amerikanische System«, sagte Jimmy Moore, »und Gott segne das amerikanische System. Gott segne Amerika.« Nein, er habe nichts von den zweihundertfünfzigtausend Dollar gewußt, die Concannon bar übergeben worden seien, und hätte er es gewußt, dann hätte er es verboten. Nein, er habe mit Ruffing nicht über Geld gesprochen, das sei nicht sein Stil, er hätte jede Unterstützung akzeptiert, die Ruffing zu geben bereit war, und habe die Schecks über fünfzigtausend Dollar, die CUP tatsächlich erhalten hatte, überaus großzügig gefunden. Ja, er sei wütend gewesen, als Ruffing ihm sagte, er würde die Zahlungen einstellen, das habe nach Verrat geschmeckt. »Wir kämpften Seite an Seite für etwas«, sagte Moore aus. »Ruffing wußte, daß ich für meine Therapiepläne auf seine Hilfe zählte. Und dann machte er einfach nicht mehr mit.« Aber nein, natürlich habe er Zack Bissonette nicht umgebracht. Er habe für die Bewerbung um ein höheres Amt schon über zwei Millionen Dollar aufgebracht, warum also hätte er für ein paar Tausender hier oder dort alles aufs Spiel setzen sollen? Nein, er habe Bissonette's nicht in Brand gesteckt, es sei einer seiner Lieblingsclubs gewesen. Ja, er habe einen extravaganten Lebensstil, warum auch nicht? Seine Frau habe Geld, er habe Geld aus anderweitigen Investitionen, warum solle er also nicht luxuriös leben, wenn er sich das leisten könne? »Wenn der Vertreter der Anklage mich dafür anklagen will, daß ich Champagner trinke und eine Limousine besitze, dann soll er das tun, prima, und dann soll er sehen, wie weit er damit kommt. Aber nicht mit den konstruierten Anschuldigungen, die hier gegen mich ins Feld geführt werden. Nicht auf der Basis eines rein politischen Rachefeldzugs.«

Von Veronica berichtete er mit leiser Stimme, die vor Beschämung troff. Ja, er habe eine Geliebte gehabt. Ihr Name sei Veronica Ashland. Sie sei eine von Crack abhängige College-Studentin gewesen. Er habe sie aus einem Crackhouse herausgeholt, das er in West Philadelphia geschlossen habe, und sie persönlich in ein Zentrum für Drogenrehabilitation gebracht. Nachdem er ihr das

Leben gerettet habe, habe er eine gewisse Verantwortung für sie empfunden und sie in dem Behandlungszentrum besucht. Sie sei gesünder geworden, habe gelernt, ohne Drogen zu leben, und zwischen ihnen sei eine Freundschaft entstanden, die zu mehr wurde. Er bedauere den Schmerz, den er dadurch seiner Frau und seiner Familie zugefügt habe, aber es sei eben passiert, es tue ihm leid, und nun sei es vorbei. »Aber ich bin wirklich verbittert über meinen hinterlistigen Assistenten, der meine schmerzliche Beziehung zu diesem armen Mädchen gegen mich zu benutzen versucht hat«, sagte er.

Sein schärfstes Gift sparte er sich natürlich für Chet Concannon auf. Einen lügnerischen, undankbaren Schuft nannte er ihn. Chet sei ein Nichts gewesen, als Jimmy ihn fand, ein kleiner Küchenjunge, der davon träumte, in die Politik zu gehen. Er habe Chet einen Job im Rathaus gegeben und ihn immer wieder befördert, bis er ihn zu seinem Chefassistenten gemacht habe. Er habe Chet Concannon vertraut, er habe Chet Concannon geliebt, und am Ende habe Chet Concannon ihn verraten. Chet sei ein Dieb, ein Lügner, er habe Moores guten Namen für eine Viertelmillion Dollar in den Schmutz gezogen. Nach allem, was Jimmy wisse, sei Chet ein Mörder, ein Brandstifter, er wisse nicht genau, was Chet getan habe, um seine Masche durchzuziehen, aber er habe die schmerzhafte Lektion gelernt, daß Chet Concannon zu fast jeder Abscheulichkeit fähig sei, um seine selbstsüchtigen Ziele zu erreichen. »Erst neulich in diesem Gerichtsgebäude«, sagte Jimmy, »hat Concannon mich körperlich attackiert. Er will mich ruinieren. Er ist mein Brutus, der meinen Sturz plant. Er ist mein Judas.«

Als seine direkte Befragung beendet war, herrschte im Gerichtssaal emotionsgeladene Stille. Prescott stand mit niedergeschlagenen Augen auf dem Podium und ließ die Stille in der Luft hängen und intensiver werden. Ich betrachtete die Geschworenen. Sie waren gespalten. Die Hälfte sah Jimmy mit Mitgefühl, Zuneigung und Bewunderung an. Die andere Hälfte starrte mit heftiger Verachtung auf Chet Concannon. Als die Stille gerade lange genug angedauert hatte, um die größtmögliche Wirkung zu erzielen, lächelte Prescott Jimmy zu, wie man einem Freund zulächelt, und sagte: »Wir haben keine weiteren Fragen.«

»Mr. Carl«, sagte der Richter, »wünschen Sie ein Kreuzverhör?« Er spähte über seine Halbgläser hinweg zu mir und wartete auf meine Antwort.

Ich hatte mich noch nicht vom Anblick Chuckie Lambs erholt, der in meinen Armen gestorben war, ich hatte meine Verblüffung, meine Ehrfurcht und die überwältigende Welle von Angst noch nicht überwinden können. Dieser Mann, der ein paar Augenblicke zuvor noch gelebt hatte, war nun tot, das Leben war aus dem Schnitt in seiner Kehle geströmt, an meinen Schuhen vorbei in den nassen Boden unter dem Grabmal des Unbekannten Soldaten der Amerikanischen Revolution gesickert. Den Anblick würde ich für den Rest meines Lebens mit mir herumtragen. Nachdem ich stundenlang herumgefahren war, kam ich nach Hause und fand Beth schlafend auf meiner Couch. Ich zog meine Kleider aus und stopfte sie in die Waschmaschine, einschließlich Regenmantel und Turnschuhen, und ich wusch sie mit drei Bechern Waschpulver, während ich unter der Dusche stand, bis das Wasser kalt wurde. Und dann schlief ich oder versuchte es wenigstens, denn ich riß mich immer wieder aus dem Schlaf, wenn ich von Chuckie mit dem Bart träumte, der kein Bart war. Ich hatte noch nicht die Zeit gehabt, die ich brauchte, um meine erste Begegnung mit einem Toten zu verarbeiten.

Aber eines wußte ich. Chuckie Lamb war nicht von irgendeinem Strichjungen ermordet worden, der ihn ausrauben wollte, wie die Zeitungen es darstellten, und er war auch nicht von einem Drogendealer getötet worden, der dem Stadtrat Angst einjagen wollte, wie Jimmy Moore durchblicken ließ. Nein, Sir. Er war getötet worden, weil er mir alles erzählen wollte, was er über den Stadtrat und das fehlende Geld wußte. Er war von Jimmy Moore getötet worden, der vor ihm Bissonette getötet hatte und andere töten würde, wenn es nötig war, Jimmy Moore, der Chester belogen hatte, der mich belogen hatte, der unter Eid im Zeugenstand gelogen hatte, Jimmy Moore mit seiner billigen Scheinheiligkeit und seinem Elefantenschwanz. Jimmy Moore. Er hatte es getan, verdammt, und ich würde ihn bezahlen lassen, das würde ich, ich würde ihm weh tun, das würde ich. Und wenn ich in diesem Leben sonst nichts erreichen würde, das würde ich erreichen: Jimmy Moore weh zu tun.

Da saß er im Zeugenstand, die Brust vorgereckt, die Augen hart vor Entschlossenheit, und wartete auf mich. Nun, ich würde kommen.

»Mr. Carl«, sagte Richter Gimbel, »möchten Sie den Zeugen ins Kreuzverhör nehmen oder nicht?«

»Oh, ich möchte, Euer Ehren«, sagte ich, stand auf und ging sehr zielbewußt zum Podium. Ich starrte Jimmy Moore an, er starrte zurück, und einen Moment lang waren wir durch unsere heftige Gegnerschaft wie verklammert. Und dann sah ich, wonach ich Ausschau gehalten, was ich erhofft hatte: Furcht. Jimmy Moore wußte, was ihm bevorstand, der Bastard wußte, was ich wußte, wußte, was ich fühlte, und er hatte zu Recht Angst.

Ich klopfte mit der Faust ganz leicht auf den Zeugenstand, einmal, zweimal. Und dann fing ich an.

50

Nachdem es vorbei war, nach dem ganzen Geschrei, nach all den Einsprüchen, denen stattgegeben worden war, nach all den Lügen und den nachdrücklich wiederholten Fragen und den erneuten Lügen, nach all dem Klopfen auf den Zeugenstand und den Ermahnungen des Gerichts und den wiederholten Anträgen auf Strafen wegen Mißachtung des Gerichts, die sowohl von Prescott als auch von Eggert gekommen waren, nach all den vertraulichen Besprechungen der Parteien mit dem Richter, nach all den ungeheuerlichen Fragen, die gestellt und zurückgezogen worden waren, ehe eine Antwort erfolgen konnte, nach diesem ganzen Theater war ich wieder in meiner Wohnung. Ich lag mit verschränkten Armen zusammengerollt auf der Couch, die Schuhe noch an den Füßen, den Kopf in Beth' Schoß, und sie streichelte mein Haar und versicherte mir, nein, so schlimm sei es nicht gewesen.

»Oh, doch, war es«, sagte ich, und das stimmte.

Ich hatte Jimmy Moores Geschichte angegriffen wie ein Stier, hatte mit den Hörnern genau auf sein Herz gezielt, aber als ich den

Kopf wieder hob, merkte ich, daß ich an ihm vorbeigerannt war und er immer noch auf diesem Zeugenstuhl saß, ruhig, glatt, darauf wartend, meine nächste Attacke mit seiner Capa aus Lügen zu parieren. Er war der Matador, der mich mit seinem Tempo, seinen Reaktionen kontrollierte, und im Laufe der Befragung machte er mich mehr als einmal zum Narren.

»Du hast getan, was du konntest«, sagte Beth.

»Er hat mich zum Mittagessen verputzt und die Knochen ausgespuckt.«

»Jetzt tust du dir selber leid«, sagte sie.

»Der Bastard hat gelogen, Beth. Ich wollte ihn bloß als Lügner vorführen.«

»Bei so einem geübten Lügner ist das gar nicht einfach. Du hast nicht alles aus ihm herausgeholt, was du wolltest, aber alles, was du brauchtest.«

»Meinst du?« fragte ich.

»Ja.«

»Na, vielleicht«, sagte ich, und vielleicht hatte ich das auch, denn ich hatte nie auch nur einen Augenblick lang angenommen, den Fall allein mit Jimmy Moores Zeugenaussage gewinnen zu können. Mein Gedanke war, daß die Wahrheit Chester Concannon retten würde, ein wunderlicher Gedanke in diesem Zeitalter, wo Vernebelung und Wendigkeit der Schlüssel zum Erfolg auf allen Gebieten sind, aber ich hatte ihn nun mal. Ich hatte nie damit rechnen können, daß aus Jimmy Moores Mund etwas kommen würde, das auch nur entfernt mit Wahrheit zu tun hatte. Nein, ich hatte höchstens erwarten können, daß ich mit Jimmy Moores Hilfe einen Sockel errichten würde, auf dem später die Wahrheit stehen konnte, und vielleicht hatte ich das auch getan.

Ich hatte ihn nach seiner Tochter gefragt, und er erzählte erneut, wie sie gestorben war. Ich hatte ihn nach dem Schwall von Gefühlen gefragt, die ihn bei ihrem Tod überkommen hatten, und er, geübt darin, seine innersten Empfindungen aufzudecken, wann ihm das am nützlichsten war, sprach von dem Schmerz, der Qual, dem Zorn. Und aus alldem, so hatte ich gefragt, ist Haß auf diejenigen entstanden, die Drogen an Kinder verkaufen, nicht wahr, Stadtrat?

»Sie sind Mörder, sie bringen Kinder um.«

»Und Sie hassen sie alle, mit der ganzen Macht Ihrer kraftvollen Leidenschaft.«

»Das ist richtig, Mr. Carl.«

»Sie haben Ihr Leben dem Kampf gegen diese Geißel gewidmet.«

»Das trifft zu. Sie sind Mörder und müssen zerstört werden, jeder einzelne.«

»Ganz gleich, mit welchen Mitteln, ganz gleich, um welchen Preis?«

»Sie müssen besiegt werden.«

»Weil sie Ihre Tochter getötet haben?«

»Ja, und Tausende andere wie sie.«

»Und Sie wollen sie alle tot sehen?«

»Das ist meine Mission.«

»Mit eigener Hand?«

»Wenn ich muß.«

»Mein ist die Rache, spricht der Stadtrat. Ist es das?« So hatte ich gefragt und keine Antwort erwartet, sondern einen Einspruch, und genau den bekam ich auch. Der Richter gab ihm statt.

»Ich fand das eine gute Idee«, sagte Beth, während sie meinen Kopf streichelte. Wann immer ich mich wieder an diese Augenblicke vor Gericht erinnerte, stieg mein Adrenalinpegel, und ich fing an zu zittern. Ihre besänftigende Berührung beruhigte mich jedesmal wieder, brachte mir die Behaglichkeit des Nachtlagers, wenn die Schlacht für den Tag vorüber war. »Die Bibel zu zitieren war ganz nach der Manier von Darrow«, sagte sie.

»Nichts macht sie wütender als ein Jude, der ihnen das Neue Testament vor die Nase hält«, sagte ich.

»Du hast ihn mehr als einmal wütend gemacht.«

»Ich fand, er war die ganze Zeit ziemlich ruhig«, sagte ich.

»Nein, Victor. Ganz besonders hat ihm mißfallen, als du anfingst, von seiner Geliebten zu reden.«

»Das würde jedem so gehen«, sagte ich.

Ich konnte nicht viel mehr tun, als auf verschiedene Knöpfe zu drücken und zu sehen, bei welchem er explodierte. Die Ausbrüche waren nicht so farbenprächtig gewesen, wie ich gehofft hatte, aber sie waren gekommen, und die Jury hatte gesehen, welche Wut in ihm kochte. So etwa, als ich nach seinem luxuriösen Leben, seinen Streifzügen von Club zu Club, seiner Vorliebe für die feinsten, teuersten Champagner gesprochen hatte.

»Das Leben ist dazu da, gelebt zu werden, Mr. Carl.«

»Und Sie haben eine private Limousine und einen Fahrer?«

»Hauptsächlich zu meinem Schutz.«

»Und Sie halten eine Geliebte aus?«

»Sie hat sich selbst ernährt, aber es gab gewisse Ausgaben, ja. Doch das waren für mich in dieser tragischen Affäre die geringsten Kosten. Die geringsten.«

»Und für all das war Geld nötig?«

»Ja. Aber ich arbeite.«

»Ein Stadtrat verdient nicht genug, um in seiner Limousine Champagner strömen zu lassen, oder?«

»Ich bin froh, daß Sie das zur Sprache bringen, Mr. Carl. Nein, dazu verdienen wir nicht genug. Und ich spende ohnehin einen großen Teil meines Gehalts für wohltätige Zwecke. Aber vor der Politik war ich Geschäftsmann, und ich habe meine Firma für einen ansehnlichen Betrag verkauft. In den letzten paar Jahren haben außerdem unsere persönlichen Investitionen einiges eingetragen.«

»Wer kontrolliert in Ihrer Familie das Geld?«

»Meine Frau, Leslie.«

»Also haben Sie Ihre Frau um Geld gebeten, um Ihre Abende mit Ihrer Geliebten zu finanzieren?«

»Wir haben gemeinsame Konten.«

»Und sie hat Sie nie nach Ihren Ausgaben gefragt?«

»Sie vertraut mir, Mr. Carl.«

»Wie Sie möchten, daß die Geschworenen Ihnen vertrauen, ist das richtig?«

Das Gelächter von der Geschworenenbank war Antwort genug, und der Stadtrat war feuerrot geworden. »Das habe ich gelernt«, sagte ich zu Beth, während wir auf dieser Couch lagen, den Tag Revue passieren ließen und nach jedem kleinen Sieg suchten, den wir aus dem Chaos meines Kreuzverhörs ausgraben konnten. »Angeklagte mögen es nicht, wenn die Geschworenen über sie lachen.«

»Es hat ihm auch nicht gefallen, als du ihn nach den anonymen Bargeldspenden für seine Jugendzentren gefragt hast«, sagte Beth.

»Das hatte ich auch nicht angenommen«, sagte ich. »Aber trotz des Getöses hat es nicht viel genutzt.«

Diese Fragen entstammten dem Umschlag, den ich dem toten Chuckie Lamb abgenommen hatte. Ich hatte auf Enthüllungen gehofft, eine Litanei von Antworten, eine Lösung der Rätsel, die mich verwirrten, aber was ich statt dessen bekam, waren Zahlen. Eine monatliche Aufgliederung der Spenden an die Nadine-Moore-Jugendzentren, die den Empfang von stetig zunehmenden anonymen Barzahlungen ergab. Doch selbst die stetige Zunahme konnte den Sprung nicht erklären, der vor etwa fünf Monaten erfolgt war, zusätzliche fünfzigtausend Dollar Barspenden pro Monat, die in seine Projekte geflossen waren. Fünfzigtausend im Monat ohne jeden Hinweis, woher sie kamen. Also fragte ich ihn.

»Von besorgten Bürgern«, sagte der Stadtrat.

Ich fragte ihn nach dem plötzlichen Anstieg der Barspenden, und für einen Augenblick wurde er still und errötete.

»Wir haben die Gemeinschaft um Mittel gebeten«, sagte er, »und diese Bemühungen haben endlich Früchte getragen.«

Ich fragte ihn, wieso die zusätzlichen Spenden in bar und anonym bezahlt worden seien.

»Wir fragen nicht, wer gibt oder warum, wir nehmen das Geld und stecken es in unser Programm, und wir bewegen etwas.«

Auf jede Frage, die ich ihm stellte, hatte er eine Antwort, und der Richter weigerte sich, die Geschworenen ein Blatt Papier sehen zu lassen, das aus dem Nirgendwo kam und nichts bedeutete. Als es keine Fragen mehr zu stellen gab, ging ich also weiter, da ich nicht erfahren hatte, was die Zahlen belegen sollten. Ohne Chuckies Erklärung waren sie nutzlos, und Jimmy Moore hatte dafür gesorgt, daß Chuckie diese Erklärung nicht geben konnte.

»Du hast doch keinem gegenüber erwähnt, daß ich letzte Nacht Chuckie Lamb treffen wollte, oder?« fragte ich Beth.

»Natürlich nicht«, sagte sie.

»Keiner sollte das wissen«, sagte ich.

»Warum erzählst du nicht Slocum, was passiert ist?«

»Chuckie war tot, als ich ankam«, log ich, »und als ich ihn sah, bin ich weggerannt. Ich habe genug schlechte Filme gesehen, um zu wissen, was mit dem Burschen passiert, der die Leiche findet.«

»Im Ernst, Victor. Slocum wird nicht annehmen, daß du ihn getötet hast.«

»Ich setze mein Leben nicht dafür aufs Spiel, was er denken wird«, sagte ich, aber ich machte mir nicht nur wegen Slocum Sorgen. Ich war in blindem Entsetzen vor dem toten Chuckie Lamb weggelaufen, weil seine tödliche Wunde nur Sekunden alt war, was bedeutete, wer immer ihn getötet hatte, war noch da, hinter dieser Steinmauer, bereit für mich. Ich wußte nicht, ob er wußte, wen Chuckie treffen wollte oder wieviel Chuckie vor dem Treffen schon erzählt hatte, aber wenn er es nicht schon wußte, wollte ich ihm nicht verraten, wen er fragen mußte, jetzt oder überhaupt.

»Nach dem Prozeß«, sagte ich, »werde ich dafür sorgen, daß Slocum die Spendenliste bekommt. Aber ich will nicht, daß du damit etwas zu tun hast.«

Darüber dachte sie eine Weile nach. »Morris war heute da«, sagte sie endlich und wechselte damit gnädig das Thema. Zumindest für ein Weilchen. »Er hat mit einem der Gerichtskiebitze gesprochen, einem alten Mann, der aussah, als hätte er ein Loch im Kopf.«

»Herm Finkelbaum«, sagte ich. »Er hat in der Vierundvierzigsten Straße Spielzeug verkauft.«

»Morris hat mir gesagt, ich solle dir ausrichten, daß deine Freundin Veronica im Society Hill Sheraton ist«, sagte Beth.

»Allzuweit ist sie nicht gekommen.« Das Society Hill Sheraton war ungefähr drei Blocks von ihrem Apartmenthaus entfernt.

»Wird sie dir geben, was du brauchst?« fragte Beth.

»Nein«, sagte ich. »Dazu ist sie nicht in der Lage. Aber sie wird aussagen, und das, was sie zu sagen hat, wird Jimmys Ende sein.«

Das würde es allerdings, dachte ich, falls Jimmy sie nicht vorher umbrachte. Er hatte Bissonette getötet und den Mord an Chuckie Lamb veranlaßt, da war ich sicher, aber ich glaubte nicht, daß er Veronica töten könnte. Er hatte eine Tochter verloren; wie könnte er seine Ersatztochter töten, welches Ungeheuer brächte das fertig? Und plötzlich bekam ich Angst um Veronica Ashland, und das zu Recht, denn wenn ich vor Gericht an diesem Tag irgendeinen Erfolg gehabt hatte, dann den, alles das zu zeigen, wozu Jimmy Moore fähig war. Ich hatte ihn nach seinem Naturell gefragt, ihn gefragt, ob er wütend werde, wenn er etwas sehe, das nicht sein solle, ein

Unrecht, das beseitigt werden müsse. Ich fragte ihn, ob sein Naturell jemals mit ihm durchgehe, ob er je gewalttätig werde, und er verneinte das. Aber dann fragte ich, ob er einen Drogendealer namens Norvel Goodwin kenne, und er richtete sich im Zeugenstand ein bißchen gerader auf. Der Richter lehnte den Einspruch ab, und ich wiederholte die Frage.

»Wenn Sie in die Gemeinde hinausgehen, Mr. Carl, erfahren Sie von allen Schlangen im Gras, die auf die Kinder warten.«

»Nun, Mr. Goodwin leitete sein Drogenunternehmen von einem Haus in West Philadelphia aus, nicht wahr?«

»Ja. Das war vor zwei oder drei Jahren.«

»Und eines Nachts stürmten Sie mit einer Bande aus der Nachbarschaft dieses Haus.«

»Mit einer Gruppe von Bürgern, die über die Drogen in ihrer Gemeinde alarmiert waren.«

»Und das war die Nacht, in der Sie Ihre Geliebte fanden, Veronica Ashland?«

»Das ist richtig. Sie war in diesem Haus und wurde von seinen Drogen langsam ermordet.«

»Und in der gleichen Nacht haben Sie Mr. Goodwin fast totgeprügelt?«

Keine Antwort.

»Mit einem Stuhl, ist das richtig?«

Noch immer keine Antwort.

»Also, ja oder nein, Herr Stadtrat?«

»Es war Notwehr.«

»War es auch Notwehr, als Sie dieses Crackhaus niederbrannten?«

»Ich weiß nicht, wie es in Brand geraten ist.«

»War es Notwehr, die zwei Jungen tötete, die sich auf dem Speicher des Hauses versteckt hatten?«

»Ich weiß nicht, wie es abgebrannt ist.«

»War es Notwehr, als Sie vor dreißig Jahren dem Schuljungen, der Ihrer Frau den Hof machte, den Kiefer brachen?«

Darauf ließ der Richter ihn nicht antworten, zuviel Zeit war verstrichen, als daß dieser Vorfall noch von Bedeutung gewesen wäre, sagte er, aber die Frage hatte ihr Werk getan, all diese Fragen hatten ihr Werk getan, hoffte ich. Vielleicht hatte Beth also recht, vielleicht hatte ich erreicht, was ich erreichen mußte. Weil Jimmy Moore nicht mein Starzeuge war – ganz gleich, wie oft ich ihn fragte, ob er Bissonette getötet habe, nur damit er es verneinte –, hatte ich von ihm bekommen, was ich wirklich brauchte. Er hatte sich selbst als Mann zu erkennen gegeben, dessen leidenschaftlicher Haß auf illegale Drogen und deren Händler ihn zu gewalttätigen Wutanfällen verleiten konnte, als Mann, der Drogendealer mit Stühlen verprügelt hatte, der Crackhäuser niedergebrannt hatte, ohne Rücksicht darauf, ob noch jemand darin war, als Mann, der einem Rivalen den Kiefer gebrochen hatte, als er noch zur High School ging, kurz, als Mann, der beim richtigen Anlaß, in der richtigen Situation und aus dem richtigen Grund fähig war, einen Mord zu begehen. Von Jimmy Moore hatte ich nichts weiter gebraucht als den Hintergrund für die Zeugenaussage von Veronica Ashland. Veronicas Sache war es, den Rest zu erledigen.

»Du vermißt sie«, sagte Beth und streichelte mit den Fingern sanft meine Stirn, linderte die aufsteigende Angst und die Wut über meine eigene Ohnmacht, die sich jedesmal bemerkbar machten, wenn ich daran dachte, was bei dem Prozeß geschehen war. Die sanfte Berührung ihrer Fingerspitzen war einschläfernd, und so hörte ich zuerst nicht, was sie sagte. Sie wiederholte es. »Du vermißt sie.«

»Ja«, sagte ich, und das tat ich. Es fühlte sich an, als sei da eine Lücke in meinem Leben, als sei etwas Wundervolles und Seltsames plötzlich verschwunden. Ich fragte mich, ob sich ein Hund so fühlte, wenn er an die Kette gelegt wurde.

»Tut es sehr weh?« fragte sie.

»Ja«, sagte ich. »Ich möchte nicht darüber reden. Was ist mit dir? Erzähl mir von Alberto.« Ich rollte das »r«, als ich den Namen aussprach.

»Alberto. Der liebe Alberto. Er ist sehr hübsch und sehr nett, und sein Akzent ist wunderbar sexy. Wirklich ein Prachtexemplar.«

»Und deshalb hast du ihn fallenlassen?«

»Du hast Klatsch gehört«, sagte sie. Und dann, nach einer Pause: »Vermutlich war er zu glücklich, zu zufrieden. Er akzeptierte die Welt so, wie sie war, und akzeptierte seinen Platz darin.«

»Auf einmal bin ich eifersüchtig«, sagte ich. »Vielleicht ist gerade das das Rezept zum Glücklichsein.«

»Ich war zu lange bei dir, Victor, mit deinem Zynismus, deiner Bitterkeit, deiner Unzufriedenheit. Wie könnte ich nach den Jahren bei dir jemals die fröhliche Offenheit und den glatten Optimismus der Albertos dieser Welt ertragen?«

»Also sind wir beide wieder allein«, sagte ich und fügte dann scherzhaft hinzu: »Sieht so aus, als blieben wir aneinander kleben.«

Sie streichelte nur mein Haar und sagte lange Zeit nichts, so lange, daß es peinlich gewesen wäre, wenn es sich um jemand anderen gehandelt hätte als meine beste Freundin Beth. Aber es war nicht peinlich. Sie streichelte meine Stirn und besänftigte mich, bis ich fast einschlief, und so verharrten wir eine ganze Weile.

»Es wird nie dazu kommen, nicht?« sagte sie endlich.

»Ich glaube nicht«, sagte ich.

»Warum nicht, Victor?«

»Es ist einfach nicht da. Ganz gleich, wie sehr wir es uns wünschen würden, es ist nicht da. Und es wäre ohnehin zu perfekt, zu leicht.«

»Damit, daß es leicht wäre, könnte ich leben«, sagte sie.

»Pssst. Ich bin so müde.«

»Damit, daß es leicht wäre, könnte ich verdammt gut leben.«

»Pssst.« Ich machte die Augen zu und spürte durch mein Haar die Weichheit ihrer Finger. »Ich brauche Schlaf. Nur ein kleines Nikkerchen. Pssst. Wir reden später, später, das verspreche ich dir, aber laß mich vorher ein bißchen schlafen.«

Als ich am nächsten Morgen auf meiner Couch erwachte, war sie fort.

51

Ich kam zu spät ins Gerichtsgebäude. Richter Gimbel war puterrot vor Wut. Während die Geschworenen in ihrem überfüllten kleinen Zimmer warteten, hielt er mir einen zehnminütigen Vortrag, wie notwendig Pünktlichkeit im System der Justiz sei, und erklärte mir mit einem wilden Durcheinander von Metaphern, daß jede Verzögerung wie ein fallender Dominostein das ganze juristische Getriebe durcheinanderbringen könne. Er werde mich wegen Mißachtung des Gerichts bestrafen, sagte er, mir eine Strafe für jede Minute aufbrummen, die ich zu spät gekommen sei, und wenn das noch einmal passiere, ob ich das verstanden habe, dann würde ich im Gefängnis landen, ob ich das verstanden habe, so sicher, wie ich dort vor ihm stünde, ob ich das verstanden habe.

Ich sagte ihm, ich habe es verstanden.

Und dann, nachdem er meine Strafe verkündet und die Bedingungen der Strafaussetzung genannt hatte, verlangte er eine Erklärung für meine unentschuldbare Verspätung.

»Ein Unbekannter hat heute morgen auf mich geschossen«, antwortete ich dem Richter.

Das schloß die Lücke in seinem großen Pflaumengesicht.

»Es war nicht das erste Mal, daß im Verlauf dieses Prozesses auf mich geschossen wurde, Euer Ehren. Die Polizei hielt mich fest, um mich zu befragen, und deshalb bin ich zu spät gekommen.«

Soviel zu meiner Strafe wegen Mißachtung des Gerichts.

Wieder war es vor meinem Apartmenthaus passiert. Zwei Schüsse. Einer hatte die Kante eines Betonfenstersimses direkt neben meinem Kopf getroffen und einen wilden Hagel winziger Splitter ausgelöst, der eine zarte rote Blüte in die Haut um mein linkes Auge schnitt. Der zweite Schuß hatte meine Aktentasche getroffen, die ich nach dem Splitterregen instinktiv an die Brust gerissen hatte. Die Kugel hatte zwei Drittel meines Exemplars von *Federal Criminal Code and Rules* durchschlagen.

Ja, das Gesetz hatte mir in der Tat das Leben gerettet.

Nach dem zweiten Schuß ließ ich mich fallen, mehr aus lähmendem Schock als aus irgendeinem geübten Abwehrinstinkt, und robbte auf Unterarmen und Schienbeinen, wie ein Soldat unter

Stacheldraht hindurchrobbt, robbte an die Seite eines geparkten Wagens und rollte mich in den Rinnstein zwischen den Autoreifen. Dort lag ich, wartete, hoffte, daß jemand die Polizei gerufen hatte, und dachte an Chuckie Lamb, wie er im Regen am Washington Square verblutete.

Fünf Minuten Wartezeit, fünf Minuten, die mir vorkamen wie fünf Jahre, fünf Minuten, bis der Streifenwagen eintraf. Zwei Beamte hoben mich von der Straße auf und führten mich zum Rücksitz ihres Fahrzeugs. Da saß ich, benommen und blutend, wie ein Krimineller hinter dem dicken Drahtgitter und erzählte meine Geschichte demselben jungen Beamten, der sich vor wenigen Wochen mit dem zersplitterten Autofenster befaßt hatte. Was immer passiert war, ich wußte, daß es seine Fähigkeiten überstieg.

»Ich möchte mit dem Stellvertretenden Bezirksstaatsanwalt Slocum sprechen«, sagte ich.

»Bei einer Straftat wie dieser«, sagte der Polizist mit aufreizender Herablassung, »ziehen wir den Staatsanwalt erst hinzu, wenn wir einen Täter haben.«

»Ich bin in einen Fall verwickelt, in dem er ermittelt, Officer.« Ich beugte mich vor, um seine Dienstmarke zu lesen. »Officer 3207. Er wird sehr aufgebracht sein, wenn Sie sich nicht unverzüglich mit ihm in Verbindung setzen.«

»Wir werden sehen, Sir.«

»Ich möchte nicht, daß Sie sehen, Officer 3207, ich möchte, daß Sie tun, was ich sage, und zwar in diesem Augenblick. Jetzt. Oder Ihr Vorgesetzter wird es erfahren, das verspreche ich Ihnen.«

Slocum erschien zehn Minuten später.

»Oh, Mann«, sagte er, öffnete die Tür und setzte sich neben mich in den Wagen. Er trug seine übliche Uniform, marineblau, rote Krawatte, zerknitterter bräunlicher Regenmantel mit Flecken von Druckerschwärze an dem Ärmel, unter den er jeden Morgen seine Zeitung klemmte. »Woher habe ich gewußt, daß Sie sich in Schwierigkeiten bringen werden?«

»Das ist das zweite Mal«, sagte ich.

»Ich hab's gehört. Warum haben Sie mir beim ersten Mal nicht Bescheid gesagt?«

»Ich dachte, es sei vielleicht bloß ein Zufall gewesen.«

»Oh, Mann, Sie machen mir Spaß«, sagte Slocum. »Wer immer der Schütze war, er ist wieder davongekommen. Hat nichts hinterlassen bis auf zwei Hülsen einer Achtunddreißiger auf der anderen Straßenseite. Wir haben sie eingepackt und werden sie auf Abdrücke untersuchen, aber davon verspreche ich mir nicht viel.«

»Was werden Sie tun?« fragte ich.

»Ich, ich werde in mein Büro zurückfahren, ein bißchen arbeiten, vielleicht später etwas essen, nichts Besonderes. Aber auf mich hat ja auch keiner geschossen. Die Frage ist, Carl, was werden Sie tun?«

»Ich muß zum Gericht.«

»Nur die Ruhe. Sicher, Sie lassen Gimbel nicht gern warten. Aber sein Kalender käme noch viel mehr durcheinander, wenn der Prozeß automatisch neu aufgerollt werden müßte, weil man Sie tot auffindet. Also sagen Sie mir, wer möglicherweise den Wunsch hat, Victor Carl zu töten.«

»Dafür könnte man Nummern ausgeben. Jetzt ist Nummer sechsundzwanzig an der Reihe.«

»Was ist mit Ihrem Kumpel Raffaello?«

Ich schüttelte den Kopf. »Der ist der einzige, der bis jetzt noch keinen Grund hat«, sagte ich, obwohl er vielleicht entscheiden würde, daß er doch einen Grund hatte, wenn ich nicht herausfand, wohin sein Geld geflossen war. »Außerdem«, fuhr ich fort, »habe ich ihn nach dem ersten Schuß gefragt. Er hat gesagt, wenn er meinen Tod gewollt hätte, dann wäre ich tot. Aber ich glaube, Jimmy Moore würde gern sehen, daß ich verschwinde.«

»Daran habe ich nicht gezweifelt nach der Art, wie Sie gestern mit ihm umgesprungen sind.«

Für eine Sekunde wurde mir heiterer zumute. »Hat es Ihnen gefallen?«

»War nicht übel.«

»Und dann ist da noch Norvel Goodwin.«

Slocum stieß einen leisen Pfiff aus. »Sehen Sie, ich wußte doch, daß was im Busch ist, als Sie anfingen, nach ihm zu fragen.«

»Er nahm mich auf eine Spazierfahrt mit und sagte mir, er hätte ein Interesse an diesem Fall. Ich sollte mich zurückhalten. Als ich das nicht tat, hinterließ er einen Dackel mit gebrochenem Genick und aufgeschlitztem Bauch auf meiner Türschwelle.«

»Er scheint was übrig zu haben für tote Tiere. Vermutlich eine Sache aus seiner Kindheit. Aber welches Interesse könnte er an diesem Fall haben?«

Ich zuckte mit den Schultern.

»Sonst noch jemand, der vielleicht gern auf Sie schießen würde?« fragte er.

»Na ja, mein Ex-Partner und ich liegen im Streit. Er ist ein gewalttätiges Arschloch.«

»So sind Ex-Partner nun mal.«

»Und natürlich bin ich MasterCard Geld schuldig.«

»Die können brutal sein, ich weiß.«

»Ich muß zu Gericht.«

»Klar, müssen Sie«, sagte er. »Ich werde den Beamten sagen, sie sollen in der Nähe bleiben, während Sie einen sauberen Anzug anziehen. Sie haben doch hoffentlich einen sauberen Anzug.«

»Ich habe vorher nie mehr als einen gebraucht.«

»Sie werden Sie zum Gerichtsgebäude begleiten. Wenn Sie sie auf dem Heimweg wieder brauchen, lassen Sie es mich wissen. Ich werde dafür sorgen.«

Ich nickte ihm zu.

»Aber bevor Sie gehen«, sagte er, »mir ist der Mord an Chuckie Lamb zugeteilt worden. Wissen Sie irgendwas darüber?«

»Nichts«, sagte ich, »gar nichts.«

»Weil da etwas Eigenartiges ist. Ich habe mir das Band der Notrufzentrale angehört, und der Bursche, der den Mord gemeldet hat, klang ganz ähnlich wie Sie.«

»Seltsamer Zufall«, sagte ich.

»Und ein Zeuge hat einen Mann in einem Regenmantel, etwa von Ihrer Größe und Statur, unmittelbar vor dem Anruf vom Washington Square wegrennen sehen.«

»Sieht aus, als wollte man Ihnen die Arbeit abnehmen.«

»Sie würden es mir doch sagen, wenn Sie etwas wüßten, nicht wahr, Victor?«

»Wenn ich etwas wüßte, wären Sie der erste, dem ich es erzählen würde«, sagte ich. »Nach dem Prozeß.«

Er saß neben mir im Auto und schüttelte den Kopf. »Und ich soll abwarten und zusehen, ob Sie so lange leben.« Er schüttelte wieder den Kopf und stieg dann aus dem Wagen. Er beugte sich noch einmal durch die offene Tür. »Also, Carl, Sie haben einen Stadtrat vor Gericht als Lügner bezeichnet, Sie haben sich den größten Drogendealer der Stadt zum Feind und den größten Mafiaboß zum Freund gemacht, Ihr Bild war in allen Zeitungen, Sie sind wie ein Sportstar in den Abendnachrichten interviewt worden, Sie halten Informationen über einen Mord zurück, und jetzt hat man zweimal auf Sie geschossen. Wie fühlt es sich an, ganz groß rauszukommen?«

Er wartete nicht auf eine Antwort. Er lachte bloß, schlug die Tür zu und schlenderte hinüber zu den Polizisten, die das taten, was Polizisten am besten können, nämlich in einer Gruppe herumstehen und sich darüber unterhalten, wo man zum Mittagessen hingeht. Aber ich hatte eine Antwort für ihn, ich hätte ihm jetzt sagen können, wie es sich anfühlte. In diesem Augenblick, mit Blut auf dem Hemd und aufsteigender Übelkeit, in diesem Augenblick fühlte es sich überraschend gut an. Am nächsten war ich einem ähnlichen Gefühl gewesen, als ich die Parade beobachtete, nachdem die Phillies 1980 die World Series gewonnen hatten. Na ja, diesmal sah ich sie nicht nur marschieren, ich war mittendrin, wurde vielleicht überrannt, aber ich war trotzdem mittendrin und entdeckte, daß mir genau das gefiel.

Als der Prozeß nach überflüssigen und verlogenen Erkundigungen nach meinem Wohlergehen weiterging und ich mein Notizbuch und meine Schreibblöcke und mein Exemplar von *Federal Criminal Code and Rules* aus der Aktentasche genommen hatte, sämtlich mit einem sauberen runden Loch versehen, knöpfte Eggert sich Jimmy vor. Eggert hielt sein Kreuzverhör sehr sorgfältig und sehr überlegt ab. Stück für Stück ging er die Geschichte durch und versuchte, sie so weit wie möglich mit seiner Theorie in Übereinstimmung zu bringen, daß die Erpressung, die Brandstiftung und der Mord zusammenhingen. Es war ein sehr präzises, sehr kunstgerechtes Kreuzverhör. Und es war entsetzlich langweilig.

In einer der zahlreichen Pausen, in denen der Richter der gähnenden Jury Gelegenheit gab, sich die Füße zu vertreten und wieder wach zu werden, spazierte ich durch den langen Gang des Gerichtsgebäudes. Auf dem Rückweg hielt mich Leslie Moore an. Sie stand mit ihrer Schwester Renee zusammen, aber als sie mich sah, legte sie Renee eine Hand auf die Schulter und kam zu mir herüber. Renee blieb in einiger Entfernung stehen, die dicken Arme vor der Brust verschränkt, und beobachtete uns argwöhnisch.

»Oh, Mr. Carl«, sagte Leslie. Ihre Stimme war traurig und sanft, die atemlose Stimme, mit der man bei einer Beerdigung der Familie sein Beileid ausspricht. Sie trug ein feines Tweedkostüm und eine bis oben zugeknöpfte Seidenbluse; die Art, wie sie die Arme eng an die Seiten preßte und die Hände gefaltet hielt, erinnerte an einen Gefangenen in Handschellen. »Es tat mir leid zu hören, was heute morgen passiert ist.«

»Danke«, sagte ich.

»Glauben Sie, daß Sie wirklich in Gefahr sind?«

»Ich achte darauf, wohin ich meinen Fuß setze«, sagte ich.

»Nach dem, was Charles zugestoßen ist, sind wir alle sehr erschüttert.«

Ich sah sie aufmerksam an und fragte mich, wieviel sie wußte. Verrieten ihre Augen Schuldgefühle? Chuckie selbst hatte mir gesagt, ihr Problem bestehe darin, daß sie zuviel wisse, daß sie alles wisse. »Es war eine Tragödie«, sagte ich.

Sie beugte sich ein wenig vor, hob den Arm und brachte zwei Finger ganz nah an die zahlreichen Pflaster um mein Auge, so nah sie konnte, ohne mich zu berühren. Ihre Besorgnis war verblüffend aufrichtig, als habe sie selbst mir mit einem scharfen Messer das Fleisch aufgeschlitzt.

»Seien Sie sehr vorsichtig, Mr. Carl. Bitte«, sagte sie. »Es hat in zu kurzer Zeit zu viele Tragödien gegeben.« War das eine Warnung oder eine Drohung? Ich konnte es nicht ausmachen. »Und wie geht es Ihrem Auge?« fragte sie.

»Das ist in Ordnung«, sagte ich. »Machen Sie sich darüber keine Sorgen, Mrs. Moore.«

»Ich bin Krankenschwester, wissen Sie. Ich arbeite jetzt nicht mehr mit Patienten, aber früher habe ich das getan. Vielleicht sollte ich mir die Wunde ansehen.«

»Nein, das wird nicht nötig sein«, sagte ich rasch. »Warum haben Sie die Arbeit aufgegeben?«

»Jetzt ist genug Geld da«, sagte sie mit einem schmallippigen Lächeln. »Und außerdem habe ich nach der Sache mit Nadine den Spaß daran verloren. Ich habe den Spaß an allem verloren.«

»Das tut mir leid«, sagte ich und kam mir deswegen gleich darauf albern vor, als könnten meine dahingesagten Worte in irgendeiner Weise die Leere füllen.

Sie sah ihre Schwester an, runzelte die Stirn und sagte, ohne mich anzublicken: »Ich möchte Ihnen sagen, daß ich Ihnen nicht übelnehme, daß Sie im Gerichtssaal die Beziehung meines Mannes zu dieser Frau angesprochen haben.«

»Ich tue nur, was ich für meine Pflicht halte, Mrs. Moore.«

»Ich weiß. Und ich nehme auch Chester nicht übel, was er tut. Bitte, sagen Sie ihm das.«

»Das zu hören wird ihn freuen«, sagte ich.

»Wir haben Jimmy alle so lange beschützt, daß es schon zur Gewohnheit geworden ist. Wie sich die Zähne zu putzen oder zur Kirche zu gehen. Deshalb kann ich Chester sogar dafür bewundern, daß er sich so zur Wehr setzt.« Sie stieß einen tiefen, traurigen Seufzer aus. »Obwohl ich einen Teil des Preises dafür bezahle. Mein Mann ist ein bemerkenswerter Mensch, Mr. Carl, aber er ist nicht ohne Fehler. Und niemand kann wissen, wie schwer diese letzten paar Jahre für uns beide waren. Nadine war ein sehr intelligentes und lebhaftes Kind. Sie schrieb Gedichte für die literarische Zeitschrift ihrer High School. Sie war etwas Besonderes.«

Ich versagte mir eine neuerliche Entschuldigung und blieb stumm. Sie wollte mir etwas sagen; ich konnte sehen, wie sie damit kämpfte.

Jetzt drehte sie sich wieder zu mir um, trat einen Schritt vor und legte mir eine Hand auf den Unterarm. »Sie glauben ihm, wenn er sagt, daß es mit ihr zu Ende ist, nicht wahr?«

»Ich hoffe, daß es so ist«, sagte ich.

»Ich glaube ihm, ich glaube an ihn. Vielleicht ist das mein großer Fehler, Mr. Carl, aber was kann man dagegen machen? Ich habe nicht mehr die Kraft, die ich früher hatte. Aber ich war eine gute Krankenschwester.« Sie lächelte mir zu, kam noch näher und führte ihre Lippen dicht an mein Ohr. Mit verschwörerischem Flüstern sagte sie: »Seien Sie sehr vorsichtig, Mr. Carl. Bitte. Es wäre schrecklich, wenn Ihnen etwas zustieße. Und Chester auch. Ich habe die Stimmen im Wind gehört. Aber sagen Sie Chester, ich würde nicht zulassen, daß sie ihn umbringen. Daß er sich darauf verlassen kann.«

Wieder streckte sie die Finger nach meinen Verbänden aus, und diesmal berührte sie sie leicht, ehe sie zu ihrer Schwester zurückging. Ich sah ihr nach, sah ihre ganze Traurigkeit. Sie hätte Besseres verdient, dachte ich, und ganz plötzlich wurde mir klar, daß sie selbst das auch dachte. Aber unwillkürlich mußte ich mich über die Stimmen im Wind wundern. Ich nahm an, daß wieder eine Behandlung mit Lithium fällig war.

Zurück im Gerichtssaal, wo wir auf das Wiedererscheinen der Geschworenen warteten, beugte ich mich zu Chester und flüsterte: »Leslie Moore hat in der Pause zu mir gesagt, Sie seien in Gefahr. Glauben Sie, daß da irgendwas dran ist?«

Er wandte rasch den Kopf und sah mich mit erstaunten Augen an. »In Gefahr durch wen?«

Ich zuckte mit den Schultern. »Das hat sie nicht gesagt. Nur etwas über Stimmen im Wind.«

»Vermutlich Stimmen aus einer Flasche.« Die Wendung, die der Prozeß genommen hatte, hatte in Chet einen Sarkasmus geweckt, den ich vorher nicht an ihm gekannt hatte. Er stand ihm recht gut.

»Nach heute morgen gehe ich kein Risiko ein«, sagte ich. Ich hatte alle Kleidungsstücke eingepackt, die ich in einer Woche brauchen würde, und sie in mein Auto geladen. Während des restlichen Prozesses, beschloß ich, würde ich leben wie ein Terrorist im Untergrund, und niemals zwei Nächte hintereinander am gleichen Ort verbringen. »Nach dem, was Chuckie passiert ist«, sagte ich zu Chester, »sollten Sie auch vorsichtig sein.«

Er preßte die Lippen zusammen und nickte.

»Leslie hat auch gesagt, sie würde Sie beschützen«, fügte ich hinzu, als die hintere Tür des Saals sich öffnete und wir aufstanden, während die Geschworenen hereinkamen.

Er drehte sich um und sah sie unmittelbar hinter Jimmy sitzen. Ich drehte mich ebenfalls um. Ihre Hände lagen fest gefaltet im Schoß, und ihr Gesicht drückte tiefe, schmerzhafte Sorge aus, als sie Chesters Blicke erwiderte.

»Sie können sich nicht vorstellen, wie erleichtert ich bin«, sagte er, als er sich wieder umgewandt hatte und ruhig nach vorn schaute, »daß sie auf meiner Seite ist.«

Früh am Nachmittag, als Eggert sein Kreuzverhör beendet hatte und der ganze Gerichtssaal sich erleichtert streckte, erklärte Prescott seine Beweisführung im Fall Jimmy Moore für abgeschlossen.

»Wir haben noch ein paar Stunden, bis wir für Mr. Lambs Beerdigung unterbrechen«, sagte der Richter. »Sie können also beginnen, Ihre Zeugen aufzurufen, Mr. Carl.«

Der einzige Zeuge, den ich in den Zeugenstand rufen wollte, war Veronica. Bei Chets Vorstrafen wegen Urkundenfälschung würden Eggert und Prescott ihn leicht als Lügner hinstellen können, wenn er aussagte. Also würde alles von Veronica abhängen. Mir war das recht, nur befand sie sich nicht im Gerichtssaal. Ich hatte gedacht, ich würde sie erst am nächsten Tag brauchen.

»Euer Ehren«, sagte ich, »wir haben einen Zeugen, aber wenn das Gericht erlaubt«, jetzt melkte ich die Geschichte ein wenig, aber egal, »angesichts der Ereignisse des heutigen Vormittags und aus Respekt für die Familie Lamb bitten wir darum, die Verhandlung auf morgen zu vertagen.«

Darüber war der Richter nicht glücklich, das konnte ich sehen, denn es war erst zwei Uhr, und er konnte vor dem angesetzten Schluß der Verhandlung noch eineinhalb Stunden Zeugenaussagen hinter sich bringen, aber er schien bereit, meine Bitte zu erfüllen, bis die Störung ausbrach.

»Wenn Sie mir nur eine Minute geben könnten«, rief Morris aus dem Hintergrund des Gerichtssaals, wo er mit erhobener Hand im Mittelgang stand. Er trug seinen schäbigen Hut und einen zerknitterten blauen Anzug, der auf den Schultern voller Schuppen war, und unter seiner zu engen Jacke hingen die *zizit* heraus. »Ich brauche nur eine Minute, um mit Victor zu reden.«

Einer der Marshals in blauem Blazer, einen ominösen Plastikknopf im Ohr, eilte sofort an Morris' Seite und faßte ihn am Arm. Prescott duckte sich, der Richter krümmte sich zusammen. Jetzt, da die Gemeinschaft unseres Gerichtssaals wußte, daß ich ein Gezeichneter war, hatte sich spürbare Nervosität breitgemacht.

»Was ist denn hier los?« sagte ein überraschter Morris und versuchte, dem Marshal seinen Arm zu entziehen. »Was? Bin ich jetzt ein Verbrecher?«

»Euer Ehren«, sagte ich, »kann ich eine Minute haben?«

»Sie kennen diesen Mann?« fragte der Richter.

»Ja, Sir. Er stellt für mich Ermittlungen an.«

Aus der Gruppe junger Anwälte hinter Prescott ertönte plötzlich Gelächter; das waren Brett mit zwei »t« und die anderen. Sie lachten darüber, wie absurd es war, daß jemand wie Morris Ermittler war. Leute aus dem Publikum fielen ein, und das Lachen breitete sich aus.

Ohne nachzudenken drehte ich mich zu den lachenden jungen Anwälten um und sagte laut und zornig: »Ist irgend etwas komisch, ihr kleinen Pisser?«

Sofort verstummte das Lachen. Eine eigenartige Stille trat ein, als sei das gesamte Gericht bei etwas ertappt worden, und in dem Schweigen erinnerte ich mich daran, daß ich mich erst vor drei Wochen, als Morris zum ersten Mal im Gericht erschienen war und jemand kicherte, verlegen abgewandt hatte.

»Sie haben Ihre Minute, Mr. Carl«, sagte der Richter.

Ich winkte Morris, er solle nach vorn kommen, und das tat er. Ich beugte mich über den Tisch, und er stellte sich auf die Zehenspitzen und flüsterte mir ins Ohr: »Ich habe einen Zeugen für Sie.«

»Wen?« fragte ich.

»Ihre Freundin, Miss Beth, sie gab mir ein Papier, und ich habe es dem Mann gezeigt.«

»Eine Vorladung?«

»Wegen dem Papier war er bereit, mit mir zu kommen, aber ich fürchte, Victor, wenn Sie ihn jetzt nicht aufrufen, wird er morgen nicht wiederkommen.«

»Wer ist es?«

»Mr. Gardner, ein sehr netter Mann eigentlich, obwohl er tut, als sei er nicht so nett. Sie sollten vielleicht, Victor, ich bin kein Anwalt, aber Sie sollten vielleicht diesen Mann aufrufen, bevor er beschließt, daß er nicht länger hier sein möchte.«

»Worum geht es überhaupt?«

»Sie stellen diesem Mr. Gardner ein paar Fragen, Victor.«

Er reichte mir vier Blätter Papier, ein gelbes Original und drei Kopien.

»Miss Beth hat gesagt, Sie würden mehr als eine brauchen. Ich werde Ihnen die Kopien natürlich in Rechnung stellen. In diesem Gebäude kosten sie einen Vierteldollar pro Stück. Wucher, und das auch noch von unserer eigenen Regierung.« Damit drehte er sich um, ging in den Hintergrund des Gerichtssaals und setzte sich wieder hin.

Ich sah mir das Originaldokument kurz an. Noch immer verwirrt sagte ich: »Euer Ehren, im Namen von Chester Concannon rufe ich Mr. Leonard Gardner in den Zeugenstand.«

Er war ein großer Mann in mittleren Jahren mit einem eleganten Anzug und glänzenden schwarzen Slippern. Sein Haar war lockig und sehr kurz geschnitten. Er wirkte hart, irgendwie trotzig und wütend, als habe er eine Belastung zu lange ertragen und werde sie nicht länger hinnehmen, verdammt. Trotzdem kam er durch den Mittelgang und trat in den Zeugenstand.

Er beantwortete die üblichen Fragen, betrachtete seine Fingernägel und stieß den arroganten Seufzer eines Mannes aus, dessen Zeit verschwendet wird. Er war Leonard Gardner, G-A-R-D-N-E-R, er wohnte in der Dritten Straße 408, er war Geschäftsmann, hauptsächlich in der Modebranche, und importierte bestimmte Stoffe aus Pakistan.

»Nun, Mr. Gardner, haben Sie in der Nacht des neunten Mai dieses Jahres zufällig bei der Cherry Hill Limousine Company in Cherry Hill, New Jersey, eine Limousine gemietet?«

»Ich weiß keine genauen Daten«, sagte er. Seine Stimme klang fast wie ein Schnauben. »Wie soll ich wissen, was der Abend des neunten Mai war?«

»Das war die Nacht, in der Bissonettes Nachtclub niederbrannte. Hilft Ihnen das?«

»Nein.« Seine Schultern zuckten nach oben, und er hob den Blick, als müsse er nachsehen, ob die Decke Sprünge habe.

»Nun, vielleicht frischt dies Ihre Erinnerung auf.«

Ich gab das Originaldokument als Beweismaterial zu den Akten und reichte Prescott und Eggert je eine Kopie. Dann gab ich das Blatt dem Zeugen. »Wissen Sie, was das ist, Mr. Gardner?«

»Sieht aus wie eine Rechnung für die Vermietung einer Limousine.«

»Am neunten Mai dieses Jahres, ist das richtig?«

»Ja.«

»Haben Sie diese Rechnung schon einmal gesehen?«

»Heute nachmittag. Der Mann da hinten mit dem komischen Hut hat sie mir gezeigt.«

»Sie meinen Mr. Kapustin.«

»So hieß er, ja. Kapustin.«

»Frischt dieses Dokument Ihre Erinnerung daran auf, ob Sie am neunten Mai dieses Jahres eine Limousine gemietet haben oder nicht?«

»Nun, es trägt meine Unterschrift, also habe ich es wohl getan.«

»Und Sie haben für die Limousine unterschrieben.«

»Das sage ich doch.«

»Und obwohl Sie in Philadelphia wohnen, haben Sie den ganzen Weg nach New Jersey gemacht, um eine Limousine zu mieten?«

»Ja, habe ich. Was spricht dagegen?«

»Wohin sind Sie an diesem Abend gegangen, Mr. Gardner?«

»Wir sind essen gegangen und dann herumgefahren. Ich hatte gerade ein großes Geschäft über eine Schiffslieferung aus Karachi abgeschlossen, und wir haben gefeiert. Ist das gegen das Gesetz?«

»Wo haben Sie gegessen?«

»Das weiß ich nicht mehr. Vielleicht im The Garden oder sonstwo. Ich erinnere mich nur, daß das Kalbfleisch zu stark durchgebraten und der Wein ein bißchen zu aufdringlich war, falls es das ist, was Sie wissen wollen. Definitiv nur zwei Gabeln, nicht mehr.«

»Und wohin sind Sie nach dem Essen gegangen?«

»Ich weiß es nicht. Vermutlich habe ich in der Nacht ein bißchen zu heftig gefeiert. Anscheinend bin ich dann im Auto eingeschlafen. Ich habe mir auch Champagner über den Anzug geschüttet. Häßlicher Fleck, der Anzug war ruiniert. Zwölfhundert Dollar.«

In diesem Augenblick stand Eggert auf. »Einspruch, Euer Ehren. Hier wird die Vermietung einer Limousine in der Brandnacht bezeugt. Ich werde einräumen, daß in der Brandnacht Limousinen gemietet wurden. Darüber hinaus sehe ich jedoch nicht, inwiefern die Aussage von Mr. Gardner von Bedeutung ist.«

»Mr. Carl«, sagte der Richter, »führt das noch irgendwie weiter?«

»Ich hoffe, ja«, sagte ich.

»Das Gesetz befaßt sich nicht mit Hoffnungen, Mr. Carl«, sagte der Richter. »Entweder sagen Sie mir, daß Sie irgendeine Verbindung zu dem, was hier verhandelt wird, herstellen, oder die Zeugenaussage wird gestrichen.«

Achselzuckend wandte ich mich nach Morris um.

Von seinem Sitz aus sah er mich traurig an und schüttelte den Kopf. Langsam stand er auf und kam auf mich zu. Jetzt beobachtete ihn der ganze Gerichtssaal. Das hat er so geplant, dachte ich, und ich wußte nicht, ob ich ihn umarmen oder ihm den Hals umdrehen sollte. Als er mich erreichte, beugte ich mich zu ihm, und er stellte sich wieder auf die Zehenspitzen.

»Seien Sie kein dummer *goj*, Victor. Fragen Sie ihn, wer die Person war, die ihn in dieser Nacht begleitet hat.«

Morris schüttelte noch ein wenig den Kopf, schüttelte ihn über alle dummen *gojs* dieser Welt, drehte sich um und ging langsam wieder nach hinten.

»Ich werde die Verbindung mit einigen wenigen weiteren Fragen herstellen, Euer Ehren.«

»Dann kommen Sie auf den Punkt, Mr. Carl.«

»Mit wem waren Sie in dieser Nacht in Ihrer Limousine zusammen, Mr. Gardner?«

»Ich hatte eine Verabredung.«

»Mit wem?«

»Das geht Sie nichts an«, sagte er.

»Ich fürchte, das geht mich doch etwas an, Mr. Gardner.«

Er wandte sich an den Richter und sagte mit gekränkter Stimme: »Muß ich persönliche Angelegenheiten erörtern? Ist das nötig?«

»Ist es notwendig, Mr. Carl?« fragte der Richter.

Ich wandte mich nach Morris im Hintergrund des Gerichtssaals um. Er drehte verzweifelt die Augen zum Himmel und bedeutete mir mit einigen Handbewegungen, ich solle weitermachen.

»Ich fürchte, ja«, sagte ich.

»Sie müssen die Frage beantworten, Mr. Gardner«, sagte der Richter.

»Und es spielt keine Rolle, wem das schadet? Es spielt keine Rolle, ob die Person, mit der ich verabredet war, seit zwanzig Jahren glücklich mit einem anderen verheiratet ist, spielt das keine Rolle? Muß ich trotzdem vor der Sensationspresse alles erzählen?« sagte Gardner.

»Beantworten Sie die Frage, Mr. Gardner«, sagte der Richter.

»Also, sagen Sie uns, Mr. Gardner«, sagte ich, als er sich wieder mir zuwandte und mir mit einschüchternden Blicken zu verbieten suchte, die Frage erneut zu stellen, »mit wem Sie in dieser Nacht in der Limousine waren.«

»Das ist privat«, sagte er. »Ich glaube nicht an dieses ganze sogenannte Outen, bei dem zornige junge Männer sich in das Leben anderer Leute einmischen. Eigentlich ist es mir egal, aber anderen ist das nicht egal, und das ist nicht richtig. Die Verfassung gilt auch für uns. Wir könnten genausogut in Colorado leben.«

»Es tut mir leid, Mr. Gardner«, sagte ich. »Aber beantworten Sie bitte meine Frage. Wer war in dieser Nacht in der Limousine bei Ihnen?«

Es folgten eine lange Pause, ein Seufzer, ein Kopfschütteln. Er lachte leise in sich hinein und zuckte dann mit den Schultern. »Also gut.«

»Wer, Mr. Gardner?«

»Michael«, sagte er. »Ich war in dieser Nacht mit Michael zusammen.«

»Michael, und weiter?«

»Michael Ruffing.«

Man hörte ein Keuchen. Es war nicht laut, es dauerte nicht lange, aber ich hörte es in all seiner Schärfe und seinem Schmerz. Und ich brauchte nicht hinzusehen, um zu wissen, vom wem es kam. Es war kein Mitglied der Jury gewesen, nicht Prescott, nicht Jimmy oder Chester oder der Richter. Es war aus dem Hals von Marshal Eggert gekommen, der soeben begriffen hatte, daß seine Brandstiftungsvorwürfe gegen Concannon und Moore hinfällig waren. Er hatte gerade erkannt, wie glaubwürdig Michael Ruffing war, sein Starzeuge, der in der Nacht des Brandes bei Bissonette's in einer Limousine gesessen hatte, wie man sie nach der Brandstiftung hatte wegfahren sehen, und der die Versicherungssumme benutzt hatte, um seine Steuerrückstände zu bezahlen und nicht ins Gefängnis zu kommen. Die gekränkte Stimme von Leonard Gardner hatte die Glaubwürdigkeit dieses Michael Ruffing völlig zerstört.

52

Als ich den Gerichtssaal verließ, hielt Prescott mich auf, indem er meinen Arm faßte. Ich schaute auf seine Hand, die um meinen Bizeps lag, aber er ließ trotz meines intensiven Blicks nicht los. Ich hätte, als er meinen Arm ergriff, irgend etwas Scharfes und Schlaues sagen können, aber mir fiel nichts ein, also blieb ich stumm.

»Saubere Ermittlungsarbeit, diesen Gardner an Land zu ziehen«, sagte er schließlich. »Sie sind doch ständig für Überraschungen gut.«

»Ich bin einfach schockiert, daß Sie ihn mit allen Hilfsmitteln, die Talbott, Kittredge und Chase zur Verfügung stehen, nicht selbst gefunden haben.«

»Vielleicht haben wir ihn gefunden.«

»Aber warum Ruffing beschuldigen, wenn es soviel bequemer war, die Brandstiftung Chester in die Schuhe zu schieben, nicht?«

»Sie haben Veronica Ashland vorgeladen«, sagte er mit leiser, gefährlicher Stimme.

»Stimmt.«

»Mein Rat, soweit er Ihnen etwas wert ist...«

»Nicht mehr viel«, sagte ich.

»Mein Rat, Victor, lautet, sie nicht aufzurufen. Sie wissen natürlich, wenn Sie sie als Zeugin aufrufen, habe ich keine andere Wahl, als Ihre schmutzige Affäre mit ihr aufzudecken.« Ich hatte vermutet, daß sie es gewußt hatten, aber ich wandte trotzdem den Blick ab. Auf der anderen Seite des Gerichtssaals konnte ich Jimmy Moore sehen, der mit einer kleinen Gruppe von Anhängern sprach, mich dabei aber so durchdringend wie ein Hypnotiseur anstarrte. »Die Geschworenen werden es ziemlich seltsam finden«, fuhr Prescott fort, »daß Sie Ihre Geliebte als Zeugin aufrufen.«

»Unsere Beziehung ist Vergangenheit. Sie endete in dem Augenblick, in dem ich merkte, daß sie Informationen hatte, die für diesen Fall von Bedeutung sind. Aber was immer die Geschworenen denken werden, sie werden auch denken, daß sie die Wahrheit sagt.«

»Ihre Zeugenaussage wird nicht ganz Ihren Erwartungen entsprechen.«

»Ich denke, wir werden ihr Mut machen.«

»Sie möchte nicht aussagen.«

»Dafür hat Gott die Vorladung unter Strafandrohung geschaffen.«

»Jimmy möchte nicht, daß sie aussagt.«

»Das kann ich mir vorstellen«, sagte ich.

»Wir scheinen zur Zeit erhebliche Kommunikationsschwierigkeiten zu haben, Victor. Ich entschuldige mich, wenn ich nicht deutlich genug war. Jimmy hat mir gesagt, er mache sich Sorgen um den Druck einer Zeugenaussage auf ihren zerbrechlichen physischen Zustand. Er glaubt, wenn man sie in dieser höchst schwierigen Phase ihres Lebens zu einer Zeugenaussage zwinge, könne das für ihre Gesundheit gefährlich sein.«

»Das hört sich an wie eine Drohung.«

»Seien Sie nicht albern. Aber Jimmy möchte, daß Sie sich über alle möglichen Konsequenzen klar sind, wenn Sie dieses Mädchen in den Zeugenstand rufen.«

»Denn wenn das eine Drohung wäre«, fuhr ich fort, »wäre es eine Behinderung der Justiz.«

»Ich habe nur einer Sorge Ausdruck gegeben, von der mein Mandant mir berichtet hat.«

»Vielleicht sollte ich Eggert und Special Agent Stemkowski zu uns rufen, damit Sie auch ihnen von Jimmys Sorge Mitteilung machen.«

Er lächelte mich an. »Das wird nicht nötig sein«, sagte er, drehte sich um und ging zu seinem Mandanten zurück. Es wäre ein kleiner Augenblick des Triumphs für mich gewesen, wenn dieses Lächeln nicht gewesen wäre. Das war kein nervöses Lächeln, es lag keine Spannung darin, keine Beunruhigung. Es war das Lächeln eines Schachspielers, als hätte er mit Bauer d4 eröffnet, ich mit Bauer d5 gekontert und er mit Bauer c4 geantwortet und seinen Damenläuferbauern als Opfer angeboten. In meiner verkorksten Jugend hatte ich oft genug Schach gespielt, um zu wissen, was es kostete, wenn man dieses Opfer annahm. Sein Lächeln war das Lächeln, das so ein Gambit unweigerlich begleitet, und es gefiel mir überhaupt nicht.

Morris wartete vor dem Gerichtssaal auf mich. Er hatte sich bereit erklärt, mit mir ins Büro zu fahren; nun, da auf mich geschossen wurde, war er mein Beschützer. Der Gedanke, daß Morris mich schützte, war seltsam tröstlich. Ich wollte direkt ins Büro, weil ich beschlossen hatte, Chuckies Beerdigung zu schwänzen, und zwar aus dem besten aller Gründe: nackter Angst. Zusammen gingen Morris und ich durch den Flur zum Aufzug.

»Sie hätten mir vorher sagen können, was bei Gardners Zeugenaussage herauskommen würde«, sagte ich.

»Wo wäre dann der Spaß geblieben?«

»Das ist kein Spaß. Ich komme hier um, und Sie reden von Spaß.«

»Unsinn. Am Ende haben Sie es ja aus ihm herausgeholt. Ein so guter Anwalt wie Sie, Victor, ich wußte, Sie würden dem, was er zu sagen hatte, auf den Grund kommen.«

Ich sah mich auf dem Gang um. »Wo ist Beth? Haben Sie sie gesehen?«

»Ich habe sie zu einer kleinen Besorgung geschickt«, sagte Morris.

»Soll sie Ihre Sachen aus der Reinigung holen?«

»Auch das muß getan werden«, sagte er. »Und jetzt seien Sie still, bitte, ich habe Neuigkeiten für Sie aus Corpus Christi.«

»Sie haben Stocker gefunden?« fragte ich.

Morris blieb stehen, nahm seine Brille und sein kleines Notizbuch heraus und blätterte dann in den Seiten und den dazwischen liegenden Zetteln nach seinen Notizen. »Ah, ja. Da ist es.« Er nahm ein Stück Briefumschlag heraus, das eng bekritzelt war, begann weiterzugehen und blinzelte dabei durch die Brille auf die winzige Schrift. »Es scheint, daß es da in der Downtown Marina an einem Bay Shore Drive in Corpus Christi einen gewissen Mr. Cavanaugh gibt, der unserem Mr. Stocker auffallend ähnlich sieht. Dieser Mr. Cavanaugh befindet sich auf einem Zwölf-Meter-Segelboot. Er kam von der Westküste Floridas herüber. Er mietet seinen Liegeplatz wochenweise. Er hat keine Besucher, keine Freunde, er säuft wie ein Loch und spricht davon, nach Südamerika zu segeln. Und dieser Mr. Cavanaugh telefoniert von dem Münzfernsprecher des Jachthafens aus, der zufällig die gleiche Nummer hat, von der aus R-Gespräche mit Mr. Prescott geführt wurden, in dessen Büro Sie so wie eine Katze eingebrochen sind.«

»Und Sie meinen, Cavanaugh sei Stocker?«

»Natürlich meine ich das. Manchmal können Sie sehr schwer von Begriff sein, Victor. Warum sonst erzähle ich Ihnen all das?« Wir erreichten die Aufzüge, und Morris drückte auf den Abwärts-Knopf. »Aber ob das nun so ist oder nicht, können wir nur herausfinden, indem wir hinfahren und es feststellen.«

»Also fahren Sie«, sagte ich.

»Nein, danke«, sagte Morris. »Wo sollte ich denn in Corpus Christi essen? Glauben Sie, daß es in Corpus Christi ein koscheres Deli gibt? Glauben Sie, daß es in Corpus Christi Pastrami gibt?«

»Sie fahren also nicht?«

»Vielleicht können Sie und Miss Beth die Reise nach dem Prozeß machen.«

»Warum nicht jetzt?« sagte ich. »Es nützt uns nichts, wenn Sie feststellen, daß er Stocker ist, und er dann nach Paraguay absegelt.«

»Nach allem, was wir wissen, sieht es nicht so aus, als würde er allzubald irgendwo hinfahren«, sagte Morris. »Außerdem kann er nicht nach Paraguay absegeln.«

»Und warum nicht?« fragte ich.

»Weil es in Paraguay keinen Hafen gibt«, sagte Morris. »Es liegt in den Bergen.«

»Jetzt sind Sie auch noch ein As in Geographie?«

»Ich mußte einmal in Paraguay nach Verbrechern suchen.«

»Was, Morris, waren Sie ein Nazi-Jäger?« fragte ich lachend. »Sie haben in den Bergen von Paraguay nach untergetauchten deutschen Offizieren gesucht?«

»Ja«, sagte Morris mit so kühler Stimme, daß ich sofort verstummte. Wir standen in verlegenem Schweigen da, und Morris starrte mich an, bis ich meine Hosenaufschläge zu betrachten begann. Der Aufzug kam und durchbrach den Augenblick, aber ehe ich eintreten konnte, packte Eggert mich am Arm und zog mich beiseite.

»Sind Sie noch an einem Deal interessiert?« fragte er.

»Was bieten Sie?«

»Plädieren Sie auf schuldig nur, was die Erpressung betrifft, sagen Sie gegen den Stadtrat aus, und wir werden die Mindeststrafe empfehlen. Ich werde sogar mit dem Bundesstaatsanwalt über eine Bewährung reden.«

»Gardners Aussage hat Sie ein bißchen durcheinandergebracht, was, Marshall?«

»Überhaupt nicht«, sagte er, aber er hatte die Hand in der Tasche und klimperte ganz anders als sonst mit seinem Kleingeld. »Auch im besten Fall ist sie ohne Beweiskraft.«

»Vielleicht. Aber Ihr Taxifahrer sagte als Zeuge, die Limousine, die er gesehen hat, habe ihre Scheinwerfer aufgeblendet wie ein Signal, als hoffe sie, bemerkt zu werden. Und jetzt wissen wir, daß Ruffing, der die Versicherungssumme kassiert hat, in dieser Nacht in einer schwarzen Limousine herumkutschiert ist. Man braucht kein Gehirnchirurg zu sein, um den Zusammenhang zu sehen. Ihre Brandstiftung ist einfach aus der Verhandlung verschwunden, und vermutlich wird das auch mit der Anschuldigung der organisierten Erpressung passieren. Und jetzt wollen Sie, daß mein Mandant sich in bezug auf die einzige Anklage, die übrigbleibt, für schuldig erklärt.«

Er schnaufte zweimal. »Es ist ein guter Deal, Carl.«

»In diesem Prozeß geht es jetzt um ein Entweder-Oder. Entweder Moore oder Concannon. Der einzige Weg, wie Sie beide kriegen, ist, daß einer auf schuldig plädiert und den anderen verpfeift. Warten Sie ab, Marshal. Wir unterhalten uns nach meiner morgigen Zeugin. Wenn sie alles bringt, was ich erwarte, werden Sie uns morgen Schutz vor Strafverfolgung anbieten und darüber auch noch verdammt froh sein.«

Ich ging fort, ohne auf eine Antwort zu warten. Eine Woche zuvor hätte ich sein Angebot sofort angenommen, hätte mich darauf gestürzt wie Charles Barkley auf einen Rebound, aber inzwischen war eine Woche vergangen. Ich war wieder im Spiel, ich war am Ball, und morgen würde ich die entscheidenden Punkte machen.

53

Es war ein kalter, grauer Morgen, ein Wintermorgen im späten Herbst. Mein Atem bildete dünne Wölkchen, als ich von der Tiefgarage neben dem Gerichtsgebäude zum Society Hill Sheraton ging, wo Veronica sich versteckte. Ein eigenartiger Ort, um sich zu verstecken, ein großes, aber nicht hohes Gebäude mit einer geräumigen und belebten Halle, aus deren Glastüren dauernd Gäste in Trainingsanzügen kamen, um am Delaware River entlang zu joggen. Morris sagte, er werde in dem grauen Honda sitzen und auf mich warten. Ich sah ihn am Ende einer langen Reihe geparkter Autos auf der anderen Seite der breiten, kopfsteingepflasterten Straße vor dem Hotel. Alle Autos standen mit dem Kühler zum Bordstein; nur Morris hatte rückwärts eingeparkt, um den Eingang der Halle im Auge behalten zu können, ohne den Kopf zu verdrehen.

»Gibt's irgendwas?« fragte ich.

»Haben Sie meinen Kaffee nicht mitgebracht?« sagte Morris.

»Den hab ich vergessen, tut mir leid.«

»Die erste Regel beim Observieren, Victor, die allererste Regel: nie den Kaffee vergessen.«

»Ich werde Ihnen welchen holen.«

»Stop, machen Sie sich keine Sorgen. Es ist die erste Regel, aber vielleicht keine so gute Regel, denn wenn der Kaffee reinkommt, muß er auch wieder raus, was mitten in einer Observierung sehr unbequem ist, glauben Sie mir. Wann wollen Sie sie im Gerichtssaal haben?«

»Heute vormittag, zehn Uhr.«

»Und will sie kommen?«

»Ich werde mit ihr reden, sie wird kommen. Also, holen wir sie.«

»Immer langsam mit den jungen Pferden«, sagte Morris.

»Pferden?«

»Ja, immer langsam mit den jungen Pferden. Das ist ein sehr hübscher Ausdruck, finde ich. Meinen Sie, ich hätte nicht Cowboy werden können? Und was ich für ein Cowboy geworden wäre!«

»Sind Sie je auf einem Pferd geritten, Morris?«

»Was ist schon dabei, auf einem Pferd zu reiten, sagen Sie mir das? Ich kann sitzen, ich kann die Zügel halten, ich kann Hü und Hott sagen, ich kann reiten. Schauen Sie da drüben, bei der Zufahrt.«

»Der silberne BMW?«

»So einen Wagen sollte ich haben. Abgesehen davon, daß er ein deutsches Fabrikat ist, ist er ein wunderbarer Wagen.«

»Warum bewundern wir hier ein Auto?«

»Weil es den ganzen Morgen hier gestanden hat. Einfach nur gestanden, nur einmal ist einer der Männer für ein paar Minuten ausgestiegen und mit Kaffee zurückgekommen.«

»Sie glauben, daß sie den Eingang der Hotelhalle beobachten?«

»Der Kaffee hat es mir verraten«, sagte Morris. »Sie vergessen die erste Observationsregel schon wieder.«

»Sie könnten auf jeden warten«, sagte ich.

»Ja, das könnten sie.«

»Aber es könnten auch Jimmys Leute sein.«

»Auch das.«

»Niemand außer Jimmy und uns sollte wissen, daß sie da ist. Vielleicht sollten wir den Hintereingang benutzen.«

»Ich glaube, es ist wichtig, daß wir wissen, wer in diesem Wagen sitzt, finden Sie nicht?«

»Warum?«

»Sie haben mir gesagt, daß ein ganzer Koffer voller Geld fehlt, irgendwo herumschwirrt, ist das richtig?«

»Eine Viertelmillion Dollar.«

»Nun, Victor, ich mag mich irren, ich irre mich oft, fragen Sie nur Rosalie, sie wird es Ihnen sagen, wenn Sie ihr auf der Straße einmal in die Arme laufen, dann...«

»Was denken Sie, Morris?« sagte ich.

»Ich würde darauf wetten, wer immer dieses Geld hat, ist derjenige, der diese Leute in dem schicken Auto zur Beobachtung hergeschickt hat.«

Ich betrachtete den silbernen BMW genauer. »Meinen Sie?«

»Das habe ich doch gerade gesagt, nicht? Ich denke also, Sie sollten durch den Vordereingang des Hotels gehen, damit diejenigen, die in diesem Auto sitzen, Sie sehen können. Dann wissen wir vielleicht, wer so interessiert ist.«

»Man hat schon zweimal auf mich geschossen, finden Sie nicht, daß das reicht?«

»Machen Sie sich darüber keine Sorgen. Ich bin hier, Morris Kapustin, und ich werde Ihnen Deckung geben.«

»Sie werden mir Deckung geben? Womit, Morris, mit einer koscheren Dillgurke?«

Ich erwartete eine seiner witzigen Erwiderungen über Juden und eingelegte Gemüse, aber die wurde mir nicht zuteil. Statt dessen warf Morris mir einen kühlen Blick zu und zog eine automatische Pistole aus seinem weiten schwarzen Mantel. Der blaue Lauf glänzte matt und ölig. Mit einer schnellen und geübten Bewegung entsicherte er sie.

»Herrgott, Morris, was wollen Sie damit?«

»Wahrscheinlich haben Sie nie von Jabotinsky gehört?«

»Nein.«

»Es gibt viele Dinge, die Sie lernen müssen, Victor. Ein Geschrei vor Gericht reicht nicht, um zu beweisen, daß Sie alles gelernt haben, was Sie lernen müssen. Sie müssen noch lernen, was es bedeutet, ein Jude zu sein, und was es nicht bedeutet. Sie müssen viel nachdenken über Ihr Leben und über sich selbst und über Ihr Erbe, aber nicht heute. Heute werden Sie durch den Vordereingang in die Halle gehen, langsam, als hätten Sie keinerlei Sorgen. Sehen Sie den Wagen nicht an, gehen Sie einfach rein, und wir werden sehen, was passiert. Wenn nichts passiert, treffe ich Sie vor ihrem Zimmer, Nummer 4016. Und jetzt gehen Sie.«

Ich zögerte, aber Morris schubste mich förmlich aus dem Wagen, und schon war ich unterwegs, überquerte die breite Straße vor dem Hotel. Es war noch immer kalt, mein Atem bildete noch immer Wölkchen, aber ich schwitzte. Ich öffnete meinen gefütterten Regenmantel, während ich auf den runden Vorplatz zuging, und versuchte, nicht den silbernen BMW anzustarren, der unheilverkündend vor der Hotelfront stand, furchterregend wie ein Hai in flachem Wasser. Mein Hals juckte, als ich näher kam. Morris hatte mir gesagt, ich solle geradeaus schauen, und das tat ich, sogar, als ich den gefährlichen Kühlergrill aus Chrom passierte. Dann hatte ich ihn hinter mir, mußte den Drang bekämpfen, mich umzudrehen, und geradewegs den Eingang ansteuern. Doch noch ehe ich den langen Bronzegriff erreichte, um die Tür zu öffnen, hörte ich rechts einen Wagenschlag zufallen und jemanden rufen.

»Vi'tor Carl, der Mann mit den zwei Vornamen.«

Die Stimme war vertraut, schlüpfrig und belegt, und sie umschlich die Konsonanten. Angstvoll blieb ich stehen und drehte mich um. Es war Wayman, Norvel Goodwins Gefolgsmann, der mich in der Limousine des Stadtrats herumgefahren und dann mit dem Handrücken ins Gesicht geschlagen hatte. Was bedeutete, daß Norvel Goodwin die fehlende Viertelmillion Dollar hatte, sofern Morris sich nicht irrte. Wie zum Teufel hatte er all dieses Geld in die Finger bekommen?

Wayman trug einen schwarzroten Trainingsanzug und knöchelhohe Lederturnschuhe; ein Sweatshirt war über seinen rechten Arm drapiert und verbarg seine Hand und was immer diese Hand enthielt. Mit tänzelndem Schritt eilte er auf mich zu. Ehe meine erstarrten Nerven sich erholt hatten und ich auch nur daran denken konnte, hastig in die Halle zu stürzen, war er auch schon neben mir.

»Wie geht's dem Auge, Vi'tor? Sieht aus, als sei alles verheilt. Vielleicht sind Sie zäher, als Sie aussehen.«

»Was wollen Sie, Wayman?«

»Also das ist ja nett. Wirklich sehr, sehr nett. Sie erinnern sich an meinen Namen. Wo wollen Sie hin, Vi'tor Carl? Haben Sie irgendeine hübsche Biene im Society Hill Sher'ton? Kleiner Twist am frühen Morgen?«

»Ich habe eine Verabredung.«

»Darauf möchte ich wetten. Allerdings. Wir dachten uns, daß Sie kommen würden, um die kleine Ronnie zu besuchen. Sie können nicht hören, nicht, können nicht nein sagen. Auch nicht, nachdem ich Ihnen diesen Hund vor die Tür gelegt habe. Na ja, ich kann's Ihnen nicht verübeln, sie ist nicht gerade häßlich. Aber Mr. Goodwin, Sie erinnern sich doch an Mr. Goodwin, er hat gesagt, daß ich hier auf Sie warten soll, um Ihnen zu sagen, daß er nicht will, daß Ronnie vor Gericht aussagt. Er will nicht, daß Ronnie seine Pläne mit unserem Stadtrat vermasselt oder seinen Namen vor den Bundesbeamten erwähnt. Es gibt Dinge, in die Sie da eingreifen, in die Sie besser nicht eingreifen sollten. Sie haben noch immer nicht die leiseste Ahnung, was hier läuft.«

»Da haben Sie recht«, sagte ich. »Ich habe keine Ahnung.«

»Natürlich nicht, sonst wären Sie nicht so dumm, sie aussagen lassen zu wollen. Aber nun wissen Sie es, und Mr. Goodwin erwartet, daß Sie sich an seine Anweisungen halten.«

»Ich muß da hinein, tut mir leid.«

»Also, sehen Sie, Mann, wovon rede ich eigentlich, he? Sind Sie taub, Vi'tor Carl, oder wollen Sie mich hier verarschen? Ich hoffe nicht, denn sonst werde ich Sie umbringen, genau, wie ich Ihren kleinen Singvogel Chuckie umgebracht habe.«

Ich trat zurück, und meine Wirbelsäule kribbelte. Ich sah mich nach Morris' Deckung um, konnte ihn aber nirgends ausmachen. Wayman bemerkte meinen Blick und deutete ihn falsch.

»Sie können weglaufen, Vi'tor Carl, o ja«, sagte er und trat näher auf mich zu. »Wenn ich Sie wäre, würde ich auch abhauen. Laufen Sie ruhig weg, laufen Sie, laufen Sie, Vi'tor Carl, laufen Sie, so schnell Sie können. Laufen Sie, wohin Sie wollen, bloß nicht ins Society Hill Sher'ton. Was da drin ist, ist unsere Sache. Hören Sie auf meinen Rat, Vi'tor Carl, und laufen Sie.«

Ich trat zurück, aus seiner Reichweite, und beschloß, seinem Rat in der Tat zu folgen. Ach, ich haßte die Idee, wegzulaufen und Wayman sehen zu lassen, daß ich weglief, aber die Idee, mit mir machen zu lassen, was er mit Chuckie gemacht hatte, haßte ich noch viel mehr. Ich glaube, ich habe schon erwähnt, daß ich von Natur aus nicht sonderlich tapfer bin, aber in dieser Situation wäre auch jemand weggelaufen, der sehr viel mutiger war als ich. Da war Wayman mit seiner Wut und seinem Trainingsanzug und seiner Hand, die sich um Gott weiß was schloß, das unter dem Sweatshirt über seinem Arm verborgen war, und in dem silbernen BMW saß ein Verbündeter von ihm, ein weißer Kerl mit wilden Augen, der wie ein Trommler auf das Lenkrad einschlug und Wayman zu Hilfe kommen würde, wenn das nötig war. Und da war meine Erinnerung daran, wie Chuckie gestorben war, wie sein Blut auf dem Stein eine Pfütze gebildet hatte, ehe der Regen es wegwusch. Und da stand ich, wehrlos, abhängig von Morris' Schutz, und Morris war anscheinend verschwunden. Dieser Jabotinsky, von dem er gesprochen hatte, war anscheinend kein großer Kämpfer gewesen, nahm ich an, Morris hatte von ihm wohl hauptsächlich gelernt, wann man den Rückzug antreten muß. Ich war also im Begriff, vor Wayman und dem Trommler davonzulaufen, als ich hörte, wie sich hinter mir eine der Hoteltüren öffnete und eine vertraute Stimme sagte:

»Entschuldigen Sie, meine Herren, vielleicht könnten Sie mir helfen. Ich suche nach dem Haus, das einmal Miss Betsy Ross gehört hat.«

Wayman schaute über meine Schulter, und ich drehte mich um. Morris watschelte auf uns zu, sein weiter schwarzer Mantel flatterte. Er hatte den Hut weit in den Nacken geschoben und eine kleine Karte in der Hand, die zu öffnen er sich bemühte.

»Meine Enkelin sagte mir, ich solle sie zu Miss Betsy Ross' Haus fahren«, fuhr Morris fort. »Aber diese *meschuggene* Karte, die ich nicht einmal aufschlagen kann mit all ihren Falten, diese Karte sagt mir nichts außer daß ich ein *schlemihl* bin, der nie lernen wird, eine Karte zu lesen wie ein normaler Mensch.«

Er hatte mir ein Stichwort gegeben, und ich machte Gebrauch davon. »Das ist nördlich von hier, in der Arch Street«, sagte ich.

»Norden, Süden, was verstehe ich von Himmelsrichtungen, Sir«, sagte Morris. »Danke, Sir, aber ich habe keine Ahnung, wo Norden ist.« Er fummelte weiter mit seiner Karte herum.

»Kommen Sie mit hinein«, sagte ich. »Ich werde es Ihnen in die Karte einzeichnen.«

»Das wird nicht nötig sein«, sagte Wayman mit veränderter Stimme, tief und präzise wie ein Lehrer. »Es ist ganz einfach. Fahren Sie diese kleine Straße entlang. Dann biegen Sie nach rechts ab, das ist Norden, und vier Blocks weiter, bis Sie auf die Arch Street treffen. Dann biegen Sie links ab. Es ist ein kleines Ziegelhaus mit einem Vorgarten auf der anderen Seite der Arch Street, zwischen der Zweiten und Dritten Straße. Vor dem Haus hängt eine Kolonialflagge, Sie können es nicht verfehlen.«

Ich sah Wayman an, verblüfft über seine neue Stimme. Er lächelte gefährlich, und da ich nun gar nichts mehr verstand, war ich völlig entsetzt.

»Ach, danke vielmals, Sir, vielen Dank«, sagte Morris. »Ich sollte mir das aufschreiben, aber ich habe es schon wieder vergessen. Mein Gedächtnis ist wie ein Sieb mit einem Loch in der Mitte, so schlecht. Wenn Sie es mir nur kurz auf der Karte zeigen könnten, wenn Sie vielleicht…«

Er fummelte weiter mit der Karte herum, versuchte sie zu öffnen, und dann hob er die Ellbogen an und riß sie mit einer ungeschickten Bewegung in der Mitte auseinander, so daß er nun zwei halbe Karten in den Händen hielt.

»Ach, das sieht mir wieder mal ähnlich«, sagte Morris und starrte hilflos auf die zwei Hälften in seinen Händen. »Jetzt muß ich mir drinnen eine neue holen. Und dann, wenn das für einen Besucher nicht zuviel verlangt ist, und wenn dann einer von Ihnen mir den Weg in die Karte einzeichnen könnte, dann würde ich mich vielleicht zurechtfinden, ohne vorher in Pittsburgh zu landen.«

»Natürlich«, sagte ich und ergriff seinen Arm. »Gehen wir.«

»Ach, das wäre aber nett«, sagte Morris.

»Wir sind hier noch nicht fertig, Victor Carl«, sagte Wayman.

»Bin gleich wieder da, Wayman«, sagte ich, während ich auf die Eingangstür zuging. »Warten Sie einen Moment.«

Morris richtete es so ein, daß er sich zwischen Wayman und mir befand, als wir auf die Tür zugingen. In der Spiegelung des Türglases sah ich, daß Wayman über Morris' Schulter hinweg die Hand nach mir ausstreckte, und dann spürte ich seine Hand an meinem Hemdkragen, spürte, wie der Stoff sich um meinen Hals spannte. Überrascht stieß ich ein leises Krächzen aus.

Genau in diesem Augenblick kam uns aus der Lobby ein Portier entgegen, der wie zufällig Waymans Arm wegstieß. Er hatte breite Schultern, trug eine grüne Uniform, stellte sich vor Wayman in Positur und sagte: »Kann ich Ihnen helfen, Sir?« Seine Stimme war mir verblüffend vertraut, und als Morris mich vor sich in die Hotelhalle geschoben hatte, drehte ich mich um und sah den breiten Rücken des Portiers und die Jarmulke auf seinem Kopf. Der Portier legte Wayman eine Hand auf die Brust. »Kann ich irgend etwas für Sie tun, Sir?« sagte Sheldon Kapustin. Wayman schüttelte frustriert den Kopf, während Morris und ich ins Innere der Halle entkamen.

»Nicht laufen jetzt«, sagte Morris. »Er beobachtet uns wie ein Falke.«

»Es wäre nett gewesen, wenn Sie mir vorher gesagt hätten, daß Sheldon da drinnen ist«, sagte ich. »Schweißflecken kriegt man so schwer wieder weg. Und außerdem haben Sie sich reichlich Zeit gelassen.«

»Hatten wir es denn eilig?« Morris zeigte nach rechts, wo der Empfang war, von den Türen aus nicht einzusehen. Wir gingen um die Möbel herum, schmiedeeiserne Tische und üppige Sofas, direkt auf den Empfang zu. »Ich suche in meiner Tasche nach einem Stift, bis wir außer Sicht sind«, sagte Morris unterwegs. »Und wenn wir außer Sicht sind, dann können wir laufen.«

Und genau das taten wir auch.

»Wer war das?« fragte Morris im Aufzug zum vierten Stock.

»Der Handlanger eines Drogendealers.«

»Also hat dieser Drogendealer das verschwundene Geld?«

»Offenbar, und er hat schon einen Mann umgelegt, damit ich das nicht herausfinde.«

»Ach, das ist ja schlimmer, als Sie es mir ursprünglich erzählt hatten.«

»Aber er dürfte eigentlich nicht wissen, daß Veronica hier ist.«

»Wie hat er es dann erfahren?« fragte Morris, als die Aufzugtüren sich im vierten Stock öffneten.

»Weiß ich nicht«, sagte ich.

»Achtung jetzt«, sagte Morris, und ich folgte ihm den leeren, teppichbelegten Gang entlang. Bei Zimmer 4016 zeigte er auf mich. Ich schüttelte den Kopf. Er klopfte leise an die Tür.

»Ja?« sagte eine Frauenstimme von innen.

»Tut mir leid, Miss«, sagte Morris, »aber ich muß die Heizung in Ihrem Zimmer überprüfen.«

»Eine Minute«, sagte sie, und eine Minute später öffnete sich die Tür, und eine leicht bekleidete Veronica, noch feucht vom Duschen, spähte hinaus. Ehe sie mir die Tür vor der Nase zuschlagen konnte, stellte ich eine Fußspitze in den Türspalt. Was sie einem in dem Kurs für Staubsaugervertreter nicht beibringen, ist, daß es sehr schmerzhaft sein kann, den Fuß in die Tür zu stellen, aber Schmerz hin oder her, es funktionierte.

»Du hast eine Vorladung als Zeugin vor Gericht«, sagte ich, als Morris und ich in ihrem Zimmer waren und die Tür hinter uns verschlossen und verriegelt hatten.

»Wer ist das?« sagte sie und nickte mit dem Kopf in Richtung

Morris. Sie war in einen leichten seidenen Morgenmantel gehüllt und hatte die Arme vor der Brust verschränkt. Das Haar fiel ihr sauber und glatt auf die schönen Schultern. Beinahe wäre ich vor ihr auf die Knie gefallen, so schön war sie.

»Ein Freund, der hier ist, um dich zu beschützen«, sagte ich.

»Wie beruhigend«, sagte sie.

»Danke schön, Miss«, sagte Morris, ihren Sarkasmus ignorierend.

»Wovor beschützt er mich, Victor? Vor dir?«

»Vor Goodwin. Seine Leute sind draußen. Er will nicht, daß du als Zeugin aussagst.«

»Scheiße«, sagte sie mit verzweifelter Stimme. »Verdammt, Victor. Siehst du, was du mir antust?« Sie ging ins Zimmer zurück und setzte sich auf das hintere Bett.

Ich folgte ihr, wie ich ihr anscheinend immer folgte, und stellte mich neben das Bett. Morris blieb an der Tür und lauschte nach draußen, so daß wir ungestört sprechen konnten. »Vermutlich wird er dich umbringen, ob du aussagst oder nicht«, sagte ich leise. »Zumindest hat es sich so angehört. Wieviel schuldest du ihm, Veronica?«

Sie zuckte mit den Schultern, schlang die Arme um ihren Oberkörper und wollte mich nicht ansehen. »Nicht sehr viel«, sagte sie matt.

»Ist für dich jemals etwas sehr viel?« fragte ich.

Sie sagte nichts und schaute auf den Fußboden.

»Sag mir was anderes, Veronica. Wie ist Goodwin an die verschwundene Viertelmillion gekommen?«

»Hat *er* sie denn?«

»Hast du das nicht gewußt?«

Sie schüttelte den Kopf. »Ich habe sie nur für Jimmy auf dem Konto aufgehoben.«

»Auf dem Konto, das auch auf Chester eingetragen ist?«

»Ja, aber dann wollte er das Geld wiederhaben, er sagte, er bräuchte alles.«

»Aber zuerst wollte er es auf einem Konto auf Chesters Namen haben. Damit Concannon von Anfang an drinhing, nur für alle Fälle.«

»Ich habe nie erfahren, was Jimmy mit dem Geld gemacht hat«, sagte sie.

»Wie ist Goodwin daran gekommen?«

»Er muß es irgendwie gestohlen haben«, sagte sie achselzuckend.

»Nein«, sagte ich. »Das glaube ich nicht.« Ich sah mich in ihrem schicken Hotelzimmer um: zwei extrabreite Betten, Farbfernseher, Sessel, Samtvorhänge, und begann mich zu wundern. »Du bist jetzt ein paar Tage hier. Hast du von Goodwin irgendwelchen Stoff gekauft?«

»Nein, nicht von ihm, guter Gott. Einer der Gründe, warum ich weggegangen bin, waren er und seine verdammten toten Tiere.«

»Also weiß nur Jimmy, daß du hier bist.«

»Und du.«

»Ja, und ich. Aber ich habe es Goodwin nicht erzählt.«

Fragend blickte sie zu mir auf. Ich zuckte mit den Schultern. Ihre Augen wurden größer, und sie schüttelte den Kopf. Ich nickte traurig. Ungläubig verzog sie das Gesicht, aber dann begann ihr Gehirn zu arbeiten, logisch einen Gedanken an den anderen zu reihen, bis sie mich auf einmal schockiert ansah. Jimmy Moore hatte sie angeschmiert, sagte ihr Ausdruck, der Mistkerl hatte sie in dieses Hotel gesteckt, damit Goodwin Moores und seine eigenen Probleme erledigen konnte. Ungläubig schüttelte sie den Kopf. Das war unmöglich. Aber sie wußte, daß es trotzdem möglich war, sie wußte es. Rasch wandte sie sich von mir ab und fing an zu weinen. In diesem Augenblick, eigentlich zum ersten Mal, wußte ich, daß Veronica im Zeugenstand die Wahrheit sagen würde, die ganze Wahrheit und nichts als die Wahrheit.

Ich bückte mich, um einige ihrer Kleidungsstücke vom Boden aufzuheben, und legte sie in den Koffer, der offen auf der Kommode stand.

»Na?« sagte Morris von der Tür her. »Kommt sie?«

»Nein«, sagte Veronica schwach.

»Sie kommt«, sagte ich.

»Wenn sie kommt, dann muß sie jetzt kommen«, sagte Morris. »Weil ich denke, daß unser netter Freund von draußen sich vielleicht gewaltsam an Sheldon vorbei nach hier durchboxt, um festzustellen, was los ist.«

»Wer genau ist da draußen?« fragte Veronica.

»Wayman«, sagte ich. »Übrigens ist er der Mörder von Chukkie.«

Das machte allem Zögern ein Ende. Binnen neunzig Sekunden war ihre Tasche gepackt. Sie trug Jeans, Hemd und Mantel, und wir waren aus dem Zimmer und liefen hinter Morris durch den Flur.

»Wohin gehen wir?« fragte sie.

»Verdammt, keine Ahnung«, sagte ich.

Während wir noch liefen, hörten wir, daß die Aufzugtür sich öffnete. Wir liefen weiter, bogen um eine Ecke und noch eine. Als wir die letzte Ecke umrundet und die Treppe erreicht hatten, konnten wir hören, wie jemand an eine Tür klopfte und Waymans belegte Stimme rief: »Mach auf, du Nutte. Verdammt, mach auf.«

Wir rannten die Treppe herunter, Morris vornweg, so schnell er konnte, und das war erheblich schneller, als ich gedacht hätte. Als wir zwei Stockwerke hinter uns hatten, stand auf einem Schild, daß vom Treppenhaus kein Zugang in den zweiten Stock möglich sei, doch Morris riß eine Tür auf und entfernte einen Klebestreifen vom Schloß. Wir stürzten hinter ihm her in den Flur und folgten ihm nach links zu Zimmer 1082. Morris stieß ohne Anklopfen die Tür auf und eilte hinein. Wir folgten ihm. Schnell und leise fiel die Tür hinter uns zu.

Das Zimmer sah genauso aus wie Veronicas, gleiche Größe, gleiche Möblierung, zwei extrabreite Betten, Farbfernseher. Die Tür zum Badezimmer war geschlossen, die Vorhänge zugezogen. Morris verschloß und verriegelte hinter uns die Tür.

»Also, Miss Veronica«, sagte Morris. »Sie müssen mir jetzt Ihren Mantel geben.«

»Meinen Mantel?« sagte sie.

»Ja, natürlich. Inzwischen haben sie Leute, die Vorder- und Hintereingang bewachen, da gibt es keinen Ausweg. Was wir also jetzt brauchen, ist das, was man im Fachjargon eine *holzene kochka* nennt. Eine hölzerne Ente.«

»Einen Lockvogel?«

»Genau.«

»Wer?« fragte ich.

»Wieso, Sie natürlich, Victor«, sagte er. »Und noch jemand, der wie Miss Veronica aussieht, und dafür brauchen wir den Mantel.«

»Bei allem Respekt, Morris, ich glaube nicht, daß man Sie für Veronica halten wird.«

»Seien Sie nicht töricht, Victor. Sie meinen, ich selbst würde den Lockvogel machen? Sie leben nicht so lange, wie ich in diesem Beruf überlebt habe, wenn Sie selbst den Lockvogel spielen. Nein, Regel Nummer zwei besagt, daß der Detektiv nie selber die *holzene kochka* spielt. Vielleicht sollte das auch Regel Nummer eins sein, und die mit dem Kaffee Regel Nummer zwei. Manchmal sind die Zahlen ein bißchen verwirrend.«

»Also, wer dann?« fragte ich.

In diesem Augenblick öffnete sich die Badezimmertür, und sie kam heraus, in Jeans und Perücke, einer braunen Perücke aus weichem, schulterlangem Haar, genauso frisiert wie Veronica. Beth. Das war mehr als seltsam, meine beste Freundin, gestylt wie die Geliebte meiner Träume, eine verwirrende Mischung aus Faszination und Behaglichkeit. In gewisser Weise war sie, wie sie dastand, eingerahmt von der Badezimmertür, meine Traumfrau, eine Mischung aus allem, was ich mir je gewünscht und erträumt hatte. Ich starrte sie also an, starrte und starrte weiter, bis Beth zu kichern begann, was die Stimmung durchbrach und meine Phantasien vergehen ließ. Mir wurde klar, weshalb sie da war.

»Nein«, sagte ich. »Nicht Beth. Auf gar keinen Fall.«

54

Wayman erblickte uns, als wir aus der Vordertür des Hotels rannten. Ich hielt den Koffer fest. Veronicas offener Mantel wehte wie ein Cape hinter uns her. Ehe Wayman uns anhalten konnte, saßen wir in dem Honda. Der Motor sprang an, die Fenster waren geschlossen. Gerade als er den Wagen erreicht hatte und seine riesige Kanone in unsere Richtung schwenkte, legte ich den Gang ein und schoß aus der Parklücke.

Ich bog rasch nach links in die Walnut ein und dann in die Vierte Straße. Ich raste an der Spruce Street und der Lombard vorbei, überfuhr in der South Street eine rote Ampel und raste weiter. Ich war bereits zwei Blocks an der South vorbei, als der silberne BMW hinter uns auftauchte und aufholte.

Am Washington bog ich rechts ab und fuhr nach Westen; der BMW war dicht hinter uns. Einmal rammte er mich, als ich am Washington entlangfuhr, dann noch einmal. Ich überfuhr noch eine rote Ampel, der BMW folgte mir, und ich fragte mich, wo die Polizei blieb, wo der nächste Doughnut-Laden war, und dann raste ich mit quietschenden Reifen die Siebte Straße hinunter und trat vor dem Herrenclub Sons of Garibaldi auf die Bremse.

Der silberne BMW kam gleich hinter uns zum Stehen, und Wayman sprang heraus, als habe sein Sitz Feuer gefangen. Ich hatte kaum die Zeit, meine Tür zu öffnen, ehe er seinen Arm hereinstreckte und mir die Klinge eines riesigen Klappmessers an die Kehle hielt. Der Trommler bewachte die Beifahrertür und grinste durch das Fenster.

»Lauf noch einmal vor mir weg, Vi'tor Carl, lauf noch einmal vor mir weg, ohne daß ich es dir sage, und ich schneide dir ein zweites Lächeln in deinen beschissenen Hals.«

Ich wollte etwas sagen, aber da das Messer meinen Hals ritzte und ich zitterte wie Espenlaub, kam nichts heraus.

»Aber keine Sorge, jetzt ist alles cool. Ronnie, Süße, laß uns eine kleine Spazierfahrt machen, was meinst du?«

Beth wandte sich von dem Trommler ab und Wayman zu, und Waymans Kinn fiel herunter. Als er sprach, war seine Stimme tief und präzise vor Überraschung.

»Wer sind Sie, Lady?«

»Sie ist meine Partnerin«, brachte ich zitternd heraus.

»Raus hier«, sagte er, und dann: »Scheiße! Wo ist sie, Vi'tor Carl? Sag's mir, oder ich schneide dir den Hals durch. Sag's mir, Vi'tor Carl!« Er drückte mir die Messerspitze fester an den Hals und hob mich fast aus dem Sitz. Ich spürte, daß mir Blut in den Kragen rann. »Sag's mir gleich, jetzt, sag's mir, Vi'tor Carl. Mein Messer hier hat Durst, und ich hab nicht mehr viel Geduld.«

Ich war im Begriff, ihm etwas zu antworten, als eine dicke,

behaarte Hand auf Waymans Schulter landete. Beth keuchte, vielleicht war ich es auch selbst, ich wußte es nicht. Die Hand, die auf Waymans Schulter schlug, hatte etwas Obszönes wie eine knochige Spinne. Der Druck der Messerspitze verschwand von meinem Hals, und als Wayman sich umdrehte, um zu sehen, was los war, glitt die Hand weiter und legte sich um seinen Hals. Ehe Wayman ein Wort sagen konnte, schlug ihm der Besitzer der Hand mit einem Ziegelstein auf den Kopf. Blut rann von Waymans Stirn. Der Schlag ließ ihn vom Wagen wegstürzen, und das Messer kreiselte auf dem Asphalt. Der Mann mit dem Ziegelstein war Dominic, den ich zum ersten Mal lächeln sah.

Es war kein angenehmer Anblick.

Ich fuhr herum, um den Trommler auf der anderen Seite des Wagens anzusehen, doch der grinste nicht mehr höhnisch durch das Fenster. Er wurde von irgendeinem Riesen, den ich nur bis zur Taille sehen konnte, in einer bärenhaften Umarmung gehalten.

»Steigen Sie aus, Victor«, hörte ich Dominic sagen, und als ich ausstieg, saß er auf Wayman, hielt mit den Knien dessen Arme am Boden und hatte die knochigen Hände fest um seinen Hals gelegt.

»He, Dominic, wohin soll ich das Paket bringen?« fragte der Mann, der den Trommler umklammert hielt. Ich konnte erkennen, daß es Giovanni war, dessen hartes Gesicht nun von einem breiten Grinsen erhellt wurde.

»Schmeiß es auf den Müll«, sagte Dominic, die Hände noch immer um Waymans Hals gelegt.

Jasper beugte sich über Wayman, den Dominic noch immer am Boden hielt, und begann ihn zu durchsuchen. Er griff in Waymans Trainingshose und zog den riesigen Revolver hervor, den ich Wayman hatte schwenken sehen, ehe ich den Honda angelassen hatte und vom Hotel geflohen war. »Wow, was weiß man schon?« sagte Jasper. »Was ist dieser kleine Scheißer doch für ein Miststück!«

Jasper prüfte die Waffe, entnahm einzeln die Patronen und packte sie dann am Lauf. Er hob sie ein Stück an und schlug dann mit dem Griff auf Waymans Schulterblatt. Wayman schrie auf und begann sich zu wehren, fluchte noch, als Dominics Hände sich fester um seinen Hals legten. Jasper hob die Waffe erneut und ließ sie dann wieder auf Wayman fallen. Wieder und wieder hämmerte er auf Waymans Schulterblatt ein.

Irgend etwas krachte laut, Wayman stieß einen heulenden Laut aus, und sein rechter Arm bewegte sich nicht mehr.

Ruhig und methodisch, die Waffe immer wieder auf die gleiche Höhe anhebend, begann Jasper die andere Schulter zu bearbeiten. Seine Bewegungen hatten etwas Routiniertes wie bei der Ausübung einer vertrauten und irgendwie erfreulichen Arbeit.

»Herrgott, das fühlt sich gut an«, sagte Dominic, noch immer über dem sich wehrenden Wayman kauernd. Er lächelte unwillkürlich ein befriedigtes, blutrünstiges Lächeln.

Ich faßte mir an den Hals, und danach war meine Hand klebrig von meinem eigenen Blut.

»Kommt nicht zu oft vor, daß wir alten Kumpel die Chance haben, uns richtig auszutoben«, sagte Dominic.

»Was wir brauchen«, sagte Jasper, noch immer auf Waymans Schulter einhämmernd, »ist eine Turnhalle, weißt du, ein paar Gewichte, einen Ring für Sparringskämpfe, einen Sandsack.«

»Den Sandsack hast du doch vor dir«, sagte Dominic.

»Ich brauche was Härteres, mit mehr Masse«, sagte Jasper über Waymans Schreie hinweg. »Was, wo ich mich richtig verausgaben kann.«

Auf der anderen Straßenseite schlug Giovanni den Kopf des Trommlers gegen einen Müllcontainer, einmal, zweimal, dreimal. Dann hob er ihn hoch wie einen Sack voller Abfälle und warf ihn hinein.

»Was ist da los, Victor?« sagte Beth, die ebenfalls ausgestiegen war. »Was ist da passiert?«

»Die Kavallerie hat uns gerettet«, sagte ich. »Beth, ich möchte dich mit ein paar Freunden bekannt machen. Der junge Mann hier ist Giovanni, und der, der unseren Freund Wayman bearbeitet, ist Jasper.«

In diesem Augenblick ertönte ein weiteres übelkeiterregendes Krachen, und Wayman stieß ein wildes, verzweifeltes Geheul aus.

Wayman hatte Chuckie getötet, er hatte seine Messerspitze tief genug in meinen Hals gedrückt, um mich bluten zu lassen, er hatte versprochen, mich zu töten, aber ich zuckte trotzdem zusammen.

»Und das hier ist Dominic«, fuhr ich fort. »Spiel niemals Poker mit Dominic, Beth, er ist ein Haifisch.«

»Nur ein Wochenendspieler«, sagte Dominic, erhob sich von dem hilflosen Wayman und klopfte sich die Hände ab. »Da, für dich, Kumpel«, sagte er, griff in seine Tasche und reichte mir ein Taschentuch.

Ich wischte meine Hand und meinen Hals ab. So war ich also zu Dominics Kumpel geworden. Wir hatten gemeinsam gegen einen Feind gekämpft und waren als Blutsbrüder aus diesem Kampf hervorgegangen.

»Der jammert wie ein verdammtes Baby«, sagte Jasper. »Wie heißt der Kerl noch gleich, Sportsfreund?«

»Wayman«, sagte ich. Und dann, einem spontanen Einfall nachgebend wie ein allmächtiger Don, fügte ich hinzu: »Bringt ihn nicht um.«

»Was bist du, ein Idiot? Ich hätte mir nicht die Mühe gemacht, ihm weh zu tun, wenn ich ihn hätte umbringen wollen«, sagte Jasper über Waymans Stöhnen hinweg. »Also-Wayman«, rief er laut und langsam, als spreche er mit einem Franzosen, »ich-möchte-nicht-daß-du-Victor-noch-einmal-belästigst. Hast-du-das-verstanden?«

Wayman stieß ein zustimmendes Stöhnen aus.

»Ich-will-nicht-daß-ihm-was-passiert-oder-daß-er-tot-ist-weil-ich-dann-sehr-böse-werde-kapierst-du?«

Ein weiteres zustimmendes Ächzen.

»Das-ist-gut-Wayman«, sagte Jasper und tätschelte ihm die Wange. »Du-kannst-in-diesem-Zustand-nicht-fahren. Wir-lassen-dich-von-deinem-Freund-nach-Hause-fahren.«

Giovanni zuckte mit den Schultern, griff in den Müllcontainer und holte den benommenen und blutenden Trommler heraus, der sofort zu Boden stürzte und versuchte, auf allen vieren zu entkommen. Giovanni trat ihn so hart in die Rippen, daß der Trommler einen Augenblick lang unkontrollierbar zitterte, ehe er einen atemlosen Schrei ausstieß. Giovanni packte ihn am Hals, hob ihn hoch und trat ihm so fest in den Hintern, daß er wie ein betrunkener Bettler auf die Motorhaube fiel. Dominic öffnete ihm die Tür. Er packte ihn, riß ihn herum und schob ihn auf den Fahrersitz. Jasper hob Wayman an dessen Gürtel hoch. Wayman, gebeugt und gekrümmt, rutschte auf das Auto zu. Ich öffnete die Beifahrertür. Ohne mich anzusehen, ließ er sich auf den Sitz fallen.

»Verschwindet aus Südphiladelphia«, schrie Dominic. Als von den zusammengeschlagenen Kombattanten keine Antwort kam, wiederholte er: »Verschwindet von hier, jetzt gleich!«

Der Wagen schoß nicht etwa vom Schauplatz davon, sondern fuhr stotternd an. Erst schwenkte er nach rechts, hielt dann auf einmal, fuhr nach links und streifte einen braunen Fleischlieferwagen, der vor einem Laden geparkt war. Man hörte das laute Krachen von verbogenem Metall und Plastik. Dann schwenkte der Wagen nach rechts, ehe er vorwärtsschoß, anhielt und sich dann langsam weiterbewegte.

»Woher kamen die?« fragte Beth, als sie neben mich trat und zusah, wie der silberne BMW mühsam die Siebte Straße entlangfuhr. »Und wieso sind das deine Freunde?«

Ich zuckte mit den Schultern. »Pokerfreunde. Erinnerst du dich an den Anruf, den ich gemacht habe, bevor wir das Hotel verließen?«

»Ja.«

»Hier habe ich angerufen.«

In diesem Augenblick glitt ein weißer Cadillac heran, dessen Rückfenster so dunkel getönt waren, daß man nicht hineinsehen konnte, und hielt vor uns an. Lenny saß am Steuer. Er winkte mir zu. Mit einem Summen öffnete sich das Rückfenster, und das häßliche, zerfurchte Gesicht von Enrico Raffaello erschien.

»Wie ich sehe, ist alles in Ordnung«, sagte er.

»Vielen Dank, Mr. Raffaello«, sagte ich. »Er hätte mich umgebracht, wenn Sie nicht eingegriffen hätten.«

»Gern geschehen, Victor. Schutz ist unsere Aufgabe, aber wir leisten ihn normalerweise nicht kostenlos.«

»Ich bin sehr dankbar.«

»Nun, Dankbarkeit ist ja schön, aber dafür kann man sich nichts kaufen. Betrachten Sie es als Gefallen, Victor. Wir sind stolz darauf, den Bürgern dieser Stadt gefällig sein zu können. Aber wir erwarten natürlich eine Gegenleistung, wenn die Zeit dafür reif ist.«

»Ich verstehe, Sir.«

»Nun zu diesem Projekt, das Sie für mich durchführen. Ich hoffe, Sie enttäuschen mich nicht.«

Ich zeigte auf den silbernen BMW, der langsam die Siebte Straße entlangzockelte. »Wenn Sie diesem Wagen folgen, wird er Sie direkt zu dem Geld führen, Mr. Raffaello. Ein Mann namens Norvel Goodwin hat es.«

»Das ist ja fast zu komisch, Jimmys Geld, das bei einem Drogendealer landet. Muß eine tolle Geschichte sein. Sie werden sie mir mal erzählen, Victor, aber nicht jetzt. Ich denke, jetzt werden wir diesem Wagen folgen. Kommen Sie her, junger Mann, ich habe etwas für Sie.«

Brav trat ich vor. Raffaello hielt eine weiße Papiertüte aus dem Fenster. Ich nahm sie und trat zurück.

Er nickte, und das Fenster ging zu und verbarg sein Gesicht. Dominic, Jasper und Giovanni stiegen in den Wagen, und langsam und vorsichtig fuhr er fort.

Beth trat an meine Seite. Sie starrte dem Wagen nach. »War das, wer ich denke, daß es war?« brachte sie hervor.

»Ja«, sagte ich. Ich öffnete die Tüte und schaute hinein. »Mit welcher Füllung magst du Cannoli, Beth, Vanille oder Schokolade?«

»Vanille«, sagte sie.

Ich griff in die Tüte, nahm das Vanillegebäck heraus und reichte es ihr. Dann griff ich noch mal hinein und gab ihr auch das Schokoladencannoli. »Kannst du das einen Moment für mich halten?«

Mit der Tüte in der Hand ging ich ein Stück die Siebte Straße entlang, schaute zu Boden, suchte. Endlich fand ich es. Es war in den Rinnstein gerutscht und lag da, die Klinge zeigte nach Norden wie ein Kompaß. Ich nahm eine der Papierservietten, die mir mein neuer Lehnsherr Enrico Raffaello so großzügig zur Verfügung gestellt hatte, und ergriff damit das Messer an der Klinge, ehe ich es in die Tüte steckte. Ich nahm an, Slocum würde entzückt sein, das Messer in die Hand zu bekommen, das Chuckie Lamb getötet hatte, komplett mit einer sauberen Reihe von Fingerabdrücken. Ich wollte nur sichergehen, daß die Abdrücke auf dem Messer nicht meine waren.

55

Der Moment, in dem ein Anwalt vor Gericht steht und den nächsten Zeugen aufruft, ist ein Augenblick voller Erwartung. Während der Zeuge den langen Weg durch den Mittelgang zurücklegt, fragen sich die Geschworenen, der Richter, die Gegenpartei und die Neugierigen, also alle im Gerichtssaal Versammelten, welches Beweismaterial zutage kommen wird, welche verheerende Geschichte erzählt werden wird, in welcher Hinsicht die Aussage dieses Zeugen entscheidend sein wird. Für den Prozeßanwalt ist dies ein großartiger Moment, überaus dramatisch und geheimnisvoll. Ganz gleich, wie viele Prozesse, wie viele Zeugen man gesehen hat, wie uninteressant die verhandelte Materie ist, im Gerichtssaal zu stehen und den nächsten Zeugen aufzurufen wird niemals zur Routine. Und der Schlüssel zu diesem Augenblick ist die Logistik. In jedem Gerichtssaal in diesem Land gibt es einen Anwalt, der den Hals reckt, die Bänke überblickt und die rückwärtige Tür im Auge behält, während er sich fragt, ob der nächste Zeuge bereitsteht, um auf den Aufruf zu reagieren. Es genügt nicht, die Frage vorzubereiten, die Zeugenaussage zu üben, die Argumente messerscharf zu schleifen. Logistik ist alles. Wenn man im Gerichtssaal steht, den nächsten Zeugen aufruft und dann nichts geschieht, könnte man ebensogut nackt dastehen.

»Ist Ihr Zeuge schon da, Mr. Carl?« fragte Richter Gimbel nicht allzu freundlich. Der Richter hatte eine Prozeßliste von 478 Fällen, und während er darauf wartete, daß auf magische Weise ein Zeuge erschien, wurde diese Liste nicht kürzer.

»Wenn Sie mir noch eine Minute geben könnten, Euer Ehren«, sagte ich.

»Sechzig Sekunden«, sagte Richter Gimbel. Ich hoffte, er würde die Bank verlassen und dem Gerichtsdiener sagen, er solle ihn holen, wenn ich bereit war, und mich so vom Haken lassen, aber der Richter hatte seinen Papierkram mitgebracht. Während er hoch oben saß und mit großen Buchstaben etwas auf irgendein wichtiges juristisches Dokument kritzelte, schwitzte ich wie ein Dieb. Wie ein nackter Dieb.

Ich stand vom Verteidigungstisch auf, eilte durch den Gang,

erduldete das Grinsen von Jimmy und Prescott und Prescotts Gefolgschaft und stürzte in den kühlen, grausam leeren Flur. Ich sah nach links und nach rechts und wieder nach links. Nichts. Der Plan hatte vorgesehen, daß ich mit Beth aus dem Society Hill Sheraton fliehen würde, Beth mit brauner Perücke und Mantel, um die Verfolger auf unsere Spur zu lenken, während Morris und Veronica, diese in blonder Perücke und Jacke, einfach an Sheldon, der als Wachposten fungierte, vorbei aus der Vordertür gehen und sich direkt auf den Weg zum Gericht machen sollten. Dann sollte Morris sie vor den Gerichtssaal bringen und meinen Aufruf erwarten. Und das war das Problem. Beth war vor dem Gerichtsgebäude und wartete am Haupteingang in der Market Street auf das Erscheinen von Morris und Veronica. Und ich rannte drinnen herum wie verrückt und hoffte, sie würden wie durch ein Wunder auftauchen.

Neben dem Gerichtssaal gab es eine Reihe von Telefonzellen, und ich rief rasch in Morris' Büro an.

»Kapustin und Sohn, Ermittlungen«, sagte Morris' Stimme.

»Morris, Sie Mistkerl, wo sind Sie?«

»Im Augenblick ist niemand da, um Ihren Anruf in Empfang zu nehmen, aber wir hören dieses Gerät ab, wie verrückt. Hinterlassen Sie einfach eine Nachricht, und wir werden Sie so schnell zurückrufen, daß Sie sich wundern werden, so schnell.«

Ich fluchte laut und vernehmlich in den Anrufbeantworter, bis dieser mich mit einem Piepsen abschaltete.

Ich rief mein Büro an, um zu fragen, ob Morris eine Nachricht hinterlassen hatte, aber Rita schnaubte nur. »Irgendwelche Anrufe? Meine Güte, hier kommt der Knüller, Mr. Carl. Keine Anrufe heute morgen. Vielleicht rufe ich mit dieser sensationellen Geschichte den *Inquirer* an: Keine Anrufe für Mr. Carl.«

Ich legte einfach auf und rannte frustriert aus der Zelle, direkt gegen die zerbrechliche Gestalt von Herm Finkelbaum, dem Spielzeugkönig der Vierundvierzigsten Straße, der rücklings auf den kalten weißen Boden des Gerichtsgebäudes stürzte. Ich beugte mich über ihn. Er trug sein übliches kariertes Hemd, eine abgetragene Hahnentrittjacke und zitronengrüne Hosen. Bewußtlos lag er da, und das Blut pulsierte nur schwach unter der Haut, die das Loch in seinem Kopf überspannte.

»Großer Gott, Herm, es tut mir leid! Alles in Ordnung? Herm? Herm?«

Er lag ganz still. Er war ein kleiner, zerbrechlicher Mann. Die Haut spannte über seinem leichenähnlichen Schädel. Meine bereits ausgefransten Nerven gerieten in Panik.

»Herm? Oh, Gott, Herm? Sind Sie in Ordnung, Herm? Herm? Mein Gott, Herm, wachen Sie auf.«

Ein Auge öffnete sich.

»Das nächste Mal, mein Junge, passen Sie auf, wohin Sie gehen, oder es endet mit einer Klage.«

Ich half ihm auf die Beine. Vorsichtig drehte er den Kopf von einer Seite auf die andere.

»Fühlt sich ein bißchen steif an«, sagte er.

»Brauchen Sie einen Arzt?«

»Eigentlich nicht, er fühlt sich seit zweiundsiebzig steif an.« Sein Lachen war ein aufreizendes, rhythmisches Schnaufen wie ein Asthmaanfall.

»Hören Sie, Herm, es tut mir leid, aber ich muß gehen. Ich muß jemanden finden.«

Ich war schon an ihm vorbei in meiner vergeblichen Suche nach Morris, als er sagte: »Suchen Sie vielleicht diese hübsche kleine Miss Ashland?«

Ich hielt auf dem gebohnerten Boden quietschend inne und fuhr herum. »Wissen Sie, wo sie ist?«

»Vielleicht ja, vielleicht nein.«

»Ach, kommen Sie, Herm.«

»Okay, ich weiß es. Morris ist mit ihr im fünften Stock. Er sagte, ich sollte zu Ihnen gehen und Sie fragen, wann Sie sie brauchen.«

»Jetzt«, sagte ich. »Ich brauche sie jetzt sofort.«

»Morris fand es besser, sie versteckt zu halten, bis sie wirklich gebraucht wird.«

»Ich brauche sie jetzt in diesem Augenblick.«

»Wird es interessant werden?«

»Es wird Dynamit sein.«

»In Ordnung, mein Junge. Wenigstens ein kleiner Leckerbissen. Halten Sie mir einen Platz frei.«

Logistik ist alles, bis sie gelöst ist; dann verschwindet sie wie ein

Traum beim Erwachen. Ich hatte meine Fragen parat, ich hatte die Aussage vorbereitet, meine Argumente geschliffen, und nun, was das Beste war, hatte ich auch meine Zeugin. Ich nahm mir einen Augenblick, um mich zu beruhigen. Dreimal atmete ich tief ein, und von dem Sauerstoff wurde mir leicht schwindlig. Als das vorbei war, zog ich mein Jackett glatt, knöpfte meine Manschetten zu und ging mit soviel Zuversicht, wie ich aufbringen konnte, in den Gerichtssaal.

Alle Blicke waren auf mich gerichtet, als ich durch den Gang schritt. Der Richter fragte mich, ob ich nun bereit sei, und ich bejahte. Die Geschworenen richteten sich auf ihren Sitzen gerader auf. Der Protokollführer machte erwartungsvoll seine Finger geschmeidig. Prescott saß da, den Stift über seinem Notizblock. Dieser Augenblick war teuer bezahlt worden, und ich wollte ihn genießen. Ich sah die Geschworenen an, ich sah Jimmy Moore an, und die Spannung wuchs. Ehe der Richter die Stimmung mit einer seiner Ermahnungen zum Weitermachen durchbrechen konnte, sagte ich mit lauter und deutlicher Stimme:

»Im Namen von Chester Concannon rufe ich Veronica Ashland in den Zeugenstand.«

Genau in diesem Moment öffnete sie die Tür des Gerichtssaals, spähte hinein und kam dann ernst und linkisch, genau mit dem richtigen Maß an Zögern und Ehrfurcht, den Gang entlang. Den Kopf hatte sie nervös vorgestreckt. Sie trug eine weiße Bluse und einen schwarzen Faltenrock und sah eher wie ein katholisches Schulmädchen aus als wie die Geliebte eines Stadtrats. Ohne Chester oder Jimmy anzusehen, trat sie in den Zeugenstand. Auf die Eidesformel des Gerichtsdieners anwortete sie leise und mit erhobener Hand: »Ich schwöre.« Dann setzte sie sich züchtig auf den Zeugenstuhl, die Hände im Schoß, und wartete darauf, daß ich ihr ihre Geschichte entlockte.

56

»Hatten Sie den Wunsch, heute als Zeugin auszusagen, Miss Ashland?« fragte ich.

»Nein«, sagte sie.

»Weshalb sind Sie dann hier?«

»Weil Sie mich unter Strafandrohung vorgeladen haben«, sagte sie.

Von Anfang an wollte ich die Geschworenen wissen lassen, wo diese Zeugin stand. Hier saß nicht Chester Concannons Mutter, die aussagte, um ihren Sohn zu retten, sondern eine potentiell feindliche Zeugin, die nur deshalb dort war, weil sie eine Wahrheit kannte, die wir unbedingt hören wollten. Ich ließ sie die Vorladung identifizieren, die ich ihr übergeben hatte, und diese dann unter die Beweismittel aufnehmen. Ich würde bei meinem Schlußwort den Geschworenen damit winken, wenn ich über ihre Glaubwürdigkeit sprach.

»Nun, Miss Ashland, kennen Sie Stadtrat Moore?«

Sie sah ihn vorsichtig an. »Ja«, sagte sie.

»Wie gut kennen Sie ihn?«

»Wir sind Freunde«, sagte sie.

»Wie haben Sie ihn kennengelernt?«

Sie atmete tief aus und sagte nichts.

»Wie haben Sie den Stadtrat Moore kennengelernt, Miss Ashland?«

»Er war mit einer Gruppe von Männern gekommen, um in einem Crackhaus in der Einundsechzigsten Straße eine Razzia durchzuführen.«

Sie hatte die falsche Adresse genannt. »War das in der Einundsechzigsten oder in der Einundfünfzigsten Straße?«

Sie seufzte. »Sie haben recht, Einundfünfzigste Straße. Ich war drinnen, als sie kamen.«

»Warum waren Sie drinnen?«

»Ich konsumierte zu der Zeit.«

»Was konsumierten Sie?«

»Kokain.«

»Crack-Kokain?«

»Ja.«

»Und der Stadtrat fand Sie in dem Haus?«

»Ja. Und er brachte mich in ein Rehabilitationszentrum und kurierte mich von den Drogen.«

»Kennen Sie die Einstellung des Stadtrats zu Drogen?«

»Er haßt sie leidenschaftlich. Er haßt die Dealer und die Profiteure. Er haßt diejenigen, die seine Tochter umgebracht haben.«

»Sie erregen also seinen Zorn?«

»Ja.«

»Machen ihn wütend?«

»Ja.«

»Wütend bis zur Gewalttätigkeit?«

Prescott erhob sich flink. »Einspruch, fordert zu Spekulationen auf.«

»Antworten Sie, wenn Sie können«, sagte der Richter.

»Ja«, sagte sie. »Wütend bis zur Gewalttätigkeit.«

»Haben Sie die Gewalt gesehen?«

»Ja. Bei der Razzia schwang er wild einen Stuhl und schlug alles zusammen, was er finden konnte. Er war beinahe wahnsinnig.«

»Haben Sie gesehen, daß er jemanden mit dem Stuhl schlug?«

»Ja.«

»Wen?«

»Ich sah, wie er Norvel Goodwin schlug.«

»Und wer ist Norvel Goodwin?«

Ihre Lippen zitterten, und ihre Augen flehten mich an, sie nicht zu zwingen, irgend etwas gegen Goodwin zu sagen, aber ich schaute auf meine Papiere nieder und wartete auf ihre Antwort.

»Der Mann, der in dem Haus Drogen verkaufte.«

»Hatten Sie zu der Zeit eine Beziehung zu Norvel Goodwin?«

»Eine Liebesbeziehung, meinen Sie?«

»Ja«, sagte ich.

»Ich war auf Drogen. Liebesbeziehungen und Drogen gehen nicht Hand in Hand, Mr. Carl.«

»Hatten Sie eine sexuelle Beziehung zu Norvel Goodwin?«

»Ja.«

»Wie haben Sie sich gefühlt, als Sie sahen, daß der Stadtrat den Stuhl schwang und Mr. Goodwin schlug?«

»Ich hatte Angst. Aber mir hat er nichts getan, mir hat er geholfen.«

»Und nachdem er Ihnen geholfen hatte, von den Drogen loszukommen, hat sich Ihre Beziehung da verändert?«

»Ja.«

»Wie hat sie sich verändert, Miss Ashland?«

Sie sah mich intensiv an, schaute dann zu Jimmy und richtete den Blick schließlich auf ihre im Schoß gefalteten Hände. »Wir wurden ein Liebespaar«, sagte sie.

»Sie begannen eine Affäre miteinander, ist das richtig?«

»Das habe ich doch gesagt, ja.«

»Und ging die Affäre während dieses Prozesses weiter?«

»Nein, nicht die ganze Zeit. Jimmy sagte mir an dem Tag, an dem Sie vor Gericht meinen Namen erwähnten, es sei vorbei.«

»Wie hat er Ihnen das gesagt?«

»Am Telefon.«

»Hat er Sie jetzt nicht in einem Hotelzimmer untergebracht?«

»Ich sagte ihm, daß ich Angst habe, zu Hause zu bleiben. Er hat mir ein Zimmer besorgt.«

»Hat er Sie dort besucht?«

»Nein«, sagte sie. »Sie haben nicht zugehört. Es ist vorbei.«

»Was empfinden Sie dabei?«

»Wut«, sagte sie.

»Auf ihn?«

»Nein«, sagte sie. »Auf Sie.«

Damit war mein Fundament gelegt. Ich hatte ihre Beziehung zu Jimmy angesprochen, ihren Drogenkonsum, Jimmys Neigung zur Gewalt, wenn er mit Drogen und deren Dealern konfrontiert war, und dann das Ende ihrer Affäre, woraufhin sie gegen mich verbittert war, nicht gegen Jimmy, so daß sie keinen Grund haben würde, über das zu lügen, was Jimmy getan hatte. Meine Schwierigkeit bestand natürlich darin, daß ich jetzt eine Drogenkonsumentin als Zeugin hatte. Was ich nun in der Tat schaffen mußte, war, sie vor den Geschworenen als Drogenabhängige zu verhören, als Schlampe, als Ehebrecherin. Ich mußte sie verhören und dann entlasten, ehe Prescott sie beim Kreuzverhör in die Finger bekam. Ich mußte alles vorbringen, was gegen sie benutzt werden konnte, es so vorsichtig vorbringen, als wäre es eine scharfe Sprengladung, und es dann vor den Geschworenen entschärfen, damit, wenn Prescott versuchte, es im Kreuzverhör zu bestreiten, die Geschworenen denken würden, daß sie eine alte Geschichte zu hören bekamen, und sich fragen würden, warum Prescott alles noch einmal durchkaute.

Was ich also tat, war, sie sanft durch ihre ganze Lebensgeschichte zu führen, von Iowa nach London, zu ihrer Weltreise mit Saffron Hyde. Ich ließ sie bei dem Busunfall verweilen, dabei, wie Saffron die Drogen wegen seiner Schmerzen brauchte und sie ebenfalls abhängig wurde. Und dann ließ ich sie detailliert von seinem Bad im Ganges und seinem Tod in Varanasi und der Verbrennung seiner Leiche erzählen. Sowohl Eggert als auch Prescott erhoben Einspruch gegen die Geschichte, aber der Richter räumte mir die Freizügigkeit ein, die ich brauchte, da er mit mir der Meinung war, ich sei berechtigt, Beweismaterial anzuführen, um jeden Glaubwürdigkeitsverlust dieser Zeugin aufgrund ihres Drogenkonsums abzumildern. So gingen wir also zurück nach New York und zur University of Pennsylvania und dem Crackhouse in der Einundfünfzigsten Straße, wo Jimmy Moore sie fand, und dem Zentrum für Drogenrehabilitation und dem Apartment in Olde City, das der Stadtrat für sie zu einem Sonderpreis gemietet hatte, im Austausch für eine Straße. Es war eine gute Geschichte, gut erzählt, mit Tränen und Zögern und echter Emotion, und am Schluß bestand kein Zweifel daran, daß die Geschworenen Mitgefühl mit ihr hatten. Die Jury hatte ihre Lebensgeschichte mit ihr durchlaufen und war am Ende auf ihrer Seite herausgekommen. Jetzt war ich bereit, zum Wesentlichen ihrer Zeugenaussage zu kommen, nur eine Enthüllung stand noch an.

»Hatten Sie während der Zeit Ihrer Beziehung zu Jimmy Moore Affären mit anderen Männern?«

»Ja.«

»Warum, Miss Ashland?« Die Frage war eigentlich strenggenommen nicht relevant, aber ich konnte sie mir nicht verkneifen.

»Ich weiß nicht. Ich vermute, ich war einsam. Langweilte mich. Jimmy hatte eine Ehefrau. Ich hatte ihn nur zeitweilig.«

»Hatten Sie eine Affäre mit Zack Bissonette?«

»Ja«, sagte sie, und das entlockte einem der Geschworenen ein leises »Aaah«; er begann endlich zu sehen, was sie in diesem Prozeß überhaupt für eine Rolle spielte.

Ich zögerte einen Moment und schaute auf meine Unterlagen nieder. Ich blätterte darin herum, während ich all meinen Mut zusammennahm, um die nächste Frage zu stellen. »Und hatten Sie auch eine Affäre mit mir?« Die Frage reichte aus, um jedes Gemurmel im Gerichtssaal verstummen zu lassen.

»Ja«, sagte sie. »Leider.«

Vermutlich hätte ich da aufhören können. Ich hatte mit der einfachen Frage und ihrer einfachen Antwort das Schlimmste ans Licht gebracht. Ich hätte es Eggert und Prescott überlassen können, sich auf den Leichnam unserer toten Beziehung zu stürzen. Chester Concannon sah mich mit einem seltsam zweifelnden Blick an, den ich noch nie an ihm bemerkt hatte, einem Zweifel, der nur tiefer werden würde, je weiter ich in das eintauchte, was zwischen Veronica und mir geschehen war. Es gab wirklich keinen Grund, noch tiefer einzutauchen. Doch als der Richter mich zu sich rief und mir gute fünf Minuten lang Vorhaltungen wegen einer Beziehung zu einer Zeugin machte, zwang er mich, ihm zu erklären, daß ich zu Beginn unserer Beziehung ja nicht gewußt hatte, daß sie eine Zeugin war. Dann dachte ich, ich sollte dasselbe auch der Jury erklären, da diese mich vielleicht auch mißverstanden hatte. Statt Schluß zu machen, was ich hätte tun können, fuhr ich also fort.

»Wie haben Sie mich kennengelernt, Miss Ashland?«

Sie starrte mich an und sagte dann: »In einem Restaurant. Sie haben versucht, mich mit etwas von Jimmys Champagner aufzureißen.«

»Wir lange haben wir einander gesehen?«

»Solange es sich ergab.«

Sie starrte mich intensiv an, und ich starrte zurück. Für einen Augenblick waren nur sie und ich im Gerichtssaal, und ich hatte die Macht, sie alles zu fragen, was ich wollte. Ich war versucht, sie nach ihren Gefühlen für mich zu fragen: Hatten sie je existiert, hatte ich sie je befriedigt, war unser Sex für sie ebenso unglaublich wie für mich gewesen, hatte sie mich je geliebt, träumte sie wie ich jemals davon, es könne für immer andauern? Und konnte sie mir vergeben, was ich sie jetzt durchmachen ließ? Wenn dies alles vorbei war, wenn der Prozeß beendet war, wenn sie entwöhnt war, wenn unser Leben wieder seinen unerträglichen Stillstand erreicht hatte, konnte sie dann nach alldem jemals in Betracht ziehen, zu mir zurückzukommen? Das wollte ich sie fragen, das und noch mehr. Aber statt dessen fragte ich: »Wann haben Sie mir gesagt, daß Sie mit Zack Bissonette geschlafen hatten?«

»Als Sie danach gefragt haben.«

»Das war nach dem Beginn unserer Beziehung, ist das richtig?«

»Ja.«

»Und haben wir unsere Affäre noch fortgesetzt, nachdem ich von Ihrer Beziehung zu Bissonette erfahren hatte?«

»Nun ja, danach haben Sie mich geküßt«, sagte sie. »Als Sie mir die Vorladung gaben.« Das entlockte den Zuhörern ein Kichern.

»Aber jetzt ist unsere Beziehung zu Ende, ist das richtig?«

»Sie war schon zu Ende, bevor sie anfing«, sagte sie.

»Und wir sehen uns nicht mehr?«

»Nein«, sagte sie und gestattete sich ein verstohlenes Lächeln. »Nicht einmal, wenn Sie darum betteln würden.«

Ich zuckte zusammen und trat einen Schritt zurück. Meine Reaktion wurde bemerkt, ein Kichern ging durch die Jury, ein leises Lachen durch den Zuschauerraum hinter mir. Und irgendwie schien nach diesem Lachen jetzt alles richtig. Es war der Scherz, der das bewirkte, das Klischee von der wütenden Freundin. Anscheinend paßte meine Affäre mit Veronica jetzt sauber in jedermanns Vorstellungen von den Beziehungen zwischen Mann und Frau und sprach mich von allem Dunklen und Finsteren frei. Ich schaute hinüber zu den Geschworenen und bemerkte ein paar bewundernde Blicke, daß jemand wie ich es geschafft hatte, mit jemandem wie ihr herumzuspielen. Ich war in ihrem Ansehen gestiegen. Es war unglaublich, dachte ich, daß eine Frau, von der ich besessen war, mir mitten im überfüllten Gerichtssaal sozusagen eine Grapefruit im Gesicht zerdrückte und damit meinen Status nur erhöhte. Sollte es nur so sein. Ich hatte einen Job, ich hatte eine Geschichte zu erzählen, und nun war es an der Zeit, das zu tun.

»Nun gut, Miss Ashland«, sagte ich. »Sie haben ein Bankkonto, ist das richtig?«

»Ja.«

»Steht noch ein anderer Name auf diesem Konto?«

»Ja, es läuft auch auf Chets Namen.«

»Warum?«

»Ich bekam ab und zu durch Chet etwas Geld von Jimmy. Da Chet auch Kontoinhaber war, war es für ihn leichter, mir das Geld zu geben.«

»Gab es eine Zeit, in der gewisse große Beträge auf dieses Konto eingezahlt wurden?«

»Ja«, sagte sie. »Chet bat mich, gewisse Bargeldbeträge einzuzahlen.«

»Chet bat Sie?« Sie hatte einen weiteren Fehler gemacht. »Sie meinen den Stadtrat.«

»Nein, Chet. Ich nahm an, daß er für Jimmy darum bat. Alles, was vorher mit diesem Konto geschehen war, war immer auf Veranlassung Jimmys geschehen.« Das also hatte sie gemeint, als sie gesagt hatte, Jimmy habe sie gebeten, das Geld einzuzahlen. Aber warum hatte Concannon mitgemacht? Ich sah Chester an. Sein Gesicht schaute genauso zweifelnd wie vorhin.

»Wieviel wurde eingezahlt?« fuhr ich fort.

»Ich weiß den Gesamtbetrag nicht, aber jede Einzahlung war immer gerade unter zehntausend Dollar.«

»Wie viele Einzahlungen?«

»Zehn oder fünfzehn.«

»Und was geschah mit dem Geld?«

»Das weiß ich nicht aus erster Hand«, sagte sie.

»Sagen Sie uns, was Sie wissen.«

»Einspruch, Hörensagen«, sagte Prescott.

»Stattgegeben«, sagte der Richter.

»Nun, was haben Sie gehört?« fragte ich.

»Einspruch«, sagte Prescott.

»Stattgegeben«, sagte Richter Gimbel. »Fahren Sie fort, Mr. Carl.«

In dieser Richtung kam ich nicht weiter. Sie wußte nicht genug, um das herauszuarbeiten, was ich über Norvel Goodwin und das Geld herausarbeiten wollte. Ihr Wissen stammte aus zweiter Hand, ihre Antworten waren zu unpräzise. Ich sah zur Geschworenenbank. Ein Mann gähnte. Das traf mich. Ich verlor sie. Jetzt brauchte ich etwas Großes.

»Also gut, Miss Ashland, gehen wir weiter zu Zack Bissonette.« Ich machte eine Pause und gewann die Aufmerksamkeit der Jury zurück. »Wo lernten Sie ihn kennen?«

»In seinem Club. Jimmy, Chet, Chuckie und ich gingen öfters dorthin. So lernte ich ihn kennen.«

»Wie begannen Ihre Rendezvous?«

»Rendezvous?« Sie grinste ein wenig, damit auch alle wußten, daß sie keine Cheerleaderin mit Pferdeschwanz war. »An einem Abend im Club fragte er, ob ich mit ihm ausgehen würde.«

»Während Sie mit Jimmy dort waren?«

»Ja. Was auch immer seine Fehler waren, zu wenig Mumm gehörte nicht dazu.«

»Und was haben Sie gesagt?«

»Ich gab ihm meine Telefonnummer.«

»Haben Sie sie ihm aufgeschrieben?«

»Ich habe sie ihm nur gesagt. Ich dachte, wenn er genügend interessiert wäre, würde er sie sich schon merken.«

»Und er hat sie sich gemerkt?«

»Ja. Er rief mich am nächsten Tag an.«

»Und Sie gingen zusammen aus.«

»Ja.«

»Warum, Miss Ashland? Warum sind Sie mit Mr. Bissonette ausgegangen?«

»Er sah gut aus, er hatte Baseball gespielt, vielleicht nicht sehr gut, aber er hatte es gespielt, er kleidete sich in Schwarz, ich weiß nicht, vermutlich fand ich keinen Grund, es nicht zu tun.«

»Als Sie anfingen, mit Mr. Bissonette auszugehen, haben Sie da Drogen konsumiert?«

»Nein, absolut nicht.«

»Wie lange waren Sie drogenfrei gewesen?«

»Über zwei Jahre.«

»Haben Sie Mr. Bissonette oft gesehen?«

»Ein paarmal.«

»Haben Sie mit ihm geschlafen?«

»Ja, ich habe mit ihm geschlafen.«

»Und irgendwann haben Sie aufgehört, ihn zu sehen?«

»Ja.«

»Warum?«

»Ich langweilte mich. Ich langweile mich leicht, Mr. Carl, wie Sie wissen. Er war langweilig, das ist alles.«

»Also sagten Sie ihm, es sei vorbei.«

»Ja.«

»Wie hat Mr. Bissonette das aufgenommen?«

»Nicht sehr gut. Er wollte mich weiterhin sehen. Er bestand darauf, daß wir weiter zusammen ausgehen.«

»Und was geschah?«

»Ich sagte nein, es sei vorbei.«

»Kam eine Zeit, zu der Sie wieder anfingen, ihn zu sehen?«

»Ja.«

»Warum?«

»Nun, er bettelte und bettelte, er war schrecklich lästig. Eines Abends, als ich mich langweilte und nichts zu tun hatte, rief ich ihn an und sagte, er könne vorbeikommen.«

»Hat er irgendwas mitgebracht?«

»Ja.«

»Was?«

»Er brachte mir Kokain.«

Ich trat einen Moment vom Podium zurück, um die letzte Antwort ihre Wirkung tun zu lassen. Die Punkte waren dargelegt, und ich wollte, daß die Geschworenen sie selbst miteinander in Verbindung brachten, bevor Veronica das tat. Ich wollte, daß sie zu hören erwarteten, was Veronica sagen würde, daß Jimmy, der ein wütender Drogengegner war, gewalttätig reagiert hatte, als er herausfand, daß Bissonette erst mit seiner Geliebten geschlafen und sie dann mit Drogen versorgt hatte – die Frau, die die durch den Drogentod seiner Tochter entstandene Lücke in seinem Leben ausgefüllt hatte. Ich wollte es so einrichten, daß Veronica, wenn sie den auf der Hand liegenden Argwohn äußerte, nur um so glaubwürdiger klang. Ich wandte mich um, um den restlichen Gerichtssaal zu betrachten. Da war Morris, der mir zunickte. Er saß neben Herm und Beth. Slocum war auch unter den Zuhörern und machte sich Notizen, da er sich auf den Mordprozeß vorbereitete. Hinter

Jimmy, wo gewöhnlich seine Frau saß, war ein leerer Platz auf den Bänken. Die Gerichtszeichner hielten die Szene eifrig fest. Alles war perfekt. Als das Gemurmel verstummte, das sich nach der Erwähnung von Kokain erhoben hatte, trat ich wieder auf das Podium und machte weiter.

»Haben Sie das Kokain genommen, das Mr. Bissonette Ihnen anbot?« fragte ich.

»Ja.«

»Warum, Miss Ashland, da Sie doch mehr als zwei Jahre drogenfrei gewesen waren?«

»Weil ich es vermißte, und ich war einsam, und ich war angewidert, daß ich einen Langweiler wie Zack wieder in mein Schlafzimmer gelassen hatte. Weil ich nicht so stark bin, wie ich gern wäre, Mr. Carl.«

»Sind Sie wieder abhängig geworden?«

»Ja.«

»Haben Sie nur von Mr. Bissonette Kokain bekommen?«

»Nein.«

»Wo noch?«

»Wo ich konnte.«

»Hatten Sie noch eine andere Hauptquelle?«

»Ja.«

»Wen, Miss Ashland?«

»Norvel Goodwin«, sagte sie.

»Derselbe Mann, der in diesem Crackhaus in der Einundfünfzigsten Straße Drogen verkauft hatte, derselbe Mann, den Jimmy Moore mit einem Stuhl verprügelt hatte?«

»Ja.«

»Nun, hat danach noch jemand anderer herausgefunden, daß Sie wieder Drogen konsumierten?«

»Ja.«

»Und wer war das?«

»Chet Concannon fand es heraus«, sagte sie.

Sie hatte noch einen Fehler gemacht, den ich korrigieren mußte. »Sie meinen den Stadtrat, nicht?«

»Nein«, sagte sie. »Es war Chet, der es herausfand.«

»Und dann hat Chet es dem Stadtrat gesagt?«

»Nein«, sagte sie. »Chet kam direkt zu mir.«

Ich gab ihr noch eine Chance. »Und wann kam der Stadtrat zu Ihnen?«

»Gar nicht. Chet hatte in dieser Nacht die Limousine, er benutzte sie oft, und er kam in meine Wohnung, nachdem er es herausgefunden hatte.«

»Und Sie redeten?«

»Ja.«

»Und dann erzählte er es dem Stadtrat?«

»Nein, so war das nicht. Als er vorbeikam, war er sehr empört, erregt. Er wollte wissen, wieso ich wieder mit Drogen angefangen hatte, und als ich ihm sagte, daß es Bissonette gewesen war, wurde er wütend.«

»Es war der Stadtrat, der in Wut geriet, nicht wahr?«

»Nein«, sagte sie kopfschüttelnd. »Nein. Sie hören nicht zu. Es war Chet. Er war oft mein Begleiter an Abenden, wo Jimmy mit seiner Frau zu einem Empfang gehen und mich erst hinterher sehen wollte, und er fing an, sich in mich zu verlieben. Wir waren einmal zusammen im Bett, an einem einsamen Abend, und ihm schien das wichtig zu sein. Ich zog ihn öfter damit auf, aber es war so, das konnte ich sehen. Als er das mit Bissonette herausfand, war er wütend, so wütend, als wenn ich ihn betrogen hätte. Und die Drogen machten ihn noch wütender. Ich flehte ihn an, es nicht dem Stadtrat zu sagen, weil ich wußte, wie zornig er werden würde, wie gewalttätig. Er versprach, es nicht zu tun, sich selbst darum zu kümmern. Er sagte, er werde sich darum kümmern, sie hätten ihm seinen Anteil an einer weiteren Viertelmillion vorenthalten, ihn fallenlassen wie einen Trottel, und indem er sich um Bissonette kümmerte, würde er zwei Fliegen mit einer Klappe schlagen. Das hat er gesagt. Ich flehte ihn an, nichts Dummes zu tun, aber er sagte, ich solle mir keine Sorgen machen, er werde sich um alles kümmern. Und dann ging er. Danach habe ich ihn in dieser Nacht nicht mehr gesehen. Am nächsten Tag habe ich gehört, daß Zack bis ins Koma geprügelt wurde. Ich war entsetzt.«

Ich starrte sie an, schwieg schockiert. Der Schock war so groß gewesen, daß ich sie immer weiter hatte reden lassen. Während ihre anderen Antworten kurz gewesen waren, zwei oder drei Sätze höchstens, schien diese Antwort ewig zu dauern, und ich fühlte mich hilflos und konnte sie nicht stoppen. Ich war so verblüfft, daß ich es nicht einmal versuchte. Als sie fertig war, saß sie im Zeugenstand und sah mich direkt an, ohne die geringste Bosheit im Gesicht.

Mit schwacher Stimme bat ich den Richter um einen Moment, den er knurrend gewährte, und ging mit unstetem Schritt auf Chester am Verteidigungstisch zu. Die Zweifel in seinem Gesicht waren Zorn gewichen. Ich beugte mich über ihn und flüsterte.

»Stimmt davon irgend etwas?« fragte ich.

»Nein«, zischte er.

»Sie haben Sie gefickt, nicht?«

»Sie doch auch«, sagte Chester giftig. »Na, und? Der ganze Rest ist Quatsch. Was tun Sie mir an? Was lassen Sie mir von denen antun? Sie haben mich verkauft.«

Noch immer über Concannon gebeugt, schaute ich zu Prescott hinüber, der Chester und mich mit Erheiterung auf seinen dünnen Lippen betrachtete. Er sah mich an, und dann zeigten diese dünnen Lippen ein kleines Lächeln, fast unmerklich, aber da war es. Während ich vorher dieses Lächeln gesehen und als »Willkommen im Club« gedeutet hatte, wußte ich diesmal genau, was es bedeutete und was jedes andere Lächeln davor auch bedeutet hatte. Er lächelte mich mit diesem knappen Lächeln an, und das Lächeln sagte, rief, schrie so laut, daß der ganze Gerichtssaal es hören konnte: »Hab ich dich drangekriegt, du kleiner, billiger Judenbengel.«

Das Gefühl, das ich in diesem Augenblick hatte, war wie ein Sturz in einen Schacht, ohne Fallschirm, ohne Hoffnung. Mein Magen krampfte sich zusammen, meine Knie gaben nach, meine Augen tränten heftig, und ich sah Flecken vor mir, als mein Bewußtsein zu schwinden drohte. In diesem Augenblick hätte ich mich am liebsten übergeben, und wenn ich irgend etwas im Magen gehabt hätte, Raffaellos verdammte Cannoli und eine Tasse Kaffee, irgend etwas, dann hätte ich das sicher auch getan, hier, mitten im Gerichtssaal, hier auf dem Verteidigertisch vor dem Richter, den Geschworenen und meinem Mandanten, Chester Concannon, der seine Freiheit in meine Hände gelegt hatte und der jetzt, da war ich sicher, direkt und unwiderruflich ins Gefängnis wandern würde.

TEIL V

Ein Wehrturm

57

Wieder einmal fuhr ich in dem marmorverkleideten Aufzug in den dreiundfünfzigsten Stock von Liberty Place Eins zu den Büros von Talbott, Kittredge und Chase, diesmal als Besucher, als Bittsteller, als Unwürdiger, nicht als Standesgenosse. Doch auf dieser Fahrt empfand ich zumindest keinen tiefsitzenden Groll mehr. Ich war böse gewesen über meinen Ausschluß aus den Hallen der Reichen und Mächtigen, als ich glaubte, durch Verdienst, Talent und meine angeborene innere Qualität dazuzugehören. Doch diesen Glauben hatte ich schon vor meinem realen Mißerfolg in *United States vs. Moore und Concannon* verloren. Ich würde nicht nur keinen Platz am glorreichen Vorstandstisch des Gesetzes angeboten bekommen, sondern hatte bei dem Prozeß auch noch bewiesen, daß ich unfähig war, ihn mir selbst zu erobern. Die Geschworenen waren nach nur sechsstündiger Beratung zurückgekehrt. Jimmy Moore war in allen Punkten freigesprochen worden, Chester Concannon der Erpressung nach dem Hobbs Act, der Körperverletzung nach dem Hobbs Act und der organisierten Erpressung für schuldig befunden. Schuldig, schuldig, schuldig. Die Worte des Obmanns der Geschworenen waren wie das Läuten irgendeiner gnadenlosen, melancholischen Glocke. Schuldig, schuldig, schuldig. Sechs Stunden Beratung, und Chester Concannon war weg vom Fenster.

Ich konnte nichts mehr tun, um den Prozeß zu retten, nachdem Veronica, meine Starzeugin, mit ihrer Aussage Chesters Grab geschaufelt hatte. Endlich löste ich mich aus meinem lähmenden Selbstmitleid und ließ sie zur feindlichen Zeugin erklären, so daß ich sie ins Kreuzverhör nehmen konnte, und dann ging ich nach Kräften auf sie los, griff ihre Glaubwürdigkeit an, griff ihre Geschichte an, griff ihre Lügen an. Und es waren Lügen, ja. Sie hatte mir in der schwarzen Nacht in ihrem Apartment, als ich sie vorlud, die Wahrheit gesagt. Ich hatte keinen Zweifel, daß es Jimmy Moore war, der diese Viertelmillion in bar genommen und Norvel Goodwin ausgehändigt hatte, um Goodwins schwindenden Zugriff auf den Crack-Kokain-Markt in Philadelphia neu zu beleben. Ich hatte keinen Zweifel, daß Jimmy Moore Zack Bissonette mit dem von Mike Schmidt signierten Baseballschläger getötet hatte, daß Jimmy Moore ihn bis zum Koma geprügelt und dann mit seinem zerschlagenen Gesicht nach Luft ringend zurückgelassen hatte. Doch sosehr ich auch hämmerte und kämpfte, trotz all meiner Rhetorik war ich nicht in der Lage, ihre Geschichte zu erschüttern. Meine einzige Hoffnung war, selbst in den Zeugenstand zu treten und ihr zu widersprechen. Ich war der einzige, der sie mit dem konfrontieren konnte, was sie mir in dieser Nacht in ihrer Wohnung erzählt hatte, und so bat ich Richter Gimbel leidenschaftlich, mich als Zeuge aussagen zu lassen.

»Mr. Carl«, sagte er mit der ganzen Entrüstung, die seine hohe Stellung ihm erlaubte, »ich werde in meinem Gerichtssaal keinen Anwalt bei einem Prozeß, den er führt, als Zeuge aussagen lassen. Das ist ein klarer Verstoß gegen die Standesregeln. Sie sind erfahren genug, um zu wissen, daß Sie einen Ermittler oder eine andere dritte Partei brauchen, um einen Zeugen zu befragen, wenn Sie mit dieser Befragung die Aussage des Zeugen erschüttern wollen. In der juristischen Fakultät lehren sie das noch immer, glaube ich, und ich werde jetzt nicht anfangen, die Regeln zu ändern. War noch irgend jemand im Raum, als sie Ihnen gegenüber ihre Aussage machte?«

»Nein, Sir«, sagte ich.

»Hat sie eine schriftliche Aussage unterschrieben?«

»Nein, Sir.«

»Gibt es irgendein Tonband oder Video von dem, was sie sagte?«

»Nein, Sir.«

»Nun, Mr. Carl, dann können Sie sie fragen, was sie in dieser Nacht zu Ihnen gesagt hat, aber Sie können ihr nicht persönlich widersprechen, verstehen Sie?«

»Beschwerde, Euer Ehren.«

»Die Beschwerde wird ins Protokoll aufgenommen«, sagte der Richter. »Weitere Fragen an diese Zeugin?«

»Ja, Euer Ehren.«

»Dann nur zu, Mr. Carl. Sie haben eine Aufgabe vor sich.«

Und nur zu machte ich, aber es brachte nichts. Veronica hatte immer etwas Glattes an sich gehabt, sie war weich und seidig, aber ich bekam sie nie wirklich zu fassen, konnte sie nie festnageln. Selbst als ich sie an diese Bettpfosten gebunden hatte, konnte ich sie nicht wirklich festnageln. Das war die Art, wie sie im Bett war, und so war sie auch im Zeugenstand, glatt, klar, unter Druck aber schlüpfrig. Und am Ende hatte ich keinen Erfolg. Es gab keine Möglichkeit, zum Erfolg zu kommen, wenn sie ihre Lügen vorbrachte. Wenn ich sie nur gezwungen hätte, eine Aussage zu unterschreiben. Wenn ich nur Sheldon mit seinem Stethoskop hinter der Tür postiert hätte, um unser Gespräch zu belauschen. Wenn ich nur früh in ihrer Zeugenaussage das vorbereitete Ausweichen erkannt hätte, mit dem sie Fragen nach dem Bankkonto beantwortete, und meine Befragung schnell eingestellt hätte, ehe der wirkliche Schaden angerichtet war. Wenn ich nur nicht ein solcher Idiot gewesen wäre.

Noch bevor sie mit ihrer Zeugenaussage fertig war, hatte ich das Gericht um eine Unterbrechung der Verhandlung gebeten und war mit Beth zum Büro des Gerichtsdieners gerannt, um eine neue Vorladung zu holen, die wir auf der Abwärtsfahrt mit dem Gerichtsaufzug ausfüllten. Ich wußte, es gab eine andere Person, die ihrer Geschichte widersprechen konnte, die Person, die die Verbindung zwischen Jimmy Moore und Norvel Goodwin gewesen war, die den Deal über die Viertelmillion eingefädelt und Goodwin gesagt hatte, wo Veronica sich an dem Tag versteckte, an dem sie aussagen sollte. Dieselbe Person, die in der Nacht des Mordes mit Jimmy Moore zusammengewesen war, der Mann, dessen Fußabdrücke man in Bissonettes Erbrochenem und seinem Blut gefunden hatte. Hastig trug ich Henrys Namen in die Vorladung ein, während wir ins Erdgeschoß fuhren, und Beth fischte in ihrer Handtasche nach einem Scheck für das Zeugengeld. Der Mord war an Henrys freiem Abend passiert, und er hatte den Polizisten ein Alibi angegeben. Diese waren nur zu bereit, dem Fahrer zu glauben, damit sie Concannon die Schuld zuweisen konnten, aber ich war jetzt sicher, daß Henrys Alibi eine Lüge war. Verzweifelt rannte ich zum Ausgang des Gerichtsgebäudes in der Market Street, wo sicher die Limousine des Stadtrats wartete, in der Henry ruhig am Steuer saß. Er war meine letzte Chance. Ich erspähte den schwarzen Wagen an der Ecke des Gebäudes und rannte hin, klopfte an das Fenster und schob die Papiere hinein, sobald die Öffnung groß genug für meinen Arm war. Doch das Gesicht unter der Chauffeursmütze war weiß, nicht schwarz, und schaute mich verständnislos an, während ich die Papiere schwenkte.

»Wo ist Henry?« fragte ich.

»Kingston.«

»New York?«

»Jamaika. Er ist zu seiner Familie zurückgegangen. Irgendwie war es ihm hier zu verdammt kalt, und ich kann es ihm nicht verdenken.«

Sechs Stunden Beratung, und dann das feierliche Glockengeläut. Schuldig, schuldig, schuldig.

Wie sich herausstellte, war Eggert bereit, sich mit dem Assistenten des Stadtrats zufriedenzugeben, wenn er den Stadtrat selbst nicht bekommen konnte. Er sah, daß er gegen Chester Concannon eine sichere Verurteilung hatte, gegen Jimmy jetzt nur noch eine wacklige Chance, und so ging er in seinem Schlußplädoyer heftig auf Chester los. Detailliert zählte er seine Verbrechen auf, die Erpressung, den Mord, die Viertelmillion in bar, die er sich für seine eigenen Zwecke angeeignet hatte, alle unwiderleglich bewiesen durch die Bareinzahlungen auf und die Abhebungen von dem Konto, das auf Chester Concannons Namen lautete. All das hatte Prescott ruhig als Beweis vorgelegt, als er an der Reihe war, Veronica zu befragen. In seinem Schlußplädoyer von vierzig Minuten befaßte Eggert sich dreißig Minuten lang mit Chet Concannon. Er versuchte natürlich, Stadtrat Moore mit seinem Assistenten in Verbindung zu bringen, doch selbst dieser Versuch betonte nur stärker seine Argumentation, daß Chester hier der wahre Schuldige war.

Prescott hatte nicht viel zu sagen, als er zu seinem Schlußplädoyer kam. Er hielt seine Rede vom Staatsdiener und schob die Anklage gegen Moore der Politik in die Schuhe. Concannon sei schuldig, sagte er den Geschworenen, das stehe nicht länger in Zweifel. Die einzig verbleibende Frage war, welche häßlichen Motive den Staatsanwalt der Vereinigten Staaten dazu bewogen hatten, den Stadtrat ebenfalls anzuklagen. »Wenn Sie Jimmy Moore freisprechen«, argumentierte er, »dann sprechen Sie nicht nur einen unschuldigen Mann frei. Sie schicken auch eine Botschaft an die Mächtigen in dieser Stadt, daß Sie die Verfolgung eines Mannes nicht zulassen werden, der für die Armen kämpft, für die Getretenen, der gegen die Geißel der Drogen auf unseren Straßen kämpft, der für Sie kämpft. Meine Damen und Herren, die Politik hat ihre Zeit und ihren Ort, bei Kampagnen, bei Wahlen, sogar im Gesetzgebungsprozeß, aber sie hat keinen Platz vor der Grand Jury. Mr. Eggert hat vergessen, für wen genau er arbeitet, als er Stadtrat Moore anklagte. Vor der Grand Jury und vor diesem Gericht hat er für die politischen Gegner des Stadtrats gearbeitet, für deren und seinen politischen Gewinn. Sagen Sie ihm, daß er nicht für die Mächtigen arbeitet, nicht für sich selbst, sondern für Sie. Sagen Sie ihm das auf möglichst klare Weise, sagen Sie es ihm mit einem Freispruch. Schicken Sie Jimmy Moore zurück zu seinen guten Werken.«

Ich hielt natürlich auch ein Schlußplädoyer. Ich stand vor diesen Geschworenen und sprach über Chester Concannon und vernünftige Zweifel und darüber, wie Jimmy Moore eine Verschwörung angezettelt hatte, um seinen Assistenten als schuldig hinzustellen. Oh, ich redete und redete. Aber der Fall war verloren, ich wußte es, die Geschworenen wußten es, und als sie begannen, die Augen zu rollen und zu gähnen, zuerst Mr. Thompkins, der einen eigenen Copyshop hatte und von dem ich gewußt hatte, daß er schwer zu überzeugen sein würde, dann die zynische Mrs. Simpson, auf die ich zählte, wenn ich irgendeine Chance hatte, war es so gut wie vorbei. Ich schwadronierte noch weiter auf sie ein, wiederholte »berechtigte Zweifel«, »berechtigte Zweifel«, »berechtigte Zweifel« wie ein Hypnotiseur, der den Juroren eine posthypnotische Anweisung einhämmern will. Ich tat mein Bestes und setzte alles auf eine Karte für den lieben alten Chet, aber es nützte alles nichts. Sechs Stunden Beratung und dann das ächzende Läuten der großen eisernen Glocke der Justiz: schuldig, schuldig, schuldig.

Ein fröhliches kleines Klingeln erklang, als der Aufzug im dreiundfünfzigsten Stock anhielt und die Türen sich öffneten. Talbott, Kittredge und Chase. Die riesige Halle, schön und steril; die blonde Empfangsdame, schön und kalt. Vielleicht gab es noch einen anderen Grund, warum mein Groll verschwunden war. Vielleicht war der Messingring für mich trübe geworden. Wenn Täuschung und Betrug der Preis für den Zutritt waren, konnte ich es auch aussitzen. Das war etwas, was ich über mich selbst gelernt hatte, etwas Gutes. Ich hatte genug Schlechtes über mich selbst erfahren, meine Inkompetenz, meine Fähigkeit zur Selbsttäuschung, meine starke Neigung zur Bestechlichkeit, aber ich hatte auch gute Dinge erfahren. Ich sah mir die Reichtümer von Talbott, Kittredge und Chase an und entschied, daß ich die vielleicht gar nicht mehr wollte. Na ja, die Empfangsdame wollte ich noch immer, seien wir ehrlich, sie war wirklich hinreißend, aber der ganze Rest konnte mir gestohlen bleiben und zur Hölle gehen. Und vielleicht, nur vielleicht, würde ich dazu beitragen, ihn dorthin zu schicken.

»William Prescott, bitte«, sagte ich zu der Empfangsdame.

»Wer möchte ihn bitte sprechen?«

»Sie erinnern sich nicht an mich?«

Mit einer dieser eingeübten Bewegungen warf sie das gestylte Haar zurück und sagte: »Nein.«

»Victor Carl.«

Nur für einen Augenblick riß sie die Augen auf, lange genug, um mich erkennen zu lassen, daß die Geschichte durch die ganze Firma gegangen war, von Partnern zu Kollegen zu Sekretärinnen zur Empfangsdame. Sie alle hatten auf meine Kosten laut gelacht.

»Bitte nehmen Sie Platz, Mr. Carl, ich werde seiner Sekretärin sagen, daß Sie hier sind.«

»Bemühen Sie sich nicht«, sagte ich und ging auf die Treppe zu. »Ich kenne den Weg.«

Sie stand auf. »Sie können nicht ohne Begleitung gehen, Mr. Carl. Das ist Firmenpolitik.«

»Ja, da bin ich sicher«, sagte ich, ohne anzuhalten. »Aber es ist Ihre Firmenpolitik, und ich arbeite nicht hier.«

Als ich die Treppe zu Prescotts Büro erreicht hatte, bellte sie schon etwas über mich in ihr Telefon.

Die breite, gebogene Treppe mit dem polierten Geländer hinauf, durch die gewinnbringend lärmenden Flure mit Sekretärinnen, die kraftvoll tippten, und Anwälten, die in und aus Büros liefen und sich beeilten, ihre Arbeitszeitbögen mit anrechenbaren Stunden zu füllen, um Ecken herum und vorbei an reich möblierten Konferenzräumen, großzügig ausgestattet mit gelben Notizblöcken und gravierten Stiften und alkoholfreien Getränken. Gerade hatte ich den Wartungsverschlag erreicht, in dem ich verzweifelte Stunden mit Sheldon verbracht und darauf gewartet hatte, daß der Flur sich leerte, als mir eilig eine aufgeregte Janice entgegenkam. Sie sah nicht mehr ganz so hübsch und effizient aus, wie ich sie von unserem ersten Treffen in Erinnerung hatte, aber vielleicht lag der Unterschied auch an mir.

»Oh, Mr. Carl«, sagte sie, »Sie können nicht einfach allein durch die Kanzlei wandern.«

Ich hob die Hände. »Ich habe keine Heftmaschine eingesteckt, ehrlich.«

»Es ist Firmenpolitik«, sagte sie. »Mr. Prescott ist gerade in einer Konferenzschaltung. Ich bringe Sie in ein Besprechungszimmer, und da können Sie auf ihn warten, wenn Sie wollen.«

»Schon in Ordnung, Janice«, sagte ich, drängte mich an ihr vorbei und ging auf Prescotts Büro zu. »Aber ich werde einfach bei Billy warten. Ich bin sicher, daß er nichts dagegen hat.«

Sie marschierte hinter mir her, nachdem sie dies und jenes gesagt hatte, aber ich ignorierte sie. Heute ist mir klar, warum ich so widerspenstig war. Ein Ergebnis meiner Erfahrung im Prozeß war, daß ich irgendeine Fessel um den Hals verloren hatte. Ich hatte immer das Gefühl gehabt, es gebe eine richtige Art, sich zu benehmen, sich zu kleiden, eine Sache anzupacken, als würden all diese richtigen Verhaltensweisen sich zu etwas Greifbarem summieren, und das taten sie auch. Sie summierten sich zu einer Sklaverei der Seele. Ich hatte mir so gewünscht, wie sie zu sein, daß ich so tat, als sei ich wie sie, was es ihnen nur leichter machte, mich in den Hintern zu treten und mir aufs Gesicht zu steigen, wann immer sie wollten. Ich spielte ein Verliererspiel, weil ich auf ihrem Spielfeld spielte, nach ihren Regeln, von denen die erste lautete, daß sie immer gewannen und ich immer verlor. Aber ich glaube, daß ich einmal zu oft verloren hatte. Meine lange, bittere Periode der Unterwürfigkeit war vorbei. Ich schwelgte in meiner Freiheit zu sein, was immer ich wollte, selbst wenn sie darin bestand, mich ungehobelt zu benehmen.

Die Tür zu seinem Büro stand einen Spalt offen. Mit Janice auf den Fersen eilte ich an ihrem Computer vorbei, stieß die Tür auf, marschierte in sein Büro und ließ mich in einen der Gobelinsessel vor seinem Schreibtisch fallen. Prescott saß gerade aufgerichtet in seinem Jackett da und sprach ins Telefon. Als er mich sah, wirkte er verblüfft, faßte sich aber schnell wieder.

In der Tür sagte Janice: »Ich habe versucht, ihn aufzuhalten, Mr. Prescott.« Aber Prescott winkte sie hinaus, und sie ging und schloß hinter sich die Tür.

»Sam, Sam, Sam«, sprach Prescott in den Hörer, während er mich anlächelte. »Wir verschaffen Ihnen alles, was Sie verlangt haben, das verspreche ich, aber wir brauchen dieses Rechtsgutachten spätestens morgen nachmittag. Morgen abend gehen wir in die Druckerei, und bis dahin muß es fertig sein.« Er ließ den Finger in der Luft kreisen, was andeuten sollte, daß Sam am anderen Ende der Leitung endlos redete. Er zwinkerte mir zu. »Hören Sie, Sam, ich muß Schluß machen, ich habe jemanden in meinem Büro. Simon und Jack, bleibt Ihr in der Leitung und überzeugt Sam, daß er alles bekommen wird, was er braucht. Wir werden Sie zufriedenstellen, Sam, aber Sie müssen sich jetzt beeilen, ja? Teilen Sie mir bis heute abend mit, wie Sie vorankommen.«

Als er auflegte, schüttelte er den Kopf. »Einige Anwälte sind, was Gutachten angeht, so schüchtern, daß man sich wundert, wie überhaupt noch ein Geschäft zustande kommt. Valley Hunt Estates. Wir haben die Zwischenfinanzierung und sind bereit anzufangen. Es wird ein Bombengeschäft. Zu schade, daß Sie nicht mehr dabei sind.«

Ich zuckte mit den Schultern.

»Aber es wird Sie freuen zu hören, daß wir den Auftrag an Ihren Freund Sam Guthrie drüben bei Blaine und Cox vergeben haben«, sagte Prescott. »Er zumindest scheint dankbar für die Chance. So, Victor, was führt Sie ungebeten erneut in unsere Büros?«

Ich griff in meine Aktentasche und nahm einen Manila-Umschlag heraus, den ich auf seinen Schreibtisch warf. »Ich wollte Ihnen persönlich unseren Antrag auf einen neuen Prozeß überbringen, den wir heute bei Richter Gimbel stellen. Darin erläutere ich detailliert alles, was seit dem Augenblick geschah, in dem ich engagiert wurde, um Chester Concannon zu verteidigen.«

»Ich verstehe«, sagte Prescott, während er den Umschlag öffnete und einen Blick auf den ausführlichen Antrag warf, der sich darin befand. »Ich hatte so etwas erwartet. Und, offen gesagt, Victor, ich wünsche Ihnen Glück. Jimmy ist im Bundesprozeß freigesprochen worden, und die Mordanklage gegen ihn ist fallengelassen worden. Nichts würde ihn mehr freuen, als wenn Chester auch davonkommt.«

»Ich glaube nicht, daß der Richter es so wohlwollend betrachten wird.«

Er zuckte mit den Schultern und blätterte weiter in dem Antrag.

»Sie haben mich benutzt«, sagte ich.

»Ja«, sagte Prescott. »Das war nicht sonderlich schwer.«

»Sie haben sich überlegt, daß die einzige Art, Jimmy wirklich von den Anschuldigungen reinzuwaschen, darin bestand, sie auf Chet abzuwälzen, und der sicherste Weg, die Geschworenen all das glauben zu machen, bestand darin, Chets Anwalt die schmutzige Arbeit für Sie tun zu lassen. Wenn Sie Veronica zum Lügen in den Zeugenstand gerufen hätten, wäre das offensichtlich gewesen, und keiner hätte es Ihnen abgekauft. Aber daß Chets Anwalt sie aufrief und ihm von ihr sein Grab schaufeln ließ, nun ja, das gab den Ausschlag.«

»Wirkungsvoll, meinen Sie nicht?«

»Und völlig unzulässig.«

»Nein, Victor, da irren Sie sich. Wir haben alles in unserer Macht Stehende getan, um unseren Mandanten zu verteidigen. Der Sechste Verfassungszusatz verlangt nichts Geringeres. Haben Sie sich an denselben hohen Maßstab gehalten, hm?«

»Es ist juristisch unzulässig, eine Zeugin unter Eid falsch aussagen zu lassen, selbst wenn nicht Sie sie aufgerufen haben.«

»Aber wer sagt denn, daß sie meineidig war?«

»Sie hat mir die Wahrheit gesagt, als ich ihr die Vorladung brachte.«

»Vielleicht hat sie da gelogen.«

»Das glaube ich nicht.«

»Was Sie glauben und was Sie beweisen können, sind zwei sehr verschiedene Dinge. Ich muß sagen, Victor, Sie haben mich überrascht. Die ganze Sache mit Veronica war sehr riskant. Ich dachte, all unsere Anreize zur Zusammenarbeit würden Sie davon abhalten, Jimmy zu verfolgen. Ich dachte, es sei für uns der sicherste Weg zum Sieg, Chester einfach dasitzen und alles auslöffeln zu lassen, was wir ihm servierten. Ich habe Sie angeheuert, weil ich dachte, daß Sie billig sein würden, aber Jimmy hatte den Verdacht, Sie könnten einen Kreuzzug beginnen. Vermutlich ist er ein besserer Menschenkenner als ich. Und so hielt er Ihnen zur Sicherheit Veronica vor die Nase für den Fall, daß Sie sich zum Edelmut entschließen würden. Das funktionierte besser, als wir uns erhofft hatten. Sie schnappten nach ihr wie eine Forelle nach einer perfekt gebundenen Fliege. Wir rechneten tatsächlich damit, daß sie Ihnen alles würde sagen müssen, aber Ihre Ermittlungen waren erstaunlich gründlich. Je mehr Sie herausfanden, desto einfacher war es für uns. Aber als Sie sie in den Zeugenstand riefen, war das äußerst riskant. Sehen Sie, Victor, Sie schienen einen großen Einfluß auf das arme Mädchen zu haben, größer, als Sie wissen. Wir waren nicht sicher, was sie sagen würde, bis sie es sagte. Ihre tatsächliche Zeugenaussage war für uns alle eine große Erleichterung.«

»Sie hatten das alles schon an dem Tag geplant, als Sie mich anheuerten.«

»An dem Tag, an dem Pete McCrae starb, ja. Von Pete wußten wir, daß wir ihm trauen konnten, aber nach seinem Tod zur Unzeit brauchten wir Sie oder jemanden wie Sie. Es war ein zu großer Fall, um uns auf unser Glück zu verlassen. Wir hatten alle möglichen Strategien und Alternativpläne, aber am Ende brauchten wir, um zu gewinnen, etwas Dramatisches, und das haben Sie uns wahrhaftig gegeben, Victor.«

»Tatsächlich hatten Sie Concannon schon vor der Anklage benutzt. Sie waren es, der Jimmy sagte, er solle das Bankkonto auch auf Chesters Namen eröffnen.«

»Jetzt raten Sie«, sagte Prescott.

»Es war die Höhe der Einzahlungen und Abhebungen, die mir

den Hinweis gab. Bundesvorschriften verlangen, daß Bargeldtransaktionen über mehr als zehntausend Dollar dem Treasury Department gemeldet werden. Was bedeutet, daß Sie die ganze Zeit wußten, daß Jimmy dieses Geld an Goodwin weitergab und so einen Drogendealer mit Kapital versorgte, um einen stetigen Strom von Spenden für seine Rehabilitierungsprojekte zu sichern. Deswegen hat Goodwin Chuckie umgebracht, um ihn daran zu hindern, mir davon zu erzählen, und deshalb hat Goodwin versucht, Veronicas Zeugenaussage zu verhindern. Es muß Henry gewesen sein, der Goodwin gesagt hat, wo Veronica sich versteckte. Goodwin hat seine Gefolgsleute zu ihr geschickt in der Angst, sie würde das Arrangement offenbaren, da er die ganze Zeit nicht wußte, daß Sie sie in der Tasche hatten.«

»Solche skurrilen Vorwürfe werde ich natürlich nicht bestätigen«, sagte Prescott. »Man weiß nie, wer ein Tonbandgerät mitlaufen läßt, nicht? Aber wenn das alles wahr wäre, denken Sie nur, wie schön das Arrangement wäre. Drogenkonsumenten kaufen unter allen Umständen Drogen. Die Nachfrage ist nicht elastisch. Aber mit ein bißchen Risikokapital, effizient eingesetzt, würde ein Teil der Profite aus den Verkäufen dazu dienen, Opfern zu helfen und den Markt auszutrocknen. Je erfolgreicher die Vermarktung, desto aktiver würde sie die Saat zu ihrer eigenen Zerstörung legen. Reiner Pragmatismus, Victor, eine marktwirtschaftliche Lösung für ein vorher nicht zu bewältigendes Problem.«

»Und die Kinder, die an verirrten Kugeln sterben, wenn Goodwin kämpft, um sein Revier zu erweitern?«

»Unvermeidliche Nebenwirkungen«, sagte Prescott.

»Jimmy nützt die Schwachen aus und profitiert von Mord, um die Wunde zu heilen, die der Tod seiner Tochter geschlagen hat«, sagte ich. »Das ist unmoralisch.«

»Moral ist auf dieser Welt der reine Luxus, Victor«, sagte Prescott. »Sie ist der Feind der Leistung, die letzte Bastion der Versager. Lernen Sie das, dann lernen Sie eines Tages vielleicht auch, was es bedeutet, Anwalt zu sein.«

»Wenn das dazu nötig ist, würde ich lieber Rasen mähen.«

»Wie Sie wollen. Aber ich bin tatsächlich froh, daß Sie hier sind, Victor. Ich habe versucht, Sie zu erreichen.«

»Ich war nicht in der Stadt.«

»Kann ich verstehen. Die Peinlichkeit. Ich habe mit CUP darüber gesprochen, und nachdem der Prozeß beendet ist, haben sie beschlossen, Sie nicht wegen des Anwaltsvorschusses zu verklagen, wenn Sie Ihre Forderung nach sämtlichen zusätzlichen Kosten aufgeben.«

»Das deckt noch nicht mal die Hälfte dessen, was mir zusteht.«

»Etwas ist besser als nichts, Victor, jeden Tag in der Woche.«

»Ich denke, ich werde meinen Anspruch auf alles nicht aufgeben.«

»Gut. Soviel ich weiß, hat Sam Guthrie die Klageschrift bereits aufgesetzt.«

»Dann werde ich Gegenklage erheben. Erspart mir die Antragsgebühren.«

»Sie sollten das alles nicht so persönlich nehmen, Victor. Es war nur ein Geschäft. Tatsächlich waren Sie vor Gericht besser, als ich erwartet hatte. Zu schade, daß es so enden mußte, wie es geendet hat. Ich bin sicher, daß wir sehr gewinnbringend hätten zusammenarbeiten können.«

»Das glaube ich nicht«, sagte ich. »Übrigens, ich werde in Kürze einen Antrag einbringen, die Klage im Falle *Saltz vs. Metropolitan Investors* zu ergänzen.«

»Ein bißchen spät, Victor. Der Prozeß ist in weniger als zwei Wochen.«

»Ach, ich glaube, der Richter wird mich die Klage ergänzen lassen, um zwei neue Beklagte hinzuzufügen.«

»Neue Beklagte?« fragte er, und die Krähenfüßchen um seine Augen vertieften sich. »Wer?«

»Nun, Billy, ich sagte Ihnen schon, ich war nicht in der Stadt. Ich war mit meiner Partnerin in Corpus Christi, Texas, und habe die Downtown Marina besucht. Vielleicht haben Sie davon gehört?«

Der erstarrte Ausdruck seines Gesichts verriet mir, daß er das hatte.

»Nun, es scheint, daß unser gemeinsamer Buchhalterfreund Frederick Stocker sein hübsches neues Segelboot in eben dieser Werft liegen hatte. Wir sind da erst gestern aufgetaucht, Billy, und ein erstaunlicher Zufall wollte, daß wir ungefähr zur gleichen Zeit wie das FBI in der Werft erschienen. Und in dem ganzen Durcheinander seiner Verhaftung, bei der ich ihm gleich eine Vorladung in den Schoß warf, hat Mr. Stocker anscheinend gedacht, daß Sie irgendwie damit zu tun hatten, daß die FBI-Leute ihn gefunden haben. Obwohl ich wirklich nicht weiß, wie er darauf kam – es sei denn durch etwas, das ich gesagt habe. Meinen Sie, daß es das gewesen sein könnte?«

Sein ganzes Gesicht schien sich zu verhärten und zusammenzuziehen, jeder Muskel spannte sich an. Seine blauen Augen wurden kalt und stählern, aber er rührte sich noch immer nicht.

»Na, jedenfalls«, fuhr ich fort, »erzählte er eine seltsame Geschichte darüber, wie der Anwalt der haftenden Partner in der *Saltz*-Partnerschaft ein unverhohlenes Interesse an dem Deal hatte und wie er, als der Markt sich gegen das Projekt wandte, den Buchhalter überredete, die Zahlen im Prospekt zu frisieren, indem er ihm versprach, das würde keiner je erfahren. Er sagt, dieser Anwalt habe ihn veranlaßt, meine Mandanten zu betrügen, und ihm dann geholfen, sich zu verstecken, nachdem er mit gestohlenem Geld weggelaufen war. Und das komische, Billy, ist, daß er sagt, dieser Anwalt seien Sie. Stellen Sie sich das vor. Deshalb fügen wir Sie und Ihre Partner als Beklagte hinzu. Nun bin ich Realist und nehme an, daß ein schlauer Bursche wie Sie die meisten seiner Vermögenswerte gut versteckt hat, also sind Sie vermutlich durch ein Urteil nicht anzutasten. Ich denke, das Beste, was wir mit Ihnen machen können, ist, Ihnen die Zulassung entziehen zu lassen und Sie in die lukrative Hölle für Ex-Anwälte zu schicken, in der Sie Lobbyist oder sonst ein kleiner Aasfresser werden. Aber Talbott, Kittredge und Chase, na ja, ich wette, daß es die teuer zu stehen kommt.«

Sein Gesicht war weißlichgrau geworden. »Für eine Ergänzung ist es zu spät«, sagte er. »Die Verjährungsfrist ist abgelaufen.«

»Technisch gesehen nicht. Sie läuft nicht weiter, wenn einer Partei durch Betrug Informationen vorenthalten werden, und daß Sie Stocker versteckt haben, ist ein solcher Fall.«

»Ich werde Sie vor Gericht schlagen. Jeden Tag.«

Ich stand auf. »Vielleicht, aber dieser Stocker ist ein sehr redegewandter Mann. Ich bin sicher, daß er einen guten Zeugen abgeben wird.«

Ich wandte mich um, um sein Büro zu verlassen, doch unmittelbar bevor ich die Tür erreichte, sagte er mit einer prahlerischen Tapferkeit, die so blaß war wie sein Gesicht: »Victor, warten Sie. Vielleicht sollten wir uns noch ein bißchen unterhalten.«

58

Die verblichene blaue Chevette, buchstäblich von Rost gesprenkelt, war in der Chestnut Street geparkt und wartete auf mich, als ich nach meiner Zusammenkunft mit Prescott Liberty Place Eins verließ. Die Chestnut Street war an dieser Stelle für den normalen Verkehr gesperrt, und ein uniformierter Polizist lehnte am Fenster des Wagens.

»Wollen Sie diesem Wrack einen Strafzettel verpassen?« fragte ich den Polizisten.

Er lehnte sich zurück und grinste mich an. »Es gibt nicht mehr genug solides Metall, um ihn irgendwo festzumachen.«

»Wenn Sie einen dieser Scheibenwischer hochziehen«, sagte ich, »fällt die hintere Stoßstange ab.«

»Oh, Mann«, sagte Slocum aus dem Inneren des Wagens. »Ihr könntet in einem Vaudeville auftreten. Steigen Sie ein, Carl, Sie kommen zwanzig Minuten zu spät.«

Ich bückte mich, stieg auf der Beifahrerseite ein, und ächzend setzte sich die Chevette in Bewegung. Bei der Fünfzehnten Straße bog sie rechts ab und dann noch einmal in die Walnut in westlicher Richtung. »Wie war Ihr Treffen mit Prescott?«

»Super«, sagte ich. »Sechshunderttausend, um einen Fall beizulegen, der vor zwei Tagen noch keinen Heller wert war.«

»Werden Sie sie nehmen?«

»Nein. Ich werde ihn treffen und hochtreiben«, sagte ich. »Danke, daß Sie gekommen sind.«

»Wir werden sehen, was sie uns zu sagen hat. Ich habe meine Zweifel.«

»Ehrlich gesagt, ich war überrascht, als ich sah, daß Sie auf mich warteten.«

»Tja, nun, ich bin selbst überrascht, daß ich gekommen bin. Übrigens, versuchen Sie nicht, Ihr Fenster runterzukurbeln. Das Ding ist kaputt und bricht zusammen, wenn Sie es versuchen.«

Wir fuhren an der University of Pennsylvania vorbei und dann nach West Philly, zusammengesackte alte Reihenhäuser mit verfallenden Veranden, kleine Lebensmittelläden, ein Matratzenauslieferungslager, Fischgeschäfte, eine Billardhalle im ersten Stock eines zerbröckelnden Gebäudes. Wir befanden uns inmitten eines Stroms besserer Autos, die an den synchron geschalteten Ampeln vorbei auf dieser Einbahnstraße aus der City in die Vororte strebten, wo die Steuern niedrig und die Schulen sicher waren und das Gras in den öffentlichen Parks alle zwei Wochen gemäht wurde.

»Es gibt Typen im Amt«, sagte Slocum unvermittelt mit leiser und überraschend ernster Stimme, »die sagen, daß jeder die Schuldigen verurteilen kann, aber nur ein richtiger Ankläger auch die Unschuldigen. Ich gehöre nicht dazu. Das letzte, was ich will, ist, jemanden zu grillen, der es nicht getan hat. Wenn etwas stinkt, decke ich es nicht zu und hoffe, daß es keiner merkt, während irgendein armer Trottel im Knast verfault; ich muß rausfinden, was genau stinkt und was ich dagegen zu tun habe.«

»Was stinkt denn in Ihrem Mordfall gegen Concannon?«

»Ich hatte keine andere Wahl, als die Anklage gegen Stadtrat Moore fallenzulassen«, sagte Slocum. »Nach der Aussage Ihrer brillanten Zeugin hat die Bezirksstaatsanwältin persönlich angeordnet, daß der Fall abgewiesen wird. Aber ich habe die Aussage Ihrer kleinen Freundin gehört, und wenn Sie mich fragen, hat sie gelogen. Die Bezirksstaatsanwältin will, daß ich sie in den Zeugenstand rufe, um den letzten Nagel in den Sarg Ihres Mandanten zu schlagen. Der Gedanke daran macht mich krank.«

»Sie sollten eine private Praxis aufmachen«, sagte ich mit einem bitteren Lachen, »wo alles möglich ist und nichts Ihr Gewissen beunruhigt außer der Frage, wo Sie Ihre Schecks einlösen sollen. Dann könnten Sie sich vielleicht ein Auto mit einem Fenster kaufen, das sich tatsächlich öffnen läßt.«

»Wüßte gar nicht, wie ich mit solchem Luxus umgehen sollte. Nebenbei, das Messer, das Sie mir gaben, scheint tatsächlich das zu sein, mit dem Chuckie Lamb die Kehle durchgeschnitten wurde. An der Feder war Blut. Die Tests, die wir durchführen konnten, paßten zu seiner Blutgruppe. Im Augenblick halten wir Wayman fest. Bevor wir kamen, hat ihm jemand ganz schön zugesetzt.«

»Also fangen Sie jetzt vielleicht an, die Geschichten zu glauben, die ich mir ausdenke?«

»Ich fange an zuzuhören. Mehr kriegen Sie nicht.«

»Das reicht mir schon«, sagte ich.

Als die Walnut Street endete, bog er nach rechts in die Dreiundsechzigste Straße, fuhr unter der erhöhten Market Street durch und wandte sich dann nach Norden. An Bahnschienen und unbeleuchteten, verfallenen Häusern vorbei tauchten wir in den dunklen Herbstabend.

»Ich will damit sagen«, fuhr er fort, »daß ich deshalb bereit bin, so weit mit Ihnen zu gehen, weil ich denke, daß mein Job darin besteht, die Wahrheit zu finden. Aber nicht weiter. Ich kriege den Arsch voll für das hier, wenn es rauskommt, und es wird rauskommen. Es könnte mich sogar meinen Job kosten. Meine Chefin war eine obskure Richterin, bevor Moore sie als Bezirksstaatsanwältin vorschlug. Jetzt denkt sie, daß sie sogar Senatorin werden könnte.«

»Ich weiß das zu schätzen«, sagte ich.

»Ich tue das nicht für Sie. Ich tue es nicht mal für Concannon. Aber ich trete nicht vor eine Jury und verlange die Todesstrafe, wenn ich nicht sicher bin.«

Wir waren jetzt in Wynnefield, noch zur Stadt gehörig, aber an den dunklen, breiten Straßen standen keine Reihenhäuser mehr, sondern große Steinhäuser mit breiten Veranden und spitzen Dächern. Es gab Rasenflächen und schöne Autos, und obwohl alles ein bißchen in die Jahre gekommen und schäbig war, war sogar die Schäbigkeit ein angenehmer Anblick. Slocum hielt vor einem großen Haus im Kolonialstil mit bunten Glasfenstern in der Haustür. Vom Dach des Hauses schienen helle Lichter und beleuchteten den großen Rasen des Vorgartens, und die Fenster waren erleuchtet, als werde drinnen eine Party gefeiert.

»Waren Sie schon mal hier?« fragte ich.

»Zu Wohltätigkeitsveranstaltungen«, sagte er. »Es ist besser, ab und zu bei den Mächtigen zu spenden, als sich bei Headhuntern zu bewerben.«

Er glitt aus seinem Wagen, und ich folgte ihm, die Aktentasche mit dem Kugelloch auf einer Seite in der Hand. An der Tür mit den Buntglasfenstern trat Slocum beiseite, um mich klopfen zu lassen. »Das ist Ihre Show«, sagte er.

Ich hob den großen Messingklopfer mit dem Löwenkopf und ließ ihn fallen.

Ein paar Minuten lang erfolgte gar nichts, und ich klopfte noch zweimal, ehe sich langsam die Tür öffnete. Es war Renee, Leslie Moores Schwester, in Jeans und Sweatshirt, das Gesicht aufgedunsen von Alkohol. Die würde heute abend nicht mehr ausgehen. »Ach, sieh an, ist das nicht der Anwalt von diesem Dieb Chester Concannon«, sagte sie und schwankte leicht, während sie sich gegen die Tür lehnte. »Tut mir leid, Mr. Carl, aber Jimmy ist im Moment nicht hier. Vielleicht sollten Sie in Ihrem nächsten Leben wiederkommen.«

»Ich bin nicht hier, um Jimmy zu sehen, Renee. Ich bin hier, um Leslie zu sehen.«

»Die ist auch nicht hier«, sagte sie mit leichtem Lallen, aber ihr Blick über ihre Schulter verriet sie.

»Warum fragen Sie sie nicht, ob sie mit mir reden will«, sagte ich.

»Nein, das werde ich nicht«, sagte Renee, doch noch während sie sprach, erschien hinter ihr die schmale Gestalt von Leslie Moore in einem bedruckten Kleid und flachen Schuhen, die Arme fest vor der Brust verschränkt.

»Ich dachte mir, daß Sie kommen würden«, sagte Leslie leise. »Ich wußte nur nicht, wann.«

Ich schaute zu Renee auf, und sie zuckte resigniert mit den Schultern, öffnete die Tür ganz und ließ Slocum und mich ein.

Leslie nahm unsere Mäntel und führte uns in ein Wohnzimmer mit roten Wänden und schicken Sofas. Die Stoffe waren gestreift und elegant, Brauntöne, Jägergrün und Gold, und unter alldem lag ein üppiger Orientteppich in tiefem Marineblau. Alles war in diesem Zimmer an seinem Platz, die Drucke von Kolibris in blattgoldbelegten Rahmen, die förmlichen Fotos auf den Beistelltischen. Es gab keine Flaschen oder halbleeren Gläser oder sonstige Zeichen, daß sich kürzlich hier jemand aufgehalten hatte. Dies war das Zimmer, in dem Jimmy die Reichen um Beiträge anging, wo die

Show abgezogen wurde. Ich war sicher, daß es irgendwo in diesem großen Steinhaus einen anderen Raum gab, in dem Renee und Leslie zusammen tranken, wenn der Stadtrat ohne sie unterwegs war, und dieser Raum war zweifellos nicht so ordentlich.

Slocum und ich setzten uns nebeneinander auf eine Couch. Leslie setzte sich uns gegenüber in einen zierlichen Polstersessel, Louis der Soundsovielte, nahm ich an. Renee stand an einem im Moment kalten Kamin wie der adelige Hausherr. Es gab einen langen Moment des Schweigens.

»Kann ich Ihnen etwas zu trinken anbieten?« fragte Leslie schließlich.

»Nein, danke«, sagte Slocum.

»Kaffee wäre wunderbar«, sagte ich. Ich hatte es mit dem Gehen nicht eilig.

Leslie schaute zu Renee auf, die die Augen aufriß und dann leise schnaubte.

»Entschuldigen Sie mich«, sagte Leslie und ging, um den Kaffee zu machen.

»Der Stadtrat ist in Chicago«, sagte Renee.

»Ich weiß«, sagte ich.

»Natürlich wissen Sie das. Sie hätten nicht den Mut, hier aufzutauchen, wenn er in der Stadt wäre.«

Ich zuckte mit den Schultern.

»Er ist bei der National Urban Conference. Er wird eine Rede halten. Er wird mit dem Präsidenten auf dem Podium sein.«

»Man stelle sich das vor«, sagte ich. »Mit demselben Präsidenten, dessen Administration ihn erst vor sechs Monaten wegen Erpressung und unlauterer Geschäftsmethoden anklagte.«

»Nun, da dieses kleine Mißverständnis jetzt beigelegt ist, dank Ihnen«, sagte Renee mit einem betrunkenen Grinsen, »beginnt der Präsident möglicherweise darüber nachzudenken, daß die halbe Million Wähler, die CUP stellen kann, dreiundzwanzig Wahlmänner bedeuten.«

»Ich wußte nicht, daß Sie politisch so informiert sind, Renee.«

»Jemand muß ja nach den Giftschlangen in seinem Rücken Ausschau halten, die ihn niedermachen wollen. Deswegen sind Sie doch hier, nicht? Aber Sie kommen zu spät. Sie sind wieder zusammen, wie die Turteltauben. Sie ist wieder in sein Schlafzimmer gezogen, also wird Ihr kleiner Plan nicht funktionieren.«

»Wir sind nur hier, um einige Fragen zu stellen«, sagte Slocum.

»Oh, ich weiß, wer Sie sind, Herr Staatsanwalt. Sie sollten sich schämen, nach allem, was Jimmy für Ihre Leute getan hat, jetzt mit diesem Winkeladvokaten zu intrigieren.«

Langsam nahm Slocum seine Brille ab und hob das Ende seiner Krawatte, um die Gläser zu putzen. Sehr sorgfältig putzte er zuerst eines, dann das andere, dann wieder das erste. Er setzte die Brille wieder auf. In der Zeit, die er brauchte, um die Brille zu putzen, hörte das Muskelzittern an der Seite seines Kinns auf. Ruhig sagte er: »Ich intrigiere nicht. Und das einzig Beschämende in diesem Raum, Ma'am, sind Sie.«

»Ich habe für Sie auch welchen gemacht, Mr. Slocum«, sagte Leslie, die ein Tablett mit einer Porzellankanne und vier passenden Tassen hereinbrachte.

»Danke«, sagte er.

Sie goß drei Tassen ein. Wir beugten uns beide vor, um eine Tasse und Untertasse zu nehmen, und lehnten uns dann wieder in die Couch. Renee blieb am Kamin stehen und schien jetzt den Kaminsims mit den Fingerspitzen auf Sprünge zu untersuchen.

»Ich bin hier, um auf Ihr Versprechen zurückzukommen, Mrs. Moore«, sagte ich, ehe ich einen Schluck Kaffee trank.

»Sie hat Ihnen nichts versprochen«, sagte Renee scharf.

»Nein, Renee«, sagte ich. »Tut mir leid, aber Sie irren sich. Ich weiß, daß Sie uns im Gerichtsflur haben sprechen sehen, und ich nehme an, daß Sie das dem Stadtrat erzählt haben, was vielleicht manches erklärt, aber Sie haben nicht gehört, was wir gesprochen haben. Nur Leslie und ich wissen, was gesagt wurde und was sie versprochen hat.«

»Hätten Sie gern etwas Zucker zum Kaffee, Mr. Slocum?« fragte Leslie.

»Nein, danke«, sagte er.

»Ich muß zugeben«, fuhr ich fort, »eine Zeitlang war ich verwirrt. Es waren der Mord an Chuckie und die Schüsse auf mich, die mich verwirrt haben. Sehen Sie, als Sie mir sagten, Sie hätten im Wind Stimmen gehört und würden nicht zulassen, daß sie Chester töten, nahm ich an, daß Sie auf dieselben Leute anspielten, die Chuckie getötet hatten und vielleicht auch versuchten, mich zu töten. Zu der Zeit dachte ich, Ihr Mann sei irgendwie für Chuckies Tod und für die Anschläge auf mich verantwortlich und Sie seien über diese Information gestolpert. Inzwischen habe ich erfahren, daß ich mich geirrt habe. Chuckie wurde von einem Drogendealer getötet, dessen Operationen von Ihrem Mann finanziert werden.«

»Lügen«, zischte Renee. »Lauter Lügen.«

»Er hat sich mit dem Teufel verbündet«, sagte ich, »um sein Denkmal für Nadine zu errichten.«

Mrs. Moore schien bei dieser Anschuldigung nicht im geringsten nervös zu werden. »Etwas Sahne, Mr. Slocum?« fragte sie. »Oder hätten Sie lieber Tee?«

»Nein, danke«, sagte Slocum. »Kaffee ist gut.«

»Und bei dem Prozeß«, fuhr ich fort, »habe ich zu meinem Kummer erfahren, daß ich einer Täuschung durch Ihren Mann und seinen Anwalt zum Opfer gefallen bin. Keiner tötet jemanden, den er benutzt. Tot war ich für sie nicht mehr von Nutzen, lebendig konnte ich seine Freilassung bewirken, was ich am Ende tat. Deshalb habe ich mich, als ich kürzlich unten im Süden war, zu fragen begonnen, vor wem Sie Chester zu schützen versprachen.«

»Was erzählen Sie uns da für einen Unsinn, Mr. Carl?« fragte Renee.

»Oh, Leslie versteht genau, was ich sage, Renee.«

»Wie wär's mit ein paar Keksen, Mr. Slocum?« sagte Leslie. »Ich habe in der Vorratskammer sehr gute Kekse. Ich hole Ihnen ein paar.«

»Nein, danke, Ma'am«, sagte Slocum. »Wirklich, mir fehlt nichts.«

»Chet ist jetzt im Gefängnis«, sagte ich. »Seine Kaution ist widerrufen worden. Er erwartet den Urteilsspruch wegen der Bundesanklagen und bereitet sich auf seinen Mordprozeß vor dem Staatsgericht vor. Ich habe ihn erst gestern besucht. Er erträgt die Haft nicht gut. Er ist ein bißchen zu dünn und ein bißchen zu hübsch, was im Gefängnis eine sehr schlechte Kombination ist. Bei unserem Gespräch ist er beinahe in Tränen ausgebrochen. Sie kennen Chet, Sie kennen seine Selbstbeherrschung. Er ist einem Zusammenbruch nahe. Im größeren Umfeld der Dinge ist er nicht mehr von Bedeutung, er stellt für niemanden eine Bedrohung dar. Es gibt nur einen Mann, der jetzt versucht, ihn zu töten.«

Ich nahm noch einen Schluck von meinem Kaffee und starrte Leslie an, obwohl ich den Kopf zur Tasse gesenkt hatte. Ihre Augen waren feucht und niedergeschlagen, und ihre Hände umklammerten sich nervös.

»In einem weiteren Monat«, sagte ich, »beginnt Chets Mordprozeß. Mr. Slocum ist in dem Fall der Ankläger. Er wird die Geschworenen auffordern, Chet zum Tode zu verurteilen. Und ich glaube, Mrs. Moore, daß Sie Mr. Slocum davon abhalten können, Chet Concannon zu töten, wie Sie versprochen haben.«

Nach einer langen Pause sagte Leslie: »Renee, bitte, warum holst du dir nicht noch einen Drink.«

»Ich denke, ich bleibe besser hier«, sagte sie, »und halte ein Auge auf Mr. Carl, damit er nicht die Aschenbecher stiehlt.«

»Hol dir einen Drink, Renee«, sagte Leslie mit einer Autorität in der Stimme, von der ich nicht gewußt hatte, daß sie sie besaß.

Renee zuckte mit den Achseln und machte sich auf den Weg in den anderen, weniger ordentlichen Raum.

Als sie gegangen war, sagte Leslie: »Ich kann Ihnen nicht sagen, was Sie wissen möchten, Mr. Carl.«

»Sie meinen, Sie wollen nicht.«

»Wir hatten schwierige Zeiten in unserer Ehe, das will ich nicht leugnen. Und nach Nadines Tod hatte lange Zeit keiner von uns noch Gefühle. Ich kann jetzt verstehen, daß er bei diesem Mädchen Trost gesucht hat. Aber die Qual dieses Prozesses hat unsere gegenseitige Bindung wieder aufleben lassen. Wir sind zur Eheberatung gegangen, wir haben einander unsere Herzen geöffnet. Das hat unser beider Leben verändert, da bin ich sicher. Es ist wie in unserer Anfangszeit, nein, eigentlich sogar besser.«

»Chester Concannon wird mit einer tödlichen Injektion hingerichtet werden, Mrs. Moore«, sagte ich.

»Wir haben beide wieder gelernt, was es bedeutet zu geben, einander zu lieben, zu vertrauen.«

»Sie schnallen ihn auf ein Gestell, seine Arme und Beine werden mit Lederriemen fest angebunden«, sagte ich, »und sie stechen ihm eine Nadel in den Arm. An dieser Nadel hängt ein Tropf, gefüllt mit einem tödlichen Barbiturat, vermischt mit einem chemischen Lähmungsmittel, damit er nicht durch seine Zuckungen die Nadel aus seinem Arm reißt, während sie ihn töten.«

»Wir haben beide wieder gelernt, was Lieben heißt.«

»Sie entleeren den Tropf in seinen Arm«, sagte ich, »und seine Muskeln werden erstarren und seine Gehirntätigkeit sich durch die Drogen verlangsamen. Chester Concannon wird bewußtlos werden und an Barbituraten sterben, genau wie Nadine bewußtlos geworden und an Barbituraten gestorben ist.«

»Hören Sie auf, hören Sie sofort auf«, sagte sie, und dann, noch immer ohne mich anzusehen, flüsterte sie: »Sie verstehen nicht. Wir haben unser Gelöbnis erneuert, wir haben unsere Bindung neu bestätigt. Er betrügt mich nicht mehr, das hat er versprochen, und ich werde ihn wieder lieben, wie ich ihn geliebt habe, bevor ich damit aufgehört hatte. Wir sind wieder zusammen, ich kann mich jetzt nicht gegen ihn wenden.«

»Sie meinen, Sie wollen nicht.«

Sie hob den Kopf und starrte mich direkt an. »Das ist richtig, Mr. Carl, ich will nicht. Man kann mich nicht zwingen, gegen meinen Ehemann auszusagen, ist das richtig, Mr. Slocum?«

»Das ist richtig, Mrs. Moore«, sagte Slocum. »Wir können Sie nicht zwingen, gegen Ihren Mann auszusagen. Aber hier reden wir von einer Aussage zugunsten von Mr. Concannon.«

»Und Sie möchten, daß ich aussage?«

»Ich möchte keinen Unschuldigen töten«, sagte Slocum.

»Dann lassen Sie ihn gehen.«

»Das kann ich nicht, Mrs. Moore, ohne Beweise. So, wie die Dinge jetzt stehen, glaube ich, daß er wegen Mordes schuldig gesprochen wird.«

»Es tut mir leid, Mr. Carl. Es tut mir so leid.«

»Mir auch«, sagte ich und griff nach meiner Aktentasche. »Mehr, als Sie ahnen.«

Ich legte die Aktentasche auf meinen Schoß, die Seite mit dem Einschußloch nach oben. Es war eine braune Ledertasche mit dikken Streifen, die die Kanten hielten, eine Hartmann, eine der besten Aktenmappen, die hergestellt werden. Mein Onkel Sammy hatte sie mir geschenkt, um mich wissen zu lassen, daß er an meine Zukunft glaubte. Es war eine solide Aktentasche, die Aktentasche eines erfolgreichen Anwalts. Früher trug ich sie gern herum, als könnten die Accessoires den Mann definieren. Jetzt machte sie mich verlegen. Und ihr Inhalt machte mich noch verlegener. Ich zog die Lederriemen auf, die die Riegel bedeckten, und öffnete die Tasche. Ich nahm einen Manila-Umschlag heraus. Sorgfältig schloß ich die Tasche wieder, legte sie auf den Teppich neben der Couch und löste die Metallklammer, die den Umschlag verschloß. Dann zog ich die Fotografien heraus.

Morris hatte sie für mich aufgenommen. Er hatte sich über den Auftrag beschwert. »Ich mache solche Sachen nicht, mitten in der Nacht mit einer Kamera herumlaufen«, sagte er. »Ich bin Ermittler, kein Schmutzfink.« Aber als ich ihm erzählte, worum es ging und daß das Leben eines Menschen von diesen Fotos abhängen könnte, daß ich nicht in der Stadt sein würde, sondern in Corpus Christi, und sie daher nicht selber machen könne, gab er nach. »Vielleicht ist da gar nichts, Victor, das wissen Sie, überhaupt nichts.« Ich sagte ihm, ich wisse das, habe aber so eine Ahnung. »Sie und Ihre Ahnungen, wohin haben Ihre Ahnungen Sie gebracht, mein *freint*. Hören Sie auf meinen Rat und halten Sie sich mit Ihren Ahnungen von der Rennbahn fern, dann werden Sie vielleicht nicht als Bettler sterben.« Natürlich hatte er die Fotos nicht selbst aufgenommen, da man ihn hätte erkennen können, sondern den Auftrag an Sheldon weitergegeben. »All das Zeug, was er hat«, sagte Morris. »Diese feinen, schicken Kameras, Linsen wie Teleskope, Spezialmeßgeräte wie die NASA, Spezialfilter, Spezialfilme, ein richtiger Eisenstadt. Nur sagen Sie mir, Victor, warum er, wenn Zeit für ein Bild von mir und meiner Frau ist, immer unsere Köpfe abschneidet wie ein Henker.« Doch auf diesen Fotos hatte Sheldon die Köpfe nicht abgeschnitten.

Ich legte das erste auf den Kaffeetisch vor Leslie hin.

Es war ein stark vergrößertes Schwarzweißfoto aus dem Inneren eines der Terminals des Philadelphia International Airport, der noch immer renoviert wurde. Gate 5, ein Gate der United Airlines, wo zwei Angestellte am Schalter Tickets in Empfang nahmen und Bordkarten ausgaben. Auf der Tafel stand: Flug 595 nach Chicago,

Abflug 16:55 Uhr. Vor dem Schalter posierte für den Fotografen ein Mann, der ein Exemplar der *Daily News* hochhielt. Die Schlagzeile, die über die ganze Länge der Seite lief, lautete »EAGLES SIEGREICH«, womit der große Sieg der Eagles am Sonntag zuvor gemeint war.

»Das wurde am Montag auf dem Flughafen aufgenommen«, sagte ich.

»Und?« fragte Leslie.

Slocum beobachtete mich und fragte sich, was ich da machte.

Das nächste Bild zeigte denselben Schalter mit denselben Angestellten. Seitlich vor dem Schalter stand ein breitbrüstiger Mann in einem Regenmantel mit Gürtel, der einen Kleidersack an einem langen Riemen über der Schulter trug. Der Mann war Jimmy Moore.

»Das ist der Flug, den er am Montag nahm«, sagte ich, »um zum ersten Konferenztag in Chicago zu sein.«

»Das stimmt«, sagte Leslie. »Er rief mich vom Flughafen aus an, um sich zu verabschieden. Er sagte, daß er mich liebt und mich schon vermißt.«

»Ja, das überrascht mich nicht«, sagte ich und zeigte ihr das nächste Foto.

Es war eine Weitwinkelaufnahme desselben Terminals. Der Schalter war jetzt rechts, und Jimmy saß in der Wartehalle auf einem Stuhl und sprach in sein Handy.

»Ich verstehe nicht, was das soll, Mr. Carl«, sagte sie.

»Ich möchte, daß Sie sich den Schalter ansehen, Mrs. Moore. Sehen Sie die Frau da, in dem schweren Mantel, die uns den Rücken zudreht und ihr Ticket abgibt?«

»Und?«

Ich zeigte ihr das nächste Bild. Eine Durchsage war ertönt, und die Passagiere der ersten Klasse waren gebeten worden, an Bord zu gehen. Jimmy reichte am Fuß des Flugsteigs einer Angestellten seine Bordkarte. Die Frau in dem Mantel stand noch immer am Schalter.

Ohne ein Wort zu sagen, legte ich ihr das nächste Foto vor. Die Ecken der vorherigen Fotos lugten unter den Ecken der letzten hervor. Jimmy Moore war an Bord gegangen, er war auf dem Bild nicht mehr zu sehen. Die Frau am Schalter hatte ihren Platz und ihre

Bordkarte erhalten und sich umgedreht, um den Schalter zu verlassen. Dabei hatte sie kurz über ihre linke Schulter geblickt, und genau in diesem Augenblick hatte Sheldon auf den Auslöser gedrückt. Ihr Gesicht war auf dem Foto deutlich zu erkennen. Es war Veronica Ashland.

Ich konnte es nicht ertragen, Mrs. Moore anzusehen, während sie dieses Foto betrachtete. Ich hörte sie atmen, leise und stetig, und ich hörte das Knirschen von Zähnen.

Ich nahm das letzte Foto und legte es auf das Bild mit Veronicas Gesicht. Auf diesem Foto gab Veronica, erneut mit dem Rücken zum Betrachter, der Angestellten am Flugsteig ihre Bordkarte.

»Es könnte ein Zufall sein«, sagte Leslie, und ihre Stimme war leise wie ein Flüstern.

»Ja, das könnte es«, sagte ich.

Ich griff nach den Fotos, um sie wieder in den Umschlag zu stecken, aber sie tippte auf mein Handgelenk, und ich ließ die Hand fallen. Sie zog das vorletzte Foto heraus und starrte es an, starrte auf das schöne Gesicht, das über die linke Schulter blickte, das weiche Haar, die gerundete, sanfte Nase, die klaren Augen, die weit aufgerissen waren und ängstlich blickten, als spüre die Besitzerin die Kamera, die ihr Bild einfing.

»Sie sind verabscheuenswert, Mr. Carl«, sagte Leslie Moore, und sie hatte vollkommen recht.

Als ich Winston Osbourne bei der Vernehmung seiner Frau den gleichen Streich gespielt hatte, hatte ich mich für einen sehr cleveren jungen Mann gehalten. In diesen ungestümen Tagen meiner aufstrebenden Jugend hielt ich mich fataler Verrücktheiten für unfähig und fühlte mich daher moralisch berechtigt, anderen die Rechnung zu präsentieren. Doch diese Berechtigung spürte ich jetzt nicht mehr. Wie konnte ich Jimmy Moore moralischen Versagens beschuldigen, weil er seine Beziehung zu Veronica Ashland fortsetzte, wo ich doch meinen Mantel und meine Moral an einen Pfosten vor derselben Tür gehängt hatte? Und wie konnte ich munter an diesem Tisch sitzen und den Schmerz zufügen, den ich zufügte, wo ich doch genau wußte, wie dieser Schmerz sich anfühlte? Dieses Foto von Veronica zu sehen, mit der ich in meiner anscheinend unbegrenzten Fähigkeit zur Selbsttäuschung noch immer auf irgendeine Zukunft gehofft hatte, Veronica in dieses Flugzeug einchecken zu sehen, um ihre Affäre mit dem mörderischen Jimmy Moore fortzusetzen, war fast mehr, als ich ertragen konnte. Und schließlich, wie konnte ich je wieder die Selbstgerechtigkeit aufbringen, die nötig ist, um die Früchte der Vernarrtheit eines anderen zu präsentieren, wo ich doch selbst einer so großen Vernarrtheit schuldig war, daß sie einen Menschen ins Gefängnis und möglicherweise zu Tode gebracht hatte? Ich war verachtenswert, und die Fotos, die ich mitgebracht hatte, hätten meine Hände mit ihrer Abscheulichkeit beschmutzt, wenn ich mich nicht ohnehin schon so schmutzig gefühlt hätte.

Doch als ich Mrs. Osbourne von Tiffany LeGrand erzählt hatte, war das etwas anderes gewesen, als Mrs. Moore von der weiterbestehenden Beziehung zwischen Jimmy und Veronica zu berichten. Ich hatte die exotische Existenz von Miss LeGrand aufgedeckt, eine Ehe zerstört, einen Mann zerstört, Schmerz und Enttäuschung verbreitet, und zwar für Geld. Das würde ich nie wieder tun, schwor ich, nicht für bloße Reichtümer, schwor ich, doch schon während ich schwor, wußte ich, daß der Mammon seine Macht über uns alle hat. Bei den Fotos, die ich Mrs. Moore gebracht hatte, drehte es sich nicht um Geld, es ging um das Leben eines Mannes, eines unschuldigen Mannes im Gefängnis, dem der Tod drohte, eines Mannes, dem gegenüber ich versagt hatte. Und darum würde ich mich so tief bücken, wie ich nur konnte, obwohl ich wußte, was ich tat. Ich hatte keinen Stolz mehr übrig, keinen falschen Begriff von meiner eigenen Bedeutung. Ich würde auf dem Bauch kriechen wie ein Reptil, wenn das Chester Concannon retten würde, und genau das tat ich im Augenblick.

Als Renee zurückkam, war Leslie aus dem Zimmer geflohen, die schmalen Hände vor dem Gesicht.

»Wohin ist Leslie denn jetzt gegangen?« sagte Renee lallend, einen halb geleerten Highball in der Hand.

»Ich weiß nicht genau«, sagte ich. »Sie hat gesagt, wir sollten warten.«

Renee sah mich an und dann Slocum, und dann erblickte sie die Fotos, die noch immer auf dem Couchtisch lagen. Sie trat näher, setzte sich hin und betrachtete sie eines nach dem anderen, aber in umgekehrter Reihenfolge, als laufe ein Horrorfilm rückwärts ab.

»Ihr Schweine«, sagte sie. »Ihr gottverdammten Schweine.« Sie stand auf. »Damit lasse ich euch nicht davonkommen.«

Als sie aus dem Zimmer gehen wollte, sagte Slocum mit seiner ruhigen Stimme: »Wissen Sie, was Behinderung der Justiz bedeutet, Ma'am?«

Sie blieb stehen und drehte sich um, um ihn anzustarren.

»Es bedeutet etwa fünf Jahre«, sagte er.

Bevor sie reagieren konnte, war Leslie zurückgekommen, eine zerknitterte braune Papiertüte umklammernd. Ihre Augen waren rot, ihr Gesicht geschwollen von den Tränen, so daß die scharf hervortretenden Backenknochen weicher wirkten. Sie warf mir die Tüte an die Brust.

»Nehmen Sie das und gehen Sie«, sagte sie.

Ich schaute hinein. Die Tüte enthielt ein weißes Hemd, verkrustet und zerrissen, bespritzt mit dem Dunkelbraun von getrocknetem Blut. Auf der Manschette befand sich das aufgestickte Monogramm JDM.

Wir nahmen es und gingen.

»Wir schicken das Hemd ins Labor«, sagte Slocum, als er mich vor meiner Wohnung aussteigen ließ. »Wir lassen das Blut überprüfen. In ein paar Tagen werde ich Sie wissen lassen, ob es dem von Bissonette entspricht.«

»Es wird«, sagte ich. »Bis auf den letzten Strang der DNS.«

»Trotzdem, Concannon wird schließlich den größten Teil seiner Bundesstrafe absitzen müssen.«

»Ich weiß«, sagte ich. »Und unter uns, seine Spendensammelei war mehr Erpressung als sonst was, also ist es nicht ganz unverdient. Aber er sollte nicht sterben für den Mord an einem Mann, den er nicht umgebracht hat.«

Wir schauten uns einen Augenblick an. »Heute abend haben Sie etwas Gutes getan, Carl«, sagte Slocum.

»Wie kommt's dann, daß ich mich nicht gut fühle?«

»Sie haben dieser Lady nichts gesagt, was sie nicht schon wußte.«

Ich zuckte traurig mit den Schultern und ging die Stufen zu meinem Haus hinauf. Slocum wartete, bis ich drinnen war, als habe er einen Babysitter abgesetzt. Ich öffnete die Tür zum Vestibül und winkte ihn weg. Die Chevette fuhr röhrend an und verschwand in der Nacht.

Als ich mich umdrehte, um das Vestibül zu betreten, stand Winston Osbourne vor mir wie der Geist all meiner vergangenen Missetaten.

»Victor, ich habe so lange auf Sie gewartet.«

Er zitterte heftig, hatte die Hände in die Taschen seines Regenmantels gestemmt, und sein fahles, hohlwangiges Gesicht starrte mich an, wobei er den Kopf merkwürdig schief hielt.

»Victor«, sagte er mit seiner brüchigen, gepreßten Oberklassenstimme, »ich komme wegen meines Wagens.«

»Mr. Osbourne, Winston«, sagte ich, als meine Nerven sich von der Überraschung erholt hatten. »Ich bin tatsächlich froh, Sie zu sehen. Ich habe gute Neuigkeiten für Sie.«

»Geben Sie mir meinen Wagen zurück.«

Traurig schloß ich die Augen. »Es tut mir leid, Mr. Osbourne. Er ist bereits verkauft worden. Aber die gute Nachricht ist, daß ich alles noch einmal mit Mr. Sussman besprochen habe und er bereit ist, Ihnen den Rest Ihrer Schuld zu erlassen. Ich muß ein paar Papiere unterschreiben, aber danach sind Sie völlig frei, noch einmal von vorn zu beginnen.«

»Aber wohin soll ich gehen, Victor? Wie kann ich ohne den Wagen meines Vaters von A nach B kommen? Es ist eine gerade Linie, ja, eine direkte Route, aber ich brauche meinen Wagen, um hinzukommen. Was soll ich denn tun, Victor?«

»Es gibt immer noch die Untergrundbahn.«

»Machen Sie sich nicht über mich lustig.«

»Tut mir leid, Mr. Osbourne. Wirklich leid, mehr als Sie ahnen. Sie sehen verfroren aus, nicht gut. Kommen Sie mit nach oben, und ich mache Ihnen einen Tee, wenn Sie möchten. Aber was Ihre Finanzen betrifft, kann ich nichts mehr für Sie tun.«

»Sie können mir meinen Wagen zurückgeben.«

»Das kann ich nicht, er ist bereits verkauft und gehört rechtmäßig den neuen Besitzern.«

»Dann können Sie mich mal, Victor«, sagte er und zog eine kleine, glänzende Automatikpistole aus der Tasche seines Regenmantels.

Ich starrte die Pistole einen Augenblick an, die in seiner gichtigen Hand wild zitterte; seine undurchsichtigen, gefurchten Fingernägel waren noch länger als in meiner Erinnerung. Die Pistole ließ mich erstarren, bis alle Angst von mir abgefallen zu sein schien. Ich hob den Kopf und sah ihm in die Augen. Sie waren fahl und blutunterlaufen. Sie fuhren genauso unkontrolliert wie seine Hand hin und her. Und dann konnte ich nicht anders, ich mußte lachen.

Während er mir noch leid tat, schoß er auf mich. Bei dem wilden und unkontrollierbaren Zittern seiner Hand konnte er unmöglich treffen. Das Ganze war zu erbärmlich, als daß ich auch nur daran gedacht hätte. Doch gleichzeitig erkannte ich, daß hier eine reinere Gerechtigkeit am Werk war, als ich mir hätte vorstellen können. Eines hätte ich mir schon lange klarmachen müssen: Wenn ich getötet werden sollte, dann würde das nicht durch die Jimmy Moores oder die Enrico Raffaellos oder sogar die Norvel Goodwins geschehen. Der Sproß der Osbournes würde es tun, der großartigen protestantischen, gesellschaftlich angesehenen Osbournes – er würde mich umbringen. Mit einer silbernen Kugel zweifellos, denn wie anders tötet man einen Juden? Und ich verdiente es auch für die Kühnheit des bloßen Gedankens, in ihren Club aufgenommen zu werden. Winston Osbourne mit seiner kleinen Pistole und seiner Silberkugel war ausgezogen, um diesen Traum für immer zu beenden, als hätte der Traum meine Mißerfolge überleben können, als wollte ich ihn überhaupt noch, als hätte er jemals Wert gehabt. Also lachte ich, mitleidlos und laut. Ich warf den Kopf zurück und lachte über alles, das ich je begehrt, je gewünscht hatte, all meine tiefsten, seichtesten Wünsche. Ich trat zurück und lehnte mich an die Wand mit den Briefkästen und lachte.

Und es tat auch gut, bis er mich traf.

59

Die gute Nachricht ist vermutlich, daß ich nicht getötet wurde.

Die schlechte ist, daß es wirklich sehr weh tat.

Die Kugel traf mich gleich unter der rechten Schulter in die Brust und durchschlug ein paar unterentwickelte Muskeln, einschließlich des Pectoralis minor, dessen Namen ich beleidigend fand. Ich versuchte die Ärztin zu überzeugen, ihn in etwas wie Pectoralis mucho grande umzuwandeln, aber sie schien nicht amüsiert. Nachdem sie meinen Pectoralis mucho grande durchschlagen hatte, traf die Kugel eine Rippe, hüpfte ein bißchen herum und riß mir ein Stück der rechten Lunge ab. Das erklärt vielleicht das saugende Geräusch, das ich hörte, als ich an der Wand des Vestibüls zu Boden rutschte; es war Luft, die aus meiner Lunge drang und einen Zustand verursachte, den man Pneumothorax nennt. Danach füllte sich meine Lunge mit Blut. Das war, als ertrinke man in drei Meter tiefem Wasser, ohne eine Schwimmbrille zu brauchen, um die Welt entschwinden zu sehen.

Winston Osbourne hätte mir in diesem Augenblick den Rest geben können. Ich war keiner dieser Helden, die sich noch mit einer Brust voller Blei den Weg aus einem Getümmel freikämpfen. Ein kleines Geschoß aus einer .38er, und ich lag im Schockzustand auf dem Boden des Vestibüls, blutend, mit meiner verbleibenden funktionierenden Lunge den scharfen Geruch von Salpeter einatmend, auf den Todesschuß wartend. Doch aus irgendeinem Grund, vielleicht wegen des ungeheuren Widerhalls des Schusses in dem kleinen Vestibül oder weil er sah, wie ich mit einer Kugel in der Brust an der Wand nach unten glitt, oder wegen des Bluts und Urins, die sich unter mir zu einer Pfütze sammelten, aus irgendeinem Grund jedenfalls rannte er nach diesem Schuß davon.

Ich wurde von einer der älteren geschiedenen Frauen gefunden, die in meinem Haus wohnte und die die Treppe herunterkam, vorsichtig nach vorn geneigt, einen Besen wie einen Baseballschläger in der Hand, um zu sehen, was es mit dem Schuß auf sich hatte. Es war nett von ihr, einen Krankenwagen zu rufen und mir das Leben zu retten, aber es wäre mir lieber gewesen, wenn sie nicht so laut geschrien hätte, als sie mich dort liegen sah. Unwillkürlich fuhr ich bei dem Schrei zusammen, und das tat genauso weh wie vorher der Schuß selbst.

Habe ich erwähnt, daß ich mit Schmerzen nicht gut zurechtkomme?

Während ich in diesem Vestibül lag, zog nicht die erbärmliche Geschichte meines Lebens an meinem inneren Auge vorbei. Das passierte erst, als ich im Graduate Hospital die Intensivstation verlassen hatte und bereit war, einen scheinbar endlosen Strom von Besuchern zu empfangen. Der Schuß stand in der Zeitung, auf der Titelseite der *Daily News*, »ERNEUTER ANSCHLAG AUF CONCANNON-ANWALT«, und so kamen sie, einer nach dem anderen, alte Freunde aus der High School, verflossene Lieben, meine Ex-Verlobte Julie, die jetzt unglücklich mit einem Proktologen verheiratet ist (ja, es gibt einen Gott), Anwälte, mit denen ich vor Gericht gerangelt hatte, Studienkollegen aus der juristischen Fakultät, die Erfolge aufzuweisen hatten, mit denen ich mich nicht messen konnte, Rita, Vimhoff, Ellie, Guthrie dieser Mistkerl, Lauren, Dominic und Jasper und Virgil, die laut zusammen hereinstürmten wie die Three Stooges, Saltz, Lefkowitz, Richter Gimbel, Slocum, sogar der Bürgermeister mit Fernsehkameras im Schlepptau.

Beth kam jeden Tag nach der Arbeit und saß während der Besuchsstunden an meinem Bett. Sie war da, als meine HIV-Testergebnisse kamen, und wir hoben beide ein Glas mit urinfarbenem Apfelsaft aus Dankbarkeit für welchen Schutzengel auch immer, den ich gehabt hatte. Wir sprachen über den *Saltz*-Fall und darüber, wieviel Geld wir verdienen würden, und wir sprachen darüber, daß ich nach meinem Debakel im *Concannon*-Fall nie wieder einen Mandanten bekäme. Vor mir lag eine reiche, düstere Zukunft, die mir, während ich da im Bett lag und eine Infektion in meiner Brust bekämpfte und Eiter wie geronnene Milch aus einem Schlauch aus meiner Seite rann, gar nicht so schlecht vorkam. Beth besuchte mich so regelmäßig wie eine Verwandte, was nett von ihr war, weil meine Mutter beschlossen hatte, nicht aus Arizona zu kommen, da ich ja nun überlebte, obwohl sie mir in ihrem Brief versicherte, für meine Beerdigung hätte sie alles stehen- und liegengelassen. Mein Vater besuchte mich nur ab und zu, um zu murren.

»Was hast du denn da?« sagte er und zeigte auf ein großes Buch, das auf meinem Nachttisch lag.

»Ein Genesungsgeschenk von einem Freund«, sagte ich. »Jemand, der Großvater gekannt hat. Es ist das erste Buch des Talmud.«

»Wer zum Teufel schenkt dir denn so was?«

»Er ist Privatdetektiv. Er dachte, es wäre gut für mich. Der Beginn meiner Erziehung. Vielleicht gefällt es mir ja, wer weiß? Es ist größtenteils ins Englische übersetzt, obwohl einiges auch noch Hebräisch ist und in deiner Lieblingssprache, Aramäisch.«

»Mein Vater hat seine Zeit mit diesem Mist verschwendet.«

»Wirklich?«

»Ich erinnere mich, daß er jeden Samstag darin las, und dann, als er schon in den Sechzigern war, beendete er das letzte Buch und gab eine Party. Ein Haufen stinkender alter Männer, die Zigarren rauchten und furzten.«

»Und was hat er danach samstags getan?«

»Er fing wieder von vorne an, Band eins, Seite eins.«

Das also tat ich im Krankenhaus, ich las Morris' Talmud, indem ich wie mein Großvater anfing, bei Band eins, Seite eins. In der Mitte gab es einen Teil in Hebräisch und dann eine Übersetzung mit Kommentaren dazu, alles auf Englisch, mit Ausnahme der Texte von einem Burschen namens Rashi, der in seinem eigenen Alphabet schrieb, und das zu übersetzen hatten sie sich nicht die Mühe gemacht. Es drehte sich alles um Eigentum und Verträge und unerlaubte Handlungen, ein bißchen wie im ersten Jahr in der juristischen Fakultät, nur daß es auf eine seltsam seelenvolle Weise anders war. Der erste Abschnitt handelte von einem Stück Tuch, auf das zwei Männer Anspruch erhoben. Schneidet es in zwei Hälften, hieß es in dem Buch. Für mich klang das richtig.

In der ersten Woche, in der ich wieder bei Derringer und Carl war, hatte ich einen Besucher, einen Michael Tombelli unten aus der Zweiten Straße in South Philly. Er war ein dunkler junger Mann mit furchterregendem Lächeln und dickem Bauch. Er setzte sich grinsend mir gegenüber, lehnte sich zurück und legte die Füße auf meinen Schreibtisch.

»Ich hab ein kleines Problem, Vic.«

»Nennen Sie mich Mr. Carl, Michael«, sagte ich. »Und nehmen Sie Ihre Füße von meinem Schreibtisch.«

»Klar«, sagte er mit seinem Lächeln und ließ laut die Füße fallen. »Vor ein paar Tagen haben mich die Bullen auf der Oregon Avenue gestoppt.«

»Sind Sie zu schnell gefahren?«

»So ungefähr.«

»Dann bezahlen Sie die Strafe«, riet ich.

»Ja, sicher, klar, würde ich ja, aber dann haben sie mir erklärt, daß mein Wagen gestohlen ist.«

»Was Sie nicht sagen.«

»Da leiht man sich von einem Freund einen Wagen, und dann passiert so was.«

»Also sind Sie wegen Autodiebstahls dran, ist es das?«

»Und sie finden eine Waffe im Kofferraum.«

»Eine Pistole?«

»Ein chinesisches MAK-90-Sturmgewehr, auf Vollautomatik umgerüstet.«

»Sie jagen Rotwild, nehme ich an?«

»Sie wären erstaunt, wie schnell diese Viecher rennen können.«

»Und trotz all der Probleme laufen Sie frei herum, essen Käsesteaks und gehen in der Kneipe an der Ecke ein Bier trinken?«

»Die Gefängnisse sind überfüllt.«

»Eine wunderbare Sache für nette junge Männer wie Sie. Sie haben recht, Michael, Sie haben ein Problem. Also, was machen Sie hier?«

»Ich brauche einen Anwalt.«

»Ja, den brauchen Sie, Michael. Aber ich war in Strafrecht nicht sonderlich erfolgreich. Von jetzt an halte ich mich ans Zivilrecht.«

»Was, Sie übernehmen meinen Fall nicht?«

»Ganz recht. Nun, wenn Sie aus dem Gefängnis kommen, wenn Sie den Freund verklagen wollen, der Ihnen den gestohlenen Wagen mit dem automatischen Gewehr darin geliehen hat, dann rufen Sie mich an, und ich werde sehen, was ich tun kann.«

»Aber man hat mich geschickt.«

»Man hat Sie geschickt?«

»Ja, man hat mich geschickt. Der Mann sagte mir, ich sollte zu Ihnen gehen und Sie sollten mein Anwalt sein.«

»Der Mann hat Sie geschickt. Welcher Mann?«

»Der große Mann.«

»Soll ich raten, Michael, ist es das? Dieser Mann, der Sie geschickt hat, war er groß im Sinne von hochgewachsen oder von dick?«

»Jetzt weiß ich, daß Sie mich aufziehen. Mr. Raffaello hat mich geschickt, er hat gesagt, Sie würden sich um mich kümmern, Sie wären ihm einen Gefallen schuldig.«

»Oh«, sagte ich langsam. »*Der* Mann.«

»Er hat gesagt, ich soll Ihnen das geben.« Er griff in seine braunlederne Bomberjacke und nahm ein Bündel Scheine heraus, grün und schmutzig, mit einem Gummiband zusammengehalten. Er warf das Päckchen auf meinen Schreibtisch. Ich griff nicht danach.

»Was ist das, Michael?«

»Zehntausend. Er hat gesagt, das soll ich Ihnen geben, als Vorauszahlung.«

»Mein Anwaltsvorschuß?«

»Ja, genau. Ihr Anwaltsvorschuß.«

Ich wußte, daß es kommen würde, ich wußte nur nicht, wann oder wie. Ich dachte, ich würde vielleicht mitten in der Nacht einen Anruf bekommen, eine leise Stimme würde mir befehlen, an irgendeiner verlassenen Ecke in South Philly zu erscheinen und meine Anweisungen entgegenzunehmen. Ich hatte bereits beschlossen, daß ich für ihn niemanden umbringen würde, aber ich hatte auch beschlossen, so ziemlich alles andere zu tun. Heimliche Lieferung, Horten gestohlener Güter, Verstecken eines Flüchtigen, bis die Lage sich beruhigte. Ich war Enrico Raffaello etwas schuldig, ja, das war ich, und obwohl die Sache für mich nicht gut ausgegangen war, war es eine Schuld, die ich würde zurückzahlen müssen. Ich war beinahe enttäuscht, daß die Rückzahlung so prosaisch war – wenn ich Michael Tombelli vertrat, war ich vom Haken.

»He«, sagte Michael. »Sie sind der Typ, der von dem Spinner angeschossen wurde, den sie in die Klapsmühle oben in Haverford gesteckt haben.«

»Stimmt«, sagte ich.

Er beugte sich vor. »Wie hat sich das angefühlt, angeschossen zu werden und alles?«

»Ich denke, das werden Sie eines Tages selbst herausfinden, Michael.«

»Ich nicht. Dazu bin ich zu schlau. Aber mein Kumpel Peter Cressi, der haut derart auf die Sahne, da weiß man nie. Kennen Sie Peter?«

»Ich hatte noch nicht das Vergnügen.«

»Der kommt auch vorbei, heute oder morgen. Nichts Ernstes, bloß Trunkenheit am Steuer. Aber er kommt. Er ist der Typ, den sie in die Klapsmühle stecken sollten.«

»Sagen Sie mir etwas, Michael«, sagte ich. »Stehe ich jetzt auf irgendeiner Art Liste? Werden Ihre Freunde weiterhin zu mir kommen?«

»Darauf können Sie wetten, Mr. Carl. Es hat sich rumgesprochen, daß Sie der Richtige sind, wenn wir unsere kleinen Probleme haben.« Wieder sein Lächeln. »Sie kriegen saumäßig zu tun.«

»Jetzt verstehe ich«, sagte ich, und ich verstand wirklich. Keine Sorgen mehr um meine Zukunft, die war in Carrara-Marmor gemeißelt. »In Ordnung. Michael, nur ein Wort, und das sollten Sie an Ihren Freund Peter und alle anderen weitergeben, die mich besuchen wollen. Das Gesetz besagt, daß ich kein Geld akzeptieren kann, das aus einer illegalen Transaktion stammt; alles Geld, das Sie mir geben, muß also sauber sein. Haben Sie verstanden, was ich gerade gesagt habe?«

Er rieb sich mit dem Handrücken die Augen und dann die Nase und sagte: »Ja, klar.«

»Ist das hier Geld aus einer Drogentransaktion?« fragte ich.

»He, Moment mal, wofür halten Sie mich?«

»Ist es gestohlen?«

»Hören Sie bloß auf. Ich kann Ihnen versichern, Mr. Carl, ich arbeite hart für mein Geld.«

»Da Sie das Gesetz so gut kennen: Kann ich dieses Geld guten Gewissens annehmen, Michael?«

»Vertrauen Sie mir, Mr. Carl«, sagte er mit breitem Lächeln.

Ich musterte ihn sorgfältig, erwog alles, und dann ergriff ich das Bündel Scheine und legte es in meine Schreibtischschublade. »Warten Sie einen Moment«, sagte ich und suchte in der Schublade nach Briefpapier, »ich schreibe eine Quittung aus.«

»Quittung?« sagte er, als habe er das Wort noch nie gehört. »Was soll die Quittung? Ich habe Sie bar bezahlt.«

»Anwälte, die für Bargeld keine Quittungen ausstellen, haben manchmal das eigenartige Problem, daß sie vergessen, die Zahlung beim Finanzamt anzugeben.«

»Ja, ist das nicht komisch?« sagte Michael Tombelli. »Genau das ist meinem letzten Anwalt passiert. Er hat gerade vier Jahre gekriegt.«

»Zuerst schreibe ich Ihnen Ihre Quittung aus, Michael«, sagte ich, »und dann werden wir besprechen, was wir dem Staatsanwalt sagen.«

So war das also. Einmal hatte ich danach gestrebt, mit den Elitenamen der juristischen Welt durch die holzgetäfelten Korridore von Reichtum und Macht zu wandern. Ich hatte meine Vergangenheit und mein Erbe abschütteln wollen, wie eine Schlange ihre Haut abstreift, und hatte zu olympischen Höhen aufsteigen wollen. Jetzt würde ich mich in den Gerichtssälen des Rathauses herumdrücken und Nachwuchsgangster und anderes Kleinzeug vertreten, wenn sie versuchten, für ihre unbedeutenden und nicht so unbedeutenden Verbrechen möglichst wenig Gefängnis zu bekommen. Ich würde meine Anwaltsvorschüsse einsacken und meinen lieben Mandanten raten, wie man am besten auf der richtigen Seite dieser schmalen und sich verschiebenden Linie des Gesetzes bleibt. Ich wußte, wie das Leben für einen Anwalt war, der Angehörige der Mafia verteidigte. Es war nicht anders als das eines Tony Baloney, der sein Leben damit zubrachte, den Abschaum der Drogendealer zu vertreten. Er wurde von seinen Kollegen verachtet, und die feineren Firmen, die prestigeträchtigen Clubs und die nüchtern gestimmten Komitees der Anwaltskammer hielten ihn sich vom Leib. Man verleumdete ihn, indem man seine Integrität, seine Aufrichtigkeit und seine Fähigkeiten vor Gericht anzweifelte. Unablässig war ihm der Staatsanwalt auf den Fersen, die Bundesbehörden jagten ihn wie Wild, und er hatte jedes Jahr eine Steuerprüfung. Er wurde zum Paria.

Ich hatte meine Berufung gefunden.

DANKSAGUNGEN

Für ihre großzügige Hilfe bei diesem Manuskript möchte ich Dr. Barry Fabius, Richard Goldberg, Pete »The Tick« Hendley, David Howard, Alan Stern, Matt Roshkow, Marilyn Auerbach und Lewis Goodrich, der zu Hause mit seinen Eltern jiddisch sprach, sowie meinen Urgroßeltern danken. Ich danke auch Jim Salter, der mich vieles lehrte, meinem Agenten Ray Lincoln und meiner Lektorin Judith Regan, die mich zum Profi machten. Meine Mutter und mein Vater waren meine glühendsten Fürsprecher, seit ich aus dem Laufstall krabbelte, und ich danke ihnen weiterhin von ganzem Herzen für ihre Liebe und Unterstützung, grammatikalisch und auch sonst. Schließlich all meine Dankbarkeit und Liebe Pam, Nora und Jack dafür, daß sie mein Leben erfüllen.